Dreistromland

Ein Emscher-Untergrund-Roman

Herausgegeben von Sarah Meyer-Dietrich,
Sascha Pranschke, Tobias Steinfeld und Anja Kiel

KLARTEXT

Der Essener Strang des Romans »Dreistromland« entstand im Projekt »**Die blaue Stadt**«, einem Bündnisprojekt des Bundesverbandes der Friedrich-Bödecker-Kreise mit den Bündnispartnern Friedrich-Bödecker-Kreis NRW, Emschergenossenschaft und der Auf Carl gGmbH (Zeche Carl). Es war Teil des Programms »**Autorenpatenschaften – Literatur lesen und schreiben mit Profis**« des Bundesverbandes der Friedrich-Bödecker-Kreise im Rahmen des Bundesprogramms »**Kultur macht stark. Bündnisse für Bildung**« des Bundesministeriums für Bildung und Forschung.

Der Castrop-Rauxeler/Dortmunder Strang des Romans »Dreistromland« entstand im Projekt »**Home, sweet home?**«, einer Kooperation der Bündnispartner Friedrich-Bödecker-Kreis NRW e. V., Kulturzentrum AGORA, Fridtjof-Nansen-Realschule Castrop-Rauxel und Emschergenossenschaft. Es wurde unterstützt durch das Programm »**Mein Land – Zeit für Zukunft**« der Türkischen Gemeinde in Deutschland im Rahmen des Bundesprogramms »**Kultur macht stark. Bündnisse für Bildung**« des Bundesministeriums für Bildung und Forschung.

Der Bochumer Strang des Romans »Dreistromland« entstand im Projekt »**HZweiO – Hamme im Fluss**«, gefördert durch das Konzept »**Jugend ins Zentrum!**« der Bundesvereinigung Soziokultureller Zentren e. V. als Teil des Programms »**Kultur macht stark. Bündnisse für Bildung**« des Bundesministeriums für Bildung und Forschung. Bündnispartner des Projekts sind die Literarische Gesellschaft Bochum, die Stadtbücherei Bochum und die Evangelische Kirchengemeinde Hamme-Hordel.

Das Hörspielskript »Wie das Wasser« entstand im Projekt »**Hundertundelf – Zeitreise Bochum**«, gefördert durch das Konzept »**Jugend ins Zentrum!**« der Bundesvereinigung Soziokultureller Zentren e. V. als Teil des Programms »**Kultur macht stark. Bündnisse für Bildung**« des Bundesministeriums für Bildung und Forschung. Bündnispartner des Projekts sind die Literarische Gesellschaft Bochum, die Stadtbücherei Bochum und Radio Bochum.

Die Erzählung »Die Leiche vom Mühlenbach« als Bonus in diesem Buch entstand im Projekt »**Mord im Wasserschloss**«, einer Kooperation von jugendstil – dem Kinder- und Jugendliteraturzentrum NRW (verantwortlicher Veranstalter) mit der Stadtbücherei Gladbeck, der Emschergenossenschaft und dem Friedrich-Bödecker-Kreis NRW. Mit freundlicher Unterstützung durch das Ministerium für Kinder, Familie, Flüchtlinge und Integration des Landes NRW und den Kulturrucksack NRW (eine Initiative des Ministeriums für Kultur und Wissenschaft des Landes NRW).

Das Buch entstand im Rahmen der Projektfamilie »**FlussLandStadt. Eure Heimat – euer Roman**«, einer Kooperation der Partner Emschergenossenschaft, Friedrich-Bödecker-Kreis NRW und jugendstil – dem Kinder- und Jugendliteraturzentrum NRW.

Der Buchdruck wurde ermöglicht durch die Emschergenossenschaft und ihre Kooperation mit dem Ministerium für Heimat, Kommunales, Bau und Gleichstellung NRW im Rahmen des Projekts »Gemeinsam für Emscher 2020«.

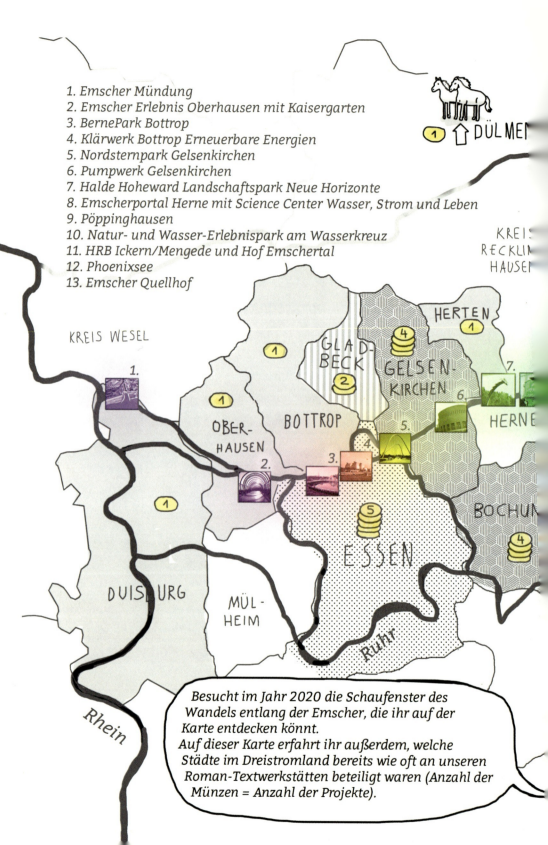

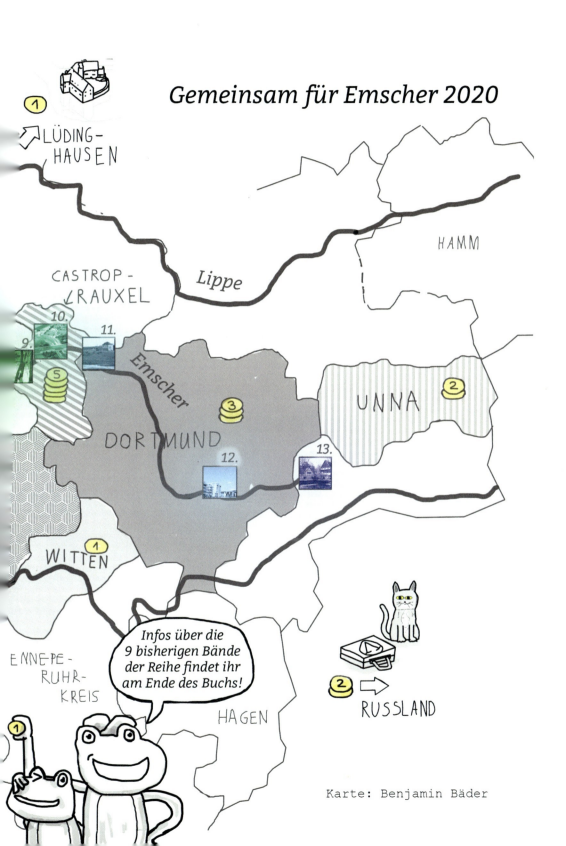

Projektteam
Projektleitung   Dr. Sarah Meyer-Dietrich, Lina Brünig
Wissenschaftliche Leitung   Prof. Dr. Martina Oldengott
Schreibwerkstattleitung   Sarah Meyer-Dietrich, Sascha Pranschke, Anja Kiel,
                                   Tobias Steinfeld; Julian Troost, Svenja Wahle
Lektorat   Lina Brünig, Anja Kiel, Inge Meyer-Dietrich,
                                   Sarah Meyer-Dietrich, Sascha Pranschke, Tobias Steinfeld
Bildlektorat   Benjamin Bäder

Impressum
Sarah Meyer-Dietrich, Sascha Pranschke, Tobias Steinfeld, Anja Kiel, Hg.
Dreistromland. Ein Emscher-Untergrund-Roman

1. Auflage April 2018
Satz und Gestaltung   Heike Amthor, Fernwald
Umschlaggestaltung   Volker Pecher, Essen
Umschlagbild und Fotos   Frank Vinken
Graphiken Stadtkarten   Benjamin Bäder
Druck und Bindung   TOTEM.COM.PL, ul. Jacewska 89, 88-100 Inowrocław, Polen

ISBN 978-3-8375-1923-5
Alle Rechte der Verbreitung, einschließlich der Bearbeitung für Film, Funk, Fernsehen, CD-ROM, der Übersetzung, Fotokopie und des auszugsweisen Nachdrucks und Gebrauchs im In- und Ausland sind geschützt.

© Klartext Verlag, Essen 2018 | **KLARTEXT**   Jakob Funke Medien Beteiligungs GmbH & Co. KG
                                                                 Friedrichstr. 34–38, 45128 Essen
                                                                 info@klartext-verlag.de, www.klartext-verlag.de

Bibliografische Information der Deutschen Bibliothek
Die Deutsche Bibliothek verzeichnet diese Publikation in der Deutschen Nationalbibliografie; detaillierte bibliografische Daten sind im Internet unter http://www.dnb.de abrufbar.

Vorwort

Liebe Leserinnen und Leser, liebe Autorinnen und Autoren,

mit diesem Buch feiern wir ein Jubiläum: Es ist der zehnte Band im Rahmen der Projektfamilie ›FlussLandStadt. Eure Heimat – Euer Roman‹. Innerhalb von fünf Jahren haben insgesamt ca. 460 Kinder, Jugendliche und nun teilweise schon junge Erwachsene an einer Vielzahl von Textwerkstätten mitgewirkt. Sie waren Teil eines EU-Projekts und der Grünen Hauptstadt Europas Essen 2017, haben Romane verfasst, Gedichte und Kurzgeschichten geschrieben, die Texte für ein Theaterstück erarbeitet, einen Comic produziert, ein Hörspiel eingelesen und sogar einen Natur- und Wassererlebnis-Park entworfen, der unter ihrer Mitwirkung realisiert wird und Möglichkeiten der nachhaltigen Bildung und Beschäftigung schafft. Sie haben viel gelernt, auf Exkursionen durch das Ruhrgebiet, von Stadt zu Stadt fahrend, immer wieder vor allem im Emschertal und zu Gast bei der Emschergenossenschaft. Immer intensiver und differenzierter haben sie sich nach und nach mit der Geschichte des Ruhrgebiets und mit ihrer Heimat auseinandergesetzt. Als Partner, Förderer und Betreuer all dieser Projekte haben wir erfahren, wie zufrieden und glücklich sie mit dieser Heimat sind, unabhängig davon, ob sie hier geboren und aufgewachsen, bereits länger hier leben oder erst vor Kurzem angekommen sind und sich immer noch mit ihren Wurzeln auseinandersetzen. Über die Textwerkstätten und Exkursionen sind Freundschaften zwischen den jungen Menschen entstanden. Sie haben gelernt, sich konstruktiv, voller Wertschätzung und Toleranz miteinander auszutauschen, voneinander zu lernen und ihre eigenen, spezifischen Begabungen zu entdecken. Auch die Vielfalt der Nationalitäten und Religionen haben sie im Rahmen ihrer Zusammenarbeit kennen- und schätzen gelernt. Ihnen und uns ist auf diese Weise Integration gelungen, in einer Weise, die die Worte der Theologin Christina Budereck auf dem ökumenischen Neujahrsempfang der Stadt Bochum im Januar 2018 gut beschreiben: »Willkommen! Wer auch immer Du bist, was auch immer Du glaubst, wo auch immer Du Dich befindest auf Deiner Lebensreise, wen auch immer Du liebst.«

Am Ende dieses Buches können Sie sich selber einen Überblick über die Themen und Inhalte der einzelnen Werke verschaffen.

In dem nun vorliegenden umfangreichsten zehnten Band blicken wir weit in die Zukunft, bis in das Jahr 2127. Die Städte Essen, Bochum, Dortmund und Castrop-Rauxel sind Kulisse des bereits bewältigten Klimawandels. Allerdings zeigen die jungen Autorinnen und Autoren auf, wie sensibel das ökologische und das gesellschaftliche Gleichgewicht sind und welche Herausforderungen sich für den sozialen Frieden durch Umweltkatastrophen ergeben. Die Vielfalt der in den letzten Jahren zugewanderten Nationalitäten spiegelt sich in der Bandbreite und in den Extremen zwischen Wasserknappheit auf der einen Seite der Welt und Wassermassen auf der anderen Seite der Weltkugel wider. Ebenso zeigen die Autorinnen und Autoren auf, wie ausschlaggebend der Zugang zu sauberem und qualitätvollem Wasser für das ökologische Gleichgewicht, für die Gesundheit der Menschen und für die wirtschaftliche Entwicklung, also den ökonomischen Erfolg, ist.

Beeindruckend ist die Warnung der Jugendlichen, dass Umweltkatastrophen den ›Eine-Welt-Gedanken‹, den unsere Gesellschaft in Bezug auf Klimaschutz und Klima-Anpassung sowie bezüglich der Versorgung mit ökologischen Ressourcen, Ernährung und Wasser bemüht ist, in die Weltpolitik einzusteuern, gefährden kann. Genauso drastisch zeigen die jungen Autorinnen und Autoren auf, welche Zerstörungskraft den immer stärker und häufiger werdenden Stürmen und Starkregenereignissen innewohnt. So fantastisch und mitunter überzeichnet sich das manchmal liest, wird gerade durch die Gegenüberstellung des rückwärts orientierten Handelns und der auf Zukunft orientierten Strategien deutlich, wie vollkommen unfassbar es ist, dass manche Menschen, gesellschaftlichen Gruppen und politischen Akteure den Klimawandel immer noch ignorieren.

In dem Roman sind Egoismus und Kleinstaaterei die Konsequenzen aus dem Konkurrenzkampf um das Wasser. Machthungrige Politiker nutzen die Sorgen der Bevölkerung für ihren Machtkampf. Dabei geht es nicht nur um wirtschaftliche Prosperität, sondern auch um das kulturelle Erbe.

Dass die Geschicke dieser Welt nicht immer im Rampenlicht, sondern manchmal kleinräumlich und am Rande des Geschehens entschieden werden, wissen wir. Und die Hinweise darauf, auch in den Episoden dieses Buches, führen uns das einmal mehr deutlich vor Augen.

Für die Jugendlichen liegt ein Teil der Lösung für die ökologischen Probleme in einer Stärkung des bürgerschaftlichen Engagements und Bürgerwillens. Den Bürgerinnen und Bürgern trauen sie am ehesten zu, sich auf friedlichen Wegen für die Bewahrung der Umwelt, der Lebensqualität und unserer Schöpfung einzusetzen. Sie haben sich mit dem genossenschaftlichen Gedankengut und der genossenschaftlichen Organisationsform auseinandergesetzt und sie als beste Form eines uneigennützigen Managements identifiziert. In ihren Augen bildet genossenschaftliches Handeln die beste Grundlage für einen gewissenhaften und fairen Umgang mit der Umwelt und den ökologischen Ressourcen der Erde.

Eine Besonderheit an diesem Buch ist, dass sich auch Grundschulkinder im Rahmen des von der Bundesregierung geförderten Projekts »HZweiO – Hamme im Fluss« malend und erzählend mit den Grundlagen der Stadtentwicklung, mit Ökologie und Wasserwirtschaft auseinandergesetzt haben, dokumentiert durch wunderbare und berührende Zeichnungen. Sie wurden zu Experten für die Jugendlichen, die im Gemeindesaal der Gethsemane-Kirche über viele Monate Romantexte schrieben, passende Illustrationen anfertigten und so das erlernte Wissen verarbeiteten. Sowohl die Kinder als auch die Jugendlichen geben mit ihrem Werk den Hinweis darauf, wie sorgfältig wir mit dieser Welt und der Schöpfung umgehen sollten. Sie haben in all ihrem Entdecken, Lernen, Reproduzieren und Dokumentieren über Nationalitäten, Religionen und Gesellschaftsformen hinweg deutlich gemacht, dass wir alle im Bemühen um die Bewahrung der Schöpfung gemeinsam Verantwortung tragen.

Junge Menschen haben anhand der oben beschriebenen Arbeitsformate den Emscherumbau über mehrere Jahre begleitet und in ihren Texten den Fortschritt dieses Großprojekts auf ihre eigene Weise dokumentiert. Sie haben das Motto »Gemeinsam für Emscher 2020«, für das die Kommunen mit ihren Stadtspitzen eine offizielle Kooperation eingegangen sind, gelebt, wenn sie zusammen geschrieben, gezeichnet und debattiert haben oder auf Exkursion gegangen sind. Die farbigen Schaufensterkästchen der Kooperation »Gemeinsam für Emscher 2020« findet sich zufällig, wirklich rein zufällig in dem Logo der evangelischen Kirchengemeinde Bochum wieder. Dort gehen die Schaufenster der Vielfalt eine Verbindung miteinander ein. Wir betrachten das als gutes Zeichen für eine wundervolle Zusammenarbeit!

Prof. Dr. Martina Oldengott (Emschergenossenschaft)
Pfarrerin Diana Klöpper (evangelische Kirchengemeinde Bochum)

Dreistromland

Essen
im Jahr 2127

Prolog

Das Dreistromland ...

... 1860 ... Moderne Industrie hält Einzug und macht die Region um Emscher, Lippe und Ruhr zur Montanregion Deutschlands. Die Städte wachsen, doch obwohl mehr und mehr Menschen hierherziehen, schlägt das Herz des Gebiets von Jahrzehnt zu Jahrzehnt immer schwächer und verstummt schließlich nahezu völlig.

... 2017 ... Essen als European Green Capital mitten in dieser Region, und der Puls steigt ...

... 2067 ... Das Herz schlägt mit voller Kraft in einer zukunftsorientierten Gesellschaft, die die Fehler von einst revidiert und eine neue, schönere Welt formt ...

... 2080 ... Das Herz gerät ins Stocken, seit der Klimawandel dafür sorgt, dass sich Starkregen und Hitzeperioden mit Wasserknappheit abwechseln ...

... 2127 ... Jetzt! ... Das Herz wurde auseinandergerissen. Jede Stadt im Dreistromland ein autonomer Stadtstaat. Was ist übriggeblieben von dem einstigen Zusammenhalt und den gemeinsamen Plänen? Es gibt sie nicht mehr. Nur noch Schwermut und Misstrauen zeichnen das einst doch so vital pulsierende Herz einer nun auseinandergerissenen Region ...

SAVANNAH

Alter: 90, sieht aber aus wie 20 Jahre

Beruf: arbeitet in Bibliothek

Hobbies: liest megaviel, arbeitet in ihrem Garten

Familie/Freunde: lebt mit ihrer Freundin Avery zusammen

AVERY

Alter: 19 Jahre

Beruf: Barkeeperin

Hobbies/Interesse: spielt Schlagzeug

Familie: ist bei einer Hochwasserkatastrophe verschwunden

JEFF

Alter: 20 Jahre

Beruf: gehört zu der Partei von Salie

Hobbys/Interesse: Sport, Technologie

Familie: seine Eltern sind früh gestorben

MUSTAFA

Alter: 16 Jahre

Beruf: ·

Hobbys/Interesse: spielt Fußball

Famillie: wohnt mit seiner Mutter Lilith, Bruder von Paul, sein Vater ist gestorben Großvater Tate

DIE HAUPTFIGUREN

SALIE

Alter: 36 Jahre

Beruf: Präsident

Hobbys/Interesse: Sport, Politik

Familie: Schwester Hope

HOPE

Alter: 28 Jahre

Beruf: Fotojournalistin

Hobbys/Interesse: Natur, Naturfotografie

Familie: Bruder Salie

REINHARDT

Alter: 389 Jahre

Beruf: Farmer

Hobbys/Interesse: Bogen schießen alte Filme schauen, wandern

Freunde: Amalia (Emscherfee), Tiere auf dem Hof

PAUL

Alter: 18 Jahre

Beruf: ·

Hobbys/Interesse: Informatik spielt Klavier, Zeichnen

Familie: Mutter Lilith, Vater Ringo ist gestoben kleiner Bruder Mustafa Großvater Tate

Illustration: Julia Kaczor

Kapitel 1 Familie Pottgießer

Pottgießers waren eine Familie, die aus vier Personen bestand: Lilith, Ringo und ihre beiden Kinder Paul und Mustafa. Paul ist 18, Mustafa 16.
Doch vor einem Jahr hat Ringo Pottgießer Selbstmord begangen. Er hat keinen Abschiedsbrief hinterlassen. Aber Lilith glaubt, dass es wegen seiner Schulden war. Ringo hatte eine kleine Firma, die schlaue Kleidung herstellte. Die Geschäfte liefen nicht so gut, wie sie sollten, weil die kleine Firma wenige Möglichkeiten für Werbung und Vertrieb hatte. Deshalb hat Ringo Verluste gemacht.

Info: Schlaue Kleidung besteht aus Flexxifasern. Wenn es warm ist, kühlt die Kleidung, wenn es kalt ist, wärmt sie. Farbe und Länge können flexibel angepasst werden. Schlaue Kleidung wird jetzt erfolgreich vom Großkonzern IDEA produziert. Die neuen Versionen sind bei Markteinführung sehr teuer. Aktueller Trend: Kleidung, die sich farblich der Stimmung anpasst.

Nach Ringos Tod bekam die Familie Schwierigkeiten, und es gab immer wieder Konflikte zwischen Lilith und ihren Söhnen. Paul ist deshalb vor einem Jahr ausgezogen und lebt seitdem bei seinem Opa Tate Pottgießer im geheimen Untergrund. Er hat keinen Kontakt mehr zu Lilith und Mustafa, die nicht wissen, wo Paul jetzt ist.
Mustafa wohnt immer noch mit seiner Mutter zusammen, denn er will sie nicht auch allein lassen. Er ist genauso sensibel wie seine Mutter, die nicht mit Ringos Tod klarkommt.
Die Familie hat immer noch Geldprobleme. Obwohl Lilith sich auf Drängen des Essener Großkonzerns IDEA dazu entschieden hat, Ringos Firma und die Patente für die schlaue Kleidung zu verkaufen.

Jetzt, an einem Montagmorgen, sitzen Lilith und Mustafa gerade beim Frühstück.
Mustafa sagt: »Mama, es ist langweilig, wenn wir jeden Tag nur diese Tabletten essen. Und es ist doch auch keine große Leistung, so zu kochen.«

Info: Im Jahr 2127 ernähren sich viele Menschen von kostengünstigen Fast-Food-Tabletten. Die Tabletten muss man auf einen Teller legen. Danach muss man Wasser kochen und auf den Teller schütten. Dann wird die Tablette zu einer Speise. Zum Beispiel zu einem gebratenen Hähnchen. Das restliche Wasser wird vom Teller aufgesaugt. Zum Thema Teller: Die sind im Jahr 2127 natürlich auch schlau! Sie gleichen die Temperatur aus und zeigen an, wie viel Zucker, Kalorien, Vitamine etc. die Speise enthält.

»Tut mir leid, Schatzi«, sagt Lilith. »Aber wir haben kein Geld. Die Tabletten kosten nicht viel. Und so brauchen wir keine Küche.«

»Aber wo ist denn das Geld?«, will Mustafa wissen. »Du gehst doch arbeiten.«

»Mit dem Geld bezahle ich deine Schulgebühren«, sagt Lilith. Denn im Jahr 2127 ist es teuer, zur Schule zu gehen – ein Nachteil an dem eigentlich so großartigen Schulsystem, das Präsident Salie Brown eingeführt hat.

»Dann geh ich eben nicht mehr zur Schule, Mama«, sagt Mustafa. »Ich will gar nicht noch mehr lernen. Ich will lieber arbeiten. Wir brauchen das Geld. Ich weiß, ich bin erst 16 Jahre, aber ich seh doch schon alt aus für mein Alter.«

»Nein, bitte, mein Sohn«, widerspricht Lilith. »Ich will, dass du die Schule fertig machst.«

Mustafa schweigt.

»Mustafa«, sagt Lilith. »Wir werden eine andere Lösung finden. Wir können diese Wohnung verkaufen und eine kleinere suchen. Wir sind ja nur noch zu zweit.«

»Was?«, fragt Mustafa entsetzt. »Nee! Ich lasse nicht zu, dass du die Wohnung verkaufst. Denn hier erinnere ich mich an meinen Vater. Ich fühle, dass mein Vater hier immer bei mir ist. Mama, wenn das Verkaufen die einzige Lösung ist, die dir einfällt, dann bitte, bitte lass mich arbeiten gehen.«

»Nein, Mustafa«, beharrt Lilith.

Mustafa wird sauer und schlägt mit der Faust auf den Tisch. Dann läuft er nach draußen. Wenn er doch zu Paul könnte. Früher ist er mit Problemen immer zu seinem großen Bruder gegangen. Der hat meistens gerade am Flexxiscreen gesessen und irgendwas programmiert. Wenn Mustafa doch auch jetzt mit ihm über seine Probleme sprechen könnte. Dann würde er Paul erzählen, dass die Mutter die Wohnung verkaufen und dafür eine kleinere kaufen will. Das darf nicht passieren. Paul würde es bestimmt schaffen, Lilith zu überzeugen, dass sie die Wohnung nicht verkauft. Aber Paul ist nicht da. Paul hat Lilith und ihn im Stich gelassen.

Kapitel 2 Annie, Tate und Paul

Annie war halb Fee und halb Mensch und sah sehr jung aus. Nicht ganz so jung wie eine Vollfee, aber eben doch viel jünger als eine Menschenfrau in ihrem Alter. Denn immerhin war Annie bereits in den Siebzigern, sah aber höchstens aus wie 40. So oft sie konnte, besuchte sie ihren Mann Tate und ihren Enkel Paul im Untergrund und brachte ihnen leckeres Essen und neue Infos vom Leben über Tage. Denn hier im Untergrund, in den alten Bergwerken von Essen, befand sich die Zentrale der geheimen Rebellengruppe Emschergroppen, die Tate und Annie gegründet hatten.

Die Emschergroppen haben sich als Friedensbewegung zusammengeschlossen, um gegen die Pläne des Präsidenten vorzugehen. Benannt haben sie sich nach kleinen Fischen, die in der Emscher leben und in sauberen Nebenflüssen sogar die Zeit überlebt haben, als die Emscher völlig verschmutzt war. Ziel der Emschergroppen ist es, den Präsidenten Salie Brown daran zu hindern, zu viel Macht auszuüben und einen Krieg mit anderen Stadtstaaten im Dreistromland anzuzetteln. »Emschergroppe« ist ihr geheimes Schlagwort, der Fisch das Symbol, das sie auf Flugblättern und nach Aktionen hinterlassen. Einige Mitglieder der Emschergroppen, wie Tate und Paul, leben im Untergrund. Andere, wie Annie, leben über Tage. Tate musste untertauchen und seinen Tod vortäuschen, weil er Kritik am Präsidenten geübt und nun Angst um sein Leben hat.

Annie erinnerte sich noch an den Tag, an dem Tate beschlossen hatte, im Untergrund zu leben. Und an seine Worte: »Ich weiß, dass du es sehr schwer findest, dass wir getrennt leben müssen. Ich gehe in den Untergrund. Da bin ich in Sicherheit und kann mich weiter für unsere Ziele einsetzen. Ich war zu kritisch, ich habe uns in Gefahr gebracht. Aber ich möchte nicht, dass du mit in den Untergrund gehst. Du liebst das Tageslicht und die frische Luft zu sehr. Und wir brauchen dich da oben. Wir arbeiten alle zusammen. Wir müssen diese Opfer bringen, damit unsere Gesellschaft wieder freier leben kann.«

»Woran denkst du?«, fragte Tate nun.

»Nichts, nichts«, sagte Annie. »Wie ist das Leben im Untergrund?«

Tate antwortete: »Wie immer. Sehr schwer. Es ist hier so warm. Man schwitzt die ganze Zeit, auch ohne körperlich zu arbeiten.«

Annie fragte: »Wie verbringt ihr denn sonst so eure Zeit hier unten?«

»Mit Büchern«, erklärte Tate. »Und wenn wir Langeweile haben, reden wir über Politik und Gesellschaft. Über eine Welt, wie wir sie uns wünschen. Mit gesunder Natur und vielen schönen Orten. Eine Welt, in der wir kein Wasser mehr verschwenden, sodass genug für alle da ist und es keinen Grund gibt, kalten Krieg mit anderen Städten zu führen.«

Paul sagte: »Zum Glück bekommen wir hier unten jetzt auch Trinkwasser. Savannah hat eine Konstruktion für uns entwickelt, um das Regenwasser von oben nach hier unten zu leiten und zu speichern. Sie hat ja früher als Ingenieurin gearbeitet.«

Annie fragte: »Kann ich einen Becher Wasser haben?«

Paul brachte einen Becher und sagte grinsend: »Du musst alles austrinken. Wir wollen nichts verschwenden.«

Nachdem sie getrunken hatte, schaute Annie auf das Holofon an ihrem Handgelenk, bemerkte, dass sie keinen Empfang hatte, und war deshalb wie immer im ersten Moment ein bisschen verwirrt. Sie konnte sich einfach nicht daran gewöhnen.

»Meint ihr nicht, es fällt irgendwann auf, wenn ich immer wieder für eine ganze Weile offline bin?«, wollte Annie wissen. »Ich habe mir gedacht, es könnte für uns alle gefährlich sein, wenn die Regierung aufmerksam wird und mich genauer ins Auge fasst.«

»Ich werde dein Holofon manipulieren«, schlug Paul vor. »Wie meins. Dann merkt man nicht, dass du offline bist.«

Tate war ruhig und sagte nichts. Dann fing er an zu lachen. »Zum Glück muss ich mich mit so was nicht auseinandersetzen. Das ist der Vorteil, wenn man als tot gilt.«

Annie und Paul lachten auch.

Dann fragte Annie: »Wann kommen die anderen Emschergroppen?«

Kapitel 3 Emschergroppen

Wie jeden Sonntag fand das Treffen der Emschergroppen im Untergrund statt, und ebenfalls wie jeden Sonntag kam Avery zu spät. Sie war in Eile und hatte noch ihre Baruniform an.

»Sorry, dass ich zu spät bin«, sagte sie. »Wusstet ihr, dass Leute sich sogar an einem Sonntag betrinken mögen? Ich wusste das bis jetzt jedenfalls nicht.«

»Sei ruhig und setz dich hin, Avery. Wir haben vieles zu besprechen«, sagte Jeff genervt und zeigte auf Averys Platz.

Avery setzte sich gehorsam neben Savannah, die schon längst da war.

»Wieso kommst du eigentlich immer später als Savannah, obwohl ihr doch zusammen wohnt?«, fragte Jeff.

»Jeff, ich habe noch hundert andere wichtige Aufgaben, als nur zu den Emschergroppentreffen zu kommen. Savannah kümmert sich nur um ihre Zeitmaschine und die Arbeit in der Bücherei mit geregelten Arbeitszeiten. Und ... sie ist eben viel organisierter als ich«, antwortete Avery und legte ihren Kopf auf den Tisch.

»Wenn dann alle bereit sind, lasst uns die Sitzung beginnen«, schlug Tate vor und stand auf. Tates Platz war ganz in der Mitte des Raums, weil er als Gründer der Emschergroppen ihr natürlicher Anführer war. Jedes Mitglied hatte Respekt vor ihm und seinen Ideen. Er war auch das älteste menschliche Mitglied der Gruppe.

»Jeff, berichte, was du in der Villa Hügel erfahren hast«, sagte Tate nun.

Jeff stand auf und begann zu reden: »Also, zuerst beobachtete ich den Präsidenten Salie Brown. Er war mit dem Manager von IDEA verabredet. Leider fand die Besprechung hinter verschlossenen Türen statt. Deswegen ging ich zu seiner Sekretärin und sprach mit ihr. Ich fragte sie ganz nebenbei darüber aus, was Salie mit diesem IDEA-Typen zu besprechen hatte. Sie antwortete, dass sie mir das eigentlich gar nicht sagen sollte, aber als Praktikant wäre es vielleicht doch wichtig, dass ich solche Sachen weiß. Auszugsweise bekam ich dadurch wichtige Informationen für unsere Gruppe. Nämlich, dass der ganze IDEA-Konzern nur dank eines Computer-Programms so gut funktioniert.«

Da stoppte ihn Tate und fragte: »Kannst du uns ein bisschen mehr über dieses IDEA-Programm erzählen?«

»Ja, natürlich. Das Programm funktioniert wie ein Gehirn des IDEA-Konzerns. Es koordiniert eigentlich alles. Produktionsabläufe, Warenbestellung, Logistikplanung, Personaleinsatz, Finanzen«, berichtete Jeff.

»Könnte Paul das nicht irgendwie hacken?«, fragte Savannah. »Wenn wir IDEA lahmlegen könnten, wäre für Essen viel getan. Immerhin richtet der Konzern gemeinsam mir Salie viel Unheil an.«

»Ich kann es versuchen«, antwortete Paul.

»Das dürfte schwierig werden«, gab Jeff zu bedenken. »Das Programm ist auf jeden Fall geschützt. Sämtliche Rechner stehen im IDEA-Hauptquartier und werden natürlich extrem gut bewacht.«

»Danke für deinen Bericht, Jeff. Die Information ist sehr hilfreich für uns. Hast du vielleicht noch was gehört?«, fragte Tate.

Jeff nickte. »Dass der IDEA-Manager bei Salie war, hatte einen guten Grund. Die beiden wollen unbedingt Land von einigen Bauern kaufen. Warum, das konnte oder wollte die Sekretärin mir nicht sagen. Aber es war klar, dass IDEA ziemlichen Druck auf die Bauern ausübt und auch vor Erpressung nicht zurückschreckt.«

»Mit der Info lässt sich doch arbeiten«, sagte Annie. »Das muss an die Öffentlichkeit. Wir brauchen nur eine gute Gelegenheit.«

»Die hab ich vielleicht auch schon«, sagte Jeff. »Salie Brown besucht morgen das IDEA-Hauptquartier. Weil eine neue Filiale für schlaue Kleidung eröffnet werden soll.«

»Toll, dann hört genau zu. Unsere nächste Aktion findet morgen statt«, sagte Tate.

»Morgen?«, fragte Paul verwirrt. »Aber Opa, wir haben doch nichts besprochen. Warum denn morgen?«

»Paul, hast du etwa nicht zugehört?«, fragte Tate. »Morgen besucht der Präsident das IDEA-Hauptquartier auf Zollverein. Wir müssen intervenieren. Mein Vorschlag wäre eine Aktion mit Flugblättern. Was denkt ihr darüber?«

»Flugblätter?«, fragte Avery und stand ruckartig auf. »Das ist nicht witzig, Tate. Glaubst du wirklich, dass Papier den Präsidenten von seinen bescheuerten Plänen abhalten kann? Sei nicht dumm. Es ist gar nicht radikal! Unsere Aktion braucht mehr Kraft!«

»Beruhige dich, Avery«, sagte Savannah leise und guckte ihre Freundin beschwörend an.

Tate näherte sich Avery, schaute sie mit ernstem Gesichtsausdruck an und sagte: »Das war nur ein Vorschlag, Avery. Du musst dich nicht sofort aufregen. Ich finde, dass wir die Aktionen ruhiger durchführen sollten. Was sagt ihr anderen?«

»Ich stimme Tate zu«, sagte Annie. »Immerhin haben wir jetzt interessante Infos über IDEA, die wir auf die Flugblätter drucken können.«

Jeff nickte. »Ich finde die Idee mit den Flugblättern sinnvoll. Es sollte schon Eindruck auf den Präsidenten machen.«

»Hast du keine Angst, dass der Verdacht auf dich fällt?«, fragte Paul seinen Freund.

Jeff schüttelte den Kopf. »Die Sekretärin ist so eine Tratschtante ... Die hat das garantiert alles dem halben Ministerium erzählt. Ich hab morgen frei und könnte sogar selbst beim Flugblätter verteilen helfen.«

»Dann bin ich auch dafür«, stimmte Paul zu.

»Und du, Savannah?«, fragte Tate. »Bist du auch dafür?«

»Ja, die Flugblattaktion sollte zur Zeit reichen«, sagte Savannah.

»Es freut mich, dass wir alles geklärt haben. Bereitet euch gut für die Aktion vor. Savannah, übernimmst du das Formulieren und den Druck der Flugblätter? Paul, du kannst die äußeren und inneren Kameras hacken und deaktivieren. Und Jeff, überprüf noch einmal, um wie viel Uhr Salie Brown da sein wird. Annie und ich bereiten den Rest vor. Soweit alles klar?«

Alle stimmten zu. Nur Avery sagte nichts und ging grußlos aus dem Raum. Savannah blickte die anderen entschuldigend an und folgte ihr dann.

Nachdem auch Jeff und Annie sich verabschiedet hatten, ging Tate zu seinem Enkel Paul. »Ich weiß, dass es für dich schwer ist«, sagte er. »Wegen Ringo, hab ich recht? Weil er mit Ringo Enterprise gescheitert ist. Und ausgerechnet IDEA jetzt so viel Geld mit seiner Idee verdient. Ich weiß, wie schmerzhaft das ist. Ringo war schließlich mein Sohn. Und es gibt keinen Tag, an dem ich ihn nicht vermisse. Aber bitte, Paul, gib nicht auf, okay? Lass es uns für Ringo tun.«

»Opa ...«, sagte Paul und stand still. Er schwieg für einen Moment. Dann sagte er endlich: »Ja, natürlich, Opa«, und lächelte.

»Und jetzt sollten wir schlafen«, sagte Tate.

Kapitel 4 Hope

Der Tag fing herrlich an, weil Hope den Sonnenaufgang fotografierte. Sie mochte die Natur. Deshalb war sie auch Fotografin geworden. Um alles, was sie sah, festhalten zu können. »Herrlich«, sagte sie.

Hope hatte einen wunderbaren Blick auf die Gegend ringsherum. Sie wohnte in einem der modernen Häuser nahe der Villa Hügel – dem Wohn- und Regierungssitz des Präsidenten Salie Brown. Salie selbst hatte ihr eine Wohnung in der modernen Siedlung besorgt. »So kannst du mich jederzeit besuchen kommen, Schwesterherz«, hatte er gesagt.

Nachdem Hope genug Fotos vom Sonnenaufgang geschossen hatte, ging sie ins Badezimmer. Alles ist gut an diesem Morgen, dachte Hope. Sie wusste nicht, dass der Tag bei Weitem nicht so gut weitergehen würde, wie er begonnen hatte.

Sie machte sich im Bad fertig für die Arbeit, verließ das Haus und stieg in ihr Flexximobil, um sich auf den Weg in die Redaktion zu machen. Sie war nicht nur Fotografin, sondern auch Journalistin.

Info: Flexxiglas ist ein von Prof. Dr. Lukas Pottgießer Mitte des einundzwanzigsten Jahrhunderts entwickelter organischer Stoff, der als Ersatz für Glas und Plastik genutzt wird. Flexibel, bei Bedarf luft- oder wasserdurchlässig, abdunkelbar oder als TV-/Computer-Display nutzbar und vor allem ökologisch abbaubar, ist das Material eine echte Innovation. Die Erfindung von Flexxiglas hatte zur Folge, dass Autos durch Flexximobile (Flexxiglaskugeln) ersetzt wurden. Straßenbahnen/Züge wurden durch Ketten von aneinandergereihten Flexximobilen ersetzt. Flexxiglaskuppeln dienen vielerorts dem Hochwasserschutz.

Hope hatte viele Fotos auf ihrer Kamera. Auch wichtige Fotos. SEHR WICHTIGE sogar. Wichtiger, als Hope auch nur ahnen konnte. Sie setzte sich an ihren Platz und schaute die Fotos durch. Sie war gestern bei einem Karnevalsfest auf Zollverein gewesen, dem Firmensitz des IDEA-Konzerns, bei dem ihr Bruder Anteilseigner war. Sie sollte über den Karneval berichten und hatte deshalb sehr viele Fotos geschossen. Hope überlegte, was sie Interessantes über das Fest schreiben könnte, als sie plötzlich auf ein merkwürdiges Bild stieß.

Es war eines der Bilder, die sie in einiger Entfernung vom Festort geschossen hatte, weil die Industrienatur auf dem entlegenen Teil des Geländes sie mehr als das Fest fasziniert hatte. Ein paar Männer luden Kisten aus einem Lastwagen. Hm, was machten diese Männer da? Warum luden sie Kisten ab, während doch alle anderen IDEA-Mitarbeiter ausgelassen feierten? Das sieht aber verdächtig aus, dachte sich Hope. Sie musste sich das Bild zweimal angucken. Was konnte in diesen Kisten sein? Sie zoomte heran. Jetzt erkannte sie eine Zahlen-Buchstaben-Kombination auf einer der Kisten. Eine Produktnummer? Hope tippte die Nummer in ihren Computer, um zu recherchieren, wofür sie stehen könnte.

Als Hope das Suchergebnis sah, traute sie ihren Augen kaum. Es war tatsächlich eine Produktnummer ... Für Raketen! Hope konnte es nicht fassen. Was soll ich jetzt machen, dachte sie. Wenn IDEA heimlich Waffengeschäfte betreibt, muss die Öffentlichkeit das erfahren. Soll ich die Fotos meinem Chef zeigen und fragen, ob wir sie veröffentlichen? Hm ... Ich rufe mal Jasmin an, beschloss Hope. Am Holofon berichtete sie ihrer besten Freundin und Arbeitskollegin, die heute ihren freien Tag hatte, worauf sie gestoßen war.

»Was soll ich jetzt machen, Jasmin? Soll ich es dem Chef sagen?«, fragte Hope verzweifelt.

»Ja«, sagte Jasmin. »Das solltest du.«

»Ich weiß nicht«, sagte Hope. »Was ist, wenn er mich nicht ernst nimmt? Du weißt ja, wie der Chef ist. Immer am Rummeckern. Und ich hab echt keine Lust auf seine blöden Sprüche.«

»Ja, ist echt so«, antwortete Jasmin. »Aber er muss dich ernst nehmen. Dass der größte Essener Konzern Waffen kauft, muss die Bevölkerung erfahren.«
»Auch wenn Salie deshalb vielleicht Probleme kriegt?«, fragte Hope.
»Salie?«, erwiderte Jasmin erstaunt. »Was hat dein Bruder damit zu tun?«
»Immerhin ist er der größte Anteilseigner von IDEA«, sagte Hope.
»Dann weiß ich echt auch nicht, was du machen sollst«, sagte Jasmin. »Vielleicht schläfst du lieber noch einmal 'ne Nacht drüber.«

Kapitel 5 Jasmin

Die Freundinnen telefonierten noch eine Weile. Dann verabschiedeten sie sich. Jasmin war nachdenklich. Sie hatte ein bisschen Angst um Salie. Hope wusste das nicht, aber Jasmin war in Salie verliebt. Auch wenn sie fürchtete, dass es ihm nicht so ging, und die gemeinsame Nacht, von der sie Hope lieber nichts erzählt hatte, für ihn wahrscheinlich nur ein One-Night-Stand und nicht mehr gewesen war. Ob ich Salie anrufen und ihn warnen soll?, fragte sich Jasmin. Andererseits ... Diese Fotos könnten echt wichtig sein. Hope würde mit der Veröffentlichung vielleicht etwas Schlimmes verhindern können. Raketen ... Das konnte eigentlich nur bedeuten, dass Essen sich auf einen Krieg vorbereitete ... Aber das wiederum würde bedeuten, dass Salie vom Waffengeschäft wusste und es selbst in Auftrag gegeben hatte. Nein, dachte Jasmin, das kann nicht sein. Salie doch nicht.

Kapitel 6 Emschergroppen

Es war schon Mittag, als die Emschergroppen sich auf dem alten Förderturm der Zeche Zollverein trafen.
»Savannah, wo ist Avery? Kommt sie noch, oder will sie nicht mehr mit uns zusammenarbeiten?«, fragte Tate und guckte auf die riesige Menge von Flugblättern, die Savannah in ihren Händen hielt.
»Ich glaube, sie ist auf dem Weg«, sagte Savannah. »Sie ist aber immer noch ein bisschen verärgert. Ich bin ohne sie losgegangen, weil ich es sonst nicht mehr geschafft hätte, die Flugblätter in der Bibliothek auszudrucken.«
Montags hatte die Bibliothek, in der Savannah arbeitete, geschlossen.
»Alles klar«, sagte Tate. »Aber außer Avery sind alle da. Savannah, Paul, Jeff, Annie ... und die wichtigste Person ... Salie Brown?« Er guckte auf die Bühne, die vor der Kohlenwäsche aufgebaut war.
Da stand er. Der Präsident. Und bereitete sich auf seine Rede vor. Wie immer hatte er einen blauen Anzug an. Und wie immer standen um ihn herum jede Menge Bodyguards.
Tate blickte sich um. Von hier oben konnte man ganz Essen sehen.

Tate stellte sich neben seinen Enkel. »Weißt du was, Paul? Ich war vor ziemlich genau 60 Jahren an diesem Ort. Mein Großvater Lukas hielt damals einen Vortrag anlässlich des 50-Jahre-Green-Capital-Kongresses. An dem Tag habe ich deine Oma zum ersten Mal getroffen ... Hier, auf der Zeche Zollverein.[1] Damals sah hier alles noch ganz anders aus. Es war zwar schon sehr grün in Essen, aber heute ist es wirklich noch grüner. Doch die Leute, die hierher kamen, Paul, sie waren einfach glücklicher und ... hatten viel mehr Spaß. Die Zeche war damals ein Museum, in dem man viel über die Geschichte der Region erfahren konnte. Jetzt ist das Interessanteste hier die Rede von unserem bescheuerten Präsidenten. Ich kam hier später auch oft mit deinem Vater hin. Als er noch jünger war. Einmal habe ich ihn sogar auf ein Konzert mitgenommen. Die Liebe zur Musik liegt uns wohl in den Genen. Mein Großvater Lukas spielte in einer Band, meine Mutter liebte die Beatles – genau wie ich. Deshalb habe ich deinen Papa ja auch Ringo genannt ...«

Pauls Augen waren weit geöffnet. Er versuchte, sich das alles vorzustellen. Sein Vater auf einem Konzert? Das schien ihm irgendwie komisch. Ringo hatte zwar wirklich Musik geliebt. Aber seit Paul denken konnte, hatte Ringo fast immer nur gearbeitet. Paul war sehr überrascht, nun von einem anderen Ringo zu hören. Wenn er doch selbst mit seinem Vater über damals hätte reden können. Aber nun war es zu spät. Ringos Erinnerungen waren für immer verloren.

In dem Moment tauchte endlich auch Avery auf. Sie sah aus, als ob ihr völlig egal wäre, dass sie zu spät kam. Herausfordernd schaute sie Savannah aus ihren verschiedenfarbigen Augen an, als die fragte: »Avery Luck, wo hast du so lange gesteckt?«[2]

»Ist doch jetzt egal«, sagte Annie beschwichtigend. »Sie ist jetzt hier. Und das ist gut so. Ich bin froh, dass du da bist, Avery.«

»Alles klar, wenn alle da sind, lasst uns mit der Aktion jetzt anfangen. Aber als Erstes müsst ihr eure Fischmasken aufsetzen. Wir wollen doch nicht, dass uns irgendjemand erkennt, oder?«, fragte Jeff rhetorisch und zog seine Fischmaske auf.

»Oh, und noch eine weitere wichtige Sache«, sagte Tate. »Wir brauchen zwei Leute, die mit dem Heißluftballon fliegen. Gibt es Freiwillige? Oder soll ich auswählen?« Er lachte.

»Heißluftballon, Tate?«, fragte Savannah verwirrt.

---

1 Die ganze Geschichte vom Kongress und wie Tate und Annie sich kennengelernt haben, erfährst du im Band »Raumschiff Emscherprise. Ein Green-Capital-Roman« (Klartext Verlag 2017).

2 Avery ist übrigens eine Nachfahrin von Felix Luck und Ella Dimitri, die ihr vielleicht schon aus diesen Bänden kennt: »Stromabwärts. Ein Emscher-Roadmovie« (Klartext Verlag 2013), »Endstation Emscher. Zwei Hellweg-Krimis« (Klartext Verlag 2015), »Ey, Emscher! Wow Wolga! Ein russisch-deutscher Underground-Comic« (Klartext Verlag 2016).

»Um die Flugblätter abzuwerfen natürlich«, erklärte Tate. »Wir haben einen Heißluftballon organisiert, mit dem wir wunderbar die Flugblätter direkt auf Salie Brown herunterregnen lassen können.«

Alle starrten auf den Ballon, den Annie und Tate nun unter einer großen Plane hervorzauberten.

»Wie habt ihr den herbekommen?«, fragte Jeff erstaunt.

»Sind heute Morgen sehr früh hergeflogen«, erklärte Annie.

»Ich fliege«, erklärte Avery knapp. »Das ist immer noch die interessanteste Sache an der ganzen Aktion.«

»Alles klar«, sagte Tate. »Jeff, du gehst mit.«

»Was? Warum ich?«, fragte Jeff. »Ich will nicht mit Avery zusammen fliegen. Was, wenn sie mich aus dem Korb schubst?«

»Oh, komm schon, Jeff. Als ob ich so was tun würde. Gib einfach zu, dass du Angst hast, erwischt zu werden«, sagte Avery und lachte Jeff frech an.

Jeff seufzte und stieg hinter Avery in den Korb des Heißluftballons.

»Wenn alle bereit sind, kann es losgehen!«, rief Tate, als Salie ans Mikrofon trat.

»Guten Tag«, sagte Salie ins Mikrofon. »Ich hoffe, dass ihr an dem schönen Abend gestern alle Spaß hattet. Ich habe mir sagen lassen, dass es ein rauschender Karneval war. Heute sind wir hier, weil es schon wieder einen guten Grund gibt zu feiern … Die Eröffnung einer neuen Filiale für schlaue Kleidung. Das bedeutet mehr Absatz, mehr Produktion, mehr Chancen auf finanziellen Gewinn und Vollbeschäftigung.«

In diesem Moment schossen Savannah und Paul Feuerwerkskörper ab, um die Aufmerksamkeit der Zuschauer zu erregen. Es funktionierte. Alle guckten jetzt auf den Heißluftballon und auf die Flugblätter, die durch die Luft flatterten. Die Zuschauer griffen aufgeregt nach den Blättern.

Kapitel 7 Salie

Salie Braun versuchte, die Menschen zu beruhigen: »Bitte. Es gibt keinen Grund, Angst zu haben. Das sind nur dumme Kinder, die uns den wunderbaren Tag ruinieren wollen.« Dann sagte er zu seinem Bodyguard: »Die Feuerwerkskörper kamen vom Förderturm. Da müssen sich die Komplizen von denen befinden, die im Heißluftballon sitzen. Ich werde von diesen Typen Auskunft verlangen, und wenn ich zurückkomme, machen wir mit der Rede weiter.«

»Aber, Herr Brown«, widersprach der Bodyguard. »Sie können doch nicht … Wir sind Ihre Bodyguards. Das ist doch unsere Aufgabe.«

»Willst du mich verarschen?«, sagte Salie verärgert. »Ich bin der Präsident und ich werde beweisen, dass ich immer für die Essener da bin. Keine Sorge, ich schaffe das schon.« Dann ging Salie von der Bühne.

Illustrationen: Julia Kaczor

Kapitel 8 Emschergroppen

»Okay, Avery, das waren alle Flugblätter. Was jetzt?«, fragte Jeff.

»Lass uns zurück aufs Dach«, sagte Avery und lenkte den Ballon in Richtung des Förderturms. Als sie das Ziel erreichten, waren die anderen Mitglieder der Emschergroppen nicht mehr zu sehen.

»Wo sind sie bloß?«, fragte Jeff.

»Du Dummkopf. Sie sind bestimmt abgehauen, weil wir zu langsam waren. Die Aktion war ja nicht gerade unauffällig. Warte hier. Ich versuche, unsere Leute zu finden, falls sie doch noch hier irgendwo sind«, antwortete Avery.

Sie rannte die Treppen herunter und ... ihrem persönlichen Freund fast in die Arme!

Salie Brown schien genauso verärgert und genervt zu sein wie Avery. Sie biss die Zähne zusammen und stürzte sich auf ihn. Sie war voll von Hass – von Hass auf ihn. Er, der jeden Tag das Leben von Tausenden Menschen kaputtmachte und sich dauernd als Retter aufspielte. Sie fing an, auf ihn einzuprügeln. Zunächst attackierte er sie nicht, sondern versuchte nur, ihre Schläge abzuwehren.

Dann schlug er doch zurück.

Avery schlug härter zu.

»Leibwächter, Leibwächter!«, schrie Salie.

»Niemand kommt, um dich zu retten, du Hurensohn! Die Kameras sind deaktiviert!«, schrie Avery.

Jeff öffnete die Tür. Er sah Avery und den blutenden Salie. Er lief zu Avery und erwischte sie am Arm. In dem Moment tauchten Salies Bodyguards hinter Salie auf. Jeff zerrte Avery mit sich. Die beiden rannten so schnell wie möglich. Endlich erreichten sie den Heißluftballon. Nacheinander kletterten sie in den Korb und verließen die Zeche Zollverein.

»Weißt du, wie dumm diese Idee war?«, war das Erste, was Jeff von sich gab. »Sehr, sehr dumm, Avery. Was, wenn die Bodyguards dich gepackt hätten? Warum riskierst du so viel?«

»Das war gar keine dumme Idee. Ich nutze einfach die Gelegenheiten, die sich mir bieten. Bist du dir bewusst, wie viel Schlechtes dieser Mann tut? Sehr viel, Jeff. Er hat eine Strafe verdient«, sagte Avery leise. Sie saß auf dem Boden des Korbes und machte die Augen zu.

Jeff seufzte und sagte: »Zum Glück hat er uns nicht erkannt.«

Er zog seine Fischmaske ab und lenkte den Heißluftballon in Richtung Zeche Carl.

Kapitel 9 Paul

Wir hatten den Rückzug zur Zeche Carl angetreten, wo sich unser Zugang zu den alten Schachtanlagen, zum sogenannten Untergrund befand. Auf Zollverein wären wir nicht sicher gewesen. Da hätten Salies Leute ja sofort alles durchsucht.

»Und Jeff und Avery?«, hatte ich gefragt.

»Die wissen, dass sie den Rückzug allein antreten müssen, und schaffen das mit dem Heißluftballon auch ohne Probleme«, erklärte Annie.

Ich hatte trotzdem das Gefühl, Jeff irgendwie im Stich zu lassen. Ich hatte sowieso das Gefühl, dass ich alle dauernd im Stich ließ. Immerhin hatte ich Mama und Mustafa auch einfach alleingelassen. Ohne eine Wort der Erklärung. Weil ich Angst hatte, die beiden in Gefahr zu bringen, wenn sie wüssten, wo ich mich befand.

Ich ging zu meinem Opa. Ich wollte etwas aus seiner Vergangenheit erzählt bekommen. Nicht dass es mir eines Tages mit ihm so ging wie mit Papa. Dass er starb, und ich das Gefühl hatte, ihn zu wenig gefragt zu haben.

Opa saß alleine und schaute aufs Flexxiglas. Er sah irgendeinen Film.

»Komm, Paul, setz dich zu mir«, sagte er.

Ich nahm neben ihm Platz und guckte die Flexxibeine an, die seine eigenen Beine umschlossen. Opa muss viele Jahre an dieser Erfindung gearbeitet haben, dachte ich mir. In seinen Flexxibeinen steckte ganz viel Kunst. Sie waren für jemanden, der nicht wusste, dass er Flexxibeine hatte, nur schwer zu erkennen, so dünn war das Flexxi-Skelett. Es war aus nur wenigen kleinen, dünnen Flexxistahl-Streben gebaut, in denen eine sehr besondere Technik steckte. Jedes seiner Bein-, Fuß- und Zehengelenke war mit Flexxistahl verbunden, wodurch er seine eigentlich gelähmten Beine bis hinunter zur letzten Zehe benutzen konnte. Die Flexxistahl-Streben in seinen Zehen waren jeweils nur ein paar Millimeter lang. Opa hatte die Technik später weiterentwickelt, sogar Flexxiprothesen gebaut und so vielen Menschen mit körperlichen Einschränkungen wieder ein ganz normales Leben ermöglicht. Den Erfindergeist schien Opa von seinem Opa Lukas geerbt zu haben, der Flexxiglas erfunden hatte. Und von dessen Vorfahr Emil, der Dampfmaschinen entwickelt hatte.[3]

»Opa, erzähl doch mal ein bisschen von deiner Vergangenheit«, bat ich ihn schließlich. »Über damals, als du noch im Rollstuhl saßt. Du erzählst mir nie davon.«

»Das ist eine lange Geschichte, Paul«, sagte er. »Und sie ist teilweise nicht besonders glücklich. Wir sollten lieber nicht darüber reden.«

---

[3] Mehr über Lukas, Emil und ihre Erfindungen erfährst du in: »Emschererwachen. Ein Urban-Fantasy-Roman« (Klartext Verlag 2015) und »Raumschiff Emscherprise. Ein Green-Capital-Roman« (Klartext Verlag 2017).

Ich guckte ihm in die Augen und sagte: »Doch, Opa, ich will wirklich wissen, wie du dich gefühlt hast, als du erfahren hast, dass du querschnittsgelähmt warst und nicht mehr laufen konntest. Und wie du dich jetzt fühlst, wo du wieder laufen kannst.«

Er blickte auf den Boden, schien in Gedanken verloren. Ich sah ihm an, dass er an traurige Zeiten in seinem Leben dachte. Ich saß neben ihm und starrte ihn erwartungsvoll an.

Er lächelte schließlich und begann, mir seine Geschichte zu erzählen: »Das erste Mal, dass ich wieder laufen konnte, war wie ein Traum für mich. Ich hatte lange darauf gewartet und immer davon geträumt, dass ein Tag kommen würde, an dem ich wieder laufen könnte. Oft, wenn ich die anderen Menschen sah, die nicht im Rollstuhl sitzen mussten, dachte ich mir: *Warum denn ich?* Und ich fragte mich auch manchmal: *Warum bin ich nicht bei diesem Unfall zusammen mit meinen Eltern gestorben? Was hab ich Schlimmes getan, dass ich so gestraft bin?* Denn wie eine Strafe kam es mir vor. Obwohl es natürlich eigentlich nur großes Unglück gewesen war ...« Während Tate erzählte, stiegen ihm Tränen in die Augen.

Ich konnte mir nicht vorstellen, was für ein schwieriges und trauriges Leben er manchmal gehabt haben musste. Ich hörte nur zu.

Er sagte mit stockender Stimme: »Ich war sehr frustriert und hoffnungslos, weil ich immer im Rollstuhl sitzen musste, nirgendwohin zu Fuß gehen konnte. Es fühlte sich für mich wie Pech an, dass meine Eltern bei dem Autounfall gestorben waren, aber ich am Leben blieb. Am Leben blieb, aber ohne meine Beine benutzen zu können. Als mir bewusst wurde, dass ich nie mehr würde laufen können, hat mein Leben für mich plötzlich keine Bedeutung mehr gehabt. Ich hasse es, immer auf die Hilfe anderer angewiesen zu sein. Dabei hatte ich Glück im Unglück. Denn ich hatte meinen Opa Lukas, der mich über alles liebte und mich zu sich nahm. Aber natürlich war er oft überfordert mit mir und mit meinen Depressionen. Und ich war untröstlich – ich war ja erst ungefähr so alt wie du. Als ich deine Oma kennengelernt habe, gab es eine Zeit, in der es mir ein bisschen besser ging. Annie hat mir Hoffnung gegeben, um weiterleben zu können. Auch wenn sie zunächst nur eine gute Freundin war. Ich habe endlich wieder einen Sinn im Leben gesehen, habe sogar eine Ausbildung als Emscherbotschafter angefangen. Und dann starb Opa. Und ich war wieder allein. Ich hatte so lange gewartet und gewartet, dass das Leben es besser mit mir meint. Es reichte mir mit dem Pech. Ich wollte nicht mehr leben. Nicht ohne einen Menschen, der immer bei mir war und mit dem ich über alles reden konnte.«

Ich unterbrach ihn: »Was war mit Oma? Wo war sie denn, als du so alleine warst?«

»Sie hat immer versucht, mir zu helfen. Egal, wann ich ihre Hilfe brauchte. Sie hat mir sogar einmal das Leben gerettet, als ich sie gerade erst kennengelernt hatte. Sie hat für mich so vieles getan, was ich ihr niemals zurückgeben könnte. Ich kann nur versprechen, dass ich für sie alles tun würde. Alles, was in meiner Macht steht, auch wenn ich dafür mein Leben riskieren müsste ...«, sagte er und lächelte dabei. »Sie ist meine große Liebe.«

Ich hatte Opa nicht ansehen können, wie sehr er sie liebt. Opa hatte eine ganz schön harte Schale, aber dafür einen weichen Kern. Er zeigte seine Liebe zu uns nicht immer. Ich hatte gerade zum ersten Mal überhaupt von Opa gehört, dass er Oma liebte.

»Aber deine Oma war eben nur eine gute Freundin. Als ich sie zum ersten Mal sah, habe ich mich direkt in sie verliebt. Aber ich konnte es ihr nicht gestehen. Sie war damals, als ich sie kennenlernte, vergeben. Ihr Freund Victor mochte mich eigentlich, war aber immer schnell eifersüchtig. Sie haben sich dann verlobt, wollten heiraten, eine Familie gründen ... Da fühlte ich mich immer wie das fünfte Rad am Wagen. Und wegen Victors Eifersucht hatte Annie immer weniger Zeit für mich ...«[4]

»Wie kam es, dass ihr trotzdem geheiratet habt?«, fragte ich.

»Sie hat sich von Victor getrennt, weil er nicht damit klar kam, dass sie eine Halbfee war. Sie haben die Verlobung gelöst. Natürlich hätte ich mich wegen meiner Behinderung immer noch nicht getraut, ihr meine Gefühle zu gestehen. Annie jedoch gestand mir, dass sie ab dem ersten Moment in mich verliebt gewesen war. Sie hatte uns beide geliebt, Victor und mich. Nun liebte sie nur noch mich.« Opa sann einen Moment nach. »Und sie ist der Grund, warum ich angefangen habe, die Flexxibeine zu entwickeln, damit ich wieder laufen konnte. Damit wir ein gemeinsames Leben haben konnten.«

Ich wurde sehr neugierig, als er das sagte, und wollte es genauer wissen: »Warum war sie der Grund? War ihr das wichtig, dass du wieder laufen konntest? Hatte sie Schwierigkeiten mit deiner Behinderung?«

»Nein, nein«, sagte Opa. »Sie hatte gar kein Problem damit. Ich war es, der ein Problem hatte. Sie ist schon immer eine sehr schöne Frau gewesen. Ich wollte nicht, dass alle immer denken würden, dass sie nur aus Mitleid mit mir zusammen war. Ich wollte nicht, dass sie mich in der Öffentlichkeit im Rollstuhl schieben muss. Ich war zu stolz ... Deshalb habe ich angefangen, die Flexxibeine zu entwickeln. Das war nicht so einfach. Ich habe jahrelang daran gearbeitet. Dann kam endlich der Tag, an dem ich die Beine zum ersten Mal ausprobiert habe. Obwohl ich damals schon 30 Jahre alt war, kam ich mir vor wie ein Kind, das zum ersten Mal ein paar Schritte läuft. Ich konnte gar nicht glauben, dass ich wieder stehen und laufen konnte. Ich werde diesen Moment nie vergessen. Er hat mein ganzes Leben verändert. Ich ging zu Annie. Als sie mich laufen sah, rieb sie sich die Augen. Es kam auch ihr vor wie ein Traum. Und sie war genauso glücklich wie ich. Tränen stiegen ihr in die Augen, und sie umarmte mich. Sie hatte gewusst, dass ich daran arbeite, Flexxibeine zu

---

4   Mehr dazu in: »Raumschiff Emscherprise. Ein Green-Capital-Roman« (Klartext Verlag 2017).

bauen, aber hatte nicht geglaubt, dass es funktionieren würde. Sie hatte immer Angst gehabt, dass ich das alles umsonst machte, dass ich meine kostbare Zeit vergeudete. Aber ich habe nie aufgegeben. Ich habe es immer weiter und weiter versucht, bis ich es geschafft hatte. Ich habe Annie an diesem Tag zu einem Eis eingeladen. Unser Lieblingseis. Das hatten wir schon gegessen, als wir noch jünger waren. Sonst hatte Annie das Eis immer für mich kaufen müssen, weil die Treppen vor dem Eiscafé meinem Rollstuhl den Weg versperrten. Nun konnten wir endlich zusammen die Treppe hinaufsteigen und uns drinnen an einen Tisch setzen. Nach dem Eisessen habe ich den Ring aus der Tasche geholt, den ich schon vor einiger Zeit gekauft hatte, und habe um Annies Hand angehalten. Sie war so glücklich, dass ihr die Tränen kamen. Sie sagte ja. Sie sagte es, als ob sie schon eine Ewigkeit auf diesen Moment gewartet hätte. Dieser schönste Tag hat mein Schicksal besiegelt. In der Nacht wollte ich gar nicht schlafen gehen. Ich war viel zu glücklich. Und ich hatte Angst, aufzuwachen und zu merken, dass es nur ein Traum gewesen war. Nach ein paar Tagen haben wir geheiratet. Ich habe mit der Entwicklung der Flexxibeine weitergemacht, weil ich ja wusste, dass es viele andere Menschen gibt, die im Rollstuhl sitzen oder noch schlimmere körperliche Behinderungen haben. Ihnen wollte ich mit dieser Erfindung helfen, genauso glücklich zu werden wie ich. Das war die Geschichte meines Lebens.« Opa schaute auf seine Beine und lächelte mit Tränen in den Augen.

Opa war mir, als ich Kind war, immer vorgekommen wie der stärkste Mann der Welt. Jetzt fühlte ich mich bestätigt. Er hatte nie aufgegeben. Und er hatte alles bekommen, was er wollte. Ich umarmte ihn fest.

Kapitel 10 Jeff

Avery und ich sind jetzt schon eine Weile mit dem Heißluftballon unterwegs, und ehrlich gesagt habe ich immer noch Angst, dass die Verrückte mich aus dem Korb schubst. Plötzlich höre ich meinen Holofon-Klingelton. Er ist es, mein Arbeitgeber. Salie Brown. Was will er von mir? Warum gerade jetzt? Hat er mich etwa doch erkannt?

Ich nehme den Anruf an und höre schon einen Moment später Salies heisere Stimme: »Jeff, könntest du bitte in 30 Minuten vor dem IDEA-Gebäude auf Zollverein sein? Ich erkläre dir alles später, wenn wir uns treffen. Bitte sei pünktlich.«

Ich hab keine Chance, eine Antwort zu geben, weil Salie sofort auflegt. Toll, jetzt muss ich Avery klarmachen, dass ich schnellstmöglich aussteigen und zurück nach Zollverein muss. Sie wird auf jeden Fall sauer sein. Ich weiß, dass sie nichts davon hält, dass ich ein Praktikum im Ministerium mache, um dort zu spionieren. Sie sagt, dass ich mich erwischen lasse und dann alle Emschergruppen auffliegen. Aber ich glaube, sie traut mir schlichtweg nicht über den

Weg, weil ich Salie und Hope schon von früher kenne. Ich habe in der jungen Fraktion seiner Partei mitgearbeitet, weil ich seine Ideen für Umweltschutz und Bildung absolut großartig fand. Da habe ich auch Paul kennengelernt. Die Partei war nach dem Tod meiner Eltern wie eine Ersatzfamilie für mich. Aber all das kann ich Avery schlecht erklären.

Soll ich Avery überhaupt sagen, warum ich zurück muss? Nein, ich glaube, ich habe keine andere Wahl, als sie zu anlügen. Sonst setzt sie mich auf keinen Fall ab, und ich mache mich vor Salie total verdächtig.

»Avery, können wir auf diesem Gebäude da parken? Ein Freund, der eben angerufen hat, wohnt nämlich in der Nähe. Er hat gefragt, ob ich vorbeikommen kann. Er braucht Hilfe«, sage ich. Ist ja nur halb gelogen, denke ich.

»Nö, du fliegst mit mir weiter zur Zeche Carl«, sagt Avery verärgert. »Wir müssen den anderen Meldung machen.«

Ich grinse. »Und was ist, wenn ich dir im Austausch verspreche, den anderen nicht zu sagen, was auf dem Turm passiert ist? Ich meine die Schlägerei. Savannah würde es nicht gefallen, dass du auf Salie losgegangen bist, oder?«

»Du Arschloch!«, schreit Avery wütend.

Ich lächle, weil ich genau weiß, dass ich gewonnen habe. Avery lenkt den Heißluftballon in Richtung des nächsten Gebäudes. Als wir das Dach erreicht haben, fragt sie mich: »Versprichst du wirklich, dass du es niemandem erzählen wirst?«

Ich sehe ihr an, dass sie voll besorgt ist. Bestimmt, weil sie ihre Freundin Savannah so sehr liebt und nicht möchte, dass sie weiß, was Avery getan hat. Savannah hasst Gewalt.

Ich gucke Avery in die Augen. »Ja, ich verspreche es dir.« Ich hebe meinen kleinen Finger.

Avery bricht in Gelächter aus. »Echt, Jeff? Kleiner-Finger-Schwur? Wir sind doch keine Kinder mehr«, sagt sie und hebt trotzdem ihren kleinen Finger.

Wir haken unsere kleinen Finger ein. Dann steige ich aus. Ich habe so ein schlechtes Gewissen. Erst lüge ich Avery an und dann erpresse ich sie. Ich glaube, ich bin echt ein großes Arschloch. Ich gucke auf die Uhr. Mist, schon so spät. Ich nehme ein Flexxi-Taxi. Das kostet mich mehr, als ich täglich verdiene. Aber ich habe keine Wahl.

Endlich komme ich an. Salie Brown steht mit zwei von seinen Bodyguards vor dem IDEA-Gebäude. Sein Gesicht ist geschwollen. Unter der Nase und an der Lippe klebt noch Blut.

Ich gehe auf ihn zu und frage: »Salie, was ist hier passiert?«

Er seufzt und antwortet: »Keine Sorge, es ist nicht so schlimm, wie es aussieht. Während meiner Rede haben uns die Rebellen attackiert. Sie warfen Flugblätter ab. Und eine von diesen verdammten Emschergroppen hat mich sogar verprügelt. Sie war richtig gruselig mit dieser Fischmaske ...« Salie berührt sein geschwollenes Gesicht. »Ich fahre jetzt mal lieber ins Krankenhaus und lasse das hier checken. Kannst du dich drum kümmern, hier alles aufzuräumen?«

Ich nicke.

Salies Holofon klingelt. Ich höre, wie Salie sagt: »Jasmin? Was gibt es? Ja, es geht mir gut. Aber ich lasse mich lieber im Krankenhaus noch einmal durchchecken ... Mich hinfahren? ... Ja, das wäre schön. Dann bis gleich ...«

Salie macht sich auf den Weg. Ich gucke auf den Boden. Er ist voll von Flugblättern. Aber es sind eindeutig weniger Flugblätter, als wir abgeworfen haben. Das heißt, dass die Zuschauer sie mitgenommen haben. Irgendwie bin ich ganz schön stolz auf mich und auf die Emschergroppen.

Die Sonne steht schon tief. Ich beginne, die Flugblätter aufzusammeln. Oh Jeff, du arme Socke, denke ich. Du kriegst wieder keinen Schlaf.

Kapitel 11 Reinhardt

Es ist ein schöner Abend. Die Sonne geht langsam unter und taucht das Feld in einen goldgelben Schein. Selbst die grünen Pflanzen schimmern in diesen schönen Farben fast golden. Dieser Anblick versöhnt mich etwas mit dem stressigen Tag.

Heute Morgen erhielt ich einen nicht ganz so freundlichen Brief von den Typen von IDEA.

Ich öffne den Brief noch einmal auf meinem Holofon:

Sehr geehrter Herr Reinhardt,
wir von IDEA sind nicht sehr erfreut darüber, dass Sie unser so großzügiges Angebot für Ihren Hof nicht angenommen haben. Leider muss ich Ihnen mitteilen, dass wir ein sehr großes Interesse an Ihrem Hof haben und dass unsere Geduld auch Grenzen hat. Wenn Sie sich nicht umgehend bei uns melden und unser Angebot annehmen (welches jetzt aufgrund Ihrer Weigerung halbiert wurde), werden wir zu anderen Methoden greifen müssen. Glauben Sie uns, wir haben bisher immer das bekommen, was wir wollten.
Mit freundlichen Grüßen
Aleksai Kral
Verwaltung IDEA

Dass sie bereit sind, weit zu gehen, um ihren Willen zu bekommen, war mir bei diesem korrupten Konzern zwar klar, aber dass sie solche Drohbriefe einfach verschicken, macht mir wirklich Angst. Es zeigt so deutlich, dass sie nicht die geringste Sorge haben, dass jemand sie an ihrem Vorhaben hindern könnte. Zumal der Staat voll hinter IDEA steht. Alle waren so euphorisch, als Salie Brown gewählt wurde. Seine Versprechen klangen ja auch so verdammt gut. Aber seitdem hat er schleichend begonnen, seine Politik zu ändern. Der Bevölkerung scheint es gar nicht aufzufallen. Wenn man mal von den Protestaktionen dieser Rebellengruppe absieht.

Was soll ich jetzt tun? Ich schaue gedankenverloren auf das Feld und hoffe, dort eine Antwort auf meine Frage zu finden. Ich liebe meinen Hof. Und es ist mir wichtig, weiterhin gesunde Nahrungsmittel anzubauen. Aber ist es das wirklich wert, mein Leben zu riskieren? Um den Menschen das zu schenken, was die meisten von ihnen dann doch kaltlächelnd wegwerfen? Soll ich es wirklich riskieren, dass IDEA mich auf die Abschussliste setzt? Falls ich da nicht ohnehin schon drauf bin.

Warum sind die überhaupt so wild auf mein Land, frage ich mich. Zuerst dachte ich, ich wäre ihnen nur deshalb ein Dorn im Auge, weil ich versuche, die Menschen über diese Fast-Food-Tabletten von IDEA aufzuklären. Weil ich ihnen deutlich machen will, dass das keine gesunde Ernährung ist. Aber so groß ist mein Einfluss nicht, dass es erklären würde, warum ich IDEA so wichtig bin. Nein ... Da muss etwas anderes hinterstecken ...

Ich sollte versuchen, auf andere Gedanken zu kommen.

Ich deaktiviere mein Holofon und gehe zu meinem Lagerschuppen, wo ich neben Werkzeugen auch einige Bogen lagere. Ich schnappe mir meinen neuen Bogen und ein paar Übungspfeile. Dann mache ich mich auf den Weg zu meinem kleinen Schießübungsplatz. Ich werde noch ein bisschen trainieren, bis die Sonne komplett verschwunden ist. Ich schieße einen Pfeil nach dem anderen in Richtung der Zielscheibe und verfehle nie mein Ziel. Früher, als ich noch zeitgleich Lehrer und Bauer war, ließ mir meine Arbeit keine Zeit fürs Bogenschießen. Aber seit ich nicht mehr als Lehrer arbeite und deshalb auch keinen Unterricht mehr vorbereiten muss, trainiere ich jeden Abend.

Ich vermisse den Schuldienst. Ich habe Ernährungswissenschaften und Tiersprachen unterrichtet. Seit die Tiere mehr Rechte bekommen haben und in freiwilligen Kooperationen mit den Menschen zusammenarbeiten, gehören Tiersprachen in Essen in den Lehrplan. Die meisten Menschen lernen bloß die Vogelsprache, weil sie einfacher ist als die anderen Tiersprachen. Ich, als einer der wenigen Emscherelfen, die alle Tiersprachen sprechen, war als Lehrer sehr gefragt. Und ich dachte, dass ich damit etwas Gutes tue. Weil ich der Verständigung zwischen Tier und Mensch diene. Zum Dank haben sie mich dann rausgeschmissen. Sie sagten einfach, dass ich nicht mehr ›benötigt‹ werde, um die Klassen zu unterrichten. Klar, schließlich hatten sie alle meine Unterrichtsstunden gefilmt. Sie haben mich rausgeworfen, weil sie hatten, was sie brauchten. Und ich vermute fast, dass sie mich vor allem deshalb loswerden wollten, weil ich versucht habe, den Schülern alles über gesunde Ernährung beizubringen. Das passte ihnen nicht.

Ich war überrascht. Und enttäuscht. Früher einmal, vor langer Zeit, hätte ich gedacht, dass so ein Verhalten typisch für Menschen ist. Damals, als die Menschen noch nichts von uns Emscherfeen und Emscherelfen wussten, als wir noch unerkannt unter ihnen lebten und einige von uns im geheimen Widerstand gegen die Industrialisierung kämpften, mit der die Menschen unsere Flüsse und unsere Umwelt verschmutzten. So hoffnungslos war ich, dass ich hundert Jahre lang in einen Stein verwandelt war.[5] Aber seit ich zurückgekehrt bin in diese Welt, dachte ich eigentlich, die Menschen hätten sich geändert. Immerhin haben sie hier im Dreistromland viele Vergehen an der Natur wieder gutgemacht. Ja, ich bin sicher, dass sie sich geändert haben. Auch wenn sie nicht geschafft haben, den Klimawandel aufzuhalten. Aber schwarze Schafe wird es wohl immer geben. Solche, die andere wie gebrauchte Taschentücher wegschmeißen. So etwas sollte einfach nicht mehr passieren!

Ein Schuss – und meine Zielscheibe fällt um. Ich habe gar nicht gemerkt, wie sauer ich bin. Ich habe den Bogen vollkommen überspannt. Ich stehe einen Moment nur da – fast wie ein Baum –, weil ich nicht fassen kann, wie sauer mich dieses Thema immer noch macht.

Während ich langsam den Bogen zur Seite lege und zur Zielscheibe gehe, versuche ich, mich zu beruhigen. Ich sollte für heute besser aufhören mit dem Schießen, denke ich, nachdem ich die Scheibe wieder aufgestellt habe. Ich mache mich auf den Weg zurück durch das kleine Waldstück. Am Haus angekommen, lege ich den Bogen und die Pfeile zurück in den Schuppen. Mein Blick fällt auf die beiden Armbrüste, die ich vor Kurzem hergestellt habe. Waffen herzustellen, hat einen besonderen Wert für mich, aber keinen tieferen Sinn. Elfische Handwerkskunst wird kaum noch praktiziert. Waffen herzustellen bedeutet für mich, ein kleines Stück elfischer Kultur zu bewahren. Die Armbrüste habe ich im Gedenken an Amalia gebaut. Sie war meine Kampfgefährtin damals im Widerstand und hat Armbrüste als Waffen immer bevorzugt. Ich selbst war nie ein Freund von Armbrüsten. Sie brauchen zu lang zum Nachladen, und die Reichweite ist auch kürzer als die des Bogens.

Anders als Amalia habe ich meine Waffen aber nie gegen Menschen eingesetzt. Bogenschießen ist für mich heute sowieso nur noch Sport und hat nichts mit Kämpfen zu tun ... Obwohl ... Wer weiß, was ich tun werde, wenn diese Typen von IDEA hier auftauchen sollten. Meine Wut auf diese Typen, die sicherlich auch für meine Kündigung als Lehrer gesorgt haben, ist so groß, dass ich Amalia im Nachhinein sogar fast verstehen kann. Sie muss dieselbe Wut auf die Menschen verspürt haben damals ...

Ich verlasse den Schuppen und gehe ins Haus. Ich sehe mir, denke ich mal, noch einen Film an. Für ein Buch bin ich momentan zu durcheinander.

---

5 Über den Widerstandskampf der Feen und Elfen erfährst du mehr in: »Emschererwachen. Ein Urban-Fantasy-Roman« (Klartext Verlag 2015).

Kapitel 12 Lilith

Wieder ein Morgen. Ich stehe auf, ziehe den Morgenmantel an und meine Hausschuhe. Ich laufe ins Band, kämme meine dünnen braunen Haare und putze mir die Zähne. Ich verspüre wieder dieses Gefühl. Etwas, was ich nicht beschreiben kann. Ist es das Fehlen von Ringo und Paul? Früher hatte ich nie ein Problem damit aufzustehen. Ringo und ich führten jeden Tag im Bett unser Morgengespräch, gingen dann in die Küche und tranken unseren Kaffee. Ich machte das Frühstück für die Jungs, während Ringo die beiden wecken ging. Paul und Mustafa frühstückten mit uns, dann nahmen sie ihr Zeug für die Schule und verabschiedeten sich. Ringo ging zur Arbeit. Ich begann mit dem Haushalt. Eine perfekte Alltagsfamilie, wenn man von unseren Geldsorgen absah. Wenn Mustafa und Paul aus der Schule kamen und Ringo von der Arbeit zurück war, saßen wir zusammen und erzählten von unserem Tag: von der Schule und der Arbeit.

Jetzt ist es nicht mehr so. Ringo ist weg, Paul ist weg, alle sind weg. Bis auf Mustafa. Er bleibt. Er ist immer geblieben. Mein kleiner Stern. Mein Herzschlag. Trotzdem fehlt etwas ohne Ringo und Paul. Egal, was Mustafa tut, er wird Paul niemals ersetzen können. Keiner kann den jeweils anderen ersetzen. Sie haben beide einen Platz in meinem Herzen.

Seitdem Ringo und Paul weg sind, komme ich morgens kaum aus dem Bett. Mustafa macht sich sein Essen meist alleine und ist dann schon längst weg, wenn ich aufstehe. Vielleicht besser so. Gestern habe ich es ausnahmsweise geschafft, mit Mustafa zu frühstücken, und prompt gab es Streit. Bin ich eine schlechte Mutter? War ich eine schlechte Mutter? Habe ich mich zu sehr nur um mich gekümmert? Ist Paul deswegen weg? Er meldet sich nicht. Und ich traue mich nicht, mich bei ihm zu melden. Aus Angst, dass er nicht mit mir sprechen will.

Was ist bloß aus mir geworden? Schon beim Frühstück bemitleide ich mich selbst und denke über mein jämmerliches Leben nach, statt endlich etwas zu unternehmen ... Es muss sich etwas ändern, beschließe ich. Ich bin fertig mit Frühstücken und fange erst mal an, ein wenig aufzuräumen. Es kann nicht immer alles an Mustafa hängen bleiben. Aber ich habe manchmal einfach keine Kraft mehr, kann oft einfach nicht mehr. Ohne Ringo schaffe ich es nicht, die Familie zusammenzuhalten ... Aber ich muss die Kraft finden. Mir muss was einfallen, um wieder im Alltag anzukommen.

Ringo ist seit einem Jahr tot. Paul seit einem halben Jahr weg. Es reicht! Ich muss etwas tun. Gleich jetzt. Ich lade Paul zum Abendessen ein.

Ich schreibe eine Nachricht auf dem Holofon: *Hallo Paul, hier ist Lilith.* Nein. Das ist zu unpersönlich. *Hallo Paul, hier ist deine Mama.* Ja. Das ist gut. *Hallo Paul, hier ist deine Mama. Ich lade dich zum Abendessen ein. Ich weiß nicht, ob du die Nachricht rechtzeitig bekommst. Wir würden uns freuen, wenn du um 18:00 Uhr kommst. Die Wohnung ist immer noch die gleiche. Deine Mutter Lilith!*

Ich hoffe, er kommt. Es wäre fantastisch. Ich muss noch alles vorbereiten und putzen. Hoffentlich freut sich Mustafa ...

Kapitel 13 Hope

Hope machte sich für die Arbeit fertig. Sie hatte, wie Jasmin ihr geraten hatte, alles überschlafen, war dann wie immer früh aufgestanden und hatte Fotos vom Sonnenaufgang gemacht. Nun war sie fest entschlossen, ihrem Chef alles zu erzählen. In der Redaktion angekommen, ging sie zuerst zu ihrem Arbeitsplatz und legte ihre Sachen ab. Ich werde jetzt direkt zum Chef gehen und ihm alles erzählen, dachte sie mutig. Dann bemerkte sie etwas ... Jasmin war nicht da! Das war sehr merkwürdig, weil Jasmin sonst IMMER früher als Hope da war. Aber vielleicht ist sie aufgehalten worden, dachte sich Hope. Sie würde sich später bei der Freundin melden, wenn die nicht bald auftauchte. Aber nun ging Hope erst einmal zum Chef.

Nachdem Hope ihrem Chef alles erzählt und die Fotos gezeigt hatte, schwieg er einen Moment. Dann sagte er wütend: »Das dürfen Sie nicht veröffentlichen.«
    »Aber, Chef ...«, setzte Hope an.
    »Nichts *aber, Chef*«, unterbrach er sie genervt. »Sie dürfen die Bilder nicht veröffentlichen und Punkt aus!«
    Aber Hope wollte es nicht zulassen. Dass IDEA Raketen kaufte, konnte doch nur bedeuten, dass ein Krieg befürchtet wurde. Die Essener Bevölkerung hatte ein Recht darauf, das zu erfahren. »Herr Müller«, versuchte Hope es deshalb noch einmal. »Ich respektiere Sie und habe immer die besten Storys abgeliefert. Ich hab immer alles getan, wie Sie es wollten. Aber es geht hier um die Sicherheit von uns allen!«
    »Es ist mir egal, was Sie denken, Hope«, schnauzte Herr Müller. »Wir werden diese Geschichte nicht veröffentlichen und Sie löschen diese Fotos am besten ganz schnell wieder.«
    Hope war enttäuscht. Sie lief zurück zu ihrem Platz. In dem Moment kam Jasmin durch die Tür gerannt.
    »Wo warst du denn?«, fragte Hope. »Ich dachte schon, du kommst nicht mehr.«
    »Verschlafen«, erwiderte Jasmin.
    »Ach so«, sagte Hope. »Ich hab eben mit dem Chef gesprochen.«
    »Und was hat er gesagt?«, fragte Jasmin neugierig.
    »Ich darf die Bilder nicht veröffentlichen«, sagte Hope traurig.
    »Mach dir keine Sorgen«, gab Jasmin zurück. »Du findest andere interessante Storys.«

»Jasmin! Es ging mir doch nicht um die Story!«, sagte Hope. »Es ging mir darum, dass die Menschen gewarnt werden!«

Jasmin zuckte mit den Schultern. »Ich muss mal auf die Toilette«, sagte sie.

Kapitel 14 Jasmin

Jasmin war erleichtert, dass Hope ihre Story nicht veröffentlichen durfte. Sie hatte Salie von den Fotos erzählt, als sie ihn vom Krankenhaus nach Hause gefahren hatte. Er hatte ihr versichert, dass der Raketenkauf eine reine Vorsichtsmaßnahme war. Weil Dortmund den Essenern ja schon lange mit Krieg drohte.

Vom Toilettenraum aus rief sie Salie an. »Sie darf es nicht veröffentlichen«, sagte sie.

»Gut so«, erwiderte er. »Ich habe heute Morgen Herrn Müller angerufen und vorgewarnt.«

Jasmin war sich nicht sicher, ob sie die Frage, die ihr auf der Zunge lag, wirklich stellen sollte. Aber da hatte sie es auch schon getan: »Und ... wollen wir uns heute Abend treffen?« Sie hatte so'n komisches Gefühl.

Salie schwieg ein paar Sekunden.

Ich hätte nicht fragen sollen, dachte Jasmin.

»Ja«, sagte Salie schließlich. »Wir treffen uns bei dir um acht Uhr heute Abend.«

»Einverstanden«, sagte Jasmin. Sie freute sich.

Kapitel 15 Jeff

Es ist ein regnerischer Tag. Es sind kaum Menschen unterwegs. Der Wind bläst leise durch die Straßen. Ich gehe zu meinem Praktikum. Der Bus hat Verspätung. Ich komme zu spät ins Ministerium. Wenn ich aus dem Bus aussteige, ist es bestimmt immer noch regnerisch. Weil ich keinen Regenschirm habe, werde ich dann noch nasser. Wer hätte auch mit Regen gerechnet, mitten in der Trockenzeit? Das Wetter bleibt unberechenbar.

Ich bin nervös, denn ich muss mich bei der Sekretärin für das Zuspätkommen entschuldigen. Den anderen Emschergroppen gegenüber habe ich ja so getan, als ob die Sekretärin mir alles Mögliche über IDEA erzählt hätte. Keine Ahnung, warum ich das behauptet habe. Eigentlich habe ich die Infos aus Unterlagen, die ich der Sekretärin geklaut habe. Sie kann nämlich ziemlich streng sein ...

»Es tut mir leid«, erkläre ich ihr. »Eigentlich hätte der Bus pünktlich sein müssen, aber heute war er zu spät. Ich glaube, das ist wegen des Regens.«

Sie antwortet: »Ist schon okay, Jeff. Ich habe dir ein paar Akten auf den Tisch gelegt.« Ich kann ihr anhören, dass sie enttäuscht ist, mir meine Erklärung nicht glaubt.

Und die ganzen Akten ... Das macht sie doch nur, um mich zu bestrafen. Es sind mir zu viele. Ich habe keine Lust, die alle zu bearbeiten. Ich lege drei Akten in den Schrank, damit ich mehr Überblick habe. Später kommt die Sekretärin zu mir und fragt mich, ob ich die Akten fertig gemacht habe. Natürlich hab ich noch nicht alle geschafft.

Die Sekretärin ist sauer. Sie sagt zu mir: »Geh Kaffee kochen!«

Ich gehe zur Kaffeemaschine. Aber wir haben keine Kaffeebohnen mehr. Ich muss also wieder durch den Regen laufen. Ich kaufe im Supermarkt eine Packung Bohnen. Zurück in der Villa Hügel koche ich eine Kanne Kaffee in der Küche.

Ich rufe: »Kaffee ist fertig!« Aber ich glaube, niemand hat das gehört. Deswegen will ich Salie eine Tasse Kaffee ins Büro bringen. Er freut sich bestimmt darüber. Vor der Tür seines Büros bleibe ich stehen. Wer streitet da bloß? Eine Stimme ist leicht erkennbar. Sie gehört Salie. Die andere kommt mir auch bekannt vor. Sie könnte von Salies Schwester Hope sein. Ja, ich bin mir sicher. Sie streiten über irgendein Foto. Die Tür ist leider nur einen Spalt breit offen, aber das ist auch gut so. So können sie mich nicht sehen.

Der Kaffee ist fast kalt. Ich höre Hope über Raketen auf einem Foto sprechen. Ich bin neugierig. Was ist das bloß für ein Foto? Ich habe keine Ahnung.

»Was für ein Präsident bist du, dass du hinter dem Rücken der Bevölkerung von Steuergeldern Waffen kaufst, Salie?« Ich kann hören, wie wütend Hope ist.

Was hat Salie mit den Raketen vor? Man kann mit Raketen doch eigentlich nur böse Sachen machen. Annie und Tate sprechen immer von dem kalten Krieg, den Salie gegen Dortmund führt. Will er jetzt Ernst machen? Er wird uns alle umbringen. Ich muss das unbedingt den anderen Emschergruppen erzählen.

»Was du auch im Schilde führst, Salie«, höre ich Hopes Stimme, »ich werde alles tun, damit du deine schrecklichen Ziele nicht erreichen kannst.«

Ich habe genug gehört. Ich habe Angst, dass die Sekretärin oder Salie und Hope mich erwischen. Jetzt ist der Kaffee endgültig kalt. Es lohnt nicht mehr, ihn Salie zu bringen. Ich gehe mit der Tasse wieder in die Küche und schütte den Kaffee in das Spülbecken.

Plötzlich kommt die Sekretärin und fragt: »Hast du da gerade Kaffee weggeschüttet? Denkst du, die Stadt schwimmt im Geld?«

»Ich habe so schlimme Bauchschmerzen«, sage ich. »Ich kann heute gar nichts machen. Und Kaffee vertrage ich gerade auch nicht.«

»Du siehst auch nicht wohl aus«, sagt die Sekretärin und klingt ausnahmsweise nicht ganz so streng. »Dann kannst du heute früher nach Hause gehen.«

Das hat geklappt. Eigentlich habe ich gar keine Bauchschmerzen. Ich habe gelogen, und sie hat mir geglaubt. Jetzt muss ich den Emschergruppen erzählen, was ich gehört habe. Diese Informationen können uns sehr nützlich sein. Am besten wende ich mich an Annie.

Kapitel 16 Lilith

Lilith räumt alles auf. Sogar die Schränke im Schlafzimmer. Die Wohnung soll schön sein, wenn Paul nachher kommt. Vielleicht entscheidet er sich dann zu bleiben. Beim Aufräumen findet sie Ringos Holofon. Schnell lässt sie es in eine Tasche seiner Jacke gleiten, die im Schrank hängt, weil Lilith es nicht über sich gebracht hat, Ringos Kleidung wegzuwerfen.

> *Info: Jeder Essener bekommt an seinem siebten Geburtstag ein Holofon. Es dient zum Telefonieren, Nachrichten schreiben, im Internet recherchieren, bargeldlosen Zahlen und als Ausweis. Die Regierung kann darüber tracken, wo der Träger sich befindet. Das Holofon speichert alle Erinnerungen des Trägers. Nach seinem Tod schaltet es sich ab. Dann kann selbst die Regierung es nicht mehr tracken. Es ist aber Vorschrift, dass die Holofone nach dem Tod einer Person an die Regierung zurückgegeben werden. Um den Akku eines Holofons aufzuladen, muss man auf ein kleines, am Holofon angebrachtes Windrädchen pusten.*

Lilith hat Ringos Holofon einfach behalten. Wenn sie zurückdenkt an diesen furchtbaren Tag vor einem Jahr …

Lilith fühlt, dass etwas mit Ringo passiert ist. Er ist nicht zu Hause. Dabei hätte er schon vor Stunden von der Arbeit zurück sein müssen. Lilith geht zu seiner Firma. Aber auch da ist Ringo nicht. Sie wird fast verrückt vor Sorge. Sie ist jetzt sicher, dass Ringo etwas Schlimmes passiert ist. Lilith sucht die Gegend um die Firma herum ab. Alle Plätze, an denen Ringo manchmal ist. Und die Plätze, wo sie zusammen waren. Schließlich geht sie in den Wald, in dem sie und Ringo manchmal spazieren gehen, wenn sie ihn in der Firma besucht. Mitten im Wald, direkt unter einer Brücke, sieht Lilith Ringo auf dem Boden liegen. Sie rennt hin. Sie ist schockiert. Er ist tot. Ringo ist tot. Er ist gestorben und alles Schöne mit ihm.

Lilith ruft die Polizei an. Während sie auf die Polizei wartet, nimmt sie Ringos Holofon. Sie denkt nicht nach. Steckt es einfach in die Tasche.

Die Polizei kommt und untersucht die Leiche. »Wo ist sein Holofon?«, fragt einer der Polizisten.

Lilith sagt: »Ich weiß es nicht.«

Sie erinnert sich an diese Nacht. An jede Einzelheit. Sie erinnert sich an den Bienenstock ganz in der Nähe. An eine einzelne Biene, die aufgeregt um Lilith herumgeflogen ist, als wollte sie ihr etwas sagen. Jeden Tag erinnert Lilith sich daran. Jeden Tag fragt sie sich, warum sie nicht gemerkt hat, wie schlimm es Ringo ging. Jeden Tag fühlt sie Ringos Abwesenheit. Jeden Tag sucht sie nach einer Antwort, warum Ringo sich das Leben genommen hat. Für die Schulden hätten sie doch eine Lösung finden können.

Kapitel 17 Mustafa

Im neuen Schulsystem, das Salie in Essen eingeführt hat, läuft im Unterricht klassische Musik. Es gibt ein paar Grundlagenfächer, aber den Rest der Fächer wählen die Schüler selbst. Es gibt keine festen Klassenverbände und keine verschiedenen Schultypen mehr. Die Schüler werden, unabhängig von ihrem Alter, Kursen zugeordnet, die ihren Fähigkeiten entsprechen. So kann auch besser zwischen Fächern differenziert werden, in denen ein Schüler besonders gut ist und weiter gefördert werden kann, und Fächern, die eher vernachlässigt werden. Es ist auch möglich, vor allem praktische Kurse wie Kochen, Erziehung, Internetsicherheit zu belegen oder sich auf Praktikumsmodule zu konzentrieren, bei denen man in Unternehmen Praktika absolviert. Wichtig ist projektorientiertes und fachübergreifendes Lernen. Wer besonders an Forschung interessiert ist, kann auch in der Schule bereits an Forschungsprojekten beteiligt werden. Die Diskussionskultur an Schulen spielt eine große Rolle. Die Ideen, die die Schüler selbst einbringen, werden sehr ernst genommen. Zumindest von den meisten Lehrern. Natürlich gibt es – wie überall – Ausnahmen.

Mustafa ist in der Schule. Sie schreiben dort mit Tablets. Statt einer Tafel wie in den alten Zeiten gibt es einen großen Flexxiscreen. Wenn die Schüler Hunger haben, drücken sie einen Knopf am Tisch. Dann sagen sie, was sie essen und trinken wollen. Die gewünschten Speisen und Getränke werden zum Tisch teleportiert. Im Unterricht hört Mustafa nicht mehr zu. Und wenn er dran genommen wird, weiß er nichts. In der Pause bleibt er lieber allein und grübelt, warum sein Vater sich umgebracht hat, und wie es jetzt weitergehen soll. Und manchmal erinnert er sich an diesen furchtbaren Tag ...

Kapitel 18 Mustafa

Mathe bei Herrn Landbaum. Das ist 'ne Zumutung. Dieser Lehrer bringt Schüler an ihre Grenzen. Er ist ungefähr 1,90 groß, dünn wie eine Salzstange und trägt eine Brille. So viel zu seinem Aussehen – das klingt harmlos. Doch das ist er ganz und gar nicht. Er ist gemein, unfair und ohne Gewissen. Er verteilt Sechsen, wie der Arzt nach der Untersuchung Lutscher an Kinder verteilt. Egal wie sehr man sich anstrengt. Es ist nie genug. Man freut sich, wenn man eine 5+ oder 4- hat. Sogar eine 5- reicht. Na ja, ich hab mir jetzt genug Gedanken gemacht. Ich sollte weiter an dem Arbeitsblatt arbeiten.

»Mustafa Pottgießer, bitte ins Sekretariat«, sagt der Direktor durch den Lautsprecher.

»Na, Mustafa? Was hast du ausgefressen?«, fragt Landbaum gehässig.

»Weiß ich nicht«, antworte ich verwirrt.

Ich gehe ins Sekretariat. Dort sehe ich den Direktor. Und meine aufgelöste, verweinte Mutter. Sie stehen beide auf und bitten mich, mich zu setzen.

Ich setze mich hin. »Mama, was machst du hier?«

»Hör zu, Mustafa, das wird ein Schock für dich sein«, sagt meine Mutter. »Aber es gibt keinen Weg, dir das, was ich sagen will, schonend beizubringen. Dein Vater wurde heute gefunden. Er hat sich von einer Brücke gestürzt.«

»Was? Er hat was ...?« Ich fühle nichts. Wieso fühle ich nichts? Und wieso kann ich nichts sagen?

»Mustafa, angesichts der Tatsachen wirst du heute vom Unterricht freigestellt.«

»Danke, Herr Direktor. Ich glaube, mein Sohn braucht erst mal Ruhe.«

»Mein Beileid, Frau Pottgießer!«

»Auf Wiedersehen, Herr Direktor.«

Kapitel 19 Jeff

16:02 Uhr im Café.

»Hey, Jeff«, begrüßt Annie mich.

»Wo warst du denn so lange?«, frage ich laut.

»Ich dachte nicht, dass du wegen zwei Minuten so sauer wirst, Junge«, antwortet sie.

Sie hat ja recht. Zwei Minuten nur. Aber ich war viel zu früh hier und jede Minute kam mir wie eine Stunde vor. Annie weiß ja noch nicht, was ich ihr sagen will. Sie weiß nicht einmal annähernd, worum es geht. Und sie weiß auch nicht, wie wichtig das, was ich zu erzählen habe, vielleicht für sie, für Tate und mich und alle Emschergroppen sein kann.

»Jeff, was ist mit dir los?«, fragt Annie sauer. »Du rufst mich an, möchtest, dass wir uns umgehend treffen. Dann komme ich hierher, du motzt mich erst mal an und danach schweigst du?! Was soll das bitte bedeuten?«

»Annie«, antworte ich. »Du hast ja recht. Aber wenn ich dir das, was ich gehört habe, erzähle, wirst du mich verstehen und mir sogar dankbar sein.«

»Ich habe keine Ahnung, wovon du gerade laberst, aber fang an, bitte«, sagt sie. Annie kann ganz schön aufbrausend sein. Ich will nicht wissen, wie sie in der Pubertät gewesen ist ... Aber eigentlich mag ich sie. Und es war für mich sinnvoll, sie zu kontaktieren, nicht Paul oder Tate. Um ja nicht zu riskieren, dass jemand mir in den Untergrund folgt.

»Okay, ähm ... Wie soll ich anfangen ...«, überlege ich laut.

»Jeff«, sagt Annie empört.

»Okay, okay, jetzt hör mal zu«, sage ich. »Es war so ... Ich lief im Ministerium durch den Korridor, um Salie Kaffee zu bringen. Da hörte ich, wie zwei sich stritten. Salie und seine Schwester Hope, erkannte ich. Es ging um irgendwelche Fotos. Und um Raketen, die die Regierung anscheinend gekauft hat. Hope hat Salie vorgeworfen, dass er ein schlechter Präsident ist. Ich habe das alles gehört und weiß jetzt, dass Hope Brown gegen ihren eigenen Bruder ist, Annie. Sie kann uns helfen. Sie scheint durchschaut zu haben, dass er nur mehr Macht will. Und diese Fotos ...«

»Jeff«, sagt Annie und legt die Hände auf den Tisch. »Ich weiß, dass du wie wir alle keine Geduld mehr hast. Du möchtest, dass wir endlich Erfolg haben. Und natürlich möchtest du nicht mehr als Spion arbeiten. Ich bin auch ungeduldig. Besonders jetzt, wenn ich höre, dass Salie Raketen hat. Es wird ernst. Sehr ernst. Aber diese Ungeduld soll kein Grund für falsche Ideen sein. Du redest über Salies Schwester. Du sagst, dass sie uns helfen kann und meinst das ganz ernst. Aber denk noch mal darüber nach. Sie ist Salies SCHWESTER. Selbst wenn sie mal Streit mit ihrem Bruder hat ... Vergiss nicht, dass wir dafür kämpfen, dass Salie nicht mehr Präsident bleibt. Damit wird sie wohl kaum einverstanden sein.«

Ich frag mich, ob Annie vielleicht recht haben könnte, und sage nachdenklich und leise: »Aber was ich von Hope gehört habe, kann ich nicht einfach vergessen. Sie meinte, dass sie alles tun wird, damit Salie seine schrecklichen Ziele nicht erreichen kann. Annie, du musst mir glauben, so wie ich meinen Ohren und Gefühlen glaube. Ich kenne Hope noch von früher. Aus den Zeiten, als Paul und ich in der Partei engagiert waren. Sie kann uns helfen. Du wirst ihr auch trauen. Gib mir ein bisschen Zeit und denk auch noch mal drüber nach, okay?!«

»Jeff, mach aber keinen Alleingang«, sagt Annie ernst. »Ich kann dir nicht erlauben, dass du die Schwester von Salie um Hilfe fragst. Lass uns doch mit unserer Strategie weitermachen, und schlag dir deine Idee mit Hope besser gleich aus dem Kopf.«

Dann lässt sie mich mit meinem Kaffee und meinen Gedanken alleine.

Kapitel 20 Lilith

Es ist so weit. Mustafa kommt gleich nach Hause und ich werde ihm sagen, dass ich Paul eingeladen habe. Ich hab keine Ahnung, wie er reagieren wird. Hoffentlich positiv. Das ist wichtig. Sie sind meine Söhne ... Mustafa kommt. Wie soll ich es sagen? Na ja, ich mache es am besten kurz.
»Hallo Mustafa, wie war dein Tag?«, frage ich.
»Gut, und deiner?«, antwortet Mustafa.
»Ja, auch. Paul kommt heute vielleicht zum Abendessen.«
»Wie? Was? Wieso? Er hat hier nichts zu suchen. Er hat uns im Stich gelassen!«
»Aber, Mustafa ...«, versuche ich ihn zu beschwichtigen.
»Nein! Nichts *aber*. Es ist so«, unterbricht er mich.
»Beruhige dich doch. Er kommt, und dann können wir uns unterhalten und das klären.«
»Mama, ich verstehe nicht, wie du das sagen kannst oder ihn überhaupt einladen konntest.«
»Er ist mein Sohn, so wie du. Er ist mein Ein und Alles, so wie du!«
»Ja und? Er hat es nicht verdient, eingeladen zu werden!«
»Was, wenn du an seiner Stelle wärst? Würdest du nicht gern was von deiner Mutter und deinem Bruder hören?«
»Wieso ist er dann abgehauen?«, schreit Mustafa. »Er hätte bei uns bleiben können!«
»Er hatte sicher seine Gründe, und jetzt haben wir die Chance, sie zu erfahren. Also bitte reiß dich zusammen«, bitte ich Mustafa.
»Okay, aber ich reiß mich nur deinetwegen zusammen. Und ich kann für nichts garantieren.«

Kapitel 21 Jeff

18:30 Uhr. Ich bestelle schon meinen fünften Kaffee, seit Annie gegangen ist. Kaffee hilft mir einfach, besser zu überlegen. Annie hat mir zwar verboten, diese Idee weiter zu verfolgen, aber ich muss herausfinden, wie sauer Hope wirklich auf Salie ist. Wenn ich weiß, ob wir ihr vertrauen können, kann ich Annie vielleicht überzeugen. Deshalb warte ich hier und hoffe, dass Hope wie fast jeden Abend in dieses Café kommt. Ich habe extra meine Kamera dabei, um vielleicht eine Möglichkeit zu finden, mit Hope darüber ins Gespräch zu kommen.
Ein Geräusch reißt mich aus meinen Gedanken. Einer Frau ist die Tasche hingefallen, und Notizen und Fotos liegen nun auf dem Boden ... Moment ... Fotos? Das ist Hope! Ich wusste doch, dass sie kommen wird. Jeff, sagt mein

Kopf, sei jetzt ruhig und geh ihr helfen. Die perfekte Chance, um ein Gespräch anzufangen. Du schaffst das. Du findest das, was du suchst.

Hope sieht nervös aus und versucht, so schnell wie möglich die Zettel und Fotos wieder einzupacken. Sie ist so nervös, dass sie nicht einmal aufschaut, als ich ihr helfen will, sondern sie nur sagt: »Danke, ich brauch keine Hilfe.«

Ob das Foto dabei ist, wegen dem sie mit Salie gestritten hat? Mann, ich würde so gern dieses Foto in die Finger kriegen!

»Du wirkst nervös und müde«, spreche ich Hope erneut an. »Möchtest du dich hinsetzen und vielleicht etwas trinken?!«

Sie macht ihre Tasche zu, guckt mich an und ruft überrascht aus: »Oooh, Jeff ... Du bist das!«

»Pst ...«, mache ich. »Muss ja nicht jeder gleich wissen, wer ich bin.«

Hope lacht. »Dann komm, lass uns hinsetzen, Jeff.«

Ich nicke und laufe zu meinem Tisch. Hope kommt hinterher.

»Schöne Kamera«, sagt Hope. »Brauchst du die für dein Praktikum?«

Ich schüttle den Kopf. »Ich bin noch nicht so richtig überzeugt vom Praktikum bei deinem Bruder ... Ich fotografiere aber total gerne. Deswegen denke ich darüber nach, Fotojournalist zu werden. So wie du. Aber ich habe noch keine Ahnung, wie ich das anstellen kann.«

»Fotojournalist?«, fragt Hope und lacht nur bitter.

»Hä, warum lachst du denn?«, frage ich. »Meinst du, dass ich es nicht schaffen kann?«

»Ich weiß nicht, ob ich es dir wünschen soll, Jeff«, sagt Hope. »Stell dir vor, du bist ein Fotojournalist und hast sehr interessante und wichtige Fotos, die deiner Meinung nach auf jeden Fall an die Öffentlichkeit gehören. Aber du bekommst leider keine Erlaubnis, sie zu veröffentlichen.«

Ja! Sie schlägt mit ihrem Gespräch genau die richtige Richtung ein. Komm schon, Hope, gib mir, was ich brauche, denke ich und drücke unauffällig auf den Record-Button am Holofon. Hoffentlich greift die Regierung nicht auf mein Holofon zu. Es heißt immer, sie würden anhand des Holofons nur den Aufenthaltsort von Personen tracken. Zu unserer eigenen Sicherheit. Auf Nachrichten und andere persönliche Daten greifen sie angeblich nicht zu. Und Paul hat mir vorsichtshalber noch eine Verschlüsselung eingebaut. Aber ganz geheuer ist mir das alles nicht.

Ich frage: »Was meinst du mit interessante Fotos und keine Erlaubnis?! Du bist Hope Brown, die Schwester des Präsidenten. Wer könnte dir so etwas verbieten, bitte?«

Hope beugt sich weit zu mir und flüstert: »Salie Brown selbst. Der kann das verbieten. Und er hat es sogar schon getan.«

»Waaas? Was für Bilder sind das denn? Warum möchte Salie nicht, dass sie veröffentlicht werden?«, frage ich und schiebe meinen Arm mit dem Holofon am Handgelenk unauffällig näher zu Hope.

»Bilder halt«, weicht Hope aus.

»Warum veröffentlichst du sie nicht einfach trotzdem? Ohne Erlaubnis?«, frage ich.

Sie atmet tief ein und aus und sagt: »Salie ist mein Bruder. Ich weiß nicht, was ich damit anrichte, wenn ich die Fotos veröffentliche. Vielleicht ist es also wirklich das Beste, es einfach sein zu lassen.« Sie guckt dabei nicht gerade überzeugt.

»Aber Hope«, sage ich. »Was auch immer auf den Fotos ist, so schlimm kann es doch nicht sein. Wir reden hier immerhin über Salie!« Ich versuche, möglichst überzeugend zu wirken.

»Jeff«, sagt sie traurig. »Salie ist nicht mehr wie früher. Er neigte immer schon zu Extremen und konnte schnell seine Meinung ändern. Aber jetzt ... Ihm ist nichts mehr wichtig, außer seiner Karriere und seiner Macht. Selbst ich bin ihm nicht mehr wichtig, fürchte ich. Aber ich habe ihm gesagt, dass ich mich gegen ihn stellen werde, wenn er damit nicht aufhört.«

»Womit nicht aufhört?«, frage ich.

Hope zögert. »Jeff«, sagt sie. »Was ich dir jetzt anvertraue, darfst du niemandem erzählen ... Ich habe Fotos von Waffenlieferungen gemacht. Raketen. Salie beschafft Raketen. Das kann nur Krieg bedeuten!«

Ich versuche überrascht auszusehen. Überrascht und entsetzt.

Kapitel 22 Lilith

Es ist schon 18:45 Uhr. Paul kommt wohl nicht mehr.

»Mama, da klingelt einer an der Tür!«, ruft Mustafa.

Ist es möglich? Ist er es? Paul? Ist er doch noch gekommen? Ich öffne die Tür. Er ist es!

»Paul! Ich freu mich so sehr, dich zu sehen!«

»Hallo, Mama!«, sagt Paul.

Ich kann es kaum glauben. Mein Sohn ist da. Er ist hier.

»Komm doch rein«, sage ich aufgeregt. »Wie geht es dir?«

»Gut, und dir?«, fragt Paul. Er wirkt ein bisschen verlegen.

»Mir geht's auch gut«, sage ich. »Setz dich doch.«

»Danke.« Paul nimmt in der Küche Platz.

»Moment, ich rufe Mustafa.«

Hoffentlich benimmt sich Mustafa. Ich klopfe an die Tür von seinem Zimmer. Keine Antwort. Ich drücke die Klinke herunter. Wieso ist die Tür abgeschlossen? Das ist sie doch eigentlich nie.

»Mustafa, kommst du?«, frage ich.

»Ja, warte«, höre ich ihn rufen. Dann schließt er die Tür auf.

»Dein Bruder ist da«, sage ich. »Bitte fang keinen Streit mit ihm an, ja?«

»Ja, ja, ich versuch's«, sagt Mustafa.

»Danke, das ist wichtig, okay?«

»Ja, ist doch in Ordnung, Mama! Ich komme sofort, ja?«, sagt Mustafa. Ich nicke. Ich hoffe wirklich, er kann sich zusammenreißen.

Kapitel 23 Paul / Lilith

Während seine Mutter Mustafa holen geht, schleicht Paul schnell ins Schlafzimmer seiner Eltern. Wer weiß, wann er das nächste Mal herkommen kann. Er möchte so gern von jedem seiner Familienmitglieder ein Erinnerungsstück mit in den Untergrund nehmen. Vor allem von seinem Vater.

Paul öffnet den Schrank, um nach den Sachen seines Vaters zu sehen. Er hat recht gehabt, seine Mutter hat sie nicht weggeworfen. Paul sucht in der Kleidung des Vaters, durchwühlt die Taschen. Irgendetwas Kleines muss es sein, was er unbemerkt mitnehmen kann. Paul greift in eine von Vaters Jackentaschen und bekommt einen Gegenstand zu fassen. Wie ein dünnes Armband. Aber das ist doch das Holofon seines Vaters! Paul ist überrascht. Er dachte, das hätte die Polizei. Oder die Regierung. Wer hat das Holofon hier versteckt, fragt Paul sich. Das kann doch eigentlich nur Lilith gewesen sein. Schnell steckt Paul das Holofon in seine Tasche. Er ist aufgeregt. Vielleicht kann er das Holofon hacken. Vielleicht kommt er dadurch an die Erinnerungen seines Vaters!

Lilith betritt die Küche. Aber dort ist niemand. »Paul?«, ruft sie. Niemand antwortet. Ist er etwa einfach gegangen? Hat er Mustafa und sie wieder alleine gelassen?

In dem Moment kommt Paul zurück in die Küche. »Ich war nur Hände waschen.«

Kapitel 24 Lilith

»Mustafa kommt gleich«, sage ich. Die ganze Zeit schon ist meine Stimme so leise und heiser, und ich traue mich nicht, Paul zu fragen, warum er abgehauen ist. Weil ich Angst habe, dass er mir Vorwürfe an den Kopf wirft.

Mustafa kommt. »Hallo, Paul«, sagt er.

»Hallo, Mustafa«, antwortet Paul.

Sie führen ein harmloses Gespräch, zwar kühl und irgendwie unpersönlich, aber sie reden wenigstens miteinander. Bis Mustafa die Frage stellt, die ich mich nicht zu fragen traue: »Warum bist du gegangen? Warum hast du uns im Stich gelassen?«

»Mustafa!«, rufe ich dazwischen.

»Was denn? Ich möchte es wissen«, sagt Mustafa.

»Ist schon okay, Mama«, beschwichtigt mich Paul. »Ich habe meine Gründe, Mustafa. Gründe, die nichts mit euch zu tun haben.«

»Was für Gründe?«, will Mustafa wissen.
»Mustafa, bitte!«, versuche ich meinen Sohn wieder zu stoppen.
»Nein, ich will es wissen«, beharrt Mustafa.
»Das kann ich nicht sagen«, antwortet Paul. »Aber ich bin doch jetzt hier.«
»Ja und?«, schreit Mustafa. »Du hast uns verlassen. Du bist abgehauen, hast dich nur um deinen eigenen Arsch gekümmert!«
»Mustafa, es reicht!«, schreie ich.
»Nein, du hast uns alleine gelassen, Paul«, schreit Mustafa. »Du bist nicht mehr mein Bruder!«
»Das muss ich mir nicht anhören«, sagt Paul leise und steht auf. »Tschüss, Mama ...«
»Nein, geh nicht, Paul, bitte«, flehe ich ihn an.
Aber Paul geht. Mustafa stürmt in sein Zimmer und knallt die Tür hinter sich zu. Und ich bin wieder am Anfang. Es ist alles kaputt. War ich zu streng zu Mustafa? Er hat doch ein Recht auf seine Fragen. Aber Paul ... Paul hat auch ein Recht, seine Gründe für sich zu behalten. Hätte ich Mustafa stoppen sollen? Hätte ich dann etwas verhindert, oder hätte ich es verschlimmert? Was hätte ich tun sollen? Was soll ich tun? Was muss ich tun?

Kapitel 25 Lilith

Ich gehe schlafen. Ich muss das alles verarbeiten. Zähne putzen, Pyjama anziehen und ins Bett. Moment. Ich habe eine Nachricht. Sie ist von Paul! *Sei nicht böse, Mama. Ich habe Papas Holofon aus deinem Schrank geklaut. Ich habe geschafft, es zu hacken. Hier schicke ich dir ein paar seiner schönsten Erinnerungen. Vielleicht sind sie ein Trost.*
Ich starre auf die Dateien auf meinem Holofon. Gespeicherte Erinnerungen von Ringos Holofon. Erinnerungen von Ringo. Paul ... Er war schon immer ein schlaues Kind.
Soll ich mir die Erinnerungen ansehen oder nicht?
Ich tue es. Ich sehe die Welt mit Ringos Augen. Fühle das Leben, wie er es gefühlt hat. Jedes Wort, das aus seinem Mund kam, berührt mich. Jede Bewegung. Ach, wenn das doch kein Hologramm wäre. Ich vermisse Ringo. Ich brauche ihn jetzt gerade, ich brauchte ihn vorhin und ich werde ihn immer brauchen. Aber wenigstens habe ich jetzt diese Erinnerungen von ihm. Die kann mir keiner nehmen.

Kapitel 26 Reinhardt

Alle Arbeiten auf dem Hof waren für heute erledigt. Es war schon dunkel, aber mir war nicht nach schlafen. Ich schlief ohnehin wenig. Vielleicht, weil ich ja so viele Jahrzehnte als Stein im Tiefschlaf gelegen hatte.[6] Tja, was sollte ich jetzt machen? Noch mal Bogenschießen oder ein paar Pfeile herstellen? Ich warf eine Münze. Ich hatte welche behalten, als Münzen und Scheine komplett durch digitales Geld ersetzt worden waren. Zahl, also ab zur Schmiede. Vielleicht auch besser so. Beim Bogenschießen würde ich sonst nur meine Zielscheibe zerstören. Ich ging also auf die Rückseite meines Hauses zu dem kleinen Anbau. In diesem stand ein Schmelzofen in der rechten Ecke, Gussform, Werkbank und Amboss standen in der linken. Das Feuer im Schmelzofen war allerdings aus. Es würde einen Moment dauern, bis das Feuer genug in Fahrt gekommen war. Ich würde solange noch einmal rausgehen.

Plötzlich stand Lucy vor mir, vollkommen mit Staub und Spinnweben verdreckt. »Alter«, sagte sie. »Wie oft machst du hier eigentlich sauber? Ich muss mir dir reden. Dringend!«

»Ähm ... Hallo erst mal. Lange nicht gesehen! Komm doch mit mir ins Haus.«

Wir gingen ins Wohnzimmer, wo Regale voll mit Büchern und Filmen standen.

»Du hast aber ziemlich viele Filme«, sagte Lucy beeindruckt.

»Ja, ich finde, dass Filme 'ne tolle Erfindung sind. Ich war ja etwa 100 Jahre außer Betrieb und hab halt 'ne Menge nachzuholen. Auch jetzt noch. Nach all den Jahrzehnten, die ich schon kein Stein mehr bin.«

»Stimmt«, sagte Lucy. »Aber ich habe leider keine Zeit, um lang zu plaudern.«

»Natürlich«, erwiderte ich und deutete auf den Tisch und die Stühle. »Magst du dich trotzdem kurz setzen und vielleicht etwas trinken? Wasser, Saft, Tee?«

Lucy nickte. »Wasser gerne, war ein weiterer Weg von Castrop aus, als ich dachte.«

Ich nahm ein Flexxiglas, füllte es mit Emscherwasser und gab es Lucy. »Castrop-Rauxel?«

Lucy nickte. »Ich arbeite in Castrop und Dortmund schon seit Längerem in einer geheimen Umweltschützergruppe, die sich *Die Einhörner* nennt. Eins unserer Ziele ist es, das Dreistromland wieder zu vereinen. Denn nur so kann es uns langfristig gelingen, die Flüsse und ihre Umgebung zu schützen, fair mit dem Wasser zu haushalten und damit auch für Frieden zu sorgen. Nur gemeinsam sind wir stark.«

---

[6] Warum Reinhardt so lange zu Stein verwandelt war, und wie es dazu kam, dass er wieder aufwachte, kannst du nachlesen in: »Raumschiff Emscherprise. Ein Green-Capital-Roman« (Klartext 2017).

Ich schaute Lucy verwundert an. Ich kannte sie schon ziemlich lange. Sie hatte sich als Heilerfee immer für andere eingesetzt. Aber dass sie sich politisch engagierte, war mir neu. Nun ja, vielleicht hatten die Einstellungen ihres Partners Raphael mit den Jahrzehnten auf sie abgefärbt.[7] Er war ein Emscherelf, der einst wie ich im Widerstand gekämpft hatte, später aber zur Friedensbewegung übergelaufen war.

»Und was verschafft mir die Ehre?«, fragte ich.

Nachdem Lucy einen Schluck genommen hatte, fing sie an zu reden. »Ich habe gehört, hier in Essen gibt es auch eine Rebellenbewegung. Ihr Symbol ist ein Fisch. Weißt du etwas über sie oder bist vielleicht sogar Mitglied bei ihnen?«

Ich schaute wahrscheinlich wie der *DeLorean* aus dem Film von neulich.

»Nein, tut mir leid, ich weiß nichts von ihnen«, sagte ich und überprüfte, ob mein Holofon noch deaktiviert war. Perfekt, es war aus. Ich hatte immer das Gefühl, dass mir die Regierung mit diesem Mistding hinterherspionierte. »Lucy«, sagte ich, jetzt wo ich wusste, dass niemand uns per Holofon belauschte. »Ich hab nur von denen gehört. Sie bringen Flugblattaktionen und so. Sie wehren sich gegen die miesen Machenschaften unseres Präsidenten.«

»Miese Machenschaften? Also stimmt es wirklich?«, fragte Lucy traurig.

»Ich kenne Salie noch von früher. Er war auch bei den Einhörnern. Ehe er hier in Essen eine Partei gegründet hat, um richtig in die Politik zu gehen. Der hat sich immer für gute Sachen eingesetzt. Aber wir haben schon geahnt, dass er sich verändert hat. Man hört ja so einiges.«

Ich nickte. »Ich werde vielleicht meinen Hof verlieren. Und meine Tiere. Wegen diesem verdammten Konzern IDEA. Weil dieser tolle Präsident nichts unternimmt gegen die. Oder noch schlimmer: mit ihnen gemeinsame Sache macht.« Ich merkte, wie sauer mich das Thema schon wieder machte.

Lucy stellte ihr Glas zur Seite. »Das hab ich nicht gewusst. Es tut mir leid. Aber umso wichtiger ist es, dass die Rebellen aus verschiedenen Städten zusammenarbeiten. Dass wir gegen korrupte Regierungen und Diktatoren gemeinsam vorgehen.«

Ich nickte. »Ich werde Augen und Ohren offen halten. Und sollte ich auf irgendwelche Essener Rebellen stoßen, werde ich dich kontaktieren, okay?«, schlug ich vor.

»Danke, Reinhardt«, sagte Lucy. »Ich muss wieder los. Ich habe dich möglicherweise ja sowieso schon in Gefahr gebracht.« Sie deutete auf mein Holofon.

---

7   Mehr über Lucy und Raphael und die vielen anderen Emscherfeen und Emscherelfen kannst du nachlesen in: »Stromabwärts. Ein Emscher-Roadmovie« (Klartext Verlag 2013), »Emschererwachen. Ein Urban-Fantasy-Roman« (Klartext Verlag 2015), »Raumschiff Emscherprise. Ein Green-Capital-Roman« (Klartext Verlag 2017) und »Uferlos. Ein Emscher-Endzeitroman« (Klartext Verlag 2017).

Ich lachte müde. »Ich steh so oder so schon auf deren Liste, aber wenn sie kommen, werde ich das hier nicht kampflos aufgeben.«

»Reinhardt, sei kein starrsinniger Idiot, wenn sie kommen«, warnte mich Lucy. »Dann werden sie dich ausschalten und sich trotzdem holen, was sie wollen. Ohne Rücksicht auf Verluste. Komm bitte zu uns, wenn es zu gefährlich wird. Komm in den Untergrund.«

Ich dachte kurz nach. »In den Untergrund? Da wächst doch gar nichts. Und ihr lebt wirklich da unten?«

»Ja. Meistens. Und wir können jede Hilfe brauchen. Denk drüber nach.«

Ich nickte. »Und Raphael? Wie geht es ihm?«

»Er setzt sich genau wie ich für die Wiedervereinigung des Dreistromlandes ein«, erklärte Lucy.

»Und eure Adoptiv-Tochter?«, fragte ich. »Liana?«

Lucy lachte. »Ist fast nur noch auf Turan unterwegs. Als Umwelttechnikerin. Sie ist also schließlich doch noch freiwillig in Raphaels Fußstapfen getreten.[8] Wie auch immer ... Ich muss dann mal wieder. War schön, dich zu sehen, Reinhardt. Und sag mir Bescheid, wenn du was in Erfahrung bringst wegen der Essener Rebellen. Hoffentlich sehen wir uns bald wieder. In einer besseren Welt.«

»Das hoffe ich auch, Lucy, bis bald!«

Einen Augenblick später war sie weg. Ich saß noch einen Moment einfach nur da und dachte darüber nach, was sie gesagt hatte. Und darüber, wie stark Lucy sich gewandelt hatte. Früher hätte sie alles an sich vorbeiziehen lassen und sich nicht in solche Angelegenheiten eingemischt. Jetzt war es wie ein Rollentausch. Ich ließ alles an mir vorbeiziehen. Und Lucy kämpfte, um die Welt zu retten. Irgendwie hatte sie ja recht. Das Dreistromland musste wiedervereint werden. Aber ich glaubte nicht daran, dass das dadurch erreicht wurde, dass helle Köpfe wie Lucy im Untergrund verschwanden ... Plötzlich fiel mir etwas ein: Verdammt, das Feuer im Schmelzofen!

Eilig hastete ich zur Schmiede. Alle Gedanken an Lucy und Raphael, an Dortmund und Castrop-Rauxel schob ich beiseite.

---

8   Mehr über den Planeten Turan und darüber, warum Liana auf keinen Fall in die Fußstapfen ihres Adoptivvaters Raphael treten wollte, erfährst du in: »Raumschiff Emscherprise. Ein Green-Capital-Roman« (Klartext Verlag 2017).

Castrop-Rauxel im Jahr 2127

Kapitel 27 Lucy

Emscherfeen, Emscherelfen und Menschen, die unter dem Decknamen »Die Einhörner« im Geheimen für die Natur und die Emscher kämpfen – sie sind bereit, alles zu tun, um die Natur ihrer Heimat zu schützen. Ihre Zeit, ihr Leben, ihr Geld und ihre Träume – alles richten sie auf den Schutz der Natur aus.

Viele der Einhörner setzen sich nun auch öffentlich dafür ein. Im Rahmen einer Bürgerinitiative, die dafür kämpft, den Abriss vom Park Emscherland zu verhindern.[9]

Zu ihnen gehört auch die Emscherfee Lucy. Im Geheimen ist sie eines der Einhörner, offiziell ist sie eine der Personen, die sich in der Bürgerinitiative engagieren. Wie auch ihr Freund Raphael. Wie Jamie und André und Alicia. Sophie und Marc. Diese Namen werden in der Bürgerinitiative oft genannt, weil sie den anderen als Vorbilder dienen. Aber da ist auch noch die Gründerin der Bürgerinitiative: Tatjana Mercier. Sie ist kein Einhorn. Und da sind Philipp und Valentina – ein in die Jahre gekommenes Geschwisterpaar. Und noch viele weitere.

Die Mitglieder der Bürgerinitiative haben ein großes Problem. Der Bauminister der Stadt Castrop-Rauxel will den Park Emscherland abreißen und die Fläche als Bauland erschließen.

Der hört nicht auf.

Der will den Park nicht in Ruhe lassen.

Bauminister Unger lädt Bürger zu einer Pressekonferenz ein. Diese Worte kündigen die Titelstory der *Holonews Castrop-Rauxel* an. Die Pressekonferenz wird im Bauministerium stattfinden. Und sicherlich werden außer dem Bauminister auch ein paar Vertreter des Bauunternehmens Goldschmidt aus Dortmund dabei sein, das schon längst damit beauftragt wurde, den Park abzureißen. Alle interessierten Bürger und natürlich auch die Mitglieder der Bürgerinitiative gehen zur Pressekonferenz. Und natürlich geht auch Lucy, die absolut gegen den Abriss ist. Um zu versuchen, mit dem Bauminister zu diskutieren, setzt sie sich in die erste Reihe. Auch wenn der seine Meinung wahrscheinlich doch nie ändern wird.

Da steht der Bauminister auf der Bühne. Nikolaus Unger. Und drumherum stehen seine Bodyguards. Viele Menschen warten verwirrt und unruhig auf

---

9   Viel mehr über den Park Emscherland kannst du nachlesen in: »Willkommen@Emscherland. Eine Cross-Culture-Trilogie« (Klartext Verlag 2016).

seine Rede. Sie sind aufgeregt. Das kann nicht sein. Niemand darf den Park abreißen.

Endlich fängt der Bauminister an zu reden: »Wir sind heute hier, um Sie vor einer Katastrophe zu retten. Vor einem großen gesundheitlichen Risiko. Wenn wir diese Katastrophe nicht verhindern, könnten wir alle sterben.«

Lucy ist verwirrt. Was für eine Katastrophe? Es soll doch um den Park gehen. Sie blickt sich um. Auch ihre Sitznachbarn sehen irritiert aus.

»Meine Damen und Herren«, fährt Nikolaus Unger fort. »Wie Sie alle wissen, haben Wissenschaftler eine neue Krankheit entdeckt, die uns alle umbringen könnte, wenn sie erst einmal um sich greift: die Blaue Pest. Eine Krankheit, die dazu führt, dass sich die Gliedmaßen der Infizierten zunächst blau färben und dann absterben.«

Ein Flüstern geht durch die Menge. Lucy ist empört. Der Minister tut so, als könnte eine Epidemie ausbrechen. Dabei ist die Blaue Pest eine Erbkrankheit. Der will doch hier nur Panik schüren.

»Aber Sie müssen sich keine Sorgen machen«, sagt der Bauminister in ruhigem Tonfall. »Wir haben alles unter Kontrolle. Wir werden eine Pharmafabrik bauen. Dort, wo jetzt noch der Park Emscherland steht.«

Endlich versteht Lucy, welche Strategie der Bauminister verfolgt.

»Bald schon werden die Mitarbeiter des renommierten Bauunternehmens Goldschmidt anfangen, das Gelände für den Bau vorzubereiten«, erklärt Nikolaus Unger. »Die Fabrik an einer entlegenen Stelle wie dem Park zu bauen, ist nötig, da dort chemische Experimente stattfinden werden, die für Sie alle gefährlich sein könnten. Nur spezielle Experten werden dort arbeiten. Für alle anderen wird das Gelände zum Sperrgebiet erklärt. Zu Ihrer aller Sicherheit.«

Plötzlich entdeckt Lucy ihre alte Freundin Amalia unter den Bodyguards. Amalia, die sie seit einer Ewigkeit nicht mehr gesehen hat. Amalia, die auch eine Emscherfee ist und den Menschen gegenüber immer misstrauisch war. Und die sich gegen alles gestellt hat, was der Natur im Emscherland schaden könnte. Es kann doch nicht sein, dass jetzt ausgerechnet Amalia …

Lucy schreit in den großen Saal: »Amalia! Was machst du hier? Warum bist du hier und schützt diesen … diesen Naturmörder? Was ist los mit dir? Was ist passiert?«

Der Bauminister blickt Lucy sauer an, weil sie seine Konferenz stört. »Raus mit Ihnen!«, ruft er wütend. »Verlassen Sie sofort den Saal! Solche verrückten, unhöflichen Leute dulden wir hier nicht.«

Nikolaus Unger befiehlt seinen Bodyguards, Lucy rauszuschmeißen. Amalia und ihre Kollegen schnappen Lucy und bringen sie gegen ihren Willen nach draußen. Vor der Haupttür spuckt Lucy Amalia ins Gesicht und brüllt: »Ihr Arschlöcher! Ihr werdet das nicht schaffen. Wir werden eure Pläne verhindern.«

Keine Reaktion von Amalia, die sonst so schnell wütend wird. Natürlich, denkt Lucy. Sie will mich nicht schlagen, wegen der Kameraleute, die den Zwischenfall filmen. Es wäre schlechte Presse für den Bauminister, wenn seine Bodyguards zu brutal vorgehen würden, wenn sie solche Dummheiten anstellen würden ... Dumm ist der, der Dummes tut. Aber sind es wirklich nur die Kameras, die Amalia abhalten? Lucy sieht keine Regung in Amalias Gesicht.

Die Bodyguards kehren zurück zur Konferenz. Lucy bleibt alleine draußen und fängt an zu heulen. In ihrem Kopf sind all die schönen Erinnerungen an Erlebnisse mit Amalia. Mit Amalia, die sie gerade rausgeschmissen hat. Was ist nur aus den Widerstandskämpfern von früher geworden? Amalia hat die Seiten gewechselt. Und Reinhardt hat sich zurückgezogen, hält sich aus allem raus. Wenn selbst die alten Kämpfer aufgegeben haben, wie soll es da ein wiedervereinigtes Dreistromland geben?

Kapitel 28 Die Einhörner

Im Bauministerium war die Stimmung zum Zerreißen gespannt und wurde beinahe unerträglich, nachdem Lucy rausgebracht worden war. Viele der anwesenden Bürger waren derselben Meinung wie Lucy. Sie bildeten Grüppchen und flüsterten sich Kommentare zu, warfen Kritikpunkte in den Raum und machten sich über den Bauminister lustig, der noch immer auf der Bühne stand und versuchte, sich Gehör zu verschaffen. Unter den Gegnern des Park-Abrisses wurde nun allerdings ein Konflikt deutlich: Manche konnten nicht mehr entscheiden, was denn nun richtig oder falsch für die Allgemeinheit war. Die überraschende Nachricht, dass auf dem Areal des Parks eine Fabrik gebaut werden sollte, um Medikamente gegen diese schreckliche neue Krankheit, die Blaue Pest, zu produzieren, verunsicherte viele Bürger und ließ sie ihre Argumente, für den Park Emscherland zu kämpfen, infrage stellen. Die anwesenden Vertreter der Einhörner – ohne ihre Verkleidung, die Einhornmasken, die sie bei ihren Aktionen trugen – standen als scheinbar unbeteiligte Gruppe ganz normal wie alle anderen Bürger in der Menge und hörten dem Minister zu. Allerdings glaubten sie ihm kein Wort. Natürlich gab es diese neue Krankheit. Und natürlich musste man Medikamente dagegen entwickeln. Aber mit Sicherheit war es unsinnig, aus diesem Grunde einen Park abzureißen.

»Eine Pharmafabrik an einem Fluss zu bauen«, zischte eine junge Frau. »Lernen die denn gar nichts aus der Geschichte? Erinnert sich noch jemand an den Fall vor gut hundert Jahren in Dülmen, wo quasi die ganze Bevölkerung von den Spurenstoffen hochwirksamer Medikamente krank gemacht wurde? Einer meiner Vorfahren hätte das beinahe nicht überlebt.«[10]

»Recht hast du!«, sagte ein Mann, der nicht weit von ihr stand. »Und in den 60er-Jahren des einundzwanzigsten Jahrhunderts gab es in Essen doch diesen Skandal um das Medikament Vitam Aeternam. Wenn die hier mit ungetesteten

---

10 Nachzulesen ist diese Geschichte in: »Neben der Spur. Ein Dülmen-Thriller« (Klartext Verlag 2015).

Medikamenten rumexperimentieren und die ins Emscherwasser gelangen ... Ich mag gar nicht daran denken! Verdammte Pharmaindustrie.«[11]

Kapitel 29 Tatjana

Die frühen Morgenstunden an diesem schönen Frühlingstag deuteten nicht im Geringsten darauf hin, was für ein langer und verrückter Tag es noch werden würde. Trotz der friedlichen Stille, die in Castrop-Rauxel herrschte, gab es genug Menschen, die um 5 Uhr morgens schon wach und aktiv waren. Die meisten Mitglieder der Bürgerinitiative zur Rettung vom Park Emscherland hätten bestimmt gerne länger geschlafen, doch dafür blieb keine Zeit. Es wurde ernst! Trotz all der Gespräche mit dem Stadtrat, all der Petitionen und Spendenaktionen sollte der Park nun endgültig geräumt und abgerissen werden. Es gab nur noch diese eine Chance, den Plan zumindest vorerst zu vereiteln. Und genau das war der Grund, wieso bereits in diesen frühen Morgenstunden mehrere Dutzend Menschen zum geschlossenen Park Emscherland eilten.

Die Initiative bestand aus einem bunten Haufen Menschen, Feen und Elfen. Von jung bis alt, von Schülern bis hin zu Rentnern. Trotz sonst so unterschiedlicher Interessen wollten sie in dieser Sache alle an einem Strang ziehen. Nach und nach trafen die Mitglieder der Bürgerinitiative am Haupteingang ein. Es waren eine Menge Leute, die nur mit Mühe und Not koordiniert werden konnten. Eine junge Frau stellte sich auf einen Baumstumpf, um einen besseren Überblick über die Situation zu haben.

»Unglaublich! Hättest du gedacht, dass wirklich so viele kommen würden, Tatjana?«, fragte ein Mann, der an die Frau auf dem Baumstumpf herantrat.

»Je mehr wir sind, desto besser«, antwortete Tatjana Mercier. »Es ist nur zum Heulen, dass der Bauminister trotz all dieser Stimmen am Abrissplan festhält.« Die 28-Jährige zog ein altmodisches Megafon aus ihrer Tasche und schaltete es ein. Ein schriller Ton zwang sämtliche Anwesende zu verstummen und Tatjana zuzuhören, die nun ins Megafon schrie: »Guten Morgen! Erst mal vielen Dank, dass ihr euch trotz der frühen Stunde so zahlreich hier eingefunden habt. Vielleicht setzt ja schon allein das ein Zeichen! Wir wissen, dass heute die Transporter kommen, die die Dinosaurier abholen sollen. Außerdem werden bald die ersten Abrissbagger der Firma Goldschmidt eintreffen, die das Gelände schon mal großflächig räumen werden. Wir müssen dafür sorgen, dass die Transporter gar nicht erst auf das Parkgelände und zu den Dinos gelangen, damit auch die Abrissbagger ihre Arbeit nicht beginnen können.«

Eine Frau um die 50 Jahre, mit blonden Haaren, Brille und Jogginganzug, die direkt neben Tatjana stand, blickte sie ratlos an. »Und was machen wir,

---

[11] Nachzulesen in: »Raumschiff Emscherprise. Ein Green-Capital-Roman« (Klartext Verlag 2017).

wenn sie die Polizei rufen? Dann werden wir alle verhaftet und können nichts machen.«

Die meisten Umstehenden schien diese Aussage nachdenklich zu stimmen. Die meisten, nicht aber Tatjana. Sie grinste und hob nun eine große schwarze Tasche hoch, die neben dem Baumstumpf stand.

»Keine Sorge, Edith, daran habe ich auch gedacht! Und die Antwort befindet sich hier drin.« Mit diesen Worten öffnete Tatjana die Tasche.

Auf den ersten Blick erkannten die Mitglieder der Bürgerinitiative nur einen Haufen silberner Ringe.

»Na, du scheinst ja ein wildes Liebesleben zu haben«, scherzte ein Schüler aus der Menge, der neugierig in die Tasche guckte.

Mit einem gespielten Lachen verdrehte Tatjana die Augen und fing an, die Dinger aus ihrer Tasche zu verteilen. Erst da begriffen auch die anderen Mitglieder der Bürgerinitiative, dass es sich bei den silbernen Ringen um Handschellen handelte.

Während sie diese verteilte, erklärte Tatjana: »Mein Plan ist, dass wir uns mit den Handschellen aneinanderketten. An mehreren Stellen im Park. Und zwar so, dass die Transporter nicht zu den Dinos und am besten überhaupt nicht in den Park gelangen. Wenn sich genug Leute pro Zugang anketten, und wir es clever anstellen, können wir vielleicht so viel Zeit rausschlagen, dass die Dino-Transporter zum nächsten Auftrag müssen und die Räumung des Parks verschoben werden muss.«

Die Reaktionen waren gemischt. Die meisten Bürger schienen sehr angetan, ein paar Gesichter wirkten allerdings alles andere als glücklich.

»Siehst du, Valentina, ich habe es dir doch gesagt! Das ist nur wieder so eine dämliche Umarmt-die-Bäume-Aktion!«, schimpfte ein Herr um die 60.

»Komm, lass gut sein, Philipp«, murmelte die etwa gleichaltrige Frau neben ihm und klopfte dem Mann auf die Schulter. »Und wie kommen wir am Ende wieder voneinander los?«, fragte sie an Tatjana gerichtet.

»Keine Sorge! Für den Fall, dass die Polizei uns nicht höchstpersönlich mit Bolzenschneidern befreit, habt ihr alle jederzeit die Möglichkeit, euch selbst mit den Schlüsseln zu befreien. Damit das zwischendurch nur mal für eine Pinkelpause notwendig ist, werden uns einige Helfer mit Proviant versorgen. Für den Fall, dass die ganze Aktion sich doch länger hinzieht.«

Das schien die Mitglieder der Bürgerinitiative zu beruhigen. Tatjana, jetzt unterstützt von der Emscherfee Lucy, die vermutlich alle Anwesenden kannten, leitete die weitere Koordination.

Kapitel 30 Irelia

Ich wurde von lauten Rufen und Stimmen wach. Was um alles in der Welt war hier los? Verschlafen schaute ich auf meinen Wecker. 05:00 Uhr zeigten mir die roten Ziffern an. Seit wann sind in aller Frühe so viele Leute im Park? Vielleicht hatte es hier endlich mal wieder eine Party gegeben, und ein paar Übermütige suchten sich im Park ihre Schlafplätze. Es war zu lange zu still im Park gewesen.

Ich drehte mich im Bett um und versuchte wieder einzuschlafen. Aber das stellte sich als schwieriger heraus als gedacht. Denn das Rufen wurde lauter. Nun hatte mich die Neugier gepackt. Ich setzte mich aufrecht hin, rieb mir die Augen und streckte mich ausgiebig. Dann schwamm ich zu meiner Kommode und kramte aus der ersten Schublade eine Haarbürste heraus. Ich schaute in den Spiegel über der Kommode und begann, meine pommesgelben Haare zu bürsten. Ich liebte meine Haare sehr, sie waren mein Markenzeichen. Zwar war ich früher von anderen Wassernixen spöttisch »Irelia, die Pommes« genannt worden, doch heute konnte ich über diese Worte lachen. Meine Haare waren taillenlang. Nachdem ich sie sorgfältig gebürstet hatte, verließ ich meine Höhle und schwamm hoch zur Wasseroberfläche. Oben angekommen atmete ich tief ein, aber auch ganz schnell wieder aus. Allein schon wegen des Atmens wäre ein Leben als Mensch dauerhaft nichts für mich. Da behielt ich meistens doch lieber meine Nixengestalt. Nur hin und wieder verwandelte ich mich in einen Menschen. Länger als ein paar Stunden konnte ich ohnehin nicht in dieser Gestalt bleiben – dann musste ich dringend wieder zurück in die Emscher. Bei Weitem nicht alle Nixen hatten diese Fähigkeit. In meiner Familie war ich die erste. Dafür konnte ich nicht wie meine Großmutter Isira in die Zukunft sehen.[12]

Ich schwamm zu einer versteckten Stelle am Emscherufer und hievte mich mit all meiner Kraft aus dem Wasser. Nun lag ich hier wie ein Käfer auf dem Rücken und wartete. Nach ein paar Sekunden merkte ich das Kribbeln in meiner Flosse. Und schon verwandelte sie sich in Beine.

Noch etwas wackelig stand ich auf und strich mir den Dreck von der Hose. Ich fuhr mit einer Hand durch meine Haare, um sie zu richten, und lief los in die Richtung, aus der die Rufe erklangen. Als ich näher kam, merkte ich, dass die Rufenden offenbar keine Feiernden waren, die nach einer durchwachten Nacht einen Schlafplatz suchten. Sie schienen aufgeregt zu sein und diskutierten miteinander. Ich mischte mich unter die Menge und da passierte es: Ich rempelte jemanden an.

»Oh, sorry«, gab ich von mir und schaute mir die Person an, die ich da angestoßen hatte. Es war eine attraktive junge Frau. Sie hatte hellbraunes Haar, das ihr über die Schulter fiel. Ihre Augen waren dunkelbraun und funkelten im

---

12 Mehr über Isira erfährst du in: »Grenzgänger. Ein Ruhrpott-Roadmovie« (Klartext Verlag 2014) und »Uferlos. Ein Emscher-Endzeitroman« (Klartext Verlag 2017).

frühen Licht der Sonne. Ihre kirschfarbenen Lippen waren zu einem Lächeln verzogen.

»Macht nichts«, entgegnete sie. Ihre Stimme klang warm und freundlich. »Ich bin Sophie, und wie ist dein Name?«

»Irelia.« Ich antwortete so knapp wie möglich, da ich es hasste, mit Menschen oder anderen Nixen zu reden. Ich war eben lieber allein.

»Ich hab dich noch nie gesehen. Seit wann machst du mit?«, wollte Sophie wissen.

Oh, Gott! Die ging mir schon jetzt auf die Nerven. Aber wenn ich herausfinden wollte, was hier los war, musste ich wohl gute Miene zum bösen Spiel machen.

»Noch nicht lange«, sagte ich. »Wenn man es genau nimmt, erst seit ein paar Minuten. Was macht ihr denn hier?«

»Wir sind Mitglieder einer Bürgerinitiative, die dafür kämpft, den Park zu retten«, sagte Sophie, drehte sich um und lief zu einer anderen Frau.

Ich stand erstarrt. Sophies Worte entsetzten mich. Was hatte sie gemeint mit *den Park zu retten*? Ich war so geschockt, dass ich beinahe nicht bemerkt hätte, wie Sophie zurückkam. Mit einem Paar Handschellen. Was um alles in der Welt hatte sie denn bitte damit vor?

»So. Jeder bekommt ein Handschellenpaar. Damit stellen wir uns um das Gehege der Dinosaurier und verbinden uns alle miteinander. Dann können die Transporter die Dinos nicht abholen«, erklärte Sophie.

»Ach so, okay«, sagte ich, obwohl Sophies Erklärung mich eher verwirrt als die Dinge klarer gemacht hatte. »Aber ich habe da jetzt noch 'ne Frage. Was genau ist denn mit dem Park?« Ich musste einfach nachfragen. Es ging nicht anders.

Sophies Gesicht wurde plötzlich sehr ernst. Traurig sagte sie: »Der Park soll abgerissen werden. Durch den geplanten Staudamm in Dortmund wird er nicht mehr ausreichend mit Wasser versorgt. Seit gestern ist es offiziell, dass auf diesem Gelände stattdessen ein Chemiewerk gebaut werden soll. Pharmaindustrie.« Sophies Augen wurden durch ihre Tränen glasig.

In mir stiegen Wut, Trauer und Angst hoch. Wenn das wirklich passierte, würde ich alles, was mein Leben ausmachte, verlieren. Vor allem mein geliebtes Zuhause. Ich war in meinem langen Leben schon so oft umgezogen, um unentdeckt zu bleiben. Hatte so viel erlebt und gesehen. Aber nirgends hatte ich mich so wohlgefühlt wie hier im Park Emscherland. Er war einfach ein Ort der Ruhe und des Friedens. Und den würde ich mir von niemandem nehmen lassen.

»Hey, alles gut bei dir?« Sophies Stimme riss mich aus den Gedanken. »Du bist ja ganz blass im Gesicht. Brauchst du etwas?«

»Nein«, sagte ich traurig.

»Dir bedeutet der Park auch viel, oder?«, fragte Sophie mitfühlend.

Ich nickte nur.

»Sag Bescheid, wenn du doch irgendwas brauchst. Wasser oder so.« Sophie sah mich besorgt an.

»Ja, mach ich, danke.« Ich setzte ein gespieltes Lächeln auf und schaute Sophie an.

Sie lächelte zurück, nahm meine Hand und zog mich zum Dino-Gehege. Zielstrebig ging sie auf einen jungen Mann zu, der am Gehege stand und nach etwas in seiner Tasche suchte. Als wir vor ihm standen und er uns immer noch nicht bemerkte, ließ Sophie meine Hand los, kniete sich zu ihm und stupste ihn an.

Der junge Mann hörte auf, in seiner Tasche zu wühlen. Als er Sophie erblickte, lächelte er, und die beiden umarmten sich.

»Na, Marc. Alles klar bei dir?«, fragte Sophie, während sich die beiden voneinander lösten.

»Ja klar, Kleine. Und bei dir?«

»Auch alles bestens. Ich möchte dir jemanden vorstellen.« Lächelnd deutete Sophie auf mich. »Marc, das ist Irelia.«

Marc kam mit ausgestreckter Hand auf mich zu. »Hey, Irelia. Ich bin Marc.«

»Hey. Nett dich kennenzulernen.« Obwohl meine Worte nur Heuchelei waren, nahm ich Marcs Hand und schüttelte sie herzlich.

Dann schaute Marc Sophie an, grinste und ging wieder zu seiner Tasche. Sophie ergriff erneut meine Hand und zog mich hinter sich her zu Marc. Nun standen wir drei dort und wussten nicht so recht, was wir tun oder sagen sollten.

»Ich glaube, wir können die anderen nicht überzeugen«, fing Marc schließlich an zu reden.

»Ja, sehe ich auch so«, sagte Sophie. »André ist auf jeden Fall dagegen. Und Lucy, Jamie und Alicia garantiert auch.«

»Warum ziehen wir es nicht trotzdem durch?«, schlug Marc vor.

»Ich würde es so gerne, Marc. Aber die anderen werden stinksauer sein.«

Verwirrt guckte ich die beiden an. Über was redeten die bitte? Na ja, selbst wenn ich es verstanden hätte, wäre es eigentlich egal. Ich konnte immer noch nicht glauben, was Sophie mir erzählt hatte. Mein geliebtes Zuhause sollte einfach abgerissen werden! Wenn ich nur wüsste, wie ich das verhindern könnte.

»Glaubt ihr wirklich, diese Aktion mit den Handschellen reicht, um den Abriss zu verhindern?«, fragte ich schließlich.

Marc schüttelte den Kopf. »Eben nicht. Oder höchstens, um ihn hinauszuzögern. Um den Abriss zu verhindern, müssten wir schon zu … na ja … etwas radikaleren Mitteln greifen.«

Sophie nickte. »Komm mal mit. Ich möchte dir was erklären«, sagte sie und zog mich in eine menschenleere Ecke.

»Also«, begann Sophie. »Marc und ich habe einen Plan. Und zwar gehören wir einer richtig coolen Gruppe an. Cooler als diese schnarchnasige Bürgerinitiative hier. Du hast vielleicht schon mal von den Einhörnern gehört. Das sind wir! Wir setzen uns für die Umwelt in Dortmund und Castrop-Rauxel ein. Marc und ich finden, dass es eine geniale Einhorn-Aktion wäre, die Dinosaurier zu befreien, um die Bautrupps aufzuhalten.«

»Jetzt?«, fragte ich.

»Natürlich nicht jetzt«, sagte Sophie. »In einer Nacht-und-Nebel-Aktion, wenn es niemand mitkriegt. Wenn diese nette kleine Bürgerinitiative hier es geschafft hat, den Abtransport der Dinos zu verzögern.«

Ich nickte.

»Allerdings ist die gesamte restliche Einhorn-Gruppe garantiert dagegen«, erklärte Sophie. »Die sind immer etwas skeptisch, wenn es um Aktionen geht, bei denen jemand ... na ja ... ernsthaft zu Schaden kommen könnte. Aber Marc und ich meinen, dass es das wert wäre, um den Park zu retten. Und da ich an deiner Reaktion gerade gesehen habe, wie wichtig dir der Park ist ... Also ... Ich wollte fragen, ob du uns helfen würdest, falls wir die Aktion tatsächlich durchziehen.«

Ich schaute zu Boden. »Ich überlege es mir.« Ich wunderte mich über Sophies Offenheit. Das kam mir reichlich naiv vor. Wer sagte ihr, dass ich nicht gleich zur nächsten Polizeidienststelle rennen und ihren Plan melden würde? Andererseits ... So überraschend war es dann auch wieder nicht. Es wäre nicht das erste Mal, dass sich ein Mensch so Hals über Kopf in mich und meine pommesgelben Haare verknallte, dass er oder sie alle Vorsicht vergaß.

»Würdest du mir dann vielleicht deine Nummer geben?«, fragte Sophie plötzlich und wurde rot. »Dann könnten wir wegen der Aktion noch mal schreiben, weil ... weil ja gleich der Protest losgeht.«

»Ja«, sagte ich nur trocken.

Sophie kramte in ihrer Tasche, holte einen Zettel und einen Stift hervor und gab mir beides. Ich schrieb ihr meine Nummer auf und lächelte sie an. Etwas sagte mir, dass ich diese Sophie noch würde brauchen können. Ihre radikalen Ideen in Verbindung mit einem Schuss Endorphinen könnten eine explosive Mischung ergeben.

Lächelnd nahm Sophie den Zettel und steckte ihn in ihre Tasche. »Oh, es geht los«, sagte sie und war schon im Begriff, die Handschellen um mein Handgelenk zu legen, als ich meine Hand wegzog.

»Ich muss weg«, sagte ich.

»Aber ich dachte, du machst mit«, antwortete Sophie erstaunt.

»Nee. Ist nicht so meins«, gab ich zurück. Schon lief ich los Richtung Emscher und ließ eine verwirrte Sophie zurück.

Kapitel 31 Tatjana

Es brauchte ein bisschen Zeit, doch schon bald war jeder Person ein Posten zugeteilt worden, und alle waren miteinander verkettet. Tatjana selber befand sich direkt am Dino-Gehege, nicht zuletzt deshalb, weil man von hier aus gut über das Gelände des Parks schauen konnte. Sie musste schließlich den Überblick behalten. Obwohl der Park seit Wochen nicht mehr gepflegt worden war, war die Schönheit dieses Ortes noch deutlich erkennbar. Der Park schaffte es, ein wenig von der Anspannung, die Tatjana in sich trug, zu lindern. Sie schaute zu den verlassenen Gebäuden rüber.

Ihr fiel sofort das alte Café der Begegnungen auf, wo ihre Ur-Ur-Großmutter Vanessa damals ihren Ali geheiratet hatte. Dahinter befand sich das ehemalige Jugendhaus, in dem Tatjana so viele Stunden verbracht hatte. Das Amphitheater könnte ein paar Reparaturen vertragen, aber alles in allem war der Park durchaus noch nutzbar. Mit ein bisschen Engagement durch die Bürger würde er schnell wieder in Schuss gebracht sein. Durch solches Engagement war der Park damals schließlich überhaupt aufgebaut und betrieben worden. Weit in der Ferne konnte man im Südwesten des Parks einen Haufen verwelkter Sträucher sehen. Den Fotos nach, die Tatjana aus dem Fotoalbum ihrer Großeltern kannte, hatte sich dort früher ein Labyrinth aus Hecken befunden. Im Norden befand sich der alte Tennisplatz, der mittlerweile schon lange nicht mehr benutzt wurde. Es hatte Berichte darüber gegeben, dass Spieler sich dort bei Stürzen auf dem unebenen Boden schwere Verletzungen zugezogen hätten. Aber Tatjana vermutete, dass diese Meldungen erfunden worden waren, um dem Park negative Publicity zu bescheren. Ob ganz früher mal einer ihrer Vorfahren auf diesem Platz gespielt hatte? Vor dem Platz befand sich der Obstgarten. Durch die Trockenheit und weil der Garten schon länger nicht mehr ordentlich bewässert worden war, bestand er nur noch aus verdorrten Sträuchern und Bäumen. Für Tatjana hatte der Park alles in sich vereint, was man sich in seiner Freizeit wünschte. Und auch aus persönlichen Gründen war sie stolz auf den Park und seine Geschichte.

»Hör mal, Tatjana, tut mir leid wegen meines Kommentars vorhin. War nicht so gemeint. Respekt, wie gut du das alles managst«, riss Philipp, der mit Tatjana in derselben Reihe angekettet war, sie aus ihren Gedanken. »Du hast das sehr gut geplant. Handschellen, Verpflegung, ein Team zur Verstärkung.«

Tatjana lachte müde. »Ach, ich war das ja nicht allein. Ohne so viele Freiwillige und diverse Spenden wäre das alles nicht möglich gewesen. Nur wenn wir alle an einem Strang ziehen, ist so was möglich. Ich versuche lediglich, alles in die richtige Richtung zu lenken.«

Philipp nickte.

Nach einer Pause, in der Tatjana gedankenverloren auf den Park blickte, fuhr sie fort: »Aber du hast recht, der Park bedeutet mir sehr viel. In vielerlei Hinsicht sehe ich ihn als Vermächtnis meiner Vorfahren an. Du musst wissen, mein Ur-Ur-Ur-Großvater Abdullah, der Adoptivvater meines Ur-Ur-Großvaters, war einer der Ingenieure, die den Park Emscherland geplant und mit aufgebaut haben.«

Dass ihr Ur-Ur-Ur-Großvater Abdullah hier im Park seinen späteren Mann Laurent kennengelernt hatte und sie hier auch das erste Mal auf die syrischen

Flüchtlingskinder Ali und Vyan gestoßen waren, die Abdullah und Laurent nach ihrer Hochzeit adoptiert hatten, behielt Tatjana für sich. Zu privat, fand sie. Genau wie die Tatsache, dass sie unheimlich stolz darauf war, wie mutig Abdullah und Laurent ihren Weg gegangen waren. Damals waren gleichgeschlechtliche Ehen und Adoptionen durch gleichgeschlechtliche Paare noch längst nicht so selbstverständlich gewesen wie heute. Kurz vorher erst hatten die Politiker in Deutschland sich endlich zur »Ehe für alle« durchgerungen.[13]

Laut sagte Tatjana: »In vielerlei Hinsicht bin ich stolz auf meine Vorfahren. Weil sie am Aufbau des Parks beteiligt waren und auch, weil sie ihr Leben immer irgendwie auf die Kette gekriegt haben. Trotz aller Probleme, die sich ihnen in den Weg stellten. Genau dafür steht der Park für mich.«

Die Umstehenden staunten nicht schlecht über diese Offenbarung.

»Dann scheint für dich in diesem Park ja wirklich sehr viel Familiengeschichte zu stecken«, kommentierte Philipp.

Tatjana nickte gedankenverloren. »Nicht nur Familiengeschichte, auch Stadtgeschichte. So viele Menschen waren daran beteiligt, diesen Park zu bauen. Sie haben mit Herzblut dafür gesorgt, dass Castrop-Rauxel für Außenstehende wieder attraktiv wurde. Generationen haben Arbeit in diesen Park gesteckt, und er hat so viel überstanden. Selbst nach den schweren Hochwasserkatastrophen in den 80er-Jahren des 21. Jahrhunderts wurde er wieder aufgebaut.[14] Was würden unsere Vorfahren wohl sagen, wenn sie wüssten, dass der Park Emscherland jetzt einfach abgerissen werden soll? Jede Generation Castroper war so stolz darauf. Was sollen wir irgendwann unseren Kindern erzählen? Dass wir bei der Erhaltung dieses Erbes versagt haben?« Tatjana deutete mit dem Finger auf die Emscher und den Rhein-Herne-Kanal, die sich mitten im Park kreuzten. »Wisst ihr, wie viele Generationen dort schwimmen gelernt haben?« Sie ließ ihren Finger weiter wandern. »Und dass dort früher Wildpferde mit blauen Augen gelebt haben? Ich verstehe einfach nicht, wie unser Bauminister all das zunichte machen kann.«

Nach dieser Ansprache wagte keiner, ein Wort zu sagen. Man kannte Tatjana nur als knallharte und absolut rationale Demonstrantin, die kein Blatt vor den Mund nahm. Kaum einer hatte wohl mit so einer emotionalen Ansprache gerechnet.

Tatjana setzte ein Lächeln auf. »Hey, aber deswegen sind wir ja hier, oder? Wir werden den Politikern und Industriellen zeigen, dass wir eine Stimme haben und dass sie lauter ist als alles andere. Wir werden es so lange unter Beweis stellen, bis wir sie überzeugt haben, dass der Park erhalten bleiben muss!«

---

13 Du möchtest mehr darüber wissen, wie der Park Emscherland geplant und gebaut wurde und wie Laurent und Abdullah sich kennengelernt haben? Lies es nach in »Willkommen@Emscherland. Eine Cross-Culture-Trilogie« (Klartext Verlag 2016).

14 Die spannende Geschichte der Hochwasserkatastrophen im Emscherland kannst du nachlesen in: »Uferlos. Ein Emscher-Endzeitroman« (Klartext Verlag 2017).

Kapitel 32 Spirit

Eigentlich sollte ich nicht mehr hier sein, doch ich bin es. Normalerweise können Geister nicht schlafen, aber ich kann es. Vielleicht geht es nur bei den Zweibein-Läufern nicht, dass sie nach ihrem Tod nicht schlafen können und ruhelos über die Erde geistern. Zumindest habe ich so was mal gehört. In letzter Zeit sind allerdings kaum noch Zweibein-Läufer hier im Park, was schade ist, wobei ... Moment mal ... Sehe ich das richtig? Jede Menge Zweibein-Läufer! Und was machen die denn da? Haben die sich was um die Arme gemacht, um sich aneinander zu ketten? Ich verstehe gar nichts mehr. Ist wohl noch zu früh. Zweibein-Läufer kommen sowieso immer auf komische Ideen, finde ich ... He, habe ich richtig gehört? Hat da eben jemand von Wildpferden mit blauen Augen geredet, die hier früher im Park gelebt haben? Hat also jemand von meinen Vorfahren und mir gesprochen?[15] Nun ja, dass wir berühmt waren, weiß ich wohl ... Ich fühle mich geschmeichelt. Ob ich eine kleine Runde vor deren Augen drehe, um sie zu überraschen? Nein, lieber nicht. Zweibein-Läufer reagieren oft komisch auf Geister.

»Hallo, du!«, höre ich jemanden hinter mir rufen. Wer ruft da? Moment mal. Wurde da gerade mit mir gesprochen, oder bilde ich mir das nur ein? Langsam drehe ich mich um und sehe einen männlichen Zweibein-Läufer. Ich bin mir sicher, dass er mich meint!

»Ist was mit deiner Zunge nicht in Ordnung, oder warum sprichst du nicht?«, fragt er.

Das werde ich mir nicht gefallen lassen! »Was willst du von mir, männlicher Zweibein-Läufer? Sprichst du Pferdisch, oder wie willst du mich sonst verstehen?«, fahre ich ihn an.

Er guckt geschockt, fängt dann aber plötzlich zu lachen an. »Wie hast du mich gerade genannt? Zweibein-Läufer? Was soll das sein?«, sagt er.

Wie kann er es wagen, so mit mir zu reden und mich auszulachen? Ich fange doch nicht an, mit einem Zweibein-Läufer zu diskutieren, den ich mir wahrscheinlich sowieso nur einbilde ...

»Du kannst als doch sprechen«, redet der Typ weiter auf mich ein. »Jetzt sei doch nicht eingeschnappt!«

Der hat mich echt verstanden! Dann muss er wohl Pferdisch können ... Ich meine, dass ich Zweibein-Läufer verstehe, ist ja klar. Pferde sind eben klüger als diese Wesen ... Egal, darum geht es jetzt nicht! »Du lachst mich aus, und dann erwartest du von mir, dass ich dir antworte?«, fahre ich ihn an. »Was ist los mit dir?«

---

15 Mehr über Spirit und seine Vorfahren kannst du nachlesen in: »Willkommen@ Emscherland. Eine Cross-Culture-Trilogie« (Klartext Verlag 2016) und »Uferlos. Ein Emscher-Endzeitroman« (Klartext Verlag 2017).

Er schaut mich geschockt an. Ich verstehe wirklich nicht wieso. Er wollte eine Antwort und jetzt hat er eine.

»Du brauchst nicht zu schreien. Ich bin tot, aber nicht taub«, sagt er und grinst mich blöd an. Der Zweibein-Läufer hält sich wohl für einen Clown. Solche Zweibein-Läufer kenne ich. Die lachen den ganzen Tag. Meistens lacht keiner mit. Ich schnaube verächtlich.

»Ich bin übrigens Jochen. Oder Herr von Greefstedt. Wie es dir lieber ist«, sagt er. »Und wie heißt du?«

»Ich bin Spirit, aber ich wüsste nicht, was dich das angeht«, antworte ich ihm.

Kapitel 33 Jochen

Über Jahrzehnte hatte der Park Emscherland viele Besucher gehabt. Und auch wenn er nun geschlossen werden sollte, hatten nicht alle früheren Besucher diesen Park verlassen. Zu Lebenszeiten hat Jochen von Greefstedt den Park ausschließlich zum Tennisspielen besucht. Hier war er auch nach einer Tennispartie gestorben. Das war nun schon 107 Jahre her. Er dachte nicht gern an diesen Tag zurück. Aber seine nach all der Zeit immer noch blutende Kopfwunde würde ihn für immer daran erinnern, dass er sich bei einem Sturz eine tödliche Kopfverletzung zugezogen hatte. Er konnte sich noch gut an den Streit und das Geschrei erinnern, die seinem Tod vorausgegangen waren. Er konnte. Aber eigentlich wollte er nicht.[16] Als frisch erwachter Geist hatte ihm die Verletzung so üble Kopfschmerzen eingebracht, wie er sie davor zuletzt am Morgen nach seiner Abi-Abschluss-Feier, also ziemlich lange vor seinem Tod, gehabt hatte. Was hätte er darum gegeben, nur einmal mit seinem jüngeren Ich sprechen zu können, das unbeschwert lachend sein Abi gefeiert hatte. Denn mit zunehmendem Alter hatte Jochen begonnen, mehr und mehr menschliche Fehler zu machen. Er wusste gar nicht mehr, wie diese Entwicklung begonnen hatte. Sein Vater hatte ihm zwar immer eingetrichtert, dass man nie genug Geld haben könne, und dass die wahre Macht, die einen Menschen in dieser Gesellschaft definiert, nur auf Geld basiere. Und, ja, damals hatte er seinen Vater als einen sehr intelligenten Menschen betrachtet. Aber konnte er deshalb allein dessen Lebensphilosophie dafür verantwortlich machen, wie sich sein eigenes Leben entwickelt hatte?

Jochen hatte ja eigentlich keinen Grund zu jammern. Er selbst hatte zu Lebzeiten am wenigsten unter seinen Fehlern zu leiden gehabt. Seine Mitmenschen waren diejenigen, die es hatten ausbaden müssen. Für viele Menschen war er ein Monster gewesen, das jedem das Leben zur Hölle machte.

---

16 Falls du die Geschichte aber genau erfahren willst, lies sie nach in: »Willkommen@ Emscherland. Eine Cross-Culture-Trilogie« (Klartext Verlag 2016).

Selbst seine Familie hatte unter Jochen gelitten. So, wie er mit ihnen umgegangen war, hätte man denken können, seine Frau Svenja und die beiden Töchter wären ihm komplett egal gewesen. Bei seiner jüngsten Tochter ging es so weit, dass er, so sehr es ihn nun schmerzte das einzugestehen, mehr Geburtstage verpasst als miterlebt hatte.

Er hatte auch keine Ahnung von ihren Hobbys und Interessen gehabt. Vermutlich hatten sie ihm irgendwann davon erzählt, und er hatte es vergessen.

Die schlimmste Zeit seines Lebens – welche Ironie! – war die direkt nach seinem Tod. Als er die Reaktionen seiner Familie und seiner Mitmenschen mitansehen musste. Seine Frau war nur noch ein Schatten ihrer selbst. Jochen war so blind gewesen. Hätte er doch bloß zu Lebzeiten begriffen, wie sehr seine Frau ihn geliebt hatte. Gemerkt hatte er das erst, als es zu spät war. Die Reaktionen seiner Töchter auf den Tod des Vaters hatten ihn fast noch stärker getroffen. Sie hatten etwas Kaltes und Gleichgültiges. Jochen konnte seinen Mädchen keine Vorwürfe machen. Er war alles andere als der perfekte Vater gewesen. Vermutlich fehlte ihnen einfach die emotionale Bindung.

Und der Rest der Stadt? Nun, die Menschen, die selber nicht von Jochens Machenschaften betroffen gewesen waren, rangen sich zumindest die Phrase ab: *Man soll Toten ja nichts Schlechtes nachsagen.* Allerdings wurden noch am Abend des Tages, an dem sein Tod bekannt gegeben worden war, einige Sektflaschen geöffnet. Aber auch den Bürgern von Castrop-Rauxel konnte Jochen schlecht einen Vorwurf machen. Er hatte damals sehr viele Immobilien günstig aufgekauft und zu übertuerten Preisen vermietet. Gerade als der Park Emscherland gebaut worden war und Castrop-Rauxel als Wohnort beliebter wurde, hatte er sehr von dieser fiesen Taktik profitiert. Jochen ging so weit, Menschen, die mit der Miete im Rückstand lagen, aus ihren Häusern zu werfen, sobald sich die Möglichkeit bot. Zu Lebzeiten hatte Jochen nie darüber nachgedacht, wie moralisch fragwürdig und verletzend seine Methoden gewesen waren. Entweder war er so abgebrüht gewesen, dass ihm egal war, was für Leid er anderen Menschen zugefügt hatte, oder er war einfach so in seine Arbeit vertieft gewesen, dass er gar nicht die Gelegenheit gefunden hatte, auch nur darüber nachzudenken. Jochen vermochte es heute nicht mehr zu sagen.

Denn seit mittlerweile immerhin 107 Jahren schwebte er nun schon als Geist durch Castrop-Rauxel und beobachtete die Menschen bei ihren Geschäften und die Stadt bei ihrer Entwicklung. Zeit zum Nachdenken hatte er also genug gehabt. Und tatsächlich hatte er viele Erkenntnisse über sich und seine Fehler gewinnen können.

Anfangs hatte er seine Familie verfolgt. Wie seine Töchter älter wurden, wie sie ihre Führerscheine machten, ihre glücklichen Gesichter nach dem Abitur. Später hatte die eine eine Zulassung zum Psychologie-Studium bekommen und das Studium mit Glanznoten bestanden. Zur selben Zeit hatte Vanessa einen sehr sympathischen Mann geheiratet. Die Hochzeit fand im Café der Begegnung, der Oase des Parks Emscherland, statt und war wunderschön.

Jochen hätte seine Mädchen gerne wissen lassen, dass er dabei gewesen und mächtig stolz auf sie war. Aber er traute sich nicht, sich vor seiner Familie blicken zu lassen, aus Angst, sie zu erschrecken. Vielleicht, so hoffte Jochen insgeheim, hatten sie doch irgendwie gespürt, dass er da war und sich immerzu mit seinen Töchtern freute. Seine Frau war zunehmend depressiver geworden und hatte Jochen nur um ein paar Jahre überlebt. Leider hatte er ihren Geist nie gefunden. Vermutlich war sie – im Gegensatz zu ihm – direkt ins Jenseits aufgestiegen.

Später war Jochen dann ziellos durch Castrop-Rauxel gewandert, bis er es irgendwann leid gewesen war und sich im Park Emscherland niedergelassen hatte – einem Ort, den er als Geist endlich anfing zu lieben. Dieser Park hatte für Jochen etwas Beruhigendes. Vermutlich lag es daran, dass sich die ganze Stadt sehr verändert hatte und nur der Park so geblieben war, wie man ihn ursprünglich gebaut hatte. Sah man mal davon ab, dass er zeitweise durch die Hochwasserkatastrophe zerstört gewesen war, dass die Magnetschwebebahn durch eine Flexxischwebebahn ersetzt und der Park durch das Dinosauriergehege um eine Attraktion bereichert worden war. Und dass seit dem Hochwasser keine Wildpferde mehr hier lebten.

Mittlerweile war Jochen müde. Die Schuldgefühle wirkten sich sehr auf seine Verfassung aus, und langsam aber sicher wollte er seine ewige Ruhe antreten. Aber er konnte es nicht. Alle Geister, denen er begegnet war, hatten früher oder später ihre ewige Ruhe gefunden. Bei manchen hatte es länger gedauert, bei anderen ging es schneller, aber alle hatten es irgendwann geschafft. Auffällig war, dass die Geister, die recht früh ins Jenseits gekommen waren, von Anfang an schon mehr mit sich im Reinen gewesen waren. Als Lebende hatten sie kaum Dinge getan, die sie als Verstorbene bereuten. Daraus hatte Jochen für sich den Schluss gezogen, dass er vielleicht etwas angemessen Gutes tun musste, um seine schlechten Taten auszugleichen und schließlich ins Jenseits aufzusteigen. Doch was konnte er tun? Und wie überhaupt? Früher hatte er mit lebendigen Menschen reden und Dinge anfassen können. Und er war sichtbar gewesen für die Lebenden. Einmal hatte ein früherer Mitarbeiter einen Schreianfall gekriegt, als Jochen um drei Uhr morgens bei ihm vorbeigekommen war. Dieser ehemalige Mitarbeiter war daraufhin der festen Meinung gewesen, der Geist seines verstorbenen Chefs habe ihn holen wollen. Dabei hatte Jochen bloß *Hallo* sagen wollen! Mit den Jahren war Jochen aber zunehmend schwächer und transparenter geworden. Mittlerweile war er einfach nur noch *da*. Er konnte durch Wände gehen und herumschweben, ansonsten konnte er nichts mehr machen. Er wurde auch nicht mehr von anderen wahrgenommen. Daher hatte Jochen die Hoffnung, etwas Gutes zu vollbringen, auch insgeheim schon aufgegeben. Er würde einfach für alle Ewigkeit hier im Park bleiben und die Stille und Schönheit genießen. Aber auch damit schien es nun vorbei zu sein. Der Park sollte abgerissen werden. Und Jochen würde seine Heimat verlieren.

Während er in diese Gedanken versunken war, sah Jochen plötzlich ein Pferd hinter Bäumen grasen. War das denn die Möglichkeit? Es gab im Park doch schon lange keine mehr. Langsam ging Jochen näher und sprach das Pferd an: »Hallo, du!«

Kapitel 34 Spirit

»Ich muss dich korrigieren, Spirit«, sagt der Zweibein-Läufer jetzt. »Man nennt uns Menschen und nicht Zweibein-Läufer. Deshalb musste ich so lachen, wegen deiner lustigen Bezeichnung für uns.«

Menschen? Das ist ja wohl eine viel komischere Bezeichnung als *Zweibein-Läufer*. Wenigstens kenne ich jetzt die korrekte Bezeichnung. Mein ganzes Leben lang haben wir Pferde diese Wesen falsch bezeichnet. Das muss sich in unserer Wildpferde-Geschichte künftig ändern. Ich muss es den lebenden Wildpferden übermitteln … Ich widme mich wieder dem Menschen namens Jochen. »Also«, sage ich. »Warum kannst du mich verstehen?«

»Alle Toten können miteinander reden«, erklärt Jochen. »Warum das so ist, kann ich dir auch nicht sagen.«

»Aha«, sage ich. »Du musst ja schon lange tot sein, wenn du dich so gut auskennst.«

»Über hundert Jahre«, sagt er. »Wie bist du denn gestorben, Spirit?«

»Ich bin einfach irgendwann zu alt geworden. Kennt ihr Menschen das etwa nicht?«

»Natürlich kenne ich so was. Und natürlich gibt es das auch bei uns Menschen«, sagt Jochen. »Ich aber wurde ermordet.«

Ermordet? Was heißt das? Dieses Wort kenne ich gar nicht! Ich frage einfach: »Was bedeutet *ermorden*?«

Jochen guckt mich irritiert an. »Jemanden umbringen«, erklärt er.

»Ah … Das Wort kenne ich«, sage ich. Dann erst kapiere ich. »Waaaas? Du wurdest umgebracht? Von wem und warum?!«, frage ich geschockt.

»Von einem anderen Menschen. Sein Name war Karl-Heinz«, erklärt Jochen.

»Karl-Heinz«, murmle ich. »Irgendwas sagt mir der Name, aber ich komm nicht drauf.«

Plötzlich merke ich, wie ich gestreichelt werde.

»Mama, guck mal … ein Pferd!«, sagt eine kleine Zweibein-Läuferin … äh … Menschin. »Was macht es hier draußen? Du hast gesagt, im Park gibt es keine Pferde mehr. Nur noch Dinos.«

Dinos?, wundere ich mich. Sind die nicht schon vor Jahrhunderten gestorben? Ich meine, ich war viel zu lange nicht mehr hier im Park, aber trotzdem … Ich kann mir nicht vorstellen, dass es hier Dinosaurier gibt. Wobei … Ich bin ja auch schon lange tot. Und Jochen noch länger … Ach, was soll's. So lange ich keinem Dino begegne, ist alles gut.

»Komm jetzt«, sagt eine große Menschin zu der kleinen Menschin. »Wir müssen wieder zu den anderen. Es geht gleich los.«

»Tschüss, Pferdi«, sagt die Kleine.

Pferdi! Was für eine Verniedlichung. Igitt!

»Jochen, warum haben sie nichts zu dir gesagt?«, frage ich.

»Na, weil ich schon viel zu lange tot bin. Die können mich nicht mehr sehen. Du bist offenbar noch nicht besonders lange tot. Dich können Lebende noch sehen. Und anfassen. Und mit dir sprechen ... na ja ... wenn sie Pferdisch können.« Er fängt an zu lachen. »Sonst verstehen sie deine Antworten nicht.«

Anscheinend findet er sich sehr witzig, was ich nicht teilen kann.

»Ich weiß, wer Karl-Heinz war!«, fällt mir plötzlich ein. »Er war Pferde-Pfleger hier im Park. Meine Oma hat immer von ihm erzählt. Aber ... ich hätte niemals gedacht, dass er jemanden umgebracht hat. Er war so ein lieber Zweibein-Läufer, hat meine Oma gesagt.«

»Genau genommen hat er mich auch gar nicht ermordet, sondern bloß geschubst«, bestätigt Jochen. »Weil er sehr wütend auf mich war. Es war eher ein Versehen als brutale Absicht.«

Ich nicke. Obwohl ich es nicht ganz verstehe. Aus Versehen jemanden umbringen? Na ja ... Menschen sind komische Lebewesen. Mich interessiert jetzt aber viel mehr, warum heute diese ganzen Menschen hier im Park sind. Die sind immer noch da.

»Du, Jochen, weißt du vielleicht, was die Menschen hier machen?«, frage ich ihn.

»Ja, aber die Antwort wird dir nicht gefallen.« Er schluchzt.

»Jochen?«, frage ich irritiert und denke: Was kann es denn schon sein? Es ist bestimmt nicht so schlimm, wie er denkt.

»Die sind hier, um zu demonstrieren. Sie wollen den Park retten«, erklärt Jochen mit tränenerstickter Stimme.

»Warum soll der Park gerettet werden?«, frage ich irritiert. »Was stimmt nicht mit ihm? Ist er krank?«

»Nein, Spirit, andere Menschen wollen ihn abreißen.«

Was? Ich höre wohl nicht richtig! Dieser wunderschöne Park soll abgerissen werden? Die Heimat meiner Vorfahren? Das glaube ich einfach nicht. »Jochen«, sage ich empört, »wer diesen Park abreißen will, ist in meinen Augen kein Mensch mehr.«

Kapitel 35 Tatjana

Nach Tatjanas emotionaler Ansprache hatten die Demonstranten geduldig ausgeharrt. Schließlich trafen die ersten Transporter ein. Sichtlich genervt stiegen die Fahrer aus ihren Flexxifahrzeugen und musterten mit abfälligen Blicken die Protestierenden. Doch das war noch nicht alles. Aus teuer aussehenden Flexximobilen stiegen auch ein paar Leute in eleganten Anzügen.

»Na, sieh mal einer an, selbst ein paar der kommunalen Politiker und höheren Beamten wollen sich die Show nicht entgehen lassen«, sagte Tatjana in die Runde.

»Ein Wunder, dass die sich überhaupt mal für etwas interessieren, was abseits ihrer Schreibtische passiert«, scherzte eine blonde Demonstrantin, die komplett in Pink gekleidet war.

Tatjana reagierte nicht auf den Scherz. Ihr Blick fixierte eine ganz bestimmte Person, die aus einem der Transporter ausgestiegen war. Fast schon hasserfüllt bohrte sich ihr Blick in diese Person.

Die Blondine bemerkte den Blick offenbar. »Hey, kennst du den?«

Tatjana nickte.

Die Blonde fing an zu grinsen. »Dein Ex-Freund?«

Tatjana schüttelte den Kopf. »Viel schlimmer. Das ist Andreas Mercier, der Chef des Logistikunternehmens, das für den Abtransport der Dinos zuständig ist.«

»Mercier? Das ist doch ...« Die Blondine brach ihren Satz abrupt ab, als Andreas Mercier geradewegs auf Tatjana zugelaufen kam. »Du in Handschellen, Tatjana? Wieso überrascht mich dieser Anblick nicht?«, fragte er höhnisch.

Tatjana ließ sich nicht aus der Fassung bringen. »Tja, Bruderherz, wir können nicht alle Ja-Sager sein.«

Andreas schüttelte den Kopf. »Ich tue, was ich tun muss. Du magst durch deine Freiberuflichkeit sehr viel Unabhängigkeit haben – ich aber habe ein Unternehmen zu managen.«

Tatjana schnaubte. »Ja, klar ... Und dafür machst du gerne das kulturelle Erbe unserer Stadt kaputt, an dem Generationen von Castropern gearbeitet haben.«

Plötzlich schnappte Andreas sich das Megafon, das neben seiner Schwester im Gras gelegen hatte. »Seht das doch mal realistisch«, erklärte Andreas der Masse durchs Megafon. »Unsere Stadt hat kein Geld mehr, um den Park wieder auf Vordermann zu bringen! Der Staudammbau in Dortmund wird schon bald dafür sorgen, dass wir den Park nicht nur in Trockenzeiten, sondern dauerhaft künstlich bewässern müssten. Woher sollen wir das Geld nehmen, um das dafür nötige Wasser zu bezahlen?«

Die Frage ging in lauten Buhrufen unter.

Mit energischem Blick schnappte sich Tatjana wieder das Megafon. »Wie wäre es mit kreativen Sparmaßnahmen? Oder einfach mal die Bevölkerung fragen, ob sie nicht helfen will, den Park wieder aufzubauen!«, schlug Tatjana vor. »Das kommt entschieden besser, als in ein Chemiewerk zu investieren!«

Andreas entriss seiner Schwester das Megafon, was zu lauten Protestrufen der Demonstranten führte. Für Andreas war es nun noch schwieriger, sich Gehör zu verschaffen. »Was mit dem Grundstück passiert, liegt in den Händen der Stadt. Wir sind nur hier, um die Dinosaurier nach Essen zu transportieren. Wenn wir das jetzt nicht machen, sind die Dinos immer noch da, wenn übermorgen die Abrissbagger anrücken. Ich bezweifle, dass das für die Tiere angenehm wird. Wir sorgen hier, so gesehen, nur für Schadensminimierung!«

Diese Aussage machte Tatjana alles andere als glücklich. Sie begann zu klatschen. »Herzlichen Glückwunsch! Das bedeutet, du bist jetzt das Schoßhündchen der Stadt geworden. Holst du auch das Stöckchen, wenn der Minister es wirft? Verrätst du für Geld echt alles, wofür unsere Familie stand? Mut und Selbstbestimmung?« Für diese Aussage brauchte Tatjana kein Megafon. Sie hatte laut genug gesprochen, um Andreas hart zu treffen.

Man hörte deutlich die Wut in seiner Stimme, als Andreas wieder das Wort ergriff: »Pass mal auf! Wenn ich mich weigern würde, die Dinosaurier abzutransportieren, würde nicht nur ich kein Geld mehr verdienen. Ich könnte auch die laufenden Kosten meines Unternehmens nicht mehr stemmen und müsste viele Angestellte direkt auf die Straße setzen. Die könnten dann nicht mehr ihre Mieten zahlen und wären obdachlos! Ist es das, was du möchtest, Tatjana? Ich sehe die Dinge realistisch und lasse mich nicht von Nostalgie blenden. Wir können nicht alle versuchen, die Welt zu retten. Manche von uns sind zu sehr von der Realität abhängig, um einen auf Utopist zu machen.«

Fast wie zwei kleine Kinder standen sich die Geschwister gegenüber und rangelten förmlich um das Megafon. Jeder hatte es immer nur für ein paar Sekunden und nutzte es so lange als Sprachrohr, bis der andere es ihm wieder entriss.

»Ich hoffe nur, du kannst noch in den Spiegel schauen bei dem Gedanken, dass du das Lebenswerk unserer Vorfahren zerstörst«, keifte Tatjana. »Bedeutet dir das alles gar nichts, Andreas? Unsere Vorfahren haben ihre besten Jahre in diesem Park verbracht. Er war so lange das Highlight von Castrop-Rauxel, und mit ein bisschen Unterstützung kann er das auch wieder werden. Bist du so blind geworden?«

Doch Andreas reagierte gar nicht auf die Frage. »Ich merke schon«, sagte er stattdessen, »du hast immer noch keine Toleranz gegenüber der Meinung anderer. Hattest du ja schon als Kind nicht. Immer wenn etwas nicht so lief, wie du es in deiner kleinen Prinzessinnenwelt haben wolltest, hast du die Zicke raushängen lassen. Ich habe nie gesagt, dass ich gern bei der Vorbereitung für den Abriss mithelfe. Aber ich habe keine Wahl, verstehst du nicht?«

Die Diskussion ging weiter hin und her. Ein Wunder, dass das Megafon bei dem Gezerre der beiden energischen Geschwister heil blieb. Sie waren sich fremd geworden. Sie redeten vollkommen aneinander vorbei. Beiden kam es vor, als würden sie unterschiedliche Sprachen sprechen.

Kapitel 36 Jochen

Auch wenn Jochen eigentlich seine Ruhe hatte haben wollen, konnte er sich dieses Schauspiel doch nicht entgehen lassen. Besonders beeindruckte ihn die brünette Frau, die sich aus irgendeinem Grund gerne auf hohe Objekte stellte.

Das Mädchen hat Biss, dachte er sich, gefällt mir! Er fühlte sich ein bisschen an sich selber erinnert, denn er konnte genau so dickköpfig sein. Der Mann, mit dem die Brünette stritt, kam Jochen seltsam bekannt vor. Auch von ihm war Jochen beeindruckt. Der Typ behielt wirklich einen kühlen Kopf bei der ganzen Sache.

Die Diskussion zwischen den beiden Geschwistern ging ewig hin und her. Und auch wenn Jochen sich langsam zu alt beziehungsweise zu lange tot für so etwas fühlte, so genoss er doch die Anwesenheit der vielen Menschen.

Kapitel 37 Andreas

Andreas war es irgendwann leid. »So, ich habe genug«, sagte er. »Wir haben heute noch anderes vor. Verschwindet endlich und lasst uns durch.«

Mit ausgestreckten Armen bildeten die Angeketteten eine menschliche Mauer, die keine Lücke ließ. Mehrfach versuchten die Fahrzeuge, die Demonstranten dazu zu bringen, aus dem Weg zu gehen. Doch weder Tatjana noch die restlichen Bürger dachten auch nur daran. Und einfach überfahren konnten Andreas und seine Mitarbeiter die aneinandergeketteten Demonstranten ja schlecht.

Auch wenn Andreas kein sonderlich gutes Bild von seiner Schwester hatte, musste er ihr doch eines lassen: Diese Aktion war wirklich sehr gut geplant. Von keiner Seite kam man zu den Dinosauriern durch. Die Transporter harrten trotzdem mehrere Stunden aus. Zwischendurch gingen Mitglieder der Bürgerinitiative durch die Reihen und verteilten Sandwiches und Kaffee an die Demonstranten.

Andreas wurde zunehmend ungeduldig. Immer wieder redete er auf Tatjana und ihre Mitstreiter ein. Doch keiner gab nach, dafür sorgte Tatjana. Andreas stand kurz vor einem Wutausbruch, als plötzlich sein Holofon klingelte.

»Ja, ich verstehe. Okay, wir suchen nach einem Alternativtermin«, sagte Andreas.

Dann winkte er die Fahrzeuge zurück, wandte sich noch einmal an Tatjana und drückte ihr das Megafon vor die Brust. »Okay, das war's. Wir müssen zum nächsten Termin. Ich hoffe, du bist stolz auf dich. Vermutlich verliere ich den Auftrag, weil ich die Situation nicht geregelt gekriegt habe.«

Falls Tatjana so etwas wie Mitleid verspürte, war ihr das keineswegs anzusehen. »Gib nicht mir die Schuld! Ich will nur retten, was Teil von Castrop-Rauxel ist. Ich wollte nie, dass es so weit kommt, dass wir hier ein öffentliches Kräftemessen veranstalten, aber ihr habt uns dazu gezwungen.«

Andreas schüttelte den Kopf. »Ich bin sicher, unsere Vorfahren sind sehr stolz auf dich und die Tatsache, dass du dein eigen Fleisch und Blut in die Arbeitslosigkeit drängst. Aber sei es drum: Wir werden wiederkommen. Du kannst nicht immer rechtzeitig vor Ort sein.«

»Und ob. Ich muss bloß schneller und klüger sein als du. Sind wir ja schon aus unserer Kindheit gewohnt, nicht wahr?« Tatjana zwinkerte ihm zu.

Kommentarlos machte sich Andreas auf den Weg zu seinem Transporter. Jubel und Freudenrufe brachen aus.

Kapitel 38 Tatjana

Stolz atmete Tatjana auf. Ihr Plan war zumindest vorerst aufgegangen, und die Bürgerinitiative hatte ein wenig Zeit gewonnen. Hoffentlich irrte sich Andreas mit der Annahme, dass die Abrissbagger trotz der noch immer im Park befindlichen Dinos schon übermorgen ihre Arbeit beginnen würden. Nach einiger Zeit schlossen die Demonstranten ihre Handschellen wieder auf. Erneut stieg Tatjana samt Megafon auf den Baumstumpf. »Ich bin stolz auf uns! Wenn wir so weitermachen, dann muss die Stadt uns ernst nehmen! Wir werden immer wieder zeigen, dass unser Park erhalten bleiben muss!«

Zustimmend jubelten die anderen.

»Ich glaube, das war's für heute! Danke fürs Kommen! Ich schreibe wegen eines nächsten Treffens eine Nachricht an euch alle! Wer noch nicht im Verteiler ist, kann sich gerne in die Liste eintragen, die ich hier habe. Ich ... ich denke, dass wir bereits für morgen ein neues Treffen anberaumen werden.«

Mit dieser Erklärung stieg Tatjana vom Baumstamm. Die Mitglieder der Bürgerinitiative verstreuten sich langsam.

Tatjana beschloss, noch ein bisschen durch den Park zu wandern. Gedankenverloren starrte sie umher. Vielleicht war sie unfair gegenüber Andreas gewesen, aber es ging hier doch tatsächlich nicht einfach um irgendein x-beliebiges Gebäude oder einen Supermarkt. Sondern um den Park, der Castrop-Rauxel spätestens mit der Eröffnung des Dino-Geheges auch weltweit bekannt gemacht hatte. Tatjana ließ sich auf eine alte Bank nieder und dachte über den Tag nach.

»Ach, das macht doch alles keinen Sinn!«, schimpfte jemand direkt in Tatjanas Nähe. Langsam drehte sie sich um.

Kapitel 39 Jochen

»Wenn das nicht die Ruhe vor dem Sturm ist«, flüsterte Jochen Spirit zu, während er das Geisterpferd tätschelte.

Spirit wieherte zustimmend.

Bald war der Park menschenleer. Bis auf die brünette Frau, die gedankenverloren und irgendwie traurig durch den Park lief. Jochen meinte gehört zu haben, dass ihr Name Tatjana war. Er wusste nicht, was genau ihn dazu verleitete, ihr zu folgen. Vielleicht erinnerte ihn die Trauer, die diese junge Frau in sich trug, an seine eigene. Vielleicht wünschte er sich auch einfach zu verzweifelt Gesellschaft. Jedenfalls stieg Jochen, als Spirit vorschlug, einen kleinen Ausritt zu machen, auf den Rücken des Pferdes und bat es, hinter der jungen Frau her zu reiten.

Sie nahm schon bald auf einer alten Bank Platz, die direkt an der Emscher stand. Es tat Jochen weh zu sehen, wie wenig Wasser der Fluss wegen des aufgrund der Trockenzeit seltenen Regens führte. Spirit schlich nahe an die Frau heran. Ihre Negativität legte sich auf Jochens Gemüt wie ein dunkler Schatten. Ob er jemals seine Ruhe finden würde?

»Ach, das macht doch alles keinen Sinn!«, fluchte Jochen laut.

Da drehte die Frau den Kopf und starrte erst Spirit, dann Jochen an. Ihre Augen wurden groß, ihr Gesicht kreidebleich, und ihr Mund öffnete sich. »Oh Gott, Sie bluten ja!«, schrie Tatjana und sprang von der Bank auf.

»Hey, du kannst mich sehen? Und mich hören?«, reagierte Jochen überrascht.

Tatjana blickte verunsichert drein. »Ähm ... ja ... Wieso sollte ich Sie nicht sehen können? Und was zum Teufel ist mit Ihnen passiert, dass Sie so bluten? So eine Kopfverletzung kann tödlich sein!«

Jochen sprang freudestrahlend vom Pferd. Endlich konnte er wieder mit jemandem reden. Er wusste gar nicht mehr, wann er das letzte Mal mit jemandem gesprochen hatte. Also, abgesehen von Spirit natürlich ... »Oh ... ja, ja«, sagte er. »Die Wunde war in der Tat tödlich. Ich bin Jochen von Greefstedt. Und ich bin ... nun ja ... ein Geist. Schon seit 107 Jahren.«

Spirit begann an Tatjana herumzuschnuppern.

»Und das ist mein treuer ... äh ... neuer ... Begleiter. Spirit. Er ist irgendwann nach mir gestorben.«

»Ohne Scheiß?«, rief Tatjana aus. »Du bist ein Geist und hast ein Geisterpferd?! So was gibt's doch nur in Filmen.«

Jochen schüttelte den Kopf. »Nun ja, leider bin ich echt. Wenn du meinen Namen recherchierst, wirst du bestimmt auch auf Berichte über meinen Tod stoßen, und diese Wunde ist, wie du siehst, kein Make-up.«

Tatjanas Blick wanderte wieder zu Jochens Kopfwunde und verwandelte sich in eine vage Mischung aus Entsetzen, Abneigung und Ungläubigkeit. »Hat mein Bruder sich das ausgedacht?«, fragte sie und fuhr dann, ohne eine

Antwort abzuwarten, fort: »Ja, klar, das ergibt Sinn! Dann sag dem Vollidiot von Andreas, dass er sich das nächste Mal was Kreativeres ausdenken soll, um mich zu erschrecken!«

Jochen schmunzelte. »Das ist kein Scherz! Das ist die bittere Realität! Ich bin schon so lange tot, dass ich für gewöhnlich unsichtbar bin, aber ...«

Tatjana unterbrach den Geist: »Na klar. Und wieso kann ich dich dann sehen?«

Jochen blickte die Frau ratlos an. »Um ehrlich zu sein, verwundert mich das selbst. Aber ich habe da etwas, was uns vielleicht weiterhelfen wird. Momentchen ...« Jochen kramte in seinen Taschen und zog schließlich ein altes, abgewetztes Buch heraus.

»Was ist das?«, fragte Tatjana misstrauisch.

Jochen stellte sich stolz vor sie hin und hielt das Buch hoch, als ob er es ihr zum Verkauf anbieten wollte. »Das ist eine Geisterbibel! Habe ich beim Herumspuken gefunden. Irgendein freundlicher Geist namens David von Stoppenberg hat darin alle möglichen Geister-Regeln aufgeschrieben. Es sind so viele, dass ich keine Lust hatte, sie alle zu lesen. Aber zum Glück gibt es ein Schlagwortregister. Also, schauen wir doch mal unter *S* nach. *S* wie *Sichtbarkeit* ...«[17]

Verunsichert schaute Tatjana zu, wie Jochen höchst ambitioniert im Buch herumblätterte.

»Aaah, da haben wir es ja ... Da schau an! Wenn man so lange tot ist wie ich, können einen nur noch Familienmitglieder sehen! Aber das heißt ja ... Glaubst du, dass wir verwandt sind?«, fragte er.

Tatjana zuckte hilflos mit den Schultern. »Hattest du denn Kinder?«, fragte sie.

»Oh ja«, erwiderte Jochen. »Zwei entzückende Töchter. Vanessa ...«

»Moment mal ... Natürlich! Vanessa von Greefstedt!«, rief Tatjana erstaunt aus. »So hieß meine Ur-Ur-Großmutter mit Mädchennamen.« Ihre Augen verengten sich. »Jetzt glaube ich erst recht, dass das ein blöder Scherz von Andreas ist. Aber das lässt sich leicht herausfinden. Wenn du wirklich Vanessas Vater bist, weißt du doch sicher, wo sie geheiratet hat, oder? Das kann dein Kumpel Andreas nämlich nicht wissen, weil das nur aus alten Tagebüchern hervorgeht, die man *mir* vererbt hat.«

Ohne mit der Wimper zu zucken antworte Jochen: »Ich war zwar schon tot, aber ja, ich weiß es. Abdullah und Laurent, den Adoptivvätern von Ali zu Ehren, haben Vanessa und Ali hier im Park im Café der Begegnung geheiratet. Dort haben sich die beiden auch kennengelernt.«

---

17 Möchtest du mehr über die Regeln der Geisterwelt und die Wege ins Jenseits wissen? In folgenden Bänden gibt es jede Menge Geister, unter anderem auch den des besagten David von Stoppenberg: »Grenzgänger. Ein Ruhrpott-Roadmovie« (Klartext Verlag 2014), »Emscherwachen. Ein Urban-Fantasy-Roman« (Klartext Verlag 2015).

Tatjanas Gesicht zeigte Erstaunen. »Unglaublich, du bist wirklich ein Vorfahre von mir!«

Jochen nickte.

»Wahnsinn!«, brachte Tatjana hervor. »Ich habe tausend Fragen an dich. Falls du Zeit hast ...«

Jochen lachte auf. »Zeit habe ich genug mitgebracht. Es ist ja nicht so, dass ich zu irgendeinem Meeting müsste.«

Die beiden sprachen über eine Stunde miteinander. Währenddessen graste Spirit. Eine alte Gewohnheit, denn natürlich müssen Geister keine Nahrung mehr zu sich nehmen. Der Umstand, nicht mehr lebendig zu sein, bedeutete wohl nicht nur für Menschen eine große Umstellung. Schließlich kamen Tatjana und Jochen auf Andreas zu sprechen.

»Du solltest etwas netter zu deinem Bruder sein«, sagte Jochen. »Weißt du, ich kann ihn sehr gut verstehen. In unserer Gesellschaft muss man nun mal auch an seinen Job und ans Geld denken. Und als Unternehmer auch ans Wohl seiner Mitarbeiter. Gerade in seiner Branche ist Andreas sehr viel Druck ausgesetzt. Er muss konkurrenzfähig und zahlungskräftig bleiben und dafür ständig neue Aufträge im Blick haben. Auf Dauer kann das einen Menschen verändern. Das soll aber nicht heißen, dass ich dich nicht genauso verstehe.«

Sie atmete tief. »Ach, Jochen, irgendwie verstehe ich Andreas ja auch. Aber ausgerechnet der Park? Und ich kann vor ihm nicht zugeben, dass ich ihm Unrecht tue.«

Jochen nickte nachdenklich. »Es ist aber nichts falsch daran, sich selbst und anderen einzugestehen, dass man mal im Unrecht ist. Im Gegenteil. Du tust sehr viel Gutes, Tatjana. Das sollst du auch weiterhin machen. Und du sollst auch weiterhin dafür einstehen, dass der Park nicht abgerissen wird. Aber dein Bruder macht seine Arbeit ja nicht, um dich zu ärgern.«

Frustriert stand Tatjana auf. »Das weiß ich doch! Meinst du, ich finde das alles nicht selber beschissen? Wir waren als Kinder ein Herz und eine Seele. Aber als wir älter wurden, hat sich alles verändert. Wir haben nur noch gestritten – und das heftig. Ich würde so gerne mit ihm reden, aber dann streiten wir uns nur wieder.«

»Dann hol ihn her, und ich vermittle zwischen euch«, schlug Jochen vor. »Wie du merkst, kann ich euch beide verstehen. Und ich möchte nicht, dass ihr denselben Fehler macht wie ich und eure Familien auseinanderreißt.«

Tatjana stand bewegungslos da. Dann schüttelte sie entschieden den Kopf. »Nein, das bringt nichts. Wozu brauche ich überhaupt meinen Bruder? Ich habe sehr viele gute Freunde, die meine Ansichten teilen. Das raubt mir nicht so viel Energie wie das Zusammensein mit Andreas.«

Jochens Gesicht wurde düster. Wenn er noch am Leben gewesen wäre, hätte er vermutlich angefangen zu weinen. »Weißt du, was ich heute am meisten bereue?«

Tatjana schüttelte den Kopf.

»Als ich mit meiner Frau zusammenkam, war ihre Familie gegen unsere Liebe. Ich habe Svenja unter Druck gesetzt, den Kontakt zu ihnen abzubrechen. Eigentlich wollte die Familie ja nur ihr Bestes. Vermutlich wussten die schon damals, was für ein Scheißkerl ich war.« Jochen pausierte kurz. »Svenja hat den Kontakt zu ihnen abgebrochen. Sie meinte, dass wir ja uns hätten und all unsere Freunde. Das würde genügen. Und weißt du, was passiert ist, als ich tot und das Geld weg war?«

Erneut schüttelte Tatjana den Kopf.

»Auch die Freunde waren plötzlich weg. Meine Frau war alleine. Und das nur, weil ich sie dazu gedrängt hatte, sich von ihrer Familie abzuwenden. Es gibt viele Sachen, für die ich mich ohrfeigen könnte, aber die schmerzvollste Ohrfeige würde ich mir für diese Tat geben.«

Tröstend neigte Spirit Jochen den Kopf zu.

Tatjanas Augen waren feucht. »Warum erzählst du mir das?«, fragte sie.

Eine kurze Stille trat ein. Tatjana blickte ins Leere.

»Komm, ruf ihn an!«, ermutigte Jochen sie.

Zitternd aktivierte Tatjana ihr Holofon. »Hey, Andreas, ich bin's. Hast du in den nächsten Tagen Zeit für mich? Ich möchte noch mal über alles reden.«

Kapitel 40 Sophie/Irelia

Die Stimmung während des Treffens der Bürgerinitiative war zum Zerreißen gespannt. Eigentlich hätten sie sich über den gestrigen Erfolg freuen können. Aber die Mitglieder der Bürgerinitiative und selbst die Wortführerin Tatjana Mercier waren ratlos, wie es nun weitergehen sollte. Am Morgen hatte der Bauminister angekündigt, dass die Abrissbagger am nächsten Tag wie geplant rollen sollten. Dinosaurier hin oder her. Dann würde man das Dino-Gehege eben etwas zeitversetzt dem Erdboden gleichmachen. Diese Ankündigung hatte alle in eine Art Schockstarre versetzt. Gerade versuchte Tatjana Mercier ziemlich erfolglos, an ihre emotionale Rede des Vortags anzuknüpfen.

Da flüsterte eine Stimme an Sophies Ohr: »Hey!«

Sophie wurde augenblicklich aus der ungemütlichen Stimmung raus und hinein in eine klebrig süße Luftblase gezogen, in der alles harmlos, stimmig und anregend war. Ihr Blick fiel auf die Frau, die jetzt neben ihr stand. »Irelia«, gab sie ebenfalls flüsternd von sich. »Tauchst auf, wie du verschwindest.« Sie beugte sich ganz nah zu Irelia herüber und hauchte: »Immer ganz plötzlich.«

Ein verschmitztes Lächeln erschien auf Irelias Lippen, während sie weiter den Blick nach vorne Richtung Tatjana gewandt hielt.

Auch Sophie richtete den Blick wieder nach vorne. Jedoch war sie nun gänzlich desinteressiert an dem, was Tatjana da laberte. Die Wortführerin der

Bürgerinitiative war plötzlich viel zu weit weg, um von Sophie noch gehört werden zu können.

»Tut mir leid, dass ich gestern so plötzlich gehen und dich allein lassen musste«, sagte Irelia leise.

Eine Entschuldigung wollte Sophie aber gar nicht hören. Das Allerletzte, was sie wollte, war, dass Irelia sich schlecht fühlte. »Schon okay«, sagte sie deshalb. »So konnte ich wenigstens einen kurzen Blick auf deinen hübschen Arsch werfen.«

Das Kompliment war unerwartet und viel zu frech ausgesprochen worden, weswegen Irelia zu Boden blickte, dabei aber offenkundig ein Grinsen unterdrücken musste.

Sophie spürte, wie ihre Wangen anfingen zu kribbeln und ihr das Blut in den Kopf stieg. Irelias Reaktion war viel zu knuffig, als dass Sophie hätte still bleiben können. Sie lachte unbeschwert auf und löste ihre Arme vom Rücken, um eine Hand auf ihre Lippen legen und ihr breites, unangebrachtes Grinsen verstecken zu können.

Irelia schüttelte nur den Kopf. »Das kann doch jetzt nicht dein Ernst sein.« Ihre Worte klangen wie die eines jungen Mädchens, das noch zu unschuldig war, um vernünftig flirten zu können. »Du hast mir also hinterher geschaut?«

Sophie beugte sich wieder schmunzelnd zu ihr. »Wüsste nicht, warum ich das nicht hätte tun sollen.«

Irelia wandte den Kopf, um Sophie anschauen zu können. Ihre Gesichter waren sich jetzt sehr nahe, die Nasenspitzen kurz davor, aufeinander zu treffen.

Sophie flüsterte: »Er ist wirklich sehr ... Überhaupt bist du sehr hübsch.« Sie betrachtete eingehend Irelias Gesichtskonturen. Dann hob sie die Hand und strich ihr vorsichtig eine Haarsträhne hinter das Ohr. Darauf achtend, die samtweiche Haut nur ganz sanft zu berühren. »Obwohl ich sagen muss, dass dir diese pommesgelben Haare nicht besonders gut stehen.«

Irelia war fasziniert von dem Verhalten, das Sophie an den Tag legte. War fasziniert von der Zuneigung, die sie bekam. Ohne sich große Mühe zu geben, sympathisch zu wirken, wurde sie von der Frau pausenlos angebaggert. Die letzten Worte allerdings fand sie dann doch etwas unverschämt.

»Wie bitte?«, fragte sie mit gespielter Empörung, ging als Zeichen des Protests einen Schritt von Sophie weg und überspielte ihren tatsächlichen Ärger mit einem Auflachen. »Wie kommst du denn bitte auf pommesgelbe Haare? Hast du zufälligerweise gerade Hunger?«

Sophie grinste und nutzte die Gelegenheit gleich, um wieder zu versuchen, Irelia in Verlegenheit zu bringen. »Ich kann ja dich vernaschen«, sagte sie und trat schnell einen Schritt näher an Irelia heran.

Als Irelia erneut zu lachen begann und sich an Sophies Arm festhielt, um ihr Gesicht gegen diesen zu drücken und so ihr Lachen zu verstecken, wurde Sophie von Marc angestupst. Irelia und Sophie waren viel zu laut geworden, um noch ignoriert werden zu können. Beide wurden schnell ruhig. Dennoch war die Luft in der Blase mollig. Sie legte sich wie eine Decke über die beiden.

»Lasst uns die Dinosaurier doch einfach befreien!«, warf ein älterer Herr in den Raum. »Dann sollen sie doch kommen mit ihren Baggern.«

»Philipp!«, empörte sich die Frau, die neben ihm stand, und gab ihm einen Klaps auf den Hinterkopf. »Bist du nun vollkommen durchgeknallt? Das kann auch echt nur von dir kommen.«[18]

»Ja, ja, Valentina, schon gut«, maulte besagter Philipp.

Die Umstehenden fingen an zu lachen. Das Gelächter schallte durch den ganzen Raum, doch endete es genauso schnell, wie es angefangen hatte.

Irelia sah, wie Sophie und Marc irritierte Blicke tauschten. Natürlich, Sophie hatte ja gestern selbst von ihrer und Marcs Idee erzählt, die Dinosaurier freizulassen. Wahrscheinlich befürchteten sie nun, jemand hätte davon Wind bekommen. Die Idee, die Dinos freizulassen, kam Irelia gar nicht mal so übel vor. Ob jemand dabei zu Schaden kam, konnte ihr persönlich schließlich egal sein. Aber Sophie hatte gesagt, die anderen Einhörner wären von der Idee sicher nicht angetan. Da hatte Irelia plötzlich eine Eingebung. Wenn sie es nur richtig anstellte, würde alles wie am Schnürchen laufen. Ja, der Plan war geradezu perfekt! Dass sie nicht eher darauf gekommen war!

Diesmal war es Irelia, die sich zu Sophie beugte. Sie hob die Hand und legte sie an Sophies Ohr. »Was würdest du denn dafür tun, um mich vernaschen zu dürfen?«

Obwohl nur geflüstert, kamen die Worte klar und deutlich bei Sophie an. Das konnte Irelia ihr ansehen, auch wenn Sophie krampfhaft so tat, als sei sie enorm beschäftigt damit, Philipp und Valentina zu beobachten, die immer noch miteinander redeten.

Dennoch antwortete Sophie sofort: »Ich würde alles dafür tun.«

Es war die Wahrheit und Sophies voller Ernst. Sie würde alles für Irelia tun. Das Wenige, was sie bereits getan hatten, wie sie miteinander umgingen, war besonders für sie. Noch nie hatte sie sich so ausgeglichen in der Nähe einer anderen Person gefühlt. Sie funktionierten wie Magnete. Bewegte sich eine von ihnen, so musste es auch die andere tun.

Irelia hatte Sophie um den kleinen Finger gewickelt. Sie wusste, dass sie nun genau dort war, wo sie hinwollte. Jetzt konnte sie Sophie problemlos, ja, kinderleicht beeinflussen. Weswegen sie keine einzige Sekunde verschwendete, um die Wirkung, die sie auf Sophie hatte, auszunutzen und ihre Pläne zu verwirk-

---

18 Philipp und Valentina spielen übrigens eine wichtige Rolle in »Uferlos. Ein Emscher-Endzeitroman« (Klartext Verlag 2017), wo Valentina bei Philipps Taten allerdings das Lachen vergeht.

lichen, ihren sehnlichsten Wunsch zu erfüllen und den Park Emscherland, ihr Zuhause, zu beschützen.

»Würdest du auch Dinosaurier für mich befreien?«, flüsterte Irelia Sophie ins Ohr.

Sophie wandte Irelia ihr Gesicht zu. Irelia war erschrocken von der ruckartigen Bewegung und der plötzlichen Nähe ihrer Gesichter. Erst jetzt wurde ihr vollständig bewusst, wohin das Ganze steuerte. Die Nixe sah Sophie fest in die Augen.

Sie hielten Blickkontakt und Sophie tat noch viel mehr als das. Sie studierte Irelias Augen, sah durch diese Türen, die direkt zu Irelias Seele zu führen schienen. »Hm?«, hakte Irelia leise nach. Den kleinen Stupser, den sie ihr verpasste, nahm Sophie kaum wahr. Er holte sie gerade genug in die Realität zurück, um zu reagieren. Zu nicken. Natürlich. Sie müsste nur die Dinosaurier ausbrechen lassen. Das würde morgen für genügend Chaos sorgen, um alle Pläne des Bauministers vorerst zunichte zu machen.

Die Blase um die beiden platzte, als es um sie herum plötzlich laut wurde und die anderen aufbrachen. Das Ende von Tatjanas Motivationsrede und die Verabschiedung hatte Sophie nicht wirklich mitbekommen, es war sowieso irrelevant geworden. Zusammen verließen Irelia und sie das Gebäude. In dem ganzen Durcheinander griff Irelia Sophies Hand und zog sie zur Seite. Der Abend war warm und drückend. Irelia lehnte sich mit dem Rücken gegen die Wand und sorgte dafür, dass Sophie nicht von ihr wich. »Bevor ich gehe, will ich dich noch etwas fragen.«

Sophie hielt noch immer ihre Hand und hatte sich mit der Schulter ebenfalls an die Wand gelehnt, sodass sie dicht nebeneinander standen. »Was immer du auch willst, es ist ein ...«

Irelia unterbrach sie: »Mach es jetzt nicht kaputt, du Idiot! Das ist mein Ernst.«

Sophie grinste amüsiert und nickte. »Okay, okay, was möchtest du mich denn fragen?«

Irelia sah Sophies neugierigen Blick und fühlte, wie sich Nervosität in ihr ausbreitete. Sie versuchte, diese nicht zu zeigen. Sie durfte es jetzt nicht versauen. Musste sicherstellen, dass Sophie ihr ergeben war, wollte dabei aber auch nicht übertreiben. Sie bekam Angst davor, zu schnell zu handeln. Eine alternative Frage fiel ihr nicht ein, weswegen sie sich einen Ruck gab und gerade heraus fragte: »Ich möchte dir gerne ... näher kommen. Ich weiß nicht, ob du auch so fühlst, aber falls du genauso fühlst wie ich, würde ich mich freuen, wenn wir ... na ja, versuchen könnten ... eine Beziehung aufzubauen.«

Sophie lächelte und nickte, sichtlich berührt von Irelias Worten. »Also darf ich dich jetzt als meine feste Freundin bezeichnen?«

Die Nixe ließ Sophies Hand los, aber ehe Sophie deswegen protestieren konnte, umfasste Irelia ihr Gesicht und verschloss ihre Lippen mit den ihren.

Die Leute, die sich noch vor dem Gebäude unterhielten oder auf ein Flexxitaxi warteten, schienen die romantische Szene gar nicht mitzubekommen. Zu sehr waren die beiden im Schatten versteckt. Der zarte Kuss nahm sein Ende, als Irelias Holofon ein warnendes Piepen von sich gab. Irelia musste sich auf den Heimweg machen.

Sophie zog wie erwartet eine Schnute, als Irelia sagte: »Ich muss jetzt los.«

Sophie seufzte und ergriff Irelias Hände. »Und was ist, wenn ich dich nicht gehen lasse?« Sie kam mit ihrem Gesicht ganz nah an Irelias heran.

Die Nixe hätte sie gerne von sich geschubst, sie mochte es überhaupt nicht, wenn sie aufgehalten wurde. Ihr Leben hing davon ab, gehen zu können, wann immer sie wollte. Sie musste zurück ins Wasser. Jetzt. Doch sie wollte nicht ihre Chance aufs Spiel setzen, Sophie als Komplizin im Kampf um den Park Emscherland zu gewinnen. Irelia küsste Sophie deshalb erneut, ließ die intime Nähe noch ein zweites Mal zu, gewann aber die Oberhand, indem sie mit einer geschickten Drehung die Plätze tauschte. Sie befreite ihre Hände aus Sophies Griff und lief ein paar Schritte rückwärts.

»Können wir uns morgen wiedersehen?«, fragte Sophie.

Irelia nickte. »Das sollten wir. Um die Dinos freizulassen.«

Sophie grinste. »Du willst das echt durchziehen, ja?«

Wieder nickte Irelia.

»Okay. Ich bespreche alles mit Marc, und wir ziehen das morgen zu dritt durch. Ich schreib dir, wann wir uns treffen, einverstanden?«

Irelia lächelte. Sie hob die Hand und winkte kurz. Dann verschwand sie eilig in Richtung Emscher.

Kapitel 41 Klett

Die Tür öffnete sich mit einem Klicken. Mit schweren Schritten trat Klett ein. Er holte tief Luft. Sein Job als Geheimagent verlangte ihm viel ab. Selbst wenn er nur Gespräche belauschen musste wie heute. Immer wieder schossen ihm die gleichen Gedanken durch den Kopf. Was, wenn sie ihn bemerkten? Und andererseits: Was, wenn es seinem Chef nicht ausreichte, was er ihm brachte? Was, wenn er die Falschen bespitzelte und deshalb etwas Wichtiges verpasste? Aber heute, da war er sicher, heute war er auf eine wirklich heiße Spur gestoßen.

Ein Geräusch riss Klett aus seinen Gedanken. Er versteifte sich. Horchte. Da war es schon wieder. Ein Zittern durchfuhr seinen Körper. Es waren Schritte. Jemand war in sein Haus eingedrungen. Vorsichtig hängte er seine Schlüssel an das dafür vorgesehene Brett und streifte seine Schuhe ab. Er reckte den Hals, um den Flur entlang zu spähen. Alle Türen waren verschlossen, doch unter der Tür zur Küche schimmerte Licht hervor. Suchend sah Klett sich um.

»Nicht mit mir«, murmelte er, als er sich den Baseballschläger griff. Langsam schlich er den Flur entlang auf die Küchentür zu. Mit zitternder Hand drückte er die Klinke hinunter. Sein Herzschlag wurde schneller. Klett stieß die Tür auf. Ein schriller Schrei ertönte, als Klett mit dem Schläger voran in den Raum sprang. Im nächsten Augenblick ließ er den Schläger erleichtert fallen.

»Du hast mich erschreckt!«, schrie die Frau, die in seiner Küche stand, vorwurfsvoll.

»Was soll *ich* denn sagen? Ich dachte, du wärst ein Einbrech... Warte! Das bist du doch tatsächlich!«

Beschämt sah die Frau zu Boden.

»Wie kommst du hier rein?«, hakte Klett nach. Er ließ seinen Blick durch den Raum gleiten. Auf dem Herd kochten Nudeln.

»Du bist zu früh«, murmelte sie.

Klett ließ seinen Blick auf der Frau ruhen. Braune Augen glitzerten ihm entgegen. Die roten Haare fielen seidig über ihre Schultern, und sogar mit der Schürze sah sie ziemlich gut aus. Wäre da nicht die Tatsache, dass sie ihn verletzt hatte.

»Ich wollte ein Versöhnungsessen kochen«, sagte Tessa.

»Ja, das sehe ich, aber du hast nicht auf meine Frage geantwortet«, zischte Klett.

»I... Ich hab noch den Schlüssel.«

Mit eisigem Blick streckte Klett den Arm aus. Zögernd griff die Frau in ihre Hosentasche und drückte Klett den Wohnungsschlüssel in die Hand.

»Und jetzt geh!«, fauchte Klett. Er zeigte zur Tür.

»Nein. Bitte. Wir haben noch nicht gegessen.«

»Tessa!«, forderte Klett.

Sie trat auf ihn zu und legte ihre Hände auf seine Brust. »Ich habe dir wehgetan, und das tut mir leid. Bitte gib mir eine Chance, es wiedergutzumachen.«

Klett konnte ihren Welpenaugen nicht widerstehen. Das hatte er noch nie gekonnt. Er seufzte. »Na gut.«

Ein Lächeln breitete sich auf Tessas Gesicht aus. Sie hätte die ganze Welt damit erhellen können. »Jetzt lass uns erst einmal essen«, sagte sie.

Klett und Tessa setzten sich an den Tisch und begannen zu essen. Nach einer Weile unangenehmen Schweigens ergriff Tessa das Wort. »Also, wie war die Arbeit so?« Sie klang verunsichert.

»So wie immer«, knurrte Klett und biss sich sofort auf die Zunge. Tessa hatte ihn verletzt, ja. Aber sie versuchte, es wiedergutzumachen. In diesem Punkt unterschied sie sich von all seinen bisherigen Freundinnen. Er musste ihr wenigstens eine Chance geben. »Entschuldige«, murmelte er.

Tessa entspannte sich sichtlich.

»Ich hab vielleicht etwas Wichtiges aufgeschnappt.« Er hielt inne. Eigentlich wollte er nicht mit ihr sprechen. Er war wütend auf sie, oder?

»Was war es denn?«

Klett seufzte.

»Du ... du musst mir das nicht erzählen«, sagte Tessa.

»Momentan tue ich so, als würde ich zu einer Bürgerinitiative gehören. Die Regierung will herausfinden, wer die Einhörner sind«, stieß Klett hervor. »Und ich vermute, dass sich wahrscheinlich auch im Dunstkreis dieser Bürgerinitiative Einhörner aufhalten.«

Tessas Mundwinkel zuckten kurz. So kurz, dass Klett sich fragen musste, ob er es sich nicht doch nur eingebildet hatte.

»So ein Alter meinte, man müsse härter durchgreifen, um den Park zu retten. Dass man mal eine wirkungsvolle Aktion starten sollte, blah, blah, blah.« Klett verstummte. Er wartete auf einen Kommentar von Tessa. Normalerweise hätte sie schon lange etwas eingeworfen. Sie schien das mit der Entschuldigung wirklich ernst zu meinen. Langsam begann er wieder zu sprechen. »Als Scherz hat er dann vorgeschlagen, dass man die Dinosaurier befreien könnte.« Ein kurzes Lachen entfuhr Kletts Kehle.

Tessa lächelte. Dann legte sie ihr Besteck beiseite und stand auf. Er beobachtete, wie sie die Teller in die Küche brachte.

»Erzähl weiter. Ich hör zu«, rief Tessa aus der Küche.

»Ähm ... Ach so ... Die meisten nahmen das nicht ernst, aber da waren zwei Mädels, die ...«

Tessa kam nicht zurück zum Tisch, an dem Klett saß. Sie steuerte das Sofa an und setzte sich. Fordernd sah sie in Kletts Richtung, der auf ihren Blick hin seufzte und sich etwas widerwillig zu ihr gesellte.

»Was war mit diesen Mädels?«, warf Tessa ein, als Klett sich neben sie auf sein Sofa gesetzt hatte.

Er legte die Füße auf den kleinen Holztisch, bevor er Tessas Frage beantwortete. »Sie sahen wirklich so aus, als ob sie diese absurde Idee in Betracht ziehen würden. Ich frage mich, ob das vielleicht die sind, die ich suche.«

»Wäre möglich«, sagte Tessa zögernd.

Eigentlich war Klett sich ziemlich sicher, dass es die waren, die er suchte. Und er wusste auch schon, wo er sie morgen finden und auf frischer Tat ertappen konnte.

Tessa begann Kletts Arm zu streicheln. Als er bemerkte, dass er sich in die Berührung hinein lehnte, zog er den Arm schnell weg. Er war immerhin sauer auf Tessa.

»Weißt du, was ich komisch finde?«, fragte Tessa mit einem Unterton, der erkennen ließ, dass sie verletzt war. Sie versuchte offenbar, die peinliche Stille zu verscheuchen.

Klett wandte ihr den Kopf zu und signalisierte ihr damit weiterzusprechen.

»Warum will die Stadt Castrop, dass ausgerechnet wir den Park abreißen?«

Klett zuckte mit den Schultern. Er wusste nicht, wie er sich ihr gegenüber verhalten sollte. Es fühlte sich komisch an, neben ihr zu sitzen. Es fühlte sich komisch an, mit ihr zu reden. Es fühlte sich komisch an, mit ihr auf Kriegsfuß zu sein. Und tatsächlich wusste er nicht, was daran so komisch sein sollte, dass der Park von Goldschmidt, also der Firma, für die Tessa arbeitete, abgerissen werden sollte.

»Ist doch eigentlich bescheuert, den Park von einer Dortmunder Firma abreißen zu lassen, oder?«, hakte Tessa nach. »Und ausgerechnet von uns! Erstens sind wir nicht gerade preiswert. Und zweitens liegt Castrop-Rauxel doch gerade total im Clinch mit Dortmund. Wegen des Emscherstaudamms, der in Dortmund gebaut werden soll und Castrop-Rauxel so von einem wichtigen Teil der Wasserversorgung abschneiden wird. Den Staudamm, den ausgerechnet auch die Firma Goldschmidt bauen soll. Das ist doch seltsam, findest du nicht? Diejenigen, die Castrop in so eine verzweifelte Lage bringen, sollen zusätzlich davon profitieren, indem sie den Auftrag für den Abriss des Parks erhalten?«

Tessa wandte Klett ihr Gesicht zu und fing seinen Blick auf. »Was ich eigentlich sagen wollte ...«, begann sie zögernd. Es war still. Eine Träne rollte über Tessas Wange. »Es tut mir leid, Klett.« Ein leichtes Lächeln huschte über ihr Gesicht.

Klett wandte sich ab. Er hörte, wie Tessa seufzte. Sie beugte sich vor.

»Ich liebe dich«, flüsterte sie ihm ins Ohr, küsste seine Wange und richtete sich auf, um zu gehen.

»Ach, scheiß drauf«, murmelte Klett, bevor er Tessa in eine Umarmung zog und ihr einen langen, sinnlichen Kuss gab, um sie am Aufstehen zu hindern.

Kapitel 42 Jochen

Andreas hatte einem Treffen zugesagt. Allerdings erst für zwei Tage nach Tatjanas Anruf. »Siehst du? Nicht mal dafür hat er Zeit!«, hatte Tatjana gemeckert. Jochen hatte ihre Reaktion nachvollziehen können, sie aber trotzdem dazu gebracht, die Sache von der positiven Seite zu betrachten. »Sieh es mal so: Immerhin habt ihr überhaupt ein Treffen für eine Aussprache verabredet. Nicht einmal das habe ich mit meiner Frau geschafft.«

Dann war es soweit. Tatjana und Andreas waren für den Morgen an der Bank verabredet, an der Tatjana auch Jochen getroffen hatte. Tatjana war früher da, um sich vorher noch ein bisschen mit Jochen zu unterhalten.

Spirit war nicht dabei. Obwohl Jochen in den letzten Tagen meistens mit dem Pferd unterwegs gewesen war. Es hatte ihm schnell vertraut. Und die Gesellschaft tat dem ehemaligen Geschäftsmann ungemein gut. Endlich musste er seine Wege durch den Park nicht mehr alleine zurücklegen. Jochen hatte mit Pferden nie etwas am Hut gehabt. Zu Lebzeiten fand er, dass diese Tiere nur Dreck machten und Geld kosteten. Doch jetzt war er ein leidenschaftlicher Geisterreiter geworden. Wenn er schon zu Lebzeiten nie ein Geisterfahrer gewesen war! Und nun machte er den Emscherpark meist zusammen mit Spirit unsicher.

»Versuch, dich nicht zu sehr aus der Fassung bringen zu lassen«, riet Jochen Tatjana jetzt. »Atme einfach ein paar Mal tief durch, wenn du merkst, dass dich etwas aufregt, was Andreas sagt.«

Tatjana nickte und starrte dann in die Ferne, über das Gelände des Parks. »Da kommt er!«, rief sie und beobachtete eine fein gekleidete Gestalt, die gerade am Eingang des Parks eintraf und sich schnellen Schrittes auf den Weg zum Treffpunkt machte. »Am besten, du versteckst dich erst mal. Ich möchte Andreas auf dich vorbereiten«, erklärte Tatjana.

Jochen nickte und verschwand hinter einem Baum.

Andreas kam schnell auf seine Schwester zu und hatte bald die Bank erreicht.

»Schön, dass du gekommen bist!«, rief Tatjana ihm zu und rang sich ein Lächeln ab.

Die beiden Geschwister umarmten sich nicht, nicht mal einen Händedruck gab es.

Andreas erwiderte Tatjanas Lächeln, wirkte dabei allerdings unbeholfen. »Hey, dein Anruf war eine Überraschung. Worüber wolltest du mit mir sprechen?« Ein misstrauischer Ausdruck machte sich auf seinem Gesicht breit, als er hinzufügte: »Du hast mich doch hoffentlich nicht bloß hierher bestellt, um mir wieder zu sagen, was für ein schlechter Mensch ich bin?«

Sofort schüttelte seine Schwester den Kopf. »Nein, ich bin nicht hier, um mit dir zu streiten. Ich möchte einfach nur reden.«

Andreas verschränkte die Arme und starrte Tatjana gebannt an, ohne auch nur zu blinzeln.

»Findest du das nicht auch scheiße?«, begann Tatjana. »Wir sind nur noch damit beschäftigt, uns gegenseitig Vorwürfe zu machen. Ich möchte das alles endlich klären, schließlich sind wir eine Familie.«

Andreas runzelte die Stirn. »Klar sind wir das, aber wir gehen bei unterschiedlichen Meinungen eben direkt an die Decke und schreien uns gegenseitig an.«

Tatjana verzog das Gesicht. »Tja, woran mag das wohl liegen?«, murmelte sie sarkastisch.

Bestätigt sprang Andreas auf und schnippte mit dem Finger in Richtung seiner Schwester. »Siehst du, genau das meine ich!«

Tatjana brachte dieser Satz aus der Fassung. »Du hast recht. Das war jetzt blöd von mir. Es tut mir leid. Mein Vorschlag wäre daher, dass wir uns eine dritte Person suchen. Für eine Mediation. Diese Person wird darauf achten, dass jeder von uns sachlich bleibt.«

Andreas wirkte perplex. Mit diesem Vorschlag hatte er offenbar nicht gerechnet. Erst nach einer kurzen Pause stellte er die naheliegende Frage: »Und wer soll das sein? Wer würde sich denn freiwillig unseren Zickenterror antun?«

Plötzlich ertönte eine Stimme aus dem Hintergrund: »Wie wäre es denn mit mir?«

Andreas machte einen entsetzten Satz nach hinten. »Ach du Scheiße!«, rief er laut.

Tatjana stellte sich neben Jochen. »Darf ich vorstellen? Das ist Jochen von Greefstedt. Der Vater unserer Ur-Ur-Großmutter Vanessa von Greefstedt.«

Andreas blickte ungläubig von Jochen zu Tatjana und musterte dann die Platzwunde an Jochens Kopf. »Ja, nee, ist klar ...«, murmelte er benommen.

Tatjana verdrehte genervt die Augen. »Guck ihn dir doch an. Er sieht dir total ähnlich! Wenn Jochen etwas jünger wäre, würdet ihr glatt als Brüder durchgehen.« Mit dieser Feststellung kramte Tatjana einen kleinen Schminkspiegel hervor und hielt diesen Andreas vor die Nase.

Andreas schaute abwechselnd in den Spiegel und zu Jochen hinüber. »Unglaublich! Wo hast du so einen Doppelgänger gefunden, der dann auch noch bereit ist, deine Schmierenkomödie mitzuspielen?«

Tatjana stöhnte auf. »Du Depp! Entweder du glaubst mir, oder wir können das alles gleich sein lassen. Ich bin nicht hier, um mich als Lügnerin bezichtigen zu lassen.«

Jochen räusperte sich mit ernster Miene. »Ganz ruhig! Wie alt seid ihr, bitteschön? Einunddreißig und achtundzwanzig? Oder elf und acht?« Dann wandte er sich Andreas zu. »Hör mal, ich kann verstehen, dass du misstrauisch bist. Aber du kannst dir meine Kopfwunde gern mal genauer anschauen! Man kann sogar ein bisschen vom Inneren meines Schädels sehen. Wie du bemerken wirst, kein Make-up!«

Andreas wirkte unschlüssig und schockiert über diesen Vorschlag. Er lief kurz um Jochen herum und musterte diesen. Es war schon gruselig, wie ähnlich sie sich sahen. Sogar der Anzug war fast identisch. »Na gut, ich glaube euch«, sagte Andreas schließlich. »Ich denke, in einer Welt, in der es Feen, Elfen, Aliens, Nixen und sogar Zombies gibt, sind Geister gar nicht so abwegig. Verzeih mir, wenn ich ein bisschen misstrauisch bin, Jochen. Jemanden wie dich sieht man eben nicht alle Tage. Sag mal, dieser Anzug, den du trägst ... Warst du zufällig beruflich auch ...?«

Doch der Satz wurde durch Tatjanas lautes Schnipsen unterbrochen. »Tut mir leid, aber ihr habt später noch genug Zeit für Small-Talk. Ich möchte erst mal wieder alles in Ordnung bringen.« Jetzt wandte sie sich direkt an Jochen: »Und du, Kasper, der freundliche Geist, vergiss nicht, dass du unparteiisch sein sollst. Auch wenn dein Doppelgänger aus einem anderen Zeitalter anwesend ist.«

Jochen nickte zustimmend. Dann stellte er sich zwischen die beiden Geschwister. »Wer will denn anfangen?«, fragte er.

Andreas lächelte und machte eine einladende Handbewegung. »Ladies first!«

Tatjana brachte dieser Kommentar zum Grinsen. »Ach, komm, wir leben im zweiundzwanzigsten Jahrhundert. Du weißt genau, dass ich keine Bevorzugung brauche. Du fängst an!«

Andreas zuckte mit den Schultern und erwiderte das Lächeln. »Okay, dann fang ich halt an.« Er machte einen Schritt auf seine Schwester zu. »Weißt du, ich habe absolut kein Problem damit, dass du gegen den Abriss des Parks bist. Ich bewundere sogar, wie du dich dafür einsetzt. Aber was ich überhaupt nicht toll finde, ist, dass du mich als Monster darstellst. Ich habe doch keine Wahl, wenn meine Firma überleben soll. Weißt du, wie schnell meine Logistikfirma pleite sein kann, wenn wir der Stadt einen Auftrag abschlagen? Das geht schneller, als du gucken kannst. Weil sie uns dann wahrscheinlich keine weiteren Aufträge mehr geben. Und es hängen viel mehr Menschen als nur ich mit drin. Arbeiter, die dann vermutlich entlassen werden müssten. Arbeiter, die Familien zu ernähren haben. Das ist alles nicht einfach.«

Jochen nickte. »Okay, Tatjana, du bist dran.«

Tatjana räusperte sich. »Ich kann verstehen, dass das dein Job ist. Aber kannst du nicht bei dem Park eine Ausnahme machen? Bist du denn wirklich so abhängig davon, dass die Stadt dir Aufträge gibt?«

Andreas entgegnete: »Das Problem ist, dass es so viele Logistikunternehmen in Castrop-Rauxel gibt. Wir prügeln uns förmlich um Jobs. Ich kann nicht einfach sagen: Hey, dieser Auftrag gefällt mir nicht, ich nehm einen anderen. Das geht nicht!«

Jochen nickte wieder zustimmend. »Ich kann das nachvollziehen. In dieser Branche gibt es viele Geldhaie, die möglichst alles an sich reißen und sich mit allen Mitteln einen Namen machen wollen. Wenn man nicht nimmt, was einem hingeworfen wird, ist man schnell weg vom Fenster. Ich selbst hab oft genug Konkurrenten mit fiesen Mitteln ausgeschaltet und so viele Menschen arbeitslos gemacht.« Jochen wollte weiter ausholen, fing sich allerdings von Tatjana einen Todesblick ein, vermutlich weil Jochen nun doch etwas parteiisch geworden war.

»Warum hast du dich überhaupt um den Auftrag beworben?«, bohrte Tatjana nach. »Wenn du wirklich bewunderst, wie ich mich für den Park einsetze, hättest du dich um den Auftrag ja gar nicht erst bewerben müssen.«

Genervt schüttelte Andreas den Kopf. »So war das nicht. Die Stadt kam auf uns zu mit diesem Auftrag! Da konnte ich schlecht nein sagen.«

»Man hat immer eine Wahl, Andreas!«, widersprach Tatjana. »Als du gehört hast, dass es den Park betrifft, hättest du absagen sollen. Vielleicht eine Notlüge erfinden, warum es gerade nicht passt. Du weißt genauso gut wie ich, dass dieser Park Potenzial und Tradition hat. Du warst doch so gut in Geschichte. Wie sieht es mit der Stadtgeschichte aus? Welche Rolle spielt der Park Emscherland da? Noch wichtiger: Wie sieht es mit unserer Familiengeschichte aus? Was würde Abdullah sagen?«

Da Jochen eben schon parteiisch gewesen war, konnte er es genauso gut noch mal sein. »Der Park hat Castrop-Rauxel wirklich erst zu dem gemacht, was es lange war«, sagte er. »Eigentlich sollte er zum Welterbe erklärt werden. Die Stadt hat so sehr von dem Park profitiert! Und wenn es je einen Zeitpunkt gab, zu dem Castrop-Rauxel dringend eine solche Attraktion gebraucht hätte, dann ist der jetzt! Ihn abzureißen ist von der Stadt, mit Verlaub gesagt, eine saudumme Idee. Dass eure Vorfahren am Bau beteiligt waren, erschwert das alles für euch persönlich noch. Auch wenn wir leider nie erfahren werden, wie Abdullah tatsächlich zu diesem Konflikt stehen würde.« Jochen verstummte wieder.

»Wenn du meine persönliche Meinung hören möchtest, Tatjana, ich finde auch, dass der Park bestehen bleiben sollte«, gab Andreas zu. »Er hat immer viel für unsere Stadt bedeutet. Und auch wenn ich mich nicht so gut mit unserer Familiengeschichte auskenne wie du, bin ich doch sehr stolz auf das, was unsere Vorfahren erreicht haben. Ich werde diese Geschichten definitiv irgendwann meinen Kindern erzählen. Aber vergiss nicht, abgesehen davon, dass ich nur die Dinos transportieren soll, es also sowieso nicht in meiner Macht liegt, ob der Park abgerissen wird oder nicht, sprechen eben doch zwei sehr gewichtige Gründe für den Abriss: der Staudammbau in Dortmund, der die Bewässerung des Parks unbezahlbar teuer machen würde, und die Notwendigkeit, Medikamente gegen die Blaue Pest zu produzieren.«

Nun räusperte sich Tatjana. »Gut. Aber erstens ist noch gar nicht sicher, ob dieser Staudamm auch wirklich gebaut wird. Und zweitens: Castrop-Rauxel hat eine Fläche von etwa 52 Quadratkilometern, und du willst mir ernsthaft weismachen, dass es kein anderes Grundstück gibt, auf dem diese Pharmafabrik erbaut werden kann? Sorry, aber das kann ich einfach nicht glauben!«

Andreas begann ungeduldig zu werden. »Erstens ist der Staudammbau durchaus bereits beschlossene Sache. Und zweitens: Wo diese Fabrik gebaut wird, entscheidet allein die Stadt. Die werden schon wissen, was sie tun, und sich das gut überlegt haben. Sorry, aber bei solchen Standortentscheidungen spielen Faktoren eine Rolle, von denen du keine Ahnung hast. Tut mir leid, wenn ich das jetzt so hart sage: Aber bei deinem Bildungsweg hast du doch nicht die geringste Ahnung, was da alles in die Entscheidungen einfließt.«

Jochen wollte sich einmischen: »Also, ich glaube, wir ...«

Doch Tatjana sah nun rot und unterbrach Jochen. »War ja klar, dass du jetzt wieder damit kommst«, rief sie aufgebracht und begann dann eine Stimme zu imitieren, die verdächtig nach der von Andreas klang: »Schaut mal, meine dumme Schwester hat nur Geschichte und Kulturwissenschaften studiert. Da studiert man ja direkt in die Arbeitslosigkeit.« Tatjana schnaubte. »Deinen Spott kannst du dir sparen! Ich weiß, dass du mich nie ernst genommen und meine Berufswahl immer belächelt hast. Du hast keine Ahnung, wie viel Arbeit meine Entscheidungen mir bereitet haben, was für Engagement ich aufbringen musste! Wie oft mir die Tür vor der Nase zugeschlagen wurde, weil sich Hunderte andere auf einen Volontariats-Posten beworben haben und es am Ende nur darum ging, wer die schönere Nase hatte. Also wage es nicht, mir zu sagen, ich hätte keine Ahnung davon, wie die Welt funktioniert!«

Andreas ließ sich diese Worte nicht gefallen und äffte nun seinerseits die Stimme seiner Schwester nach: »Oh, ich armes kleines Tuck-Tuck. Komme nicht mit meinem Abschluss klar und finde jetzt keinen festen Job. Bitte, bemitleidet mich!«

»ES REICHT!«, brüllte Jochen und verzog das Gesicht zu einer dämonischen Fratze.

Tatjana und Andreas zuckten zusammen. Fast erwarteten sie, dass gleich ein Blitz einschlagen würde.

Jochen musterte die beiden verängstigten Menschen und grinste dann breit: »Ha! Ich hab's noch drauf!«

Andreas und Tatjana beruhigten sich allmählich wieder.

»Kann ich mal kurz mit jedem von euch beiden alleine reden?«, fragte Jochen.

Beide nickten einhellig.

»Da ich gerade zuerst dran war, darfst du jetzt zuerst. So was nennt man Höflichkeit und nicht Bevorzugung«, erklärte Andreas.

Eigentlich wollte Tatjana wieder einen Kommentar abgeben, verkniff es sich aber.

Kapitel 43 Irelia

Es war noch früh am Morgen, aber bereits schön warm. Ich war erst seit ein paar Minuten wach, jedoch hatte ich schon jetzt Angst. In der Nacht hatte ich vor Aufregung schlecht geschlafen. Ich trank einen Seetangsmoothie und tippte auf meinem Aquaholofon eine Nachricht für Sophie: *Hey, Süße. Alles klar bei dir? Ich bin schon megaaufgeregt wegen heute.*

Ein paar Minuten später kam folgende Antwort: *Hey, Baby. Alles gut. Kein Grund aufgeregt zu sein.*

Ich schrieb: *Ruf mich an, wenn ihr wisst, wann ihr da seid.* Ich legte das Aquaholofon weg und spielte nervös mit den Fingern. Es konnte nichts schiefgehen. Wir würden Einhornmasken tragen. Niemand konnte uns erkennen. Wahrscheinlich würde sowieso keiner auf dem Gelände sein.

Aber wenn die anderen aus der Einhorngruppe erfuhren, dass Sophie und Marc gegen ihren Willen die Dinosaurier freilassen wollten? Würden sie versuchen, es zu verhindern, und alles wäre umsonst gewesen? Oder würden sie uns sogar helfen? Und was, wenn die Polizei uns erwischte und uns festhielt? Dann würde ich nicht rechtzeitig zur Emscher zurückkehren können ... Diese Fragen gingen mir nicht mehr aus dem Kopf. Mit zitternden Händen trank ich den letzten Schluck Seetangsmoothie. Ich schaute noch einmal auf mein Aquaholofon, bevor ich zur Kommode schwamm und wie gewohnt aus der ersten Schublade meine Haarbürste holte. Ich betrachtete mich im Spiegel und fing an, meine Haare zu bürsten. Von oben schien ein bisschen Licht in meine

Höhle. In diesem Licht sah die Haarfarbe noch schöner aus, als ich sie ohnehin schon fand.

Ein letzter Blick in den Spiegel, dann schwamm ich nach oben. Während ich mich an einer versteckten Uferstelle aus dem Wasser hievte, musste ich an die Dinos denken. Diese Wesen taten mir leid. Auch sie würden ihre Heimat verlieren.

Ich legte mich ans Ufer. Diesmal dauerte es etwas länger, bis meine Schwanzflosse sich in Beine verwandelte. Gleich danach stand ich auf und schaute auf mein Holofon. Ein verpasster Anruf von Sophie. Ich rief schnell zurück.

»Irelia?«, meldete sich Sophie.

»Ja. Ich bin es.«

»Gut. Also, hör zu! Marc und ich sind gleich an der Emscherbrücke nahe dem Dino-Gehege. Komm am besten dorthin. Und lass dich nicht vom Bautrupp erwischen.«

»Vom Bautrupp?«, fragte ich erschrocken. »Ich dachte, die fangen erst später an?«

»Nein«, entgegnete Sophie. »Leider nicht. Marc und ich sehen es selber gerade erst. Also, pass auf dich auf und bis gleich!« Mit diesen Worten legte Sophie auf.

Ich steckte mein Holofon in die Hosentasche und lief ein paar Schritte. Da sah ich sie schon. Riesige Kräne und Maschinen, nicht weit von der Emscherbrücke. Daneben eine Gruppe Menschen mit gelben Helmen auf dem Kopf. Sie bildeten einen Kreis um einen Mann im Anzug.

Ich versteckte mich hinter einem Baum und lauschte. Offenbar hatten sie gerade ihre Lagebesprechung. Jetzt oder nie, dachte ich mir und lief schnell zur Brücke. Dort standen auch schon Marc und Sophie. Die beiden lachten und schienen sich angeregt über etwas zu unterhalten. Marc stand doch wohl nicht auf Sophie? Denn das war meine! Okay ... Was dachte ich denn da für einen Blödsinn? Ich war doch nur aus einem einzigen Grund mit Sophie zusammen. Warum regte mich der Anblick von ihr mit Marc so auf? Aber jetzt war keine Zeit, über so einen Quatsch nachzudenken! Ich lief schnell auf die beiden zu.

»Hey, ihr beiden!«, sagte ich ein wenig zu laut.

»Hey, Irelia.« Sophie kam lächelnd auf mich zu und gab mir einen Kuss. »Du siehst heute echt schön aus«, sagte sie und kramte in ihrer Tasche herum.

Ich fing auch an zu lächeln. Siehst selber schön aus, dachte ich. Ach, was dachte ich da schon wieder? Was war bloß los mit mir? »Danke schön«, presste ich schließlich nur heraus.

»Hier, deine Maske«, sagte Marc.

Ich nahm sie entgegen und hielt sie fest.

Sophie setzte ihren Rucksack auf und zog sich die Maske über. Marc tat es ihr gleich. Also setzte auch ich meine Maske auf, und zusammen liefen wir in Richtung Gehege. Nervosität stieg in mir hoch. Der Bautrupp stand immer noch an den Maschinen.

»Jetzt oder nie«, zischte Marc, und wir schlichen hinter Bäumen entlang zum Eingang des Geheges.

Kapitel 44 Klett

Ich lag bäuchlings auf dem Boden. Das hohe Gras stach mir in die Seiten. Die Halme waren wie kleine Nadeln, die mich verrückt machten. Doch wo sonst sollte ich mich verstecken? Die Dürre hatte die Blätter vertrocknen lassen. Jeder einzelne Busch im näheren Umkreis bestand aus blattlosen Ästen – nur einige Nadelbäume hielten der brennenden Hitze tapfer stand. Selbst die Vögel verstummten bei der sengenden Hitze, was, angesichts meiner Situation, als positiv zu werten war.

Mein Fernglas fest gegen die Augen gedrückt, blickte ich angestrengt in der Gegend umher, konzentriert darauf, ein Huschen zu sehen, einen wackelnden Ast oder ähnliches, was das Treiben der potenziellen Einhörner verraten könnte. Doch nichts war zu sehen, bis auf die Kräne und Baumaschinen, die jenseits des Dino-Geheges nahe der Emscher standen und in der Hitze vor meinen Augen zu flimmern begannen. Ob sie ihre Pläne abgeblasen hatten, weil der Bautrupp schon so früh aufgetaucht war? Nein, das konnte ich mir nicht vorstellen. Unter diesen Umständen mussten sie ihre Aktion doch erst recht durchziehen.

Wenn sie bloß bald auftauchten! Ich wischte mir mit der Hand den Schweiß von der Stirn und legte das Fernglas kurz aus der Hand, um einen Schluck Wasser zu trinken. Die Flasche war schon warm, obwohl ich noch nicht lange hier wartete. Trotzdem tat es gut zu fühlen, wie die Flüssigkeit meine trockene Kehle herunterlief.

Plötzlich war da ein Rascheln. Ich duckte mich tiefer in das hohe Gras und versuchte, mit dem Fernglas zwischen den Halmen hindurch zu sehen. Tatsächlich. Da waren sie. Drei schlanke Gestalten mit weißen Einhornmasken, die sich deutlich von der verdorrten Umgebung abhoben. Ihre Stimmen waren klar zu vernehmen, das Gras raschelte bei jedem Schritt unter ihren Füßen. Zwei der Stimmen waren eher hoch, die andere tief. Es musste sich um zwei Frauen und einen Mann handeln, alle drei jung, schätzte ich. Die Frauen waren wahrscheinlich die beiden von der Sitzung gestern. Die größte der drei Personen trug einen großen, vollgepackten Rucksack auf dem Rücken. Als sie ihn abnahm, sah ich, was sie daraus hervorkramte. Eine Drahtseilschere.

»Du schneidest! Du bist der Stärkste von uns. Ich halte die Drahtseile, damit sie dir nicht entgegenspringen. Und dann scheuchen wir gemeinsam die Dinos raus.«

»Ja, okay, aber passt auf, dass wir nicht erwischt werden.«

Sie wollten es also wirklich durchziehen und die Brontosaurier befreien. Das konnte nur in einer schrecklichen Katastrophe enden. Die drei entfernten sich weiter von mir, um eine geeignete Stelle zum Schneiden zu finden. Ich konnte ihr Gespräch nicht mehr mit anhören.

Kapitel 45   Irelia

»Marc, pass bitte auf mit der Schere! Ich will nicht, dass dir was passiert«, sagt Sophie.
 »Keine Angst.«
 Keine Angst? Das kann nicht sein Ernst sein! Diese wundervolle Frau macht sich Sorgen um ihn, und er bringt nur ein schnödes »Keine Angst« als Antwort? Genervt schaue ich zu, wie Marc die Drähte durchschneidet. Sophie kommt ihm zu Hilfe.
 »Es klappt nicht«, ruft Sophie panisch. »Das geht nicht schnell genug.«
 Ich schaue zu den Maschinen und sehe, dass der Kreis der Arbeiter sich langsam auflöst. Endlich haben Marc und Sophie es geschafft. Die Drahtseile sind durch. Sofort stürmen wir in das Gehege, um die Dinos rauszutreiben.
 »Oh, schaut mal! Ein kleiner Brontosaurier. Sieht der süß aus!«, schwärmt Sophie und schaut den »kleinen« Dino an.
 Nur siehst du noch süßer aus, mischen sich meine Gedanken wieder ein. Oh, Mann. Was ist denn bitte los mit mir?

Kapitel 46   Klett

Ich kroch weiter im Gras voran, um die Situation besser zu überblicken. Ich wollte die Einhörner unbedingt drankriegen. Da waren sie. Ich beobachtete jede einzelne ihrer Bewegungen. Sie näherten sich dem Gehege und prüften zunächst die Umgebung auf unerwünschte Zuschauer. Ich duckte mich noch tiefer ins Gras – darauf bedacht, keine Geräusche zu machen. Sie fuhren mit ihrer Arbeit fort, offenbar bedenkenlos. Der Größte durchschnitt die Drahtseile. Diese Leute waren eine ernste Bedrohung. Was sollte ich bloß machen? Ich kam ihnen immer näher, sie durften mich nicht sehen. Ihr Treiben erfasste mich wie ein Bann. Mir war jetzt alles andere egal. Meine ganze Konzentration galt ihnen, und ich blendete den Rest meiner Umwelt komplett aus. Ich spürte weder das Stechen der Grashalme, noch das Brennen der Sonne auf meinem Kopf.
 Da waren sie, diese mächtigen blau-grünen Gestalten. Tonnenschwere und doch relativ friedfertige Wesen, getrieben von den Einhörnern. Mit den Armen wedelnd und schreiend liefen die drei hinter den Dinosauriern her.

Kapitel 47 Bob und der Bronto

Nachdem die Dinos befreit worden sind, laufen sie durch den Park Emscherland. Das Jungtier entfernt sich von seiner Herde und tollt munter auf den einst von Menschen bevölkerten Wiesen herum. Fröhlich läuft es am Labyrinth vorbei, in dem früher glückliche Kinder lachten. Heute besteht das Labyrinth nur noch aus kleinen, kahlen, grau-braunen, überwiegend abgestorbenen Ästen und dünnen Stämmen. Auch das Amphitheater hat sehr gelitten. Die Steine sind zerstört, beschmiert oder herausgerissen. Alles sieht verrottet und alt aus. Das Jungtier läuft über die Emscherbrücke zurück. In Richtung der Bauarbeiter, die gekommen sind, um den Park abzureißen.

»Endlich wird der Park abgerissen. Hat schon viel zu viel Unruhe gebracht. Damit ist jetzt Schluss! Und ich werde den ersten Baum fällen«, sagt Bob, einer der Bauarbeiter. Er läuft zu einem Flexximobil, in dem er ein paar Werkzeuge gelagert hat, wie zum Beispiel eine Flexxi-Säge, einen Flexxi-Bohrer und so weiter. Bob setzt schon einmal den Gehörschutz auf und greift sich die Flexxi-Säge.

Mittlerweile ist der Jungdino nur noch ein paar Meter vom Flexximobil entfernt. Da er sehr neugierig ist, kommt er immer näher, bis er einen Meter hinter Bob stehenbleibt. Bob seinerseits bemerkt den Dino nicht, weil er verzweifelt versucht, die Flexxi-Säge in Gang zu bringen. Sollte sie ausgerechnet jetzt ihren Geist aufgeben? Nein, endlich läuft sie. Mit der heulenden Flexxi-Säge in der Hand dreht Bob sich um. Beim Anblick des Dinos verfällt er in Schockstarre. Mit aufgerissenem Mund und angsterfülltem Blick steht er vor dem neugierigen Dinosaurier.

Der Dino wiederum wagt neugierig ein paar Schritte Richtung Bauarbeiter. Der weicht zurück.

Plötzlich macht das Dino-Baby einen kleinen Sprung nach vorne.

Bob erschreckt sich und fängt an, wie am Spieß zu schreien.

Das Jungtier erschreckt sich noch mehr als Bob und schreit aus Angst ebenfalls. Es ruft nach seiner Mutter, die mit ihrer Herde, bestehend aus sechs riesigen Langhälsen, ganz in der Nähe grast. Kaum hört sie ihr Junges schreien, setzt sie sich eilig in Bewegung.

Kapitel 48 Klett

Die Erde zitterte unter den gewaltigen Schritten der Brontosaurier; ich konnte es am ganzen Körper spüren. Jetzt waren sie frei. Ich musste es melden, unbedingt, ich musste davon berichten! Dann wären sie endlich dran, die Einhörner. Sie hätten keine Chance mehr. Und wenigstens zwei der drei konnte ich eindeutig identifizieren, weil ich mir ihre Gesichter beim Treffen der Bürgerinitiative eingeprägt hatte.

Und wenn wir erst einmal diese zwei hätten … Wir würden sie schon dazu bringen, die anderen aus ihrem Kreis zu verraten.

Ich trat den Rückzug an. Jetzt, wo die Einhörner vollkommen mit den Sauriern beschäftigt waren, wagte ich es, mich schneller zu bewegen. Bald hatte ich einige Entfernung zwischen sie und mich gebracht, keuchend wegen der Hitze, meine Hände und meine Hose voller Dreck. Der Schweiß rann mir die Stirn hinunter.

Plötzlich hörte ich einen Schrei. Dann noch einen, anders als der erste. Es war fast ein Kreischen, ein Quietschen, nichts Menschliches jedenfalls.

Dann folgte ein leichtes Zittern. Aus dem Zittern wurde ein Beben. Ein Schatten fiel auf mich. Ich spürte, wie etwas Hartes mich traf, etwas Schweres mich unter sich begrub. Der Schmerz war unerträglich, er raubte mir den Atem; noch schlimmer das Geräusch brechender Knochen. Meiner Knochen. Das war das Letzte, was ich hörte.

Kapitel 49 Bob und der Bronto

»Ach, du heilige Scheiße, was macht das Vieh denn hier?«, sagt Bob. Er hebt die Flexxi-Säge auf, die ihm vor Schreck aus der Hand gefallen ist, und richtet sie auf das Jungtier, das – immer noch angsterfüllt – langsam zurückweicht. Plötzlich spürt Bob die Erde beben. Ein Beben, das er vorher nicht wahrgenommen hat. »Was geht denn hier ab?«, fragt er verwirrt und schaut sich um. Er sieht einen Baum nach dem anderen umfallen. Haben die Kollegen etwa schon ohne ihn angefangen?

»Was zur Hölle …«, sagt Bob, aber ihm bleiben die Worte im Hals stecken, als er einen gigantischen Langhals zu sehen bekommt. Das riesige Tier dreht seinen Kopf und schaut sich um, als ob es etwas suchen würde.

Ruckartig schaut Bob den dagegen winzigen Jung-Dino an. Und begreift. »Oh, fuck!«, stößt er aus. Plötzlich schreit das Dinojunge wieder auf. Der Kopf des großen Dinos schnellt zurück. Er starrt Bob finster an. Hinter dem riesigen Tier tauchen weitere Langhälse auf. Bob nimmt die Beine in die Hand und läuft schnell weg in Richtung der Baumaschinen. Der erste Dino, die Dinomama, vermutet Bob, läuft zu ihrem Jungen und vergewissert sich offenbar, dass bei ihrem Baby alles okay ist. Danach folgt sie aufgebracht den anderen Dinosauriern, die auf dem Weg zu den Baumaschinen eine Schneise der Verwüstung hinterlassen. Sie trampeln alles nieder, was ihnen in die Quere kommt. Alle Maschinen werden plattgetrampelt und so vollständig zerstört. Dann ziehen die Dinos weiter, hinter sich ein Schlachtfeld.

Bob atmet erleichtert auf. Wenn das hier ein verdammter Jurassic-Park-Film wäre, dann wär ich sicher der erste arme Idiot gewesen, den es erwischt hätte, denkt er.

Kapitel 50 Irelia

»Na, los! Lasst uns abhauen«, sagt Marc, und zusammen rennen wir in die Richtung, wo das Café der Begegnung steht.
»Oh, Mann, das war eine richtig coole Aktion«, sagt Sophie aufgekratzt, als wir zum Stehen kommen und unsere Masken absetzen.
Wie süß ihr Lächeln doch ist!
»Ja, da kann ich dir nur zustimmen«, sagt Marc, und die beiden umarmen sich.
Na los, sag auch was, ermutige ich mich selbst. »Ich ... fand es auch megacool mit euch beiden«, sage ich.
Sophie und Marc lösen ihre Umarmung, und Sophie kommt zu mir. Sie umarmt mich ebenfalls. Und sie riecht einfach fantastisch. Sophie nimmt mein Gesicht in ihre Hände und küsst mich. In mir beginnt ein Feuerwerk, und ich habe ein Kribbeln im Bauch. So glücklich war ich lange nicht. Doch dann spüre ich es. Das Kribbeln in meinen Beinen. Ich löse mich von Sophie und renne los in Richtung Wasser. Ich höre noch wie Sophie »Irelia, warte!« schreit. Doch ich muss weiterrennen.

Kapitel 51 Jochen

Nachdem Jochen erst mit Tatjana und dann mit Andreas gesprochen hatte, versammelten sich die Familienmitglieder wieder.
»Ich will mal was probieren«, verkündete Jochen. »Das habe ich mir bei meiner jüngeren Tochter, die Psychologie studiert hat, abgeguckt. Sie hat diese Methode während einer Paartherapie angewandt und es hat einigermaßen geholfen.« Der Geist wandte sich an Tatjana: »Auf die Gefahr hin, dass du mich direkt ins Jenseits wünschst, fange ich einfach mal mit dir an: Stell dir vor, du wärst Andreas.«
Tatjana wirkte etwas überrascht von dieser Idee, willigte aber ein. »Ähm, okay.«
Jochen fuhr fort: »Jetzt stell dir vor, du musst dich durch ein sehr stressiges Studium quälen, wo du circa sechs Klausuren pro Semester schreibst, permanente Anwesenheitspflicht herrscht, nebenbei musst du noch selber Geld verdienen und du bist enormem Leistungs- und Konkurrenzdruck ausgesetzt, weil es ein Massenstudium mit sehr vielen Kommilitonen ist, die alle dieselben Pläne verfolgen wie du. Du schaffst deinen Bachelor und deinen Master. Die Logistikunternehmen sind überfüllt, und du bist gezwungen, dir ein eigenes Unternehmen aufzubauen, was wegen der vielen Konkurrenzunternehmen alles andere als leicht ist. Du arbeitest jeden Tag mit dem Hintergedanken, dass jeder Fehler oder jeder verpatzte Auftrag dafür sorgen kann, dass du Insolvenz anmelden musst. Irgendwann hast du es mit viel Mühe so weit geschafft, dass

dein Unternehmen läuft und ein bisschen bekannter wird. Und jetzt stell dir vor: Die Stadt bietet dir an, dass du die Dinosaurier aus dem Emscherpark in Castrop-Rauxel transportieren darfst! Keine Konkurrenz, viel Geld und eine Tätigkeit, die bisher kein anderes Logistikunternehmen in seine Selbstdarstellung schreiben konnte. Außerdem die Aussicht auf viele Folgeaufträge durch die Stadt. Klingt das nicht verlockend? Die Schließung des Parks ist eh durch und wird ohnehin nicht mehr rückgängig gemacht, denkst du dir. Wie würdest du als Geschäftsführer, der viele Angestellte unter sich hat, entscheiden?«

Tatjana wirkte sprachlos. »Ähm ... nun ja ...«

Doch Jochen kam gerade erst richtig in Fahrt und unterbrach sie sofort: »Ich will keine Antwort hören. Denk einfach nur drüber nach!« Er wandte sich an Andreas: »Jetzt zu dir. Stell dir mal vor, du triffst die schwere Entscheidung, nach dem Abitur deinen Traum zu verwirklichen und Kulturwissenschaften zu studieren. Ein Weg, der nicht allzu sicher ist, und auf dem schon viele vor dir auf die Schnauze gefallen sind. Du kriegst tatsächlich den Studienplatz. Trotz des hohen NCs. Aber von deiner Familie wirst du nur belächelt, weil du ja ›nichts Richtiges‹ studierst, während dein großer Bruder den angesehenen Studiengang mit Aussicht auf sehr viel Kohle gewählt hat. Du plagst dich sehr oft mit Zukunftsängsten, fragst dich, was genau du mit deinem Studium eigentlich anstellen möchtest. Dabei musst du dich doch mit ellenlangen Texten und anstrengenden Hausarbeiten herumquälen. Parallel dazu wird von dir verlangt, dass du dich irgendwie ehrenamtlich engagierst, Volontariate, Praktika und Hospitanzen machst, um die sich auch jede Menge anderer Studenten bewerben. Ach, und Geld muss auch noch verdient werden, irgendwie nebenbei. Natürlich findest du keinen festen Job, von dem du leben kannst. Du musst also versuchen, dich freiberuflich durchzuschlagen, weswegen du für circa fünf Newsblogs gleichzeitig schreibst und trotzdem nur einen Hungerlohn verdienst. Erfolgreich sind immer nur die anderen. Deine Kollegin Felicitas Hundertwasser zum Beispiel, die sich durch ihre investigativen Recherchen und internationalen Reportagen einen Namen gemacht hat. Das ist nicht fair, denn sie ist eine Fee und blickt auf so viel mehr Lebenserfahrung zurück als du. Egal, du kämpfst dich weiter durch. Irgendwann beginnst du, dich auf Themen der Stadtgeschichte zu konzentrieren. Dabei stößt du immer wieder auf deine eigene Familiengeschichte. Du lernst, dass deine Familie mitgeholfen hat, eines der Highlights in Castrop-Rauxel aufzubauen, und merkst, dass das etwas ist, womit du dich identifizieren kannst. Endlich hast du etwas im Leben, das dich wirklich begeistert. Du hilfst dabei, dieses kulturelle Erbe am Leben zu halten. Aber plötzlich beschließt die Stadt, dass dieses Erbe abgerissen werden soll. Wärst du da nicht zumindest ein bisschen wütend?«

Auch Andreas wirkte überrumpelt. Fast schon peinlich berührt blickten sich die Geschwister in der Gegend um. Endlich fanden ihre Blicke zueinander.

Tatjana wirkte verkrampft, als sie sagte: »Es tut mir leid. Ich wusste nicht, wie unsicher es um dein Unternehmen steht.«

Andreas schaute zu Boden, biss sich auf die Unterlippe und nickte. »Aber das gibt mir nicht das Recht, dich als lächerlich abzustempeln. Du hast so hart gearbeitet, damit man dich endlich ernst nimmt, und ich habe dich immer nur wie ein Kind behandelt. Das war nicht fair.«

Tatjana atmete durch und schaute ihrem Bruder nun direkt in die Augen. »Weißt du, ein bisschen war ich auch eifersüchtig. Ich dachte immer, du verdienst das sichere, schnelle Geld und musst nie viel dafür tun.«

Andreas lachte auf. »Witzig, so ähnlich ging es mir umgekehrt auch. Ich hab die große Angst, dass ich mich irgendwann wie in einer Tretmühle fühle und auf ewig an dieses Unternehmen gebunden bin. Oft dachte ich mir: Wieso kann ich nicht so frei wie Tatjana sein?«

Tatjana blickte auf. »Das zu wissen, ändert alles ...«

Andreas stimmte zu. »Ja, das tut es.«

Eine Weile schwiegen alle Beteiligten.

»Wie geht es jetzt weiter?«, fragte Tatjana mutlos.

»Du solltest weiter für die Erhaltung des Parks kämpfen«, murmelte Andreas.

»Und du musst tun, was das Beste für dein Unternehmen ist«, stellte Tatjana fest.

»Was hältst du davon, wenn jeder sein Ding durchzieht, und wir es nicht zum Thema machen?«, schlug Andreas vor. »Im schlimmsten Fall vermeiden wir so lange den Kontakt. Und beide versuchen wir, immer erst die Motive des anderen zu verstehen, ehe wir dann vielleicht doch mal sachliche Kritik üben.«

Tatjana gefiel der Vorschlag. Sie grinste. »Ich glaub, wir können uns sogar weiterhin treffen. Ich hab kapiert, dass ich die Meinung anderer respektieren muss.«

Die Geschwister fielen sich in die Arme. Die letzte Umarmung war schon verdammt lange her. Dann wandten sich beide an ihren Vorfahren, der gerührt neben ihnen stand.

»Danke, Jochen, wirklich!«, sagte Andreas freudestrahlend.

»Wir werden zwar noch einige Zeit zum Reden benötigen, aber ich denke, wir sind auf einem guten Weg!«, ergänzte Tatjana.

Jochen lächelte. »Ist doch selbstverständlich, dass eine Familie zusammenhält. Auch wenn man manchmal ein bisschen Hilfe braucht.«

Plötzlich wurden die beiden Geschwister von einem hellen Licht geblendet, in das Jochens Körper gehüllt war.

»Jochen, was passiert mit dir?«, fragte Tatjana entsetzt.

Doch Jochen selbst schaute alles andere als entsetzt drein. »Endlich ist es soweit! Ich kann meine ewige Ruhe antreten. Aber warum ausgerechnet jetzt?«

Angestrengt dachten alle drei nach.

Dann sagte Andreas: »Weil du geschafft hast, was du zu Lebzeiten nicht konntest.« Er legte den Arm um Tatjana. »Du hast eine Familie davor bewahrt, auseinanderzubrechen.«

Jochen nickte freudestrahlend. »Ach, Kinder, ich bin so glücklich. Endlich kann ich mich ausruhen und werde meine liebste Svenja wiedersehen.«

Jochens Körper löste sich immer mehr auf und wurde langsam eins mit dem Licht. Gebannt schauten Tatjana und Andreas zu und lauschten seinen letzten Worten: »Vergesst bitte nie: Durch eure Adern fließt dasselbe Blut! Ihr seid eine Familie. Macht nicht dieselben Fehler wie ich. Und folgt euren Träumen. Dann werden eure Nachfahren sicher stolz auf euch sein.« Jochen war fast verschwunden, seine Stimme war nur noch leise zu hören. »Irgendwann werden wir uns wiedersehen!« Langsam verschwand nun auch das Licht.

Die Blicke von Andreas und Tatjana ruhten noch einen Moment auf der Stelle, wo Jochen eben noch gestanden hatte. Dann löste Andreas seinen Blick und bemerkte die Tränen, die seiner Schwester über das Gesicht liefen.

Verlegen blickte sie zu Boden. »Hättest du noch Zeit für einen Kaffee?«, fragte sie.

Andreas lächelte. Er merkte, dass die ganze Anspannung fort war. »Für meine Schwester habe ich immer Zeit«, flüsterte er und legte den Arm um sie.

Plötzlich wurde Tatjana blass. »Andreas«, flüsterte sie. »Sind das da nicht ...«

Andreas blickte auf. »... Dinosaurier!«, beendete er ihren Satz. Und dann fing er an zu lachen. »Tatjana«, sagte er, »irgendetwas sagt mir, dass sich mein Auftrag, die Dinos abzutransportieren, soeben erledigt hat ...«

Kapitel 52 Sophie

Erst nachdem Irelia – wieder einmal – Hals über Kopf verschwunden war, hatten Marc und ich das Ausmaß der Katastrophe so richtig begriffen. Wir hatten im verlassenen Café der Begegnung herumgesessen und gehofft, einen genialen Einfall zu bekommen. Aber Fehlanzeige. Stattdessen hatte ich Irelia halbwegs verzweifelte Nachrichten per Holofon geschickt und ihr mitgeteilt, dass wir den anderen Einhörnern beichten würden, was wir angestellt hatten. Zu meiner Überraschung hatte Irelia geantwortet: *Mitgefangen, mitgehangen.* Und war wenig später im Café aufgetaucht. Jedoch ohne mir zu verraten, wohin sie so überstürzt hatte verschwinden müssen. Und jetzt waren wir auf dem Weg zum Unterschlupf.

»Was sollen wir denen denn sagen?«, fragte ich Marc.

Der schaute nur mit panischem Blick auf den Boden. Man konnte schon fast die Zahnräder in seinem Kopf rattern hören. Es hätte mich nicht gewundert, wenn jeden Moment Rauch aus seinen Ohren gestiegen wäre. Ich hatte mich schon damit abgefunden, auf meine Frage keine Antwort zu bekommen, als er plötzlich verzweifelt zu schreien anfing: »Ich weiß es doch nicht!«

Ich schrak zusammen. Also, ich hatte ja schon viele Aktionen mit ihm durchgezogen, aber so angespannt hatte ich ihn noch nie erlebt! »Am besten bleiben wir wohl bei der Wahrheit ...«, stellte ich *leicht* gestresst fest.

Irelia, die mit gesenktem Kopf hinter uns her lief, bekam von dem ganzen Spektakel offenbar gar nichts mit. Es schien, als wäre sie abgetaucht in ihre eigene Gedankenwelt. Die Strecke zum Versteck kam mir vor, als müssten wir ganz Castrop-Rauxel durchqueren. Eine Strecke, die eigentlich nicht besonders lang war. Als wir ankamen, schauten Marc und ich uns einmal in die Augen, nickten kurz und atmeten tief ein und aus. Wir wussten genau, dass wir ziemlich tief in der Scheiße steckten, und das machte den Gang so schwer.

Mein »Hallo«, mit dem ich die anderen begrüßte, war so fake und falsch, dass jeder sofort schnallte, dass etwas megamäßig falschgelaufen war.

»Was ist passiert?«, fragte mich Jamie, der plötzlich vor mir stand, vorwurfsvoll.

»Ähm ... ja. Da ist vielleicht etwas schiefgelaufen«, sagte ich, den Kopf leicht geneigt, weil ich Jamie nicht ins Gesicht gucken konnte, und kratzte mich am Hals.

Ein ziemlich lautes Seufzen ließ mich zur Seite schauen. Dort sah ich Alicia, die Augen verdrehend, auf uns zu kommen. »Was habt ihr jetzt schon wieder angestellt? Ich dachte, es wäre klar, dass es keine Alleingänge gibt! Und wer ist überhaupt die da?«

In meiner Erklärungsnot schaute ich zu Irelia und Marc, die immer noch beschämt auf den Boden starrten. Ich wandte meinen Blick wieder Jamie und Alicia zu, die ganz eindeutig auf eine Antwort von mir warteten.

»Wir ... Also ... Es ... könnte gut sein, dass wir die Dinosaurier freigelassen haben«, sagte ich so leise, dass ich insgeheim hoffte, es würde niemand hören.

Alicias hochroter Kopf verriet mir, dass dem definitiv nicht so war.

»Himmelherrgott! Das kann doch nicht euer verdammter Ernst sein!«, schrie Jamie.

Ich fühlte, wie ich mit jeder einzelnen Silbe kleiner wurde. Ein Schluchzen hinter mir ließ alle verstummen.

»Es tut uns so leid!«, sagte Irelia tränenübergossen.

»Wer bist du denn überhaupt?«, fragte Jamie.

»Das ... das ist Irelia. Meine ... meine Freundin«, erklärte ich.

»Und die bringst du einfach so in unseren Unterschlupf mit?«, schrie Jamie.

»Sie ist in Ordnung«, sagte ich leise. »Ich habe sie bei der Bürgerinitiative kennengelernt.«

Jamie seufzte. Er schien eingesehen zu haben, dass Schreien hier auch nicht weiterhalf, und lief nun nur noch wie verrückt durch den Raum. Immer um Alicia herum, die erstarrt im Weg stand. »Wir müssen da hin. Jetzt. Nehmt eure Einhornmasken und kommt!«, sagte er schließlich.

Er zog Alicia am Arm hinter sich her, während er ihre und seine Maske schnappte.

»Was ist mit dieser ... Aurelia?«, fragte er.

»Sie heißt Irelia. Und sie benutzt Raphaels Maske«, flüsterte ich. »Hat sie heute Morgen schon. Er ... ist ja ohnehin gerade nicht da ...«

Jamie warf mir einen bösen Blick zu. »Lass das nicht Lucy hören!« Und an Alicia gewandt: »Sollen wir Lucy und André schon Bescheid sagen?«

Sie schüttelte den Kopf. »Erst wenn wir uns die Bescherung selbst angesehen haben. Lucy kann sowieso nicht helfen, weil ihre Tier-Dolmetscherin Charlie ausgeflogen ist, um ein Auge auf Raphael zu werfen. Lucy selbst kann ja nur mit Vögeln sprechen. Nicht mit anderen Tieren. Und ganz sicher nicht mit Dinos ...«

Jamie und Alicia stürmten aus dem Unterschlupf. Marc hinterher. Mit etwas Abstand folgten Irelia und ich. Ich war erleichtert, dass die Katze jetzt aus dem Sack war. Aber ich hatte auch Angst vor dem, was noch kommen würde.

Irelia stupste mich an und zwinkerte mir zu. »Schauspielern kann ich!«, hauchte sie mir ins Ohr.

Sie ist die Beste! Das war das Einzige, was mir in diesem Moment durch den Kopf ging. Auch wenn ich momentan große Probleme hatte, war sie das Beste, was mir hatte passieren können. Von Weitem konnten wir schon die Dinosaurier sehen, die durch ihre Größe alles überragten. Wir blieben stehen und starrten gebannt zu ihnen hinüber. Auch ich. So lange, bis ich Irelias pommesgelbe Haare in Richtung Emscher zischen sah. Von da an lief irgendwie alles wie in einem Film ab. Alles passierte so schnell und so langsam zugleich.

»Wo willst du jetzt schon wieder hin? Die halbe Welt geht unter, und du haust einfach ab?«, schrie ich, während ich ihr hinterherrannte.

»Ich ... ich kann das erklären! Nur nicht jetzt. Wirklich!«, rief sie und lief weiter.

Ich holte sie ein, packte sie am Arm und schaute ihr in die Augen. »Ich mach das nicht mehr mit. Du gehst immer! Egal, was los ist. Und eine Erklärung gibst du mir auch nie! Wenn du wirklich Gefühle für mich hast, bleibst du jetzt bei mir, und zusammen lösen wir das Problem hier.«

Sie schaute mich an. Mit einem leeren und gleichgültigen Blick, der mich mehr traf, als jede andere Antwort, die sie mir hätte geben können. Es fühlte sich an, als hätte sich unter mir das Tor zur Hölle geöffnet, und ich würde gerade hinabfallen.

»Ich stand nie auf dich!«, schleuderte sie mir entgegen. »Nie! Ich wollte nur, dass du die verdammten Dinos befreist, damit der Park nicht abgerissen wird. Das ist alles. Und jetzt lass mich los. Lass mich los!«

Ich drückte ihren Arm noch fester. Doch dann ließ ich los. Eine erste Träne lief mir über die Wange, während ich zuschaute, wie Irelia weglief. Während meine Knie weich wurden und ich zusammensackte. Während sich mein Blick auf den Boden senkte. Ich schrak auf, als ich ein lautes Klatschen hörte. Schnell rannte ich zu dem Wesen, das dort in nicht allzu weiter Entfernung lag. Irelia? Ja, es war Irelia! Doch was war mit ihr passiert? Ihre Beine hatten sich in einen

Fischschwanz verwandelt! Ich beugte mich über sie. Schaute in ihre trüben Augen, die nur noch einen Spalt geöffnet waren.

»Was ist los mit dir, Irelia?«, fragte ich, während mir die Tränen nur so aus den Augen strömten. Ich starrte Irelia an.

Ein letzter Atemzug. Ihre Brust hob sich ein letztes Mal. Ihre Lippen öffneten sich ein wenig. Die Spannung in ihrem Körper ließ nach, und ihre Augen schlossen sich. Mein Weinen wurde zu einem Schluchzen. Ich legte meinen Kopf auf ihre Brust. »Bitte nicht ...«, flüsterte ich. Doch das reichte mir nicht. Ich nahm meine letzte Kraft zusammen und schrie, so laut ich konnte: »BITTE NICHT!«

Essen
im Jahr 2127

Kapitel 53 Jeff/Salie

Als Jeff mal wieder Kopien von geheimen Unterlagen machte, war er nervös, weil er Angst hatte, dass jemand kommen und ihn erwischen könnte. Er dachte die ganze Zeit, dass dieser verdammte Kopierer sich mal beeilen sollte. Jeff war ungeduldig. Da kam die Lautsprecherdurchsage: »Der Praktikant namens Jeff bitte ins Büro des Präsidenten.«

Jeff dachte nur: Oh f**k, jetzt haben die mich erwischt. Ich muss abhauen. Da hörte er endlich das Geräusch, das bedeutete, dass die Kopien fertig waren. Ah, dachte er, sie sind fertig. Jetzt nichts wie weg. Er steckte die Kopien in seine Tasche und wollte unauffällig raus. Doch jemand packte ihn an der Schulter. Jeff schreckte zurück.

»Ach, du bist es nur, Kevin. Was machst du hier?«

»Ich habe die Durchsage gehört«, erklärte Kevin. »Und dann dich gesehen. Ich wollte dir sagen, dass das Büro in der anderen Richtung liegt.« Kevin grinste blöd.

»Oh, ja«, sagte Jeff. »Wo war ich nur mit meinen Gedanken? Ich geh dann mal los.«

Nervös lief er Richtung Büro des Präsidenten. Als er ankam, waren Salie und sein Berater im Gespräch. Jeff klopfte an die geöffnete Tür. »Entschuldige bitte die Verspätung, Salie.«

»Nicht weiter schlimm«, sagte Salie.

»Aber was soll ich hier eigentlich?«, wollte Jeff wissen.

»Ach, ja«, sagte der Berater. »Herzlichen Glückwunsch. Wir bieten dir offiziell eine Festanstellung an.«

»Danke, aber ich ...«, begann Jeff irritiert.

»Schon gut«, unterbrach ihn Salie. »Kommen wir zum eigentlichen Thema. Denkst du, es gibt hier einen Spion?«

Jeff dachte sich: Sie haben es wirklich herausgefunden! Vielleicht hat Hope von unserem Gespräch erzählt! Oder die Sekretärin oder sonst wer hat rausgefunden, dass ich heimlich wichtige Unterlagen kopiere ... Aber ich stell mich einfach dumm.

Er fragte den Präsidenten: »Wieso denn das?«

»Es ist so, dass geheime Informationen nach außen gedrungen sind«, sagte Salie und legte Jeff ein Flugblatt vor die Nase.

Jeff griff danach, obwohl er natürlich genau wusste, was auf dem Flugblatt stand. Er hatte die Flugblätter ja selbst verteilt. Trotzdem überflog er die Zeilen. Auf der einen Seite stand: *Salie Brown muss weg.* Darunter die Zeichnung eines

Fisches. Auf der anderen Seite stand, was Jeff den anderen Emschergroppen erzählt hatte. Dass IDEA Bauern erpresste, um an ihr Land zu kommen.

»Ach, so ist das«, bemerkte Jeff. »Vielleicht hat von den Bauern einer geredet.«

Salie Brown schüttelte den Kopf. »Die haben zu große Angst.«

Jeff dachte sich: Wieso habe ich mich bloß auf diese Spionagesache eingelassen? Garantiert hat Salie mich trotz Maske auf dem Förderturm auf Zollverein erkannt ...

»Denkst du, es gibt hier einen Spion, Jeff?«, fragte jetzt auch der Berater. »Und wenn ja, wer könnte es sein?«

»Äh ... äh ... äh ...«, stotterte Jeff. »Vielleicht Kevin. Ich habe ihn letztens einen USB-Stick aus dem Computer ziehen sehen und wie er ihn heimlich einsteckte.«

»Okay, danke, du kannst jetzt gehen«, sagte Salie.

»Okay, tschüss«, verabschiedete sich Jeff.

Salie und sein Berater schauten sich an.

»Und? Was sagst du?«, fragte der Berater.

»Ich glaube, er ist der Spion«, antwortete Salie. »Alle, die wir gefragt haben, waren gelassen oder empört darüber, dass sie verdächtigt wurden. Aber Jeff wurde nervös. Und hatte gleich einen Verdächtigen, um von sich abzulenken. Er könnte uns sehr gefährlich werden.«

Da sagte der Berater: »Salie, wieso lassen wir ihn laufen? Wir sollten ihn umbringen, nicht ihn abhauen lassen.«

Kapitel 54 Lilith

Als ich morgens aufwache und mir noch einmal die Erinnerungen von Ringo anschaue, weckt das wieder einen Funken Lebenslust in mir. Wenn ich unsere allererste Begegnung sehe.

Es gibt meine Erinnerung. Und seine. Erst zusammen sind sie perfekt.

In meiner Erinnerung kam Ringo eines Tages in das Café, in dem ich arbeitete. Setzte sich an einen Tisch, bestellte einen Kaffee und ein Croissant. Als ich ihm den Kaffee brachte, stolperte ich, und der Kaffee fiel vom Tablett auf sein weißes Hemd. Er motzte mich total an, nahm seine Sachen und stürmte wütend aus dem Café.

Ich nahm mir vor, mich bei ihm zu entschuldigen, wenn er das nächste Mal ins Café käme. Und ich wollte ihm anbieten, für die Reinigung aufzukommen. Aber dann dachte ich: Wieso soll ich mich entschuldigen, wenn er doch derjenige ist, der ausgeflippt ist?

Erst nach Wochen tauchte er wieder auf. Stand plötzlich neben der Bank im Park, wo ich immer meine Pause verbrachte. Ich beschloss spontan, mich bei ihm zu entschuldigen. Und es war die beste Entscheidung meines Lebens. Er entschuldigte sich auch. Sagte, er hätte sich unmöglich benommen. Wir verabredeten uns für den Abend. Er lud mich zum Essen ein, gab mir einen Drink aus, und wir sprachen die ganze Nacht. Bis irgendwann die Barkeeperin uns bat, die Bar zu verlassen, da sie gleich schließen wollte. Das war eine wirklich besondere Nacht. Wir tauschten Holofonnummern aus. Ab diesem Tag kam Ringo jeden Tag in meiner Mittagspause in den Park, nur um mich zu sehen und sich mit mir zu unterhalten. Da begann langsam dieses Kribbeln im Bauch.

Kapitel 55 Lilith/Ringo

Und nun hatte Lilith auch die Erinnerung von Ringo. Wie ein Puzzlestück, das ihr immer gefehlt hatte.

Die junge Frau geht jeden Tag zur gleichen Zeit in den Park und sitzt auf immer derselben Bank. Von seinem Balkon aus kann Ringo die Bank sehen. Er fragt sich, warum die Frau jeden Tag herkommt. Sie ist ein Mädchen wie alle anderen. Aber irgendetwas an ihr fasziniert ihn.

Eines Tages hat Ringo ein Vorstellungsgespräch. Er zieht extra ein neues weißes Hemd an und will noch schnell einen Kaffee und ein Croissant frühstücken. Im Café um die Ecke. Die junge Frau aus dem Park bedient ihn. Endlich weiß er, warum sie jeden Mittag im Park sitzt. Sie arbeitet hier. Als sie ihm den Kaffee servieren will, stolpert sie. Der Kaffee ergießt sich über sein weißes Hemd. Ringo flucht. Das Vorstellungsgespräch mit verschmutztem Hemd, die junge Frau, die er so gern nach ihrer Holofonnummer gefragt hätte ... Das alles ist ihm zu viel.

Von nun an beobachtet Ringo die junge Frau lieber wieder nur vom Balkon aus. Aber eines Tages kommt sie nicht. Ringo ist nervös. Ist ihr etwas passiert? Hat sie den Job gekündigt? Ungeduldig erwartet er den nächsten Tag. Er muss sie wiedersehen. Er hat Angst, dass er die junge Frau für immer verloren hat. Als sie mittags wieder auf der Bank sitzt, zögert er nicht lange. Er muss sie ansprechen. Er lädt sie ein für den Abend. Sie reden die ganze Nacht. Tag für Tag besucht er sie nun in ihrer Mittagspause. Tag für Tag werden sie Freunde. Dann beste Freunde. Und schließlich sind sie verliebt.

Kapitel 56 Lilith

Wir begannen uns immer öfter zu verabreden, zogen zusammen und heirateten schließlich. Dann kam Paul. Unser erstes Kind. Ringo und ich waren beide jung und hatten keine Erfahrung. Doch wir schafften es. Nach Paul kam Mustafa.

Wir waren eine richtige Familie, und dann, dann starb Ringo, und alles fiel auseinander. Paul verschwand, ich fiel in ein Loch, und Mustafa kam zu kurz. Wie schnell sich alles ändern kann. Ich vermisse mein altes Leben. Ich weiß nicht, was mich hier hält. In meinen Augen ist alles schwarz. Keine Farbe mehr. Mir kommt es vor, als wäre ich nur eine Last für Mustafa.

Schnell schaue ich mir noch einmal Ringos Erinnerung an unser Kennenlernen an. Seine Erinnerungen geben mir etwas Gutes. Wie bei einem Fallschirmspringer, der beim Sprung das Adrenalin spürt. Ein Gefühl, als ob gleichzeitig Geburtstag, Weihnachten und Ostern ist. Natürlich gibt auch Mustafa mir Halt. Doch diese Erinnerungen sind etwas anderes. Sie lassen mich vergessen, wenn auch nur für kurze Momente ... Dann bin ich wieder in der Realität.

Es klingelt. Das ist wahrscheinlich das Essen. Die Tablettenlieferung von IDEA. Ich mach gleich auf. Ich guck mir nur erst noch mal die Erinnerung an.

»Mama, wach auf.«

»Wie bitte? Was?«, frage ich.

»Hast du die Türklingel nicht gehört?«, fragt Mustafa.

»Wie, was für eine Türklingel?«, frage ich.

»Na ... die Tablettenlieferung. Wahrscheinlich bist du eingeschlafen. Ist ja auch nicht schlimm. Ich hab die Lieferung angenommen.«

»Ach so, das Essen ... das Essen ... Ich hab das Essen vergessen. Tut mir leid, Schatz«, murmle ich.

»Ist doch nicht schlimm«, beruhigt mich Mustafa.

»Wie war's in der Schule?«, frage ich.

»Gut«, sagt er. »Was ist das?«

»Was meinst du?«, frage ich.

»Na das!«, sagt Mustafa. »Die Datei auf deinem Holofon.«

»Das ist nichts«, sage ich.

»Doch, Mama, das ist sehr wohl etwas!«, sagt Mustafa. »Mama, sag jetzt die Wahrheit!«

»Oh, es ist nur ein Film«, sage ich schnell. »Ein Liebesfilm.« Ich hoffe, Mustafa merkt nicht, dass ich lüge.

Kapitel 57 Savannah

In der Bibliothek waren heute nicht viele Leute. Bis 12 Uhr kommen sowieso nur ältere Menschen, die sich hier gut auskennen, oder Freiberufler, die einen ruhigen Ort zum Arbeiten brauchen. Ich dachte über Avery nach. Darüber, wie wütend sie beim Treffen der Emschergroppen gewesen war. Und wie einsilbig später nach der Flugblattaktion. Ich liebte sie, aber manchmal gab sie mir wirklich Rätsel auf. Wenn ich doch nur endlich diese Zeitmaschine, die ich unter Tage auf dem Gelände der Zeche Carl unweit unseres Unterschlupfs entdeckt hatte, wieder zum Laufen bekommen könnte. Wenn ich in die Vergangenheit zurückkreisen und Salie Brown daran hindern könnte, Präsident zu werden ... Dann hätten Avery und ich endlich mehr Zeit für uns. Zeit für ein friedliches, normales Leben.

Plötzlich landeten auf meiner Ausleihtheke ein paar dickere Bücher. Ich hob den Kopf. Da stand er. Ein Emscherelf, an die zwei Meter groß, der schon öfter hier in der Bibliothek gewesen war. Er war neben den älteren Menschen einer der wenigen, die sich noch richtige Bücher aus Papier ausliehen. Und meistens war er ziemlich einsilbig. Ich hatte mir noch nicht einmal seinen Namen gemerkt.

»Eine wirklich gute Wahl«, sagte ich. »*Stromabwärts, Grenzgänger, Emscherwachen, Raumschiff Emscherprise ... Kleine Anleitung zum nachhaltigen Anbau von Tomaten* ... Schade nur, dass nicht alle Menschen den Wert von Büchern zu schätzen wissen. Und dass wahrscheinlich viele es bald nicht mehr werden lernen können.« Mein Atem ging plötzlich schwer. Was dachte ich mir eigentlich? Hier mit einem Wildfremden ein Gespräch über Salie Browns Kulturpolitik anzufangen ...

»Wieso denn?«, fragte er. Ich hörte seinem Tonfall sehr gut an, dass es keine Frage war, die er einfach bloß aus Höflichkeit gestellt hatte. Es klang, als hätte er wirklich Interesse daran, was ich zu sagen hatte. Und es klang, als würde es ihn kein bisschen kalt lassen, wenn es keine Bücher mehr gäbe.

Ich zögerte. Dann sagte ich schließlich: »Das neue Gesetz über die Abschaffung von Bibliotheken als angebliche Sparmaßnahme muss natürlich erst noch abgestimmt werden, aber ich bin mir ziemlich sicher, wie es ausgehen wird. Und wer weiß, was als Nächstes kommt? Das Verbot von Buchhandlungen? Verlagen? Diese ... Politik wird immer schlimmer. Finde ich.« Ich blickte ihn an. Hoffentlich hatte ich mich nicht zu weit aus dem Fenster gelehnt.

»Ja«, sagte der Emscherelf. »Als Salie Brown die Wahl gewann, war ich zuerst wirklich begeistert. Das schöne Schulsystem, das er eingeführt hat. Die ganzen Versprechungen. Aber seit er an der Macht ist, sehe ich seine Zweigesichtigkeit. Es ... es ist wirklich traurig.« Er zog mit der Hand an seinem rechten Latzhosenträger und kniff die Lippen zusammen.

Kurz herrschte eine peinliche Stille. Ich wollte seinen Worten zustimmen, aber plötzlich bekam ich Angst. Was, wenn das eine Falle war? Der Typ ein Spion der Regierung?

Der Elf guckte herum und sagte dann: »Dieses Buch ... *Raumschiff Emscherprise* ... Es ist wirklich überraschend gut. Als ich die ersten Seiten gelesen habe, wusste ich, ich muss es mitnehmen. Das ist ja schon 2017 veröffentlicht worden, behandelt aber eine Zukunft im Jahr 2067 ... für uns also schon wieder Vergangenheit. Aber im Buch ist wirklich eine schöne Zukunft entstanden ... Die anderen Bücher sind sicher auch wirklich gut ... wenn man zum Beispiel etwas über den Anbau von Tomaten wissen will.« Er lächelte.

»Ja, es ist ein gutes Buch«, sagte ich. »Und es ist wirklich sehr nah an der Wirklichkeit, wie sie im Jahr 2067 aussah. Schon allein die Holofon-Technologie ... Entweder konnte einer der Autoren des Buchs 2017 in die Zukunft schauen oder der Erfinder des Holofons hat sich vom Buch inspirieren lassen.« Ich zwinkerte. Dann wurde ich wieder ernst. »Schade nur, dass diese schöne Zukunft, die dort beschrieben wurde, jetzt schon Vergangenheit ist und hier nicht mehr existiert. Klar, die Technik ist heute wunderbar und so weiter. Aber man lebt ja nicht nur für die Technik. Der Natur geht es dank Umwelttechnik hier zwar gut, aber wer weiß wie lange noch? Keiner hat 2067 geahnt, wie schnell der Klimawandel voranschreiten und dass wir schon in den 2080er-Jahren schreckliche Starkregenkatastrophen haben würden.[19] Und wenn ich daran denke, dass damals das Dreistromland noch vereinigt war, ... und ... heute sind wir kurz davor, Krieg mit Dortmund zu führen ...« Ich biss mir auf die Lippe.

»Ja, alles war früher besser«, sagte der Elf.

Hatte er das wirklich gesagt? Seine Worte klangen in meinem Kopf nach. Meine Flügel fingen vor Freunde an zu flattern. Endlich jemand, der das auch dachte. Am liebsten hätte ich diesem Elf auf der Stelle von meiner Zeitmaschine erzählt. Aber ich wusste, das durfte ich nicht. Beruhige dich Savannah, sagte ich zu mir selbst. Ich wollte die Zeit zurückdrehen ... Ja ... nicht nur, um Essen vor Salie Brown zu retten ... Ich musste an Bochum denken. Daran, wie dort alles begonnen hatte. Ich war keine Bibliothekarin damals. Ingenieurin zu sein war schon als junge Emscherfee mein Traum gewesen. Also hatte ich mich durchs Studium gekämpft und schnell einen Job bei einem Bauunternehmen gefunden, das in Bochum die neue Stadtplanung zum Hochwasserschutz umsetzen sollte. Glück gehabt, hatte ich damals gedacht. Ich hatte ja keine Ahnung gehabt, was der Job mit sich bringen würde. Ich hatte nicht geahnt, dass alles, was mit Bildung und Kultur zu tun hat, mit eigenem Wissen, Eigeninitiative und Neugier, zerstört werden sollte bei diesem großen Stadtumbau. Dass die neue Regierung dort alles zerstören wollte, was mit Büchern zu tun hatte. Als ich die Pläne zur Stadtüberbauung dann fertig sah, begriff ich mit einem Schlag, was geplant war. Da war die Bochumer Bevölkerung schon evakuiert – angeblich wegen eines erneut drohenden Hochwassers. In Wahrheit wollte die Regierung in Ruhe die Stadt überbauen und alles vorbereiten. Nur Ingenieure und Bauarbeiter waren noch in der Stadt. Als ich die Pläne durchschaut hatte, konnte ich nicht mehr weitermachen. Ich wusste, dass sie Bochum zerstören würden. Ich wusste auch, dass sie es ohne meine Hilfe trotzdem tun würden. Aber ich wollte auf keinen Fall schuld daran sein. Ich musste fliehen, so lange noch Zeit dafür war ... In Bochum brachte man dir bei, deine Träume freiwillig selbst zu begraben. Seit ich geflohen war, hatte ich nichts mehr aus Bochum gehört. Die Stadt war abgeriegelt. Betreten verboten. Ich konnte nur ahnen, was für schreckliche Dinge dort vor sich gingen.

---

19 Mehr dazu in: »Uferlos. Ein Emscher-Endzeitroman« (Klartext Verlag 2017).

»Ähm ... Ich habe noch ein paar CDs mit Filmen gefunden«, riss der Emscherelf mich aus meinen Gedanken. »Aber ich habe keinen DVD-Player. Meiner ist letzte Woche kaputtgegangen. Sag mal, habt ihr welche?«

»Nein, leider nicht. Die werden ja seit Jahrzehnten nicht mehr produziert. Ich glaube aber, ich hab noch einen bei mir zu Hause im Keller. Ich könnte ihn dir mitbringen, falls ich ihn finde.«

»Ja, es wäre toll, wenn du das machen könntest, wirklich!«, sagte der Elf begeistert.

Ich nickte. »Ich bräuchte zum Ausleihen dann jetzt noch dein Holofon«, sagte ich.

Der Elf hielt sein Holofon über den Scanner. Dann scannte ich alle Bücher und Filme. »Oh, *Dirty Dancing*, du musst dir noch den zweiten Teil ausleihen, wenn du mit dem hier fertig bist. Der erste Teil ist allerdings viel besser. Das war einer meiner Lieblingsfilme in den 50ern und 60ern des einundzwanzigsten Jahrhunderts.«

Er guckte mich verwirrt an.

»Ich weiß, ich weiß, er ist eigentlich aus den späten 80ern. Meine Omi liebte den Film. Als ich 15 war, so ungefähr 60 Jahre nach der Premiere, hat sie ihn mir um die 100 Male gezeigt. Natürlich sah das auf einem normalen Fernseher nicht alles so schön aus wie auf dem Holofon oder einem Flexxiscreen, aber meine Omi hatte noch einen richtig schönen alten Flatscreen.«

Seine Verwirrung schien noch größer als vorher. »60 Jahre nach der Premiere?«, fragte er, und seine Augen waren von der Verwirrung so groß, dass ich dachte, sie würden gleich in den Orbit hinausfliegen.

»Oh ja ... Ich bin ja eine Fee«, sagte ich.

Sein Blick fiel auf mein Medaillon. Das Medaillon der alten Feen und Elfen. Ich hatte es von Omi bekommen. »Ach du Kacke, dass ich das nicht gesehen habe«, sagte er. »Entschuldige.«

Auf meinem Monitor erschien nun sein Name. Ach ja, Reinhardt. Reinhardt Reinhardt. Weil Elfen und Feen keine Nachnamen gehabt hatten, hatten die Menschen nach unserer Entdeckung entschieden, dass wir Nachnamen bräuchten. Wer sich weigerte, sich einen auszudenken, hatte einfach ganz pragmatisch den Vornamen als Nachnamen bekommen.

»Wo warst du denn in den 1980ern?«, fragte ich. »Hast du etwa in einer Zeitkapsel gelebt?« Ich kicherte.

»Ja, so was Ähnliches«, sagte Reinhardt und kratzte sich am Hinterkopf. Er lächelte. Allerdings eher gequält. Ich hatte das Gefühl, mein Humor wurde immer schlimmer.

»Na, dann viel Spaß mit den Filmen und Büchern, Reinhardt«, sagte ich verlegen.

»Danke.« Er beugte sich vor und guckte auf mein Namensschild. »Bis bald, Savannah.«

Er packte die Sachen in seine Umhängetasche und begab sich in Richtung Ausgang. Bevor er durch die Tür ging, drehte er sich noch mal zu mir um.

Kapitel 58 Avery

Es war schon spät, als Avery nach Hause kam. Obwohl sie sehr müde von der Arbeit in der Bar war, freute sie sich sehr darauf, Savannah zu sehen. Savannah war noch nicht zu Hause. Aber Avery wusste genau, wo sie sie finden konnte.

Sie machte sich auf den Weg zur Zeche Carl, nicht weit von ihrem Zuhause. Hier stand der Malakowturm, der für die Emschergroppen den Zugang zum Untergrund markierte. Und den Zugang zu einem Raum unter Tage, in dem Savannah an ihrer Zeitmaschine baute. Avery vermutete, dass Savannah über der Arbeit an der Maschine die Zeit vergessen hatte. Und da hatte sie recht. Savannah war da. Sie hatte Augenringe, und ihre Haare waren zerzaust.

»Du siehst schrecklich aus. Hast du in letzter Zeit auch nur eine Nacht mehr als fünf Stunden geschlafen?«, begrüßte Avery ihre Freundin.

»Freut mich auch, dich zu sehen, Avis«, antwortete Savannah mit schläfriger Stimme. Um sie herum standen verschiedene Werkzeuge und Teile der Maschine.

»Ist diese verdammte Maschine echt so wichtig für dich?«, fragte Avery. »Guck mal ... Du schläfst nicht und arbeitest den ganzen Tag. Dabei kann es sein, dass diese Maschine niemals funktionieren wird. Ich mache mir Sorgen um dich, Savannah.«

»Ich verstehe, Avery, aber ich will so schnell wie möglich einen Weg finden, um in der Zeit zu reisen«, antwortete Savannah. »Damit ich unseren bescheuerten Salie Brown in der Vergangenheit davon abhalten kann, Präsident zu werden. Du weißt, wie sehr ich sein Verhalten verabscheue.«

»Ja, ich auch«, gab Avery zurück. »Aber das ist kein Grund, dein eigenes Leben so zu opfern! Du verbringst doch mehr Zeit mit dieser dummen Maschine als mit mir, Savannah! Vielleicht bin ich egoistisch, aber ich vermisse dich sehr. Du hast die Wahl: ich oder die Maschine!«

»Avery, du meinst das nicht ernst, oder?«, fragte Savannah irritiert.

»Ich meine das total ernst, Savannah. Gib mir eine Antwort, sonst gehe ich.«

»Avery ... Es tut mir sehr leid«, sagte Savannah. »Aber ich kann nicht zwischen dir, meiner Freundin, die ich liebe, und einer Maschine, die ich für die Rettung des Landes brauche, entscheiden.«

Avery drehte sich um, lief aus dem Raum, hinauf in den Malakowturm und knallte die Tür laut hinter sich zu. Wütend stieg sie auf ihr Motorrad und fuhr los.

Ich wusste es, dachte sie. Ich wusste, dass sie so etwas sagen wird! Sie und ihre Scheißmaschine. Wäre es nicht schneller und einfacher, wenn wir diesen Mistkerl Salie einfach umbringen? Er macht nicht nur Essen, sondern auch meine Beziehung kaputt! Okay. Was mache ich jetzt? Ich kann doch nicht nach Hause. Wenn Savannah dann kommt und mich dort sieht, wird sie mich nicht mehr ernst nehmen. Ich bin richtig sauer auf sie. Mist! Wo soll ich überhaupt schlafen? Nie im Leben in einem Flexxiglas-Hotel. Dieser ganze Luxus, den sich Salie Brown gewünscht hat: mit Flexxiglas-Fenstern und Tausenden von freien Schlafzimmern.

Sie hatte auch keine Lust, in den Untergrund zu gehen. Das war nicht die richtige Zeit, um Paul und Tate zu besuchen. Sie hatte so viele Sachen zu klären. Der Streit mit Savannah, die Wut über diesen schrecklichen Präsidenten Salie Brown, die Zeitmaschine und die Emschergroppen – all das war jetzt zu viel für Avery.

Ich weiß schon!, dachte sie dann. Ich fahre zurück zur Zeche Carl. Nicht zum Malakowturm. Sondern ins Casinogebäude mit der alten Waschkaue.

Also fuhr Avery zurück, versteckte ihr Motorrad hinter Büschen und stieg durch ein zerschlagenes Fenster in die Zeche Carl ein. Obwohl dieser Ort ganz schön zerstört war, gefiel er Avery viel besser als jedes Flexxiglas-Hotel. Es war ihr Ort. Sie fand hier immer Ruhe und konnte sich von der äußeren Welt in ihre eigene innere transportieren. Sie brauchte dafür keine Zeitmaschine, kein Flexximobil. Avery war immer noch genervt. Sie setzte sich in einen der verwüsteten Räume, in dem noch alte Stühle und ein Tisch standen. Sie guckte nach oben, weil sie wusste, dass es hier schon lange kein Dach mehr gab. Sie legte sich auf den Boden und schaute die Sterne an. Ihr Kopf war voll von Gedanken. Gedanken über Savannah, Salie Brown und seine Ideen. Was möchte dieser Mann eigentlich erreichen? Er ist doch ein Mensch. Hat er keine Gefühle? Was, wenn er eigentlich gut ist und nur irgendwie vom Weg abgekommen? Gut? Nein! Welcher gute Mensch tut so etwas seiner Stadt an?, dachte Avery. Sie versuchte, eine Antwort auf diese bescheuerten Fragen zu finden, aber dann schlief sie in dem kalten Raum ohne Dach einfach ein.

Kapitel 59 Avery

Als Avery mitten in der Nacht aufwacht, ist sie immer noch voller Wut. Ihre Wut gilt nicht so sehr Savannah. Sondern mehr Salie Brown. Dass ein einziger Mensch so vielen anderen das Leben schwer machen, sie alle sogar in große Gefahr bringen kann, denkt sie. Und diese Angsthasen von Emschergroppen? Können nicht ein einziges Mal was Nützliches machen. Nur Flugblattaktionen, die sowieso nichts bringen. Es wird Zeit, etwas zu verändern, denkt Avery. Und so macht sie sich auf den Weg zur Villa Hügel. Die Villa war früher mal das Haus der Familie Krupp. Nun ist sie der Regierungssitz und gleichzeitig Salie Browns Zuhause. So gesehen das *Weiße Haus* von Essen.

Dort angekommen, sieht Avery den riesigen Garten des Präsidenten und zudem die riesigen Statuen aus feinstem Porzellan, die ihn und seinen Hund zeigen. Die Wut wächst. Avery ist jetzt auf Hundertachtzig. Sie geht mit einem Edding, den sie immer für den Fall der Fälle dabei hat, in der Hand zu der Statue des Präsidenten und malt einen Fisch in sein Gesicht – das Zeichen der Emschergroppen.

Sie sieht einen rot blinkenden Punkt im Gebüsch, erkennt aber nicht, woher er kommt. Sie geht einen weiteren Schritt näher. Hoffentlich ist da kein Scharfschütze. Der Punkt färbt sich plötzlich grün. Da begreift Avery, dass es eine Kamera ist, und denkt sich, dass es eine gute Idee war, sich ihr Tuch trotz der Wärme bis weit ins Gesicht zu ziehen.

Sie geht zu einem Fenster der Villa. Davor sieht sie einen Stein liegen und weiß sofort, was zu tun ist. Sie nimmt den Stein und schmeißt ihn mit voller Wucht gegen das Fenster. Doch der Stein fliegt zurück, da das Fenster aus Flexxiglas besteht. Sie hat gedacht, bei einem so alten Haus wären die Fenster noch aus echtem Glas. Der Stein fliegt mit voller Wucht auf die Statue des Hundes. Der Stein zerstört die Statue.

»Scheiße verdammt«, schreit Avery erschrocken. »Fast hätte der Stein mich getroffen!«

Plötzlich ertönt ein lautes Fiepen, und helle Lichter durchkreuzen den Platz. Averys Schrei hat wohl die Alarmanlage aktiviert. Avery bekommt Angst und versteckt sich hinter einem Gebüsch. Sie hört Sirenen und Befehle von Wachleuten. Ruckartig springt sie hinter dem Gebüsch hervor und rennt über das Gelände. Von Drohnen und Wachleuten verfolgt, sprintet sie weiter auf die Straße. Dann passiert es: Sie stolpert, fällt und verletzt sich am Knie. Ein Wachmann springt von hinten auf sie und holt Handschellen raus. Avery schreit und schreit und wehrt sich ohne Erfolg. Dann fällt ihr ein, dass sie ein Messer im Gürtel trägt. Warum ist ihr das nicht eher eingefallen? Sie hat es doch immer dabei, zur Vorsicht, falls in der Bar mal jemand zudringlich wird. Einmal ging sie um halb drei in der Nacht nach Hause und wurde von irgendeinem Psycho angegriffen. Da war sie echt froh, das Messer dabei zu haben. Okay, wieder zurück in die Gegenwart: Wo waren wir noch mal? Ach so, ja: Avery greift also nach dem Messer. Doch der Wachmann sieht, wie sie danach greift, und zerrt ihre Hand auf den Rücken. Avery gibt ihm einen Schlag in den Bauch. Der Mann krümmt sich. Avery steht auf, greift nach dem Messer und sticht dem Wachmann ins Bein. Für die Brutalität eben und damit er ihr nicht folgen kann.

Der Mann versucht trotz Schmerzen im Bein aufzustehen und sie aufzuhalten. Doch er ist zu fett und zu langsam. Mit einer Schürfwunde und vielen blauen Flecken kommt Avery bei ihrem Motorrad an. Sie zerrt es aus dem Gebüsch. Steigt auf. Und fährt so schnell sie kann Richtung Zeche Carl.

Kapitel 60 Avery

»Wo warst du?«, fragt Savannah, als Avery im Morgengrauen auftaucht.

»In der Bar, hab da gepennt, wieso fragst du?«, gibt Avery zurück.

»Nur so ... In den Nachrichten sagen sie, dass jemand Vandalismus an der Villa Hügel betrieben hat und vielleicht sogar den Präsidenten angreifen wollte«, erwidert Savannah.

»Wow, dass sich jemand so etwas traut.« Avery setzt sich zu ihr an den Küchentisch.

»Ist das dein Ernst?«, schreit Savannah plötzlich auf. »Sehe ich so aus, als wäre ich völlig dämlich?! Du hast unser Zeichen hinterlassen! Mitten im Gesicht des Präsidenten!«

»Wieso beschuldigst du mich?«, wehrt sich Avery. »Kann doch auch jeder andere gewesen sein.«

»Wen sollte ich denn beschuldigen?«, faucht Savannah. »Und wo hast du die Schürfwunde her? Ja wohl kaum aus der Bar!«

»Was willst du eigentlich?«, fragt Avery. »Ja, ich war's! Schön! Aber wir wissen doch beide, dass so etwas fällig war!«

»Fällig?«, fragt Savannah fassungslos. »Das denkst du vielleicht! Und was ist, wenn sie dir hierher gefolgt sind?«

»Dann werden wir sie schon los!« Avery lacht, als wäre das alles nur ein Spiel.

»Sie loswerden? Echt jetzt, Avery? Verstehst du denn nicht? Sie sind die Regierung! Sie werden uns finden, und dann ist das alles hier vorbei und das wegen dir!«

Savannah geht.

»Warte doch«, ruft Avery und läuft ihr hinterher in den Flur.

»Was hast du dir dabei gedacht!«, schreit Savannah.

»Ich wollte doch nur endlich was machen!«, ruft Avery. »Wir sitzen hier nur rum und bilden uns ein, wir könnten was ändern, indem wir den Leuten Wahrheiten auf Flugblättern zukommen lassen. Wahrheiten, die die gar nicht wissen wollen!«

»Geh!«, sagt Savannah. »Ich will dich hier gerade nicht sehen!«

»Ist das dein ...«, setzt Avery an.

Aber Savannah unterbricht sie: »Ich sagte geh!«

Kapitel 61 Savannah

Es war Abend. Er unterschied sich nicht viel von jedem anderen Abend. Savannah kam nach Hause. Das Licht im ganzen Haus war ausgeschaltet. Während Savannah die PIN an der Tür eintippte, fragte sie sich, ob Avery noch nicht zu Hause war. Heute arbeitete Avery doch nicht in der Bar. Hoffentlich war sie nach dem Streit heute Morgen nicht so verletzt gewesen, dass sie wirklich abgehauen war! Klar hatte Savannah ihr gesagt, sie solle gehen. Aber doch nur für den Moment ...

Die Tür öffnete sich automatisch, und Savannah trat ein. Im Haus roch es köstlich.

»Avery? Bist du da?«, rief Savannah und stellte ihre Tasche auf dem Boden ab. Langsam lief sie Richtung Küche. Auf dem großen Holztisch stand ein Kerzenleuchter, auf den kleine rote Lämpchen montiert waren. Auf dem Tisch standen zwei große tiefe Teller mit einer orangefarbenen Flüssigkeit darin. Neben dem Tisch stand Avery und begrüßte Savannah mit einem Lächeln. Sie näherte sich Savannah und küsste sie auf die Wange.

»Hab ich etwa unseren Jahrestag verpasst?«, fragte Savannah.

»Nein«, sagte Avery und rieb sich am Kopf. »Es ist nur ... Ich hab ein schlechtes Gewissen, weil ich in letzter Zeit ständig an dir rumgemeckert und viel Unsinn gemacht habe. Die Aktion, die ich durchgeführt habe, ohne sie mit dir und den anderen Emschergroppen abzusprechen ... Das hier soll eine kleine Wiedergutmachung sein. Und bevor du noch etwas sagst, setz dich hin und koste die Suppe. Ich stand dafür locker zwei Stunden in der Küche. Es soll dir ja schließlich auch schmecken.«

Savannah setzte sich an das eine Ende des Tisches, Avery an das andere.

»Du machst mir Abendessen. Noch dazu meine Lieblingssuppe. Sag mir mal, wie ich da noch lange sauer auf dich sein könnte«, sagte Savannah. »Außerdem kann ich auf dich sowieso nie lange sauer sein.« Sie fing an zu essen. Nach dem ersten Löffel leckte sie die Lippen sanft ab und lobte die Suppe mit einem lauten »Mhmmm ... Die schmeckt ja fantastisch. Ganz wie die ...« Ihre Stimme brach.

»Stimmt was nicht?«, erkundigte Avery sich besorgt.

»Doch ... Nur hat meine Omi mir immer Kürbissuppe zum Geburtstag gekocht. Und langsam bekomme ich das Gefühl, dass früher alles besser war. Da war meine Familie noch vereint und in Sicherheit ... Die Städte hier im Dreistromland spielten nicht verrückt, und es gab keinen kalten Krieg unter ihnen ...« Savannah brach ab und verlor sich in Gedanken.

Avery schlug auf den Tisch. »Könntest du damit endlich aufhören?«, rief sie. »Ich hab dein ständiges Gerede von der Vergangenheit satt! Damals hätten wir unser Pläne von einer schönen Hochzeit gleich begraben können. Eine Fee und ein Mensch ... undenkbar wäre das gewesen. Aber wir hätten die Pläne und Träume auch gar nicht erst gehabt. Und soll ich dir sagen warum? Ich bin nur ein Mensch! Keine Emscherfee, die ewig lebt und jung bleibt! Hast du das vergessen? Ich existierte in dieser Vergangenheit, in die du dich so sehr zurücksehnst, noch gar nicht. Wenn es so gut war damals, bau doch an deiner Zeitmaschine weiter und kehr dahin zurück. Ich werde dir schon nicht fehlen. Ich bin ja jetzt schon nur ein klitzekleiner Teil deines Lebens.« Avery stand auf, verließ die Küche und schloss die Tür mit einem lauten Knall hinter sich.

Warum versteht Avery mich denn nicht, fragte sich Savannah. Es war doch so wichtig, die Zeit zurückzudrehen. Um Essen wieder zu dem zu machen, was es gewesen war. Aber auch um Bochum zu retten. Bochum ... Wenn Savannah doch nur wüsste, was sich in ihrer alten Heimat abspielte ...

Bochum
im Jahr 2127

Kapitel 62 Wie das Wasser – ein Hörspielskript

Szene 1

Wissensanpassungszentrum, Bochum, Jahr 2127

Schritte, Tür geht auf.
ANSAGE: Cynthia, herzlich willkommen im Wissensanpassungszentrum Bochum. Zu den Wissens-Update-Kabinen bitte nach rechts.
EMPFANG: *(genervt)* Guten Tag, Cynthia. Was wollen Sie?
CYNTHIA: *(freundlich)* Guten Tag, ich wollte fragen, ob mein Extrawissen angekommen ist. Zum Schmetterling in seinem natürlichen Lebensraum.
EMPFANG: *(gelangweilt)* Ja ... Für den Augenscan hier reinschauen!
Piepton vom Scan.
ANSAGE: Daten wurden übertragen.
EMPFANG: *(desinteressiert)* Update-Kabine 32 ist frei. Zum Herunterladen Ihres Wissens können Sie da rein.
CYNTHIA: Danke schön! Schönen Tag noch!
ANSAGE: Tür schließt.
Geräusch der sich schließenden Tür.
ANSAGE: Für den Augenscan bitte hier reinschauen!
Piepton vom Scan.
ANSAGE: Scan abgeschlossen. Hallo Cynthia. Eingabemenü Wissens-Update-Kabine 32. Themengebiete heute, am 18.5.2127: Politik, Nachrichten aus aller Welt, Umwelt, Aktuelles aus Bochum.
CYNTHIA: *(nachdenklich)* Hm ... Nachrichten aus aller Welt und Umwelt, bitte.
ANSAGE: Wissens-Übertragungs-Strahlen werden aktiviert.
Surrendes Geräusch: »bsssss«.
ANSAGE: Wissen wurde übertragen. Extra-Datei »Der Schmetterling in seinem Lebensraum« wurde gefunden. Daten übertragen?
CYNTHIA: Ja, bitte!
Surrendes Geräusch: »bsssss«.
ANSAGE: Extra-Datei übertragen. Tür öffnet sich.
Geräusch der sich öffnenden Tür.

CYNTHIA: Cool, jetzt hab ich mein Extrawissen! Hey ... ist das da hinten nicht ....?
(laut) Hey, Paula!
PAULA: Hey! Cynthia! Seid ihr mit dem Marbach-Schutzprogramm vorangekommen? Das Wasser wird wirklich immer knapper! Mit dem neuen Programm können wir den Marbach sicher noch besser vor Wasserdieben schützen.
CYNTHIA: Ja, das Programm ist fertig. Aber es wird erst übermorgen installiert. ... Sag mal, wusstest du, dass es in Deutschland circa 3700 Schmetterlingsarten gibt?
PAULA: Äh ... wie, bitte?
Anderer Piepton.
PAULA: Was war das?
CYNTHIA: Mein Pieper ... Die Arbeit.
PAULA: Was hängt denn da für ein Teddy dran?
CYNTHIA: Ein Schlüsselanhänger. Den haben meine Eltern ... Oh, nein! Am Marbach passiert etwas!
PAULA: Was? Was passiert denn? Wasserdiebe? Cynthia, warte!
CYNTHIA: Ich muss los!

Szene 2

Marbach, Jahr 2127

ERZÄHLER: Als Cynthia am Marbach ankam, war sie voller Sorge. Der Pieper hatte ihr einen Angriff von Wasserdieben gemeldet.
Wasserrauschen, Vogelgezwitscher.
CYNTHIA: *(zu sich selbst)* Die beiden Männer da scheinen wirklich Wasserdiebe zu sein. Rauben einfach das kostbare Marbachwasser. Ich muss sie aufhalten.
BOSS: Bodo, sei nicht so trampelig und zapf das Wasser jetzt endlich ab!
BODO: Sorry, Boss. Aber das ist nicht so einfach, wie es aussieht!
BOSS: *(genervt)* Blah blah blah. Sei ruhig und befüll die beiden Tonnen mit dem Wasser. Sonst entdeckt uns noch ein Wasserwächter! Mach schneller!
CYNTHIA: *(zu sich selbst)* Ich kann nicht warten bis Verstärkung kommt ... Zur Not habe ich ja meinen Betäubungslaser.
(laut) Hey, was macht ihr da?
BOSS: Siehst du, Bodo, jetzt ist eine Wasserwächter-Tussi da.

CYNTHIA: Haha, wie lustig. Erstens bin ich keine Wasserwächter-Tussi, sondern Wächter des Wassers am Marbach. Und zweitens habe ich einen Laser.
BOSS: *(lacht spöttisch)* Das ist ja bloß ein Betäubungslaser. Bodo, hol deine Waffe raus. Wir haben im Gegensatz zu dir, Wasserwächter-Tussi, nämlich richtige Waffen. Hau lieber ab, bevor wir schießen!
CYNTHIA: *(unerschrocken)* Interessiert mich nicht. Ich hab keine Angst.
BOSS: *(bedrohlich)* Solltest du aber.
Schussgeräusche.
BODO: Haha, Boss, ich hab voll ins Schwarze getroffen.
BOSS: Jetzt befüll endlich die Tonnen, Bodo.
CYNTHIA: Von wegen ins Schwarze! Ich sag's mal so: Du hast ins Schwarze der Luft getroffen.
BOSS: Bodo, du bist zu nichts zu gebrauchen. Steig ins Flexximobil. Ich klär das.
Tür öffnet sich. Andere Schussgeräusche.
BOSS: Bist du verrückt, Wasserwächter-Tussi? Löcher in die Tonnen zu schießen mit deinem dämlichen Laser? Jetzt kann ich die Belohnung vergessen.
(Hämmert gegen die Flexximobiltür) Bodo, mach die Tür auf!
Tür öffnen, Tür zuschlagen. Abfahrendes Fahrzeug.
ERZÄHLER: Die beiden Wasserräuber schienen es eilig zu haben. Cynthia schaute ihnen nachdenklich hinterher.
CYNTHIA: Das Wasser ist gerettet. Aber ... wo ist mein Schlüsselanhänger mit dem Teddy?
(erleichtert) Ah! Da ist er ja.
(erschrocken) Sind das etwa Löcher?
(weinend) Mein Teddy ... Er ist kaputt! Dabei ist er doch das Letzte, was ich von meinen Eltern noch habe.
(verwundert) Hm? Was ist da Hartes im Teddy?
ERZÄHLER: In dem Moment tauchte Infinity aus den Wassern des Marbachs auf. Sie war ein Wassergeist. Seit Anbeginn der Zeit lebte sie im Marbach. Meist floss sie unsichtbar mit dem Strom. Doch manchmal – so wie jetzt – formte sie ihre sichtbare Gestalt aus Wasser.[20]
Geräusch von Infinitys Auftauchen.
INFINITY: Cynthia, deine Tränen haben mich gerufen. Was ist passiert? So traurig habe ich dich noch nie gesehen!

---

20 Mehr über Infinity erfährst du in den Bänden: »Grenzgänger. Ein Ruhrpott-Roadmovie« (Klartext Verlag 2014) und »Emschererwachen. Ein Urban-Fantasy-Roman« (Klartext Verlag 2015).

CYNTHIA: Mein Teddy ... Die einzige Erinnerung an meine Eltern ... Die Wasserdiebe haben ihn zerstört! Ach ... als Wassergeist kannst du so etwas wahrscheinlich gar nicht verstehen!
INFINITY: Du wärst überrascht, was ich alles verstehe. Das mit dem Teddy tut mir sehr leid. Aber sag, was hast du da in der Hand?
CYNTHIA: Einen Schlüssel. Er war in dem Teddy drin. Merkwürdig, oder? Er hat etwas eingraviert. Ein blaues Wellensymbol. Und seltsame Zeichen ...
INFINITY: Schriftzeichen! Das ist eine Inschrift ... Da steht: Sei wie das Wasser. Finde deinen eigenen Weg. Ich kenne diesen Spruch! Er begleitet mich schon seit langer Zeit. Und auch für meine Tochter Lilian hatte er eine große Bedeutung.
CYNTHIA: Du hast eine Tochter? Das wusste ich gar nicht!
INFINITY: Sie war halb Mensch, halb Wassergeist. Damit kam sie nicht zurecht. Immer hatte sie Angst davor, die Menschen könnten ihr Geheimnis herausfinden.[21]
CYNTHIA: Erzähl mir von ihr! Oder besser: Zeig sie mir.
ERZÄHLER: Infinity, die die Fähigkeit hatte, Bilder der Vergangenheit zu zeigen, formte eine Blase aus Wasser. In dieser Blase konnte Cynthia nun die Vergangenheit sehen.

Geräusch: Infinity formt Blase
INFINITY: Es war, glaube ich, das Jahr 2016. Lilian war 17 Jahre alt. An einem verregneten Tag besuchte sie die Stadtbücherei Bochum. Sie lief mit einem Stapel Bücher durch die Gänge und war vertieft in ein Buch über den Marbach, das sie aufgeschlagen oben auf dem Stapel trug. So vertieft war sie, dass sie den Jungen, der ihr entgegenkam, nicht bemerkte.

Szene 3

Stadtbücherei Bochum, Jahr 2016

Geräusch von zwei Personen, die zusammenstoßen. Bücher fallen zu Boden.
LILIAN: *(empört)* Aua, du Idiot! Kannst du nicht aufpassen?
LEVIN: *(kleinlaut)* Tut mir leid, war keine Absicht.
LILIAN: *(freundlicher)* Schon okay.
LEVIN: Kann ich dir helfen, deine Bücher aufzusammeln?
LILIAN: Sammel mal lieber deine Flyer auf ... Wofür sind die überhaupt?

---

21 Mehr über Lilian kannst du nachlesen in »Emschererwachen. Ein Urban-Fantasy-Roman« (Klartext Verlag 2015).

LEVIN:	Ach ... für nichts Besonderes ...
LILIAN:	Warum schleppst du dann so viele davon mit dir rum? *(liest vor, murmelt vor sich hin)* Konzert im Bürgerhaus in Bochum-Hamme ... morgen ... Levin und die Hammer Crew ... *(abfällig)* Levin? Muss man den kennen? Was ist das denn überhaupt für ein bescheuerter Name?
LEVIN:	*(verlegen)* Ähm ... ja, also ... ICH bin Levin. Findest du den Namen wirklich so blöd?
LILIAN:	*(verlegen)* Also ... nein, ich mein ... Das war nur so dahergesagt. Ich ... sollte vielleicht mal meine Bücher einsammeln.
LEVIN:	Ja, ja ... Na komm, ich helf dir. Ich bin ja nicht so.
LILIAN:	Danke. Echt nett von dir. Und ... das mit dem Konzert hört sich echt cool an.
LEVIN:	Ich glaub, das ist nichts für dich.
LILIAN:	*(herausfordernd)* Wieso nicht? Woher willst du das wissen?
LEVIN:	Na ja ... Du ... du siehst für Rap ... ein bisschen zu süß aus ...
LILIAN:	*(empört)* Was soll das denn heißen? Dass Mädchen nicht cool genug sind für Rap oder was?
LEVIN:	*(beschwichtigend)* Nein! Quatsch! War auch nicht böse gemeint! Ich meinte damit nur ... Ich finde dich halt süß ...
ERZÄHLER:	Die beiden schauten sich tief und ein bisschen zu lang in die Augen.
LILIAN:	*(hastig, verwirrt)* Ähm ... ähm ... also, ja, ich ... ähm ... muss dann jetzt mal los ... Bye!

Szene 4

Konzert im Bürgerhaus Hamme, Jahr 2016

| ERZÄHLER: | Auch wenn Levin Lilian viel zu süß für Rapmusik fand, ging Lilian am nächsten Tag mit ihren Freundinnen Victoria und Mia zum Konzert ins Bürgerhaus. |

Rapmusik im Hintergrund.

VICTORIA:	*(laut gegen die Musik an)* Lilian, wann ist denn dieser Levin dran?
MIA:	*(laut gegen die Musik an)* Levin? Ist er der Grund, warum wir hier sind? Du hörst doch sonst gar keinen Rap.
VICTORIA:	*(laut gegen die Musik an, zieht Lilian auf)* Er findet sie süüüüüß!
LILIAN:	Er wird bestimmt bald auftreten.

Rap geht zu Ende, Geräusche, Jubel.

ANSAGER: Hey! Seid ihr ordentlich aufgeheizt? Jetzt haben wir hier noch mal richtig heißes Zeug für euch ... Levin und seine Hammer Crew! Applaus, Leute!
Lautes Klatschen, Jubeln.
LILIAN: Mia, Vicki, kommt, lasst uns nach vorne gehen.
VICTORIA: Okay.
LEVIN: *(rappt)*
Warum müssen wir Sachen machen, die wir nicht wollen,
warum kommen die Ideen nicht ins Rollen,
wenn sie sollen,
ich wünscht ich wär wie Wasser
– frei und im Flow –
kein Bock auf diese Raster,
ich will 'ne eigene Show.

Einsam und allein
zwingen sie uns zu wachsen,
die Fassade unserer Lehrer ist Schein,
als wären die erwachsen,
brenn alles nieder, was Eltern uns erzählt haben,
seht mal, 'ne Party auf'm Ascheberg:
Das geht klar,
die Welt mit ihren Schranken
steht der Entwicklung im Weg,
Chancengleichheit nicht gegeben,
schreit auf, wenn ihr's genauso seht,
wie kann es sein, dass Menschen sich hassen,
ohne sich zu kennen,
unsereiner will's nicht fassen,
Politik und Nation sind mir egal,
die Kultur eines Menschen: Das ist ein Karneval.
Kleine Mädchen
mit Ausschnitt und Hotpants für den Hintermann,
obwohl sie nichts zu zeigen haben,
außer auf Instagram
ohne nachzudenken jeden Tag ein Selfie zu machen,
mal im Ernst: Wie kann man liken solche Sachen?
Jeder Macker pumpt, guckt krumm und geht auf Style,
heutzutage füllen Hanteln und Schuhe das Bücherregal,
keiner wehrt sich mehr verbal,
dein Schlagring ist ein schlechtes Argument,
der ist auch illegal,
dir ist es eh egal, Aufwand minimal.

Auf jeden, im Leben
solltest du mal anfang dich zu schämen, dich erheben.

Warum müssen wir Sachen machen, die wir nicht wollen,
warum kommen die Ideen nicht ins Rollen,
wenn sie sollen,
ich wünscht ich wäre Wasser
– frei und im Flow –
kein Bock auf diese Raster,
ich will 'ne eigene Show.

Die Individualtät steht im Vordergrund,
ich steh auf Mädels, die sich selber kenn,
das ist, was ich forder, Grund
dafür ist der Wille, dass sich alle gleich entfalten,
statt in Grenzen zu denken und sich in Klassen spalten,
den Patienten, den wir Menschheit nenn,
können nur noch Pflaster halten,
der Sound der Städte,
die wie Laster auf dem Kopfsteinpflaster hallten ...

LILIAN: Vicki, ich muss hier weg. Ich pack das nicht.
VICTORIA: *(laut gegen die Musik an)* Lilian, warte!
MIA: *(laut gegen die Musik an)* Was ist denn los?
VICTORIA: *(laut gegen die Musik an)* Warte hier, ich geh ihr hinterher und frag nach.
Musik und Geräusche werden leiser.
VICTORIA: Lil, was ist los?
LILIAN: Mich macht der Text völlig fertig.
VICTORIA: Warum? Was ist falsch damit?
LILIAN: Es hört sich an, als ob der Text für mich ist. Total unlogisch. Wir kennen uns ja noch gar nicht so lange, aber ... Ach, egal. Sag Mia bitte, dass ich jetzt gehe. Ich muss alleine sein.

Szene 5

Marbach, Jahr 2016

ERZÄHLER: Lilian lief vom Konzert direkt zum Marbach. Das war nicht weit.
Bachgeräusch. LILIANs Schluchzen. Geräusch, mit dem INFINITY aufsteigt.
LILIAN: *(bedrückt)* Hey, Mama.

INFINITY: Mein Schatz. Was ist denn los?
LILIAN: Ich ... ich hab in der Stadtbücherei einen Jungen kennengelernt. Levin. Ich glaub, er mag mich.
INFINITY: Das ist doch schön!
LILIAN: Ja ... Aber ich weiß nicht, wie ich damit umgehen soll. Ich ... ich hab Angst, ihn zu verschrecken, davor, wie er reagieren wird, wenn er erfährt, was ich bin. Außerdem habe ich ein schlechtes Gewissen wegen Luis.
INFINITY: Lilian. Es ist schlimm, dass Luis gestorben ist. Aber das ist jetzt schon so lange her.[22] Du musst nach vorn schauen. Du weißt doch: Sei wie das Wasser. Finde deinen eigenen Weg!
LILIAN: *(etwas lauter)* Mama! Das sagst du so einfach! Levin ist komplett menschlich. Er kennt so was, wie wir sind, nicht. Er würde sich erschrecken, wenn er dich sieht!
INFINITY: Lilian jetzt übertreibst du aber ein bisschen ...
LILIAN: *(wütend)* Verdammt, Mama! Du weißt nicht, wie es ist, zwischen zwei ...

Handyklingeln in der Nähe

INFINITY: Da ist jemand! Ich verschwinde!

Geräusch von Infinitys Abtauchen.
Das Klingeln hört auf. Stille. Nur der Marbach plätschert.

LILIAN: Wer ist da?

Schritte. Rascheln im Gebüsch.

LILIAN: *(überrascht)* Levin? Warum hockst du hier im Gebüsch? Bist du mir gefolgt?
LEVIN: *(zögernd)* Ich ... Das war bescheuert. Tut mir leid. Deine Freundinnen haben gesagt, dass ich dich vielleicht hier finde ... Soll ich gehen?
LILIAN: Nein ... geh nicht. Aber ... Ich ... war etwas überrumpelt ... Ich hatte irgendwie das Gefühl, du richtest den Rap direkt an mich.
LEVIN: *(verlegen)* War auch so ... Und jetzt hab ich dich schon wieder überrumpelt. Aber, du, sag mal ... *(bricht ab)*
LILIAN: *(herausfordernd)* Jaa?
LEVIN: Mit wem oder was hast du denn da gerade gesprochen? So ein Tier habe ich noch nie gesehen ...
LILIAN: *(flüstert)* Das war meine Mutter. Sie ist kein Tier.
LEVIN: *(flüstert)* Was? Ich versteh dich nicht, wenn du flüsterst.
LILIAN: *(lauter)* Das war meine Mutter! Und sie ist kein Tier!
LEVIN: *(irritiert)* Hä? Aber ...

---

22 Du möchtest die ganze Geschichte erfahren, wie und warum Feuerdämon Luis sterben musste? Lies es nach in: »Emschererwachen. Ein Urban-Fantasy-Roman« (Klartext Verlag 2015).

LILIAN:	Sie ist ein Wassergeist. Ich bin zur Hälfte Mensch und zur Hälfte Wassergeist. Zufrieden?
LEVIN:	Ja ... gut ... Jetzt bin ich überrumpelt.
LILIAN:	Und jetzt weißt du genug über mich, um mich für den totalen Freak zu halten!
LEVIN:	Quatsch. Ich mag dich. Auch wenn du halb Wassergeist bist. Ich wusste sofort, dass du was Besonderes bist.
LILIAN:	*(irritiert)* Ich? Was Besonders?
LEVIN:	Ja. Und jetzt weiß ich auch, warum. *(Pause)* Ich hab eine Überraschung für dich. *(liest vor)* Kaum sind wir ineinander gecrasht, da hast du meine Welt geflasht. Und als du angefangen hast zu lächeln, da ging in mir die Sonne auf. Ich denke, du bist eine Fee, denn deine Haut ist weiß wie Schnee. Deine Haare gleichen einem Saphir, und in deinen Augen ertrinkt das Meer. Meine Welt ohne dich ist kalt und leer, denn wenn du gehst, vermisse ich dich sehr. Du bist wie ein Dieb, denn du stiehlst mein Herz. Ob ich es wohl wieder krieg?
LILIAN:	*(verlegen)* Okay ... Danke ... So etwas Schönes hat noch nie jemand für mich gemacht.
LEVIN:	Ich hab das auch noch nie vorher ... *(erleichtert)* Ich bin echt froh, dass ich dass jetzt gemacht hab.
LILIAN:	Du, Levin ... Hast du vielleicht Zeit und Lust, morgen schwimmen zu gehen?
LEVIN:	Ja, klar. Gerne.
LILIAN:	Dann würde ich sagen: Bis morgen.
LEVIN:	Bis morgen.

Szene 6

Marbach, Jahr 2127

INFINITY: Lilian war dem Spruch gefolgt. Sei wie das Wasser. Sie hatte Levin gefunden, der sie mochte, wie sie war. Und der Bücher liebte wie sie. Die Bücherei wurde ihr Treffpunkt ...
CYNTHIA: *(verwundert)* Das klingt toll, Infinity. Aber nicht alles, was du gesagt hast, hab ich verstanden. Was sind denn Bücher? Und was ist eine Bücherei?
INFINITY: Das ist so lange her. Die Menschen früher haben sich ihr Wissen selbst angeeignet. Ohne automatische Updates.
CYNTHIA: Hä? Wie das denn?
INFINITY: Sie lasen Bücher. Bücher bestanden aus Papier. Darauf waren Schriftzeichen gedruckt, die Wissen enthielten.
CYNTHIA: Verstehe ... Und Bücher gab es in der Bücherei. Aber ... dauerte es so nicht total lange, sich Wissen anzueignen?
INFINITY: Klar. Für ein Update, das heute nur ein paar Minuten dauert, hätte man lange lesen müssen.
CYNTHIA: Dann ist es doch gut, dass Bücher ersetzt wurden.
INFINITY: Ja und nein. Heute wird das Wissen vorgegeben. Früher konnte man selber auswählen, was man las ...
CYNTHIA: Krass! Das bedeutet, weil es keine Bücher mehr gibt, haben wir keine Chance, uns selbst Wissen anzueignen!
INFINITY: Manche sagen, es gibt noch Bücher. In der Stadtbücherei.
CYNTHIA: *(erstaunt)* Warum weiß ich nichts von dieser Stadtbücherei?
INFINITY: Sie ist geheim. Die Regierung würde sie vernichten. So wie sie auch alle anderen Bücher vernichtet hat.
CYNTHIA: Und trotzdem wurden Bücher gerettet?
INFINITY: Ja, es gab Menschen, die im Widerstand kämpften und versuchten, das alte Wissen zu retten.
CYNTHIA: Wenn dort das alte Wissen zu finden ist, meinst du, ich finde dort auch Informationen über meine Eltern?
INFINITY: Du solltest es auf jeden Fall versuchen.
CYNTHIA: *(nachdenklich)* Wo finde ich die Bücherei?
INFINITY: Nun, Bochum sah nicht immer aus wie jetzt. Unter dem heutigen Bochum sind Teile der alten Stadt. Dort, wo das Wissensanpassungszentrum steht, war einst die Bücherei. Versuch dein Glück dort.
CYNTHIA: Okay, mach ich. Bis bald, Infinity.
INFINITY: Bis bald, Cynthia. Und viel Glück! Ach ... Und warte ... Nimm diesen Stift. Mit seiner Hilfe kannst du alles lesen, was in den

Büchern steht. Du musst nur mit ihm auf die Stellen tippen, an denen Schrift zu finden ist ...

Szene 7

Wissensanpassungszentrum, Jahr 2167

ERZÄHLER: Cynthia machte sich sofort auf den Weg zum Wissensanpassungszentrum. Dort angekommen machte Cynthia sich Sorgen. Es war groß. Sie würde alles gründlich absuchen müssen. Was sollte sie sagen, wenn die Security-Cyborgs, die überall im Zentrum standen, sie erwischten?
CYNTHIA: *(zu sich selbst)* Ganz schön voll. Am besten schleiche ich mich vorsichtig rein und dann ...
ANSAGE: Cynthia. Herzlich willkommen im Wissensanpassungszentrum Bochum. Bedauerlicherweise haben Sie Ihr heutiges Update bereits gedownloadet. Bitte kommen Sie morgen wieder.
CYNTHIA: *(flüsternd, zu sich selbst)* Oh Mann! Bin ich blöd! Ich hab die automatischen Scanner vergessen. Schnell, denk dir was aus, Cynthia. Wenn die Cyborgs misstrauisch werden, dann ...
EMPFANG: *(genervt)* Guten Tag, Cynthia. Was wollen Sie?
CYNTHIA: Ähm ... Es ist so ... Es gab Probleme bei meinem ... Extrawissen ... Wissen Sie, ich fühle mich genauso schlau wie gestern in Bezug auf Schmetterlinge und ...
ERZÄHLER: Cynthia hatte den Eindruck, dass zwei der Security-Cyborgs sie anstarrten. Ihr Herz raste. Das Gesicht der Empfangsdame gab keinen Hinweis darauf, wie überzeugend Cynthias Lüge gewesen war. Die Cyborgs kamen näher und näher. Dann stoppten ihre Schritte.
EMPFANG: *(mürrisch)* Kabine 04-J16 steht für Sie bereit.
ANSAGE: Ich wünsche Ihnen einen schönen Aufenthalt!
ERZÄHLER: Immer noch zitternd betrat Cynthia die Kabine. Wie sollte sie nun weiter vorgehen?
Surrendes Geräusch: »bsssss«.
ANSAGE: Download Exrawissen abgeschlossen.
CYNTHIA: Na dann los.
Geräusch der sich öffnenden Tür.
ERZÄHLER: Cynthia schlich durch das Gebäude. Sie klopfte die Wände ab und durchsuchte die Kabinen. Sie fühlte sich wie damals, als sie ein Straßenkind war und zu Diebstählen gezwungen. Da starrte ein Cyborg zu ihr hinüber. Cynthia verschwand im Toilettenraum. Sie verriegelte die Tür hinter sich und starrte

	resigniert auf die Kacheln an der Wand. Kacheln mit blauen Wellensymbolen darauf.

CYNTHIA: Das ist alles Zeitverschwendung.
ERZÄHLER: Wütend schlug Cynthia auf eine der Kacheln.
Geräusch: Schlag gegen Fliese, die sich lockert.
CYNTHIA: Hä? Was ist das denn? Dieses Wellensymbol auf dieser Fliese, das sieht doch anders aus als die anderen. Oder spinne ich? Fast wie ...
(Kramt in ihrer Tasche)
Wusste ich's doch! Das gleiche wie auf dem Schlüssel!
Geräusch einer sich lösenden Fliese.
CYNTHIA: Das kann kein Zufall sein ... Ich bin mal gespannt, ob ... Ha! Ein Schlüsselloch. Bestimmt passt der Schlüssel.
Schlüssel im Schlüsselloch. Quietschende Tür.
CYNTHIA: *(tief ein- und ausatmend)* Dann wollen wir mal. Ein dunkler Gang! ... Licht aktivieren!
Klickgeräusch. Schrittgeräusche.
ERZÄHLER: Cynthia hatte keine Ahnung, wie weit dieser steinerne Gang sie führen würde. Das minderte ihre Entschlossenheit allerdings nicht.
CYNTHIA: Moment ... Was ist ... Wow! Wo bin ich denn hier gelandet? Eine riesige Halle ... Bäh! Stinkt ganz schön! Und wie's hier aussieht. Überall Staub und Spinnweben. Was liegt da auf dem Boden. Ein Banner. Das darauf scheinen Schriftzeichen zu sein. Da kann ich gleich mal den Stift austesten, den Infinity mir gegeben hat.
Scangeräusch.
ANSAGE: *(liest)* Mach's gut altes Haus – Eine Dankes- und Abschiedsfeier für die Stadtbücherei Bochum.
CYNTHIA *(beeindruckt)* Unglaublich. Das ist sie also wirklich! Was ist bloß mit diesem Ort passiert? Was ist das denn? Bücher! Das sind also Bücher! Das sind ja unglaublich viele ...
ERZÄHLER: Cynthia traute ihren Augen kaum. In der Mitte des Raums stand ein kleiner Tisch. Darauf ein Familienfoto. Cynthia griff danach.
CYNTHIA: Aber ... Das sind doch ... Das kann doch nicht ... Mama? ... Papa?
ERZÄHLER: Nur dunkel erinnerte sich Cynthia an ihre Eltern. Aber sie war sich ganz sicher: Die Personen auf dem Bild waren ihre Mutter und ihr Vater. Cynthia wischte sich mit einer trotzigen Handbewegung die Tränen aus dem Gesicht. Dann sah sie nach den Büchern.

ANSAGE: *(liest)* Die Märchen der Brüder Grimm, Grenzgänger, Emschererwachen ...
CYNTHIA: Nie was von gehört.
ERZÄHLER: Cynthia verbrachte Stunden in der Bücherei. Beängstigend, was sie alles nicht wusste. Sie hatte noch nie von DDR oder Christentum gehört und verstand nicht, wieso Gedichte in so komischer Form und Sprache geschrieben waren.
CYNTHIA: Alles was ich weiß, was ganz Bochum weiß, ist nichts als eine Lüge. Und all das richtige Wissen stirbt aus. Das darf nicht passieren. Was ist das nächste Buch? Hmm ...
ANSAGE: *(liest)* Ingrid Maria Hilde von Plettenberg. Eine Lebensgeschichte.
CYNTHIA: Da bin ich mal gespannt ...
Geräusch von umblätternden Buchseiten.

Szene 8

INGRID alt: Mein Name ist Ingrid Maria Hilde von Plettenberg.[23] Ich stamme aus einer adligen Familie. Man hätte meinen können, ich hätte als Kind alles gehabt. Alles, was ich will: Freundinnen, Spaß und Geld. Aber das zählte für mich nicht. Was mir wirklich am Herzen lag, waren Bochum, der Marbach, die Natur. Und: die Bücher. Als junges Mädchen entschied ich mich, für meine Ziele zu kämpfen. Ich war zwar nur eine Frau, aber ich wollte mich nicht kleinkriegen lassen. Doch schnell sollte ich merken: Die anderen waren stärker. Personen, die ich als kleines Kind bewundert und geliebt hatte, unterdrückten mich jetzt als junge Frau. Ohne Gefühl, ohne meine Gefühle zu berücksichtigen. Ach Vater, vergib mir, aber versteh mich, wenn ich in diesem Buch Schlechtes über dich schreibe. Wenn ich mich an diesen ersten großen Streit erinnere, als es um meine Zukunftsträume ging, werde ich immer noch wütend. Das war 1905. Ich kam nach Hause, wo mich unser Butler schon erwartete ...

---

23 Über ein anderes Mitglied von Ingrids Familie, Michael Friedrich Gustav von Plettenberg, der Geister beschwören kann und sich damit in Lebensgefahr bringt, kannst du mehr erfahren in: »Grenzgänger. Ein Ruhrpott-Roadmovie« (Klartext Verlag 2014).

Bei INGRID zu Hause, Jahr 1905

BUTLER: Ah! Ingrid, wir haben Sie schon vermisst. Treten Sie doch ein! Ihr Vater erwartet Sie bereits!
INGRID: War ich so lange fort?
BUTLER: Die Familie hat schon zu Mittag gegessen. Und Sie kennen doch Ihren Vater.
Tür. Schritte.
VATER: Ingrid! Wo warst du, Kind?
INGRID: Vater, ich war in der Lesehalle, die dieses Jahr eröffnet hat. Erinnern Sie sich?
VATER: Schon wieder, Ingrid? Du solltest lieber Geige üben, anstatt so viel zu lesen.
INGRID: Warum? Ich liebe Bücher. Vor Kurzem habe ich ein wunderbares gelesen. Ich habe es dabei. Schauen Sie …
VATER: Ingrid! Du bist fast jeden Tag in dieser Lesehalle! Warum interessierst du dich bloß so für diese Bücher?
INGRID: Lesen ist so eine wundervolle Beschäftigung! Sie werden nicht glauben, Vater, was ich für Neuigkeiten habe! Ich will Bibliothekarin werden! Ist das nicht toll?
VATER: *(wütend)* Nein! Das lasse ich nicht zu, Ingrid!
INGRID: *(erschrocken)* Aber … Warum denn nicht?
VATER: Weil sich das nicht gehört für eine junge Dame deines Standes! Arbeiten gehen … Als ob du das nötig hättest! Warum kannst du dich nicht mit ein bisschen Handarbeit beschäftigen, statt über solche Dinge nachzudenken?
INGRID: Ich lasse nicht zu, dass Sie meine Träume zerstören, Vater!
VATER: Ingrid! Hör auf das, was ich sage, du undankbares Kind! Du wirst daheimbleiben und dich nicht mehr mit diesen Büchern befassen! Sei dankbar, dass du aus dem Kreise einer reichen Familie kommst und nicht arbeiten musst!
INGRID: Sie haben kein Herz, Vater.

Szene 9

INGRID alt: Ich war so wütend auf Vater. Ich nahm den Mantel und meine Tasche mit Büchern aus der Lesehalle und stürmte zum Marbach. Mein Rückzugsort. Doch an diesem Tag konnte mich auch der Marbach nicht beruhigen. Die Tränen wollten nicht aufhören zu fließen. Da erschien plötzlich ein seltsames Wesen.

Marbach, Jahr 1905

Geräusch von Infinitys Auftauchen.
INGRID: *(erschrocken)* Wer bist du?
INFINITY: Hab keine Angst! Ich bin Infinity.
INGRID: *(immer noch verschreckt)* Du bist ja ganz aus Wasser!
INFINITY: Weil ich ein Wassergeist bin.
INGRID: Ein Wassergeist?
INFINITY: Ich tauche auf, wenn Tränen mich rufen. Warum weinst du?
INGRID: Das würdest du doch nicht verstehen.
INFINITY: Du wärst überrascht, was ich alles verstehe. Erzähl es mir.
INGRID: Ich möchte so gern Bibliothekarin werden. Mein Vater verbietet es. Er will, dass ich zu Hause bleibe und einen reichen Mann heirate.
INFINITY: Traurig, dass dein Vater dich nicht unterstützt.
INGRID: Er denkt nur an seine Stahlwerke! Jetzt will er eins direkt am Marbach bauen.
INFINITY: Wie furchtbar! Dann wird der Bach noch mehr verschmutzt. Pflanzen und Tiere werden sterben.
INGRID: Und was wird dann aus dir, Infinity?
INFINITY: Ich werde im Schmutz leben müssen. Vielleicht kannst du deinen Vater überzeugen?
INGRID: Ich kann es versuchen.
INFINITY: Zurück zu deinem Problem. Warum willst du Bibliothekarin werden?
INGRID: Weil ich Bücher liebe!
INFINITY: Dein Vater kann dir vielleicht verbieten, einen Beruf auszuüben. Aber er kann dir nicht verbieten, Bücher zu lieben.
INGRID: *(nachdenklich)* Das ist wahr.
INFINITY: Sei wie das Wasser. Finde deinen eigenen Weg.
INGRID: Danke! Du hast mir sehr geholfen!

Szene 10

INGRID alt: Durch das Gespräch mit Infinity hatte ich wieder Mut gefasst. Auf dem Weg nach Hause traf ich Vater. Er stand am Marbach und betrachtete ein brachliegendes Gelände.

Marbach, Jahr 1905

INGRID: Vater, was tun Sie hier?
VATER: *(überrascht)* Ingrid! Was tust du hier?

INGRID: Ich hab zuerst gefragt.
VATER: Sei nicht so respektlos!
INGRID: Mir egal! Du zerstörst hier den Marbach!
VATER: Was weißt du denn schon, du Göre?
INGRID: Deine Pläne, deine Vermessungen ... Gib zu, dass du hier ein Stahlwerk bauen willst. Ich bekomme doch alles mit!
VATER: Das ist nicht deine Angelegenheit! Geh nach Hause Geige üben! Lass mich arbeiten!
INGRID: Das hier ist sehr wohl meine Angelegenheit! Siehst du die Schönheit des Marbachs nicht? Willst du wirklich alles Leben hier zerstören. Fische, Vögel, Eichhörnchen, Mäuse ... Sie alle brauchen das Wasser! Verstehst du?

Stille.

VATER: Ich muss dieses Stahlwerk bauen. Es sind doch bloß Tiere. Wertloses Leben, Ingrid. Jetzt geh!
INGRID: *(wütend)* Du bist ein schlechter Mensch, Vater! Und das Schlimmste ist: Du weißt es!
INGRID alt: Liebes Tagebuch,
Wütend stürmte ich nach diesem Streit davon. Das war also im Jahr 1905. Heute schreiben wir das Jahr 1970. Seit langer Zeit war ich zum ersten Mal wieder am Marbach. Ich musste an früher denken. An die glücklichen Zeiten, die ich hier verbracht hatte. Aber auch an die Streitereien mit Vater. Ich habe den Bau seines Stahlwerks nicht verhindern können. Ich konnte den Marbach nicht schützen. Heute verstehen die Menschen, dass die Natur geschützt werden muss. Heute verstehen sie, dass Tiere und Pflanzen kein wertloses Leben sind. Für den Marbach kamen diese Erkenntnisse zu spät.
Am Marbach muss ich auch wieder an Infinity denken. Ich bin nicht Bibliothekarin geworden. Auch damit bin ich gescheitert. Aber wie Infinity mir gesagt hat, habe ich mir die Liebe zu Büchern nicht verbieten lassen. Ich habe viel gelesen. Und schließlich selbst Bücher geschrieben. Bücher, in denen ich die Menschen habe wissen lassen, wie wichtig der Schutz der Natur ist.
Mein Zielspruch hat sich bewahrheitet: Sei wie das Wasser. Finde deinen eigenen Weg.
Ingrid

Szene 11

Marbach, Jahr 2127

ERZÄHLER: Cynthia hatte wie gebannt Ingrids Aufzeichnungen gelauscht. Nun schlug sie das Buch zu. Sie musste dringend mit Infinity sprechen ...

Geräusch Buch zuschlagen.

ERZÄHLER: Von der Stadtbücherei aus brach Cynthia zum Marbach auf. Zum Glück war ihr nach der ganzen Verwirrung sowieso nach Heulen zumute, sodass es ein leichtes war, den Marbach-Wassergeist zu rufen ...

Geräusch von Infinitys Auftauchen.

CYNTHIA: Infinity, du hast nicht gesagt, dass du Ingrid Maria Hilde von Plettenberg persönlich kanntest.

INFINITY: Sehr gut sogar. Ich lebe schon ewig im Marbach.

CYNTHIA: Krass. Was ist aus ihr geworden?

INFINITY: Sie starb im Alter von 82 Jahren eines natürlichen Todes. Sie wollte den Menschen die Augen dafür öffnen, wie wertvoll Wasser ist. Sie war dir ähnlich.

CYNTHIA: Wie meinst du das?

INFINITY: Finde es selbst raus.

CYNTHIA: Ich habe eins ihrer Bücher gefunden. Darin hat sie diesen Spruch aufgeschrieben. Sei wie das Wasser. Auch Lilian hat den Spruch dort gelesen, nicht wahr?

INFINITY: Ja.

CYNTHIA: Aber wieso stand der Spruch auf dem Schlüssel, den ich gefunden habe? Was hat das alles mit mir zu tun?

INFINITY: Der Spruch war auch deinen Eltern sehr wichtig.

CYNTHIA *(erschüttert)* Ich habe ein Foto von ihnen gefunden ... Was haben sie mit der Bücherei zu tun, Infinity?

INFINITY: Sie waren Widerstandskämpfer. Gegen das Wissensdiktat. Gegen das Aussterben von Kultur und Literatur. Die Regierung hatte Angst vor ihrem Einfluss und zerschlug den Aufstand mit Gewalt.

CYNTHIA: *(verzweifelt)* Dabei sind sie also gestorben?

INFINITY: Es starben viele. Deine Eltern wurden gefangen genommen. Ihr Wissen und ihre Erinnerungen gelöscht.

CYNTHIA: Aber ich habe doch den Teddy mit dem Schlüssel.

INFINITY: Den hatten sie dir schon lange vorher geschenkt. Für den Fall, dass ihnen etwas zustößt.

CYNTHIA: Und die Bücherei? Bin ich die einzige, die davon weiß?

INFINITY:	Wer weiß? Man munkelt, es gäbe immer noch oder wieder Widerstandskämpfer im Untergrund. Es heißt, manche von ihnen hätten ihr Wissen nicht gänzlich verloren.
CYNTHIA:	Warum hast du mir das alles nicht längst erzählt?
INFINITY:	Du solltest es selbst herausfinden. Es selbst begreifen. Ihr habt vergessen, wie wichtig es ist, sich Wissen selbst anzueignen. Hättest du das nachvollziehen können, ohne selbst die alte Bücherei zu entdecken?
CYNTHIA:	*(zögernd)* Nein ... Wahrscheinlich nicht ... *(nachdenklich)* Aber die Regierung hat gewonnen. Sie entscheidet, was wir lernen und was nicht. *(traurig)* Und meine Eltern ... Selbst wenn sie noch leben, irgendwo ... werden sie sich an nichts erinnern. Sie haben ihr Leben umsonst geopfert.
INFINITY:	Haben sie das?
CYNTHIA:	*(nachdenklich)* Nicht ganz. Sie haben einen Weg gefunden, das Wissen zu bewahren. Damit ich es finde. Sei wie das Wasser ...
INFINITY:	... finde deinen eigenen Weg.
ERZÄHLER:	Aber welche Chance hatte Cynthia? Beim nächsten Wissensupdate stellte der Scanner eine Anomalie bei Cynthia fest. Das waren die rebellischen Gedanken, die sich in Cynthias Kopf gebildet hatten. Sie wurden – zusammen mit allem Wissen über Infinity und das, was der Wassergeist Cynthia erzählt hatte – durch das Update überspielt. Cynthia wusste nichts mehr mit dem Stift anzufangen, den Infinity ihr geschenkt hatte, und warf ihn weg. Sie hatte keine Ahnung, was sie alles vergessen hatte. Und sie hatte keine Ahnung, dass die Regierung von nun an Jagd auf Infinity machte, die mit ihrem unendlichen Wissen von der Vergangenheit eine Gefahr für das System bedeutete ...

Essen
im Jahr 2127

Kapitel 63 Archie

Boah, ist das schon am Morgen warm, dachte ich und beeilte mich, zu IDEA zu kommen, wo es die besten Klimaanlagen gab. Es war zwar langweilig, die ganze Trockenzeit über in den IDEA-Räumen zu chillen, aber wo sonst konnte eine Biene wie ich so leicht an Tonnen von Blütenstaub kommen. Der war für die Tablettenproduktion gedacht, aber scheiß drauf. Dann würde es eben ein paar Tabletten weniger gegen die Blaue Pest geben. Nicht mein Problem, oder? Ich kannte diese Gebäude so guuut, dass ich locker Reiseführer für IDEA hätte sein können. Ich war mehr als tausendmal in jeder Ecke hier gewesen. IN JEDER ECKE, außer in diesem Produktionsraum hier. Es war nämlich für unbefugte Menschen verboten, da rein zu gehen. Ähmmmm ... Moment mal! Für Menschen? Alsoo ... Ich war ja kein Mensch. Das hieß ...

»Hände hoch, Detektiv Archie ist da! Hah!«, schrie ich und flog los zur Tür des Raumes.

Da stand ich eine Minute lang in der Luft und zögerte. Sollte ich das wirklich machen oder nicht? Vielleicht gab es einen guten Grund, dass niemand da reindurfte ... Einen ... gefährlichen Grund? Ich setzte mich auf einen Stapel kleiner Laserpointer und dachte und dachte und dachte, bis ich mir sicher war: Gefährlich? Dann erst recht! Ich schnappte mir einen von den Lasern, die ein klitzekleines bisschen kleiner waren als ich – und los ging es. Ich ließ mich auf der Schulter eines Arbeiters, der gerade in den Raum treten wollten, durch die Tür tragen.

»Wasssssss? Nur ein Treppenhaus?!«, fragte ich empört.

Der Arbeiter bemerkte mich und versuchte, nach mir zu schlagen. Ich setzte mich schnell auf seine andere Schulter und schwieg. Der Arbeiter drückte auf eine Taste und eine weitere Tür öffnete sich. Boah! Voll geil! Was ich sah, war noch krasser als in den Actionfilmen, die ich mir manchmal von Reinhardts Schulter aus anguckte. Lauter Sachen, die aus Metall, Flexxiglas und Licht gebaut waren. Dann kapierte ich plötzlich, dass diese coolen Dinge Waffen waren. Was machten denn Waffen bei IDEA?! Wieso produzierte IDEA Waffen?! Die stellten doch sonst nur Nahrung und Medikamente und Kleidung her. Aber Waffen? Und heimlich? In einem Raum, den unbefugte Menschen nicht betreten durften?! Ich wollte schnell zu Reinhardt fliegen und ihm das alles erzählen.

Auf dem IDEA-Hof bekam ich ein Gespräch mit. Drei Männer, die in ein Flexximobil stiegen, um zu einem alten Mann auf einen Bauernhof zu fahren. Ähmmmm, dachte ich, interessiert mich ja nicht. Ich hab Wichtigeres zu tun! Dann flog ich zu Reinhardt.

Kapitel 64 Reinhardt

Ich wollte es mir gerade auf dem Sofa bequem machen und eines der Bücher aus der Bücherei lesen. Aber Fortuna hatte offenbar komische Launen. Denn als ich aus dem Fenster schaute, sah ich ein ziemlich großes Flexximobil mit einem überdimensionierten IDEA-Logo auf der Seite.

Dass sie kommen würden, war mir ja klar gewesen. Dass es so bald sein würde, hatte ich jedoch nicht erwartet. Ich trank einen Schluck von meinem schwarzen Tee, warf mir eine Jacke über und ging zur Tür. Und da war er tatsächlich persönlich: Goldschmidt-Gayle, der Chef von IDEA in all seiner Pracht. Puh, sah der in der Realität mickrig aus. Wenn nicht zwei Leute, die fast so groß waren wie ich, ihn begleitet hätten, hätte der sich wahrscheinlich nicht mal bis zu meiner Tür getraut. Ich versuchte den Impuls zu unterdrücken, nach dem Bogen hinter der Tür zu greifen und zu schießen.

»Ah, Herr Reinhardt. Schön, Sie zu sehen. Ich hoffe, Sie wissen, warum wir hier sind?«

»Erstens«, gab ich zurück, »dürfen Sie mein Grundstück nicht einfach so betreten. Und zweitens, ja, ich weiß, warum Sie hier sind. Vergessen Sie es gleich und verschwinden Sie.«

»Ach, immer noch so starrköpfig.« Goldschmidt-Gayle grinste. »Es wäre doch so viel vernünftiger, uns einfach Ihren Hof zu überlassen. Sie könnten in Ren– ... Ich meine ... Sie könnten Urlaub machen. Und wir könnten dieses Gebiet endlich an unser Netz anschließen.«

»Ich vergesse mich gleich«, zischte ich und trat einen Schritt nach vorne.

Die Bodyguards zuckten und griffen zu ihren Waffen in den Seitentaschen. Ich blieb stehen.

»Ich habe Ihnen schon mehrfach gesagt, dass ich Ihnen meinen Hof nicht verkaufen werde, ganz egal, was Sie mir bieten oder womit Sie mir drohen«, schnaubte ich wütend.

Der IDEA-Chef brauchte einen Moment. Sagte dann jedoch mit einem unverschämten Grinsen: »Ich dachte eigentlich, man könnte vernünftig mit Ihnen reden. Schade, dass ich nun auf andere Mittel zurückgreifen muss.« Er schnippte mit den Fingern, und einer der Wachleute zog seine Waffe und richtete sie auf mich. Ich hörte ein Surren, dann einen Knall. Und der Schmerz pochte in meinem Bein.

»Ahh! Ihr verdammten ... Das werdet ihr bereuen. Ich werde euch melden.« Ich kniete nun vor ihnen, weil mein Bein so höllisch wehtat.

»Ach«, sagte Goldschmidt-Gayle. »Und wer soll Ihnen glauben? Weil Sie so leichtsinnig sind, ihr Holofon gegen die Vorschriften meistens deaktiviert zu lassen, können Sie sich nicht einmal auf die Erinnerungsaufzeichnung beziehen.«

Mist, ich hatte das Ding tatsächlich wie so oft ausgeschaltet. Offenbar wusste IDEA das nur zu gut.

Auf einmal surrte Archie über mir und brüllte: »Nicht sterben, nicht sterben!«

»Ich sterbe doch nicht, du Idiot«, sagte ich.

Der Bastard von Manager schaut mich komisch an, sagte dann aber: »Nun ja. Ich hoffe, wir verstehen uns jetzt. Wenn wir das nächste Mal kommen müssen, geht der Schuss woanders hin.«

Der Bodyguard, der auf mich geschossen hatte, schlug mit seinem Cyborg-Arm nach Archie, der offenbar versucht hatte, ihn anzugreifen. Archie wich dem Arm aus. Ganz egal, wie nervig und faul er sein konnte, wenn es drauf ankam, war Archie wirklich wendig.

Die IDEA-Typen liefen zum Wagen und ließen mich hier einfach sitzen. Mit einer Schusswunde im Bein und dieser verdammten Biene namens Archie.

Kapitel 65 Archie

Keine Ahnung, wieso ich so lange gebraucht hatte, um von IDEA zu Reinhardt zu kommen. Ich habe wohl ein bisschen zugenommen. Dann bemerkte ich vier Männer: Reinhardt, einen Mann im Anzug und zwei Muskelberge. Hmmmm, was machten die denn da?! Waren sie ... Waren das ... die Leute von IDEA, die ich vorher auf dem Hof von IDEA gesehen hatte!

Ich fing an zu schreieeeeen: »Reinhaaardt, warteee! Hey, mach es nicht! Glaub denen nicht! Die haben Waffen! Reinhaaaaardt, kannst du mich höreeen?!«

Nein, konnte er anscheinend nicht.

Booommm hörte ich.

Was war das denn für ein Scheißgeräusch?! Reinhardt?! Was machte er denn da? Tanzte der Altmodische dort etwa?! Dann sah ich das Bluuut auf seinem Bein. Neiiiiiin! Reinhardt war angeschossen! Ich musste so schnell es ging zu Reinhardt fliegen. Oh mein Gott, dachte ich. Ich hasse Bluut! Ich kann doch kein Blut seeehen! War das wirklich Blut an seinem Bein? Bitte nicht, bitte, bitte nicht! Am liebsten hätte ich die Fliege gemacht. Weit, weit weg. Aber ich musste hinfliegen, zu ihm. Ich musste das für Reinhardt tun! Ist ja nicht so schwer, redete ich mir ein. Ich muss nur die Augen zumachen und losfliegen. Ich flog näher und näher. Reinhardt war auf den Boden gesunken.

»Nicht sterben, nicht sterben!«, brüllte ich, bevor auch nur einer der Muskelberge oder der Anzugtyp ihre Münder aufmachen konnten.

»Ich sterbe doch nicht, du Idiot«, antwortete Reinhardt.

»Verpiss dich mal, du Arschloch«, sagte einer der Muskelberge und versuchte, mich mit seinem künstlichen Arm wegzuwedeln.

»Arschloch?!«, schrie ich. »Du nennst mich Arschloch?! Was bist du denn selber?!«

Leider verstand er meine Worte nicht und schlug nur wieder nach mir.

»Das war es«, sagte ich sauer. »Mit euch rede ich nicht mehr. Jetzt ist Reinhardt dran.«

Offenbar hatte ich den drei Typen ganz schön Angst gemacht, denn sie liefen zu ihrem Flexximobil zurück, um zu verschwinden.

»Reinhardt«, rief ich. »Hast du gesehen, wie der mich geschubst hat?! Willst du nichts macheeen?! Reinhardt?! Neinnnnnnnn, wieso redest du nicht?!«

Ich bekam keine Antwort. Oh nein, dachte ich. Er ist tot. Reinhardt ist tot!

»Nicht sterben, bitte nicht sterben, Reinhaaardt!«, rief ich wieder. »Ich schwöre, ich nerve dich nicht mehr, wenn du versprichst, jetzt nicht zu sterben. Reinhaaaaardt?!«

Reinhardt murmelte irgendwas, was ich nicht verstand.

»Uff, du lebst ja noch! Okay, gut, dann vergiss, was ich eben gesagt habe, okay?!«, sagte ich, weil ich ihn natürlich weiter nerven wollte.

Er reagierte immer noch nicht so, wie er normalerweise reagieren würde. Wieso hörte Reinhardt mir nicht zu?! Ich musste doch dringend mit ihm reden. Was, wenn er sein Land doch diesen Männern verkaufte! Der Scheißtyp mit dem künstlichen Arm war bestimmt sehr reich, wie sonst hätte er sich einen künstlichen Arm kaufen sollen?! Solche Arme konnte doch bestimmt nicht jeder kaufen. Jemanden mit so einem Arm hatte ich zuletzt auf dieser Brücke gesehen. Der Typ, der mich weggeschubst hatte, als ich ihn dran hatte hindern wollen, den anderen Mann zu schubsen. Egal, ich musste jetzt einen Weg finden, damit diese Typen Reinhardts Feld nicht kaufen konnten. Reinhardt wollte anscheinend immer noch nicht mit mir reden. War er doch tot? Wie der Mann, der von der Brücke gestürzt war?

Dann fiel es mir ein. Wie dumm ich manchmal sein konnte! Der Mann, der mich eben weggewedelt hatte, war doch genau der, den ich auf der Brücke gesehen hatte! Ich nahm allen Mut zusammen und wollte zur Polizei fliegen. Dann hörte ich Reinhardt stöhnen. Okay, ich musste mich zuerst um ihn kümmern.

»Reinhardt, was wollten die von dir?! Reinhardt, die sind kriminell! Weißt du, dass sie Waffen produzieren?! Aber du verkaufst das Feld nicht, ne?! Reinhardt, die lügen dich an. Ich hab die geseheeen. Die sind böseee.«

»Halt doch endlich mal die Fresse, Kleiner«, seufzte Reinhardt.

»Reinhardt?!«, fragte ich.

»Später, du Kleiner, später«, flüsterte Reinhardt.

Kapitel 66 Adam

Dies ist die Geschichte von Adam, dem Mann mit dem künstlichen Arm: Nach langer Anstrengung und viel Arbeit war es Adam gelungen, gemeinsam mit seiner Freundin Katharina das College zu absolvieren. Sie beschlossen, zum Abschluss eine Party mit Freunden zu feiern, in einer großen Halle, die sie dafür mieteten. Sie bereiteten alles für die Party vor. Dann aber, am Tag vor der Party, war Adam allein zu Haus und bekam plötzlich starke Schmerzen im ganzen Körper. Er fühlte sich schwach. Übelkeit überkam ihn. Er hörte ein Klopfen an der Tür. Das war Katharina. Aber er war zu schwach, um zur Tür zu laufen und zu öffnen. Weil Katharina einen Ersatzschlüssel hatte, öffnete sie die Tür trotzdem und fand Adam in seinem Zimmer im Schneidersitz auf dem Boden sitzend.

»Wieso hast du nicht aufgemacht?«, fragte Katharina.

»Ich habe bloß meditiert«, erklärte Adam.

Er wollte Katharina nicht beunruhigen. Deshalb erzählte er nichts von den Schmerzen, die er wie Stacheln im ganzen Körper fühlte. Und er erzählte nichts von der Übelkeit.

Kapitel 67 Adam

Oh Mann. Ich kann nicht mehr. Ich kann nicht mehr. Das tut so weh. Ich habe solche Schmerzen im Arm. Was soll ich machen? Soll ich den Rettungsdienst anrufen? Nein, lieber nicht. Ich bin doch ein Mann. Ich kann diese Schmerzen ertragen.

»Was ist los mit deinem Arm?«, fragt Katharina. »Warum ist er so dunkelblau?!«

»Es ist alles gut, Katharina«, sage ich. »Mir geht es gut. Mach dir keine Sorgen. Bringst du mir ein paar Schmerztabletten?«

Während Katharina Tabletten holt, rufe ich beim Arzt an und sage der Sprechstundenhilfe, dass ich noch heute einen Termin haben muss, dringend. Ich will nicht, dass Katharina das hört und sich Sorgen um mich macht.

»Alles klar«, sagt die Sprechstundenhilfe. »Kommen Sie heute vorbei. Wie heißen Sie?«

»Naimov«, sage ich mit zittriger Stimme. »Adam Naimov.«

Später, als die Tabletten ein bisschen wirken, gehe ich zum Arzt. Die Schmerzen sind weniger jetzt, aber ich kann meinen Arm kaum mehr bewegen. Ich erzähle dem Arzt alles. Dass ich so unendliche Schmerzen hatte und dass mein Arm dunkelblau ist. »Ich werde diese Schmerzen nicht ertragen können, wenn sie wiederkommen«, sage ich.

Der Arzt guckt sich den Arm an und sagt: »Ohhh ... Das ist sehr gefährlich, Herr Naimov. Ihr Arm muss amputiert werden, sonst werden Sie bald sterben. Diese Krankheit könnte sich dann schnell in Ihrem ganzen Körper ausbreiten.«

Ich spüre, wie ich anfange zu zittern. »Was? Wie? Warum?«, sage ich.

»Das ist eine neue Krankheit«, erklärt der Arzt. »Sie heißt die Blaue Pest. Sie haben vielleicht schon davon gehört. Diese Krankheit kann man leicht erkennen. Eine Blaufärbung der Gliedmaßen und starke Schmerzen sind die Symptome.«

»Und sie könnte sich schnell ausbreiten in meinem Körper?«, frage ich.

Der Arzt nickt. »Aber machen Sie sich keine Sorgen. Die Krankheit ist im Moment nur in Ihrem Arm, nicht im ganzen Körper.«

»Ist das ansteckend?«, frage ich entsetzt und denke an Katharina.

Der Arzt schüttelt den Kopf. »Die Krankheit bricht durch mutiertes Erbgut aus. Keine Ansteckungsgefahr. Aber wie gesagt, wir müssen den Arm möglichst bald amputieren.«

»Und wie soll ich mit nur einem Arm arbeiten?«, frage ich.

»Mit einem Flexxiarm anstelle Ihres natürlichen Arms«, sagt der Arzt.

»Aber das kostet viel Geld, Herr Naimov.«

»Nein, nein, nein. Auf keinen Fall«, widerspreche ich. »Ich will meinen Arm behalten. Gibt es keine andere Möglichkeit?«

»Ja ... na ja ... Die gibt es. Durch Medikamente könnten Sie Ihren Arm auch behalten. Die Medikamente werden von IDEA produziert. Jedoch kosten die auch viel Geld. Ich weiß nicht, ob Sie das finanzieren können. Und ich weiß auch nicht, ob die Medikamente Ihren Arm noch retten können, jetzt, wo er schon blau ist. Aber probieren Sie Ihr Glück. Gehen Sie zu IDEA. Aber beeilen Sie sich. Sonst breitet sich die Pest in Ihrem Körper aus, dann kann ich nichts mehr für Sie tun.«

»Alles klar«, sage ich. »Vielen Dank für die Hilfe.«

»Nichts zu danken«, sagt der Arzt. »Sie können jederzeit wieder zu mir kommen.«

Kapitel 68 Adam

Auf dem Rückweg vom Arzt rief Adam bei IDEA an. Aber der Arzt hatte recht. Die Medikamente waren unbezahlbar für ihn. Verzweifelt kam Adam nach Hause.

Vor Katharina versuchte er, sich nichts anmerken zu lassen. Aber als sie für die Party einkauften, konnte er das ganze Zeug mit seinem schmerzenden, steifen Arm nicht tragen. Katharina trug alle Einkäufe allein und schaute ihn immer wieder besorgt an.

Während der Party konnte er nicht einmal sein Glas Wein halten. Er verschüttete den Wein auf seiner Kleidung. Wahrscheinlich hielten die anderen ihn für betrunken. Der Arm machte Adam ganz verrückt. Er beschloss, die eigene Party früher zu verlassen und nach Hause zu gehen. Als Katharina und seine Freunde versuchten, ihn über das Holofon zu erreichen, reagierte er nicht auf die Anrufe. Alles, was er wollte, war, dass der Schmerz sich endlich verabschiedete. In einer Apotheke kaufte er eine Anti-Schmerz-Spritze. Doch nach der Injektion wurden die Schmerzen nur noch größer. Adam schrie. Dann wurde er ohnmächtig.

Als er aufwachte, fand er sich im Krankenhaus wieder. Sein Arm war amputiert worden.

Nach der Amputation des kranken Arms wurde Adam von Tag zu Tag trauriger. Die düstere Stimmung trennte ihn von allen Menschen, die ihm etwas bedeuteten. Er zog sich völlig zurück und wollte auch Katharina nicht mehr sehen. Manchmal hatte er Wahnvorstellungen, bildete sich ein, sein ganzer Körper wäre schon von der Blauen Pest befallen. Denn in der Klinik hatte man ihm gesagt, ohne weitere Behandlung bestünde die Gefahr, dass die Krankheit sich auch auf andere Körperteile ausbreiten könne. Adam wollte nicht mehr aus dem Haus. Wozu auch? Eine Anstellung würde er ohnehin nicht bekommen. Die Arbeitsplätze waren knapp geworden, seit Tiere und Roboter viele Arbeiten übernahmen. Und wer würde Adam schon einstellen – mit nur einem Arm? Andererseits: Wie sollte er ohne Arbeit den sehr hohen Preis für eine Behandlung der Blauen Pest bezahlen? Schließlich sah er nur noch einen Ausweg: Selbstmord zu begehen. Im Badezimmer rasierte es sich vorher die Haare. Er war wochenlang nicht beim Friseur gewesen und wollte wenigstens gepflegt von dieser Welt gehen.

Zum Abschied aber wollte er die ungelesenen Nachrichten lesen, die Katharina ihm geschickt hatte – und die vielen Sprachnachrichten anhören, die er ignoriert hatte. Nachrichten voller Gefühle, schöner Worte und Herzen. In einer letzten Nachricht lud Katharina ihn zum Abendessen ein. Er blickte sich prüfend im Spiegel an. Nein, er hatte keine Hoffnung mehr. Es war beschlossen. Aber zumindest ein letztes Treffen hatte Katharina verdient. Einen Abschied. Einen, der es ihr sehr viel leichter machen würde, ihn gehenzulassen.

So vereinbarten Adam und Katharina, sich an ihrem gewohnten Ort zu treffen – einem Café, in das sie immer gern gegangen waren.

»Adam, Schatz«, begrüßte Katharina ihn, als wäre nichts gewesen.

Er hielt sie lange im Arm. Er hatte sich vorgenommen gehabt, mit Katharina Schluss zu machen. Zu behaupten, dass er sie nicht mehr liebte. Aber als er jetzt sah, wie sie vor Freude weinte, brachte er es nicht übers Herz. Sie setzten sich an einen Tisch, und Adam beschloss, ihr die Wahrheit zu sagen. Er erzählte Katharina, dass er Selbstmord begehen würde. Weil er keine Hoffnung mehr im Leben sah und weil er kein Geld hatte, um seine Krankheit behandeln zu lassen.

Da sagte Katharina ihm, dass sie schwanger von ihm sei. »Es sollte eine schöne Überraschung sein«, sagte sie. »Das ist doch ein Grund weiterzuleben, Adam.«

Doch Adam schüttelte den Kopf. »Du musst das Kind abtreiben lassen«, sagte er.

Katharina begann zu weinen. Dann stand sie auf und lief aus dem Café. Adam blieb sitzen – wieder einsam und verlassen. Katharina versteht nicht, dachte er. Sie versteht nicht, dass meine Krankheit vererbbar ist, und unser Kind vielleicht krank sein wird. Und sie versteht nicht, dass ich an der Blauen Pest sowieso qualvoll sterben werde, weil ich keine Chance auf Behandlung habe.

Plötzlich setzte sich ein Mann zu Adam an den Tisch.
»Adam Naimov, richtig?«, fragte er.
Adam nickte verwirrt. Er konnte ja nicht wissen, dass der Essener Geheimdienst ihn seit seinem Anruf bei IDEA über sein Holofon ausspionierte.
»Wir haben ein Angebot für Sie«, sagte der Kerl. »Bitte kommen Sie doch mit mir zu meinem Flexximobil, damit wir ungestört reden können.«
Adam weigerte sich.
Da holte der Mann Papiere aus seiner Tasche. Verschiedene Broschüren und Informationen über medizinische Produkte von IDEA.
»Schauen Sie«, sagte der Mann. »Mit diesen Medikamenten können Sie verhindern, dass die Blaue Pest sich weiter ausbreitet. Und wenn Sie Ihr Kind von Anfang an damit behandeln, können Sie verhindern, dass die Krankheit bei ihm überhaupt ausbricht.«
»Ich kann das nicht bezahlen«, sagte Adam und wollte aufstehen, weil es ihm unheimlich war, dass der Mann so viel über ihn wusste.
»Bleiben Sie bitte«, sagte der Mann. »Wir können helfen. Wir bieten Ihnen einen Job an.« Der Mann reichte ihm eine Karte. »Kommen Sie morgen bei uns im Büro vorbei. Dann sprechen wir über alles.«

Adam war sehr aufgeregt, als er sich am nächsten Tag auf den Weg zu IDEA machte. Er traf sich dort mit dem Mann, den er am Vortag im Café kennengelernt hatte. Adam erzählte ihm von seinem Studium und wie gut er sich auf dem Gebiet der Pharmazie auskannte.
Aber der Mann unterbrach ihn und sagte: »Wir möchten nicht, dass Sie auf dem Gebiet der Pharmazie arbeiten.«
»Was wollen Sie dann von mir?«, wollte Adam wissen.
»Wir wollen Ihnen wieder ein Leben bieten«, sagte der Mann. »Wenn Sie mit uns zusammenarbeiten, erhalten Sie und Ihr Kind kostenlose Behandlung, und wir sorgen dafür, dass Sie einen Flexxiarm bekommen.«
Adam war überrascht. »Und was muss ich dafür tun?«
»Nun ...«, sagte der Mann. »Sie würden hier und da als Personenschutz für unseren Manager dienen. Wenn er zu etwas ... unangenehmeren Terminen muss.«
»Unangenehm?«, fragte Adam.
»Na ja«, setzte der Kerl an. »Manchmal möchten einige Personen oder kleine Unternehmen sich nicht sofort auf unsere lukrativen Angebote einlassen. Denen müssen wir dann auf die Sprünge helfen.«
»Ich soll Menschen bedrohen und erpressen?«, fragte Adam entsetzt.
»Wenn Sie es so sehen wollen«, sagte der Mann. »Ich würde eher sagen: sie zu ihrem Glück zwingen.«
Adam schwieg einen Moment. Dann sagte er: »So etwas kann ich unmöglich tun. Ich ...«

Der Mann unterbrach ihn: »Und was ist mit Ihrem Kind? Mit Ihrer hübschen Freundin? Lieben Sie die nicht? Sie können ja nichts dafür, dass Sie krank geworden sind, nicht wahr? Und Ihr Kind kann erst recht nichts dafür, dass Sie ihm dieses Leiden mit großer Wahrscheinlichkeit vererben werden. Ihr Leben ist in Gefahr. Und das Ihres ungeborenen Kindes.«

»Na gut«, sagte Adam schließlich.

Von dem Tag an lief alles wieder besser für Adam. Er unterschrieb seinen Arbeitsvertrag, bekam eine Wohnung gestellt, in der er mit Katharina lebte, und er erhielt einen elektronischen Flexxiarm. Er gewöhnte sich langsam daran, andere zu bedrohen und zu erpressen. Und immer wenn er Zweifel hatte, sagte er sich selbst, dass sein Sohn Tim, der bald darauf geboren wurde, schließlich nichts dafür konnte, dass Adam ihm diese grässliche Krankheit vererbt hatte. Katharina dachte, Adam wäre bei IDEA angestellt, um bei der Entwicklung neuer Medikamente zu helfen.

Und dann kam der Tag, an dem IDEA beschloss, dass Einschüchterungen nicht mehr reichten. Denn Ringo Pottgießer, Inhaber eines kleinen Unternehmens für schlaue Kleidung, ließ sich einfach nicht erpressen und lehnte jedes noch so hohe Angebot für seine Firma ab. IDEA wollte aber unbedingt das Patent auf seine Erfindung haben.

»Dann musst du ihn halt umbringen«, sagte Adams Chef, Herr Goldschmidt-Gayle.

Adam war entsetzt. »So war das nicht vereinbart«, sagte er.

»Dann bekommst du mehr Geld«, sagte der Chef, aber Adam weigerte sich weiterhin.

»Schade«, sagte der Chef. »Der kleine Tim ist so ein niedliches Kind. Traurig, dass er nicht mehr lange zu leben hat, wenn die Blaue Pest erst einmal ausgebrochen ist bei ihm.«

Am nächsten Tag ging Adam los, um seine furchtbare Mission zu erledigen. Er suchte nach Ringo Pottgießer in der Firma. Aber dort war er nicht.

Adam durchsuchte die Umgebung. In der Hoffnung, Ringo nicht zu finden. Aber dann sah er ihn auf einer Brücke stehen. Jetzt wäre es so leicht ihn zu töten, dachte Adam. Jeder würde denken, dass es Selbstmord war. Adam zögerte. Doch dann dachte er an seinen kleinen Tim. Entschlossen ging er einen Schritt nach vorn und packte Ringo Pottgießer. Der versuchte sich noch zu wehren, aber ohne Erfolg. Adam schubste ihn über die Brüstung. Ringo Pottgießer blieb reglos auf dem Waldboden liegen, und Adam machte sich schnell auf den Rückweg.

Er bekam viel Geld für den Auftrag. Aber er fühlte sich schrecklich. In den Nachrichten berichteten sie, dass Ringo Pottgießer sich das Leben genommen hatte und eine Frau und zwei Söhne zurückließ. Adam wurde so traurig. Er wusste, dass es seine Schuld war, dass diese beiden Jungen nun keinen Vater mehr hatten. Jedes Mal, wenn er Tim ansah, fühlte er Reue.

Auch Katharina merkte, dass Adam sich verändert hatte. Er winkte seinem Sohn nicht mehr zu, wenn er zur Arbeit ging, wie früher jedes Mal. Und er wirkte unglücklich.

»Warum guckst du Tim nicht mehr an?«, fragte Katharina. »Was ist los?«

Aber Adam sagte nichts. Aus Angst und Scham darüber, was er getan hatte. Er schlief nachts kaum noch. Adam überlegte, ob er sich krankmelden sollte. Aber er konnte sich ja nicht ewig krankschreiben lassen.

»Ich habe eine neue Aufgabe für dich«, sagte der Chef schließlich. »Du musst mit zu einem Bauern kommen, der seinen Hof nicht verkaufen will. Wenn er sich weiter weigert, schießt du ihm ins Bein.«

Also schoss Adam Reinhardt Reinhardt ins Bein, als der sich weigerte, seinen Hof zu verkaufen.

»Morgen kehren wir auf den Hof zurück, und wenn dieser Herr Reinhardt sich weiter stur stellt, schießt du ihm ins andere Bein«, sagte Adams Chef auf der Rückfahrt.

Adam war verzweifelt. Er würde diesen Reinhardt sicher erschießen müssen. Was sollte er tun? Weglaufen? Aber was dann?

Kapitel 69 Reinhardt

Archie schwirrt immer noch um mich herum. Diese Waffe ... Was zur Hölle ... hat diese Waffe auf mich geschossen? Sie hat nicht bloß eine Schusswunde verursacht. Sie hat mein Fleisch an dieser Stelle richtiggehend verbrannt. Ich hab Ewigkeiten damit verbracht, die Wunde zu versorgen, mit meinen besten Heilkräutern, aber sie ist immer noch nicht verheilt. Als hätten sie diese Waffen extra gegen uns Elfen entwickelt, um Wunden zu verursachen, die auch wir nur schwer heilen können. Aber ob diese Waffen absichtlich zum Kampf gegen mein Volk gebaut worden sind oder nicht ... Das alles wird gleichgültig, als ich begreife, was dieser Tag mir vor Augen führt. Ich bin auf meinem Hof nicht mehr sicher. Sie hätten mich einfach töten können. Niemand hätte etwas dagegen unternommen. Niemand außer Archie hätte es überhaupt mitgekriegt. Die Sonne ist schon fast untergegangen. Was soll ich jetzt tun? Sie können jederzeit wiederkommen. Ich muss etwas unternehmen. Lucy hat mir das Angebot gemacht, den Einhörnern zu helfen und mit ihnen in den Untergrund zu gehen. Doch ist das wirklich das Wahre? Sie sagte ja auch, dass es die Einhörner schon ziemlich lange gibt, aber bewegt haben sie ja anscheinend noch nicht viel.

Während ich noch über Lucys Vorgehensweise nachdenke, höre ich Schritte. Zum Glück habe ich meinen Bogen bei mir. Ich schleppe mich hinter einen Baum und versuche zu erspähen, wer da kommt. Ein alter Mann. Was will der denn hier draußen?

»Reinhardt? Bist du hier?« Diese Stimme. Den Typen kenne ich doch!

Ich schleppe mich aus meiner Deckung und gehe auf ihn zu. »Markus, was machst du denn hier?«

»Reinhardt? Was ist denn mit dir passiert?«

Er kommt auf mich zu und stützt mich. Er ist noch immer so ein guter Kerl wie früher, auch wenn er nicht mehr so kräftig ist wie damals.

»Wo musst du hin? Zur Emscher, oder?«, fragt er.

»Ja, danke für die Hilfe, aber es geht schon«, versuche ich ihn abzuwehren.

»Nichts geht. Und du schon gar nicht! Du wurdest von einer Plasma-Waffe angeschossen. Das seh ich doch an den blauen Brandspuren. Aber dagegen habe ich was. Setz dich mal hin.«

Er streut etwas Pulver aus einem kleinen Tütchen auf meine Schusswunde. Die Brandspuren verschwinden, die Haut regeneriert sich, und die Wunde beginnt, sich langsam zu schließen.

»Du hast gute Vorarbeit geleistet«, sagt Markus bewundernd. »Das Pulver allein hätte die Wunde nicht so schnell geschlossen.«

»Was ist das denn für ein Pulver?«, frage ich neugierig.

»Ein abgeschwächtes Mittel auf der Basis von ›Vitam Aeternam‹. Es lässt die Zellen schnell regenerieren, aber es braucht einen Katalysator. Du hast durch deine Behandlung einen geschaffen. Daher wirkte das Mittel sehr schnell.«

»Vitam Aeternam?«, frage ich. »Das hat doch damals Tate fast umgebracht.«[24]

Markus nickt. »Man sollte es nur äußerlich anwenden, auf keinen Fall einnehmen.«

Von der Wunde ist tatsächlich so gut wie nichts mehr zu sehen. Die menschliche Medizin hat anscheinend große Fortschritte gemacht. »Vielen Dank, Markus, aber was machst du denn überhaupt hier in Essen? Ich nehme an, du bist nicht einfach für einen kleinen Plausch da.«

Markus schaut einen Moment schweigend auf die Emscher und sagt dann: »Erinnerst du dich noch, damals in Gelsenkirchen, nach den Hochwasserkatastrophen, als alles so schlimm aussah? Du hast uns sehr geholfen und mit uns dafür gesorgt, Gelsenkirchen wieder in einen guten Ort zu verwandeln. Gelsenkirchen ist seitdem ein wunderbarer Ort geblieben. Anders als andere Städte … Aber Gelsenkirchen allein reicht nicht. Raphael hat mich, Eda und Esra kontaktiert. Wir müssen versuchen, alle Städte im Dreistromland wieder zu vereinen. Mit den Emscherstädten fangen wir an. Ich bin mir ziemlich sicher, dass wir es schaffen können. Wenn wir alle mit anpacken. So wie damals in Gelsenkirchen. Wir haben damals gemeinsam Großes geschafft. Und wir könnten es heute wieder.«

---

[24] Echt wahr! Und wenn du die genaue Geschichte wissen willst, lies sie nach in: »Raumschiff Emscherprise. Ein Green-Capital-Roman« (Klartext Verlag 2017).

Ich schaue Markus an und dann auf die Emscher und denke an Gelsenkirchen zurück. An das Wasser, das fast die ganze Stadt zerstört hatte, bis auf den Stadtteil Buer, der sich vom Rest der Stadt abgeschottet hatte. Damals war selbst mir als Emscherelf das Wasser bedrohlich vorgekommen. Ich erinnere mich an diesen einen Tag. Wieder ein Starkregen. Markus und Esra hatten an dem Tag wie immer die Rettungsaktion geleitet. Mit ihrer Planung und der Hilfe von vielen anderen konnten wir viele Menschenleben retten. Es war jedoch auch sehr schwer, alle Menschen zu evakuieren. Bei der Rettung eines Kindes, das unter Wasser eingeklemmt war, verlor einer meiner Freunde von der Rettungshilfe sein Leben. Ein Gebäudeteil fiel ab und riss ihn unter Wasser. Doch vorher hatte er es noch geschafft, das Kind zu befreien. Ein Tag voll Licht und Schatten war das. Wir haben viele gerettet, doch auch einige verloren. Damals wollte ich eigentlich dafür sorgen, dass niemals wieder ein Freund so sterben muss. Aber es sollte nicht der letzte Freund sein, den ich in Gelsenkirchen verlor. Weil wir es trotzdem schafften, so viele zu retten und schließlich Gelsenkirchen hochwassersicher wieder aufzubauen, weil wir es schafften, den Frieden nachhaltig wieder herzustellen, bezeichneten wir es als Erfolg. Trotzdem ... Ich habe mit den Freunden, die dort ertrunken waren, mehr als nur sie verloren. Ich habe die Fähigkeit, den Mut verloren, mich an andere Personen zu binden. Weil ich nicht mehr den Schmerz des Verlustes fühlen will.

»Ja, ich erinnere mich an Gelsenkirchen, Markus. Und was wir dort alles geschafft haben«, entgegne ich.

»Wir können mehr schaffen, Reinhardt. Hilf auch du mit, das Dreistromland zu vereinen!«, sagt Markus.

Ich schaue ihn wieder an. Die Sonne ist komplett untergegangen. Aber sein Gesicht wird durch das Licht des Vollmonds beschienen.

»Nein, Markus, ich kann euch nicht in eurer Vorgehensweise unterstützen. Ich war so lange in mich gekehrt, dass ich das Hier und Jetzt aus den Augen verloren habe. Ich werde diese Bastarde bezahlen lassen für das, was sie mir und anderen angetan haben. Aber ich werde es auf meine Art und Weise machen.«

Markus schaut mich mit großen Augen an und sagt: »Bist du dir wirklich sicher?«

»Wie schon lange nicht mehr«, antworte ich.

Markus steht auf. »Ich muss mich auf den Weg zurück zu Esra machen«,[25] sagt er. »Bitte lass dir das alles noch mal durch den Kopf gehen.«

Ich murmle in mich hinein: »Das habe ich schon zu lange.«

---

25 Mehr über Markus und Esra und welche Rolle sie bei der Wiedervereinigung von Gelsenkirchen gespielt haben, kannst du nachlesen in: »Uferlos. Ein Emscher-Endzeitroman« (Klartext Verlag 2017). Auch Eda ist eine alte Bekannte, die bereits in »Emschererwachen. Ein Urban-Fantasy-Roman« (Klartext Verlag 2015) und »Willkommen@Emscherland. Eine Cross-Culture-Trilogie« (Klartext Verlag 2016) eine wichtige Rolle spielt.

Nachdem Markus gegangen ist, stehe ich auf und gehe entschlossen zu meinem Hof zurück. Aus einer verschlossenen Vitrine im Schuppen nehme ich mir einen Bogen, den ich auf Grundlage des Modells eines alten Compound-Bogens gebaut habe. Er besteht aus einem sehr alten flexiblen Material, das wir Elfen nur in der höchsten Form unserer Schmiedekunst verwenden. Es ist möglich, mit diesem Bogen einen Pfeil auf bis zu 150 Meter pro Sekunde zu beschleunigen. Ich schaue grimmig auf diesen Bogen und weiß nur zu gut, was mein Ziel ist. Egal, was die Folgen sein werden. Ich gehe zum Haus und hole einen Köcher mit Metallpfeilen aus dem Keller. Im Schuppen bewahre ich nur Übungspfeile auf. Aus der Garderobe schnappe ich mir einen Kapuzenumhang. Ich gehe zur Tür und werfe einen letzten Blick auf das, was ich zurücklasse. Einen Moment zögere ich noch. Aber mein Entschluss steht fest. Ich verriegle das Haus und ziehe mit dem Wind im Rücken und Entschlossenheit im Herzen los.

Kapitel 70 Reinhardt

The sky is red tonight, we're on the edge tonight.

Wie recht du doch hast, Emmelie de Forest, dachte ich mir, während ich den Song über meine Earspeaker hörte – kleine Stöpsel, die man sich einfach ins Ohr steckte. Danach sprach man aus, was man gerade für Musik hören wollte. Alternativ gaben diese Dinger eine Empfehlung aufgrund deiner Gefühlslage. Diesen Modus hatte ich aktiviert. Und offenbar machten die Dinger einen guten Job. Ich fühlte mich wirklich, als würde ich am Rand stehen, kurz davor abzustürzen. Nein, in Wahrheit war ich schon abgestürzt. Man hatte mich über den Rand des Abgrunds gestoßen, und es gab nur eine Möglichkeit, meinen Sturz abzufangen. Ich näherte mich dem Hauptgebäude von IDEA. Dieses Gebäude war mir nur zu gut bekannt. Zollverein war der erste Gebäudekomplex, den ich betreten hatte an dem Tag, an dem ich erwachte. Das war jetzt 60 Jahre her, aber verglichen mit der Zeit, in der ich nichts getan hatte, nur Stein gewesen war, immer noch wenig. Als Industriegebäude hatte mir die alte Zeche damals einen Schauer über den Rücken gejagt. Hatte ich mich doch aufgrund der Industrialisierung aus der Welt zurückgezogen. Heute schreckte das Gebäude mich immer noch ab. Passend, dass so ein Dreckverein wie IDEA hier nun seinen Hauptsitz hatte.

Ich wusste, dass das Büro von Goldschmidt-Gayle oben in der Kohlenwäsche war. Es war zwar schon nach Mitternacht, aber ich konnte mir irgendwie nicht vorstellen, dass so ein Arschloch je nach Hause ging zu einer Familie, die auf ihn wartete. Es gab nur einen Punkt, von wo aus ich einen Blick auf das Büro haben könnte: den Förderturm. Ich kletterte die Fassade hinauf und schaffte es auf eine der Stützen. Diese lief ich hinauf. Die letzten Meter bis auf die Spitze musste ich wieder klettern. Es war beschwerlich, mit dem schweren Bogen und dem Köcher voller Pfeile zu klettern. Ich hatte Angst, den Halt zu verlieren. Aber zum Glück war es eine ruhige Nacht. Kein starker Wind und auch kein Regen. Gutes Wetter, um alles zu einem Ende zu bringen. Im Gebäude der Kohlenwäsche war nur ein einziges Büro hell erleuchtet. Und tatsächlich. Dort stand er vor seinem Schreibtisch. Goldschmidt-Gayle. Offenbar gerade in einer Holofonkonferenz. Mit wem auch immer er da sprach: Der würde nicht schlecht staunen, wenn er sah, was jetzt gleich passieren würde.

Ich nahm meinen Bogen vom Rücken, legte einen Pfeil ein und spannte die Sehne. Ich hatte diesen Bogen so gut wie nie verwendet. Aber heute war es soweit. Der Bogen war bis zum Anschlag gespannt. Ich zielte. Ein Atemzug, eine Fingerbewegung und der Pfeil verließ die Sehne und schoss durch die Dunkelheit. Das Flexxiglas des Büros gab nach unter der Wucht des Schusses. Der Pfeil ging einfach hindurch. Goldmann-Gayle lag nun mit dem Oberkörper auf dem Schreibtisch. Der Pfeil hatte ihn dort erwischt, wo er sollte: genau in sein schwarzes Herz.

Die Sache war beendet, und ich verschwand in der Dunkelheit.

Kapitel 71 Reinhardt

Ich wusste echt nicht, was mit mir los war. Ich hatte gedacht, ich würde mich befreit fühlen, wenn ich es zu Ende gebracht hätte, aber irgendwie war alles anders. Ich warf einen flachen Stein über das Wasser des Stoppenberger Baches. Er hüpfte ein paar Mal und versank schließlich. Ein wenig bin ich wie der Stein, dachte ich. Ich mache einen schönen Flug und denke, es wird gut gehen, aber stattdessen saufe ich doch ab.

Ich hockte mich unter einen Baum und versuchte zu verstehen, was das, was ich getan hatte, jetzt eigentlich für die Zukunft bedeutete ... Wenn sie herausfanden, dass ich es war, der den Manager getötet hatte, dann würde ich alles verlieren, was ich mir in den letzten Jahrzehnten aufgebaut hatte. Wer würde sich dann um meine Tiere kümmern? Was würde mit dem Hof passieren?

Ich war tieftraurig, vergoss aber nicht eine Träne. Fast so, als hätte ich kein Recht darauf, traurig zu sein, da ich für all das hier selber verantwortlich war. Ich war besorgt. Besorgt darum, was nun passieren würde. Ich wusste ja nicht einmal, wo ich nun hingehen sollte.

Ich nahm meinen Bogen vom Rücken und schaute ihn an. War es das wirklich wert?, fragte ich mich. Ich hatte gedacht, ich wüsste, worauf ich mich einließ. Doch erst jetzt erkannte ich die Tragweite meiner Tat.

Mein Denken wurde abgelenkt durch ein helles Licht. Am Horizont bemerkte ich jetzt erst die Arche. Immer noch die größte Biokuppel der Welt. Sogar noch größer, als ich sie in Erinnerung hatte. Ich war schon ewig lange nicht mehr dort gewesen. Hmmm ... Vielleicht kam ich auf andere Gedanken, wenn ich dort hinginge. Ich hätte mich einfach hinteleportieren können, doch vielleicht war es besser, einen Spaziergang dorthin zu machen. Ich lachte leise auf, als ich merkte, wie tief ich in die Trickkiste griff, um einfach zu ... vergessen.

Doch egal, wie sehr ich mich auch anstrengte, ich kam einfach nicht auf andere Gedanken. Ich hatte so eine Angst vor dem, was passieren würde. Nichts würde mir diese Angst nehmen können. Während ich durch die Wälder ging, sah ich einige mir nur zu bekannte Stellen. Ich schmunzelte, als ich ungefähr bei meinem Schlafplatz in der neuen Welt war. Obwohl ich ein gutes Gedächtnis hatte, konnte ich mich nicht mehr genau an diesen Ort erinnern, der längst abgerissen worden war. Seine Bedeutung für mich würde ich jedoch nie vergessen. Alle Orte hier hatten eine Bedeutung. In diesem Wald dort hatte ich Pieter getroffen, den kleinen Spaßvogel. Er war immer recht witzig gewesen und hatte mir bei vielen Problemen geholfen. An diesem Platz dort drüben hatte das Raumschiff von Scoop und Nock gestanden, als sie uns verlassen hatten, um nach Turan zu fliegen und ihren Planeten zu retten. Wie es ihnen wohl ergangen war? Uns hatten sie als Vorbild gehabt, damals, im Jahr 2067. Ob sie wussten, was aus dem Dreistromland mittlerweile geworden war? Dass wir kurz davor standen, die gleichen Fehler wie die Turaner zu begehen? Aufgrund knapper Ressourcen uns gegenseitig bis aufs Blut zu bekämpfen?[26]

Am wichtigsten von allen Erinnerungsorten war die Biokuppel selbst. Plötzlich begriff ich ... Verdammt, fast alles, was mich früher in dieser Welt gehalten hatte, war inzwischen weg. Süleyman und Wolfgang, meine Kollegen und Freunde in der Biokuppel ... Sie waren vor langer Zeit gestorben. Nicht einmal Pieter war mir geblieben.

Ich seufzte. Unsterblichkeit klang vielleicht verlockend, hatte jedoch immer einen bitteren Nachgeschmack. Deswegen suchten Elfen und Feen sich ungern menschliche Freunde. Der Abschied fiel immer schwer. Er schmerzte. Und dann musste man einfach weitermachen.

Ich hatte zuletzt gedacht, dass der Bauernhof eine neue Bestimmung für mich wäre. Es schien perfekt. Nur ich und meine Tiere. Keine Bindungen, keine äußeren Verpflichtungen, doch es sollte nicht so sein. Ich hatte mir das ruhige Leben durch meine Tat zerstört. Während ich mich gedankenverloren Schritt für Schritt der Kuppel näherte, sah ich, wie groß sie geworden war. Sie war mittlerweile fast dreimal so groß wie damals, als ich das erste Mal herkam, schätzte ich. Etliche kleinere Kuppeln waren angebaut worden. Aber all das hatte zum Glück keine Auswirkungen auf die Schönheit, die diesen Ort immer schon umgeben hatte.

Es war inzwischen Morgen, und die Sonne schien hell auf die Kuppel, doch es war noch nicht so heiß. Vielleicht lag es aber auch nur an der Kuppel. Ich

---

26 Wie Nock und Scoop auf der Erde notgelandet sind und was Reinhardt alles in der Biokuppel erlebt hat, kannst du nachlesen in: »Raumschiff Emscherprise. Ein Green-Capital-Roman« (Klartext Verlag 2017).

erinnerte mich gut. Nie war es in der Kuppel zu heiß oder zu kalt gewesen, als ich hier noch arbeitete. Die Temperatur war immer genau richtig geregelt.

Ich beschloss, für eine Weile in den Tierpark zu gehen. Vielleicht konnte ich mir bei den Tieren ein bisschen was von der Seele reden. Die müssen zuhören. Ich lachte in mich hinein.

Die Schleichwege im Waldbereich hatte ich zum Glück nach wie vor gut im Kopf, wenn die Jahre auch nicht spurlos am Wald vorbeigegangen waren. Nicht jeder Weg existierte noch, weil alte Bäume abgestorben und neue in die Höhe geschossen waren. Ich brauchte länger, als ich gedacht hatte. Schließlich kam ich aber am Eingang des Tierparks an. Ich näherte mich. Etwas war anders. Da fiel mein Blick auf den neuen Schriftzug: Urzeitpark.

Hatten die etwa ...? Nein, das konnte doch nicht ... Ich rannte in den Park und dachte an den Film aus den 1990ern, den ich vor etwa einem Monat gesehen hatte. Hatten die das wirklich in die Realität umgesetzt? Ich hatte mal davon gehört, dass es einen Dino-Park in Castrop-Rauxel geben sollte, die Meldung aber für eine Zeitungsente gehalten. Dass es so einen Park auch in Essen gab, konnte ich nicht fassen!

»Hey, Moment mal«, rief ein Mann nach Luft schnappend hinter mir. Er musste mir auf meinem Sprint in den Park gefolgt sein. Ich bekam Angst. Waren die mir jetzt schon auf die Schliche gekommen? Zum Glück hatte ich meinen Bogen und die Pfeile im Wald versteckt, um keinen Verdacht zu erregen. Aber wenn nun doch ...

»Sie müssen sich vorher registrieren, bevor Sie den Park betreten«, sagte der Mann.

Ich atmete auf. Gott sei Dank. »Ähm, wo registriere ich mich denn?«, fragte ich ihn.

Mir fiel auf, welche Ähnlichkeit der Mann mit meinem alten Freund Süleyman hatte.

»Halten Sie einfach Ihr Holofon an den Scanner beim Eingang. Dann werden Sie in die Besucherliste eingetragen. Der Preis für den Eintritt wird Ihnen dann auch direkt angezeigt. Zahlen können Sie aber auch erst beim Gehen.«

Ich nickte und aktivierte mein Holofon. Es funktionierte zum Glück ohne Probleme, und ich wurde registriert. Ich bedankte mich bei dem Mann. Wieder fiel mir die Ähnlichkeit mit Süleyman auf. Ob ich mit diesem Mann ... Nein, zu gefährlich. Ich durfte nicht einfach mit einem x-beliebigen Mann, der zufällig meinem alten Freund ähnelte, über meine Probleme sprechen.

Ich lief in den Park und versuchte, mich zu orientieren. Es hatte sich ziemlich verändert hier. Es führten zwei Wege um einen Berg herum. Den Berg immerhin erkannte ich: Hier war früher die Krankenstation für Tiere gewesen. Die gab es scheinbar nicht mehr. Links oder rechts am Berg vorbei? Egal, dachte ich, einfach einen der Wege. Was sollte schon schiefgehen? Ich hörte Stimmen von vielen Tieren. Und dann ... ein Brüllen.

Ich rannte den Weg entlang. Ich war richtig aufgeregt. Dann stand ich hinter dem Berg und konnte sehen, was da ... Ein Wunder, dass ich nicht ohnmächtig wurde. Das Schild war kein Witz gewesen. Ich sah sie mit eigenen Augen vor mir. Die Giganten der Urzeit. Die Dinosaurier! Sie waren offenbar nicht nur für mich eine wahre Sensation. Für die Tageszeit war der Park erstaunlich voll. Ich lief zum Zaun und versuchte, einen der Dinos anzusprechen. Einen Bronto, wenn mich nicht alles täuschte.

»Yo, Brudah, was geht?«, begrüßte er mich.

»Ähm, was?«, fragte ich irritiert zurück.

Kapitel 72 Reinhardt

Es war schon Nachmittag. Ich war die ganze Zeit in der Biokuppel gewesen. Diesem wunderbaren, absolut artgerechten Zoo im Essener Norden. Ich war lange geblieben, aber es hatte sich gelohnt. Dieser Besuch hat mich an etwas erinnert und zwar daran, warum ich mich damals, 2067, dazu entschieden hatte, in dieser Welt zu bleiben, obwohl ich mich genauso gut wieder in einen Stein hätte verwandeln können. Diese Welt hatte mir einfach geboten, was ich wollte. Es war die Welt, in der ich leben wollte. Sie bot jetzt vielleicht weniger als damals, war jedoch immer noch die gleiche Welt, und es lohnte sich, für sie zu kämpfen. Das war die Erkenntnis, die ich von dem Besuch in der Biokuppel *Arche Noah* mitgenommen hatte. Ja, ich musste dafür kämpfen, diese Welt zu erhalten, aber nicht gewaltsam, wie ich gedacht hatte. Vielleicht sollte ich noch mal mit Lucy sprechen. Ihr Weg zu kämpfen schien zwar langsam zu sein, jedoch der richtige. Mein Weg hingegen zeigte keine Aussicht auf Besserung dieser Welt. Die Situation in Essen war davon, dass ich einen bösartigen Konzernmanager umgebracht hatte, nicht besser geworden. Denn obwohl ich den Kopf des Bösen abgeschnitten hatte, würde bald an dieser Stelle ein neuer wachsen.

»Ach ...«, seufzte ich in mich hinein, »hätte ich diesen Gedanken doch nur früher gehabt.«

Ich lief langsamer, war schon nah an meinem Hof. Was sollte ich machen, wenn die Polizei dort auf mich wartete? Und wenn sie da waren und mich verhafteten, was würde dann mit meinen Tieren geschehen? Angst davor, was passieren könnte, kroch in mir hoch und wühlte mich auf, obwohl ich durch den Sonnenuntergang eben noch recht ruhig gewesen war. Ich hielt kurz inne. Dann redete ich mir selbst gut zu: Es wird schon alles gut werden. Ich setzte wieder zum Laufen an. Nein, ich rannte regelrecht zu meinem Hof und sah ... niemanden. Niemand war auf dem Hof zu sehen. Keine Polizeiwagen und auch keine Absperrungen. Alles war noch so, wie ich es verlassen hatte.

Ich war verdammt erleichtert und rannte, so schnell es ging, zum Stall. Meine Kühe Buzz, Flora und Morrison hatte ich heute gar nicht auf die Weide gelassen. Sie waren sicher hungrig!

Beim Stall angekommen drückte ich ein paar Tasten am Tor. Es öffnete sich, und Morrison kam direkt auf mich zu. Er war der Jüngste von allen. »Hey, Reini, wo warst du denn? Buzz und Flora haben sich schon Sorgen gemacht. Ich persönlich denke ja, du hast einfach verschlafen.«

Ich schmunzelte und sagte: »Ja, ich habe einfach verschlafen, aber ihr könnt jetzt noch raus. War ja mein Fehler.«

Es war schon verdammt praktisch, dass ich zu den Elfen gehörte, die mit Tieren sprechen konnten. Das vereinfachte meine Arbeit als Bauer immens.

Ich glaubte zwar nicht, dass Buzz und Flora mir die Geschichte mit dem Verschlafen abkauften, da mir so etwas noch nie passiert war, aber sie nahmen die Erklärung hin. Und auf Floras Frage, warum ich einen Bogen auf dem Rücken trug, antwortete ich einfach, dass ich den noch reparieren müsse. Mir war gar nicht bewusst gewesen, dass ich den Bogen noch auf dem Rücken trug. Den würde ich besser im Keller verstecken und nicht wieder in den Schuppen bringen.

Nachdem ich Buzz, Flora und Morrison auf die Weide gelassen hatte, ging ich ins Haus. Auch hier hatte sich nichts verändert. Alles war noch so, wie es sein sollte. Ich trat zu dem Holoboard, das in einer Ecke des Wohnzimmers stand, und öffnete damit den Zugang zum Keller. Auch das Licht dort unten aktivierte ich von hier oben.

Ich ging nach unten und legte den Bogen, die Pfeile und den Umhang in eine Kiste. Die Sachen würde ich so schnell wahrscheinlich nicht mehr brauchen. Dann stieg ich wieder nach oben und verschloss den Keller über das Holoboard.

Nun würde ich Lucy anrufen und ihr mitteilen, dass ich ihr und ihrer Rebellengruppe, den Einhörnern, doch helfen wollte. Lucy hatte irgendwie schon immer einen klareren Blick auf die Dinge gehabt. Selbst als Elfen und Feen durch die Hochwasserkatastrophen in die Schussbahn der Menschen geraten waren, hatte sie Ruhe bewahrt und stets überlegt gehandelt. Und auch früher, als die Menschen noch gar keine Ahnung von unserer Existenz hatten, und einige von uns – wie Amalia und ich – mit Waffengewalt gegen die Industrialisierung und die Zerstörung der Natur durch die Menschen vorgegangen waren, war Lucy friedlich geblieben und hatte sich rausgehalten. Ich hätte ihr wirklich einfach mal vertrauen sollen. Ich hatte sogar eine Idee, wen ich wegen der Emschergroppen fragen könnte. Savannah, die in der Bücherei so vertrauensvoll und nett zu mir gewesen war ... Ich konnte mir gut vorstellen, dass sie mir weiterhelfen würde.

Ich aktivierte mein Holofon. Doch noch bevor ich Lucy anrufen konnte, klopfte es an der Tür. Ich öffnete, und vor mir stand ... eine ziemlich angepisste Lucy!

»Ähm ...«

»Sag jetzt nichts, Reinhardt!«, sagte sie leise, aber in drohendem Ton. Sie wusste es wohl schon. Wutentbrannt stürmte sie ins Wohnzimmer und switchte auf dem Holoboard zu den Holo-News und dann auf die Schlagzeile:

IDEA-Manager durch Pfeil getötet – Wie konnte er das Sicherheits-Flexxiglas durchschlagen?

Heimlich war ich schon ein bisschen stolz, dass ich einen so effektiven Bogen entwickelt hatte. Aber ich wusste, dass ich mir jetzt erst mal was anhören durfte.

»Was zum Teufel hast du dir dabei gedacht?!«, brüllte Lucy. »Ich meine … verdammt noch mal! Reinhardt, dadurch rettest du deinen Hof doch nicht! Dadurch bringst du dich und uns alle in Gefahr. Die werden irgendwann eins und eins zusammenzählen und kapieren, dass ein von Menschenhand geschaffener Bogen zu so etwas nicht in der Lage wäre. Und dann … Was dann, Reinhardt? Schon daran gedacht, was du dann tun wirst?«

Ich schämte mich unendlich und setzte mich erst mal hin. »Lucy … Ich … Ach!« Ich seufzte. »Ich war einfach verzweifelt. Ich sah keine andere Möglichkeit mehr, meinen Hof und meine Tiere vor IDEA zu bewahren.«

»Dadurch rettest du sie nicht!«, fuhr sie mich wütend an. »Dadurch lenkst du doch nur die Aufmerksamkeit auf dich.«

»Sie hätten mich getötet!«, entfuhr es mir, und ich bemerkte, wie Lucys Blick sich auf einmal wandelte. Sie schien nicht länger auf Belehrung aus zu sein. »Die Typen von IDEA hätten mich getötet, und dann hätten sie so oder so bekommen, was sie wollen«, fuhr ich leise fort. »Ich sah keine andere Möglichkeit mehr, mir und meinen Tieren zu helfen. Ich weiß, Lucy, dass es nicht die richtige Entscheidung war, aber …« In diesem Moment war ich den Tränen nahe. Ich sank in den Stuhl und spürte, wie tatsächlich die ersten Tränen in mir aufstiegen.

Lucy setzte sich neben mich und legte mir die Hand auf die Schulter. »Reinhardt, ich kann dein drastisches Vorgehen zwar nicht unterstützen, aber ich will niemanden mehr von uns verlieren.« Sie sagte diesen Satz mit sehr ruhiger, aber auch besorgter Stimme.

Ich blickte zu Lucy.

Sie sagte: »Wir können jede Hilfe gebrauchen. Aber bitte versprich mir, mach so etwas nicht noch mal. Damit tust du niemandem einen Gefallen. Schon gar nicht dir.«

Sie hatte recht, verdammt, sie hatte einfach recht. Wie so oft. Ich berappelte mich wieder, wischte mir die Tränen aus dem Gesicht und sagte schließlich: »Ich werde euch helfen, wo ich nur kann. Und zwar friedlich. Das verspreche ich!« Es war wie eine Befreiung, diese Worte zu sagen.

Lucy schaute mich sanft lächelnd an. »Das ist gut«, sagte sie dann. »Wir können deine Hilfe nämlich schon jetzt brauchen. Wir haben da ein kleines … na ja … eher ein großes Problem in Castrop. Dafür brauchen wir jemanden, der mit Tieren sprechen kann. Ich hoffe, du bist auch in … nun ja … altertümlichen Sprachen bewandert.«

Kapitel 73 Reinhardt

Wo hörte man denn so was? Meine Güte, die Menschen hatten doch locker siebzehn oder achtzehn Filme darüber gemacht, dass es 'ne dumme Idee war, Dino-Gehege nicht komplett ausbruchssicher zu machen. Dass sie erst spät aus ihren Fehlern lernten, daran musste ich mich echt immer noch gewöhnen. Für die Idee, unsere Emscher wieder schön zu machen, hatten sie ja auch knapp hundert Jahre gebraucht. Um zu checken, wie man mit Dinosauriern umgeht, würden es locker 500 bis 1000 Jahre werden, schätzte ich. Nach Castrop-Rauxel war es ein gutes Stück. Da hatte ich genug Zeit zum Nachdenken. Wieder lief ich zu Fuß. Die meisten von uns Feen und Elfen hatten sich seit den Hochwässern den schnellen Ortswechsel abgewöhnt. Damals hatten einige Menschen uns angefeindet. Uns zu den Sündenböcken des Klimawandels gemacht. Und das vor allem, weil wir ihnen mit all unseren besonderen Fähigkeiten unheimlich gewesen waren. Auf den schnellen Ortswechsel zu verzichten, war ein Zugeständnis an die Menschen, denen wir so um einiges menschlicher vorkamen.

Die Dinos waren bereits den ganzen Tag auf freiem Fuß und konnten schon wer weiß was angestellt haben. Dadurch würde ich sie leicht finden können. Besonders gut verstecken konnten sie sich ja sowieso nicht. Unwillkürlich lachte ich in mich hinein.

In Castrop-Rauxel angekommen ging ich zunächst in den Park Emscherland. Von dort aus war die Spur der Dinos mehr als leicht zu verfolgen. Die Schneise der Verwüstung führte mich direkt zu ihnen. Die Dinos bemerkten mich jedoch gar nicht. Nun gut. Für die war ich eben nicht mehr als für Menschen ein Insekt. Ich nahm mir also einen Stein und warf ihn auf den großen Dino vor mir. Er bemerkte mich trotzdem nicht. Verdammt, was sollte ich denn jetzt tun? Wie machte ich sie bloß auf mich aufmerksam? Okay, dann halt drastisch. Ich zog meinen Bogen von den Schultern, stellte ihn aber vorsichtshalber nur auf halbe Stärke. Ich hatte zwar keine Ahnung, wie viel so ein Bronto davon spüren würde, aber ich wollte ihn ja auf keinen Fall verletzen. Ich nahm einen Pfeil und zielte auf eine Seite des Dinohalses. Hoffentlich verfiel der Bronto nicht in Panik.

»Au!«, brüllte der Dino, als der Pfeil seinen Hals traf, und schaute sich um.
»Hier! Hier!«, brüllte ich und wedelte wild mit den Armen.

Der Dino schien mich zu bemerken. Jedenfalls schaute er mich an. Das allerdings nicht gerade freundlich. Oh, oh ... Der wollte mich platt machen! Er hob seinen gigantischen Fuß und nahm mich ins Visier.

Ich sprang schnell zur Seite, um diesem Angriff zu entgehen. Rumms! Das war knapp. Ich blieb zwar unversehrt, doch die Druckwelle riss mich zu Boden. Der Dino hob seinen Fuß erneut. Was jetzt? Das würde ziemlich böse enden, wenn ich es nicht irgendwie schaffte, mir Gehör zu verschaffen.

Ich rappelte mich auf, und dann kam mir eine Idee. Vielleicht eine bescheuerte Idee, aber möglicherweise würde sie doch funktionieren. Ich aktivierte mein Holofon und sprach in das Gerät: »Ich will dir nichts tun, bitte, ich will nur reden.« Dann richtete ich es auf den Dino und aktivierte die Sprachprotokoll-Wiedergabe auf volle Lautstärke. Bitte lass es laut genug sein, dachte ich. Das Holofon gab meine Worte wieder, und ... es war ziemlich laut. Ich hielt mir die Ohren zu. So laut war also die Höchsteinstellung! Bei allen Göttern der Erde, wenn der Dino das nicht gehört hatte, dann war er sowohl offiziell wie auch inoffiziell taub. Aber tatsächlich: Der Dino ließ seinen Fuß vorsichtig sinken und beugte dann seinen Kopf zu mir herab.

»Na endlich! Dass die Natur euch lange Hälse gegeben hat, mag ja in mancherlei Hinsicht gut sein – aber für Unterhaltungen mit uns ist das ziemlich unpraktisch, ne?!«, sagte ich zu ihm.

»Ey, Digga! Warum du haben Pfeil auf mich geschossen, Brudah?!«, entgegnete der Dino.

»Äh ... Wie bitte?«, fragte ich den Riesen mit Augen, die wahrscheinlich größer waren als die von Archie, wenn er eine Bienendame erblickte.

»Du hast mich geschossen, du Opfer! Siehst du schlecht? Wolltest Adler schießen, oder wat?«

»Nein«, antwortete ich entsetzt, »ich will euch nur zu eurem neuen Zuhause in Essen bringen.«

»Wallah, Bro, willst du uns woanders hin abschieben, oder wat?«

»Ähm, ja ... Aber an einen schönen Ort, wo ihr in Frieden leben könnt und sich jemand um euch kümmert.«

Der Dino erhob sich wieder und redete kurz mit seinen Freunden. Boah, ich hoffte, ich würde danach nie wieder mit denen reden müssen. Nach einer kurzen Weile senkte er seinen Kopf und sagte: »Yo, Brudah, klingt gut. Die Bäume hier sind eh zu mickrig für uns. Aber kleine Sache noch. Wir haben bisschen Scheiße gebaut auf unsere Flucht und haben bisschen ... Bedenken. Schaust du noch mal bitte, Bro?«

»Ihr seid genauso schlecht im Lügen wie jede andere Tierart. Ihr habt Angst. Okay. Angst zu haben, ist etwas ganz Natürliches«, versuchte ich ihm klarzumachen, doch der Dino dachte wahrscheinlich mit den Füßen statt mit seinem Riesenhohlschädel. »Bleibt einfach hier und wartet auf mich.«

Der Dino schaute grimmig, sagte dann aber schließlich: »Okay, Brudah, wir warten.«

Meine Güte, ließen die sich einfach überzeugen! Die schienen ihr Hirn wirklich nur zu benutzen, um das mit dem Fressen, Schlafen und Fortpflanzen hinzubekommen. Na ja, wie auch immer. Mir sollte es recht sein. Ich nahm meinen Bogen wieder auf die Schulter und machte mich auf den Weg in Richtung Stadtmitte. Auch hier hatten die Dinos eine ganz schöne Schneise der Verwüstung hinterlassen. Überall umgeknickte Bäume und zertretene Grasflächen. »Richtig tolle Trampeltiere!«, sagte ich.

Am Rande der Innenstadt bemerkte ich schließlich ein ziemlich ramponiertes Gebäude. Ein ziemlich großes, ziemlich ramponiertes Gebäude. Das war es wohl, was die Dinos mit »bisschen Scheiße gebaut« gemeint hatten. Ich sollte lieber mal nachschauen, ob jemand verletzt war und meine Hilfe brauchte. Als ich mich dem Gebäude näherte, sah ich, dass es von einer Mauer umgeben war, die nun leicht eingerissen war. Jetzt erkannte ich auch die vollen Ausmaße des Gebäudes. Wow! Also, wer hier lebt, hat viel zu putzen, dachte ich. Ich stieg durch die Öffnung in der Mauer und betrat einen pompösen Garten oder ... vielmehr einen Park. Große Beete, Statuen, ein Heckenlabyrinth. Gut, es war natürlich alles ziemlich plattgetrampelt, aber vorher musste es wunderschön gewesen sein. Ein großer Brunnen, der zum Glück nicht zerstört war, denn er war wirklich verdammt schön, kennzeichnete die Mitte des Gartens und war von einem Blumenbeet umgeben. Ich ging schnellen Schrittes durch den Garten und zur Eingangstür oder vielmehr dahin, wo einmal die Eingangstür gewesen sein musste. Als ich die Türschwelle übertreten hatte, stand ich in einem großen und reich verzierten Saal. Aber auch hier sah man das Wirken der Dinosaurier: heruntergefallene Kronleuchter, zerstörte Monitore, fast der ganze Boden war mit Trümmern übersät. Boah, die arme Putzfrau, dachte ich und ging vorsichtig in den Nebenraum. Dort – ich schätzte mal, es war ein Arbeitszimmer – saß jemand.

Nein. Nicht irgendjemand. Ich konnte es gar nicht glauben. »Amalia?! Was zum Teufel machst du denn hier?«, rief ich.

Sie saß nur da und schaute ins Leere.

»Amalia, hallo, hörst du mich? Was machst du hier?«, rief ich. Ich war überglücklich, sie nach so langer Zeit endlich wiederzusehen. Meine alte Kampfgefährtin.

Aber sie reagierte gar nicht.

Ich ging zu ihr und schüttelte sie. »Amalia, hörst du mich? Ist da oben jemand?« Ich deutete auf ihren Kopf.

»Hallo«, sagte sie dann kalt. Das passte doch gar nicht zu ihr!

»Amalia, was tust du hier? Was ist das für ein Ort?«

»Das Haus von Nikolaus Unger, dem Bauminister«, antwortete Amalia monoton.

»Und was tust du dann hier?«, wollte ich wissen.

»Ich bin sein Bodyguard.«

Ich schaute Amalia entsetzt an. »Was redest du denn da? Und warum wirkst du so gefühllos? Ich bin es doch ... Reinhardt! Wir waren gemeinsam im Widerstand.«

»Widerstand?«, fragte Amalia reichlich desinteressiert.

Okay, das schlug dem Fass den Boden aus! Ganz egal, was mit ihr passiert war. Sie war nicht mehr sie selbst. Ich musste sie zu Lucy bringen. Die wusste bestimmt, was zu tun war.

»Komm mit, Amalia, wir gehen zu Lucy«, sagte ich.

»Lucy?«

»Das reicht!« Ich schlug Amalia so fest ins Gesicht, dass sie bewusstlos wurde. Sie klappte einfach zusammen wie ein nasser Kartoffelsack. Als Kämpfer wusste ich, wie ich jemanden ausknocken konnte, ohne ihn ernsthaft zu verletzen. Ich warf Amalia über meine Schulter und verschwand so schnell, wie es nur ging.

Kapitel 74 Lucy

Obwohl die Dunkelheit schon hereingebrochen ist, kann Lucy immer noch die drückende Hitze draußen spüren. Der Tag war lang. Aber er wird noch länger werden. Denn noch wichtiger als die Rettung des Parks Emscherland ist es, dass die Einhörner den Bau des Staudamms in Dortmund verhindern. Und dafür haben sie noch heute Nacht eine Aktion geplant. Sie wollen die Baumaschinen lahmlegen, um so den Abriss der Häuser zu verhindern, die auf der Fläche stehen, wo der Stausee entstehen soll. Lucy ist im Begriff aufzubrechen, da klingelt jemand an der Tür des Baumhauses, in dem sie mit Raphael wohnt.

»Mach die Tür auf«, sagt jemand. »Los, mach schnell die Tür schnell auf!«

Von draußen wird fest gegen die Tür geklopft.

Lucy hat jetzt Angst. Soll sie die Tür aufmachen oder soll sie nicht? Vielleicht ist ihnen jemand auf die Schliche gekommen und hat herausgefunden, was die Einhörner heute Nacht vorhaben. Lucy geht der Arsch auf Grundeis. Sie schwitzt und schwitzt. Ihre Augen werden groß. Sie geht in die Küche, schnappt sich ein Messer und geht langsam in Richtung Haustür. Wenn Raphael doch da wäre.

»Lucy! Jetzt mach schon! Ich bin es, Reinhardt!«

Lucy atmet tief durch und öffnet die Tür. Er ist tatsächlich Reinhardt, der ... die scheinbar leblose Amalia trägt!

»Hast du sie umgebracht?«, fragt Lucy erschrocken.

»Nein, natürlich nicht!«, sagt Reinhardt.

»Dann bring sie wieder weg«, gibt Lucy von sich.

»Hä? Was?! Was meinst du damit?«, fragt Reinhardt entsetzt.

»Sie arbeitet für die Arschlöcher vom Bauministerium«, sagt Lucy. »Warum hast du sie mitgebracht? Ich will sie gar nicht sehen. Ach ... du weißt ja gar nicht, dass sie mich aus der Pressekonferenz des Bauministers geworfen haben. Amalia steht nicht mehr auf unserer Seite. Sie ist nicht mehr meine Freundin.«

»Mann, halt doch die Klappe!«, ruft Reinhardt. »Amalia macht das garantiert nicht absichtlich. Irgendwas stimmt nicht mit ihr! Und es ist deine Pflicht, sie zu heilen. Du warst doch ihre beste Freundin und kennst sie besser als wir alle. Und du weißt, dass sie so einen Scheiß nicht freiwillig machen würde!«

Lucy zögert. Reinhardt hat nicht unrecht. Irgendetwas muss mit Amalia passiert sein.

»Warte mal«, sagt Reinhardt entsetzt. »Warum hast du ein Messer in der Hand?«

»Ach ... Ich war dabei zu kochen, als du an die Tür geklopft hast«, sagt Lucy und wirft das Messer auf einen Tisch.

»Lass uns jetzt nicht mehr dumm rumquatschen«, schlägt Reinhardt vor. »Wir müssen uns beeilen. Ich hab Amalia betäubt, aber es ist nur eine Frage der Zeit, bis sie wieder aufwacht. Du musst ihr helfen!«

»Wie soll ich das denn machen?«, fragt Lucy. »Ich weiß doch noch nicht einmal, was überhaupt mit ihr los ist!«

»Dann find es raus!«, gibt Reinhardt zurück. »Sie ist deine Freundin.«

»Reinhardt«, sagt Lucy. »Ich würde das ja tun. Aber ich habe jetzt wirklich keine Zeit. Wir haben eine Aktion geplant. Weil die Dortmunder Regierung den Bau eines Staudamms plant. Übermorgen soll der Bau beginnen. Wir müssen das verhindern ... Sonst sieht es übel aus für das gesamte Emscherland.«

»Na gut«, gibt Reinhardt nach. »Dann nehm ich Amalia erst mal mit zu mir ...«

Lucy sieht ihm an, dass ihm nicht ganz wohl bei der Sache ist.

Dortmund
im Jahr 2127

Kapitel 75 In Dortmund

Die Umwelt leidet in diesen Tagen wie schon lange nicht mehr. Durch den Klimawandel hat sich das Wetter in der Region völlig verändert. Die Wasserressourcen sind in den Trockenzeiten knapp. Die gerade herrschende Dürre wird schon bald von der nächsten Regenzeit abgelöst werden.

Mit dem Klimawandel verändern sich auch die gesellschaftlichen Verhältnisse in Dortmund. Wo vorher Menschen, Emscherfeen und Emscherelfen in Eintracht lebten, bahnen sich schleichend und im Verborgenen hierarchische Strukturen an. Die humane Oberklassengesellschaft in Dortmund und Castrop-Rauxel hält in vereinzelten Fällen mithilfe von Gehirnmanipulation sogar Feen und Elfen als Bodyguards.

Bald soll in Dortmund ein Emscher-Staudamm erbaut werden, um das für alle so wichtige Wasser hier, nahe der Quelle, zu speichern und als Druckmittel gegenüber anderen Städten zu verwenden. Über all das entscheiden korrupte Politiker, denen es um nichts anderes als das eigene Wohl geht ...

Durch die Gier solcher Politiker und das Konkurrenzdenken ist Deutschland in den letzten Jahren in zahlreiche Kleinstaaten zerfallen. Im Dreistromland – der Region um Emscher, Lippe und Ruhr – bildet jede einzelne Stadt einen eigenen Staat.

Während in Dortmund die Pläne für den Staudammbau weitergetrieben werden, kämpft das stromabwärts liegende Castrop-Rauxel ums Überleben. Denn sobald der Staudamm in Dortmund gebaut ist, wird Castrop keine Wasserquelle mehr haben und in Trockenzeiten der brutzelnden Sonne völlig ausgeliefert sein.

Kapitel 76 Lilli

Ölgemälde an Wänden. Gigantische Kronleuchter an scheinbar unendlich hohen Decken. Teppiche aus Tierfell auf dem Boden. Goldene Türklinken und silbernes Besteck. All das und viele weitere Details versetzten Lilli van Bergen in eine andere Welt. In eine andere Welt und in eine andere Zeit. Sie sah auf ihr Holofon. 20:03 Uhr. Was dachte er sich dabei, sie hier alleine warten zu lassen? Hier in diesem eleganten Raum, der ohne ihr Wissen, wie teuer all das hier gewesen sein musste, sicher nicht halb so elegant auf sie gewirkt hätte.

Kein einziges Staubkorn. Alles so makellos antik. Und das, obwohl es sich hier um eines der modernsten Anwesen Dortmunds handelte. Paradox.

Sie streifte im Raum umher, blickte auf die edlen, mit Souvenirs gefüllten Regale und schnaufte. Warum ließ er sie hier in dieser Schatzkammer alleine? Lilli trat an ein Möbelstück heran und beäugte seinen Inhalt. Ketten, Ringe und Ohrringe aus undefinierbaren Materialien. Vielleicht Elfenbein, sie konnten jedoch genauso gut aus etwas ganz anderem bestehen. Lilli ging langsam weiter. Ihre Hand streifte das glatte Mahagoni-Holz des Regals.

20:05 Uhr.

Alessandro würde bestimmt gleich kommen.

Im nächsten Schrank ... obwohl ... es war eher eine Vitrine ... befanden sich diverse Pokale, Medaillen und Urkunden. Auf jeder der Trophäen prangte der Name Goldschmidt. Mal eingraviert, mal aufgedruckt, in unzähligen Variationen. Lilli beugte sich vor, um mehr zu erkennen. Ihre spitze Nase berührte fast die Scheibe. »Urkunde verliehen an Alessandro Goldschmidt«, murmelte sie. »Mitarbeiter des Jahres 2119. Verliehen durch den Firmeninhaber Franz Goldschmidt.« In geschwungener Schreibschrift. Lilli richtete sich wieder auf. »Arschkriecher«, zischte sie. Wie wenig Ehrgefühl musste man haben, um sich so bei seinem eigenen Vater hochzuschleimen? Sie schluckte ihre Wut hinunter und setzte wieder ihr höfliches Lächeln auf. Leise wiederholte sie noch einmal: »Arschkriecher.«

Die anderen Schränke und Regale waren mit weiteren Trophäen und Schmuckstücken gefüllt. Lilli van Bergens Blick fiel auf eine kleine Schale. Sie stand auf einem hüfthohen Schrank und war mit lauter Perlenarmbändern gefüllt. Im warmen Licht der Kronleuchter schimmerten die Ketten verlockend. »Das dürfte dem eh nicht gehören«, murmelte sie, ging ohne weiter zu überlegen zum Schrank und steckte sich eines der Armbänder in die Tasche ihrer aus Schlangenleder gefertigten Jacke. Nur Sekunden später öffnete sich die Tür am Ende des Raums. Lillis Herz schien für einen Moment aufzuhören zu schlagen.

Zwei Männer betraten das Zimmer: Alessandro Goldschmidt und Bruno Lindenberg. Alessandro im maßgeschneiderten Anzug, der sich perfekt an seine schlanken Hüften schmiegte, Bruno in Jackett und Jeans, die seine runde Figur nur noch mehr betonten.

»Lilli, wie schön dich zu sehen. Ich würde dich ja gerne herumführen, aber du hattest ja genug Zeit, dich in Ruhe umzusehen.« Alessandro streckte ihr die Hand hin. »Dein Bodyguard wird übrigens schon im Keller vorbereitet. Wie hieß er noch?«

Sie erwiderte den Handschlag. »Danke. Er heißt Said. Er ist gut trainiert, aber das weißt du ja.« Sie warf Alessandro Goldschmidt ein attraktives Lächeln zu. »Ich freue mich seit Wochen auf diese Begegnung.«

Alessandro nickte. »Dann lasst uns doch schon einmal in den Vorführraum gehen.«

Lilli und Bruno folgten Goldschmidt durch einen Flur und zwei weitere Räume in ein dunkles Zimmer. Ein Beamer projizierte das Bild eines Hallenbads an eine weiße Leinwand. Das Schwimmbecken war nicht gefüllt, aber man konnte an vereinzelten Wasserlachen erkennen, dass jemand vor nicht langer Zeit dort gebadet haben musste. In diesen Zeiten der Dürre ein unglaublicher Luxus.

Goldschmidt formte seine rechte Hand zu einer Pistole und deutete auf Lilli. »Du willst einen Cognac, nicht wahr?«

Ja, wollte sie. Sie nickte.

»Und du Bruno?«, wollte Goldschmidt wissen.

Bruno war gerade dabei, mit seinen fleischigen Fingern eine Zigarre aus einem edlen Etui zu fischen. »Ich nehme einen Whisky.«

Goldschmidt nickte, hielt kurz inne und sagte dann: »Kannst du das Rauchen nicht auf später verschieben? Du weißt doch, das tut meiner Lunge nicht gut.«

»Klar, Alessandro. Hatte ich ganz vergessen«, gab Bruno als Antwort.

Goldschmidt legte seine Hand auf die Schulter des mindestens 20 Zentimeter kleineren Lindenberg. »Danke.« Dann wandte er sich wieder Lilli zu. »Wollt ihr euch nicht setzen?«

Der dunkle Raum war bis auf drei Ledersessel und den Beamer, der auf einem kleinen Glastisch stand, komplett leer. Entschlossen setzte sich Lilli auf die mittlere Sitzgelegenheit. Sie schlug ihre Beine übereinander und formte ihre dünnen, stark geschminkten Lippen zu einem Grinsen. »Ich kann es immer noch nicht fassen, dass du statt eines Elfen dieses Feenweib für dich antreten lässt. Aber ich denke, du hast dir deine Gedanken gemacht.« Emscherelfen und Emscherfeen – sie gehörten derselben Spezies an. Aber Lilli war sicher, dass die männlichen Elfen den weiblichen Feen bei Weitem überlegen waren.

Dann tat sich etwas auf der Leinwand.

Die Tür zur Umkleidekabine öffnete sich, und Said betrat das Hallenbad. Said war ein stattlich gebauter Elf. Er hatte bereits damals, als die Menschen noch nicht einmal ahnten, dass Elfen und Feen im Dreistromland lebten, im Widerstand gekämpft. Lilli hatte keine Ahnung, wie alt er genau war. Aber das spielte für einen Emscherelf auch keine Rolle. Dem muskulösen Körper waren die Jahrhunderte nicht anzusehen. Nur die verschiedenen Kampftechniken, die Said sich antrainiert hatte, ließen darauf schließen, wie lange er schon Kämpfer war.

»Ihr habt keine Chance gegen meinen Bodyguard«, kommentierte Lilli den Auftritt ihres Untergebenen.

Said trug ein einfaches, weißes T-Shirt, eine kurze Hose und Stiefel mit Stahlkappen. Sein leerer Blick war starr nach vorne gerichtet, seine Hände waren zu Fäusten geballt. Ihm gegenüber öffnete sich eine weitere Tür: Marco trat ein. Ebenfalls ein Elf und ebenfalls in T-Shirt, kurzer Hose und Stahlkappenstiefeln. Seit der Gehirnmanipulation war es seine Aufgabe, Bruno Lindenberg zu dienen.

Kapitel 77 Alessandro

Als nächste und letzte betrat Melisa das Hallenbad. Alle drei standen in ihren Ecken. Bis die Stimme von Bruno erklang: »Der Kampf beginnt in drei, zwei, eins ... Kämpft!«

Alle drei gingen langsam aufeinander zu, und jeder achtete genau auf das, was die beiden anderen machten. Plötzlich ging Marco auf Said los, indem er auf ihn zu rannte, seinem Schlag auswich und ihm einen Kinnhaken verpasste. Das ließ Said sich nicht gefallen. Er konterte mit einem perfekten Schlag in Marcos Magengegend. Der sackte zu Boden.

Alessandro ging unauffällig ein paar Schritte nach hinten und flüsterte in sein Holofon: »Versuche, gemeinsam mit Marco Said zu vernichten, Melisa. Wenn Said erledigt ist, vernichtest du Marco!«

Melisa schlich sich von hinten an Said heran und trat ihm mit voller Wucht in die Kniekehlen. Said ging sofort zu Boden. Gleich darauf packte Melisa Saids Kopf und brach ihm ohne zu zögern das Genick, indem sie den Kopf umdrehte. Sie lief zielstrebig auf Marco zu. Mit jedem Schritt wurde sie schneller. Marco wich ihren Schlägen aus, landete selbst aber keinen Treffer. Plötzlich ging Melisa ein paar Schritte zurück, nahm Anlauf und rammte Marco um. Kaum war er zu Boden gegangen, warf sie sich auf ihn und setzte ihn mit drei gekonnten Schlägen auf das Brustbein außer Gefecht. Dann drehte sie auch ihm den Hals um.

Alessandro Goldschmidt lächelte.

Kapitel 78 Bruno

Die Straßen sind ruhig und dunkel. Der Mond erhellt die Umgebung. Bruno Lindenberg will nach Hause. Aber er will laufen, nicht mit dem Flexximobil fahren. Die Verabredung mit Lilli und Alessandro hängt ihm noch nach. Er wird sich einen Ersatz für seinen Bodyguard suchen müssen. Dass Alessandros Killerfee Marco so mühelos erledigt hat, ärgert Bruno noch immer.

Bruno ist jetzt an der Siedlung in Dortmund-Mengede angekommen, die für den Staudammbau abgerissen werden soll. Eigentlich hätte sie schon abgerissen sein sollen, wenn die Einhörner nicht vor wenigen Tagen den Abriss durch Sabotage verhindert hätten. Seitdem steht die Siedlung leer und wartet. Eine Geistersiedlung. Ob Bruno besser einen Bogen darum macht? Nein, so ein Unsinn! Er wird doch keinen Umweg machen, nur um ein paar leerstehenden Häusern auszuweichen.

Als Bruno die Hauptstraße der Siedlung betritt, hört er plötzlich eine unheimliche Stimme: »Heute ist dein Trauerzug.«

Seine Augen werden groß. Er fängt zu schwitzen. Ihm geht der Arsch auf Grundeis. Er will losrennen, aber zu spät. Einhörner greifen ihn an. Ja, Menschen mit Einhornmasken! Sie packen ihn, fesseln ihm Arme und Beine und stecken ihn in einen großen Sack.

Und dann hört er wieder diesen Satz: »Heute ist dein Trauerzug.«

Bruno Lindenberg fängt an laut zu schreien: »Hilfe, Hilfe, Hilfe!!!«

Aber in dieser Einsamkeit hört ihn doch niemand!

Jemand sagt: »Wie sollen wir ihn umbringen? Verbrennen, zerstückeln oder ertränken wir ihn?«

Ein anderer antwortet: »Nein, so machen wir das nicht. Wir geben ihm eine Betäubungsspritze.«

»Was wollt ihr von mir?«, jammert Bruno. »Was habe ich euch getan?« Wenn doch bloß Marco bei ihm wäre. Marco, der dazu abgerichtet war, ihn zu beschützen.

Eine Frauenstimme sagt: »Du wirst das später erfahren.«

»Jetzt sprich nicht auch noch mit dem Mistkerl, Lucy«, zischt eine andere Stimme.

Bruno merkt, dass sie ihn hochheben. Wohin wollen sie ihn transportieren? Dann fühlt er einen Stich. Und er verliert die Besinnung.

Kapitel 79 Tobias

Die letzten Sonnenstrahlen waren schon längst hinter dem Horizont verschwunden. Der Mond schien zwar hell, aber die Schatten der Häuser verdunkelten die Straßen trotzdem. Man hörte die Grillen zirpen, die Dortmund den in den letzten Jahren gestiegenen Temperaturen zu verdanken hatte.

Es war also alles so wie immer. Die Häuser standen da wie eh und je. Aber etwas war trotzdem anders als sonst. Die zwei Gestalten, die zwischen den Häusern umhergeisterten, fielen auf wie zwei Tannen in einem Buchenwald. Denn hier war sonst niemand. Normalerweise wimmelte es hier in einer solchen Nacht noch von Menschen, die nach einem entsetzlich heißen Tag die milde Nacht genossen. Jetzt aber waren hier keine spielenden Kinder mehr, die fröhlich durch die Gegend liefen, keine Jogger, die versuchten, immer weiter zu laufen, obwohl sie eigentlich schon längst aus der Puste und rot angelaufen waren, und auch keiner von den Menschen, die lustlos mit ihren Hunden durch die Gegend liefen, war zu sehen.

Nein. Die Siedlung in Dortmund-Mengede lag da wie eine Geisterstadt. Wenn man durch die Fenster blickte, sah man nur Leere. Und trotzdem spürte man die Lebensfreude, die einmal hinter den Flexxiglas-Fassaden geherrscht hatte. Es war erst eine Woche her, dass Hunderte von Umzugs-Flexximobilen in diese Gegend gekommen waren, die Möbelpacker ein Möbelstück nach dem anderen aus den Häusern geholt und sie in die neuen Wohnungen der Leute gebracht hatten.

Dieser Tag war der schlimmste Tag im Leben von Tobias Fischer gewesen. Niemals würde er ihn vergessen. Er wusste, dass dies das letzte Mal sein würde, dass er hier spazieren ging. Er schaute in das Gesicht seiner Tochter Sarah und wusste, dass sie genau dasselbe dachte. In den Fensterscheiben spiegelten sich ihre Gesichter. Sie blieben einen Moment stehen und betrachteten sich im Glas. Da standen sie Arm in Arm nebeneinander, wie es Vater und Tochter eben manchmal taten. Für einen kurzen Moment spiegelte sich noch etwas anderes in der Scheibe. Eine weiße Gestalt, die blitzschnell vorbeilief.

»War das ein Einhorn?«, fragte Sarah.

Tobias nickte. »Ich glaube schon. Nur dank dieser Umweltschutzorganisation stehen die Häuser ja überhaupt noch. Aber das ändert nichts daran, dass die Siedlung nun doch abgerissen wird. Die Einhörner konnten das nur hinauszögern, nicht verhindern.«

Damit war das Thema für Tobias beendet. Er versank wieder in Gedanken. Er konnte das nicht einfach alles hinter sich lassen. Das hier war seine Heimat. Mehr als sein halbes Leben hatte er in der Siedlung verbracht. Seine Kinder waren hier aufgewachsen und hier hatte er auch seine Arbeit gehabt, die er über alles liebte. Aber bald würde das alles weg sein, in ein paar Tagen würden die Bagger kommen und alles platt machen. Die ganzen schönen Erlebnisse würden nur noch Erinnerungen sein und irgendwann hätte jeder diesen Ort vergessen.

Alles musste Tobias aufgeben. Das neue Haus, in dem er jetzt mit seiner Frau und seinen beiden Kindern lebte, war zwar auch schön, aber das hier konnte ihm niemand ersetzen.

Sie liefen schweigend weiter, bis sie Wasser rauschen hörten. Tobias atmete einmal tief durch. Vor ihnen stand eine Bank. Das war sein Lieblingsplatz gewesen. Von hier hatte man einen tollen Blick auf die Emscher. Hierhin war er immer gegangen um nachzudenken. Sarah und Tobias setzten sich. Sie blickten auf den Fluss. Wegen der Trockenheit führte die Emscher im Moment nur wenig Wasser.

»Schon komisch«, sagte Sarah, den Blick auf den Fluss gerichtet. »Dieser Fluss ist so ruhig und friedlich, und trotzdem ist er an allem schuld. Warum muss der Staudamm gerade hier gebaut werden? Die Emscher fließt durch so viele Dortmunder Stadtteile. Aber wir müssen darunter leiden, weil die Regierung diesen bescheuerten Stausee ausgerechnet an dieser Stelle haben möchte.«

Ein Käuzchen zog über den beiden seine Kreise.

»Daran können wir nichts ändern«, erwiderte Tobias, wobei deutlich Schmerz in seiner Stimme zu hören war.

»Das weiß ich ja selbst, aber ich habe alle meine Freunde verloren. Ich musste die Schule wechseln, und in meiner neuen Klasse mag mich niemand.« Sarah schluchzte. »Ich bin ganz alleine.« In diesem Moment fühlte das Käuzchen offenbar ein dringendes Bedürfnis und, platsch, landete sein Geschäft auf

Sarahs Schulter. »Aber hier will uns ja scheinbar auch keiner mehr haben«, rief Sarah aus und lief weinend flussabwärts.

Tobias blieb alleine auf der Bank zurück und blickte seiner Tochter nach. Sie hatte schon recht. Warum musste ausgerechnet hier dieser Stausee gebaut werden? Seine Familie war dadurch in keiner guten Verfassung. Während des Umzugs hatte es viel Streit gegeben, irgendwie war jeder sauer auf jeden und überfordert von der Situation. Dass es irgendwann wieder besser werden würde, konnte Tobias sich kaum vorstellen.

Auf einmal hörte er einen Schrei. Oder eher ein Kreischen. War seiner Tochter etwas zugestoßen? Tobias sprang auf. Er rannte, so schnell ihn die Beine trugen, am Ufer entlang. Hektisch schaute er sich um. Sarah war nirgends zu sehen.

»Sarah?«, rief er.

»Ich bin hier unten.« Ihre Stimme zitterte. »Komm!«

Erleichtert schaute er die Böschung hinab. Sarah ging es gut. Ihr war nichts passiert!

Doch die Erleichterung hielt nicht lange an, denn Sarah war nicht alleine. Neben ihr lag jemand. Eilig lief Tobias die Böschung hinab. Es war eine junge Frau. Ihr haselnussbraunes Haar war zerzaust. Ihre Augen waren weit aufgerissen und ihr Hals und die Handgelenke mit dunklen Malen übersät.

»Ist ... ist sie tot?«, stammelte Sarah.

Tobias versuchte zu verstehen, was hier vorging. Wieso lag hier eine Leiche? Wer brachte so eine schöne junge Frau um?

Sarahs Stimme riss ihn aus seinen Gedanken: »Du musst die Polizei rufen!«

Benommen folgte er den Befehlen seiner Tochter.

Es dauerte keine fünf Minuten, bis die Polizei kam. Die Polizisten sicherten alles ab und begannen, Sarah und Tobias zu befragen.

»Name?«, fragte der eine Polizist in einem Tonfall, als ob eine Leiche das Normalste auf der Welt wäre.

Tobias, der mit seinen Gedanken noch ganz woanders war, antwortete: »Woher soll ich denn bitte den Namen wissen? Ich kannte die Frau doch gar nicht.«

Der Polizist verdrehte die Augen. »Guter Mann, natürlich meine ich nicht den Namen der Verstorbenen, sondern Ihren.«

»Tobias Fischer.«

»Wann haben Sie die Leiche gefunden, Herr Fischer?«, wollte der Polizist wissen.

»Gerade eben«, stammelte Tobias. »Wir haben sofort die Polizei gerufen.«

»Haben Sie sie hier gefunden?«

»Natürlich hier«, antwortete Tobias. »Denken Sie, ich habe die Leiche erst kilometerweit herumgetragen oder was?«

»Ich frage ja nur«, sagte der Polizist. »Soweit ich weiß, kommen hier ja eigentlich nicht mehr so viele Menschen hin ...«

Die Polizisten fragten noch einige andere für Tobias höchst unsinnige Dinge, bis schließlich die Frage fiel: »Ist Ihnen irgendetwas Ungewöhnliches aufgefallen? Oder haben Sie jemanden gesehen?«

Genau darüber hatte Tobias die ganze Zeit nachgedacht. Da war dieses Einhorn gewesen. Er hatte gedacht, die Einhörner wären gut, schließlich waren sie der gleichen Meinung wie er und wollten den Bau des Staudamms verhindern. Aber er war ein ehrlicher Mensch und musste die Wahrheit sagen. Jedenfalls jetzt, wo die Polizisten ihn so direkt fragten. Oder sollte er vielleicht doch ...?

»Da war ein Einhorn«, sagte Sarah in diesem Moment. »Wir haben es kurze Zeit vorher durch die Straßen rennen sehen.«

»Natürlich«, erwiderte der Polizist. »Die Einhörner. Wer auch sonst? Danke für den Hinweis. Dieser Spur werden wir nachgehen!«

Endlich durften Vater und Tochter gehen. Die Leiche war jetzt nicht mehr ihr Problem. Das fand Tobias Fischer sehr gut, denn er hasste unangenehme Angelegenheiten. Wer der Mörder war, würde er schon irgendwann erfahren.

Aber eigentlich ist es mir auch egal, wer sie getötet hat, dachte Tobias, während er Seite an Seite mit seiner Tochter die Siedlung verließ. Ihre Heimat. Nie würden sie hierher zurückkehren können.

Kapitel 80 Jamie

Mit 'ner Tasse Kaffee lauf ich durch den Streb der stillgelegten Zeche Erin in Castrop-Rauxel, die uns als Unterschlupf dient. Auf der Suche nach einer lebendigen Seele. Hier ist keiner. Aber plötzlich wird die Grabesstille von chaotischem Klopfen unterbrochen. Ich stelle die Tasse auf den Tisch und weiß, dass sie einen runden Abdruck hinterlassen wird. Es ist aber keine Zeit dafür, einen anderen Platz zu suchen. Außerdem erlischt gerade jetzt die Fackel, und es ist höllisch dunkel. Mein Holofon, mit dem ich leuchten könnte, habe ich natürlich nicht dabei. Also gehe ich tastend zur Luke Nummer drei. Ich schaffe es mit nur dreimal Stolpern. Voll der neue Rekord. Ich öffne die Tür, und das Licht von mehreren Holofonen blendet mich. Sofort stürzen die anderen durch die Luke herein. Sie tragen die Einhornkostüme, die wir immer tragen, wenn wir eine Aktion durchziehen, die die Welt verbessern soll. Alle inklusive André, der auf unserer blauen Schubkarre einen Sack transportiert. Die Form ähnelt ziemlich auffällig einem menschlichen Körper.

Scheiße, heute wollten wir den Bauleiter entführen!, fällt mir ein, ich versuche aber cool zu wirken. Schließlich sollen die anderen nicht merken, dass ich verpennt habe. Ich laufe hinter ihnen her in einen der Nebenräume. André hebt mithilfe von Marc den Sack von der Schubkarre. Sie zerren einen reglosen

Körper heraus und binden ihn an einen Stuhl. Tatsächlich, es ist Bruno Lindenberg, der Bauleiter des Staudamm-Projekts.

Jetzt, wo er angebunden ist, werden die Fragen anfangen, warum ich nicht mitgekommen bin. Aber das einzige, was mein Gehirn sich gerade ausdenken kann, ist eher 'ne rhetorische Frage: »Na, und war der schwer?«

Plötzlich gucken mich alle irritiert an.

»Das war er, aber das kannst du, Jamie, ja nicht wissen, denn du warst nicht dabei«, sagt Alicia.

»Oh, jetzt wollen wir mal nicht mit dem Finger zeigen, wer dabei war und wer nicht«, sage ich. »Ist doch alles gut gegangen. Aber was wollen wir jetzt mit ihm machen?«

»Ich hätte da die eine oder andere Idee«, sagt Sophie kühl. »Und zwar: Was, wenn wir ihn an einen Stuhl fesseln und ihm langsam die Fingernägel und danach die Haut von jedem Finger abziehen würden. Oder wenn wir ihn mit BBQ-Sauce einschmieren und dann wilde Hunde in seinen Käfig lassen? Wir könnten ihn auch in der Erde eingraben, sodass nur sein Mund frei ist, damit er alles erzählen kann, was wir über den Staudammbau wissen wollen. Ich würde eine Liste schreiben und wir könnten gleich abstimmen.« Neuerdings hat Sophie ziemlich düstere Gedanken. Ich mach mir ehrlich gesagt ein bisschen Sorgen um sie. Sie neigte ja schon immer zu radikalen Ideen, aber seitdem diese Irelia vor ihren Augen gestorben ist, dreht Sophie meiner Meinung nach ziemlich ab ...

André erwidert: »Wir wollen ihn nicht töten oder quälen. Wir wollen ihn nur als Druckmittel benutzen, vergiss das nicht.«

»Ja, klar«, wirft Marc ein. »Aber siehst du nicht, dass in Castrop wegen des Klimawandels das Wasser sowieso schon knapp ist? Und jetzt, wo dieser Typ und seine Leute den Staudamm bauen wollen, wird das nur noch schlimmer. Sie nehmen gar keine Rücksicht auf die Menschen in Castrop und weiter flussabwärts. Und – verbessere mich, wenn ich mich irre – kommen nicht zum Beispiel auch deine und Jamies Eltern aus Castrop? Was meinst du, wie die überleben sollen? Diese gewissenlosen Bautypen nehmen gar keine Rücksicht auf Menschen, die ärmer sind. Es ist ihnen egal, dass die sich nicht waschen können werden und dass sie Trinkwasser auch vergessen können, denn die Preise dafür bestimmen dann irgendwelche staatlichen Firmen, die gnädigerweise für viel Geld Wasser zur Verfügung stellen werden. Und die feine Frau van Bergen lässt das alles geschehen, obwohl sie als Dortmunder Umweltministerin solche Vorhaben wirklich verhindern müsste! Und was ist mit der sauberen Dortmunder Königin? Sag mal, André, willst du in so einer Welt leben? In einer Welt, in der Menschen in vielen Städten sich das Geld vom Mund absparen müssen, um sich Wasser zu leisten?«

»Klar, dass ich das nicht will«, sagt André. »Aber durch das Quälen eines Menschen erreichen wir sicherlich nicht, dass die Welt besser wird. Was meinst du, Jamie?«

»Ich ... ich will auch nicht in so einer Welt leben«, sage ich. »Aber André hat recht. Einen Menschen lebendig zu begraben oder ihn zu foltern, bringt uns nichts. Ich finde, wir sollten einfach etwas von ihm nehmen und an seinen Chef schicken. Mit der Warnung, dass er seinen Bauleiter nicht mehr wiedersieht, wenn er den Staudammbau nicht stoppt.«

»Ich habe gesehen, dass er einen fetten goldenen Ring am Zeigefinger hat«, meint Marc.

Sophie geht auf Lindenberg zu.

»Sophie, was tust du da?«, fragt Alicia.

»Ich nehm' mir den verdammten Ring von seiner fetten Hand. Keine Sorge. So schnell kann ich seine Haut nicht abziehen.« Sie geht zum Stuhl und zieht Bruno Lindenberg, der immer noch bewusstlos ist, den Ring ab. »Hat jemand einen Briefumschlag? Ich schicke den Ring dem verdammten Goldschmidt, dem wir ja auch zu verdanken haben, dass es früher oder später den Park Emscherland nicht mehr geben wird.«

Kapitel 81 Derek

Was für ein Morgen. Lindenberg war nicht zum Meeting erschienen und ging auch nicht an sein Holofon. Und wessen Problem war das? Meins natürlich. Wenn etwas anders lief als geplant, musste ich es der Öffentlichkeit so verkaufen, dass sie glaubte, es hatte genau so ablaufen sollen. Als Pressesprecher einer gefragten Baufirma hatte ich immer irgendwelche Zettel auf dem Schreibtisch liegen. Unerledigte Aufgaben. Ich hoffte sehr, dass Bruno Lindenberg bald auftauchen und ich nicht gezwungen sein würde, der Dortmunder Öffentlichkeit zu erklären, warum unser Bauleiter sich ausgerechnet jetzt, wo mit dem Bau des Staudamms begonnen werden sollte, aus dem Staub gemacht hatte.

Ich betrachtete gerade frustriert den Kaffeering, der schon längere Zeit eines der vor mir liegenden Formulare zierte, als einer der nervigsten Menschen, die ich kannte, in mein Büro trat. Sie klopfte nicht. Ich betone: Sie klopfte nicht. Ich positionierte meine Kaffeetasse genau auf dem braunen Ring, für den diese schließlich verantwortlich war, und sah hoch.

»Tessa«, sagte ich mit gespielter Freundlichkeit.

Tessa strahlte mich an. Sie kaufte es mir ab. Natürlich. Das tat sie immer.

»Ich habe dich doch nicht gestört, oder?« Sie setzte ein zuckersüßes Lächeln auf.

Ich schüttelte den Kopf in der widersinnigen Hoffnung, sie würde mein Büro einfach wieder verlassen.

»Gut«, quietschte sie.

»Was willst du hier?«, fragte ich etwas zu schroff.

Tessa fühlte sich nun sichtlich unwohl. »Goldschmidt will dich umgehend in seinem Büro sehen«, gab sie als Antwort.

Ich verdrehte die Augen. »Worum geht es?«

»Er hat es nicht weiter erläutert.« Sie strich sich die roten Haare aus dem Gesicht.

Ich schnaufte und richtete mich auf. Gefolgt von Tessa verließ ich mein Büro.

»Herein.« Die raue Stimme meines Chefs drang durch die Tür.

Ich drückte die Klinke herunter.

»Setzen Sie sich, Malakoff«, stieß Goldschmidt unfreundlich aus.

Nun saß ich ihm gegenüber und sah in sein jungenhaftes Gesicht mit dem albernen Drei-Tage-Bart. Alessandro Goldschmidt rollte mit dem Stuhl ein Stück von seinem fast leeren Schreibtisch zurück und schlug die langen Beine übereinander. »Ich habe einen Auftrag für Sie. Er ist von äußerster Wichtigkeit.« Die gefalteten Hände im Schoß musterte er mich und begann dann mit einem Schnaufen den nächsten Satz. »Man fand heute Nacht eine Leiche. Die Leiche einer Fee. Sie wurde gewaltsam umgebracht. Doch das ist noch nicht das Tragischste an diesem Unfall.« Goldschmidt legte eine kleine Pause ein. »Sie wurde auf unserem Baugelände in Dortmund-Mengede gefunden. Sie müssen das richten, Malakoff. Sonst bin ich meinen guten Ruf los.«

Ich stutzte. Eine Fee? Wie war das möglich? Feen und Elfen waren nicht so einfach umzubringen. Immerhin hatten sie ein unglaubliches Reaktionsvermögen und ...

»Hundertwasser«, unterbrach Goldschmidt meine Gedanken. »Felicitas Hundertwasser ist der Name der Toten. Sie kennen sie sicher. Sie ist Reporterin.«

Es dauerte unendlich lange, bis seine Wörter mein Gehirn erreichten. »Das ist doch ein Scherz, oder?«, schaffte ich es gerade noch herauszupressen, bevor mein Mund zu einer Wüste wurde.

Goldschmidt schüttelte den Kopf. Es war kein Scherz. Sie war tot. Gewaltsam umgebracht. Feli würde nicht mehr auf diese Welt zurückkehren. Sie war weg. Diese Erkenntnis traf mich wie ein Schlag in die Magengrube. Mir wurde schlecht. Ich wollte es nicht wahrhaben. Pochende Schmerzen machten sich hinter meinen Schläfen breit. Ich saß wie erstarrt im Büro meines Chefs, während mich ungewollt eine Woge von Erinnerungen überflutete. Ich konnte nichts dagegen tun. Es geschah einfach.

Eng ineinander verschlungen lagen wir auf meinem Sofa. Feli strich mir über den Bauch, und ich spielte mit ihren Haaren. Es war Frühling. Der Wind ließ Äste gegen mein großes Wohnzimmerfenster schlagen. Sie sah zu mir hoch. Ihre Sommersprossen waren perfekt zu dieser Jahreszeit.

»Derek?«, fragte sie leise.

»Mhm«, gab ich noch leiser zurück.

»Du weißt doch über den geplanten Staudamm Bescheid.«

»Natürlich. Ich weiß doch, was in unserer Firma abgeht«, gab ich in selbstverständlichem Ton zurück.
Ich konnte sehen, wie ein kurzes Grinsen über ihr Gesicht huschte.
»Könntest du mir vielleicht ein paar Informationen über das Projekt beschaffen?«
Ich löste mich von ihr. Hier war doch etwas faul.
»Mit dem Bau stimmt etwas nicht«, sagte sie.
Plötzlich durchzuckte mich ein Schmerz von ungeheurem Ausmaß. Ich erhob mich vom Sofa. Ich konnte gerade einfach nicht in ihrer unmittelbaren Nähe sein. »Ich kann das nicht glauben«, murmelte ich.
Sie sprang nun auch vom Sofa auf. »Ich weiß, Derek. Das ist einfach unglaublich.« Strahlend legte sie mir die Hände auf die Oberarme. »Deshalb brauch ich dich, um ...« Sie verstummte sofort, als ich sie von mir weg schubste.
»Derek. Was soll das?«, stieß sie geschockt aus.
Auch ich war geschockt. Ich hatte sie nicht schubsen wollen. Es war einfach über mich gekommen.
»Weißt du eigentlich, dass ich nächtelang wach lag und mir Gedanken gemacht habe?«, stieß ich hervor.
»Nein. Worüber?«, fragte sie einfühlsam.
»Darüber, warum du, eine wunderschöne, faszinierende, atemberaubende Emscherfee, dich mit einem Durchschnittsmenschen wie mir zufrieden gibst. Danke, Feli. Jetzt weiß ich es.« Ich war wohl etwas lauter geworden, denn sie wich ängstlich vor mir zurück. »Du scherst dich einen Dreck um mich! Ich bin für dich bloß eine Informationen ausspuckende Hülle. Ist es nicht so?«, fauchte ich.
Ihre Augen füllten sich mit Tränen. »Derek, ich ...«, setzte sie an.
Ich war enttäuscht. Ich fühlte mich so benutzt.
»Verlass meine Wohnung«, zischte ich. Ich hatte Schwierigkeiten, die Flut von Tränen zu unterdrücken, die ich in mir aufsteigen spürte.
Feli bewegte sich nicht. Ungläubig stand sie da und beobachtete mich. Als würde sie auf den Wasserfall warten, der gleich aus mir herausströmen würde. Als würde sie stolz ihr Werk betrachten wollen. »ICH HABE GESAGT, DU SOLLST MEINE WOHNUNG VERLASSEN, FELICITAS!«, schrie ich.
Weinend stürmte sie aus meiner Wohnung und knallte die Tür hinter sich zu.

»Malakoff!«, rief mein Chef genervt.
Ich blinzelte. Die Realität holte mich wieder ein. Die Welt um mich herum war verschwommen. Wie lange hatte ich einfach nur still dagesessen und an Felis und meinen Streit von vorgestern gedacht?

Goldschmidt stand an seiner offenen Bürotür. »Ich werde mich nicht noch einmal wiederholen. Gehen Sie an Ihre Arbeit.«
Ich lief hinaus.

Mit tränenüberströmtem Gesicht stand ich wenig später im Toilettenraum des fünften Stocks. Die Hände auf den Rand des Waschbeckens gestützt sah ich in den Spiegel, der darüber hing. Ich versuchte um jeden Preis, die nächste Erinnerung zu verdrängen. Ich wollte jetzt nicht an Feli denken. Ich wollte nicht …

Gerade ließ ich mich auf meinem Drehstuhl nieder, da klopfte es.
»Ja?«, rief ich, gespannt darauf, welcher Vollidiot die Nerven hatte, jetzt an meiner Tür zu klopfen.
Die Tür öffnete sich einen Spalt und ein zuversichtliches Gesicht erschien.
»Was willst du hier?«, fragte ich schroff.
Felicitas trat ein und schloss die Tür hinter sich. »Ich … Derek, ich wollte mich entschuldigen. Du hast das gestern total falsch aufgefasst. Ich will dich nicht verlieren.«
Ich schwieg. So sehr ich es auch wollte, ich konnte ihr einfach nicht glauben. Sie tat das doch nur, um sich ihre Informationsquelle zu sichern. Oder bedeutete ich ihr etwa wirklich etwas?
Sie trat ein Stück näher an mich heran. »Sag doch etwas.«
Ich schüttelte den Kopf. Ich konnte ihr das Ganze einfach nicht glauben. Ich wollte. Doch ich konnte nicht. Ich erhob mich von meinem Schreibtisch, wandte ihr den Rücken zu und starrte aus dem Fenster.
»Rede mit mir!«, rief sie.
Ich ignorierte sie und sah weiter aus dem Fenster.
»Derek Malakoff, sprich mit mir!«, stieß Felicitas wütend aus.
Ich drehte mich um, sah ihr emotionslos in die Augen.
»Ich bin gekommen, um mich zu entschuldigen, und du ignorierst mich einfach?«
Warum verstand sie nicht, dass ich sie jetzt nicht sehen wollte? Warum verstand sie nicht, wie verletzt ich war? Begriff sie nicht, dass mit einer Entschuldigung von ihr nicht einfach alles vom Tisch war?
»Es war blöd von mir, dich wegen des Staudamms zu fragen«, sagte Feli. »Aber das ändert nichts daran, dass ich deine Hilfe brauche, wenn ich …«
»Verlass mein Büro«, sagte ich ruhig. Fast gleichgültig.
»EINEN SCHEIß WERDE ICH TUN!«
Ich zuckte zusammen. Ich hatte nicht damit gerechnet, dass sie mich anschreien würde.
»Derek!« Sie wurde wieder etwas leiser. »Ich werde dich jetzt nicht einfach in Ruhe lassen!«

Ich beachtete sie nicht. Stur starrte ich an ihr vorbei auf die weiße Wand. Aus dem Augenwinkel sah ich, wie sie einen großen Schritt nach vorne machte und nach meiner Kaffeetasse langte.

»Feli«, flüsterte ich.

Plötzlich holte sie aus. Die Tasse zerschellte wenige Zentimeter neben meinem Kopf an einem deckenhohen Regal. Der Aufprall veranlasste ein paar Ordner dazu, laut krachend ihren Platz im Regal zu verlassen.

»Was soll das?«, rief ich vorwurfsvoll. Jetzt war ich wieder nur auf sie fokussiert. Es schien, als würde sie es kein bisschen bereuen, dass sie mir fast eine Tasse an den Kopf geschmettert hätte.

»Ich liebe dich, Derek.«

Ich erstarrte. Sie sagte es zum ersten Mal. Ich hatte ungelogen wochenlang auf diese Worte gewartet. »ICH LIEBE DICH AUCH, VERDAMMT! WAS MEINST DU, WARUM MICH DAS ALLES SO FERTIG MACHT?«, schrie ich ihr entgegen. Es waren schöne Worte, ja. Aber nicht in dieser Situation. Sie hatte gerade eine Tasse nach mir geworfen.

Ein Grinsen huschte über Felis makelloses Gesicht. »Wenn du mich liebst«, sagte sie, »dann musst du verstehen, dass ich den Staudamm ...«

Das brachte das Fass zum Überlaufen. Ich spürte, wie ich die Kontrolle über meinen Körper verlor. Ich griff unter den Tisch und warf ihn um. Das Glas der Lampe zersplitterte bei dem Aufprall. Papiere verteilten sich auf dem Boden.

Erschrocken sprang Felicitas zurück. »Ich verstehe schon«, sagte sie voller Zorn. Auf dem Weg zur Tür hielt sie es für nötig, sämtliche Sachen aus den Regalen zu fegen. Der Boden war nun übersät mit Aktenordnern und losen Papieren.

Feli knallte die Tür hinter sich zu. Und ich blieb wie ein Vollidiot erstarrt stehen.

Kurz darauf öffnete sich die Tür erneut.

»War dir das noch nicht genug?«, rief ich ohne aufzublicken.

»Hast wohl nicht wirklich Glück bei Frauen, hm?«, fragte Tessa einfühlsam.

»Tessa«, blaffte ich sie an.

Schüchtern spielte sie mit ihren Haaren. »Wenn du jemanden zum Reden brauchst ... Ich weiß, wie es ist, wenn alles in die Brüche geht. Bei dem Dinoausbruch neulich wurde mein Freund Klett ...«

Ich hatte jetzt keinen Nerv für Tessas Gequatsche. Ich warf ihr einen herausfordernden Blick zu, der sie dazu veranlasste, mitten im Satz abzubrechen und mein Büro wieder zu verlassen. Ich ließ mich auf meinen Stuhl fallen.

Kaltes Wasser floss aus dem aufgedrehten Hahn. Ich klatschte es mir ins Gesicht. Ich hätte Felis Entschuldigung einfach annehmen sollen.

Kapitel 82 Derek

Ich griff in den Blumentopf, in dem sich der Zweitschlüssel für Felis Wohnung befand. Sie war eigentlich ein sehr gewissenhafter Mensch, aber wenn sie in Gedanken war, hatte sie schon einmal das eine oder andere vergessen. Deshalb, so hatte sie mir erklärt, war es sicherer, einen Ersatzschlüssel im Blumentopf zu haben.

Ich steckte den Schlüssel ins Schloss. Feli war echt altmodisch. Ihr Holofon als Schlüssel zu benutzen, wäre doch viel einfacher gewesen. Ich öffnete die Tür. Sofort wurde ich von einer weiteren Woge der Erinnerungen überflutet.

In der Fußgängerzone waren kaum Menschen unterwegs, was aber auch nicht verwunderlich war. Schließlich war es ein Mittwochmorgen, und jeder ging seinem Beruf nach. Ich blickte auf mein Holofon und stellte fest, dass ich noch dreizehn Minuten hatte, um zu dem Café zu kommen. Es lag direkt in der City, in einem der modernsten Gebäude der Stadt, und war alles andere als billig, vor allem für eine einfache Journalistin.

Mit dem Lift fuhr ich in die oberste Etage und befand mich schon kurze Zeit später unter einer riesigen Flexiglaskuppel. Ich blickte mich um und entdeckte, da das Café fast menschenleer war, schnell eine junge Frau mit haselnussbraunem Haar. Sie hatte mir den Rücken zugewandt, drehte sich nun aber um.

Schnell versuchte ich, den aufkommenden Schmerz zu unterdrücken. Ich atmete tief durch, öffnete die Augen und betrat Felis Wohnung. Noch einmal wollte ich zumindest das Gefühl haben, ihr nah zu sein. Ich wollte Abschied nehmen. Und begreifen, dass sie weg war. Dass ich sie verloren hatte.

Ich stand in dem kleinen Flur und blickte auf dieses riesige Bild an der Wand. Eine Leinwand, komplett neongelb. Nur in der Mitte waren viele kleine schwarze Sprenkel. Das Bild an sich war noch nicht mal so schlimm, aber der Farbton biss sich mit der blassgelben Wand. Feli hatte dieser Kontrast nie gestört, während ich sie mehr als einmal zu überreden versucht hatte, den Flur neu zu streichen.

Normalerweise hätte ich bei so einem Gedanken schmunzeln müssen. Jetzt aber konnte ich nur mit Mühe die Tränen unterdrücken. Schnell ging ich weiter ins Wohnzimmer. Dort stand die knallpinke Couch. Ja, Feli hatte Kontraste und knallige Farben geliebt. Ich ging auf die Couch zu und ließ mich darauf fallen. Sie sah nicht sehr bequem aus, aber das täuschte. Keine Couch war gemütlicher als diese.

Warum nur war Feli getötet worden? Sie hatte doch niemandem etwas getan. Sie hatte doch immer nur recherchiert. Der Journalismus war ihre ganze Leidenschaft gewesen. Immer, wenn sie an etwas Großem dran gewesen war, hatte sie sich total in die Sache vertieft. Deshalb hatten wir uns ja auch gestritten. Ihre Andeutungen, dass bei uns in der Firma etwas nicht stimmte ... Was, wenn sie tatsächlich recht gehabt hatte? Was, wenn sie über den geplanten Staudammbau etwas herausgefunden hatte, das niemand wissen sollte? Für Alessandro Goldschmidt würde ich meine Hand nicht ins Feuer legen ...

Schnell stand ich auf und lief geradewegs auf Felis heiligen Raum zu: ihr Büro. Eilig öffnete ich die Tür und trat ein. Ich war noch nie hier gewesen. Ich schaute mich um. Der Raum war klein, und es herrschte das reine Chaos. Ich hatte schon damit gerechnet, aber nicht in so einem krassen Ausmaß. Auf dem Schreibtisch standen Souvenirs aus all den Ländern, in denen Felicitas schon gewesen war. In den 2080ern hatte sie erst ihren besten Freund Drake, dann einen anderen sehr guten Freund und Kollegen verloren. Das hatte Feli so aus der Bahn geworfen, dass sie lange auf der ganzen Welt unterwegs gewesen war, ehe sie es wieder in Castrop-Rauxel aushielt.[27] Außerdem türmten sich Stapel von Papieren auf dem Schreibtisch. Auch die Wände waren größtenteils mit Zetteln bedeckt. Mein Blick blieb an einem Regalbrett hängen, auf dem lauter Sachen aus dem Irak standen, wo sie einige Zeit gelebt und zum Thema Wasser einige Reportagen geschrieben hatte. Sie hatte mir davon erzählt ...

Die Frau mit den haselnussbraunen Haaren war tatsächlich Felicitas Hundertwasser gewesen. Wir hatten uns beide einen Kaffee bestellt, und sie hatte mir Fragen zu unserem Bauvorhaben, dem Staudamm in Mengede, gestellt.

Irgendwann waren wir dann, ich wusste gar nicht mehr wie, abgeschweift. Ich hatte erfahren, dass sie eine Emscherfee war. Irgendwann fragte ich sie, wie sie sich als Journalistin ein so teures Café leisten konnte, und sie antwortete, dass sie mit einem Projekt im Irak sehr erfolgreich gewesen sei.

»Wie lange waren Sie dort?«, fragte ich.

»Drei Jahre«, gab Felicitas Hundertwasser zur Antwort. Bis vor eineinhalb Jahren hatte sie dort gelebt, um über die Wassersituation im Irak zu recherchieren und zu schreiben. Ich stellte schnell fest, dass sie im Gespräch über ihre Arbeit richtig aufblühte, und so kam es, dass ich knapp eine Stunde später bestens über die aktuelle Situation im Irak aufgeklärt war: Der Irak gehört zum sagenumwobenen Mesopotamien, auch »Zweistromland« genannt, da die beiden großen Flüsse Euphrat und Tigris dort fließen. Trotzdem ist das Wasser im Irak sehr knapp. Um das fruchtbare und sehr begehrte Land an Euphrat und Tigris wurden deshalb immer wieder Kriege geführt. Mit dem Wasser umgehen können die Leute dort

---

27 Drake verschwand bei einem der Hochwässer, seine Leiche wurde nie gefunden. Felis Freund und Kollege Chris wurde während der Recherche zu einer Story von einem Wasserzombie getötet. Nachzulesen in: »Uferlos. Ein Emscher-Endzeitroman« (Klartext Verlag 2017).

aber nicht so richtig, meinte Felicitas. »In Erbil zum Beispiel verbrauchen die Menschen circa zwanzigmal so viel Wasser wie in Stockholm«, sagte sie. Warum die Menschen dort nicht mit Wasser umgehen können, erklärte Felicitas mir auch. Weil man den Kurden, die dort lebten, verboten hatte, zu arbeiten, verloren sie all ihr Wissen ... Ich konnte Felicitas ihre Bestürzung anmerken, als sie davon erzählte. Es gäbe aber viele Organisationen, die der Bevölkerung helfen, erklärte Felicitas weiter. Ich hörte Feli gerne zu. Sie brachte alles, was sie erzählte, so spannend rüber, dass man sich einfach dafür interessieren musste.

Und dann berichtete sie mir von dem Staudamm, der vor etwa 100 Jahren in der Türkei gebaut worden war. Dafür hatte ein Dorf zerstört werden müssen, das zum Weltkulturerbe erklärt worden war. Und das Aufstauen des Wassers hatte dazu geführt, dass 70 Prozent weniger Wasser im Irak ankamen. »Eine Katastrophe«, erklärte Felicitas. »So wird es den Menschen in Castrop-Rauxel und stromabwärts auch bald ergehen, wenn erst einmal der Stausee in Dortmund gebaut ist.«

Sie schaute mich herausfordernd an.

Aber natürlich verkniff ich mir jeden Kommentar. Immerhin war ich nicht umsonst Pressesprecher einer großen Baufirma geworden. Ich wusste eben sehr genau, wann ich zu reden und wann ich zu schweigen hatte.

Wie benommen starrte ich auf das Regal. Ja, auch jetzt noch konnte ich alles wiedergeben, was Feli mir je erzählt hatte.

Das nächste Mal, dass wir uns begegneten, war ein Zufall, da sie auf dem Rückweg von einer Freundin in der Nähe meines Hauses vorbeikam, als auch ich gerade auf dem Nachhauseweg war. Da es genau in dem Moment, als wir uns begegneten, auch noch anfing zu regnen – das Schicksal meinte es wohl gut mit uns – lud ich sie zu mir nach Hause ein. Von da an duzten wir uns, und am Ende des Treffens hatten wir doch tatsächlich beschlossen, dass wir uns wiedersehen wollten. Ich konnte nicht unterdrücken, dass bei dieser Erinnerung eine Träne meine Wange hinunterrollte.

Schweren Herzens löste ich meinen Blick von dem Regalbrett und ging auf den Schreibtischstuhl zu. Nachdem ich mich darauf fallengelassen hatte, ließ ich meinen Blick ein weiteres Mal über alles schweifen. Im Regal standen etliche Aktenordner. Ich las mir die Beschriftungen durch, die alle entweder etwas mit dem Irak zu tun hatten oder mit anderen alten Recherchen, die Feli längst abgeschlossen hatte.

Der Schreibtisch hatte viele Schubladen. Ich zog eine nach der anderen auf. Alle waren mit Zetteln vollgestopft. Eine nach der anderen schob ich wieder zu. Ich hatte keine Lust, das alles durchzulesen. Diese ganze Aktion war sowieso unsinnig. Insgeheim hatte ich gehofft, auf irgendetwas zu stoßen, das mir helfen würde zu begreifen, warum Feli hatte sterben müssen. Da waren wohl die

Gene mit mir durchgegangen. Mein Vater hatte mehr als einmal betont, dass nicht nur einer unserer Vorfahren Detektiv gewesen war.[28]

Nein, diese Arbeit sollte ich der Polizei überlassen. Überhaupt ... Die würde doch sicher bald hier aufkreuzen. Wie sollte ich denen meine Anwesenheit erklären?

Ich sah schon gar nicht mehr richtig in die Schubladen, als eine davon plötzlich viel einfacher aufging als die anderen. Mein Blick war sofort wieder konzentriert auf den Inhalt gerichtet, da sah ich, weshalb sie sich viel leichter hatte öffnen lassen: Die Schublade war bedeutend leerer als die anderen. Obenauf lag ein Zettel mit der Aufschrift: *Aktuelles*.

Ich zog die Schublade ganz aus dem Schreibtisch und begann, Zettel für Zettel zu lesen. Nach einer gefühlten Ewigkeit hatte ich endlich einen groben Überblick. Feli schien etwas herausgefunden zu haben, was sie besser nicht hätte wissen sollen. Etwas, das womöglich dafür verantwortlich war, dass meine Freundin nun tot war. Alle aktuellen Infos in dieser Schublade drehten sich nur um eine Gruppe von Leuten: die Einhörner! Und waren sie nicht für ihr rabiates Vorgehen bekannt? Wer waren diese Einhörner wirklich? Eine Gruppe von Umweltschützern, die sich maskierten, um anonym zu bleiben. Gerade letzte Woche erst hatten sie den Abriss der Siedlung in Mengede verzögert, indem sie die Bagger sabotiert und dabei die Fahrer in unnötige Gefahr gebracht hatten. Ich erinnerte mich an einen Artikel, den Feli darüber für die Holonews geschrieben hatte. Sie hatte sich darin kritisch über das Vorgehen der Einhörner geäußert. Hatte sie dafür mit dem Leben bezahlen müssen? Es gab nur einen Weg das herauszufinden. Ich musste den Einhörnern einen Besuch abstatten. Und dafür musste ich zu ihrem geheimen Versteck, das Feli ausgemacht hatte: die alten Strebe der ehemaligen Zeche Erin.

In dem Moment klingelte mein Holofon.

»Derek Malakoff«, meldete ich mich.

»Herr Malakoff«, bekam ich als Antwort. »Wir möchten Sie bitten, ins Dortmunder Polizeipräsidium zu kommen. Und zwar umgehend.«

Kapitel 83 Derek

Gedankenverloren starrte Derek auf die schwarzen Ziffern, *219*, die die weiße Tür schmückten, vor der er saß. Der heruntergekommene Korridor war menschenleer. Nur hin und wieder verließ jemand sein Büro, um bei einem Kollegen

---

28 Genau genommen waren es zwei Vorfahren: Roman Malakoff und Marie Malakoff. Die Fälle, in denen sie ermittelt haben, kannst du nachlesen in: »Stromabwärts. Ein Emscher-Roadmovie« (Klartext Verlag 2013), »Grenzgänger. Ein Ruhrpott-Roadmovie« (Klartext Verlag 2014), »Endstation Emscher. Zwei Hellweg-Krimis« (Klartext Verlag 2015), »Raumschiff Emscherprise. Ein Green-Capital-Roman« (Klartext Verlag 2017). Und in der Bonus-Erzählung am Ende dieses Buches.

anzuklopfen. Ansonsten war es so still, dass man eine fallende Stecknadel hätte hören können.

Dereks Gedanken waren das Lauteste im Korridor. Einerseits war es bestimmt eine Formalität, dass Derek herbeordert worden war. Schließlich hatten er und Felicitas sich sehr nahe gestanden. Andererseits ... Wer hatte überhaupt gewusst, dass sie sich so nah gestanden hatten? Was, wenn er gar nicht hier war, weil Feli und er ein Paar gewesen waren, sondern weil jemand den Beamten von dem Streit erzählt hatte? Wenn das der Fall wäre, würde Derek bestimmt mehr sein als nur ein normaler Zeuge. Er wäre damit auf jeden Fall im Kreis der Verdächtigen. Er hätte Felicitas nie etwas angetan. Aber würden die Beamten das glauben? Felicitas hatte in Bezug auf den Staudammbau bereits mehrmals negativ über die Baufirma Goldschmidt berichtet. Und nun noch der Streit ... Eins war Derek jedenfalls klar: Wenn die Polizisten nichts von dem Streit wussten, würde er ihnen ganz sicher nichts davon erzählen. Sonst würde man ihm am Ende noch den Mord an Feli anhängen.

Endlich öffnete sich die Tür des Zimmers.

Heraus trat ein Mann mit schwarzen kurzen Haaren und einem markanten Gesicht. Er war vermutlich ein bisschen älter als Derek. »So, Herr Malakoff, wir sind für Sie bereit.« Mit einer Handbewegung forderte er Derek auf, den Raum zu betreten.

Sofort fiel Derek die ungewöhnliche Einrichtung auf. Die Schränke, die Schreibtische ... Die ganze Inneneinrichtung passte nicht in ein Polizeipräsidium. Es wirkte alles so altmodisch. Der Pressesprecher war kein Experte, was Inneneinrichtung anging. Allerdings würde er diesen Stil höchstens der frühen Postmoderne zuordnen. Auf einem der Schreibtische stand sogar noch eines dieser alten Schreibgeräte. Wie nannte man diese Dinger noch mal? Ach ja, ein Computer.

»Setzen Sie sich«, riss die Stimme einer blonden Polizistin, die bereits am Schreibtisch saß, ihn aus seinen Gedanken.

Der Polizist, der Derek hereingebeten hatte, fuhr fort: »Ich bin Kommissar Cotton. Das ist meine Kollegin, Kommissarin Nath.«

Die Polizistin nickte ihm zu. »Ich kannte auch mal einen Malakoff«, sagte sie und fuhr dann fort: »Sie wissen, warum wir Sie herbestellt haben?«

Das war der Moment, als Derek plötzlich eine riesige Nervosität überkam. Als Pressesprecher war er es gewohnt, vor Hunderten von Menschen zu sprechen. Selbst Vorträge in Fremdsprachen konnte er mühelos halten. Doch das hier war etwas anderes. Er war noch nie zuvor von der Polizei befragt worden. Es kam Derek so vor, als hätte ihm jemand eine Pistole auf die Brust gesetzt, die bei der ersten falschen Antwort sofort losfeuern würde. Das letzte Mal war er bei seiner Abschlussprüfung so nervös gewesen. Derek versuchte sich zusammenzureißen.

»Ich denke, es geht um den Mord an Felicitas.« Dumme Antwort, dachte er sich. Natürlich ging es darum. Das hatten sie ihm ja schon am Holofon angekündigt.

Kommissar Cotton nickte. »Genau, wir hätten ein paar Fragen an Sie. Sie waren mit Frau Hundertwasser sehr ... eng befreundet, ist das wahr?«

»Wir waren ein Paar«, gab Derek umstandslos zu. »Und haben deswegen sehr viel Zeit zusammen verbracht, das stimmt.«

Eifrig tippte Frau Nath mit. Vermutlich schrieb sie Dereks Aussagen mit. Unglaublich ... Hatte dieser Computer nicht einmal ein Diktierprogramm? Derek war fassungslos.

»Wann haben Sie das Opfer zum letzten Mal gesehen?«, fragte Cotton.

Derek erstarrte. Sein Blick fixierte den Kommissar. Irgendetwas Gehässiges lag in dessen Blick.

»Das war ... gestern ... gestern um die Mittagszeit. Wir haben uns bei mir im Büro getroffen.«

Der Kommissar neigte den Kopf zur Seite. »Irgendwas Besonderes vorgefallen?«

»Nein«, log Derek ohne rot zu werden.

»Wirklich nicht? Wir haben nämlich von Zeugen erfahren, dass Sie sich lautstark gestritten haben sollen. Schon wieder vergessen?«, fragte Kommissarin Nath mit ernstem Tonfall.

Für einen kurzen Moment hatte Derek Angst, die Beamten könnten seine Gedanken lesen. Dann riss er sich zusammen. »Wir sind beide temperamentvolle Menschen und diskutieren öfter laut. Felicitas war sauer, weil eine wichtige Quelle für einen ihrer Artikel abgesprungen ist. Ich habe versucht, sie zu beruhigen. Das ist alles.« Eine bessere Lüge fiel ihm nicht ein. Das Wichtigste war, den Beamten kein Motiv zu liefern.

Frau Nath hakte nach: »Eine Quelle für einen Artikel, in dem Frau Hundertwasser sich erneut gegen Herrn Goldschmidt richten wollte, vielleicht? Schon frustrierend, wenn die eigene Freundin gegen den Arbeitgeber giftet, oder? Da gerät man in Gewissenskonflikte. Vielleicht verspürt man hin und wieder auch Wut?«

Derek schaute empört auf. »Ich weiß ja nicht, wie es bei Ihnen aussieht, aber ich toleriere Meinungen anderer und kann Privates und Berufliches durchaus trennen.«

»Sicher? Denn so etwas hat nicht erst einmal Menschen das Leben gekostet«, kommentierte Cotton.

Derek wurde zunehmend wütend: »Wollen Sie damit sagen, dass ich Felicitas umgebracht habe?«

Nath betrachtete ihn aufmerksam. »Wir ermitteln in alle Richtungen und müssen versuchen, jedes Szenario durchzuspielen.«

Derek schüttelte den Kopf. Unfassbar. Die alte Leier. Cotton und Nath klangen, als hätten sie ihre Dialoge aus einem Krimi des letzten Jahrhunderts abgekupfert.

»Hat Felicitas direkt oder indirekt irgendwelche Andeutungen gemacht, dass etwas nicht stimmte?«, wollte Nath nun wissen. »Hat sie sich komisch verhalten? Oder ist Ihnen sonst etwas aufgefallen?«

Sofort fiel ihm die Notiz mit der Zeche Erin ein. Sollte er den Beamten davon erzählen? Besser nicht. Dann würden die beiden ihm am Ende noch bei seiner Ermittlungsarbeit in die Quere kommen. Außerdem konnte er der Polizei nicht vertrauen. Schon seit Jahren gab es immer wieder Korruptionsvorwürfe gegen die Dortmunder Polizei. Immer wieder wurden Ermittlungen ohne ersichtlichen Grund abrupt eingestellt. Felicitas selbst hatte mehrfach darüber berichtet. Derek hatte plötzlich eine Vorahnung, dass die Ermittlungen in diesem Mordfall ebenfalls eingestellt werden könnten. Wenn er wollte, dass der Mörder von Felicitas gefasst wurde, musste er das alleine regeln. Das war er ihr schuldig.

»Nein, mir ist nichts aufgefallen«, antwortete Derek knapp.

»Sie verbringen so viel Zeit zusammen, Felicitas wird von einem auf den anderen Tag kaltblütig ermordet, und Sie wollen absolut nichts mitbekommen haben?«, kommentierte Kommissarin Nath ungläubig.

Langsam hatte Derek echt genug von diesem Verhör. »Ich konnte leider nicht ihre Gedanken lesen«, sagte er schnippisch.

Sofort stellte Cotton die nächste Frage: »Wo waren Sie gestern Nachmittag zwischen 14 und 15 Uhr?«

Derek biss sich vor Wut auf die Unterlippe. Er wusste, was diese Frage zu bedeuten hatte. »Ich war zu Hause und habe Überstunden abgefeiert.«

»Nachdem Sie mit Felicitas gestritten hatten«, sagte Cotton.

»Ich sagte doch schon«, entgegnete Derek, »wir haben nicht gestritten.«

»Kann jemand bezeugen, dass Sie zum fraglichen Zeitpunkt zu Hause waren?«, fragte Frau Nath sofort.

»Nein, ich war allein.«

Stille trat ein. Beide Polizisten schienen sorgfältig ihre Notizen zu prüfen.

Dann räusperte sich Kommissar Cotton. »Danke, das wäre vorläufig alles. Sie können gehen, aber bitte verlassen Sie in den nächsten Tagen nicht die Stadt. Nur für den Fall, dass wir noch Fragen an Sie haben.«

Derek runzelte die Stirn. »Gibt es denn Grund für weitere Fragen?«, fragte er kühl.

»Nicht, wenn Sie uns keinen geben«, gab die Kommissarin genauso kühl zurück.

Derek setzte ein gespieltes Lächeln auf, verabschiedete sich und verließ das Büro. Das Verhör war nicht ideal verlaufen, vermutlich hatte er sich verdächtig gemacht. Aber für den Moment war das egal. Für den Moment zählte nur, dass er das Präsidium nicht in Handschellen verlassen musste.

Kapitel 84 Cotton

Cotton war nun seit circa fünfzehn Jahren im Dienst. Seine Kollegin Nath, eine Emscherfee, ermittelte sogar bereits seit mehr als hundert Jahren.[29] Beide dachten, dass sie mittlerweile eigentlich alles erlebt hätten. Reue zeigende Straftäter, psychopathische Mörder und sogar zu Unrecht verklagte Menschen, die durch schlampig geführte Ermittlungen Jahre ihres Lebens verloren hatten. Vielleicht lag es an dieser Erfahrung, dass ihnen dieser Fall so bizarr vorkam. Wer hatte Felicitas Hundertwasser umgebracht? Eine Journalistin, die kein Blatt vor den Mund nahm, einen ausgeprägten Gerechtigkeitssinn hatte und für ihren Beruf so sehr brannte, dass sie sicher vieles für eine gute Story in Kauf genommen hätte. Wen würde es da wundern, wenn sie nach Jahrzehnten einmal den Falschen verärgert hätte? Denn: Ja, Felicitias war bereits mehr als hundert Jahre alt, auch wenn ihr das keineswegs anzusehen gewesen war. Ein Vorteil des Feendaseins.

Erneut überflog Kommissar Cotton den Bericht des Gerichtsmediziners, der auf dem Schreibtisch lag. Die Verletzungen deuteten darauf hin, dass die Journalistin erwürgt und ihre Leiche dann am Ufer der Emscher platziert worden war. Ein Unfall war auszuschließen. Die Augenzeugen, die die Leiche gefunden hatten, hatten in der Nähe des Tatorts eine verdächtige Gestalt im Einhornkostüm gesehen. Die Beschreibung ähnelte den Kostümen dieser Umweltschutzorganisation, über die in den letzten Wochen so viel berichtet worden war. Womöglich hatte von denen jemand mit der Tat zu tun. Andererseits war die Tat laut Obduktionsbericht schon einige Stunden, bevor die Zeugen die Person im Einhornkostüm gesehen hatten, verübt worden. Warum hätte der Mörder so leichtsinnig sein sollen, Stunden später wieder am Tatort aufzutauchen?

Und dann war da der suspekte Freund des Opfers, dieser Derek Malakoff. Bei seiner wahrscheinlich letzten Begegnung mit Felicitas Hundertwasser vor der Tat sollte er lautstark mit ihr gestritten haben. Und im Verhör hatte er sich recht seltsam benommen. Wie passte das alles zusammen?

Als hätte sie seine Gedanken gelesen, fragte Kommissarin Nath in diesem Moment: »Meinst du, Malakoff hat seine Freundin umgebracht?«

Cotton zuckte mit den Schultern. »Mag sein. Für eine gute Story wäre Frau Hundertwasser bestimmt weit gegangen. Es ist schon ein komischer Zufall, dass eine Journalistin ausgerechnet mit dem Pressesprecher einer großen Baufirma liiert ist, über die sie kritisch berichtete. Vielleicht hat sie ihn nur ausgenutzt, er hat es herausgefunden und ist ausgerastet. Das würde zu den Aussagen über den lauten Streit zwischen dem Opfer und ihrem Freund passen.«

---

29 Martha Nath ermittelte bereits in den Bänden »Endstation Emscher. Zwei Hellweg-Krimis« (Klartext Verlag 2015) und »Willkommen@Emscherland. Eine Cross-Culture-Trilogie« (Klartext Verlag 2016).

»Ein perfektes Motiv«, schlussfolgerte Nath.

Cotton blieb nachdenklich. »Du hast recht, ein perfektes Motiv, aber das ersetzt keine konkreten Beweise. Ein Motiv hätten viele Menschen, wenn man sich mal anschaut, wie kritisch sie immer wieder berichtet hat.«

Schweigen trat ein, als Nath einen Bericht überflog, der gerade per Mail eingetroffen war. Kommissar Cotton dachte nach. Sollte er einen Durchsuchungsbeschluss für die Wohnung von Malakoff beantragen? Er verwarf den Gedanken sofort wieder. Malakoff war nicht dumm. Wenn er der Täter wäre, hätte er längst alle Beweise entsorgt. Vielleicht sollten sie Goldschmidts Pressesprecher lieber beschatten lassen, oder …

»Das ist ja mal interessant«, riss ihn Naths Stimme aus den Gedanken. »Schau dir das an, Cotton! Wusstest du, dass Frau Hundertwasser erst kürzlich kritisch über diese Umweltschutzorganisation berichtet hat?«

»Die Einhörner?« Der Kommissar stürzte zum Schreibtisch seiner Kollegin.

»Ganz schön provokant geschrieben«, sagte Nath. »Sie hat die Sabotagemethoden der Einhörner kritisiert und Prognosen über die weitere Entwicklung dieser Organisation angestellt. Sie hat sie sogar mit der RAF verglichen.«

»Wenn das kein Motiv wäre …«, murmelte Cotton.

»Vielleicht gibt es das eine oder andere psychisch labile Mitglied, das sich gegen so eine negative Darstellung nicht anders zu helfen weiß«, überlegte seine Kollegin.

Es gab allerdings ein Detail, das den Kommissar störte: Würde man wirklich so ein auffälliges Kostüm tragen, das deutlich auf eine bekannte Organisation hindeutete, wenn man sich an den Tatort eines Mordes zurückschlich, um … ja … um was eigentlich zu tun?

»Meinst du, es könnte jemand aus dieser Organisation gewesen sein?«, fragte Nath.

»Jedenfalls deutet manches darauf hin.« Cotton zuckte hilflos mit den Schultern. »Die Mitglieder scheinen die Gesetze ja nicht immer allzu ernst zu nehmen. Wer weiß, wie weit sie im Extremfall gehen würden?«

Nath nickte zustimmend. »Dann lass uns doch mal bei den Kollegen nachfragen, die bereits Erfahrungen mit den Einhörnern gemacht haben. Hier steht, die Kollegen vom Geheimdienst setzen sogar Undercover-Agenten ein. Vielleicht können sie uns Infos geben.«

Die beiden Beamten schnappten sich ihre Jacken, bereit, das Büro zu verlassen.

»Wenn du zu so einer Organisation gehören würdest, wo würdest du dich verstecken?«, fragte Cotton beiläufig.

»Unter der Erde«, antwortete Nath trocken.

Irritiert blieb Kommissar Cotton an Ort und Stelle stehen. »Wieso denn das?«, fragte er seine Kollegin verwirrt.

»Na, wo sonst sollte sich eine Untergrund-Organisation aufhalten?«, flüsterte Nath belustigt.

Cotton grinste. »Clever kombiniert, Watson. Vielleicht wird es doch noch was mit der Beförderung.«

Kapitel 85 Derek

Derek war nie wirklich der Abenteuertyp gewesen. Nicht, dass er nicht sportlich wäre, das war er durchaus. Aber eher so fitnessstudiosportlich. Mit dem Auto hin, mit dem Auto zurück, aber dem Gewissen vorgaukeln, dass man sich ja um den Körper kümmerte. Doch jetzt war er mittendrin im Abenteuer. Nach dem Schock vom Nachmittag wunderte er sich selbst etwas über seine Entscheidung, Felis Infos über die Einhörner noch am selben Abend nachzugehen. Doch er hatte das Gefühl, etwas tun zu müssen. Feli war tot und er konnte nicht einfach untätig auf der Couch sitzen. Er musste raus, selbst wenn es ihm Angst machte. Es war dunkel, unheimlich und die, die er treffen wollte, waren ihm womöglich nicht freundlich gesonnen. Er fühlte sich äußerst unwohl in seiner Haut, doch der Gedanke an Feli trieb ihn vorwärts. Immer und immer tiefer hinein in die Höhle des Löwen.

Die Zeche Erin war seit Jahrzehnten stillgelegt. Nur der Förderturm zeugte noch davon, dass hier einst Kohle abgebaut worden war. Auf dem Gelände hatte man irgendwann um die Jahrtausendwende herum einen Gewerbepark errichtet, der aber schon seit Jahren verfiel. Die einzige Maßnahme, die die Regierung seitdem auf dem Gelände ergriffen hatte, war der Bau eines halbhohen Zauns gewesen, der Unbefugten den Zutritt verwehren sollte.

Es war Derek allerdings nicht schwergefallen, ein ohnehin schon verbogenes Gitter weiter aufzubiegen und hindurch zu steigen. In den letzten Minuten hatte er erfolgreich auf dem Boden liegenden Stacheldraht, einen unförmigen Haufen Ziegelsteine und etwa eine Millionen Brennnesseln ohne größere Blessuren hinter sich gelassen. Von den Brennnesseln hatte ihn allerdings eine am Bein erwischt, und sein Knöchel brannte wie verrückt. Doch er wagte es nicht, stehenzubleiben und den Knöchel zu begutachten. Er wollte möglichst schnell irgendwohin, wo er sich vor den Blicken der Einhörner verstecken konnte. Wenn sie ihn nicht sowieso schon längst bemerkt hatten. Der alte Förderturm ragte bedrohlich vor ihm auf und warf im Mondlicht gespenstische Schatten. Schacht VII lag direkt darunter. Und in unmittelbarer Nähe mussten auch die Reste der Schächte I und II sein. Das zumindest hatte in Felis Notizen gestanden.

Derek atmete ein letztes Mal tief durch, wischte seine schweißnassen Hände an der Hose ab und beugte sich nach unten. Volltreffer! Eine Strickleiter führte hinab in die Dunkelheit. Selbst mit dem Licht seines Holofons war der Boden des Schachts nicht auszumachen. Der Lichtschein verlor sich nach einigen Metern, und die Finsternis darunter wirkte umso bedrohlicher. Derek schaltete das Licht wieder aus, nahm seinen ganzen Mut zusammen und setzte einen Fuß auf die erste Sprosse. Er stieg tiefer und tiefer in den Schacht. Um ihn herum war es dunkel, die Zeit schien stillzustehen, und er fragte sich, ob es am Ende überhaupt ein Ziel zu erreichen gab.

Nach einer gefühlten Ewigkeit wurde das Schwarz etwas weniger undurchdringlich, und sein tastender Fuß traf auf harten Boden. Geschafft! Derek schaltete das Licht seines Holofons wieder an und sah sich um; ein enger, niedriger Gang, in schwarzen Fels gehauen, uralt und gerade so hoch, dass Derek mit leicht eingezogenem Kopf stehen konnte. Auf gut Glück wandte Derek sich nach links und ging einige Schritte, dann stutzte er. Irgendetwas war komisch. Ein Schauer lief ihm über den Rücken, und die Härchen an Armen und Nacken stellten sich auf. Er wollte sich umdrehen, doch bevor er auch nur einen Muskel rühren konnte, fühlte er einen dumpfen Schmerz am Hinterkopf und kippte vornüber. Das letzte, was er hörte, war ein vorwurfsvolles »Sophie!«

Als Derek wieder zu sich kam, hörte er um sich herum aufgeregtes Stimmengewirr.

»Du hättest ihn nicht sofort ausknocken müssen!«

»Wie ist er überhaupt hier reingekommen?«

»Wir müssen herausfinden, wie viel er weiß.«

»Sollten wir nicht vielleicht einfach mit ihm reden?«

»Ja, klar. Sorry, dass wir Sie gekidnappt haben, ein Einhorn hat etwas überreagiert, eigentlich sind wir aber ganz nett?!«

»Leute! Erkennt ihr den denn nicht?«

Stille.

Vorsichtig öffnete Derek die Augen. Er sah in etwa ein Dutzend Einhorngesichter. Nein, Einhornmasken, wie ihm dann auffiel. Er setzte sich langsam auf und hob die Hände: »Ich bin ein Freund von Felicitas Hundertwasser. Bitte, ich will nur herausfinden, warum sie tot ist.«

Und wenn die Einhörner wirklich Felis Mörder sind, dachte Derek, dann habe ich Idiot soeben mein eigenes Todesurteil unterschrieben.

Wenig später saßen sich Derek und zwei immer noch maskierte Einhörner, die sich ihm als Lucy und André vorgestellt hatten, an einem niedrigen Tisch gegenüber. Er hatte ihnen alles erzählt. Geheimnisse nutzten niemandem etwas. Und seine einzige Chance, die Wahrheit herauszubekommen, war, mit offenen Karten zu spielen.

Die beiden Einhörner steckten die Köpfe zusammen und besprachen sich.

Schließlich ergriff die Frau das Wort: »In Ordnung, Derek. Wir scheinen ein gemeinsames Ziel zu haben. Felicitas war eine Freundin, die uns mehr als einmal geholfen hat.«

Derek traute sich zu erwidern: »Aber sie hat in letzter Zeit doch so kritisch über euch geschrieben?«

André schaltete sich ein: »Ja, das stimmt. Felicitas war die Darstellung der Wahrheit immer am wichtigsten. Das haben wir stets respektiert. Die Wahrheit ist eben, dass nicht alle Aktionen, die wir durchziehen, unkritisch zu betrachten sind, und ... Felicitas hat ja auch einiges Positives über uns veröffentlicht.«

Derek nickte. Ja, das war seine Feli, die André da beschrieb. Er dachte kurz nach. Er konnte nicht genau sagen, warum, aber er war mit einem Mal sicher, dass diese Einhörner Felis Tod ganz bestimmt nicht zu verantworten hatten. Lucy und André schienen ihm wirklich vertrauenswürdig. Schon allein, weil sie ihm nichts getan hatten, obwohl es doch ein Leichtes gewesen wäre, ihn aus dem Weg zu schaffen, hier, in den verborgenen Gängen des alten Bergwerks.

»Also gut«, sagte Derek schließlich. »Ihr seid sicherlich nicht Felis Mörder. Das weiß ich jetzt. Aber ... könnt ihr mir vielleicht helfen? Habt ihr irgendeine Idee, wer ihren Tod gewollt haben könnte?«

»Wir werden auf jeden Fall nachforschen«, sagte Lucy. »Und wir halten dich auch gern auf dem Laufenden, wenn uns etwas einfällt.«

André wiegte seinen Einhornkopf hin und her. Dann fragte er: »Es ist vielleicht nicht ganz unheikel, dass ich ausgerechnet dich das frage. Aber ... Was meinst du, könnte deine Firma etwas mit Felis Tod zu tun haben?«

»Ich weiß es nicht«, gab Derek zu. »Noch bis gestern hätte ich mit nein geantwortet. Aber heute ... Feli war an irgendwas dran wegen des Staudammprojekts und ...«

»Dieser verdammte Staudamm«, zischte André.

Derek blickte verlegen auf seine Hände. »Ja, dass ihr gegen das Projekt seid, weiß ich ja ... Aber es kann für Dortmund viel Gutes bringen.«

»Ach ja?« Plötzlich klang Lucy richtig wütend. »Menschen verlieren dadurch ihre Heimat. Und ich meine nicht nur die, die ihr bereits aus Mengede vertrieben habt. Sondern auch die vielen Menschen, die weiter stromabwärts leben, wie hier in Castrop-Rauxel. Die Menschen, die schon bald ihre Heimat verlassen müssen, weil es in den Trockenzeiten bei ihnen keine Trinkwasserquellen mehr gibt. Ganz davon zu schweigen, was der Staudamm mit der Natur anstellt!«

»Und, Derek«, sagte André sanft. »Denk doch mal nach. Auch in Dortmund wird sich die Situation verändern. Wenn der Staudamm erst einmal gebaut ist, besitzt die Dortmunder Königin das Monopol über das Emscherwasser. Wer sagt dir, dass das Wasser in Dortmund dann kostenlos bleiben wird?«

Derek schwieg. So weit hatte er tatsächlich noch nie gedacht.

»Aber was wolltest du eigentlich sagen? Ich hab dich unterbrochen«, warf Lucy ein.

»Unser Bauleiter für das Staudammprojekt ist verschwunden«, sagte Derek. »Ausgerechnet jetzt, wo Felis Leiche gefunden wurde, verschwindet der Bauleiter des Projekts, über das Feli etwas herausgefunden hatte. Das sind mir schon ein paar Zufälle zu viel.«

»Der Bauleiter? ... Hm, ja, komisch«, antwortete Lucy. Etwas in ihrer Stimme klang plötzlich unaufrichtig.

»Was hat sie denn herausgefunden?«, fragte André.

Derek zuckte mit den Schultern. »Dass irgendwas mit dem Bau des Staudamms nicht stimmt ...«

»Aha«, sagte Lucy. »Hm ... also, wir bleiben da auf jeden Fall dran, Derek. Wir finden vielleicht raus, was passiert ist.«

»Und meldet euch, wenn ihr Hinweise habt.« Derek reichte Lucy seine Holofon-ID.

»Aber ja«, Lucy drückte seine Hand.

»Wir bringen dich jetzt raus«, sagte André.

Kapitel 86 Alicia

Es war mitten in der Nacht. Wir waren auf dem Weg zu den Wölfen, die wir aus ihrer Gefangenschaft befreien wollten. Die anderen liefen vor mir her und beleuchteten mit ihren Holofonen den steinigen Weg. Nach ein paar Minuten blieben wir auf Andrés Zeichen hin stehen. Er hatte für die Aktion Wolf das Kommando übernommen. Bei uns Einhörnern gab es keinen festen Anführer. Jeder, der wollte, konnte mal das Kommando übernehmen.

»Noch etwa zehn Minuten, dann sind wir da. Haltet eure Masken bereit«, sagte André und schaute jeden einzelnen von uns der Reihe nach für ein paar Sekunden an. Allerdings schaute er mich ein paar Sekunden länger an. Wir hatten so intensiven Blickkontakt, dass ich alles um mich herum vergaß.

Ich vergaß, was unsere Mission war. Und ich spürte die Macht, die André immer ausstrahlte, und die Geborgenheit, die er mir gab. Dann aber löste sich Andrés Blick von meinem und er sagte mit strengem Ton: »Weiter geht es!«

Die anderen setzten sich in Bewegung, und auch ich lief wieder los, den Blick zu Boden gerichtet. Plötzlich stieß ich mit dem Kopf an etwas Hartes, was gleichzeitig irgendwie weich war. Ich schaute hoch und blickte einer bekannten Person ins Gesicht. »Och Gott, André, erschreck mich doch nicht so«, sagte ich.

»Ich merke doch, dass dich etwas bedrückt, kleine Schwester«, sagte er und nahm mein Gesicht zwischen die Hände. André nannte mich immer kleine Schwester, aber jetzt sagte er es so liebevoll, dass ich verstand, dass er sich wirklich Sorgen um mich machte.

»Ach, ich habe einfach nur einen schlechten Tag. Mehr nicht.«

»Na gut. Wenn du das sagst, wird das schon stimmen. Aber wenn was ist, komm sofort zu mir.« Er gab mir einen kurzen Kuss auf die Stirn und umarmte mich. Dann lief er wieder los, an die Spitze unseres Trupps.

Nun bildete ich wieder das Schlusslicht. Ich aktivierte mein Holofon, um zu schauen, ob es was Neues in den Nachrichten gab, als ich plötzlich etwas hinter mir wahrnahm. Ich drehte mich um und sah eine dunkle Gestalt in ein paar Metern Entfernung. »Hallo?«, rief ich unsicher, aber es kam keine Antwort. »Oh Gott«, murmelte ich. »Jetzt bilde ich mir schon Sachen ein, die gar nicht da sind.« Ich drehte mich wieder um, damit ich weiter der Gruppe folgen konnte.

»Hey, was soll das denn heißen? Natürlich gibt es mich«, hörte ich eine Frauenstimme.

Angst durchfloss meinen Körper, und ich fing an zu zittern. Langsam drehte ich mich wieder um.

Die Gestalt stand nur noch ein paar Schritte von mir weg. Stille machte sich breit. Dann sagte die Frau plötzlich: »Hey, ich bin Melisa. Und wer bist du?«

»Alicia«, gab ich zurück und schaute diese Melisa an.

Sie musterte die Maske, die ich mit beiden Händen fest umklammerte. »Ich finde es ja nicht schlimm, dass Menschen Fetische haben. Aber was, bitteschön, macht ihr hier mitten in der Nacht mit Einhornmasken?«

»Verstecken spielen«, gab ich nur trocken zurück.

»Hmmm. Hört sich interessant an. Kann ich mitspielen?«

Verwirrt schaute ich sie an. »Meinst du das jetzt ernst?«

»Ja, na klar. Ich liebe Verstecken spielen.« Mit einem breiten Grinsen stand sie nun direkt vor mir.

»Das ... war ein Scherz. Wir spielen hier nicht Verstecken. Wir laufen zum Hochwasserrückhaltebecken, um die dort gefangenen Wölfe zu befreien.«

»Aber warum denn das?«, fragte Melisa verwundert. Irgendetwas stimmte mit der nicht. Sie sprach fast wie ein Roboter.

»Weil Wölfe in Freiheit leben müssen!«, erklärte ich.

»Aber Freiheit ist doch nichts Schönes«, sagte Melisa.

Ich wollte gerade eine Diskussion mit ihr anfangen, als Lucy rief: »Komm schon, Alicia. Wir müssen weiter! Wo bleibst du denn?«

Schon stand Lucy neben mir. »Melisa?«, fragte sie. »Bist du das?«

Die seltsame Frau nickte. »Und du?«

»Soll das ein Scherz sein?«, fragte Lucy. »Ich bin es ... Lucy!«

»Aha ...«, gab Melisa zurück.

»Melisa findet, dass Freiheit nichts Schönes ist«, erklärte ich Lucy.

»Guter Witz, Melisa«, entgegnete Lucy. »Und als nächstes behauptest du wahrscheinlich, dass es toll ist, wie die Dortmunder Regierung sich immer mehr Macht aneignet. Nicht zuletzt durch diesen verdammten Staudamm, der ...«

»Aber die Regierung hat doch vollkommen recht mit dem, was sie tut«, entgegnete Melisa ernsthaft verwundert. »Wie kann man nur dagegen sein? Wir haben in Dortmund doch eine wunderbare Königin ...«

Fragend schaute ich sie an. Das ist ja echt 'ne arme Irre, dachte ich. In mir kam Ekel hoch. Wie konnte sie bitte dafür sein?

»Alicia! Lucy! Wo bleibt ihr?«, rief André.

»Wir kommen!«, rief ich.

Dann rannten Lucy und ich einfach los und ließen diese Melisa verwirrt – was sie sowieso schon gewesen war – zurück.

»Woher kennst du sie?«, wollte ich wissen.

»Ach, die kenn ich schon seit Jahrzehnten«, antwortete Lucy.

»Dann ist sie auch eine Fee?«, fragte ich mit großen Augen.

»Ja … Aber irgendwas stimmt anscheinend nicht mir ihr«, gab Lucy nachdenklich zurück. »Sie wirkte ja geradezu … Ich weiß nicht … Als hätte sie eine Gehirnwäsche hinter sich, oder so.«

»Wir sind da«, rief André. »Alle die Masken auf!«

Kapitel 87 Marc

Endlich hörte ich die anderen nicht mehr. Ich war wütend auf André und Lucy. Nachdem dieser Derek verschwunden war, hatten sie uns anderen erzählt, dass Feli wohl irgendeiner Sache auf der Spur gewesen war. Etwas, das mit dem Staudammbau nicht stimmte. Aber anstatt dem Bauleiter mal direkt auf den Zahn zu fühlen, wollten sie unbedingt erst mal die Wölfe befreien. Als ob das nicht auch noch eine Stunde hätte warten können. Na ja, mir sollte es eigentlich recht sein. So hatten Sophie und ich uns wenigstens freiwillig melden können, Wache zu halten, während die anderen zur Aktion Wolf aufbrachen. Und so waren Sophie und ich nun mit diesem Abschaum von Bauleiter allein.

»Perfekt«, sagte ich.

»Was?«, fragte Sophie und schaute mich verwirrt an.

Ich grinste. »Der Bauleiter weiß doch bestimmt, was an dem Staudammbau faul ist. Was denkst du?«, sagte ich.

»Wie meinst du das jetzt?«, fragte sie immer noch verwirrt.

»Nun ja. Ich dachte mir nur, dass, wenn wir diesen Lindenberg schon hier haben, wir ihn auch ein bisschen über den Staudamm aushorchen können.« Ich betonte das *bisschen*.

»Aaah«, sagte Sophie und lachte hämisch. »Und wenn er auf unsere Fragen nicht antwortet, ist das, was ihm dann passiert, doch seine eigene Schuld!«, fügte sie immer noch grinsend hinzu.

Ich nickte. Ich hatte es doch gewusst. Sophie war wie eine kleine Schwester für mich. Dass sie seit Irelias Tod so litt, tat mir unendlich leid. Irgendwie hegte ich die Hoffnung, dass es ihr guttun würde, ihre ganze Wut an diesem fiesen Typen rauszulassen. Auch wenn ich tief in mir spürte, dass es nicht richtig war.

Wir gingen los. Da saß er, Bruno Lindenberg, der fette Bauleiter, an Händen und Füßen gefesselt. Seine sonst sorgsam gegelten Haare hingen ihm ins Gesicht. Als Markenzeichen hatte er ständig eine Kippe im Maul, aber hier musste er darauf verzichten, da wir ihm die Schachtel abgezogen hatten. Irgendwo musste sie doch sein. Ich sah mich um. Ja, tatsächlich. Da lag sie. Bruno schaute mich an, als ich eine Zigarette aus der Packung nahm und anzündete.

»Willst du?«, fragte ich.

»Oh, wie nett von dir«, sagte er mit ironischem Unterton.

»Ach, du denkst, die bekommst du einfach so?«, sagte ich.

»Beantworte erst mal unsere Fragen, die wir zum Staudammbau haben. Und dann bekommst du eine«, sagte Sophie.

Bruno lachte auf. »Als ob ich mich mit 'ner Zigarette bestechen lassen würde. Von mir erfahrt ihr nix!«

Kapitel 88 Alicia

Alle setzten ihre Masken auf. Wir hörten die Wölfe schon heulen. Zusammen liefen wir in die Richtung, aus der das Heulen kam. Die Wölfe waren hinter einem hohen Zaun eingesperrt. Viel Platz blieb ihnen nicht. Vorsichtig näherten wir uns dem Eingang. Rechts von mir lief Jamie, links André. Sofort kamen die Wölfe angelaufen. Ich hatte erwartet, dass sie knurren würden, aber sie heulten bloß weiter.

»Jetzt oder nie«, sagte André und brach mit einem Bolzenschneider das Vorhängeschloss auf.

Plötzlich war es still. Aber nur für einen kurzen Moment, da im nächsten schon der Sicherheitsalarm anging.

»Es war klar, dass die so was haben«, sagte André und machte das Tor auf.

Ich erwartete, dass die Wölfe in alle Richtungen fliehen würden. Aber sie standen nur da und ... starrten uns an.

»Los, Leute. Machen wir uns vom Acker, bevor wir erwischt werden!«, rief André.

»Nein, warte«, sagte ich. »Dann war die ganze Aktion umsonst. Siehst du denn nicht? Die Wölfe hauen nicht ab!«

André nickte. »Irgendwas stimmt mit denen nicht ...« Er trat etwas näher an die Wölfe heran. Sie liefen auf ihn zu und ... strichen ihm um die Beine.

»So was hab ich ja noch nie gesehen«, flüsterte Jamie. »Die sind total zahm!«

»Und jetzt?«, fragte Lucy. »Wenn es Vögel wären, könnte ich ja mit ihnen sprechen. Wenn Charlie doch da wäre ...«

Lucy hatte die Gabe, mit Vögeln zu sprechen. Und ausgerechnet jetzt war Charlie, ihr kleiner gefiederter Begleiter, offenbar ausgeflogen. Sonst hätte er für uns dolmetschen können, weil Tiere untereinander sich ja verstehen.

André ging einen Schritt zur Seite. Die Wölfe folgten ihm. »Könnte auch so klappen«, sagte er grinsend. »Jamie, du kennst dich am besten mit den Zugängen zum Untergrund aus. Gibt es hier in der Nähe einen Eingang, durch den uns die Wölfe folgen können?«

Jamie nickte.

Plötzlich hörten wir Sirenen.

»Los, Leute«, übernahm Jamie das Kommando. »Mir nach! Beeilt euch.«

Alle liefen sofort los. Die Wölfe folgten uns. Ich musste an Melisa denken. Ob sie hier noch irgendwo war? Egal, wie verrückt ich sie fand, ich wollte nicht, dass ihr etwas passierte.

»So, Leute, wir sind schon da«, sagte Jamie.

Wir befanden uns vor einem Wasserfall. Dahinter musste ein Eingang zum Untergrund liegen. Ich war immer wieder fasziniert davon, wie viele Zugänge es so lange nach dem Ende des Bergbaus im Ruhrgebiet noch gab. Zusammen mit André und den Wölfen folgte ich Jamie zum Wasserfall. Ich merkte, wie die Angst vor dem Ungewissen in mir aufstieg.

Kapitel 89 Sophie

Marc ging auf Lindenberg zu und sagte: »Okay, wenn das so ist, dann ... na ja ... müssen wir halt andere Saiten aufziehen, um dein Schweigen zu brechen!«

Im selben Moment schrie Lindenberg schmerzerfüllt auf, da Marc die Zigarette an seinem Arm ausgedrückt hatte. Marc kam zu mir und flüsterte mir ins Ohr, dass ich eine Rohrzange, ein Messer und eine normale Zange besorgen sollte. Ich vertraute Marc und ging schnell in den anderen Streb, um die Sachen zu holen. Lindenberg rief mir noch hinterher, dass ich ihm einen Kaffee mitbringen könnte.

Kapitel 90 Marc

»Mal schauen, wie viel du aushältst«, sagte ich zu Lindenberg und grinste.

Sophie kam zurück und hatte alles dabei, was sie besorgen sollte.

»Wo ist denn mein Kaffee, dumme Schnepfe?«, fragte Lindenberg.

»Schnauze!«, schrie ich ihn an und schaute rüber zu Sophie, die ihre Hände zu Fäusten geballt hatte.

»Oh, ist da jemand sauer?«, sagte Lindenberg und lachte. »Ihr werdet schon sehen, was ihr davon habt. Vor allem du, du Dreckshexe!«

Plötzlich schoss Sophie an mir vorbei und lief wutentbrannt auf Lindenberg zu. »Du elender Scheißkerl«, sagte sie, noch bevor ihre Faust sein Gesicht traf, woraufhin er mit dem Stuhl nach hinten kippte.

Als er aufschlug, hörte ich ein Knacken. Ich rollte ihn zur Seite. Blut lief ihm aus der Nase und tropfte auf sein Jackett. Ich kam nicht umhin, zumindest ein bisschen Bewunderung für diesen Typen aufzubringen, der die Zähne zusammenbiss und sich die Schmerzen, die er haben musste, nicht anmerken ließ.

Sophie wollte zum zweiten Schlag ansetzen, doch ich hielt sie zurück: »Hör auf! Wenn er bewusstlos ist, erfahren wir nix. Lass dich nicht provozieren.«

Zum Glück beruhigte sie sich etwas.

»Wir haben Informationen darüber, dass bei dem Bau des Staudamms irgendwas falsch läuft. Was kannst du uns denn Schönes darüber erzählen?«, fragte ich.

»Staudamm? Was soll damit los sein?«, fragte Lindenberg.

»Sophie, die Rohrzange, bitte.«

»Mit Vergnügen«, antwortete sie.

Wir gingen auf ihn zu. Er schluckte und versuchte, ein Stück zurückzuweichen. Vergebens. Klar, er war ja noch immer an den Stuhl gefesselt. Ich signalisierte Sophie mit einer Handbewegung, dass ich ihr den Vortritt überließ.

»Was ist mit dem Staudammbau? Was ist daran faul?«, fragte Sophie.

»An dem Projekt ist nichts faul«, sagte Lindenberg.

Nun merkte man ihm wenigstens die Angst an. Sophie drückte seine Hände auf den Boden und schaute ihn hämisch grinsend an. »Sicher?«, fragte sie.

»Ja!«, sagte Lindenberg.

»Na gut. Wenn du meinst ...« Sie streckte mir die Hand entgegen, und ich gab ihr die Rohrzange. Mit voller Wucht schlug Sophie mit der Zange auf seinen Zeigefinger. Lindenberg schrie laut auf.

Sophie fragte: »Also noch mal, bist du sicher, dass da nichts faul ist?«

»Ja«, wimmerte Lindenberg.

Und wieder schlug Sophie zu. Diesmal traf es den Mittelfinger. Lindenberg schrie erneut auf. Langsam bekam ich doch etwas Schiss, ob es eine gute Idee war, Sophie in ihrer Verfassung auf den Bauleiter loszulassen.

Sie fragte noch einmal: »Sicher?« Ihr Grinsen wurde immer breiter.

»Okay, okay!«, jammerte Lindenberg. »Der Staudamm ...« Er stockte.

Sophie hob die Zange.

»Der Staudamm ... wird auf Moor und ... und auf Sand gebaut«, stammelte Bruno Lindenberg.

Sophie und ich schauten uns an.

»Das heißt, er wird nicht sicher sein?«, fragte ich.

Lindenberg nickte.

»Warum baut ihr ihn dann?«, fragte ich.

Lindenberg schwieg.

»Antworte!« Sophie hob die Zange.

Lindenberg zuckte zusammen. »Es ist ein Riesengeschäft«, beeilte er sich zu sagen. »Nicht nur der Bau des Staudamms. Auch seine zukünftige Sicherung auf diesem eigentlich ungeeigneten Boden. Das wird eine Dauerbaustelle!«

»Darauf spekuliert Goldschmidt also?«, mutmaßte ich.

Lindenberg nickte.

»Da gibt es bestimmt noch andere Verantwortliche als nur Alessandro Goldschmidt!«, sagte Sophie zu mir.

Ich nickte. »Schließlich musste vor Beginn der Bauarbeiten untersucht werden, ob der Boden überhaupt geeignet ist, ein solches Bauwerk zu tragen.« Ich schnappte mir ein Messer und ging auf Bruno zu. Jetzt packte auch mich die Wut.

»W ... was hast du vor?«, stammelte er.

»Ich will Namen!«, sagte ich.

»Was für Namen?«, fragte er leise.

»Wer hängt außer dir und deinem Chef noch in diesen Machenschaften drin?«, fragte ich.

Lindenberg presste die Lippen zusammen.

»Hm, da der Finger eh schon gebrochen ist, brauchst du ihn ja nicht mehr!«, sagte Sophie kalt und entwand mir das Messer. Ich wollte noch etwas sagen, aber im selben Moment griff Sophie schon nach Lindenbergs Hand und hackte seinen rechten Mittelfinger ab.

Er schrie: »Okay, ich sag euch alles, aber bitte hört auf! Ich halt das nicht mehr aus!«

»Geht doch!«, sagte Sophie locker.

»Lilli van Bergen«, flüsterte Lindenberg.

»Die Umweltministerin?«, fragte ich.

»Wundert mich nicht«, gab Sophie von sich.

»Die wusste, dass der Boden dort viel zu moorig und sandig ist, um den Staudamm zu tragen«, wimmerte Lindenberg. »Goldschmidt hat sie dafür bezahlt, dass sie den Bau trotzdem genehmigt und schweigt.«

Kapitel 91   Bodo

»Wie weit ist es noch, Bodo?«, fragte Aron, einer der Jüngsten der Gruppe.

»Keine Ahnung«, sagte Bodo. »Wir haben ja nicht einmal ein konkretes Ziel. Du weißt doch, wir gucken, wie weit wir unterirdisch gehen können. Aber lass mal Pause machen, wir haben ein gutes Stück geschafft.«

Bodos Rebellengruppe, die sich *Hüter des Lebens* nannte, befand sich gerade in einer der sicheren Strecken der alten Bergwerke. Bodo konnte nicht genau sagen, wie lange es her war, dass sie durch das alte, überbaute Bochum zur Zeche Carolinenglück gelaufen waren. Von dort aus waren sie in die Dunkelheit des alten Bergwerks aufgebrochen, weil Boss behauptet hatte, auf gewisse Pläne gestoßen zu sein. Pläne, die darauf hindeuteten, dass die alten Bergwerke des Dreistromlandes früher miteinander verbunden gewesen waren. Wenn es eine Möglichkeit gab, von Bochum aus zu Bewohnern der anderen Städte durchzudringen, dann über diesen Weg – den oberirdischen Weg versperrte schließlich eine Kuppel aus Flexxiglas, die das gesamte Bochum vom Rest der Welt abschottete.

»Okay, Julian und Tom, ihr haltet erst mal Wache«, sagte Bodo.

Die beiden nahmen ihre Taschenlampen und setzten sich jeder an eine Seite der Strecke, um die Gruppe von beiden Seiten abzuschirmen. Es war unheimlich hier unten. Die Hüter konnten nur sehen, was sich in den Lichtkegeln der Taschenlampen befand. Ansonsten herrschte eine bedrohliche Dunkelheit. Sie fühlten sie sich wie in einem Sarg. Noch dazu war es warm, stickig und dreckig. Also alles Gründe, um eigentlich nicht hier sein zu wollen. Bodo spürte die Anspannung in der Gruppe. Einigen merkte man deutlich an, dass sie jetzt lieber in ihrem Versteck sein wollten und nicht auf dem Weg ins Unbekannte. Sogar Ricarda, die die meiste Erfahrung in den unterirdischen Bergwerken hatte, fühlte sich auf dieser Expedition augenscheinlich unwohl. So weit draußen war selbst sie noch nie gewesen.

Nach einer Weile war die Gruppe bereit weiterzugehen.

»Alle fertig?«, rief Bodo. »Wir haben noch ein gutes Stück vor uns.«

»Wie weit gehen wir denn überhaupt?«, fragte Julian.

»Keine Ahnung ... Bis es nicht mehr weiter geht«, sagte Bodo mit einem Lachen.

Sie wollten gerade losgehen, da hörten sie in der Ferne einen Knall. Als hätte jemand mit einem Gewehr geschossen. Die Angst traf auch Bodo wie eine Kugel. Der Knall verhallte, aber es blieb ein komisches Gefühl.

»WAS WAR DAS?«, fragte Aron panisch.

»Bleib locker, das war nur ein großer Stein, der auf den Boden gefallen ist«, meinte Ricarda. »Das passiert manchmal. Du gewöhnst dich dran, wenn du öfter hier unten bist.«

Die Gruppe ging weiter. Nach einer ganzen Zeit, in der sie immer wieder durch Dreck kriechen mussten und fluchten, wie eng es hier war, kamen sie in einen größeren Raum, von dem aus die Strecke sich gabelte.

»Ricarda, was jetzt? Wo sollen wir lang?«, fragte Bodo ratlos.

»Warte, ich zeichne erst mal den Raum ab und dann kann ich es dir sagen!«

Plötzlich hörten sie wieder ein Geräusch, das alle in Panik versetzte. Doch jetzt waren es keine Steine, die auf den Boden fielen, sondern Schritte. Viele Schritte.

»Lichter aus!«, flüsterte Bodo halblaut.

Er versuchte, seine Rolle als Anführer so sicher zu spielen, dass auch ängstliche Leute wie Aron nicht sofort das Handtuch warfen. Bodo starrte in den Gang. Er hörte, wie die Schritte näher kamen. Waren das Mitarbeiter der Bochumer Regierung, die sie gefunden, ja vielleicht schon die ganze Zeit ausspioniert hatten? Aber warum kamen die Schritte dann aus der Richtung, in die sie gehen wollten, und nicht aus der, wo Bochum lag?

Die Hüter versteckten sich hinter alten Loren und Geröllhaufen. Bodo spürte, dass sein Puls stieg. Wie der Druck in einer Colaflasche, wenn man Mentos hineinwarf. Schließlich betrat die fremde Gruppe ebenfalls den Raum. Sie hatten Taschenlampen dabei, und als Bodo im Licht dieser Lampen den Umriss einer Person sah, wollte er seinen Augen nicht trauen. Ein Mensch mit Einhornkopf? War das etwa Präsident K. Einhirn persönlich? Aber ... Nein, die anderen trugen ebenfalls Einhornköpfe auf den Schultern ... Fragend blickte Bodo zu Ricarda. Die zuckte nur hilflos mit den Schultern.

Da nahm Bodo seinen ganzen Mut zusammen, ergriff sein Messer, stand auf und schaltete seine Taschenlampe an. Er blendete die am nächsten stehende Person und schrie dabei: »STEHENBLEIBEN!«

Der Typ mit dem Einhornkopf blieb wie erstarrt stehen. Bodo erkannte nun, dass es nur eine Maske war, die er trug.

So unerschrocken wie möglich sagte Bodo: »Seit wann kleiden sich die Späher der Bochumer Regierung wie K. Einhirn?«

»Nimm erst mal das Licht aus meinem Gesicht«, zischte der Typ. »Ich gehöre zu keiner verdammten Regierung!«

Bodo ließ die Taschenlampe sinken. Die anderen Hüter des Lebens kamen aus ihrem Versteck.

»Oh, ihr seid doch mehr als nur einer«, meinte der Mann mit Einhornmaske.

»Ja, allerdings. Und jetzt beantworte meine Frage«, sagte Bodo. »Warum tragt ihr Einhornmasken?«

»Nun«, sagte der Typ, »damit man uns wiedererkennt ... also ... Eigentlich auch, damit man uns nicht erkennt ... aber ... Also, als Tarnung und Wiedererkennungsmerkmal zugleich tragen wir die Masken. Wir sind Naturschützer aus Castrop-Rauxel und Dortmund.«

»Moment mal ...«, sagte Bodo. »Heißt das, ihr seid diese legendäre Naturschutzgruppe? Die Einhörner? Die schon vor Jahren in Castrop-Rauxel aktiv waren?« Er hatte von ihnen gehört, aber keine Ahnung gehabt, dass es sie wirklich gegeben hatte und ... ja, offenbar immer noch gab!

»Ja«, sagte das Einhorn und klang unverkennbar stolz. »Aber ... Wer seid ihr und was macht ihr hier?«

»Wir sind Rebellen aus Bochum«, erklärte Bodo. »Wir wollten uns mal umgucken, wie weit man durch die Strecken kommt.«

»Verstehe ... Weil Bochum abgeschottet ist vom Rest der Welt«, sagte das Einhorn. »Und warum tragt ihr keine Masken?«

»Brauchen wir nicht«, erklärte Bodo. »Wir agieren im Untergrund. In Bochum ist es zu gefährlich, offene Aktionen durchzuführen und ... Ach, ich bin übrigens Bodo.«

»Nett dich kennenzulernen, Bodo«, sagte das Einhorn. »Ich bin Jamie.«

Beide reichten sich die Hände.

Ein Aufatmen ging durch die Reihen. Einhörner und Hüter des Lebens stellten sich einander vor und nahmen dann nach und nach Platz in dem Raum.

»Bodo«, sagte Jamie. »Wie kommt es, dass wir aus Bochum nichts mehr hören? Es gibt überhaupt keine Nachrichten mehr aus eurer Stadt.«

»Also«, erklärte Bodo. »Das Problem ist, dass unsere Bevölkerung von der Regierung komplett manipuliert wird.«

»Wie ... Manipuliert?«, warf nun ein anderes Einhorn ein. »Was machen die denn?«

»Nun, erst mal wurde ein großer Teil des Wissens der Allgemeinheit von der Bochumer Regierung gelöscht und die Aneignung von neuem Wissen unterdrückt. Das heißt, die Regierung entscheidet, was wir wissen. Dazu werden dem Trinkwasser Drogen beigesetzt, die Neugier und Eigeninitiative unterdrücken. Das Schlimmste ist aber, dass die Bochumer nichts mehr von

Büchern wissen. Sie können nicht mehr lesen und schreiben. Bücher wurden komplett abgeschafft. Anstelle von Bibliotheken, Schulen und Universitäten haben wir jetzt Wissensanpassungszentren. Dabei trug Bochum früher sogar ein Buch im Wappen!«

Info: 2127 hat Bochum statt eines Buchs einen Hammer im Wappen. Er macht deutlich, dass handwerkliche Arbeit in Bochum wichtig ist. Wissen hingegen bedeutet nichts mehr, denn in einer Welt, in der Wissen von der Regierung geregelt wird, kann man nur mit Geschick noch herausstechen. Gleichzeitig ist die Rückbesinnung auf das Handwerk als eine nachhaltige Produktionsform immerhin etwas, das man der Bochumer Regierung zugute halten muss.

»Oh, das ist interessant«, murmelte das Einhorn. »Jetzt habe ich eine Vermutung, warum sie sich so komisch verhalten.«

Bodo guckte das Einhorn verwirrt an.

»Gut«, sagte es, »ich erkläre es dir. Ich heiße übrigens Lucy. Wir haben, bevor wir hier heruntergekommen sind, ein Rudel Wölfe befreit. Die sind immer noch bei uns. Sie wollen einfach nicht gehen.« Lucy leuchtete in den Gang, aus dem sie gekommen waren, wo nun ein Rudel Wölfe sichtbar wurde.

Aron schrie erschrocken auf.

»Keine Angst!«, sagte Lucy. »Die tun nichts. Auch wenn sie eigentlich wild sein sollten.«

Ricarda sagte: »Du meinst, auch sie wurden manipuliert?«

Lucy nickte.

Bodo dachte nach. »Sonst gab es bei euch noch keine Fälle von Hirnmanipulation?«

»Nein«, sagte Jamie. »Eigentlich nicht. Also ... nicht, soweit ich weiß. Aber so etwas würde ja wohl eher im Geheimen ablaufen.«

Bodo schüttelte den Kopf. »Nicht, wenn ohnehin alle manipuliert sind. Bei uns läuft das alles öffentlich ab. Du musst täglich zu so einem Wissensanpassungszentrum gehen.«

»Aber warum wisst ihr dann noch alles?«, fragte Jamie verwundert. »Und warum wehren sich die Leute in Bochum nicht gegen die Wissensanpassung?«

»Nun«, erklärte Bodo. »Wenn du nicht hingehst, wirst du von der Regierung abgeholt. Und wenn dir das dreimal passiert, bist du weg vom Fenster. Keine Ahnung, wie viele Rebellen mittlerweile in den Gefängnissen Bochums schmoren. Und warum wir noch alles wissen? Nun ... Wir haben eine Technik entwickelt, um diesen Vorgang zu stoppen. Wir haben unsere Chips im Kopf mit Viren außer Kraft gesetzt.« Bodo sagte das so stolz wie ein kleiner Junge, der seinen Eltern eine Eins in Mathe präsentiert. »Und ich persönlich«, fuhr Bodo fort, »bin ohnehin fast den ganzen Tag nur im Untergrund.«

»In den alten Bergwerken?«, fragte Jamie.

Bodo schüttelte den Kopf. »Im alten Bochum, das die Regierung mit einer komplett neuen Stadt überbaut hat.«

Plötzlich ertönte eine Stimme aus dem Gang, aus dem die Einhörner gekommen waren: »Verdammter Mist! Warum mussten wir Einhornmasken nehmen? Hätten wir uns doch für irgendein anderes Tier entschieden! Die ganze Zeit stoße ich mir in diesen engen Gängen das Horn!«

»Wer ist das, Jamie?«, fragte Bodo irritiert.

»Das ist Marc, unsere Meckerliese«, lachte Jamie. »Und neben ihm«, erklärte er weiter, als zwei Einhörner den Raum betraten, »das ist Sophie.«

»Jamie!«, sagte das Einhorn, das Jamie als Sophie vorgestellt hatte, etwas nervös. »Wir müssen los! Dieser Bauleiter, den wir entführt haben, hat uns wichtige Infos über den Staudamm gegeben. Wir müssen dringend etwas unternehmen!« Dann stutzte sie, sah die Hüter des Lebens an und fragte: »Wer sind denn die?«

»Keine Sorge«, beruhigte Jamie sie. »Das sind Rebellen aus Bochum. Sie führen einen ähnlichen Kampf gegen ihre Regierung wie wir gegen unsere.«

Sophie schien sich zu entspannen.

»Wie habt ihr es geschafft, dass Lindenberg über den Staudamm redet?«, fragte Jamie.

»Nun, ich sage mal so«, erklärte Marc, »wir haben ihm gezeigt, dass wir es ernst meinen.«

»Ihr habt was?!«, fragte Jamie. Die Wut in seiner Stimme war nicht zu überhören.

Bodo ahnte, dass es gleich Probleme geben würde, und unterbrach schnell: »Woah, stopp! Was für ein Staudamm überhaupt?«

»Die Dortmunder Regierung plant den Bau eines Staudamms, der das Emscherwasser in Dortmund-Mengede, an der Grenze zu Castrop-Rauxel, aufstaut«, erklärte Lucy. »Damit wollen sie Strom produzieren. Sie zerstören aber auch die Natur. Und die Lebensgrundlage aller übrigen Menschen im Emscherland. Denn stromabwärts wird dann bei allen das Wasser knapp werden.«

»Scheiße«, sagte Ricarda, »das wird ein Problem. Uns wird es nicht betreffen, weil der Marbach bei uns in Bochum nur ein Zufluss der Emscher ist und wir nicht unmittelbar vom Emscherwasser abhängig sind. Und im Süden haben wir ja noch die Ruhr. Aber ... es klingt, als könnte es Krieg geben ...«

»Ja, Krieg ums Wasser!«, bestätigte Jamie.

»Wir müssen uns definitiv wieder treffen«, sagte Bodo. »Wir müssen zusammenarbeiten, um das Dreistromland zu retten! Vielleicht könnt ihr uns helfen, die Bochumer Regierung zu stürzen. Und wir können euch bei euren Problemen helfen.«

»Einverstanden«, sagten Jamie und Lucy wie aus einem Mund.

»Aber zum Schluss noch eine Frage«, sagte Bodo lachend. »Wie habt ihr eure Wölfe hier runterbekommen?«

»Nun, ganz einfach«, erklärte Lucy. »In Castrop ist vor Jahren mal ein Stück Boden abgesackt. Dort kann man quasi ebenerdig ins Bergwerk laufen. Es hat sich ein Wasserfall gebildet. So ist der Einstieg dort gut getarnt.«

»Ah, cool!«, sagte Bodo. »Dann gibt es die unterirdische Verbindung von Bochum in die anderen Städte also tatsächlich. Gut, dann Glück auf! Wir sehen uns.«

Die Hüter des Lebens und die Einhörner verabschiedeten sich voneinander. Dann zogen sich beide Gruppen in die Gänge zurück, aus denen sie gekommen waren.

Auf dem Rückweg fragte Ricarda Bodo: »Aber warum ausgerechnet Einhörner?«

Bodo lachte und sagte: »Du, ich hab keine Ahnung. Die sind schon ein bisschen komisch.«

Illustration: Jana Knüppel

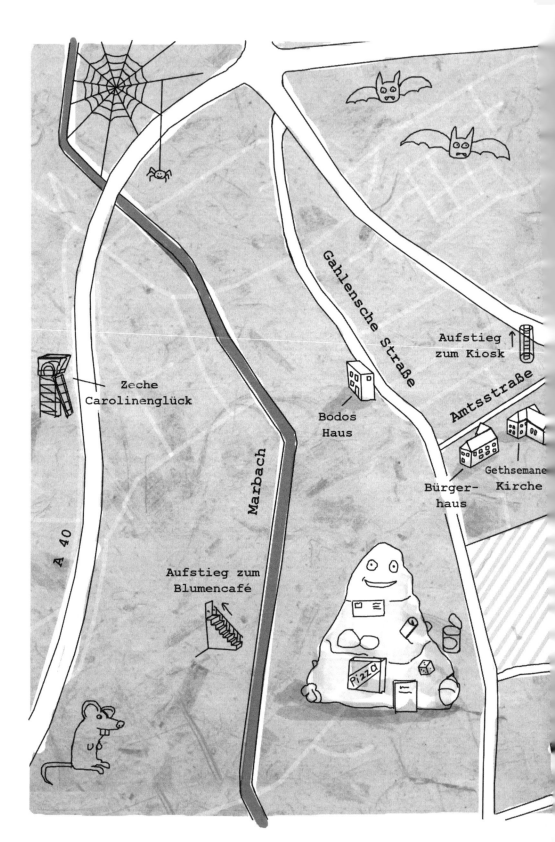

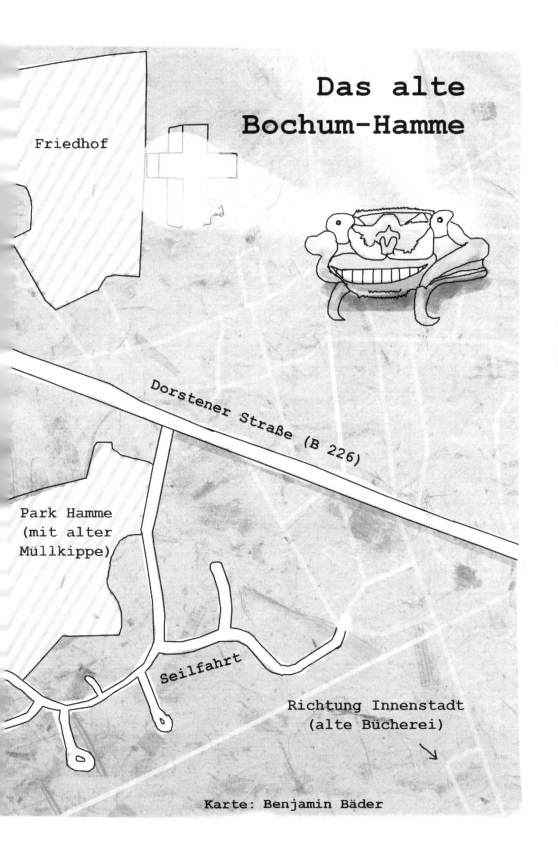

Das neue Bochum-Hamme

1. Blumencafé
2. Marpark
(siehe Detailkarte im Kapitel 108: Buffalos Familie)
3. Klärwerk
4. Regierungssitz
5. Villa von Soraya
6. Cynthias Baumhaus
7. Kiosk
8. Schweizer-Käse-Fabrik
9. Park Hamme
10. Wissensanpassungszentrum
11. „Besserungsanstalt"

Wissensanpassungszentrum
Bochum Zentrum
↘

Karte: Benjamin Bäder

Bochum
im Jahr 2127

Kapitel 92 Bodo

Steckbrief: Marko Großkamp aka Bodo

Alter: *23 Jahre*
Beruf: *Rebell, Mitglied der Untergrundgruppe »Hüter des Lebens«*
Spezies: *Mensch*
Geschlecht: *männlich*
Vorlieben: *Schreinern, Handwerk*
Abneigung: *Kontakt mit der Regierung*
Aussehen: *1,85 m groß, normale Statur, lange Arme, schmales Gesicht, braune Augen und Haare, kurze strubbelige Haare, schmale Nase, breiter Mund, Tattoo mit betenden Händen auf dem Oberarm*
Kleidung: *kariertes Hemd, schwarze Kutte, Wollmütze, Cargohose, trägt immer verschiedene Kappen – hat er in Lagerhalle in Untergrund gefunden*
Charaktereigenschaften: *loyal, misstrauisch, mutig, selbstbewusst, betrachtet Wissen als Heiligtum; Anführertyp*
Schwächen: *zu loyal (würde sich selbst opfern), sehr zielstrebig*
Familie: *Eltern (Jürgen Großkamp und Ina Großkamp, geb. Gabrowski), keinen Kontakt zu den Eltern*
Freunde: *Boss, Ricarda, Julian (alles »Hüter des Lebens«)*
Wohnort: *im »alten Bochum« in einer Lagerhalle, die anderen »Hüter des Lebens« leben überirdisch*

Ein paar Infos über Bodo und die »Hüter des Lebens«:
Bodo verbrachte seine Kindheit gesetzeskonform, ohne etwas zu hinterfragen. Auch Bodos Eltern sind nämlich absolut gesetzeskonform. Dann lernte Bodo einen Jungen namens Boss kennen. Durch Boss begann er langsam, sich gegen das Diktat der Regierung (und die Wissensdownloads) zu stellen. Er erschien einfach mal nicht beim Wissensupdate etc. (bei Kindern und Jugendlichen wird das nicht so streng kontrolliert). Boss hat vor allem »geschwänzt«, weil er zu faul war.
  Mit Boss entdeckte Bodo einen Zugang ins alte Bochum. Aber die beiden trauten sich als Kinder nicht rein; mit 16 Jahren tauchte Bodo gegen den Willen seiner Eltern ab in den Untergrund, denn mit 16 durfte er nicht mehr offiziell das Wissensanpassungszentrum schwänzen.

Bodo und Bodos Unterschlupf
(Illustrationen: Jana Knüppel, Cora Knüppel, Leon Wettlaufer)

Die Priester im Untergrund (mehr zu denen später!) brachten ihm lesen und schreiben bei.
   Bodo gründete mit Boss den Hammer Clan der »Hüter des Lebens«. Boss ist der eigentliche Chef im Hintergrund, bei Aktionen ist aber fast immer Bodo der Wortführer und Anführer, während Boss – faul wie er ist – meist im Unterschlupf bleibt.

Was **vor der Begegnung** der Einhörner mit den Hütern des Lebens in Bochum geschah:

Bodo kommt in das Blumenrestaurant am Marbach. Als er vor der Tür steht, riecht er schon den verlockenden Duft von Rucola, Tomaten, Paprika und anderen leckeren Sachen. Als Bodo die Tür öffnet, sieht er ein volles Restaurant. Alle essen die Speisen, die von Ricarda zubereitet werden. Er guckt auf die Tageskarte. Es gibt heute: Rucola-Tomaten-Salat mit einer Mangosoße, eine Champignon-Zucchini-Pfanne mit Rahmsoße und noch viel mehr.

   → *Du möchtest wissen, was es im Blumenrestaurant noch so zu essen gibt und wer dort außer Ricarda arbeitet und isst? Dann schau nach im Bonusteil »Am Marbach in Bochum« ab Seite 480.*

»Hey Bodo«, sagt eine hohe Stimme. Es ist die von Ricarda, die aus der Ofenküche herauswinkt.
   »Hey Ricky! Wie geht's?«
   »Sehr gut, es ist halt viel zu tun. Boss wartet schon auf dich«, sagt Ricarda mit einem Unterton, der klingt, als wäre es wichtig.
   »Okay, danke«, sagt Bodo.
   Er geht durch den Hauptraum in den Toilettenraum, von dort in die Lagerhalle und steht nun in der Küche. Er sieht Ricarda, wie sie durch die Küche rennt. Sie versucht gerade, drei Mahlzeiten gleichzeitig zuzubereiten. Bis jetzt klappt es. Bodo geht weiter bis zu einer Holztür. Er gibt ein Klopfzeichen.
   Als Antwort hört man ein: »Tür ist offen.«
   Bodo macht die Tür auf und sieht Boss mit einem Riesenhaufen von Ordnern, auf denen *Rechnungen 2127, Rechnungen 2126* und so weiter steht.
   »Ah, Bodo, da bist du endlich. Setz dich erst mal!« Dabei zeigt Boss auf das weiße Sofa. »Wir müssen noch auf Julian warten.«
   »War doch klar«, sagt Bodo und setzt sich auf das Sofa. Er sinkt ein gutes Stück ins Sofa, als würde er sich in Federn reinsetzen. »Ohne Witz, Boss. Kauf dir mal ein anderes Sofa, man kann ja kaum sitzen«, sagt er und lacht.
   Boss guckt nur über den Ordnerrand hinweg, mit diesem Blick, als wäre er ein Lehrer und wollte Bodo für seine Aussage bestrafen. Bodo sinkt noch tiefer ins Sofa ein.

Blumenrestaurant

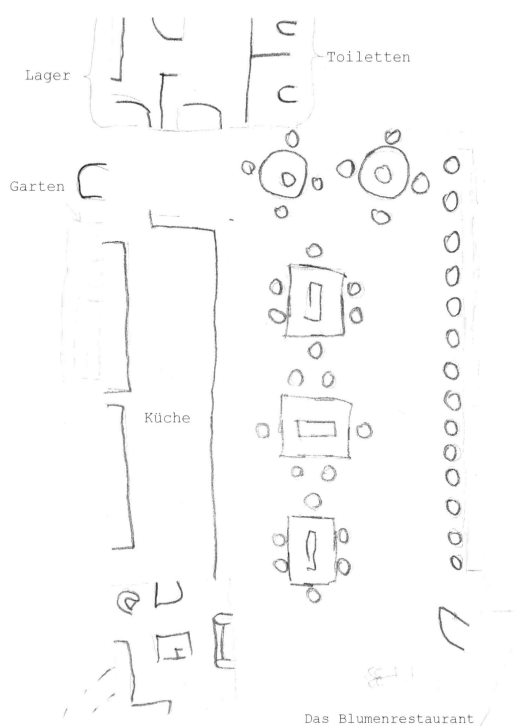

Das Blumenrestaurant
(Illustration: Leon Wettlaufer)

Nach gefühlten zwei Stunden kommt Julian mit Ricarda rein.
»Mein Gott, Julian! Wo warst du so lange?«, fragt Boss zornig.
»Sorry, Boss, hab geschlafen«, sagt Julian und guckt dabei auf die Uhr, als würde sie ihm etwas sagen wollen.
»Gut, Ricarda, sind die Gäste weg?«, fragt Boss.
»Nein, noch nicht. Ich muss gleich zurück in die Küche. Aber ich komme dann nach.«
»Ok, Boss, dann lass uns mal losgehen!«, sagt Bodo.
Nachdem er das gesagt hat, räumt Boss die Ordner zur Seite und klappt den Tisch um. Darunter befindet sich eine Klappe. Man spürt, wie aus der Tür kalte Luft strömt.
Die Luft riecht muffig. Bodo kriegt gleich eine Gänsehaut.
»Die Dame«, sagt Boss süffisant zu Bodo und bedeutet ihm, dass er zuerst durch die Luke hinabsteigen soll.
»Jaja, Boss, mach ruhig weiter«, sagt Bodo spöttisch. Er klettert eine kurze Leiter hinunter und als er unten ist, sieht er erst mal nichts. Es ist viel zu dunkel. Es ist so dunkel wie der Himmel in einer Winternacht. Bodo wartet. Als alle unten sind, zieht Boss die Falltür wieder zu. Jetzt stehen sie wirklich in absoluter Dunkelheit. Auch wenn Bodo schon oft hier hinabgestiegen ist, jagt ihm diese Dunkelheit jedes Mal wieder einen Schauer über den Rücken.
»Bodo, hier hast du meine Taschenlampe«, hört er von Julian. Dabei spürt Bodo, wie etwas Kaltes seinen Unterarm berührt. Er nimmt die Taschenlampe entgegen und schaltet sie an.
Für einen kurzen Moment blendet das helle Lebens. Als Bodo wieder etwas sieht, erkennt er den Gang. Sie stehen in einem alten Abwasserschacht. Es stinkt kaum, weil der Schacht seit langer Zeit nicht mehr benutzt wird. Er gehört zum alten Bochum. Sie laufen los und erreichen bald das Ende des Ganges. Von hier aus kann man einen unglaublichen Blick auf die alte Stadt genießen. Es sieht aus wie in einem apokalyptischen Film. Eingestürzte und zugewucherte Häuser. Aus einem Haus wächst sogar ein Baum, der aussieht, als würde er das ganze Haus halten.

Kleines Wissensupdate zwischendurch
Im Jahr 2127 besteht Bochum aus drei Ebenen:
1. **neues Bochum**: *Regiert von Präsident K. Einhirn und seinen Leuten. Das neue Bochum ist ein ökologisches Paradies. Aber: Es gibt keine Kultur- und Bildungsinstitutionen. Fällt aber keinem auf, weil sich dank Wissensanpassung niemand mehr erinnert, dass es so was wie Bücher, Kultur und Bildung gab ...*
2. **altes Bochum**: *Die Regierung (gewählt im Jahr 2105) hat die vielen Flutkatastrophen, die das Ruhrgebiet – und den Rest der Welt – bedingt durch den Klimawandel heimsuchen, als Vorwand genommen, im Jahr 2106 das alte Bochum und damit*

Das alte Bochum
(Illustrationen: Bogdan Panschenko und Cora Knüppel)

Bochum in drei Schichten (Illustration: Cora Knüppel)

das alte Wissen zu überbauen. Die alte Stadt wurde aber nicht abgerissen, weil man so schneller und kostengünstiger bauen konnte.
3. **Bergwerke, Strecken und Streben (unter Tage):** *Unter dem alten Bochum existieren die alten Bergwerke, in denen früher Kohle abgebaut wurde. Vom alten Bochum aus gibt es einen Zugang zu diesen Bergwerken über die Zeche Carolinenglück.*

Bodo guckt nach unten auf die Kirche. Es ist keine normale Kirche. Sie hat keinen Turm. Es ist eher ein großes Wohnhaus mit einem Kirchenschiff als Anbau. Das ist der geheime Treffpunkt der Hüter. Die Gethsemane-Kirche in Bochum-Hamme. Manche der Hüter wohnen sogar hier. Das Besondere ist, dass es hier unten andere Regeln gibt als oben. Jeder hat seine Rolle zu spielen. Wer die Regeln nicht einhält, fliegt schnell wieder raus aus diesem Paradies des Zusammenhalts. Die Hüter müssen sich aufeinander verlassen können.

Bodo blickt auf seine Schuhe. Er hat grauschwarze Stiefel an, die jetzt auf einem Gitterboden stehen. Vor Bodo führt eine weitere Leiter in die Tiefe. Sie ist mindestens 50 Meter lang, schätzt Bodo. Abgemessen hat er sie natürlich noch nie.

»Bodo, worauf wartest du? Wir haben nicht ewig Zeit«, sagt Boss ungeduldig, als würde eine wichtige Person dort unten auf sie warten.

Ohne zu antworten klettert Bodo jetzt die Leiter runter. Sie führt auf eine Lichtung mitten in diesem unterirdischen Wald. Als er den Boden unten berührt, spürt Bodo wilde Wiese. Es fühlt sich bequem an. Er läuft los, er kennt den Weg gut. Die anderen folgen ihm. Nach einigen Minuten kommen sie an der Kirche an. Vor dem Hauptgebäude bleibt Bodo stehen. Er betrachtet die Kirche, als sähe er sie zum ersten Mal. Man sieht ihr an, dass der Zahn der Zeit schon lange an ihr nagt. Eingeschlagene Fenster, Holzbretter vor Türen und Fenstern und überall Moos. Es sieht aus, als ob das Haus schon immer dagewesen wäre. Als wäre es Teil der Natur hier. Das Gebäude hat auf beiden Seiten große Tore. Die Mauern der rechten Seite sind teilweise eingestürzt. Von dieser Seite betreten sie das Gebäude. Vom Vorraum aus sieht man den großen alten Gemeindesaal mit den zwei Säulen. Auch dieser Raum sieht eher aus wie eine wilde Wiese und nicht mehr nach Gemeindesaal. Überall zwischen dem Gras und den Pflanzen liegen Gegenstände rum. Auf der rechten Seite des Raumes befindet sich eine Tür, die teilweise von Pflanzen zugewuchert ist.

»Wir sind pünktlich, oder?«, fragt Bodo in die Runde.

»Ja, wir sind sogar fünf Minuten zu früh«, sagt Ricarda.

Boss geht zur Tür und zieht sie auf. Als die Tür offen ist, sieht man die eigentliche Kirche. Hier ist es sehr ordentlich. Vor den Stufen, die zu dem großen hölzernen Kreuz und dem Altar führen, steht eine lange ebenfalls hölzerne Tafel mit Stühlen. Das meiste hier ist aus Holz. Über dem Eingang, gegenüber dem Altar, befindet sich eine Empore mit Orgel. Rechts und links stehen Sitzbänke. Der ganze Raum riecht nach altem, aber gepflegtem Holz. Er ist schön groß, ein Sammelpunkt für alle. Genau zehn Stühle stehen an dem Tisch. Über jedem Stuhl hängt eine Fahne. Jede hat ein anderes Symbol. Dieser Tisch ist der einzige Ort, an dem sich alle Clans der Hüter des Lebens treffen. Zehn Untergruppen sind sie insgesamt, über ganz Bochum verteilt. Boss setzt sich auf den Stuhl, auf dessen Flagge das Symbol von seinem Clan, von Hamme also, zu sehen ist: der Marbach.

Endlich sind alle Anführer da und haben an der Tafel Platz genommen. Ihre Mitglieder sitzen auf den Bänken links und rechts. Als plötzlich eine tiefe Stimme ertönt, werden alle ruhig. Es ist einer der Priester. Es ist Moa. Die Priester sind sind schon am längsten hier im alten Hamme. Denn sie sind längst tot. Ihre Geister leben auf dem alten Hammer Friedhof, der heute ein See ist. Der Marsee.

Die Priester haben einen Plan. Den teilen sie den Clans mit. Bodo soll den Auftrag bekommen, die alten Bergwerksstrecken nach einem Weg in die Nachbarstädte zu untersuchen. Gemeinsam mit Ricarda, die sich in den Hammer Bergwerken gut auskennt. Gleich nach der Versammlung brechen Bodo und die anderen Hammer Hüter auf zur Zeche Carolinenglück. Von dort aus können sie in die nächste Ebene des Untergrunds gelangen: über die alten Schächte. Jeder ist vorbereitet, und manche freuen sich richtig darauf, nun die Strecken unter Tage auszukundschaften. Nur Boss verabschiedet sich. Er hat am Schreibtisch zu tun. Wie üblich.

Und so machen sich die Hüter des Lebens auf den Weg. Bald werden sie auf die Einhörner treffen. Aber das ahnen sie noch nicht. Während viel weiter oben, im neuen Bochum, der Alltag stattfindet.

Kapitel 93 Cynthia

Sechs Uhr morgens in Bochum-Hamme: In einem Baumhaus am Ufer des Marbachs starb ein Wecker. Kein Wunder, schließlich wohnte hier Wasserwächterin Cynthia, die für ihr aufbrausendes Temperament bekannt war. Mit halb geschlossenen Augen betrachtete sie ihr Wecker-Massaker – nicht das erste in dieser Woche. Ihre Augen wanderten durch das recht chaotisch aussehende, spärlich eingerichtete hölzerne Zimmer. Auf dem Boden verstreut lagen Kleidungsstücke mit unbekanntem Tragedatum. Die Wand war unregelmäßig mit blauer Farbe gestrichen. An manchen Stellen war sie viel zu dick aufgetragen. An anderen Stellen fehlte sie ganz.

Cynthia

Spitzname: *Cyn*
Alter: *21 (geboren 2106)*
Beruf: *Marbach-Wasserwächterin, Söldnerin*
Vorlieben: *Kaffee (ist regelrecht süchtig danach), Natur, Wasser*
Abneigungen: *Lügen, Verrat, Bürokraten*
Wohnort: *Baumhaus am Marbach*
Geschlecht: *als Frau geboren, ordnet sich keinem Geschlecht zu*
Aussehen: *Glatze, abgenutzte Klamotten, Lederjacke, im Job: Multifunktionsanzug, mit dem man auch tauchen kann*
Charakter: *(von Natur aus) rebellisch, kämpferisch, weltoffen, dickköpfig, besserwisserisch, Einzelgänger, selbstbewusst, zeigt ungern ihre sensiblen Seiten, verbissen*

Plötzlich sprang die Tür auf. Ein kleiner Otter mit kastanienbraunem Fell, blauen Augen und je einem weißen Flecken auf Bauch und Stirn flitzte mit Handfeger und Kehrblech ins Zimmer. Eilig, aber behutsam begann er, die Einzelteile des Weckers aufzufegen. Nicht ohne ein paar vorwurfsvolle Blicke in Richtung Cynthia zu werfen.

Chestnut

Alter: *ein paar Monate*
Geschlecht: *Junge*
Spezies: *(Baby-)Otter*
Beruf: *Assistent und Haustier von Cynthia*
Besonderheit: *Stück von Schwanz fehlt*
Charakter: *mutig, neugierig, offen, vertrauensvoll*
Vorlieben: *Fisch, Bohnen und Pizza*
Wohnort: *bei Cynthia in der Dusche*
Familie: *Mutter tot, Cynthia hat ihn adoptiert*

»Schau mich nicht so an, Chestnut! Ich habe mich wirklich bemüht, pünktlich aufzustehen. In einer halben Stunde am Marbach, wie immer.« Cynthia zwinkerte Chestnut zu. Sie durfte nicht gemein werden, schließlich nahm er ihr locker die Hälfte der Arbeit ab.

Langsam torkelte Cynthia ins weißgestrichene Bad. Dort ließ sie sich Wasser über das Gesicht laufen und musterte sich dann im Spiegel. Ihre Glatze glänzte in der Morgensonne, die durch das Fenster hereinschien. Eigentlich wollte Cynthia noch schnell unter die Dusche hüpfen, doch die war von Chestnut belegt, der darin hauste.

Nachdem Cynthia sich im Schlafzimmer umgezogen hatte, ging sie in die pinkgestrichene Küche. Eigentlich hasste sie Pink, aber die Farbe war gerade im Angebot gewesen, als Cynthia ihr Baumhaus hatte streichen wollen.

Auf dem wackeligen Küchentisch stand Frühstück bereit – bestehend aus Speck, Eiern und Mais –, das Chestnut für sie zubereitet hatte. Der Mais wurde vom Eall jeden Morgen frisch für sie geerntet. Nach dem Frühstück und einem ordentlichen Aufstoßen machte Cynthia sich an die Arbeit.

Kapitel 94 Eall und Alleba

Der Eall arbeitet für Cynthia. Er schießt Pfeile. Mit den Pfeilen kann er Kuhlen in einen Acker schießen und Maiskolben dort anpflanzen. Cynthia isst dann den Mais.

Der Alleba ist eine Art Krake. Er fängt Fische für den Babyotter Chestnut und für Cynthia und für das Schnabeltier Buffalo. Er kann auch an Land und kommt zu Cynthia zu Besuch. Da springt er in die Badewanne und ruft: »Ui!«

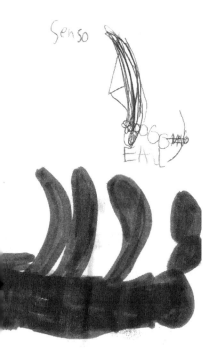

Eall und Alleba
(Illustration:
Malte Kiel)

Kapitel 95 Cynthia

Mit Laser und Messer im Stiefel bewaffnet sprang Cynthia den Baum runter, in dem sich ihr Baumhaus befand. Es war ein großes, robustes Baumhaus, von Cynthia selbst gebaut, das dafür überraschend gut aussah. (Chestnut meinte mal spaßeshalber, dass Cynthia doch Architektin für Streuner werden könnte.)

Kurze Zeit später sprang auch Chestnut aus einem der Fenster. Der Otter war ausgerüstet mit Unterwasserkamera, Peilsender und einem Halsband, das dazu diente, auf weite Distanz mit Cynthia zu kommunizieren. Um ehrlich zu sein: Ohne dieses Halsband hätten die beiden sich auch auf kurze Distanz nicht verstehen können. Immerhin war Chestnut ein Babyotter. Und Cynthia nur ein Mensch.

Der Job einer Wasserwächterin ist es, dafür zu sorgen, dass niemand etwas vom kostbaren Trinkwasser klaut. Es verging fast kein Tag, an dem nicht mindestens eine Person versuchte, etwas vom Wasser zu klauen.

»Alles klar, Chestnut?«, rief Cynthia nun. »Du schwimmst stromaufwärts und meldest dich, wenn du jemanden siehst, der sich bedient. Ich gehe in die andere Richtung.«

Chestnut nickte. »Okidoki, Cynthia, bin schon dabei!« Motiviert sprang er mit einem Dreifach-Salto in die Luft, tauchte mit einem perfekten Köpper in den Marbach und schwamm dann so schnell, dass er sofort aus Cynthias Blickfeld verschwand.

Aufmerksam lief Cynthia am Marbach entlang. Richtung Klärwerk, das in unmittelbarer Nähe von Cynthias Baumhaus lag. Cynthia wusste genau: Dem Klärwerk war es zu verdanken, dass das Wasser hier so rein und kostbar war. Jenseits des Klärwerks floss das Wasser schmutzig dahin, wenn es auch täuschend sauber aussah. Oft tummelten sich dort seltsame Gestalten. Cynthia verstand nicht, warum diese Gestalten das schmutzige Wasser raubten. Aber es war nicht ihre Aufgabe, darüber zu richten. Ihre Aufgabe war es, das Wasser zu schützen, das im Klärwerk gereinigt werden sollte, damit der Marbach, zusammen mit seinen vielen neuen Nebenläufen, ganz Hamme mit Wasser versorgen konnte. Die Nebenläufe wurden zugleich als Wasserstraßen genutzt, wodurch Hamme ein wasserreicher Stadtteil geworden war.

> **Wissensupdate:** *Wo in Bochum-Hamme früher Straßen waren, sind jetzt Wasserstraßen – alles Nebenläufe des Marbachs. Praktisch: Wenn es stark regnet, kann darin Wasser aufgefangen (Hochwassermanagement) und bewahrt werden (Regenwasserrückhaltung), um in der nächsten Dürreperiode zur Verfügung zu stehen. Zum Thema Transport: Reiche haben eigene Fahrzeuge (Mischung aus Auto und Schiff), »Normale« nutzen Wasserbusse/-taxis. Und die Regierung natürlich das BigBossBarbecueBoot. Die Wasserstraßen dienen außerdem der Wasserversorgung der Haushalte.*

Cynthia und Chestnut
(Illustrationen: Bogdan Panchenko, Lena Kiel, Cora Knüppel)

Jetzt war jenseits des Klärwerks alles ruhig. Zu ruhig. Und tatsächlich dauerte es nicht lange, bis Cynthia den ersten Dieb stellte, der angeblich nicht wusste, dass das Wasser so kostbar war. Zu Cynthias Bedauern ließ er sich leicht verscheuchen.

»Es macht keinen Spaß, wenn sie sich nicht wehren«, maulte sie.

Bis zur Mittagspause verlief dann alles ruhig. Auch Chestnut meldete sich nicht, was für gewöhnlich ein gutes Zeichen war. Cynthia nutzte ihre Mittagspause meistens, um durch Hamme zu wandern. Oft kaufte sie sich einen Salat im Blumenrestaurant, das mit Gemüse, Blumen und Obst aus den umliegenden Gartenanlagen versorgt wurde und sich praktischerweise direkt am Marbach befand.

Doch heute wollte Cynthia lieber einen Kaffee beim Kiosk ihres Vertrauens besorgen, der sich im Zentrum von Hamme an der Amtsstraße befand, ganz in der Nähe des Regierungsgebäudes. Auch wenn Cynthia als Wasserwächterin für die Regierung arbeitete, wusste sie nichts über deren genaue Aufgaben. Es war ihr auch egal. Aber sie wusste nicht, wieso es ihr egal war. Sie wusste nur, dass die Regierung alles gut unter Kontrolle hatte. Das sah man schon daran, wie schön und grün Hamme war. Von daher hatte Cynthia keine Probleme mit der Regierung.

Am Kiosk bestellte sie einen Kaffee und für die Kinder, die dort herumlungerten, ein paar Fleischbrötchen. Cynthia hatte immer mit allen Kindern Mitleid. Schließlich hatte sie selbst früher einmal – aber daran erinnerte sie sich kaum – auf der Straße gelebt. Ihre Eltern hatte Cynthia nicht kennengelernt, sie wusste nichts über sie. Aber das war nicht schlimm. Cynthia kam doch ganz gut allein zurecht. Dank der Regierung. Sie war in ein schönes Heim gekommen, als man sie auf der Straße aufgabelt hatte. Und dank der Regierung war auch etwas Anständiges aus ihr geworden. Sie hatten sie als Söldnerin eingestellt. Seither hütete Cynthia das Wasser des Marbachs. Weil die Wohnungen am Marbach alle sehr teuer waren, hatte sie das Baumhaus. Und auch deshalb, weil es ja vielleicht irgendwann einmal ein Hochwasser geben könnte. Obwohl es hieß, die ganze Stadt Bochum sei auf einem Berg gebaut. Die vielen Wasserstraßen konnten außerdem während der Regenzeit das Wasser auffangen – und für die Trockenzeiten speichern. In den Trockenzeiten wurde das saubere Marbachwasser umso kostbarer.

Es piepte. Cynthia blickte auf das Holofon an ihrem Handgelenk. Zeit fürs Wissensanpassungszentrum, wo sie täglich ihr Wissen auf den neusten Stand brachte. Fix fuhr sie mit der Flexxi-Wasser-Bahn zum anderen Ende von Hamme.

Wissensupdate gefällig? Jede Bochumerin und jeder Bochumer ist verpflichtet, einmal täglich im **Wissensanpassungszentrum** *zu erscheinen. Wer dort wann erscheint, ist klar geregelt. Jeder hat eine feste Tageszeit – organisiert nach Ortsteilen, Straße, Hausnummer –*

zugeteilt. Das Wissensanpassungszentrum in Hamme befindet sich im Turm der ehemaligen Autobahnkirche. Was eine Kirche ist, weiß Cynthia nicht. Ist ihr aber auch egal.

Cynthia betrat das große, wie meistens menschenleere Gebäude. Sie fragte sich nie, wieso ein Zentrum, in dem ganz Hamme jeden Tag ein Wissensupdate vornahm, so menschenleer sein konnte. Früher war Cynthia in das Wissensanpassungszentrum in der Innenstadt gegangen. Aber zum Glück hatte man sie mittlerweile hier in Hamme registriert und ihr Baumhaus als feste Adresse akzeptiert.

Die genervte Empfangsdame schlug Cynthia das »Business-Update« als Extra vor, das Wissen über Unternehmensgründung und Finanzkalkulation enthielt. Cynthia nickte und betrat die leere Kabine. Sie starrte in den Laser, über den die Updates übertragen wurden. Wie genau das funktionierte, wusste Cynthia nicht (es war ihr auch egal), dafür wusste sie nun mit einem Schlag alles zum Thema Unternehmensgründung, obwohl sie davon vorher keine Ahnung gehabt hatte.

Cynthia hatte das Wissensanpassungszentrum verlassen, als plötzlich ihr Holofon losging. Chestnuts Synchronstimme klang durch den Apparat: »Ähm, Cynthia, ich brauche mal deine Hilfe. Hier sind Wasserdiebe. Fünf Stück. Mit Lasern. Die sehen nicht gerade freundlich aus, und ich kann sie nicht alle allein aufhalten.«

»Bleib, wo du bist, Chestnut, ich komme!«, rief Cynthia. Sie spurtete auf dem schnellsten Weg zum Marbach. Sie kam offenbar gerade noch rechtzeitig. Mit einem Hechtsprung landete sie hinter einem Baum, während sie ihren Laser zog und einem der Diebe in die Schulter schoss. Der zweite Dieb rannte mit gezückter Laserpistole auf Cynthia zu. Cynthia duckte sich und gab dem Dieb eine Kopfnuss. Schnell schnappte sie sich den Laser des Diebes und schoss nun mit einem Laser in jeder Hand auf zwei der anderen drei Diebe, die durch saubere Treffer zu Boden gingen. Der letzte Dieb zückte ein Messer und versuchte Cynthia abzustechen. Nur mit Mühe wich sie den Angriffen aus. Dann entriss sie ihm das Messer und schoss auch diesen Dieb K. o.

Dann aktivierte sie ihr Holofon, um den Schaden ihrem Vorgesetzten, dem General, zu melden. Was mit den Wasserdieben passieren würde, wusste Cynthia nicht. Es war ihr auch egal. Der General befragte Cynthia nach dem Vorfall und dokumentierte ihre Aussagen. Wenig später war ein Wachtrupp zur Stelle, der die Diebe mitnahm.

Mehr Action gab es während Cynthias heutiger Schicht leider nicht. Also einfach ein ganz normaler Tag in ihrem Leben.

Kapitel 96 Tiere im Marbach

Dies sind die Wesen, die Chestnut am und im Marbach zu sehen bekam:

- Der **Lebewesenfresser** ist eine ganz gefährliche Pflanze. Er kommt aus dem Bach und will die Menschen fressen, wenn sie in seine Nähe kommen.
- Der **Colafisch** schmeckt nach Cola.
- Der **Entenhai** isst von anderen Menschen die Brötchen auf. Eigentlich gab es einen Hai und eine Ente. Die gingen spazieren. Aber dann sind sie auf den Schleim gestoßen. Und so wurde ein einziges Tier daraus.
- Der **Popohai** hat einen Popo als Gesicht. Wenn seine Freunde ihn besuchen, furzt er ihnen ins Gesicht.
- Der **hundertköpfige Alligator** kann die Menschen fast überall auf der Welt beobachten.
- Der **Stachelfisch** hat überall Stacheln. Die sind so lang wie ein Schiff.
- Das **Fischhuhn** isst Fischfutter und kann unter Wasser Eier legen. Das sind Unterwassereier. Daraus kommen neue Fischhühner. Damit kann das Fischhuhn eine Armee bauen, um den Bach gegen Antiseehühner zu verteidigen.
- Der **Busfisch** kann alle Fischhühner schnell wegtragen, wenn die Antifischhühner kommen. Er packt sie in seine große Nase. Da gibt es auch genug Essen.
- Das **fliegende Krokodil** hat Flügel. Es kann fliegen und im Wasser schwimmen. Bis nach Afrika und zurück. Es ernährt sich von Mäusen und von Nilpferdkacke.
- Der **Laberhai** labert seine Freunde 25 Stunden am Tag voll.
- Der **Bachschwimmerfisch** schwimmt im Bach und beobachtet alle anderen Fische. Weil er so neugierig ist.
- Der **Müllhai** ist entstanden, weil er mit dem Schleim in eine Mülltonne gefallen ist. Er kann Käfer in Müll verwandeln, um die dann zu essen.
- Der **Handyfisch** kann mit Freunden telefonieren und Handyspiele spielen. Er kann auch Musik anmachen und dazu tanzen. Er tanzt auch, wenn er klingelt.
- **Mausefische** essen Unterwasserkäse und verstecken sich in Unterwasserhöhlen.
- Der **dunkle Zitteraal** macht einen dunklen Blitz, den man nicht sehen kann. Er ist ganz schwarz und lebt in einer Höhle.
- Der **Bauarbeiterfisch** baut für andere Lebewesen im Bach Höhlen. Er baut auch Statuen von den anderen Tieren. Dann kommen ganz viele Bauarbeiterfische und schieben die Statuen nach oben, sodass alle sehen können, was für schöne Tiere im Marbach leben.
- Der **Grusel** ist ein Baum, der Tiere frisst, die süße Tiere jagen.

- Der **Holzfisch** kann Häuser aus Holz bauen.
- Dem **Schwanzzitteraal** fallen die Schwänze ab. Dann denken alle, er ist tot. Aber die Schwänze wachsen immer wieder nach.
- Die **Superheldenquallen** sehen alle gleich aus. Sie haben Capes, auf denen steht »Superwasser«. Sie können aus den Augen Laser schießen. Wer davon getroffen wird, ist für 48 Stunden betäubt. Damit betäuben die Superheldenquallen Antiquallen. Die Antiquallen sind verbündet mit den Antifischhühnern.
- Der **Lernhai** tut so, als ob er lernt, wenn jemand Böses kommt.
- Der **Apfelsaftbär** spuckt Apfelsaft aus. Alle denken aber, das wäre Spucke. Dann haben die Menschen rausgefunden, dass es Saft ist. Und so wurde der Bär zum Apfelsaftbären.
- Der **Beinfisch** kann draußen laufen, weil er Beine bekommt, wenn er an Land ist. Er frisst Menschensachen. Zum Beispiel Spinat.
- Wenn jemand den **Kokosnusshai** an einen Felsen stößt, kommt Kokosmilch raus. Das tut ihm aber nicht weh, weil er sich schon dran gewöhnt hat. Das Loch wächst dann auch wieder zu, und er bekommt neue Kokosmilch.
- Das **Zombieeichhörnchen** erschreckt alle. Sein Zuhause ist die Gruselbrücke. Aus der Gruselbrücke kommen Totenköpfe rausgeschossen. Die Brücke macht aber auch Boxhandschuhe.
- Die **Putzqualle** ist supersauber. Immer wenn jemand ein kleines Stück Schmutz hat, kommt sie schon nach einer Sekunde und macht den Schmutz sofort weg.
- Das **Coolschwein** bleibt total cool, wenn Feinde kommen, und schlägt denen eins aufs Maul.
- Der **Trampolinhai** hüpft die ganze Zeit herum und macht dabei aus Versehen alles kaputt mit seinem Bauch. Er hüpft auf einen Menschen im Wasser, merkt das aber nicht. Dann macht er Häuser kaputt und hüpft immer weiter gegen die Wände.
- Das **dreiköpfige Tier** hat einen Löwenkopf, einen Pferde-Zombie-Kopf und einen Affenkopf. Die Köpfe schreien sich immer gegenseitig in die Ohren, deshalb wird der Körper ohnmächtig. Danach wacht er wieder auf. Dann hat er immer was anderes an. Weil das Erdbeben die Luft wegreißt und Klamotten von anderen Häusern angeflogen kommen. Nach dem Erdbeben sind die Köpfe nämlich aufgewacht.
- Im Marbach gibt es auch ein U-Boot. Wenn ein Hai kommt, macht es so ein Alarmgeräusch – Dääään. Und dann schießt es auf den Hai.
- Im Marbach gibt es auch ein Loch. Wenn man da reinfällt, erstickt man sofort.
- Es gab einen **Gangsterfisch**, der ging zu einem Waffenladen, aber da waren keine Waffen übrig, nur eine Rauchbombe. Die war kaputt. Deshalb ist er zum anderen Waffenladen gegangen. Da war aber auch

nichts. Und dann ist er zu jedem Waffenladen gegangen. Da waren aber auch keine Waffen. Dann musste er mit seinen Kollegen arbeiten gehen und den Gangnam Style tanzen. Er arbeitete auch noch bei einer Firma namens Game. Da haben die Laptops und Tablets und iPhones 7 gebaut. Außerdem Busse, LKWs und Flugzeuge und Züge. Die arbeiteten bei einem Hafen, da fuhr der Gangsterfisch immer mit einem großen Containerschiff hin. Einmal kam er in Spanien bei Mallorca an und fuhr weiter nach England und danach nahm er die Titanic und fuhr damit rum. Da waren eine Millionen Passagiere an Bord. Und dann ist die Titanic gegen den Eisberg geknallt und hat einen riesigen Krater hinterlassen. Sie konnte noch weiterfahren, aber danach ist der Motorraum voller Wasser gelaufen. Da sank die Titanic und brach in der Mitte durch. Eine Hälfte ist ins Meer gefallen. 5350 sind gestorben.

Außerdem sah Chestnut im und am Wasser auch noch:
Schmetterling Seestern Fisch Frosch Babyfrosch Gecko Feuersalamander Insekten Kranich Storch Seeschlange Igel Regenwurm Schnecke Nacktschnecke Weinbergschnecke Ente Stockente Eiderente Elch Biene Fliege Seeadler Fischotter Vogel Geier Zitteraal Pelikan weißer Hai Robbe Bär Tigerhai Maulwurf Meerjungfrau schwarze Mamba grüne Mamba Rabe Taube Arielle Wildkaninchen Feldhase Gras Goldfisch Kröte Goldhamster Delfin Amazonasdelfin Wurm Schwarzstorch Buntspecht Grünspecht Ringelnatter Kreuzotter Anakonda Oktopus Schmetterlingsfisch Bisamratte Wal Blauwal Maus Tintenfisch Drache Einhorn Waldkauz Schleiereule Schneeeule Weißkopfseeadler Rotmilan Falke Seehund Seepferd Seepferdchen Seebär Seelöwe Seekuh Wasserspinne Buckelwal Wasserläufer Biber Schildkröte Bussard Krebs Nilpferd Nashorn europäischer Biber europäische Schildkröte Reh Schwertfisch fliegender Fisch Grasfrosch Laubfrosch Uhu Sägefisch Katze Kanarienvogel Hammerhai Eisvogel Eisbär Braunbär Schwarzbär Kragenbär Qualle Kompassqualle Würfelqualle Feuerqualle Skelettfisch Zombiehase Baumrindenfisch Zombieaffe Speedfisch Kletterfisch Feuerfrosch fliegender Gecko Schuhfisch Müllfisch radioaktiver Fisch Seefinchen Superfisch Feuerspinne Laserzitteraal Bossvogel Spinnenqualle Seeschwein Feuerfrosch Säbelzahntiger fliegender Bär Seebulldogge Meermann Liger (Kreuzung aus Löwe und Tiger) Natter Puffotter Spongebob Schwammkopf Patrick Mr. Krabs Pistolenkrebs Kammmolch Dorifisch Anemonenfisch Gelbrandkäfer Stachelrochen Seeelefant Schnabeltier Schwimmhuhn Blesshuhn Wasser-Alien Mensch Libelle Osterhase fliegender Kackhaufen vom fliegenden Holländer Grönlandhai Glühwürmchen kotzender Wal Kaiserpinguin Königspinguin Krokodil Alligator Hecht Forelle Lachs Lachsforelle Albatros Papageientaucher Spitzmaus Kormoran Moritz die fliegende Möhre Clownfisch Brillenbär Schnappschildkröte Blaubär Popowackelfisch Brillenente Teddybärfisch Seepilz Küken Ochsenfrosch Warzenschwein dreiäugige Seekatze Seepilz Regenbogenfisch Haargummifisch Mr. Scheißhaufen

Hai Hase fliegender Hase Pferd bunte Frösche Lederschildkröte Happyfrosch Seegras Schuppenfisch Marienkäfer Rotente Diskoente Goldente Wasserpinkler Ekeltier mit drei Augen zweiköpfige Ente spinnende Spinne Fleckhamster Hamsterbacke Kettensägefisch Blitzqualle Spinnenqualle sibirischer Tiger Affe mit Schwimmflügeln Ohrenhase Stuhlfrosch Seemülltonne Poschlange Piercingvogel Meeresschildkröte Stichling Seeigel Wal Zebrafisch Giraffenfisch Fasan Goldfasan Rebhuhn Flamingo Bachflohkrebse Fußballfisch Trompetenfisch Laternenfisch Doktorfisch Wasserschildkröte Sumpfschildkröte Pinguin Boxerfisch Krabbe Muschel Wasserhuhn dreiköpfige Qualle Silberfisch Hummer VfL-Qualle Bienenqualle Dschungelfisch Antennenfisch Wels Orka Fisch mit Tentakeln Riesenqualle Tintenfisch Seeschnecke Kreuzspinne Vogelspinne Thunfisch

> → *Du möchtest wissen, was Cynthia und Chestnut noch alles so am Marbach gesehen habe? Welche Tiere, Pflanzen und sonstigen Bewohner? Und was nachts, wenn Chestnut und Cynthia schlafen, am Marbach passiert? Dann schau nach im Bonusteil »Am Marbach in Bochum« ab Seite 463.*

Kapitel 97 Fredi

Ich habe wunderschön von Flunkerfischen geträumt. Ach, war das schön! Gerade, als ich aufgezählt hatte, was ich alles mit Flunkerfisch essen könnte, hörte ich plötzlich das, was ich jeden Morgen höre: »Steh auf, Fredi! Die Arbeit ruft!«

Ich habe mich fast am Wasser verschluckt, so sauer war ich auf Alfredo, meinen Chef, denn er hätte sich wirklich keinen schlechteren Augenblick aussuchen können. Ach Manno, der weckte mich auch immer aus den schönsten Träumen! Motzig blieb ich liegen. Schließlich schaffte ich es – nach einer gefühlten Ewigkeit –, doch noch aufzustehen, und zog mich an.

> ***Wissensupdate:*** *Fredi ist der Butler von Alfredo, der wiederum der Butler von Soraya ist, die wiederum die Tochter des Generals ist, der wiederum der Vorgesetzte von Cynthia ist. Alles klar? Fredi ist ein Otrobb, also eine Mischung aus Otter und Robbe. Deshalb schläft er ... Na, wo wohl? In einem Aquarium!*

Ich lief zum Frühstückstisch, wo Alfredo schon saß, und stopfte mir ein Stück Forelle in den Mund.

Er sprach mit vollen Backen: »Na, gut geschlafen, mein Junge?«

»Hm«, sagte ich und wollte gerade wieder schlechte Laune bekommen, weil ich an diesen leckeren Traum dachte. Außerdem hatte mir Alfredo beim Wecken Krümel und Sabber ins Gesicht gespuckt. Bah! War das eklig! Ich putzte mir noch einmal das Gesicht, falls ich noch irgendwo Krümel hatte, und sagte: »Es ging so. Hatte einen schönen Traum, doch dann kam ein Volltrottel und hat mich geweckt.«

Ups! Das hätte ich besser nicht sagen sollen.

»Welcher Volltrottel denn? Doch nicht etwa ich?«, fragte Alfredo.

»Nein, doch nicht du, Chef. Ähm ... äh ... ähäh. Eine Bakterie, eine Monsterbakterie.«

»Hä? Wat ist denn dat für'n Vieh?«, wunderte sich Alfredo.

»Ähmmm ... Wechseln wir mal nicht das Thema ... Ja, ich habe gut geschlafen«, sagte ich schnell.

Misstrauisch fuhr Alfredo fort: »Das freut mich!«

Ich dachte mir verärgert: Mich freut es nicht, ich hätte gern noch länger geschlafen.

»Ach ja«, sagte Alfredo. »Soraya hat sich letzte Nacht darüber beschwert, dass ihr Bettbezug nass war!« Er zog eine Augenbraue hoch und fragte mich streng: »Hast du irgendwas mit diesem Fall zu tun?«

Ich spürte, wie ich unter meinem weichen Otrobbfell rot wurde. »N-Nein, wie kommst du darauf?«

»Na, ganz einfach, weil du noch nicht stubenrein bist.«

»Woher weißt du das denn so genau?!«, sagte ich empört.

»Auch das ist einfach«, sagte er, »weil du auch schon mal in mein Bett gepieselt hast.«

»Hab ich gar nicht«, flüsterte ich etwas verlegen. Wieder spürte ich, dass ich rot wurde. In der Angst, dass Alfredo die Röte doch durch mein Fell schimmern sah, gab ich auf. »Okay, okay«, sagte ich. »Aber es ist deine Schuld!«

»Wie, meine Schuld?«, fragte Alfredo jetzt auch empört.

»Na, du hast mich doch aufgezogen oder nicht?«

»Ja, eigentlich hast du ja recht«, antwortete Alfredo ein wenig rot im Gesicht.

»Na also«, sagte ich zufrieden. »Ich bin also nicht schuld daran, dass ich noch nicht stubenrein bin.«

»Na, na, na, jetzt werd mal nicht frech hier!« Alfredo lächelte mich an.

Ich dachte mir nur: Ist ja reizend, dass er mich anlächelt, aber nächstes Mal sollte er sich vorher lieber die Zähne putzen, sonst krieg ich einen Kotzreiz.

»Ach, ja«, sagte er, »du, ich hätte da so eine Aufgabe für dich.«

»Wirklich?«, fragte ich erstaunt. »Aber bitte nicht schon wieder den Müll rausbringen. Du weißt genau, dass ich das hasse!«

Er lachte. »Nein, mein Kleiner. Es ist etwas Wichtigeres als das.«

»Fernsehen!«, rief ich fröhlich und voller Hoffnung.

»Nein, was viel Wichtigeres.«

»Fußballspielen!«

»Ach, wirklich, jetzt hör aber mal auf!«, ermahnte mich Alfredo. »Es geht um Soraya!«

»Och, nö! Muss ich mich entschuldigen!?«, fragte ich genervt.

Alfredo sagte streng: »Ich meine das hier ernst. Es ist zwar wichtig, sich zu entschuldigen, aber das, wovon ich rede, ist viel wichtiger.«

»Ich hab aber mein Aquarium schon aufgeräumt. Bin ich mir zu – äääh – neunundsiebzig Prozent sicher, glaube ich jedenfalls.«

»Jetzt hör auf!«, schrie Alfredo zornig.

»Jaja«, flüsterte ich mit gesenktem Kopf.

»Tut mir leid, dass ich dich so angeschrien habe, aber manchmal bist du einfach vorlaut und bringst mich zur Weißglut.«

»Tut mir auch leid«, antwortete ich immer noch sehr leise.

Wir nahmen uns in den Arm. Ihr müsst wissen, ich war mehr Alfredos Adoptivkind als sein Butler. Alfredo sagte immer, wenn er stolz auf mich war: Es gibt keinen besseren Sohn als dich! Das bezweifelte ich manchmal, denn eigentlich hatte er ja recht: Ich ging wirklich zu weit mit meiner Frechheit. Auf einmal schämte ich mich, dass ich es Alfredo immer so schwer machte. Aber ich konnte einfach nicht anders. Es zippelte immer so in mir. Und wenn ich versuchte, die Frechheit zu stoppen, wurde ich irgendwann zu einem Luftballon, aus dem die Luft rausgelassen wird, und es sprudelte dann an doofen Kommentaren nur so aus mir heraus. Alfredo war trotzdem immer für mich da und hatte mich lieb.

»So, kommen wir mal zum Punkt«, sagte Alfredo schließlich nach einer sehr langen Umarmung. »Es ist so: Du erinnerst dich doch sicherlich an Sonja.«

»An wen?«, fragte ich verwirrt.

»Die Mutter von Soraya!«

»Ah, ach so.«

»Ja, ehe sie verschwand, hat sie mir etwas gegeben, das ich Soraya geben sollte«, sagte Alfredo mit ernster Miene.

Mir lief ein kalter Schauer über den Rücken. Alfredo hatte noch nie so ernst mit mir gesprochen wie jetzt. Selbst dann, wenn ich das Aquarium nicht aufgeräumt hatte.

»Es ist ein Amulett von Sonja«, erklärte Alfredo. »Mit zwei Fotos. Auf dem einen trägt sie Soraya auf dem Arm.«

»Hä«, unterbrach ich, »verstehe ich nicht. Die ist doch viel zu groß, um auf den Arm genommen zu werden.«

»Fredi! Da war sie noch ein Baby!«

»Oh, okay«, sagte ich.

Er gab mir das Amulett. Es war von außen mit Gold überzogen oder sogar ganz aus Gold. Ich öffnete es. Eine Musik, die so schön klang wie tausend Klimpersterne, ertönte. Das Foto von Soraya auf dem Arm ihrer Mutter war darin. Und ein Foto von Sonja ohne Soraya. Lose im Amulett lag außerdem ein Foto von Sorayas Mutter und ihrem Mann – offenbar am Tag ihrer Hochzeit.

Alfredo erzählte mir, dass ich das Amulett einem Rawen bringen sollte. Was das war, wusste ich auch nicht so genau. Nur, dass es eine Mischung aus Rabe und Wal sein musste.

Der Butler
- treuer Diener in der Villa
- Vertrauter der Mutter

Schampunie

Rawe

Fredi, die Schampunie und der Rawe
(Illustrationen: Bogdan Panchenko, Jana Knüppel, Lena Kiel)

Rawe

Aussehen: *Kopf und Flügel eines Raben, Körper wie ein Wal, Füße wie eine Echse*
Fähigkeiten: *kann fliegen, schwimmen, an Land leben*

»Wieso gibst du Soraya das Amulett nicht selbst?«, fragte ich neugierig.
Alfredo schaute jetzt noch ernster. »Es ist ein Test«, sagte er. Dann griff er noch einmal nach dem Amulett, löste das Foto mit Soraya als Baby auf dem Arm ihrer Mutter heraus und steckte es ein. »Wir können nicht vorsichtig genug sein«, sagte er.
Keine Ahnung, wie er das meinte.
Ich rief Schampunie, meine superduperschnelle Badewanne. In Windeseile waren wir schon am Marsee. Alfredo hatte mir gesagt, dass ich hier den Rawen treffen sollte.
Plötzlich verdunkelte etwas die Sonne. Ich hörte einen ohrenbetäubend schrillen Schrei. Ein hässlicher Vogel, also ich will mal sagen, er war nicht gerade eine Schönheit, flog gezielt auf mich zu.
Ich wollte gerade anfangen zu schreien, als er anfing zu sprechen: »Bitte nicht schreien! Ich habe keine Hörprobleme und ich will auch keine kriegen.«
»Bist du der Rawe?«, hauchte ich verdattert.
Der Rawe nickte.
»Ich sollte dir von Alfredo ...«, fing ich an, doch der Rawe unterbrach mich.
»Ich weiß, Alfredo hat mir schon alles erzählt.«
»Du kannst mit Menschen sprechen?«, fragte ich verwundert.
»Ja«, sagte der Rawe. »Das können alle Rawen. Nur wollen wir das meistens nicht. Doch für Alfredo mache ich eine Ausnahme. Er kennt unser Geheimnis.«
Ich war sprachlos.
Der Rawe öffnete mit dem Schnabel meine Hand und nahm behutsam das Amulett heraus. »Ich bringe es ganz bestimmt sicher zu Soraya. Das verspreche ich dir.«
»Danke schön und gute Reise!«, wünschte ich dem netten Rawen.
»Danke. Und dir auch eine gute Heimreise!« Als wir uns verabschiedet hatten, stieg ich in Schampunie, und da blubberte und schäumte sie auch schon los. Im Sausewind waren wir zu Hause. Plötzlich fiel mir etwas auf: Das Foto vom General und Sonja ... Es war nicht mehr da ... Oh oh! Das würde ich mal besser nicht Alfredo erzählen ...

Kapitel 98 Soraya

Ich bin Soraya. Ich bin sechzehn Jahre alt. Meine Vorliebe gilt der Natur. Deshalb schütze ich sie auch. Aber mehr zu mir später. Mein Holofon klingelt nämlich gerade.

Auf dem Display steht: *General/Papa.*

Ich gehe dran, und mein Vater sagt: »Hallo, meine Soso, wie geht es dir?«

Ich antworte genervt: »Erstens: Ich heiße nicht Soso. Und zweitens: Es geht mir gut. Papa, hast du gestern Abend das Gewitter mitgekriegt? Das war so blöd. Ich saß auf meiner Dachterrasse und habe gerade meine Bohnen gegessen. Dann hörte ich den Donner. Ich bin in meine Villa geflüchtet. Am nächsten Morgen waren meine Bohnen kaputt. Und dann ...«

Mein Vater stoppt mich. Er sagt: »Soraya, ich habe eigentlich nicht so viel Zeit. Der Grund, warum ich anrufe, ist, dass du einen Auftrag für mich erledigen musst. Du musst einen Eimer voll Marbachwasser holen.«

Also ich losgehen will, ruft mein Butler: »Miss Soraya, wo wollen Sie denn hin?«

Ich antworte: »Alfredo, ich habe einen dringenden Auftrag von meinem Vater gekriegt. Kümmer du dich lieber um deinen Butler Fredi. Damit der nicht wieder in mein Bett pinkelt.«

Dann gehe ich endlich los.

Soraya

Alter: *16*
Spezies: *Mensch*
Beruf: *noch keiner*
Wohnort: *Villa mit Dachgarten am See (Soraya wohnt dort mit Butler Alfredo)*
Vorlieben: *mag Wasser/Natur*
Abneigungen: *wenn andere böse sind; Gewitter*
Charakter: *nett, hilfsbereit*
Aussehen: *braune Augen, braune Haare, groß*
Familie: *Vater: General; Mutter: ???*

Als ich am Marbach angekommen bin, spricht mich ein Mädchen mit Glatze an: »Hey, du! Du klaust doch gerade nicht etwa Wasser?«

Ich sage: »Nein, mein Vater ist der General. Ich darf das.« Dann drehe ich mich um.

Nach einer Minute ist das Mädchen weg.

Ich flüstere leise vor mich hin: »OMG, war die hässlich.«

Dann bringe ich meinem Vater das Wasser in den Regierungssitz in der Amtsstraße. Er schüttet das Wasser in das große Aquarium, das zwischen dem Büro meines Vaters und dem Büro unseres Präsidenten steht.

Danach gehe ich zur Villa zurück. Da es warm draußen ist, setze ich mich am Marsee neben der Villa auf einen Steg. Ich lasse meine Füße ins kalte Wasser baumeln. Plötzlich springt ein seltsames Wesen aus dem See. Ich will wegrennen, aber dieses Wesen ist so spannend, dass ich es mir genauer angucken muss!

Es sieht aus wie eine Mischung aus Rabe, Wal und Echse. Das Wesen hat etwas im Schnabel. Es lässt das Etwas falle. Ich greife danach. Ein Medaillon. Ich öffne es und dort drin ist ein Bild von einer Frau. Ich will das Wesen fragen, wer diese Frau ist, aber da ist es schon wieder im See verschwunden.

Kapitel 99 Krucksko/Seefinchen

Zur gleichen Zeit an einer anderen Ecke des Marsees ...

Krucksko

Alter: *unklar*
Geschlecht: *männlich*
Spezies: *Schleim (ja, ja, erklären wir euch später)*
Aussehen: *wie Müllhaufen, weil am Schleim immer mehr Müll festpappt und damit verwächst; besteht so aus altem Wissen; Gliedmaßen: Müll; Name kommt von Geräuschen, die er macht, wenn er sich bewegt*
Charakter: *großes, gutes Herz*
Vorlieben: *beobachtet andere Lebewesen*
Abneigungen: *Regierung*
Freunde: *keine ...*
Wohnort: *Kanalisation im Untergrund (altes Bochum)*
Fähigkeiten: *kann über Müll kommunizieren, zeigt auf Wörter/Buchstaben*

Ich war auf dem Weg zum Wasser. Das Gras unter mir fühlte sich warm von der Sonne an. Als ich am Wasser ankam, sah ich das Seefinchen. Ich kannte es vom Sehen, da ich öfter im Marsee unterwegs war. Aber noch nie hatte ich mich getraut, Kontakt zu ihm aufzunehmen. Vor ihm schwamm etwas kleines Graubraunes. Als ich näher kam, sah ich, dass es eine Kaulquappe war. Das Seefinchen unterhielt sich mit der Kaulquappe. Über was sie wohl redeten? Ich kam immer näher und freute mich schon sehr. Wenn das Seefinchen mit Kaulquappen spricht, wird es ganz bestimmt auch nichts dagegen haben, sich

Begegnung am Marsee
(Illustrationen: Alma Kokollari, Mia-Marie Michel, Lena Kiel)

Soraya (Illustrationen: Alma Kokollari, Mia-Marie Michel, Malte Kiel, Svea Krumhus)

mit einem Müllmonster anzufreunden, dachte ich mir. Jetzt würde ich endlich nicht mehr alleine sein. Juhu!

Seefinchen

Alter: *16 Wassermonate (= jugendlich)*
Spezies: *Mischung aus Delfin & Seepferdchen*
Beruf: *Assistentin von Infinity (eigentlich ... Aber jetzt ist Infinity weg ...)*
Vorlieben: *Seegras, Seesternchen, auf dem Rücken schwimmen*
Abneigungen: *verschmutztes Wasser, Müll, Wasserspinnen*
Aussehen: *orangefarbene Haut, gelbe Rückenflosse, blaue Schwanzflosse, glitzert, 25 Wasserzentimeter groß, leuchtet in der Nacht*
Charakter: *ängstlich, hilfsbereit, schüchtern*
Geschlecht: *neutral*
Familie/Freunde: *Eltern sehr früh verloren, Infinity war wie eine Mutter*
Wohnort: *Seeanemone (unterseeischer Friedhof)*
Sonstiges: *pupst, wenn es Angst hat, Cupcakes, die leuchten*

Ich unterhielt mich mit meinem neuen Freund Quappo, der Kaulquappe. Ich weiß nicht, wie lange wir schon geredet hatten, aber es musste etwas länger gewesen sein. Plötzlich tauchte über uns ein riesiger Schatten auf. Als ich ängstlich nach oben blickte, sah ich in zwei riesige Augen, und drumherum war überall ganz viel Müll, in diesem schönen Marsee!

Voller Panik holte ich tief Luft und rief: »Nein!«

Ich drehte mich dreimal mit voller Geschwindigkeit um Quappo, der gar nicht richtig wusste, was los war. So schnell ich konnte, schwamm ich dann davon und ließ eine Reihe von Cupcakes auf dem Grund zurück.

Jetzt, wo ich das Ganze überdenke, läuft mir immer noch ein eisiger, kalter Schauer über den Rücken. Ich hoffe, Quappo geht es gut und ihm ist nichts passiert!

Krucksko

Jetzt sitze ich an einem sehr dunklen Ort. Nur ein paar kleine Sonnenstrahlen versuchen, die Dunkelheit zu durchbohren. Ich komme immer hierher, wenn ich traurig bin. Warum haben alle solch eine Angst vor mir?, frage ich mich.

Illustrationen: Lena Kiel, Saskia Böhlmann, Veda Weser

Seefinchen

Seefinchen war hier!

Müllmonster (Ulrucksho)

Seefinchen

Kapitel 100 Seefinchen

Quappo habe ich nicht mehr wiedergefunden. Das macht mich traurig.

Seit Infinity weg ist, bin ich so einsam. Sie war wie eine Mutter für mich.

Ich schaue mich um. Da ist ein echt komisches Wesen. Zum Glück nicht wieder eins aus Müll! Es kommt direkt auf mich zu.

Es fragt, ob es mir gut geht.

Ich antwortete weinend »Nein!« und schwimme weg.

Doch das Wesen kommt wieder zu mir und fragt: »Wie heißt du?«

Ich schluchze: »Ich bin das Seefinchen. Und du?«

»Ich bin der Rawe. Sollen wir ein bisschen herumschwimmen? Ich bin auch allein unterwegs.«

Ich überlege kurz, doch dann sage ich: »Klar, gerne. Komm, wir schwimmen um die Wette.«

»Hui, das macht echt großen Spaß«, ruft der Rawe.

Kapitel 101 Infinity

Was vor einiger Zeit geschah ...

Infinity

Alter: *sehr alt*
Spezies: *Wassergeist im Marbach, besteht aus Wasser*
Fähigkeiten: *kann menschliche Form annehmen, in Vergangenheit sehen und diese zeigen; wird durch Tränen gerufen*
Vorlieben: *Geschichte, Menschen, sauberes Wasser, Freiraum, ihre Tochter Lilian*
Abneigungen: *Dreck, Konflikte*
Aussehen: *kristallblaue Augen, sonst eben wie Wasser*
Charakter: *hilfsbereit, nett, geheimnisvoll*
Geschlecht: *weiblich*
Familie: *Tochter Lilian (Halbwassergeist, verstorben)*
Freunde: *Seefinchen – hat es »adoptiert«*
Feinde: *Regierung, Zeit*

Mein schöner Marbach ist wieder breit und ins Grüne gebettet. Es wachsen hier schöne und farbenfrohe Blumen wie Narzissen, Gänseblümchen und Rosen. Die Vögel nisten und man hört morgens Vogelgesang. Die Grillen zirpen am Bach und die Libellen machen ein Wettfliegen über das Wasser. Es ist schön, wenn die Natur zurückkehrt. Auch wenn der Bach schon seit über 100 Jahren wieder schön ist, freue ich mich doch jeden Tag darüber. Cynthia ist mittlerweile auch an den Bach gezogen und beschützt weiter das Wasser. Nur schade, dass sie alles vergisst, was ich ihr beibringe – und dass sie vergessen hat, wer ich überhaupt bin. Dieses dumme Wissensanpassungszentrum der Regierung. Sie haben das Wissen, das Cynthia durch mich erfahren hat, wieder überschrieben ... Ich will einen Weg finden, nein, ich *muss* einen Weg finden, Cynthia alles zu zeigen. Und das werde ich auch. Anscheinend ist es schon wieder Nacht geworden. Denn es ist dunkel, kalt und eng. Moment mal: Eng!? Warum eng?

Was war das? Was sind das für Geräusche? Das hört sich an, wie ein Flexximobil-Motor. Warum fahre ich auf einem Flexximobil? Und wie bin ich hierhergekommen? Mit einer ruckartigen Bremsung und quietschenden Reifen bleiben wir stehen.

Ich höre, wie Türen aufgehen und laut wieder zugeknallt werden. Ein leises Knarren wird hinter mir hörbar und ich wackle. Ich glaube, ich werde hochgehoben. Ich schwappe hin und her. Was ist hier los?! Wo bin ich? Plötzlich eine Erschütterung. Mit einem lauten Knall lande ich auf dem Boden.

»Du Vollidiot, pass auf! Verschütte sie nicht!«, schreit eine männliche Stimme neben mir.

»Tut mir leid«, kommt es kleinlaut von meiner anderen Seite.

Ich höre ein Klicken und noch eins. Es wird plötzlich grell, und ich werde noch höher gehoben. Was passiert hier? Ich schwappe über! Ich habe wieder Platz, ich kann mich bewegen.

»Sei froh, dass du nichts verschüttet hast, du Tollpatsch«, sagt jemand.

Ich fasse mich und versuche Klarheit zu bekommen. Ich schaue mich um. Ich bin an einem schönen Ort. Hier sind viele Bäume, Pflanzen und Wiesen. Hier spielen viele Tiere. Aber Moment mal ... Wieso steht mitten in der Natur ein Schreibtisch?

Und warum ist dort ein Fenster? Wir sind doch schon draußen, da braucht man doch gar kein Fenster! Die Tiere sind erstarrt. Es sind nur Figuren. Der schöne Wald ist nur ein Bild und die Wiese grüne Wandfarbe. Aber ein Fluss mitten durch so einen Ort? Ich drehe mich um und merke, dass ich doch nur beschränkt Platz habe. Jetzt wird mir klar, dass ich in einem Aquarium gefangen bin! Warum bin ich hier? Derjenige, dem dieser Raum gehört, muss Natur mögen. Aber warum hat er mich dann aus meiner Natur gerissen? Warum sperrt er mich hier ein?!

Die Tür öffnet sich, und ein Mann mit Einhornkopf kommt in das grüne Zimmer. Moment mal ... ein Einhornkopf?! Wie ist das möglich? Ich kenne keinen, der so aussieht!

»Ah, schön, die Jungs haben es geschafft und ausnahmsweise nicht verömmelt«, sagt der Mann mit dem Einhornkopf zufrieden. »Hallo Wassergeist, ich bin K. Einhirn. Der Präsident von Bochum.«

Was ist passiert? Wie gut, dass ich die Gabe habe, in die Vergangenheit zu schauen. Ich werde sehen, was mit mir passiert ist ...

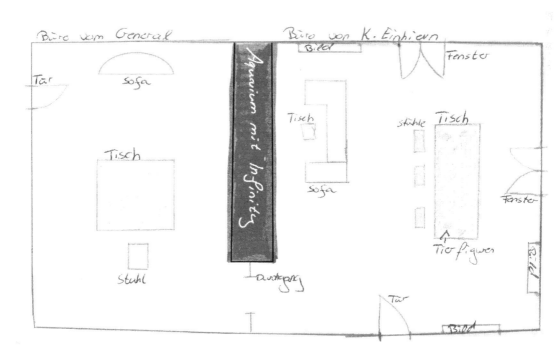

Illustration: Chantal Lüchtemeier

Kapitel 102 Günter Lauch und Speckschwarte

Und das sah Infinity, als sie in die Vergangenheit blickte:

Es war ein friedlicher Tag. Infinity war ihre Runden geschwommen, und wie immer hatte niemand sie gesehen – zumindest dachte sie das …
»Go, go, go, Leute, wir müssen einen unsichtbaren Wassergeist fangen! Setzt die Brillen auf, damit ihr ihn sehen könnt! Aber nicht rausfischen, wenn ihr ihn gefunden habt! Das mache ich. Ihr faulen Eier!«, brüllte Günter Lauch, der Leiter dieser Mission.

> **Günter Lauch** ist ein Lauch, der laufen kann. Er ist ursprünglich ein Lauchonier, also ein Bewohner von Lauchopotania. Er arbeitet für niemand anderen als für Präsident K. Einhirn. Er ist sein Spion.

> **Speckschwarte** ist, wie der Name schon sagt, eine Speckschwarte. Er ist klein und dünn und dadurch perfekt geeignet für Fälle, wo man durch enge schmale Felsspalten durch muss. Außerdem ist er der Assistent von Günter Lauch.

Illustrationen: Luca Lodewijks

Die Regierung hatte Günter Lauch diese Mission gegeben. Weil eine Regierung, die das Wissen der Bevölkerung kontrollieren – und die Vergangenheit geheim halten – will, natürlich nicht riskieren kann, dass ein Marbachwassergeist, der die Vergangenheit kennt, frei in Bochum-Hamme herumschwimmt.

»Ich habe sie entdeckt, Sir«, jubelte Speckschwarte. »Sie haut ab!«

Günter Lauch sagte: »Nicht mehr lange. Super, Specki. Du kriegst einen Orden von mir. Als bester Mitarbeiter.«

Und so schnappte er sich Infinity, die träumte und gar nicht merkte, was geschah, packte sie in einen mit Wasser gefüllten Metallkasten und brachte sie zum Regierungssitz.

Kapitel 103 K. Einhirn

K. Einhirn

Alter: *35 Jahre*
Beruf: *Präsident von Bochum*
Spezies: *Mensch (eigentlich ...)*
Vorlieben: *die Privatisierung des Wassers, Macht*
Abneigungen: *denkende Menschen*
Aussehen: *Einhornkopf, Körper eines Menschen, ca. 1,75 cm groß*
Charaktereigenschaft: *berechnend, hinterlistig, manipulativ*
Geschlecht: *kann sich nicht entscheiden*
Familie/Freunde: *keine Kinder, keinen Partner*
Wohnort: *neues Bochum*
Sein Ziel: *durch Drogen und die Wissensanpassungszentren die Menschen und ihr Wissen kontrollieren*

»K. Einhirn, warum bist du so traurig?«, fragte Gerhard, das Ketchup-Mayo-Wurst-Schoß-Einhorn von K. Einhirn.

K. Einhirn sagte: »Ach, ich denke an meine Vergangenheit. Daran, wie ich zu dem geworden bin, was ich heute bin. Du weißt ja, mir wurde ein schlimmer Streich gespielt, bei dem die ...«

»Nein!«, schrie Gerhard. »Nicht schon wieder! Ich kenne die Geschichte doch schon auswendig und will sie nicht noch mal hören!«

»Ja, ja, ist ja schon gut«, sagte K. Einhirn und fing fürchterlich an zu weinen.

In dem Moment tauchte Infinity, die den Ruf der Tränen gehört hatte, aus dem Aquarium auf und fragte: »Herr Einhirn, warum weinen Sie denn?«

K. Einhirn antwortete: »Ach, was geht es dich an? Du hast doch keine Ahnung.«

K. Einhirn, das Ketchup-Mayo-Wurst-Schoß-Einhorn und Infinity (Illustrationen: Veda Weser, Luca Lodewijks, Cora Knüppel)

»Nein, Ahnung von deinem Leid hab ich nicht, aber ich kann in deine Vergangenheit schauen und sehe, dass du viel erlebt hast«, sagte Infinity.

»Du kannst meine Vergangenheit sehen?«, fragte K. Einhirn.

(Er hatte wohl vergessen, dass genau das der Grund war, warum er Infinity aus dem Marbach fangen ließ. In einer Stadt, in der dauernd die Erinnerungen der Bevölkerung gelöscht und überschrieben werden, fällt ein vergesslicher Präsident zum Glück nicht sehr auf.)

»Ja, kann ich ...«, sagte Infinity und ließ eine Wasserblase aufsteigen, in der K. Einhirns Vergangenheit wie ein Film ablief. Dazu erzählte Infinity: »Du wurdest als ganz normaler Mensch geboren, warst Mitglied bei der Naturschutz-Rebellengruppe Die Einhörner in Castrop-Rauxel, bis zu dem Tag, an dem du mit deiner Einhornmaske verschmolzen bist – denn ihr Einhörner habt diese Masken bei jeder geheimen Aktion getragen, um euch zu tarnen. Einer deiner Rebellenfreunde hat dir einen Streich gespielt. Er hat Schleim in deine Maske geschmiert, weißt du noch? Er konnte ja nicht ahnen, dass der Schleim mutiert war und dein Gesicht sofort mit der Maske verwuchs. Du warst damals noch jung und ein ganz normaler Mensch. Heute bist du immer noch ein Mensch. Nur halt mit einem Einhornkopf. Du bist Präsident von Bochum geworden«, erzählte Infinity.

Jetzt aber, Info zum Schleim: *Um 2080 gab es im Dreistromland eine große Hochwasserkatastrophe. Durch eins der Hochwässer verband sich Schleim in den alten Bergwerken mit Giftmüll und wurde zu »lebendigem Schleim«. Daraus entstanden Wesen wie Kruckso, das Müllmonster. Und genau diesen Schleim schmierte eben auch jemand K. Einhirn in die Einhornmaske.*

K. Einhirn sagte ganz verdutzt: »Das ist alles richtig. Wie kommt es, dass du das alles über mich weißt?«

»Ich weiß alles über die Vergangenheit, über jeden, das ist meine Gabe«, erklärte Infinity.

Das Holofon klingelte.

»Tut mir leid, da muss ich drangehen«, sagte K. Einhirn.

»Alles klar, ich hoffe es geht dir besser«, sagte Infinity.

»Ja, geht es mir, danke. Vielleicht sprechen wir uns später noch mal«, sagte K. Einhirn und griff nach dem Holofon. »K. Einhirn hier.«

»Hier ist der Mltbea, wegen Ihrer Salatlieferung«, klang es aus dem Holofon.

»Ja, was ist damit? Gibt es Probleme?«, fragte K. Einhirn.

»Nein, alles in Ordnung. Ich wollte nur Bescheid sagen, dass die Lieferung pünktlich eintrifft«, sagte der Mltbea.

»Alles klar, dann sehen wir uns demnächst«, sagte K. Einhirn und legte auf.

Kapitel 104 Der Mltbea und andere Wesen

Der **Mltbea** arbeitet für die Regierung. Er kann springen und Salat anbauen. Er hat ein Netz, damit fängt er den Salat. Er ist der persönliche Salatanbauer von K. Einhirn. Denn K. Einhirn ist Vegetarier.

Wenn K. Einhirn Günter Lauch sieht, muss er sich immer zusammenreißen, ihn nicht zu fressen. Einmal hat K. Einhirn sich nicht beherrschen können und hat dem Günter Lauch eine Lauchspitze abgefressen.

Der **Mebl** schwimmt im Wasser und kann Stahl schreddern. Er arbeitet für die Regierung. Er schreddert alles, was nicht nützlich ist, damit die Regierung neue Sachen daraus machen kann. Der Mebl hat ein Windluftmaterial. Dadurch kann er fliegen. Alle Fahrzeuge, die mit dem Windluftmaterial angetrieben werden, können schwimmen und fliegen.

Der **Amlha** kann fliegen und sogar angeln. Dafür kann er nicht schwimmen. Der Amlha ist eine lebendige Maschine wie der Mebl. Er fängt die Fische für die Regierung. Denn der Staatssekretär Wursthund isst sehr gerne Fisch.

Oflmes gehört zu den Lieben. Hätte man nicht gedacht, weil er böse aussieht. Er gehört zum Mebl. Der sieht auch böse aus und ist eigentlich lieb. Der Oflmes kann auch unnütze Sachen zerschreddern. Kann schwimmen, klettern und sägen. Er kann ganz schön gut eine Vollbremsung machen. Er hat einen Hebel, der zieht sich nach hinten, dann stoppt der Dreher. Dann stoppt der Oflmes und Schleim fliegt hoch.

Aos ist eine Schlange. Eine normale Schlange. Er gehört zu Oflmes und Mebl. Er kann Schleim schleudern mit seiner Schippe. Und er kann mit einer Kneifzange Wesen um den Kopf packen. Menschen greift er aber selten an. Meistens greift er Krebse und Fische mit seiner Zange, um sie zu essen.

Die **Nasentos** können nur Luft geben. Unter Wasser. Dadurch gibt es Blubberblasen. Es gibt 4000 Nasentos. Die helfen der Regierung beim Tauchen.

Kapitel 105 Soraya

Ich war in meinen Gedanken verloren. Ich dachte immer noch an das Medaillon, das das seltsame Wesen aus dem Marsee mir gebracht hatte. Um mich abzulenken, ging ich spazieren. Wer könnte diese Frau auf dem Foto sein? Ich schaffte es einfach nicht, nicht über das Medaillon nachzudenken.

Auf dem Spaziergang sah ich einen Müllhaufen.

»Was für eine Umweltverschmutzung!«, schimpfte ich.

Plötzlich, als ich mich über den Müllhaufen bücken wollte, um ihn aufzusammeln, bewegte er sich und machte ein seltsames Geräusch, das etwa wie *krucksko* klang. Erschrocken rannte ich davon. Aus der Puste kam ich in die Villa gerannt.

Alfredo fragte: »Was ist passiert, was haben Sie, Miss Soraya?«

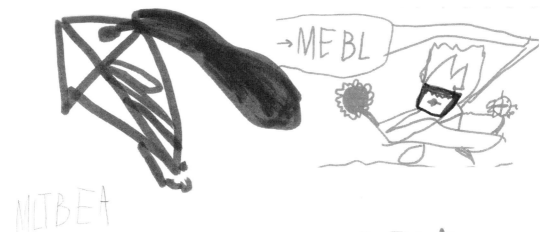

Illustrationen: Malte Kiel

Ich antwortete: »Das kann ich gerade nicht beantworten. Bitte bring mir ein Glas Wasser.«

Der Butler holte schnell Wasser für mich.

Ich konnte nicht mehr klar denken. Was mochte das gewesen sein? Wie konnte sich ein Müllhaufen bewegen? Ich musste einfach noch mal dahin, sonst würde ich nachts kein Auge zukriegen. Auf dem Weg zum Marsee bekam ich etwas Angst. Aber als ich ankam, wo ich diesen komischen Müllhaufen gesehen hatte, war da nichts mehr. Wie konnte das sein? Vor einigen Minuten war da doch noch dieses komische Müllding. Ich suchte das Ufer ab und fand nur ein Bild. Darauf waren ein Mann und eine Frau. Die Frau hatte ein Hochzeitskleid an, und irgendwie kam sie mir bekannt vor. Ich schaute mir das Bild noch mal genau an. An einer Kette um den Hals der Frau entdeckte ich das Medaillon, das mir das komische Wesen am Marsee gegeben hatte. Aber ... die Frau war ja die gleiche wie die im Medaillon! Nur jünger.

Und plötzlich erkannte ich auch den Mann neben ihr. Das war doch mein Vater! Konnte es sein, dass diese Frau meine Mutter war? Ich war fassungslos. Ich sah zum ersten Mal ein Bild von meiner Mutter.

Ich musste mich beruhigen, sonst würde mir noch schwindlig werden. Ich hatte meine Mutter nicht kennengelernt. Mein Vater erzählte, wenn ich ihn nach ihr fragte, dass sie auf dem Planeten Turan sei. Wobei die Geschichten,

Illustrationen:
Bogdan Panchenko,
Alma Kokollari

die er über sie erzählte, sich nicht selten widersprochen hatten, fiel mir jetzt ein. Was hatte es zu bedeuten, dass dieses Wesen mir ausgerechnet jetzt das Medaillon gebracht hatte? Ob sie gar nicht auf Turan war? Ob das Medaillon ein Zeichen von meiner Mutter an mich sein konnte? Ich musste noch einmal mit meinem Vater über meine Mutter reden, beschloss ich.

Kapitel 106 Soraya

Und so stehe ich vor der Tür des Büros. Mit großen Erwartungen an meinen Vater. Wieder einmal. Ich erwarte eine andere, eine neue Story über meine Mutter, die mich vielleicht endlich überzeugen kann. Mein Vater, der General, wie man ihn so nennt. Es ist bitter, wenn meine Befürchtung wahr ist, und mein eigener Vater mir nicht die Wahrheit über meine Mutter erzählt.

Ich klopfe dreimal kurz, dreimal lang an die Tür. Das ist unser Geheimzeichen. Mein Vater weiß dann, dass ich es bin. Als ich Kind war, haben wir so zusammen gespielt. Ich war eine Art Geheimagent und er die Kontaktperson, der ich berichtete. Ein bisschen vermisse ich diese Zeit, aber jetzt steht die Trauer im Vordergrund. Die Trauer um meine Mutter, die ich nie kennenlernen durfte. Oder habe ich sie doch kennengelernt? Fast kommt es mir so vor. Ich spüre etwas Unüberschreitbares, etwas wie eine Lücke im Gedächtnis, eine Erinnerung, für die mir der Schlüssel fehlt.

»Herein!«, brüllt mein Vater aus dem Büro.

Ich betrete das Zimmer.

Sein Büro sieht dunkel aus. Und kahl. Ein relativ großer Schreibtisch steht mitten im Zimmer, wo mein Vater wie immer sitzt. Zumindest immer, wenn ich ihn besuche. Deshalb finde ich es komisch, dass im Büro ein Sofa steht. Direkt an der Wand neben dem großen Aquarium. Wozu braucht er dieses Sofa, wenn er dort doch nie sitzt? Im Aquarium schwimmen sehr komische Fische. Als Kind habe ich gern hier gestanden und die Fische beobachtet.

Mein Vater steht auf und kommt mir entgegen. »Was kann ich für dich tun, mein Schatz?«, fragt er mich umarmend. Sein Blick ist verängstigt, mit einem ... nennen wir es mal Fake-Lächeln. Er greift nach seinem Tuch und wischt sich den Schweiß von der Stirn, lächelt mich dabei aber weiter an.

Ich drehe mich um und schließe die Tür hinter mir. »Wir müssen reden, Papa«, sage ich. »Über Mama.«

Er sieht nicht erfreut aus. Er wischt sich noch einmal schnell über das Gesicht und deutet auf das Sofa, um mir zu zeigen, dass ich mich hinsetzen soll. Langsam bewegt er sich selbst auf das Sofa zu und nimmt Platz. Mir kommt das alles komisch vor. Er hat sich doch sonst nie auf das Sofa gesetzt, nicht wenn ich da war zumindest.

Ich setze mich zu ihm und frage verängstigt: »Papa, alles okay? Du siehst so ...«

»Nichts!«, sagt er schroff. »Es ist alles okay. Hör mal, Schatz, ich weiß, du vermisst deine Mutter, ich ja auch, aber du musst wissen, dass sie ganz weit weg am Arbeiten ist. Du weißt schon, auf Ta-Tu ... ähm ...«

»Turan?«, unterbreche ich ihn. Ich werde immer fuchsiger.

Er fährt fort: »Ja, genau, Toran.« Er hustet leicht. Dann fährt er fort: »Und du weißt, es ist sehr weit weg, und sie ist am Arbeiten.«

Das hat er doch gerade erst gesagt, denke ich wütend. »Sie erforscht die einheimische Flora?«, frage ich.

Er schaut sich panisch um sich und gibt schließlich als Antwort: »Ja, genau!«

»Ha! Lügner!«, rufe ich und springe auf. »Das letzte Mal sagtest du, sie würde den alten Leuten dort helfen!« Ich kann kaum meine Tränen zurückhalten.

»Pssst« Er legt den Finger auf die Lippen und blickt panisch um sich.

»Nein ... ähm ... Ich ...« Jetzt wird er versuchen, sich mit einer Ausrede zu retten. Es ist mehr als deutlich, mein Vater belügt mich!

Wissensupdate: *2127 gibt es in Bochum keine Friedhöfe mehr. Zur Vermeidung negativer Gefühle und um Rebellion und Aufstände zu vermeiden, wird so getan, als würde niemand sterben. Behauptung: Die Bochumer verbringen ihren Ruhestand auf dem Planeten Turan. Sehr geschickt von der Regierung, denn die Bewohner zahlen in die Rentenkasse ein, um auf Turan einen guten Ruhestand zu verbringen – die Regierung heimst Geld ein und entsorgt die Toten. Wenn jemand doch mal Sorgen hat, werden »Alles-wird-gut-Kerzchen« angezündet.*

Ich schlage die Hände vors Gesicht und fange an zu heulen.

Mein Vater läuft auf mich zu und versucht, mich zu beruhigen. »Jetzt hör doch auf, Kind. Es reicht!« Seine Versuche, mich zu beruhigen, sind vergebens. Da hebt er die Stimme und wird wütend: »Weißt du, ich tu alles für dich. Du hast eine eigene Villa und sogar einen eigenen Butler und ...« Er wird unterbrochen durch einen Holofonanruf. Ich blicke meinen Vater an. Sein Gesicht ... Ich hab ihn noch nie so verängstigt gesehen. Ich höre kurz auf zu weinen.

»Ja-a?«, sagt mein Vater am Holofon.

Ich höre nicht den Anrufer, aber mein Vater wirkt beruhigt, also setze ich mein Weinen fort.

»Ich verstehe, ich komme sofort«, sagt mein Vater, steht auf und marschiert aus dem Büro. Er lässt mich alleine. Das enttäuscht mich noch mehr. Ich setz mich auf das Sofa und heule, bis es plötzlich anfängt, im Aquarium zu blubbern ...

Werde ich jetzt komplett wahnsinnig? Ich wünsche mir langsam echt, Stimmen zu hören, dann wäre ich mir zumindest in diesem Punkt ganz sicher, wenn sonst schon alles in meinem Leben unklar zu sein scheint.

»Nach der Begegnung mit einem lebenden Müllhaufen und einem mysteriösen Wesen, das einfach aus dem Marsee geklettert kommt, dürfte ich aber eigentlich auch so schon sicher sein, dass ich verrückt bin«, sage ich laut in den Raum.

»Ein mysteriöses Wesen, wie?«, ertönt eine weiche und freundliche Stimme aus Richtung des Aquariums.

Ich springe panisch auf und verstecke mich hinter dem Schreibtisch meines Vaters. Vorsichtig schaue ich dahinter hervor und starre auf das Aquarium. Eine Gestalt formt sich aus dem Wasser. Mit kristallblauen Augen. Sie schaut mich an.

»Ich sehe dich ...«, spricht die Stimme leise, ohne den Mund zu bewegen.

Die Stimme kommt eigentlich aus mir, bemerke ich. Aus meinem Gehirn. Die Kreatur spricht durch meine eigenen Gedanken zu mir ... Ich verliere die Angst. Die Kreatur sieht viel zu harmlos aus, um eine Gefahr darzustellen.

»Du ... bist doch nicht böse, oder?«, frage ich vorsichtig.

Sie neigt den Kopf zur Seite und sagt: »Finde es heraus.«

Die Gestalt scheint die ganze Zeit in Bewegung. Ich erkenne, dass es eine Frau ist. Sie legt ihre Hand an die Scheibe des Aquariums.

Nun kommt meine Neugier durch. Ich stehe auf und gehe langsam zum Aquarium. Ich lege meine Hand von der anderen Seite auf die Scheibe. Nichts passiert.

Das Wesen lacht. »Siehst du? Ich tu dir nichts«, sagt sie leise.

»Wer bist du?«, frage ich.

Die Frau schaut mich an und entfernt sich ein kleines Stück von der Scheibe. »Infinity ist mein Name«, flüstert sie. »Ich bin ein Wassergeist. Aus dem Marbach. Ich kann in die Vergangenheit aller Menschen sehen, auch in deine. Doch das spielt gerade keine Rolle, wir können später darüber reden«, sagt sie. Sie klingt besorgt, als sie fortfährt: »Ich habe nicht mehr viel Zeit, ich werde schwächer. Deswegen musst du mir gut zuhören, verstanden? Es ist sehr wichtig.«

»Ja, jetzt sag schon«, antworte ich ungeduldig.

»Suche Cynthia. Sag ihr, sie soll das Seefinchen finden. Weiter wird euch das Schicksal leiten.«

Viele Fragen schießen mir durch den Kopf. »Schön, aber warum?!«, will ich wissen.

»Du wirst die Antworten selber finden müssen«, sagt Infinity und verschwindet langsam.

»Nein, warte, was soll das heißen?«, sage ich, aber sie ist schon fort.

Das Seefinchen finden ... Nun, da ich nichts Besseres zu tun habe, kann ich genauso gut diese Cynthia suchen gehen.

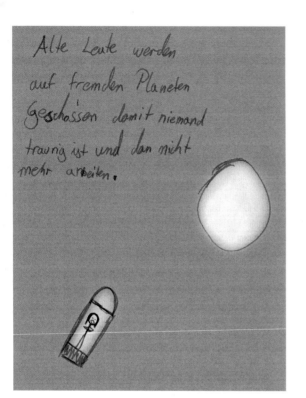

Illustrationen: Cora Knüppel, Bogdan Panchenko

Kapitel 107 Chestnut

Chestnut kam mit hängenden Schultern vom Marbach.

Da kam sein Freund, das Schnabeltier Buffalo, und fragte: »Was ist denn los? Du siehst so traurig und verletzt aus. Hast du deinen Fisch etwa nicht bekommen?«

Chestnut sagte: »Nichts, nichts. Meinen Fisch habe ich übrigens schon bekommen.«

Buffalo

Spezies: *Schnabeltier*
Geschlecht: *Junge*
Alter: *6 Monate*
Besonderheiten: *sehr großer, schwarzer Schnabel*
Bester Freund: *Chestnut!*
Familie: *Buffalos Schwester und Mama vom Hai gefressen*

Beide schwiegen eine Weile. Dann rückte Chestnut doch endlich mit der Sprache heraus: »Ich denke gerade über frühere Zeiten nach, denn ich habe ja keine Eltern, und ich würde gerne wissen, was mit ihnen passiert ist.«

Buffalo überlegte, was er sagen sollte. Schließlich sagte er: »Das ist eine gute Frage. Meine Familie ist ja auch verunglückt.«

Chestnut sprach dazwischen: »Entschuldigung, dass ich dich unterbreche, aber kann ich dir kurz erklären, woran ich mich noch erinnern kann?«

»Ja, na gut.«

Chestnut erzählte: »Ich kann mich noch daran erinnern, dass es solche doofen Leute waren, die seltsam aussahen. Sie haben meine Mutter getötet, weil sie etwas wusste, das sie nicht wissen sollte. Und meinem Vater haben sie so ein Mittel gegeben, damit er ein Troll wird.«

Buffalo antwortete: »Das ist ja schrecklich. Bei mir war es ganz anders. Meine Mutter und meine Schwester wurden von einem Hai gefressen. Von meinem Vater weiß ich nichts Genaues. Lass uns einen Spaziergang machen, dann werden wir vielleicht munterer.«

Chestnut überlegte, dann sagte er: »Na gut. Ich wäre auch froh, wenn ich eine Ablenkung kriegen würde.«

Sie gingen los und trafen auf dem Weg ein Wesen, das sehr seltsam aussah. Chestnut fragte: »Was bist du denn?«

»Hallo, ich bin der Horst. Ich bin ein Rawe. Es gibt von uns ganz, ganz viele. Es gibt keinen Unterschied zwischen weiblich und männlich, wir sind alle gleich. Jeden zehnten Monat kriegt einer von uns 50 Kinder. Zwei davon lösen sich wenige Minuten nach der Geburt in Luft auf. Wir legen keine Eier

Buffalo und Chestnut
(Illustrationen:
Lena Kiel, Veda Weser)

oder so, sondern wir blasen durchs Blasloch, und dann kommt ein Baby-Rawe heraus! Übrigens, wir haben auch eine interessante Verwandtschaft, nämlich die Qualufanten. Sie bestehen aus Qualle und Elefant.«

Chestnut und Buffalo erzählten von ihren Problemen, aber der Rawe plapperte einfach weiter: »Ihr sollt natürlich euren Spaziergang machen, aber ich hätte einen Tipp für euch. Geht durchs kleine Wäldchen. Dahinter liegt eine große Wiese. Dort werdet ihr etwas finden. Das wird euch sehr interessieren.«

Kapitel 108 Buffalos Familie

Bevor wir uns mit Chestnut und Buffalo auf die Wiese hinter dem großen Wäldchen begeben, müssen wir doch noch eine Geschichte loswerden. Nämlich die von Buffalos Schnabeltiermama:

Es war einmal ein neugieriges Schnabeltier. Es schwamm gerne im Wasser, konnte aber auch an Land leben. Es hatte einen Schwanz wie ein Biber, aber einen Schnabel und Füße wie eine Ente. Es konnte Eier legen, obwohl es ein Säugetier war. Es hatte sich verlaufen und kam an den Marbach. Weil es so lecker dort roch. Das Schnabeltier folgte dem leckeren Geruch und kam zu einem Hot-Dog-Stand. Da schnappte es sich Hot-Dogs aus dem Mülleimer und fraß die. Dann kam es zum Trampolin. Es wusste nicht, was ein Trampolin ist, aber es sprang einfach drauf. Es hüpfte fröhlich. Dann sah es einen Schmetterling und hat für einen Moment nicht aufgepasst. Da ist es vom Trampolin gefallen. Aber zum Glück direkt platsch ins Wasser rein. Zwei Personen saßen am Ufer auf einer Schaukel. Einer sprang ins Wasser und dem Schnabeltier direkt auf die Schnauze. Wütend verfolgte das Schnabeltier den Menschen. Da wurde ihm aber schlecht. Von dem Hot-Dog. Und dem Hüpfen. Und der ganzen Aufregung. Weil ihm so schlecht war, ging es wieder ins Wasser und suchte sich lieber ein paar leckere Muscheln. Mit den Muscheln ging es zum Grillplatz, um sie zu grillen. Dabei hat es sich die Flosse verbrannt, weil Grillen etwas ganz, ganz Neues für das Schnabeltier war. Zum Glück hat es sich nur ganz leicht verbrannt. Da ist es schnell ins Wasser reingesprungen. Das hat gespritzt. Weil das Wasser schön kalt war, hat das Schnabeltier keine Brandblasen gekriegt. Es ist weitergeschwommen und hat ein schönes Plätzchen zum Schlafen gesucht. Da hat es die Hängematte gesehen und wollte sich dort ausruhen. Es ist raus aus dem Bach, aber da kam ein Hund und bellte das Schnabeltier an. Es hatte Angst und rannte weg. Es rannte durch den ganzen Park. Am Trampolin ist es gestolpert. Es hat sich aber zum Glück nicht so schlimm wehgetan. Aber da war wieder der Hund. Der Hund hat das Schnabeltier gebissen. Da kam der Krankenwagen. Im Krankenhaus haben sie gemerkt, dass das Schnabeltier schwanger war. Da ist das Baby geboren worden. Es war ein Junge. Die Mama hat den Jungen Buffalo genannt.

Irgendwann wollte die Schnabeltiermama Baby Buffalo den Marbach zeigen. Sie hat ihn überall rumgeführt. Zum Skatepark, zur Wasserrutsche, zum Zoo, bis zur Disko. Dann sind sie quer durch das Wasser geschwommen.

Buffalo hat gesagt: »Ich hab so Hunger. Ich hab noch gar nichts gegessen.«
Da ist die Mama mit ihm zum Hot-Dog-Stand gegangen.
Baby Buffalo hat gedacht: Hm, lecker, was ist das?
Aber der Wurstverkäufer scheuchte sie weg. Und dann kam wieder der Hund und hat die beiden verfolgt. Es kam aber auch die Besitzerin und hat den Hund mitgenommen. Mutter und Baby Buffalo sind dann zum Grillplatz und haben

Marpark
Ausschnittskarte

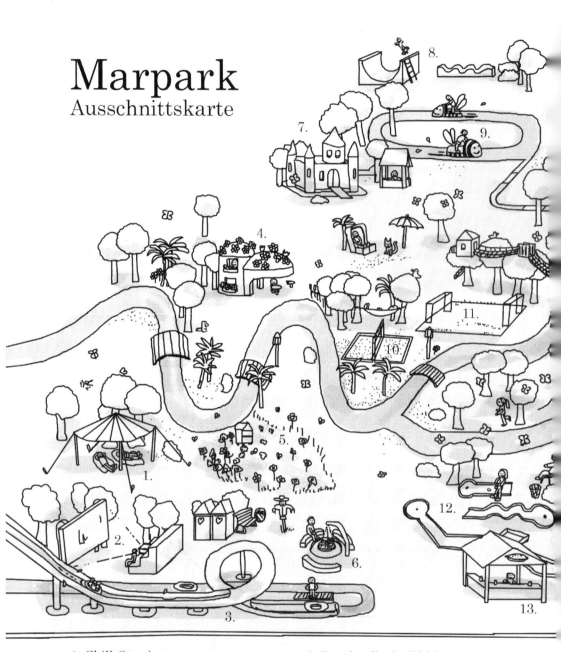

1. Chill-Out-Area
2. Freilichtkino
3. Wasserrutsche mit Luftbooten
4. Blumencafé
5. Blumenwiese mit Bienen
6. Grillplatz
7. Prinzessinnenschloss
8. Skatepark
9. Bienen-Jet-Ski
10. Beachvolleyballfeld
11. Fußballfeld
12. Minigolfplatz
13. Snackbar
14. Baumhäuser mit Hängebrücken
15. Wolkenrutsche
16. Trampolin
17. Schaukel
18. Kinderdisco

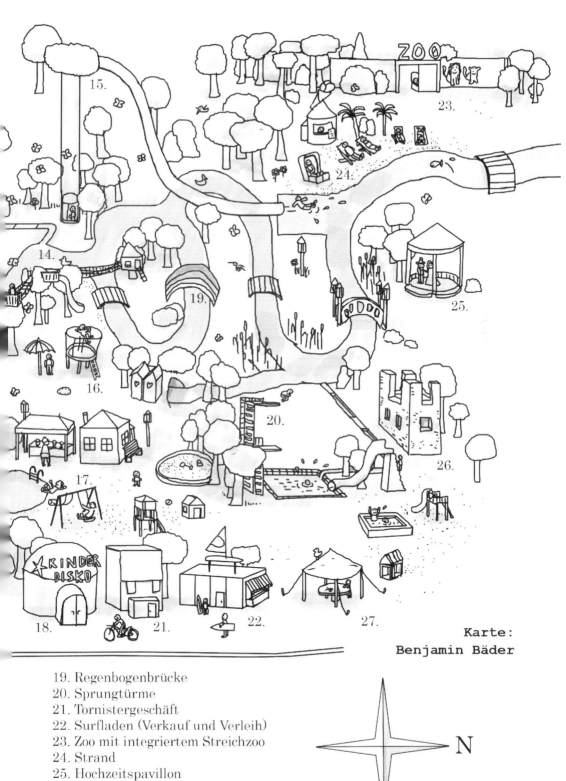

19. Regenbogenbrücke
20. Sprungtürme
21. Tornistergeschäft
22. Surfladen (Verkauf und Verleih)
23. Zoo mit integriertem Streichzoo
24. Strand
25. Hochzeitspavillon
26. Legoburg
27. Bastelworkshop

Karte: Benjamin Bäder

gegrillt. Danach haben sie Volleyball gespielt. Es kamen ein paar Menschen, die wollten auch spielen, aber die Schnabeltiere haben einfach weitergespielt, bis sie keine Lust mehr hatten. Da haben sie in der Hängematte gechillt.

Später bekam die Mutter noch ein Baby. Ein Mädchen. Die drei sind am Marbach auf eine Bootsfahrt gegangen und auf die Wasserrutsche und zum Trampolin. Dann sprangen die Babys plitschplatsch in den Bach und machten alles nass.

Die Mutter sagte: »Oh! Wo sind meine Babys?« Sie hat sie im Bach gesehen und ist kopfüber reingesprungen und hat sie gefangen. Dann haben sie Muscheln gegrillt. Die Mama ging danach aufs Trampolin. Die Babys warteten in der Reihe. Da landete die Mama im Baum und kam nicht mehr runter. Sie schrie: »Hilfe!«

Die Babys riefen die Feuerwehr. Aber der Baum war zu hoch. Da nahmen die Babys ein Trampolin, da konnte die Mama draufspringen.

Dann gingen sie ins Stadion. Und danach gingen sie zum Hochzeitsplatz. Da waren lauter Menschen, die feierten. Die Schnabeltiere hatten aber so Pistolen, damit konnten sie Wiese machen. Und sie haben überall Wiese gemacht. Und dann haben die Babys das Brautkleid von der Frau kaputtgemacht. Der Bräutigam war sehr sauer und hat sie verjagt.

Dann gingen die drei zur Mülltonne und haben einen Hot-Dog gefunden.

Die Mama sagte: »Wollt ihr auch was?«

Die Babys wollten gern was davon.

Sie sind auch ins Kino gegangen und wollten einen Film gucken. Aber der war viel zu brutal, der war nämlich ab 18. Deshalb sind sie lieber raus und an den Marbach und über die Marbachbrücke gegangen.

Das Mädchen sagte: »Oh! Ein Schloss!«

Und der Junge: »Nein, eine Burg!«

Und die Mutter sagte: »Ist doch egal, was das ist.«

Dann sind sie in den Bach gegangen und dachten alle drei: Das war aber ein schöner Tag.

Eines Tages schwammen Buffalo, seine Schwester und seine Mama wieder im Marbach. Sie trafen ein paar Fische. Kleine Fische mit Mama und Papa. Dann trafen sie einen großen Hai. Der Hai wollte sie alle fressen. Er schnappte sich die Schwester von Buffalo und fraß sie auf. Buffalo und seine Mutter schwammen traurig weiter. Sie sind hin- und hergeschwommen im Bach. Dann trafen sie einen Delfin. Der wurde ihr Freund. Eines Tages wurde auch Buffalos Mutter vom Hai gefressen. Buffalo und der Delfin konnten sich in eine dunkle Höhle retten und haben dort die Antifischhühner entdeckt. Die vergiften andere Unterwassertiere. Deshalb sind Buffalo und der Delfin schnell geflüchtet. Sie haben Blätter gefressen und Bauchschmerzen bekommen. Dann haben sie wieder einen Hai getroffen. Der war aber lieb und hat mit ihnen gespielt. Sie trafen dann aber noch einen Freund: Gary, das Schnabeltier. Gary hatte einen Hut auf und war ganz blau.

Dann sind sie weggeschwommen. Dann haben sie etwas gesehen, was sie noch nie zuvor gesehen haben: einen Kürbis unter Wasser. Den haben sie probiert und gesagt: »Das schmeckt lecker.«

Der liebe Hai wollte nicht mehr mit ihnen befreundet sein, weil er sagte, dass sie zu lecker aussehen. Deshalb sind Buffalo, Gary und der Delfin weggeschwommen und haben einen Tunnel entdeckt.

Später kam Buffalo allein wieder aus dem Tunnel zurück.

→ *Du möchtest wissen, was Buffalo, Gary und der Delfin im Tunnel erlebt haben? Und wo Gary und der Delfin abgeblieben sind? Dann schau nach im Bonusteil »Am Marbach in Bochum« ab Seite 489.*

Er ist dann weitergeschwommen und hat eine Taucherin und einen Babyotter getroffen. Plötzlich war der Hai wieder da. Der Hai war jetzt noch böser. Der hat den Babyotter gefressen. Die Taucherin hat das gar nicht mitgekriegt. Da ist Buffalo schnell hingeschwommen und hat sich auch fressen lassen. Er hat den Babyotter aus dem Bauch des Hais geholt.

Buffalo und der Babyotter, der übrigens Chestnut hieß, sind weitergeschwommen und haben ein Flugzeugwrack gefunden. Im Wrack haben sie Muscheln gefunden und sich gefreut. Chestnut hat erzählt, dass die Taucherin Cynthia heißt und er mit ihr zusammen den Marbach beschützt.

Kapitel 109 Buffalo und Chestnut

»Komm, lass uns gehen«, meinte Buffalo, nachdem der Rawe davongeflattert war.

Schweigend liefen sie durch das Wäldchen. Und dann über die Wiese hinter dem Wäldchen. Die war voller roter und gelber Rosen. Aber auch Distelpalmen wuchsen dort. Und Gänseblümchen. Es war wunderschön. So schön, dass man am liebsten gar nicht mehr wegwollte.

Irgendwann blieben Chestnut und Buffalo an einer Höhle stehen. Sie war überwuchert von Moos und passte irgendwie gar nicht in diese Idylle. Die beiden wunderten sich und gingen nachgucken, was da war. Denn so einen Ort hatten sie überhaupt noch nie gesehen. Als sie schon ganz nah an der Höhle waren, erhob sich plötzlich aus den Steinen ein wütender Troll. Er holte mit seiner steinbesetzten Pranke aus, hielt dann aber inne. Seine nussbraunen Augen – genauso niedlich wie die von Chestnut – füllten sich mit Tränen. Er weinte. Ja, große, dicke Tränen rannen ihm die Wangen herunter. Er hielt sich eine Hand vor sein großes, vom Alter zerfurchtes Gesicht. Er nahm Chestnut vorsichtig zwischen zwei Finger. Er hatte richtig dicke Wurstfinger. Chestnut dachte sich aber, dass es für einen Troll richtig dünne und schlanke Finger waren. Die Hände waren voller dicker Venen und sehr runzelig. Wie alt ist dieser Opa wohl, dachte Chestnut.

Der Troll war plötzlich entrüstet. Das merkte man voll, denn er setzte den Babyotter abrupt ab.

Chestnut landete auf seinem Schwanz. Mist, dachte er, liest dieser Troll etwa Gedanken? Schnell dachte er an etwas anderes. Daran, wie schön und groß der Troll doch war. Daraufhin zeigte der Troll grinsend seine großen, von Moos überwucherten Zähne.

Ih, wie eklig, dachte Chestnut.

Der Troll lachte laut. Er und Chestnut hatten Buffalo ganz vergessen. Das Schnabeltier stand nun einsam und verlassen auf der Wiese. Dort war inzwischen alles verwelkt und zu Stein geworden. Alle Pflanzen waren echt kaputt. Es sah unheimlich aus.

Der Troll aber nahm jetzt auch den kleinen Mister Schnabeltier ins Visier: »Na, wer bist du denn, du Kleiner?« Er wollte lieb klingen, aber das klappte nicht so. Das kleine Schnabeltier schreckte vor seiner Stimme zurück.

Chestnut sagte: »Keine Angst. Du brauchst vor ... Sag mal, Troll, wie heißt du denn eigentlich?«

Der Troll lachte und grinste dann. Chestnut überlegte. Er war sich sicher, dass er dieses Grinsen schon irgendwo gesehen hatte. Er wusste nur nicht wo. Aber, dachte unser kleiner Freund, es fällt mir bestimmt gleich wieder ein. Wenn nicht jetzt, dann in einer Stunde. Oder etwas mehr ...

»Ich heiße Hazelnut Peanut«, sagte der Troll nun. »Ich habe diesen Namen gehasst, bis er einer wunderschönen jungen Lady aufgefallen ist. Heute bin ich stolz auf diesen Namen. Wer wäre es nicht?«

Nach dieser Rede begann Chestnut erst mal zu heulen (weil er auch genau diesen Namen haben wollte. Aber natürlich ging das nicht).

Buffalo hingegen bekam einen Lachanfall. Der war so ansteckend, dass auch Chestnut lachen musste. Sie lachten und kugelten auf dem Boden, bis von dem wilden Lachen ihre Schwänze ganz verknotet waren. Aber genau in so einer Situation ist es doch gut, einen Troll zu haben. Hazelnut Peanut half den beiden gackernden Tieren, sich wieder zu entwirren und sicher auf ihren kleinen Pfoten zu stehen.

»Warum warst du nicht schon vorher da?«, wollte der kleine Chestnut wissen.

Hazelnut Peanut meinte: »Das können wir alles in der Höhle klären. Kommt mit.«

Aber die beiden Angsthasen schüttelten die Köpfe. Nein, in diese Höhle wollten sie nicht gehen. Das war da sooooooooo dunkel und bestimmt gefährlich.

Der Troll, der schon am Eingang angekommen war, drehte sich noch einmal um: »Kommt, ihr Kleinen. Ich habe nur eine kurze Zeit, die ich hierbleiben kann. Ich werde euch beiden alles erzählen. Aber jetzt kommt mal. Ich werde ungeduldig. Oder soll ich euch etwa auf meinen Rücken hieven? Der ist aber ganz schön stachelig.«

Jetzt schüttelten Chestnut und Buffalo natürlich die Köpfe. Nein, sie waren doch keine kleinen Babys mehr.

»Wir können schon alleine laufen«, sagte Chestnut.

»Echt«, beschwerte sich Buffalo. »Was Erwachsene immer denken. Wir können auch schon viel.«

»So sieht es aus«, bekräftigte Chestnut. »Genau so und nicht anders.«

»Damit das mal klar ist«, sagte Buffalo.

Und dann folgten sie dem Troll in die Höhle. Sie war nicht so gruselig, wie die beiden gedacht hatten. Nein, es war sogar richtig gemütlich dort drinnen. Auf der einen Seite stand ein Wollbett. Es war so groß, dass mindestens zehn erwachsene, große Männer darin Platz gehabt hätten. Aber wie es aussah, gehörte es nur dem einen. Nämlich dem Troll. In der Mitte der Höhle stand ein großer, von Rosen umrankter Sarg. Der Troll brummte kurz und bedeutete Chestnut, dass dieser näher treten solle. Das tat Chestnut. Als er in den Sarg sah, traute er seinen Augen nicht. In dem Sarg lag eine Schriftrolle. In den Händen einer wunderschönen Otterdame. Sie hatte ihre Augen geschlossen. Ihr Schwanz lag ordentlich geringelt um ihre zierlichen Pfoten. Die Pfoten hatten einen schwachen Hellbraunton. Die Krallen waren schwarz. Die Augen der Otterdame waren von langen schwarzen Wimpern umrahmt. Die Wimpern sahen aus, als wären sie immer gut gepflegt worden. Und zwar sehr liebevoll. Als würde jemand diese Otterdame aus tiefstem Herzen lieben. Und dafür sorgen, dass sie immer so bliebe. Immer. Jeden Tag. Jede Sekunde. Für alle Zeiten.

Als Chestnut sich über den Sarg beugte, brach er in lautes erschütterndes Weinen aus. Der Troll nickte, als wisse er, warum unser kleiner Freund so weinte. Buffalo verstand die Welt nicht mehr. Er wollte seinem Freund helfen, aber er wusste nicht, wie. Ja, er hatte gesehen, wie schön die Otterdame war, aber warum weinte sich dann sein Freund die Seele aus dem Leib? Ob ihm wohl sein Fisch nicht geschmeckt und er jetzt Bauchschmerzen hatte? Er lief mit kleinen Schritten zu Chestnut und legte ihm tröstend die Hand auf die Schulter.

Schließlich brachte Chestnut hervor: »Mama.«

Hazelnut Peanut trat zu Chestnut. »Ich wollte, dass du es selbst herausfindest. Hätte ich es erzählt, hättest du mir doch nicht geglaubt.«

Chestnut nickte. Noch ein paar leise Tränen rannen ihm die Wangen herunter, an seiner kleinen Stupsnase vorbei, und landeten dann in seinem Fell. Dadurch wurde das Fell innerhalb kurzer Zeit nass.

Kapitel 110 Soraya

Als Soraya hinter den Büschen hervor und an das Marbachufer trat, sah sie ein Mädchen, das sich mit einem Otter unterhielt. Es war das Mädchen, das sie daran hatte hindern wollen, einen Eimer Wasser aus dem Marbach zu schöpfen.

War das diese Cynthia? Durch Infinity hatte sie außer dem Namen Cynthia und der Botschaft, die sie ihr übermitteln sollte, nichts weiter erfahren. Selbst dass sie am Marbach nachschauen könnte, um Cynthia zu finden, war ihr erst durch Nachdenken und logisches Kombinieren eingefallen, da Infinity ja selbst aus dem Marbach kam und mit Sicherheit dort auch Cynthia getroffen hatte, denn viel weiter würde sie ja nicht gekommen sein als Wassergeist.

Das Mädchen saß am Ufer, die Füße baumelten im kristallklaren Wasser des Bachs, und der Otter planschte zu ihren Füßen und plauderte fröhlich vor sich hin.

»Hey, bist du Cynthia?«, sprach Soraya sie schließlich an.

Fast augenblicklich wandte das Mädchen den Kopf und starrte sie aus ozeanblauen Augen an. »Wer will das wissen?« Ihre Augen verengten sich, und Soraya fühlte sich kritisch beäugt.

»Ich, äh, ich bin Soraya ...« Sie stockte, als das Mädchen aufsprang und um sie herumging.

»Und weiter? Von wo kommst du? Wer schickt dich?« Wie ein Raubtier lauernd schlich Cynthia im Kreis um Soraya herum, sie bedrohlich anstarrend. »Warte ... Bist du nicht die Tochter des Generals?«

»Hhm ... Mein Dad ist der General, das stimmt«, bestätigte Soraya. »Aber, aber ... wegen dem bin ich nicht hier!«

Da diese Cynthia die Augen noch weiter verengte und es aussah, als würde sie Soraya jeden Moment anfallen, fühlte Soraya sich in der Pflicht, gleich mit der Sprache rauszurücken: »Und, also ... Dieser Wassergeist, Infinity, hat mich geschickt. Sie schien dich zu kennen.«

Cynthia blickte verwirrt. »Infinity?«

Eine piepsige Stimme meldete sich aus der Richtung des Wassers. »Och, Cynthia, die kennst du: das liebe, bläulich schimmernde Mädchen, das immer bei mir im Bach war und durch das ich dich überhaupt erst kennengelernt habe.« Der Otter sprang aufgeregt umher.

Soraya war etwas verblüfft. Nicht, dass es ungewöhnlich war, dass Tiere in diesen Zeiten sprechen konnten. Sie selbst hatte bloß schlicht und ergreifend noch nie eines mit einem Sprachumwandel-Halsband getroffen. Diese Geräte waren, da sie recht neu waren, immer noch ziemlich teuer. In Sorayas Umfeld wünschten sich zwar alle eins für ihre Tiere, bekamen es jedoch nicht. Ob diese Cynthia für die Regierung arbeitete?, fragte sich Soraya.

Cynthias Blick wurde freundlicher. Sie schien den Worten des kleinen Otters Glauben zu schenken. »Was wollte diese Infinity denn von mir?«

Genaueres wusste Soraya nicht, also erzählte sie nur das, was Infinity ihr aufgetragen hatte: »Sie sagt, dass du ein gewisses Seefinchen suchen sollst … Was das genau ist, oder wo es zu finden ist, weiß ich auch nicht.«

Cynthia schaute ratlos. Auch der Otter hatte keine Hilfe parat. Cynthia wechselte ein paar kurze Worte mit ihm, dann tauchte er in den Bach ein und schwamm fort.

»Danke, schätze ich. Für die Überbringung dieser Nachricht.« Cynthia machte eine angedeutete Verbeugung.

Mit der rechten Hand winkend verabschiedete sich Soraya und rief dem im Wald verschwindenden Mädchen ein »Kein Problem« nach.

Kapitel 111 Soraya

Ich kam vom Marbach zurück. Ich überlegte, wieso ich diese komische Nachricht hatte überbringen sollen. Mir fiel auf, dass ich schon sehr lange draußen war. Ich zog meine Jacke über, weil ich etwas fror. Plötzlich hörte ich ein Klirren – mein Medaillon war aus der Jackentasche gefallen. Das hatte ich wegen Infinity und Cynthia glatt vergessen.

Als ich es aufhob, waren meine Gedanken sofort wieder zurück beim Gespräch mit meinem Vater. Wen könnte ich etwas über meine Mutter fragen? Während ich überlegte, lief ich fast an der Villa vorbei.

Als ich die Villa betrat, kam gleich Alfredo angelaufen und riss mich aus meinen Gedanken: »Hallo, Miss Soraya, geht es Ihnen gut? Sie waren so lange unterwegs …« Er machte sich immer zu viele Sorgen, so als könnte ich jede Sekunde einen großen Fehler machen und dann einfach verschwinden. Langsam ging mir das auf die Nerven.

Ich nickte nur. Als ich mich in meinem Schlafzimmer hinlegte, dachte ich weiter darüber nach, wie ich mich von Alfredo behandelt fühlte. Ich wusste ja, dass er es nur gut meinte. Er sorgte sich eben um mich. Wie sich eine Mutter um … Plötzlich hatte ich eine Idee. Vielleicht wusste Alfredo etwas über meine Mutter! Ich rannte schnell nach unten.

»Alfredo! Ich hab eine wichtige Frage«, sagte ich in der Hoffnung, dass er mir wirklich weiterhelfen könnte.

»Ja, Miss Soraya?«, fragte Alfredo höflich.

»Kennst du meine Mutter?«, fragte ich.

Daraufhin antwortete Alfredo: »Also, ähm … Ja, ich kenne Ihre Mutter.«

Ich glaube, er war wegen meines Vaters unsicher, mir das zu sagen, aber das war mir egal. Ich sagte gespannt: »Erzähl mir alles, was du über meine Mutter weißt!«

»Also, sie war ein sehr nettes Mädchen. Sie sah fast so aus wie Sie, und … Ich habe leider keine Fotos von ihr«, erzählte Alfredo.

Soraya kommt nach Hause
(Illustrationen: Alma Kokollari)

»Schade«, sagte ich. Ich hatte zwar das Foto im Medaillon und das Foto, das ich am Seeufer gefunden hatte, aber ich war noch nicht sicher, ob ich sie Alfredo zeigen wollte.

»Oder ... Warten Sie ... Ein Bild habe ich tatsächlich noch«, sagte Alfredo fröhlich. »Fredi! Hol mir das Bild aus der Kiste.«

Fredi brachte ein Foto. Ich sah es mir an. Darauf waren meine Mutter und ein Baby.

»Auf dem Arm Ihrer Mutter«, sagte Alfredo, »das sind Sie.«

Ich war glücklich. »Was weißt du über meine Mutter?«, fragte ich.

Alfredo antwortete: »Ich muss Ihnen leider sagen, dass ich nicht so viel weiß.«

»Wieso hat sie mich allein gelassen, hat sie mich nicht lieb gehabt?«, fragte ich verzweifelt.

»Doch, das kann ich sicher sagen: Sie hat Sie sehr lieb, Miss Soraya. Und ... sie ist nicht freiwillig dahin gegangen, wo auch immer sie jetzt ist«, sagte Alfredo.

»Woher weißt du das?«, fragte ich.

Da antwortete Alfredo: »Fredi hat mir erzählt, dass er gesehen hat, wie Ihre Mutter in einem Fahrzeug geweint hat, an dem Tag, als sie abreisen musste.«

Alfredo und das Foto
(Illustrationen: Alma Kokollari, Svea Krumhus)

Jetzt war ich sehr traurig. Ich merkte, dass ich ebenfalls angefangen hatte, zu weinen.

»Wie kommen Sie denn überhaupt ausgerechnet jetzt darauf, mich nach Ihrer Mutter zu fragen?«, fragte Alfredo und musterte mich aufmerksam.

»Ich ... Dieses Medaillon hat mir ein komisches Wesen am Marsee gegeben«, sagte ich.

»Oh ja, das Medaillon. Das sollte auch so sein. Ich hab es dem Wesen gegeben«, sagte Alfredo.

»Du?« Da verstand ich. Alfredo hatte gewollt, dass ich anfing, über meine Mutter nachzudenken ... Ich sagte: »Danke, Alfredo.«

»Gern geschehen«, sagte er.

Ich ging nach oben in mein Zimmer. Ich lag auf meinem Bett und dachte nach, bis mir der Magen knurrte. Also ging ich in die Küche, um ein Stück von dem leckeren Kuchen zu essen, den Alfredo gebacken hatte. Aber es war nichts mehr da. »Bestimmt hat Fredi heimlich alles gefressen«, sagte ich leise und kicherte. Ich war kaputt wegen des heutigen Tages. Deswegen legte ich mich hin. Und schlief – trotz des knurrenden Magens – gleich ein.

Kapitel 112 Infinity

Ich weiß nicht so genau, wo ich bin, aber es ist ein Büro und es ist dunkel. Die eine Tür öffnet sich knarrend und ein Lichtstrahl beleuchtet das Zimmer. Ein leises Klicken sorgt dafür, dass das Licht angeht.

Jetzt weiß ich wieder, wo ich bin. In diesem Aquarium. Auf der einen Seite das Büro von K. Einhirn mit den grünen Wänden und den Tierfiguren. Auf der anderen Seite das Büro des Generals, der jetzt gerade das Zimmer betritt.

Er läuft im Zimmer hin und her und sieht etwas verzweifelt aus. Gut, bei seinem Büro würde ich auch keine gute Laune haben. Es ist duster. Bedrückende, leere Betonwände grenzen das Zimmer ab. Es steht nur ein Tisch mit einem Stuhl im Zimmer. Und eine ungemütlich aussehende Couch. Das Zimmer besitzt im Gegensatz zum Büro von K. Einhirn kein Fenster.

Der General setzt sich an den Schreibtisch, kauert sich zusammen und fängt an zu weinen. Meine Gestalt bildet sich mit einem Wasserstrudel, und als mein durchsichtiger Körper aus dem Aquarium ragt, springt der General panisch auf.

»Wer ... Was ... bist du? Wo kommst du jetzt plötzlich her?«, fragt er panisch.

»Ich war schon die ganze Zeit hier. Ich bin Infinity, ein Wassergeist, und durch deine Tränen hast du mich gerufen«, versuche ich mit ruhiger Stimme zu erläutern.

»U... un... und warum bist du hier?«, fragt er mich ängstlich und leicht verwirrt.

»Ich wurde im Auftrag des Präsidenten gefangen genommen und bin dann hier hergeschafft worden. Ich war in meinem schönen Marbach und in Gedan-

Sorayas Zuhause ... und Fredi
(Illustrationen: Mia-Marie Michel,
Saskia Böhlmann, Alma Kokollari)

ken versunken, als plötzlich alles dunkel wurde«, sage ich nachdenklich. »Aber ich tue dir nichts, keine Angst«, sage ich schnell hinterher.

»Okay, und was willst du?«, fragt er mich ruhiger.

»Ich möchte dir helfen. Du bist traurig. Was ist denn los? Möchtest du darüber reden?«, frage ich ihn vorsichtig.

»Ähm, mein Leben ist kompliziert. Ich mache Sachen, die ich nicht machen möchte, aber ich habe keine andere Wahl«, sagt der General traurig.

»Was machst du denn?«, frage ich vorsichtig.

»Ich arbeite für eine Regierung, die keine Regierung sein sollte. Und ich muss meine Tochter belügen«, sagt er wütend. »Ich weiß nicht, was ich machen soll«, schiebt er schnell hinterher.

»Sag deiner Tochter die Wahrheit, lügen ist nie gut«, sage ich ernst zu ihm.

»Aber versteh doch, Geist, ich kann nicht, ich darf nicht! Wenn ich es tue, passieren schlimme Dinge. Das verstehst du nicht. Du bist ein Geist, du hast keine Familie«, sagt er vorwurfsvoll.

»Ich weiß sehr wohl, wie das ist«, meckere ich ihn an. »Ich hatte eine Familie, aber meine Tochter ist schon tot, und ich wünschte, dass ich mehr Zeit mit ihr gehabt hätte«, sage ich nachdenklich.

»Das tut mir leid, Infinity. Das wusste ich nicht. Aber ich darf meiner Tochter die Wahrheit nicht sagen«, sagt er entschuldigend.

»Was genau darfst du ihr denn nicht sagen?«, frage ich.

»Ich weiß, was die Regierung tut. Ich weiß, wie sie ist und was deren Geheimnis ist. Sie tun schreckliche Dinge. Sie erpressen mich, damit ich nichts sage. Sie haben meine Frau. Dieser komische Einhorntyp und dieser Hund, der nur aus Würstchen besteht. Das sind schlimme Kreaturen, die kein Herz besitzen. Meine Frau hat gegen sie gekämpft. Jetzt ist sie nicht mehr da. Und ich lüge meine Tochter Soraya an. Behaupte, dass ihre Mutter auf Turan hilft. Denn wenn ich ihr die Wahrheit sage, werden sie meine Frau umbringen«, sagt er verzweifelt.

Ich schweige kurz und überlege, was ich sagen soll. »Ich weiß, was sie für schlimme Sachen machen. Und ich versuche auch schon, dagegen anzukämpfen, aber ich schaffe es nicht. Es gibt aber wieder eine Untergrundorganisation«, sage ich. Ich entschließe mich, ihm die Vergangenheit zu zeigen, um ihm deutlich zu machen, wo sich diese Organisation aufhält.

In der Wasserblase zeige ich dem General die Hochwasserkatastrophe vor ein paar Jahrzehnten. Man sieht, wie die Stadt Bochum neu aufgebaut wird, aber die alte Stadt stehen bleibt. Man sieht, wie Menschen in die alte Stadt verschwinden und dort bleiben.

Zeit für ein kleines Wissensupdate: *Nach den großen Flutkatastrophen um 2080 herum wurden nach und nach alle Städte im Dreistromland (das Gebiet um Emscher, Ruhr und Lippe) zu autonomen Stadtstaaten. Die Bewohner Bochums sind durch eine große*

Flexxiglaskuppel von der Außenwelt abgeschnitten. Die meisten – also mal mit Ausnahme von den Hütern des Lebens – wissen gar nichts von anderen Städten und denken, die restliche Welt wäre vom Hochwasser verschluckt worden.

»Woher weißt du das alles?«, fragt er mich erstaunt.
»Ich habe schon sehr viel gesehen, ich lebe schon lange in dieser Welt«, sage ich, als ob es das Normalste der Welt wäre.
»Wie alt bist du?«, fragt er mich.
»Alt, zu alt«, antworte ich. »Aber los, such die Untergrundrebellen. Die Hüter des Lebens. Such sie und rette deine Frau aber pas...«
Eine auffliegende Tür unterbricht das Gespräch zwischen dem General und mir. Auf der anderen Seite des Aquariums geht Licht an, und K. Einhirn kommt herein.
»Was ist hier los?«, fragt er den General fast schreiend.
»Nichts, nichts, Boss«, antwortet der General nervös.
»Gut, dann komm mit. Wir haben noch viel zu tun. Und sei vorsichtig! Du weißt, was passiert, wenn du aus der Reihe tanzt«, droht der Präsident.
»Ja, ich weiß Bescheid«, sagt der General eingeschüchtert.
Das Licht geht aus, und beide verlassen den Raum. Nun bin ich wieder allein. Wenn ich doch mit Cynthia reden könnte ...

Ob Soraya Cynthia schon gefunden hat? Ob sie ihr meine Nachricht überbringen konnte? Ich werfe einen Blick in die allerjüngste Vergangenheit und sehe, wie Cynthia ihrem Babyotter Chestnut aufträgt, das Seefinchen zu suchen ...
Ich atme erleichtert auf.

Comics: Lena Kiel, Saskia Böhlmann

Kapitel 113 Buffalo

Nachdem also Cynthia Chestnut beauftragt hatte und Chestnut Buffalo, das Seefinchen zu finden, machte das Schnabeltier sich auf die Suche, blieb dann aber stehen und dachte nach: Ein Seefinchen müsste im Wasser leben, denn sonst würde es ja nichts mit *See* heißen. Also ging die Suche im Wasser weiter. Nach drei Schwimmzügen im Marbach traf Buffalo auf ein Wesen.

Er fragte: »Bist du das Seefinchen?«

»Nein, ich bin doch die Schniraffe«, sagte die Schniraffe.

Na toll, dachte Buffalo.

Er schwamm weiter und traf noch ein Wesen. Es sah aus wie eine Mischung aus Qualle und Elefant.

Buffalo fragte: »Bist du das Seefinchen?«

»Öh?«

»Öhm?!«

»Öh, öh öh öh öh«, sagte das Wesen.

Buffalo fragte: »Der Öh?«

»Öh!«, kam es als Antwort.

Buffalo überlegte: Was sollte das heißen?

Der Öh sagte: »Öh öh öh öh öh? Öh öh öh öh öh!«

»Heißt das: Kannst du meine Sprache verstehen? Und heißt das: Ich bin ein Qualufant?«, fragte Buffalo.

»Öh, Öh Öh Öh Öh Öh!«, meinte der Öh.

Buffalo wurde ungeduldig. Mit einem Ticken Wut sagte er: »Jaja, ich muss weiter.«

Der Öh wurde traurig und fand: »Öh Öh Öh Öh Öh?«

Buffalo wandte sich ab und schwamm weiter. Als er gefühlte fünfzehn Meter geschwommen war, traf Buffalo auf noch ein Wesen.

Er fragte: »Bist du das Seefinchen?«

»Nein, ich bin doch der fliegende Kackhaufen vom fliegenden Holländer!«, antwortete das Wesen.

»Ach so«, sagte Buffalo enttäuscht und schwamm weiter.

Schniraffe und Öh
(Illustrationen: Mia-Marie Michel, Lena Kiel)

Kapitel 114 Buffalo

Welche Wesen Buffalo auf der Suche nach dem Seefinchen noch traf beziehungsweise am Ufer des Marbachs erblickte:
- Der **Mlbe** ist ein Tier. Er kann Luft erzeugen für die Natur. Er hat einen großen starken Pust. Ähnlich wie die Bäume kann er sauerstoffarme Luft wieder mit Sauerstoff anreichern. Er ist grau und etwa 20 bis 30 Zentimeter groß. Er lebt an Land, hat aber keinen festen Wohnsitz. Es gibt mehrere davon.
- Der **Elafb** wohnt an Land und kann wie der Mlbe sauerstoffarme Luft mit Sauerstoff anreichern. Er enthält Strom und hat zwei Propeller. Er ist ein Pflanzentier und erzeugt selbst Elektrizität. Er kann an Bäumen hochklettern, weil er manchmal Blätter für seinen Strom braucht.
- Der **Lteb** wohnt im Marbach. Er ist ein Tier. Er hilft dem Seefinchen, indem er es beschützt. Mit seinen beiden Tentakeln mit Saugnäpfen, aus denen Gift rausgespritzt wird. Das Gift ist tödlich.
- Der **Elti** ist ein Tier, das aussieht wie ein Stöckelschuh. Wer ihn anzieht, dem wird der Fuß abgebissen. Er haust unter der Erde. Er gehört zu den Bösen. Der ausgewachsene Elti sieht aus wie ein Helikopter. Wer ihn anprobieren will, wird vom Elti gestochen und blutet. Der ausgewachsene Elti kann fliegen. Wenn er fliegt, dann kann es auch sein, dass er abstürzt (er hat dann Stromschwäche). Daran kann er sterben. Die kleinen Eltis können noch nicht fliegen und auch nicht sterben. Nach fünf Monaten ist ein Elti ausgewachsen. Sie können auch schwimmen.
- Der **Zeki** kann besonders gut Schlitten fahren. Er wohnt auf einem Felsen. Da ist immer Schnee. Deshalb kann er immer Schlitten fahren. Manchmal fährt er mit dem Schlitten bis runter zum Marbach.
- Die **Speckis** können Fische auf ihren Schwanz hüpfen lassen. Und schmeißen die mit einem Schwanzwedeln hoch. Die Fische kommen dann an Land. Da sterben sie. Aber noch nicht so ganz. Man kann sie noch essen. Wenn ein Specki einen Qualofanten angreift, tut der Specki sich weh, weil der Qualofant elektrische Fangarme hat. Der Specki ist unsichtbar.
- Der **Strohgeier** wohnt auf einem Steinvorsprung im Wasser. Da hat er ein Nest gebaut. So ist er ganz nah beim Bluppa und kann den beschützen vor allen Speckis. Der Strohgeier ist der schnellste Raubvogel der Welt. Er fliegt über ein Strohfeld. Da steht einer und sagt: Du darfst dir 800 Strohballen nehmen. Der Strohgeier verfackelt das Stroh und lässt es dann niederfallen, dadurch ist er schneller. Er ist dann 500 Stundenkilometer schnell. Der Strohgeier lässt das Stroh auf den Specki niederfallen. Der Specki wird schmutzig. Dann kann man ihn sehen. Wenn der schmutzig ist, kann er auf Land nicht mehr gehen. Er kann auch nicht mehr schwimmen. Er ist dann nämlich ohnmächtig.

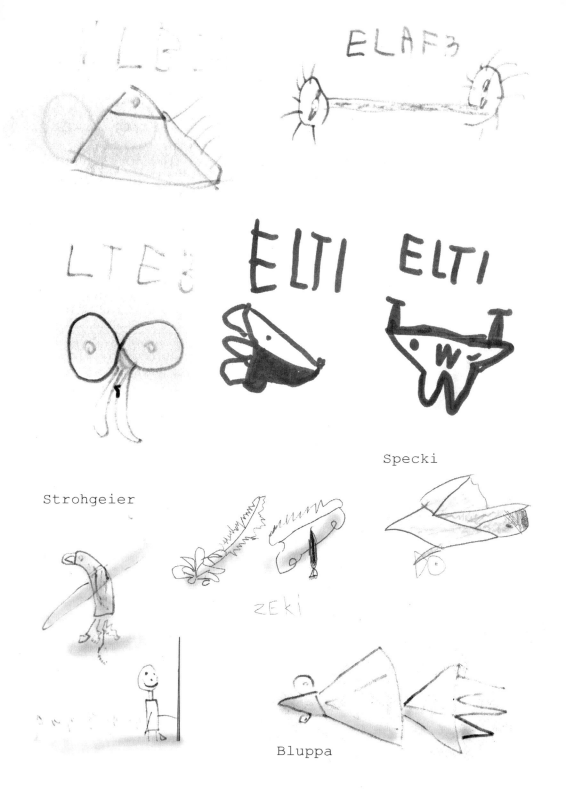

Illustrationen: Malte Kiel

Furzhaufen

Illustrationen: Malte Kiel

- Der **Bluppa** kann schwimmen. Er kann fliegen. Indem er seine Schwanzspitze blitzeschnell dreht. Er kann auch auf den Boden knallen und dann feststecken. Das ist ganz schlecht. Der Bluppa hat den Strohgeier getroffen. Da waren sie beste Freunde. Sie haben sich aber nicht unterhalten, weil sie nicht reden können, sondern nur quietschen. Sie machen nämlich so: »Chr Chr.« Der Bluppa und der Strohgeier fressen gerne Gras. Dafür muss der Bluppa aus dem Wasser ans Land.
- **Otlhm** ist ein Vampir. Er kann fliegen. Er kann dem Specki Blut aussaugen. Er kann sehr stinken. Weil er Stinkfürze macht. Damit greift er an. Die Speckis. Ist doch klar.
- Der **Mleat** ist ein Vogel. Ein Turmfalke. Er isst gerne Regenwürmer. Der Regenwurm findet das schlecht.
- **Ilah** ist eine Wasserschlange. Und Wasserschlangen sind immer giftig. Der Ilah kann schwimmen und mit seinem Schwanz stechen. Er kann seinen ganzen Schwanz bewegen wie einen Arm und damit Menschen einwickeln, sodass sie sich nicht befreien können. Dann ersticken sie.
- **Amam** kann besonders gut hüpfen. Er ist nämlich ein Hase, der Osterhase! Er ist putzig.
- **Alti** ist ein Pferd, ein Wildpferd. Er lebt allein im Wald und lässt sich nicht einfach so fangen.
- **Mofo** kann im Wasser leben. Er kann aber auch fliegen.
- **Kme** kann Feuer speien, kein normales Feuer, sondern Bluttropfen. Er hat einen bestimmten Ort am Marbach, wo er an Gletschern die Bluttropfen einfriert. Und dann sind die Tropfen nicht so klein wie normale Tropfen, sondern so groß wie Äpfel. Er ist böse und greift immer »M« an. Seine Augen sind hart wie Stein.
- **M** ist ein einäugiger Schwan. Mit dem Auge kann er Blitze erzeugen. Er kann unter Wasser bleiben. Der M taucht manchmal auf und fliegt im hohen Bogen in den **Maklphoa**, der ihn schützen soll. Der Maklphoa hat einen großen Magen, den er über den Kme stülpen kann. Dann kommt ein Knoten rein und der Kme bekommt keine Luft mehr. Das ist aber nicht leicht. Der Kme überlebt das meistens. Beim letzten Mal ist der Kme fast gestorben.
- **Etf** ist ein Meerschweinchen und gehört zu den Lieben. Es beschützt Cynthia und kämpft für sie. Es hat einen geheimen durchsichtigen Schwanz (Meerschweinchen haben ja sonst keinen Schwanz). Der Schwanz brennt wie Hulle, wenn er einen berührt.
- **Furzhaufen** kann gut aus den Fürzen Kackhaufen machen. Die Fürze vom Furzhaufen stinken besonders gut.
- **Alt** ist ein guter Kolkrabe. Er kämpft mit seinen Klauen. Damit greift er kleinere Gegner an, aber auch große. Er schafft bis zu 5000 Millionen Kilo.

Kapitel 115 Buffalo

Bald hatte Buffalo keine Lust mehr und schwamm immer langsamer. Schließlich kletterte er ans Ufer, um eine Pause zu machen. Lautlos kam ein Tier angeschwommen. Buffalo drehte sich langsam um, weil er ein »Platsch« von hinten hörte und fragte: »Bist du das Seefinchen?«

»Nein«, meinte das Tier, »ich bin doch der Laberhai. Wollen wir Freunde werden? Ich finde dich jetzt schon sympathisch. Ja, ich mag dich, magst du mich auch? Entschuldigung, dass ich so viel labere, aber das ist Angewohnheit von mir. Ich bin dein Freund!«

»Jaja, aber hast du dir überhaupt die Zähne geputzt? Du stinkst nämlich aus dem Mund!«, beschwerte sich Buffalo.

Der Laberhai sagte: »Wieso sollte ich mir die Zähne putzen? Ich putze mir nie die Zähne.«

Buffalo wandte sich ab, platschte ins Wasser und schwamm weiter. Nach einer Weile traf er auf noch ein Wesen. Und obwohl er keinen Bock mehr hatte, fragte er: »Bist du das Seefinchen?«

Das Wesen zwitscherte: »Nein, ich bin doch die Haarspitze, und ich bin sexy!«

Buffalo schwamm weiter. Er traf erst mal keine Tiere mehr. Dann kam schließlich doch noch ein Tier vorbei und Buffalo fragte genervt: »Bist du das Seefinchen? Wahrscheinlich nicht, oder?«

»Doch, doch, ich bin das Seefinchen«, meinte das Wesen.

»Na endlich, jetzt habe ich dich gefunden!«, rief Buffalo.

Laberhai und Haarspitze
(Illustrationen: Saskia Böhlmann, Mia-Marie Michel)

Comic: Saskia Böhlmann

Kapitel 116 Chestnut

»Ach, Chestnut«, fragte Cynthia. »Weißt du vielleicht, wo der Marsee ist?«
»Natürlich weiß ich, wo der ist«, erwiderte Chestnut. »Aber wie kommst du denn darauf?« Eigentlich wusste er genau, wie sie darauf kam. Aber er hatte doch Hoffnung, dass Cynthia, wenn sie sich nur genug bemühte, nicht immer alles vergaß.
»Ich habe vorhin ein kleines Wesen getroffen. Ich denke, sein Name war Seefinchen, bin mir aber nicht sicher«, erzählte Cynthia.
»Ach echt? Sag bloß!«, entgegnete Chestnut.
»Ja, wirklich!«, rief Cynthia.
Warum erzählt Cynthia mir das?, fragte sich Chestnut. Ich dachte, sie könnte sich wenigstens kurz an etwas erinnern. Wieso weiß sie nicht mehr, dass ich dabei war?
»Und was sagte dir dieses Seefinchen?«, fragte er laut.
»Es sagte mir, ich solle dort bestimmte Leute finden.« Cynthia nickte in der Hoffnung, dass sie nichts Wichtiges vergessen hatte.
»Cynthia, ich denke, Seefinchen meinte damit wahrscheinlich die alten Priester«, erklärte Chestnut.
»Meinst du?« Cynthia war sichtlich verwirrt. »Wenn ich doch nur nicht so vergesslich wäre.« Sie schlug die Hände über dem Kopf zusammen.
»Ja, aber um sie zu finden, müssen wir ganz tief in den Marsee«, erklärte Chestnut.
»Woher weißt du das alles?«, fragte Cynthia erstaunt.
Es dauert zu lange, bis ich Cynthia wieder erklärt habe, dass ich dabei war, dachte sich Chestnut.
»So was lernt man doch als Babyotter schon in der Babyotterschule«, log Chestnut deshalb. Zum Glück kam Cynthia nicht auf die Idee zu fragen, was eine Schule sei. »Aber keine Angst, ich komme natürlich mit.«
»Ach, Chestnut ...« Cynthia tippte ihn an.
»Ja?«, fragte er.
»Ich glaube, das Seefinchen sagte noch etwas von ›Achtung‹ und ›Dreck‹!«, sagte Cynthia lächelnd, da sie sich wenigstens das gemerkt hatte.
»Ja, ich weiß, was du meinst, aber das war alles früher, Cynthia. Da war der Marbach verschmutzt.«
»Ja, genau, das mein ich doch!«, sagte Cynthia. »Aber ... Woher weißt du das denn? Kannst du Gedanken lesen? Das hat das Seefinchen doch mir erzählt!«
Oh Mann, oh Mann, dachte sich Chestnut.
»Warum reden wir überhaupt so doof lange rum über diesen Bach und diesen See? Ist doch eh alles egal«, sagte Cynthia.
»Boah, stimmt doch gar nicht. Es ist alles sehr wichtig. Wir müssen die Priester finden, Cynthia!«, empörte sich Chestnut.

»Hm ... stimmt. Wir müssen die Priester finden, hat das Seefinchen gesagt«, bestätigte Cynthia.

»Okay ...«, seufzte Chestnut. »Um sie zu finden, müssen wir auf versteckte geheimnisvolle Dinge achten. Und außerdem die Augen nach kleinen, vielleicht sogar hilfreichen Lebewesen offen halten, die uns Tipps und Hinweise geben können.«

»Okay, Chestnut.« Cynthia war die Vorfreude auf das bevorstehende Abenteuer anzusehen. »Ich mach mich dann gleich startklar. Doch bevor wir gehen, muss ich mich noch umziehen und einen Schluck trinken.«

»Warte, tu das nicht!«, ermahnte Chestnut Cynthia.

»Aber Chestnut, was hast du denn?«, fragte sie verdutzt.

»Cynthia, es ist wichtig!«

»Was denn, Chestnut? Ich dachte, wir brechen sofort auf.«

»Ich dachte, du wolltest dich erst umziehen«, sagte Chestnut verwirrt.

»Möchte ich auch«, bestätigte Cynthia. »Aber dann will ich sofort los.«

»Ja, wir brechen auch gleich auf, aber ich kann das Geheimnis nicht länger für mich behalten.«

»Was denn, Chestnut? Sag mir, was los ist!« Cynthia blickte Chestnut ernst an.

»Okay. Also, Cynthia, bevor ich dir das erzähle, versprich mir, dass du nicht einfach gehst, okay?«

»Versprochen, aber jetzt sag mir, was los ist.«

»Also, Cynthia, es ist so, dass in dem Wasser, das wir trinken und bewachen, eine Droge ist, und die sorgt dafür, dass wir nichts hinterfragen. Ich schlage vor, du trinkst nur noch Wasser von der anderen Seite des Baches.«

»Von der anderen Seite? Chestnut, es gibt nur eine Seite des Marbachs!«

»Aber Cynthia, nein, diese Seite fließt durch die Stadt. Sie ist mit Drogen verseucht, die im Klärwerk dem Wasser zugesetzt werden. Die andere Seite des Marbachs aber, also die, die noch nicht durch das Klärwerk geflossen ist, die ist ohne Drogen.«

»Hä? Woher weißt du das? Und wieso ist das so?«, fragte Cynthia.

»Also, Cynthia, ich hab vor Kurzem meinen Vater getroffen. Übrigens, er ist ein Troll. Und er hatte mir erzählt, warum meine Mutter sterben musste. Weil sie das mit den Drogen im Wasser herausgefunden hat.«

»Was?« Cynthia war schockiert. »Oh nein, das tut mir aber leid für dich. Das ist schrecklich!«

Chestnut wollte nicht näher auf das Thema eingehen, weil es ihn traurig machte, darüber zu sprechen. »Ist schon okay«, sagte er und riss sich zusammen, um nicht in Tränen auszubrechen. »Mein Vater hat mir auch diese Schriftrolle gegeben ...«

»Schrift?«, fragte Cynthia.

Chestnut seufzte und entrollte das Papier. »Das sind diese kleinen Zeichen, Cynthia. Sie enthalten Wissen. Du kannst nicht lesen, weil es dir im Wissensanpassungszentrum nicht beigebracht wird. In der Schriftrolle steht alles über diese Drogen, die dem Wasser beigesetzt werden. Sie nehmen dir die Neugier.«

»Okay ...«, sagte Cynthia nachdenklich. »Aber ... Chestnut, wer hat denn deine Mutter umgebracht?«

»Es war die Regierung, die nicht wollte, dass meine Mutter allen Leuten und Tieren erzählte, was mit ihnen geschieht«, sagte Chestnut.

Cynthia fragte: »Ich erinnere mich dunkel, dass dieses Seefinchen etwas davon erzählt hat. Hat das nicht auch was mit den täglichen Updates im Wissensanpassungszentrum zu tun?«

»Siehst du!«, sagte Chestnut. »Du hast ja doch etwas behalten!«

»Ja, ich weiß, dass es was mit dem Wissensanpassungszentrum zu tun hat. Aber ich weiß nicht mehr, was genau. Kannst du mir auf die Sprünge helfen?«

»Ach Cynthia, ich dachte, du hättest gerade den Bogen raus. Aber natürlich helfe ich dir. Dafür sind doch Freunde da. Also: Ich weiß, warum du so viele Sachen vergisst. Das Wissensanpassungszentrum lässt dich all das, was du neu herausgefunden hast, vergessen.«

»Aber Chestnut, das kann nicht sein, bist du sicher?«

»Ja, Cynthia, Guck mich an. Ich bekomme keine Updates und vergesse nie was.«

»Ach ja, du schlauer Babyotter! Aber warum erzählst du mir das jetzt erst?« Sie fuchtelte mit den Händen.

»Cynthia, ich weiß, das kommt überraschend, aber ich dachte, dass ich auf den richtigen Moment warten muss. Und dass du jetzt so weit bist, es zu erfahren.« Er blickte zuversichtlich drein. Er wollte Cynthia nicht sagen, dass er das mit dem Wissensanpassungszentrum ja selbst erst vom Seefinchen erklärt bekommen hatte.

»Mann, Chestnut, ich weiß ja, dass du es nur gut mit mir meinst, aber ich bin kein kleines Kind mehr. Jetzt, da du es mir erzählt hast, weiß ich, dass wir dagegen unbedingt etwas unternehmen müssen.«

»Ach Cynthia, ein Tipp, damit du das Gespräch, das wir jetzt gerade führen, nicht vergisst: Wenn du auf die Updates verzichtest, wirst du garantiert nichts mehr von den neu gewonnenen Erfahrungen vergessen.«

»Chestnut, es gibt nur einen Haken: Wenn ich keine Updates kriege, bekomme ich auch keine neuen Informationen, oder?«

»Ach, mach dir nicht so viele Sorgen. Wir finden schon eine Lösung. Aber jetzt lass uns erst mal losgehen, wir haben noch viel vor uns ...«

»Los geht's!«

»Alles klar«, sagte Cynthia. »Ich trink nur noch einen kleinen Schluck Wasser.«

Comic: Ari Richter

»Chestnut, was wollten wir noch mal hier im Wasser?«, fragte Cynthia.

»Ich suche jemanden, der uns hilft«, antwortete Chestnut.

»Wen meinst du?«

»Buffalo, meine ich. Er ist ein langjähriger Freund«, sagte Chestnut. »Du kennst ihn.« Ja, er wollte unbedingt Buffalo finden. Buffalo musste mit ihm darauf achten, dass sie die Priester fanden. Mit Cynthia allein würde Chestnut das sicher nicht schaffen.

Comic: Saskia Böhlmann

»Buffalo? Hm. Ich denke, ich habe es schon wieder vergessen. Aber ... doch ... irgendwoher kenne ich ihn ... glaube ich. Aber ... Ach, Mann, immer diese Vergesslichkeit!«, flüsterte Cynthia.

»Cynthia, du kennst ihn, glaub mir. Er ist auch ein guter Freund von dir«, sagte Chestnut. Ich hoffe, sie kann sich wieder an Buffalo erinnern, wenn sie ihn erst mal sieht, dachte er.

»Da! Da unten, ich glaube, da war er gerade!« Er zeigte auf eine Koralle. Sie tauchten näher heran, doch da erkannte Chestnut, dass es nur eine verdreckte alte, zugewachsene Koralle war.

Enttäuscht, aber trotzdem neugierig, tauchten sie weiter und immer tiefer zwischen den kaputten, zum Teil auch abgerissenen Felsen und Steinen.

Cynthia und Chestnut hielten bei einigen an, um sie sich genau anzuschauen. Chestnut bewunderte die Steine. Es waren wunderschöne Blumen und Wesen mit Flügeln auf diesen Steinen zu erkennen. Sie waren zwar teilweise mit Schlingpflanzen überdeckt, jedoch noch sichtbar genug. Chestnut sah Cynthia an und sagte: »Diese ganzen Felsen und Pflanzen erleichtern die Suche nach Buffalo nicht gerade.«

»Hm.« Cynthia nickte.

Kleines Wissensupdate: *Was Cynthia nicht über den Marsee weiß: Hier war früher der Friedhof vom alten Hamme. Er wurde geflutet und zum Marsee – bei Hochwasser dient der See zur Hochwasserrückhaltung.*

Kapitel 117 Chestnut, Buffalo und Cynthia

Längst hatten Cynthia und Chestnut Buffalo gefunden. Die Priester aber suchten sie im Marsee bisher vergeblich. Chestnut und Buffalo spielten Fangen und schwammen deshalb voraus. Bei ihrer Rangelei knallten sie gegen einen komisch geformten Felsen. Aua, tat das weh.

»Dieser blöde Felsen«, jammerte Buffalo.

»Was habt ihr nun schon wieder angestellt?«, rief Cynthia.

Dann schaute sie den Felsen genauer an. Er war verziert. In der Mitte war ein junger Mann abgebildet. Vor dem Felsen waren drei Platten, auf denen Buchstaben eingraviert waren. Buffalo las vor: »Noah, 1900 gestorben, Beruf Priester? Johannes, auch 1900 gestorben und auch Priester. Was auch immer das sein mag. Und zu guter Letzt: Moa, 1900 gestorben, auch Priester.«

Cynthia ging ein Licht auf, und sie rief: »Das sind unsere Priester! Noah, Johannes und Moa!«

Chestnut und Buffalo schauten sich den jungen Mann, der auf dem Felsen abgebildet war, genauer an und schnitten Grimassen. Plötzlich klappte eine Steinplatte hoch. Aus der Öffnung stieg ein alter Mann.

Illustrationen: Cora Knüppel, Saskia Böhlmann

»Ihr Flegel, hier so einen Krach zu veranstalten, wir haben Sonntag!«, schrie er aufgebracht.

»Was ist am Sonntag denn so schlimm?«, wollte Buffalo wissen. »Es ist ein normaler Wochentag.«

Dann fragte Chestnut: »Und wer ist der Kerl hier auf dem Stein? Wenn du das sein sollst, haben die dich ganz schön schlecht getroffen. Du bist nämlich dicker.«

Der Priester war stinksauer. »Also wirklich! Das ist Jesus. Und außerdem bin ich nicht fett! Ich werde euch jetzt aus der Bibel vorlesen. Vielleicht werdet ihr dann wenigstens etwas schlauer. Aber erst einmal hole ich Noah und Moa, damit die mir helfen können. Ich hab's nämlich nicht mehr so mit den Augen.«

Buffalo hielt Johannes, den Priester, am Gewand fest. »Noch eine Frage: Hast du etwa Fieber? Weil du so bleich bist, meine ich.«

»Ach was«, sagte Johannes. »Ich bin tot.«

»Was ist tot?«, wollte Cynthia wissen.

Johannes verdrehte die Augen. »Tot ist man, wenn man nicht mehr lebt. Zum Beispiel, wenn man sehr alt ist.«

»Ich dachte, wenn man alt ist, lebt man für immer auf Turan«, wunderte sich Cynthia.

Johannes erwiderte: »Ganz und gar nicht. Wenn wir euch aus der Bibel vorlesen, werdet ihr mehr verstehen.«

Also lasen Noah und Moa aus der Bibel vor. An der Stelle, wo die weiße Taube den Ast bringt, lachten sich Buffalo und Chestnut kaputt.

»Was lacht ihr so?«, fragte Moa.

»Na ja, ich frage mich, in welchem Restaurant die essen wollen«, prustete Buffalo.

»Ts ts ts, keinen Respekt, die heutige Jugend. Und das an einem Sonntag. Also, die Taube brachte einen Zweig …«

Als es schon dunkel wurde, mussten Cynthia, Buffalo und Chestnut gehen.

»Tschüss«, rief Chestnut.

Moa fragte: »Wo wollt ihr denn jetzt hin?«

Chestnut meinte: »Unsere Fernsehsendung läuft doch jetzt!«

»Also wirklich«, sagte Moa und packte Chestnut an seinen empfindlichen Ohren.

»Aua«, rief er.

Dann fragte Cynthia: »Eine Frage hätte ich aber noch. Das Seefinchen hat gesagt, ich soll euch suchen. Aber warum denn überhaupt?«

»Wir haben einen Auftrag für dich. Du sollst lesen und schreiben lernen«, sagte Moa. Er wartete auf einen dummen Kommentar, doch es kam keiner.

»Aber was ist das?«, fragte Cynthia schließlich. »Lesen und schreiben …?«

»Also, du siehst doch diese Zeichen da, auf dem Stein, oder?«, sagte Noah.

»Ja, aber was bedeuten sie?«, wollte Cynthia wissen.

»Es sind Buchstaben«, erklärte Johannes. »Sie verbergen eine Botschaft.«

Cynthia schaute verwirrt.

»Dafür fehlt uns die Zeit, es dir alles zu erklären«, sagte Moa. »Da fragst du lieber Krucksko, das Müllmonster.«

»Und damit du uns und – wenn du das Lesen und Schreiben erlernt hast – die Bedeutung der Buchstaben nicht vergisst, werden wir dir diesen Stift schenken und diese Bibel«, sagte Johannes. »Der Stift ist ein magischer Stift, der dich immer wieder an die Bedeutung der Buchstaben erinnert. Solange du den Stift hast, wirst du nie wieder vergessen, wie man liest und schreibt.«

Cynthia sagte: »Ist ja schön und gut, aber wie finde ich diesen Krucksko?«

»Im alten Bochum-Hamme«, sagte Noah.

Dann verschwanden sie.

Buffalo und Chestnut heulten los: »Unsere Seeeheeendung! Buhuhuhu.«

Die Steinplatten hoben sich wieder und im Chor riefen die Priester: »ES IST SONNTAG!«

Kapitel 118 Klapper und Moa

Der **Klapper** kann mit seinen Greifern alles Mögliche abgreifen, was nicht so hart ist. Gras und Erde und Blätter. Wenn die vertrocknet sind, reißt er die ab, damit neue wachsen können. Einmal trifft der Klapper Moa. Er denkt: Oh, der sieht aber nicht mehr so frisch aus. Deshalb will er ihn mit seinen Greifern schnappen. Da kriegt der Moa Angst und rennt weg. Schnell zurück in den Marsee. Er verschwindet mit einem Köpper ins Wasser. Der Klapper springt natürlich hinterher.

```
Moa und der Klapper
(Illustration: Malte Kiel)
```

Kapitel 119 Cynthia und Krucksko

Buffalo und Chestnut hatten einige Mühe damit, Cynthia immer wieder daran zu erinnern, was die Priester ihr aufgetragen hatten: das Müllmonster finden, um schreiben und lesen zu lernen. Den entscheidenden Hinweis, wo das Müllmonster zu finden war, bekamen sie schließlich vom Seefinchen. Das hatte sich nämlich sehr genau gemerkt, in welcher Höhle Krucksko meist zu finden war – um aus Angst vor dem Müll immer einen großen Bogen darum zu machen.

Comic: Cora Knüppel

Comic: Cora Knüppel

Comic: Cora Knüppel

Essen im Jahr 2127

Kapitel 120 Mustafa

Mustafa kommt morgens ins Wohnzimmer. Er sieht seine Mutter. Sie spricht mit jemandem. Aber es ist doch niemand da. Mustafa bekommt einen Schrecken.

»Mit wem sprichst du?«, fragt er.

»Mit deinem Vater«, antwortet Lilith. »Er ist bei uns. Ich sehe ihn jeden Tag und rede mit ihm.«

»Nein, Mama«, sagt Mustafa. »Papa ist gestorben. Du siehst Gespenster.«

»Das stimmt nicht! Er ist immer bei uns«, schreit Lilith. »Raus! Geh in dein Zimmer!«

Mustafa geht aus dem Raum. Er ist besorgt. Und wütend.

Er hört die Mutter weiter im Wohnzimmer mit dem Vater reden. »Weißt du noch, Ringo?«, sagt sie. »Wie schön es war, als wir uns kennengelernt haben? Wie süß wir zusammen waren? Weißt du noch, wie wir im Park auf der Bank gesessen und unser Mittagessen geteilt haben? Und weißt du noch, Ringo, wie wir spazieren gegangen sind? Und wie du mir jeden Tag Blumen geschenkt hast? Und wie schön es war, als wir nach Paris gefahren sind. Lass uns bald wieder nach Paris fahren, Ringo. Alles ist schön mit dir. Sogar die schlechten Tage.«

Mustafa ist verzweifelt. Er weiß nicht, was er tun soll. Zu Paul will er nicht gehen. Früher ... Mustafa erinnert sich, dass Paul und er damals oft ganz von alleine gespürt haben, wenn es dem Bruder nicht gut ging. Als wären sie irgendwie verbunden. Ringo hat gesagt: Das habt ihr bestimmt von eurer Großmutter. Weil Annie ja die Gabe hat, Gefühle anderer zu spüren. Auch wenn sie die mittlerweile meist unterdrückt. Einen kleinen Rest dieser Gabe, meinte Ringo, hätten ihre Enkel vielleicht davon geerbt. Aber das kann nicht sein. Sonst wäre Paul hier. Mustafa weiß, dass seine Mutter Hilfe braucht. Dringend.

Kapitel 121 Paul

Es ist früh am Morgen. Paul ist traurig, wenn er an seine Familie denkt. Am traurigsten macht es ihn, wenn er an Mustafa denkt. Er und Paul waren mal ein Herz und eine Seele. Das hat er, Paul, kaputtgemacht. Mustafa will ihn bestimmt nicht einmal mehr sehen nach dem letzten Aufeinandertreffen.

Paul klettert aus dem Unterschlupf und ruft Jeff an.

»Hey, Jeff«, sagt er, als der sich meldet.

»Hey, Paul!«

»Wie geht's dir?«, fragt Paul.

»Sehr gut«, sagt Jeff. »Und dir?«

Paul zögert und gibt dann zu: »Mir geht es nicht so gut ...«

»Wieso?«, fragt Jeff besorgt.

»Es ist ja so, dass mein Vater gestorben ist. Das weißt du ja«, erklärt Paul.

»Ja, das weiß ich«, bestätigt Jeff. »Aber ... Er ist ja schon seit einem Jahr tot. Du hast doch noch ein anderes Problem, oder?«

»Danke, Jeff, dass du Verständnis zeigst«, sagt Paul. »Ja, du hast recht. Ich mach mir Sorgen um meine Mutter. Der geht es seit Papas Tod schlecht. Und mein Bruder ... Ihm geht es richtig schlecht. Aber mit mir will er nicht ...« Paul schweigt.

»Ich versteh schon«, sagt Jeff. »Ich werd mich mal mit Mustafa unterhalten und mich ein bisschen um ihn kümmern.«

»Danke«, sagt Paul. »Du bist wirklich der beste Freund und eine große Hilfe für mich.«

»Ach, keine Ursache«, antwortet Jeff.

Paul bleibt nachdenklich. Immer hilft Jeff mir, denkt er. Aber wann tue ich mal was für ihn? Er denkt bestimmt, dass ich ein schlechter Bruder bin, weil Mustafa nicht mit mir reden will.

Kapitel 122 Jeff

Die Schulklingel läutete. Gleich musste Mustafa hier irgendwo auftauchen. Ja, tatsächlich, da vorne war er.

»Mustafa«, rief Jeff.

»Jeff?«, wunderte sich Mustafa. »Wir haben uns ewig nicht gesehen. Wie lange ist es denn jetzt her? Bestimmt ein Jahr.«

»Ja, du hast recht«, sagte Jeff. »Ich wollte mal mit dir reden.«

»So? Was ist denn?«, fragte Mustafa neugierig.

»Ich wollte nur mal gucken, wie es dir geht, du kleine Heulsuse«, sagte Jeff und grinste. Paul und er hatten Mustafa früher gern damit aufgezogen, dass er so schnell losheulte.

»Was soll das denn?«, sagte Mustafa verärgert. »Willst du dich mit mir anlegen?«

»Ich doch nicht. Ich mach doch nur Spaß, Kleiner.« Jeff grinste.

»Kleiner?! Du willst dich wirklich mit mir anlegen, was?« Aber auch Mustafa musste jetzt grinsen.

»Okay, okay, Mustafa«, sagte Jeff. »Also, wie geht's dir? Erzähl.«

»Nicht so gut«, sagte Mustafa leise. »Seit Papa gestorben ist ...«

»Du musst irgendwann aufhören traurig sein, dass dein Vater gestorben ist«, sagte Jeff. »Es ist furchtbar. Aber sei froh, dass du noch deine Mutter hast.«

»Bin ich ja auch«, entgegnete Mustafa.

»Als ich zwölf war, wurden meine Eltern bei einem Raubüberfall getötet«, sagte Jeff. »Hab ich dir wahrscheinlich nie erzählt. Als ich es erfuhr, war ich so traurig. Sollte ich nur noch weinen? Sollte ich wütend auf dieses verdammte Schicksal sein? Sollte ich auf Rache aus sein?«

»Was hast du gemacht?«, fragte Mustafa.

»Nichts davon«, gab Jeff zurück. »Letztendlich entschied ich mich für Option vier: mein Leben zu leben, meine Trauer zu überwinden und meine Eltern stolz zu machen. Ich schwor am Grab meiner Eltern, dass ich lache, so oft es geht. Denn wenn man nicht lacht, hat man im Leben nichts erreicht. Hey, warum weinst du, kleine Heulsuse?«

»Weil deine Geschichte so traurig ist«, schniefte Mustafa. »Aber ich verstehe schon, was du mir sagen willst. Du willst mich aufbauen.«

Jeff lächelte und sagte: »Möglichst oft lachen. Das ist das ganze Geheimnis. Versuch es doch auch mal.«

»Im Moment ist mir nicht danach«, sagte Mustafa. »Meine Mutter wird langsam verrückt vor Trauer, glaube ich. Ich mach mir große Sorgen um sie.«

»Soll ich vielleicht mal mit ihr reden?«, schlug Jeff vor.

»Würdest du das machen?«, fragte Mustafa.

»Klar, Mann! Erstens hab ich eine ähnliche Vergangenheit wie du. Zweitens bist du so was wie mein kleiner Bruder ...«

Mustafa unterbrach ihn und grinste frech: »Ein Bruder wie du hat mir gerade noch gefehlt.«

»Mustafa, Mustafa, jetzt hast du es aber wirklich zu weit getrieben«, sagte Jeff gespielt streng.

»Ja, das hab ich wohl.« Mustafa lachte.

»Nimm dir ein Beispiel an mir«, sagte Jeff.

»Nein danke«, sagte Mustafa und lachte wieder. »Ich habe eigentlich keine Lust, ein Versager zu werden.«

»Du miese kleine ... Ich krieg dich noch.« Jetzt lachte auch Jeff.

Mustafa rannte weg und Jeff hinterher. Jeff packte Mustafa, der sich vor Lachen gar nicht mehr einkriegte.

Jeff war glücklich, Mustafa so lachen zu sehen. Das war vielleicht ein guter Moment, um Paul ins Spiel zu bringen. »Ich schlag dir was vor. Deine Mama, du und Paul, ihr solltet mal wieder öfter was zusammen unternehmen. Ein paar schöne neue Erinnerungen sammeln, weißt du?«

Sofort wurde Mustafa wieder ernst. »Paul? Nein danke, dem sind wir doch scheißegal.«

Jeff gab Mustafa einen sanften Schlag auf den Kopf. »Sag so was nicht! Dein Bruder liebt euch, Mann!«

»Warum ist er dann weg?«, fragte Mustafa.

»Weil er die Welt retten muss, Mustafa«, erklärte Jeff. »Ich mein es ernst. Dein Bruder hat Großes vor. Wenn du mitkommst, zeig ich dir, wo er ist. Dann könnt ihr ein bisschen reden.«

Mustafa schaute Jeff unschlüssig an.

»Komm schon, Heulsuse, gib deinem Bruder eine Chance. Er hat sie verdient.«

Kapitel 123 Mustafa

Paul und Mustafa sitzen zusammen. In den Untertagesanlagen der Zeche Carl.

Mustafa sagt: »Was für Mama und mich am Schlimmsten ist, ist die Frage, warum er Selbstmord begangen hat. Warum hat er uns einfach verlassen?«

Paul antwortet: »Das hat er nicht, Mustafa. Er hat sich nicht selbst getötet. Ich habe alles gesehen.«

»Du warst dabei?«, fragt Mustafa entsetzt. »Du warst dabei, als Papa gestorben ist?«

»Nein«, sagt Paul. »Aber ich habe Papas Holofon bei Mama im Schrank gefunden. Zwischen Papas Sachen.«

»Wirklich?«, fragt Mustafa. »Bitte ... kannst du es mir zeigen?«

Paul nickt. »Aber erst muss ich dir etwas sagen. Was du von Mama erzählt hast, dass sie sich einbildet, Papa wäre wieder da ... Ich glaube, es ist meine Schuld. Ich habe ihr ein paar von Papas schönen Erinnerungen geschickt.«

Mustafa guckt Paul ernst an. »Ich hätte es genauso gemacht«, sagt er dann.

Paul stellt das Holofon an, damit sie die Erinnerungen sehen können.

»Seit wann hat er das Holofon gehabt?«, fragt Mustafa.

»Ich glaube, er hat es wie wir bekommen, als er sieben Jahre alt war«, sagt Paul.

Und das sind die glücklichen und traurigen Erinnerungen, die Mustafa und Paul sich anschauen: *Die junge Frau geht jeden Tag zur gleichen Zeit in den Park und sitzt auf immer derselben Bank. Von seinem Balkon aus kann Ringo die Bank sehen. Er fragt sich, warum die junge Frau jeden Tag herkommt. Sie ist ein Mädchen wie alle anderen. Aber irgendetwas an ihr fasziniert ihn. Eines Tages hat Ringo ein Vorstellungsgespräch. Er zieht extra ein neues weißes Hemd an und will noch schnell einen Kaffee und ein Croissant frühstücken. Im Café um die Ecke. Die junge Frau aus dem Park bedient ihn. Endlich weiß er, warum sie jeden Mittag im Park sitzt. Sie arbeitet hier. Als sie ihm den Kaffee servieren will, stolpert sie. Der Kaffee ergießt sich über sein weißes Hemd. Ringo flucht. Das Vorstellungsgespräch mit verschmutztem Hemd, die junge Frau, die er so gern nach ihrer Holofonnummer gefragt hätte ... Das alles ist ihm zu viel.*

Von nun an beobachtet Ringo die junge Frau lieber wieder nur vom Balkon aus. Aber eines Tages kommt sie nicht. Ringo ist nervös. Ist ihr etwas passiert?

Hat sie den Job gekündigt? Ungeduldig erwartet er den nächsten Tag. Er muss sie wiedersehen. Er hat Angst, dass er die junge Frau für immer verloren hat. Als sie mittags wieder auf der Bank sitzt, zögert er nicht lange. Er muss sie ansprechen. Er lädt sie ein für den Abend. Sie reden die ganze Nacht. Tag für Tag besucht er sie nun in ihrer Mittagspause. Tag für Tag werden sie Freunde. Dann beste Freunde. Und schließlich sind sie verliebt.

Sie sind so süß zusammen. Paul spult vor, und er und Mustafa sehen, wie sie geboren werden. Erst Paul, dann Mustafa. Wie sie laufen lernen. Wie sie mit Mutter und Vater auf dem Spielplatz spielen. Wie sie schaukeln und rutschen. So eine schöne Familie. All das sehen sie im Holofon. Und wieder spult Paul vor.

An einem kalten Wintertag kommt Ringo glücklich nach Hause.
»Was ist los mit dir?«, fragt Lilith.
Ringo antwortet: »Ich habe eine wunderbare Idee.«
Lilith lacht. »Das sagst du jeden Tag. Was für eine Idee ist es dieses Mal?«
Ringo sagt: »Wir eröffnen eine kleine Firma.«
Lilith lacht und lacht. »Ringo, wie willst du eine Firma eröffnen, wenn wir uns nicht einmal einen Urlaub leisten können.«
»Das Geld ist kein Problem«, sagt Ringo. »Wir nehmen einen Kredit auf. Ich bin sicher, dass es klappt.«
»Und was macht diese Firma?«, fragt Lilith.
»Wir werden schlaue Kleidung produzieren«, sagt Ringo.
»Und was ist schlaue Kleidung?«, will Lilith wissen.
»Sie denkt mit«, sagt Ringo. »Wenn du frierst, wärmt sie. Wenn du schwitzt, kühlt sie. Du kannst Farbe und Form ändern, wie du möchtest. Jeden Tag neu.«
Lilith sagt: »Die Idee klingt wirklich nicht schlecht. Aber trotzdem brauchen wir viel Geld dafür.«
Ringo nickt. »Wir schaffen das. Glaub mir.«

Und wieder spult Paul weiter. Er spult bis fast ans Ende der Erinnerungen. *Ringo steht auf der Brücke. Er schaut hinab. Sie spüren seine Gefühle. Sorge. Aber keine Verzweiflung.*

»Er will sich nicht umbringen«, flüstert Mustafa.
Paul schweigt.
Sie müssen zusehen. Wie jemand den Vater packt. Mit einem künstlichen Arm.
Nur dieser Arm ist sichtbar aus Ringos Perspektive. Nur der Arm, nicht das Gesicht des Mannes. Er schubst Ringo. Und Ringo stürzt auf den Waldboden zu.
Dann enden die Erinnerungen.
Eine Weile sagt keiner der beiden Brüder etwas.
Dann sagt Mustafa: »Ich muss damit zur Polizei. Dieser Arm. Sie können ihn vielleicht identifizieren. Kannst du mir eine Kopie von der Erinnerung machen?«

Paul nickt. »Soll ich mitkommen?«

»Zu gefährlich«, sagt Mustafa. »Du bist schließlich untergetaucht. Nein, ich werde allein gehen. Die Polizei muss den Täter finden. Und dann reden wir mit Mama, ja?«

»Ja«, sagt Paul, und die Brüder umarmen sich.

Kapitel 124 Archie

Endlich will ich zur Polizei fliegen und diese Anzeige erstatten. Also fliege ich los. Wow, wie groß dieses Gebäude ist. Ein Gebäude mit Wänden aus Flexxiglas. Ein Gebäude voller Polizisteeeen! Cooool! Okay, ich muss zuerst einen Bienendolmetscher finden.

»Hey, entschuldigen Sie, ich ...«, summe ich den erstbesten Polizisten an.

»Was macht denn diese Biene hier?!«, sagt der Polizist und geht weg.

»Hallo, ich bin der Archie. Könnten Sie mir helfen vielleicht?!«, summe ich eine Polizistin an.

»Aaaaaaaaaah! Ich hasse Bienen«, schreit sie und rennt weg.

»Und die Bienen hassen diiiiiiiich auch!«, rufe ich ihr hinterher. Sauer und hoffnungslos setze ich mich auf den Tisch eines dritten Polizisten. Ich finde es so unfair, dass es keinen verdammten Bienendolmetscher bei der Polizei gibt. Nur weil ich eine Biene bin, können die Polizisten mich nicht verstehen. Ein Junge kommt rein und setzt sich an den Tisch, auf dem ich hocke. Er will eine Anzeige erstatten. Das ist wirklich fies. Der kann hier einfach so reinspazieren. Und ich?

»Ich habe den Beweis, dass mein Vater sich nicht umgebracht hat. Die Erinnerungen von meinem Vater. Darf ich Sie ihnen zeigen?«, fragt der Junge.

Die Polizisten gehen mit ihm in einen dunklen Raum, und ich fliege aus Neugier hinterher. Ich sehe ein rotes Licht, das vor mir herleuchtet und merke, dass ich den Laserpointer von IDEA die ganze Zeit mit mir rumtrage. Das kommt mir spannend und lustig vor. Ich kann mit dem Laser etwas an die Wand schreiben. Vielleicht kann ich so den Polizisten alles erzählen.

»Du Arschgesicht«, höre ich auf einmal meine eigene Stimme sagen. Das kommt von dem Hologramm, das die Polizisten sich anschauen. Die Erinnerungen von dem Vater. Ich gucke neugierig. Das ist es. Diese Nacht, das Arschgesicht mit dem künstlichen Arm, die Brücke und ich.

»Bist du das da?«, fragt eine Mücke, die sich neben mich setzt.

»Klar«, sage ich.

»Wow«, surrt die Mücke. »Bist du Schauspieler?«

»Also ...«, stottere ich. »Ja, natürlich, sei jetzt leise.«

»Wie heißt du?«, fragt die Mücke.

»Klappe«, sage ich, weil ich mich auf die Erinnerungen konzentrieren will. Ich male meinen Namen für die Mücke mit dem Laserpointer an die Wand.

»Echt?«, sagt die Mücke. »Du heißt Arschie?!«

Da ist mir nichts sonst mehr wichtiiiig und ich schreie: »Nein, verdammt! ARCHIIIIIIIE! Wird englisch ausgesprochen.«

Bloß bin ich leider so laut, dass einer der Polizisten mich rausscheucht und mir die Tür vor der Nase zuknallt. Also, so was. Jetzt kann ich meine Anzeige nicht machen! Moment mal, weshalb war ich noch mal überhaupt da?! Ähm ... Ach sooooo! Wegen diesem Mann mit dem künstlichen Arm, der Reinhardt verletzt und jemand anderen umgebracht hat. Die müssen mich reinlassen! Ich habe wichtige Informationen für die. Aber vielleicht müssen die mich doch nicht reinlassen. Die haben ja diese Erinnerungen, also, die wissen ja auch, dass der Typ mit dem Arm den Mann auf der Brücke umgebracht hat. Er wird bestimmt bestraft. Die Sache mit Reinhardt wissen sie zwar nicht, aber ich weiß das ja, ne? Wird er eben auch noch für bestraft. BIIIENENSTRAFEEE!!!

Kapitel 125 Avery

Die heutige Schicht ist wirklich langweilig. Offenbar hat heute niemand Lust, sich in eine Bar zu setzen. Jeder will seine Zeit zu Hause mit der Familie verbringen. Natürlich nur, wenn der Partner nicht zufällig an einer Zeitmaschine baut, die eigentlich nichts ändern kann.

Ich schau mich um. Meine Kollegin, die bis eben noch an der Theke bediente, hat Feierabend gemacht. Also übernehme ich jetzt. Am Ende der Theke sitzt ein Typ ganz allein. Ob seine Freundin an einer Zeitmaschine baut? Sehr witzig, Avery, denke ich. Ich nähere mich ihm. Der Mann dreht sein Glas mit den Fingern. Er hat den Kopf in die andere Hand gestützt, sodass ich sein Gesicht nicht erkenne. Der Typ scheint irgendwie in seine eigene Welt abgetaucht zu sein. Glücklich ist er sicherlich nicht.

»Darf's noch was sein?«, frage ich.

Er hebt den Kopf und sagt: »Noch einen Whiskey, bitte.«

In diesem Moment erkenne ich ihn. Salie Brown. Das ist er! Er war schon lange nicht mehr hier. Ich nehme die Whiskyflasche und fülle sein Glas auf. Ich beobachte ihn aufmerksam. Ihn hier sitzen zu sehen. Allein und verwundbar ohne seine Bodyguards. So eine schöne Gelegenheit kommt so schnell nicht wieder. Aber zuerst sollte ich ein bisschen abwarten.

»Schlechter Tag?«, frage ich, die Augen fest auf ihn gerichtet.

»Welcher Tag ist denn schon gut?«, antwortet Salie. Er ist betrunken. Man kann es deutlich merken.

»Na ja ...«, sage ich. »Ich hab nicht viel Ahnung, wie es ist, Präsident zu sein. Aber ich glaube nicht, dass du meckern musst.«

Salie lächelt in sich hinein. »Was kannst du über solche Sachen schon wissen?«

»Vielleicht nicht viel, aber das reicht mir, um eine Meinung von solchen Typen wie dir zu haben.« Nachdem ich das gesagt habe, gehe ich zum Lagerraum. Was denkt der sich? Was für ein arroganter Typ. Es wird Zeit, dass wir ihn loswerden.

Ich nehme Rattengift aus dem Regal, das ich für die Ratten im Keller gekauft habe. Es ist ziemlich tierfreundlich. Tötet ganz sanft. Salie wird nicht leiden müssen. Ich verstecke ein Beutelchen davon in der Hosentasche und gehe wieder zu Salie.

»Ich hätte gern noch einen ... Whiskey«, lallt er.

»Und deine Bodyguards?«, frage ich. »Wo hast du die versteckt?«

»Bin ihnen entkommen.« Salie grinst breit. Aber glücklich sieht er trotzdem nicht aus.

Während ich nachgieße, tippt er mich an. »Hat das wehgetan?«, fragt er mich.

Ich habe keine Ahnung, was er meint.

Lächelnd deutet er auf meine Arme. »Die Tattoos.«

»Oh ... Nein, nicht wirklich«, antworte ich und gucke auf meine Arme.

»Sie sind schön«, sagt er.

Hat er Tränen in den Augen? Er sieht wie ein Wrack von Mensch aus. Aber das bringt ihm nicht mein Erbarmen ein. Ehrlich gesagt: Es ist schwer zu glauben, dass das derselbe Mann ist, der unsere Stadt jeden Tag ein bisschen weiter an den Abgrund führt.

»Möchtest du etwas Besseres trinken?«, frage ich ihn mit gezwungenem Lächeln.

Er sagt nichts, sondern nickt nur.

Ich drehe ihm den Rücken zu und fülle sein Glas mit dem teuersten Whiskey, den wir haben. Darin löse ich das Rattengift auf. Danach stelle ich Salie das Glas hin.

»Und das?«, frage ich und zeige auf Salies blaues Auge, das ich ihm zugefügt habe. »Hat das wehgetan?« Ich kann es gar nicht abwarten, seine Reaktion zu sehen.

Plötzlich läuft eine Träne seine Wange herunter. »Nein«, sagt er. »Nicht wirklich. Es gibt Sachen, die mir viel mehr wehgetan haben in den letzten Tagen. Verletzungen, die man von außen nicht sieht.« Er nimmt das Glas. »Danke dafür. Du bist wirklich eine gute Frau.«

Ach, du Scheiße. Das habe ich nicht erwartet.

»Weißt du ... Vor zwei Tagen hat jemand die Statue von meinem Hund kaputtgemacht. Er war einer der wenigen Freunde, die mir noch geblieben waren. Ich weiß, das klingt albern. Aber nach seinem Tod war es für mich wirklich sehr schwer, weiterzumachen. Dieser Hund ... Er war vielleicht der einzige, bei dem ich keine Angst haben musste, dass er sich irgendwann von mir abwendet oder mich hintergeht. Derjenige, der die Statue kaputtgemacht hat, hat keine Ahnung, was ich jetzt fühle. Du würdest so was nie tun. Ich freue mich, dass es Menschen wie dich gibt ... Ich erfahre so viel Enttäuschung in letzter Zeit. Im Ministerium gibt es einen Spion. Und selbst meine Schwester hasst mich. Dagegen ist das blaue Auge nichts ...«

Scham. Das ist gerade das einzige, was ich fühle. Keine Wut, nicht einmal Verachtung. Mädchen, was hast du denn nur gemacht?, denke ich. Der Präsident ist eigentlich eine total arme Socke. Oh nein! Das Glas! Salie setzt gerade an zu trinken!

»Fliege!«, schreie ich.

Verwirrt stellt Salie das Glas sofort wieder auf die Theke. Er heftet seinen Blick auf mich. Überrascht und mit offenem Mund. Salie sieht wirklich lustig aus.

»Was?«, fragt er unsicher.

Ich kratze mich am Kopf und versuche, mir schnell etwas auszudenken. In meinem Kopf herrscht Vollchaos. »Fliege!«, sage ich wieder und deute mit dem Finger auf das Glas. »Ich hab sie dort gesehen.« Ich schnappe mir das Glas und tue so, als ob ich die Fliege darin suchen würde. »Siehst du?«, sage ich. »Ich mache dir ein Neues.«

Schnell gieße ich den Whiskey in den Ausguss und versuche, meine Verwirrung mit einem Lächeln zu überspielen.

Als ich ihm ein neues Getränk hinstelle, lacht Salie laut los. »Du bist echt toll!« Dann nimmt er einen Schluck. »Ich war auch einmal so wie du. So rebellisch. Ich war sogar in einer Rebellen-Gruppe, die sich gegen Pläne der Herrschenden auflehnte.« Er lacht, aber dann verschwindet die Freude aus seinem Gesicht. »Jetzt ist alles anders. Die Macht ... Wegen dieser verdammten Macht bin ich jetzt so, wie ich bin. Ich weiß eigentlich nicht, wieso ich mich so benehme, wie ich es in letzter Zeit tue. Ich will nichts Schlechtes. Ich habe mich irgendwie verloren.«

Oh Gott. Salie muss jetzt wirklich sehr betrunken sein. Ehrlich gesagt, weiß ich nicht, was ich sagen soll. Deswegen nicke ich bloß. Ich bin total verwirrt. Ist es möglich, dass der böse Salie Brown gar nicht so böse ist?

Plötzlich steht er auf und zieht seinen Mantel an. »Es ist Zeit für mich. Ich muss gehen. Vielleicht sucht man mich schon. Danke. Dank dir war dieser eigentlich furchtbare Abend gar nicht so furchtbar.« Er schenkt mir ein Lächeln, legt das Geld auf die Theke und geht.

Ich verliere mich in Gedanken. Eine Sache ist mal sicher: Ich werde niemals wieder auf die Person Salie Braun gucken können wie zuvor. Dieser Mann hat mir gezeigt, dass er auch eine gute Seite, eine menschliche Seite hat. Meine Aufgabe ist es jetzt zu überlegen, wie ich ihm helfen kann – und damit auch uns.

Kapitel 126 Avery

Chaos. Das war es, was Avery im Kopf hatte. Diese Hin- und Hergerissenheit zwischen Mitleid und doch noch einem Rest Wut. So ein Gefühl ist schwierig für jeden, aber für Avery war es besonders schwierig. Sie konnte mit solchen Gedanken schlecht umgehen. Sie liebte es, Klarheit im Kopf zu haben.

Der einzige Platz, wo Avery klar denken konnte, war die Zeche Carl. Oder besser gesagt: waren die Ruinen, die von dem Casinogebäude übrig waren. Erstaunlich war, dass der Schriftzug *Zeche Carl* am Eingang immer noch wie neu aussah. Immer noch an demselben Platz, immer noch mit derselben Seele, die an alte Zeiten erinnerte, die Avery nur von Fotos kannte.

Wie gut, dass ich die einzige Person bin, die hierher kommt, obwohl nebenan der Unterschlupf der Emschergroppen ist, und Savannah an der Zeitmaschine arbeitet, dachte Avery. Gefühle und Schönheit waren etwas, das Avery nicht teilen mochte. Nur mit Savannah, aber dieses Chaos im Kopf wollte sie selbst mit ihr nicht teilen.

Alle Zimmer in der Zeche hatten eine Atmosphäre, die irgendwie gruselig war, weil man ahnte, wie viel die alten Mauern gesehen und gehört hatten. Aber genau das machte diesen Platz so besonders.

Avery setzte sich auf den Boden und versuchte, alles in ihrem Kopf zu ordnen. Salie Brown hatte also ein Problem. Ein Problem, das wirklich schwer zu lösen war. Salie als Rebell. Avery konnte sich das nicht vorstellen. Es geht einfach nicht, dachte sie. Wie hatte er sich so verändern können? Und warum? Warum war alles so gelaufen? Die Macht, hatte er gesagt, die Macht hatte ihn so verändert. Aber wenn er sich dessen bewusst ist, dachte Avery, wieso besinnt er sich dann nicht ganz von selbst auf seine Werte von früher? Auf der einen Seite konnte sie ihn verstehen, weil es nach einem so langen Weg in die falsche Richtung sicher schwer war, einfach wieder umzudrehen. Aber auf der anderen Seite ... war das einfach bescheuert. Sie überlegte und plötzlich sagte sie sich: Wieso ich? Wieso muss ich immer in solche blöden Situationen kommen? Avery war sauer. Sauer auf sich selbst, auf Salie und die ganze Welt. Sie stand auf und guckte aus dem Fenster auf den Hof. Ich muss mit Savannah über alles reden. Savannah wird mir helfen können, das Chaos in meinem Kopf in Ordnung zu kriegen, dachte sie und machte sich auf den Weg über den Hof zum Malakowturm.

Sie betrat den Turm und stieg über eine Leiter den Schacht hinab bis zu der Strecke, in der die Zeitmaschine stand, die Savannah zu reparieren versuchte.

»Savannah? Bist du da?«, rief Avery, als sie die Strecke betrat. Obwohl sie natürlich genau wusste, dass Savannah hier war. Sie fragte dennoch – sie wusste selber nicht, warum. Vielleicht hatte Avery die Hoffnung, dass Savannah endlich etwas anderes als »Ja, bin ich.« antworten würde. Dass sie endlich Zeit hatte, einmal auszuschlafen. Ein Buch zu lesen.

»Ja, bin ich«, sagte Savannah und stand vor Avery. Mit einem breiten Lächeln im Gesicht. »Ich bin fast fertig. Die Zeitmaschine ist fast repariert.«
»Wow, super!«, antwortete Avery ruhig. »Können wir kurz reden?«
»Jetzt? Du weißt doch, wie wichtig diese Zeitmaschine ist ...«, setzte Savannah an.
Avery unterbrach sie: »Alles klar, ich verstehe. Du hast keine Zeit. Kein Problem.«
Savannah schaute Avery mit flehendem Blick an.
Avery lächelte kühl. Immer dasselbe, dachte sie. Aber was ließ sich daran ändern? Nichts. Sie musste langsam damit anfangen, die graue Realität zu akzeptieren. Es war nun einmal so: Savannah zog die Zeitmaschine Avery vor. Avery schaute Savannah schweigend beim Arbeiten zu. Liebt sie mich überhaupt noch? Oder bin ich nur ein Ersatz, wenn sie mal keine Kraft mehr für die Zeitmaschine hat?, dachte sich Avery und wischte eine Träne weg.
Früher war ihre Beziehung anders gewesen.
Avery, wieso musst du in solchen Zeiten leben?, fragte sie sich. Und dann dachte sie: Vielleicht hat Savannah recht. Vielleicht war früher alles besser.

Kapitel 127 Avery

Völlig erschöpft war Savannah gewesen, als Avery sie von der Zeche nach Hause gefahren hatte. Erschöpft, aber glücklich. Die Zeitmaschine war fertig geworden. Avery hatte die todmüde Savannah gerade noch davon abhalten können, den ersten Testlauf sofort zu machen.
Als Savannah eingeschlafen war, schlich Avery leise aus dem Zimmer. Auf Zehenspitzen, weil sie Angst hatte, dass Savannah wach werden könnte.
Mit dem Motorrad fuhr sie zur Zeche Carl. Dort betrat sie den Malakowturm und kletterte die Leiter hinunter. Sie lief durch den alten Streb bis zur Zeitmaschine. Zögernd stand sie davor. Sollte sie wirklich? Ja, dachte sie. Nur wenn ich in der Zeit zurückreise, werde ich verhindern können, dass Salie Brown Präsident wird. Sie betrat die Kabine und stellte die digitale Anzeige auf 2110 ein. Hoffentlich würde es klappen ... Immerhin hatte Savannah die Zeitmaschine noch nicht getestet. Wird schon schiefgehen, dachte Avery und drückte den Start-Knopf.

Kapitel 128 Avery

Das Erste, was ich wahrnahm, als ich wieder bei Sinnen war, war die Dunkelheit um mich herum. Ich trat aus der Kabine. Ich hatte keine Orientierung und versuchte, langsam auf allen vieren zu einem Ausgang zu kriechen.

Dabei stieß ich gegen etwas Hartes, Holzartiges und konnte nicht anders, als vor Schreck laut zu fluchen. Ich fand die Leiter, die nach oben führte. Aber zu meinem Entsetzen war es auch oben im Turm stockfinster. Von draußen hörte ich gedämpfte Rufe. Diese Zeitreise sagte mir nicht zu. Wenn das schon so los ging, na ja ... Ich glaube, ich sollte mich auf das Schlimmste gefasst machen, dachte ich. Endlich ertastete ich etwas Metallisches.

In der Hoffnung, dass es eine Tür war, fing ich an, nach einem Griff zu tasten. Nach einer Weile umschlossen meine Finger tatsächlich einen runden Türknauf aus Metall. Sofort drehte ich an diesem und stemmte mich mit meinem gesamten Gewicht gegen die Tür, woraufhin ich ins Freie stolperte. Das grelle Licht blendete mich. Nach einigen Sekunden gewöhnten sich meine Augen an das Licht, und ich erkannte, dass ich mich mitten in einer Menschenmenge befand. Es waren hauptsächlich junge Leute mit bunt bemalten Schildern, die diese entschlossen vor sich hielten. Die meisten Schilder konnte ich im Gedränge nicht lesen. Doch die Rufe waren nun verständlich.

»Wir wollen Lohn, keinen Hohn!«, brüllte ein beleibter Herr vor mir.

Die anderen stimmten mit ein. Ich versuchte, mich irgendwie zu orientieren, wurde aber von der aufgebrachten Menge hin und her gestoßen und stolperte.

Auf dem Boden lag eine halb zerrissene Zeitung. Ich hob sie auf, bevor wieder jemand drauf treten konnte. Schnell suchte ich nach dem Erscheinungsdatum. Ich hoffte, im Jahr 2110 zu sein, obwohl ich irgendwie Zweifel hatte, dass es damals noch gedruckte Zeitungen gegeben hatte.

Ich fand das Erscheinungsdatum und erstarrte. Die Zeitung war vom 27. Oktober 1966. Unwahrscheinlich, dass sie über 100 Jahre hier gelegen hatte ... Insofern ... Ups ... Das war nicht geplant gewesen. Wie konnte das passiert sein? Ich war mir sicher, dass ich an der Zeitmaschine das Jahr 2110 eingegeben hatte. Was war falsch gelaufen? Okay jetzt bloß nicht Panik schieben, dachte ich, während ich versuchte, ruhig ein- und auszuatmen. Am besten wäre es, wenn ich mich erst mal von der Menge entfernte.

Teilweise musste ich etwas rabiat werden, um mir Platz zu verschaffen und einen Weg heraus zu finden. Ich wurde ein paar Mal angepöbelt, fiel aber so gut wie nicht auf, weil alle um mich herum aufgebracht waren.

»Mehr Rechte für Arbeiter!« Eine junge Frau fuchtelte wutentbrannt mit einem Pappschild hin und her.

Dann spürte ich ein Ruck, der durch die Menschenmenge ging. Die Leute wichen zurück. Jetzt sah ich auch den Grund für dieses plötzliche Auseinanderstreben. Polizei. Ich erwartete, dass sich alle schnell entfernen würden. Aber zu meiner Überraschung war dem nicht so. Die Demonstranten wehrten sich vehement gegen die herabsausenden Knüppel der Polizisten. Ich bewunderte die Hingabe dieser Menschen aufs Vollste! So startete man eine Revolution! Man musste für seine Rechte kämpfen. Genau so müsste man auch Salie stürzen. Ihn vor sich selbst schützen. Mittlerweile hatten sich kleinere Grüppchen gebildet, die versuchten, die Polizisten zurückzudrängen. Ich wusste nicht, wohin ich ausweichen sollte. Egal in welche Richtung ich mich drehte, überall schien es von gewalttätigen Polizisten zu wimmeln.

Zu gern hätte ich mitgemacht und den Polizisten eins ausgewischt. Aber ich hatte eine Mission. Ich musste zurück zur Zeitmaschine. Und herausfinden, wie ich ins richtige Jahr kommen konnte. Leider hatte ich keine Ahnung, wen ich um Hilfe bitten könnte. Gab es in dieser Zeit überhaupt schon kompetente Quantenphysiker? Kannten die Menschen hier überhaupt so etwas wie eine Zeitmaschine? Ich bezweifelte es. Das Wichtigste war jetzt, nicht aufzufallen und so schnell wie möglich ins Jahr 2110 zu reisen. Aber noch bevor ich meine Gedanken zu Ende führen konnte, wurde ich plötzlich durch einen Ruck nach vorne geschubst und konnte mein Gleichgewicht nicht mehr halten. Ich stolperte gegen einen bebrillten jungen Mann.

»Hmpf!«, keuchte er, als ich gegen ihn knallte.

»Pass doch auf!«, fuhr ich ihn an. Eigentlich war es ja nicht seine Schuld gewesen. Aber in diesem Moment war mir das egal. Die hätten sich ja nicht wie Wilde benehmen müssen.

Bevor ich dieser Brillenschlange noch etwas an den Kopf werfen konnte, wurde ich durch einen Schlag von hinten ein zweites Mal aus dem Gleichgewicht gebracht. Es reichte! Ich rappelte mich auf, kämpfte mich mithilfe meiner gespreizten Ellenbogen durch die aggressive Menschenmenge und zog die Brillenschlange hinter mir her. Mit zusammengebissenen Zähnen bahnte ich mir meinen Weg und verpasste dabei allem und jedem einen Schlag, was sich mir in den Weg stellte.

»Endlich!«, rief ich aus, als wir hinter dem Turm auf einer Wiese ankamen, wo sich keine Demonstranten aufhielten.

»So ...«, sagte ich zu dem Typen. »Und jetzt erklärst du mir mal, was das hier soll!«

Kapitel 129 Georg

Es war ungewöhnlich warm für Oktober. Trotzdem fror Georg, denn aufgrund der Zugluft in der Wohnung, die er und seine Familie seit Ende September bewohnten, war er dauernd erkältet. Der Schnupfen ging einfach nicht weg und bereitete ihm ständige Kopfschmerzen. Die Häuser waren verrußt und die Wäsche konnte man nicht draußen aufhängen, wenn man nicht riskieren wollte, sie noch einmal waschen zu müssen. Georg fand es schon arg hässlich hier. Die Gegend hatte die Anmutung einer vom Rauchen kranken Lunge.

Und er fühlte sich wie der Auswurf dieser sterbenden Lunge. Rausgerotzt, ungewollt, missverstanden. Er wusste, dieser Vergleich war überzogen, aber er sah sich selbst als poetischen Charakter seiner Zeit, der mehr Wertschätzung für sein Gedankengut verdient hätte, als das Arbeiterleben und seine Mitmenschen ihm geben konnten. Mit diesen deprimierenden Gedanken lief er Essens verrußte Straßen runter in Richtung der stillgelegten Zeche Carl. Schon wieder hatte er gelogen. Er hatte seinen Eltern gesagt, er würde sich eine Arbeit suchen. Aber eigentlich war er auf dem Weg zu einer Demo. Alle konnten verstehen, weshalb sich die Arbeiter gegen die Regierung stellten. Jedoch trauten sich nur wenige auf den Platz vor der Zeche, wo die Proteste und Kundgebungen stattfinden sollten.

Als Georg eintraf, waren noch nicht viele Leute da. Die meisten standen in losen Grüppchen zusammen und schwatzten miteinander. Sofort suchten seine Augen nach Werner. Werner war ein ehemaliger Klassenkamerad und teilte Georgs Ansicht, dass er ein poetischer Charakter sei.

Auch Werner arbeitete nicht, obwohl er wie Georg die Schule schon abgeschlossen hatte. Er sagte, er wolle eine gute Ausbildung machen. Was Schönes. Etwas, das ihm gefiele. Ihm gefiel nur nichts. Selbst das Wirtschaftswunder war ihm suspekt.

Kaum dass Georg seinen Freund entdeckt hatte, begannen die beiden sich in ein gedankenschweres Gespräch zu vertiefen.

»Weißt du, es ist ja so ...«, begann Werner, nur um sich selbst sogleich wieder zu unterbrechen, indem er eine Zigarette anzündete, »allen geht's besser. Sogar die Armen sind weniger arm. Aber wir kriechen hier immer noch im Dreck.«

Georg nickte und rückte, statt eine schlaue Antwort zu geben, seine Brille zurecht. »Ich weiß, was du meinst«, pflichtete er seinem hageren Freund bei.

»Und jetzt, wo die da sind, da kriegste ja auch keine Arbeit mehr«, entrüstete sich Werner. »Nicht mal was Mieses. Nix.«

»Ich versteh schon«, behauptete Georg. Werner hatte seiner Meinung nach ja durchaus recht. Aber außer große Reden schwingen und Rauchen tat er nicht viel. Georg war sich nicht einmal sicher, ob Werner etwas anderes gut konnte.

Sie standen da noch so eine Weile, bis Werner zwei, drei weggeraucht hatte. Dann gesellten sie sich zu einer größeren Gruppe. Es versammelten sich nach und nach immer mehr Leute auf dem stillgelegten Zechengelände vor dem Malakowturm.

Der Turm hatte etwas Düsteres an sich, fand Georg. Er dachte aber nicht weiter darüber nach, sondern entrollte das Plakat, das er am Tag zuvor gebastelt hatte.

Gerechtere Arbeit stand darauf.

Gegen Mittag begann die Demonstration. Es dauerte allerdings nicht lange, bis jemand die Polizei rief.

»Lohn statt Hohn!«, brüllte ein dickerer Herr neben Georg. Kurz darauf begannen die Beamten schon, den Platz zu räumen, wogegen sich jedoch viele der Demonstranten heftig wehrten.

Georg schob sich mithilfe seiner Ellenbogen durch die Menschenmasse. Plötzlich stolperte eine junge Frau ... Oder war es ein Junge? Da war sich Georg zuerst nicht so sicher ... in ihn hinein ...

»So. Und jetzt erklärst du mir mal, was das hier soll!«

Georg war sich immer noch nicht sicher, ob die Person, die ihn da gerade anmotzte, ein Mädchen oder ein Junge war. Doch, es war eindeutig eine Frau, dachte er, als er ihre Gesichtszüge genauer musterte. Wenn sie auch kurzrasierte Haare hatte. Und Tätowierungen wie ein Seemann. Sie war definitiv gereizt. Voller Bewunderung schaute Georg sie an. Ihm war bewusst, dass er glotzte. Das merkte er auch an dem irritierten Blick der jungen Frau.

Um einen weiteren Wutausbruch von ihr zu verhindern, ergriff er das Wort: »Wir demonstrieren hier, siehst du doch! Jetzt sag du mal, wieso du so rumläufst. Keine Kohle für ordentliche Klamotten oder was?«

Kapitel 130 Avery

Avery schaute an sich herunter und erst jetzt fiel ihr auf, dass ihre Fetzenjeans und ihr schwarzes Tanktop mit einem Totenkopf aus Strasssteinen wahrscheinlich eher in die 1990er passen würden als in die 1960er. Um von ihrer (für diese Zeit) exotischen äußeren Erscheinung abzulenken, lachte sie laut auf, obwohl ihr nicht nach Lachen zumute war.

Ihr Gegenüber schien noch verwirrter als zuvor.

»Ach, das ist eine lange und komplizierte Geschichte ...«, meinte sie.

»Würd ich gerne hören«, sagte der junge Mann und griff nach ihrem Arm. »Lass uns mal verduften ... Hier wird es ungemütlich.« Er deutete auf die immer aggressiver vorgehenden Polizisten.

Der junge Mann hatte allem Anschein nach seine Verwunderung überwunden. Zumindest genug, um sie und sich selbst aus der Gefahrensituation zu bugsieren.

»Wo gehen wir hin?«, fragte Avery nervös, als sie sich weiter von der Zeche entfernten, und der Junge ihr Handgelenk immer noch fest umschlossen hielt.

»In die Kneipe«, schnaufte er.

Ein paar Schritte weiter lockerte er seinen Griff und hielt ihr eine mit abblätternder grüner Farbe gestrichene Tür auf.

»Danke«, kommentierte Avery grob und drängte sich in das verrauchte Innere des Schankraums.

Der Junge, der von dem Wirt mit Georg angesprochen wurde, bestellte zwei Stern, wobei sich herausstellte, dass Stern ein Bier und kein abgespaceter Cocktail war. Es schmeckte sehr, sehr schlecht, aber Averys Stimmung besserte sich trotzdem nach einer Weile. Sie redeten über dies und das. Hauptsächlich redete Georg, und Avery hoffte, irgendetwas herauszufinden, das ihr weiterhelfen würde.

Nach einer halben Stunde wusste sie zwar, dass er einundzwanzig Jahre alt war, sein Sternzeichen Widder war, und seine Familie in eine ziemlich ärmliche Wohnung hatte umziehen müssen, weil die alte zu teuer geworden war, was besonders seinem Kater Peter stark zugesetzt hatte. Jedoch erfuhr sie nichts über den Fortschritt der Quantenphysik in dieser Zeit oder wie sie diesen Raumzeitabschnitt wieder verlassen könnte.

Es war zum Haareraufen. Nun ja, für sie nicht, ihre Haare waren zu kurz, aber für jemanden mit langen Haaren wäre die Situation bestens zum Haareraufen geeignet gewesen. Stattdessen kratzte sie sich nur am Kopf und ließ sich von Georg weiter beschallen, während ihre Gedanken immer träger wurden. Er hatte mittlerweile schon das vierte Bier bestellt. Avery verlor jegliches Zeitgefühl.

»Und deshalb sollen die Gastarbeiter wieder weg!«, lallte Georg und rammte seine Flasche auf den abgenutzten Holztisch.

»Was?« Avery schreckte hoch. Sie hatte schon vor einer Viertelstunde den Faden verloren. Irgendwo zwischen Arbeitslosigkeit und den Gemüsepreisen. »Ja, ja ... Mhm«, äußerte sie sich auf gut Glück. »Total, ja ...«

»Dann lass uns los!« Georg war plötzlich ganz euphorisch.

Warum war er so euphorisch? Hatte sie irgendetwas ganz Tolles gesagt? Sie wollte in dieser fremden Zeit nicht alleine gelassen werden, vor allem weil es draußen schon dunkel wurde und wer wusste schon, ob es damals eine Ausgangssperre oder so gab, also erhob Avery sich schwankend und wollte Georg folgen.

Dieses Mal hielt er ihr nicht die Tür auf, sondern stampfte siegesgewiss hinaus und geradewegs auf eine Gruppe junger Männer zu.

Avery beeilte sich, Georg zu folgen.

»Spaghetti!«, brüllte Georg, und die Männer sahen ihn verdutzt an.

Einer machte offenbar einen Witz. Die anderen lachten jedenfalls. Aber Avery war sich nicht sicher, da er (höchstwahrscheinlich) Italienisch sprach. Georgs Gesicht, das vom Alkohol sowieso schon sehr rot war, nahm jetzt die Farbe einer überreifen Tomate an.

»Verschwindet!«, grunzte er. »Ihr nehmt uns die Arbeitsplätze weg! Dreckspack!«

»Geh nach Hause!«, grölte einer aus der Gruppe.

»Ich? Ich hab das gute Recht, hier zu sein! Hau ab, oder ich brech dir was!«, schnauzte Georg.

»Georg, chill!«, versuchte Avery ihn zu beruhigen.

»Häh?« Georg war kurz abgelenkt, schien sie aber nicht zu verstehen. »Ach, zieh Leine!« Er stieß sie von sich weg und drehte sich wieder zu der Gruppe um.

»Wenn heute gewählt würde«, er erhob warnend seinen Zeigefinger, »würden vierzig Prozent die NPD wählen! Keiner will euch hier!«

Georg tobte. Avery stand ahnungslos daneben. Zunächst hatte sie Georg ja sogar gemocht, aber so außer sich wirkte er abschreckend. Diese Radikalität machte ihr Angst. Und wenn Avery sich in der Geschichte des Zwanzigsten Jahrhunderts auch nicht wirklich auskannte, dämmerte ihr langsam, dass der

Typ ziemlich ausländerfeindlich zu sein schien. Und das konnte Avery nun wirklich nicht sympathisch finden.

»Will der sich prügeln?« Einer der Männer trat aus der Gruppe heraus und stand nun direkt vor Georg. »Dir ist klar, dass wir zu siebt sind und du ganz allein?«

»'s mir egal!«, keifte Georg. Seine Brille saß schief. Er hielt seine Arme jetzt vor sich und ballte die Hände zu Fäusten. Torkelnd ahmte er einen Boxer nach, während er die Männer mit einem vermutlich bedrohlich gemeinten, aber eher lächerlich wirkenden Ausdruck anstierte. Mittlerweile schauten die Männer ihn belustigt an und fingen an, ihn mit provokanten Sprüchen zu ärgern.

Georg sah aus wie ein etwas verwirrter Kater, der einer Maus hinterherirrte. Avery konnte sich nicht mehr zurückhalten. So fragwürdig sie seine Haltung auch fand, wollte sie doch nicht mit ansehen müssen, wie er sich eine Prügelei einhandelte, bei der er keine Chance hätte. Sie machte einen Schritt auf Georg zu. »Jetzt komm, Georg! Du spinnst doch! Lass uns gehen!«, rief sie.

Doch Georg hatte andere Pläne. Mit einem lauten Schrei stürzte er sich auf einen kleinen glatzköpfigen Italiener (Avery war sich jetzt ganz sicher, dass es Italiener waren). Georg erwischte ihn am Hals. Er fluchte. Wahrscheinlich, weil er nicht die eigentlich anvisierte Stelle getroffen hatte.

Plötzlich änderte sich die Mimik der Männer. Mit ernsten Gesichtern machten sich zwei der Männer daran, Georg an seinen Armen festzuhalten. Avery war klar, dass Georg in Schwierigkeiten war. Wahrscheinlich würden die wütenden Italiener ihn krankenhausreif prügeln.

»Hey! Hören Sie auf, der ist doch hackedicht!«, rief sie.

Doch keiner der Anwesenden schien Interesse daran zu haben, ihrer ausdrücklichen Bitte nachzukommen.

»Der Typ ist uns schon öfter blöd gekommen«, rief der kleine Glatzkopf. »Hält sich für was Besseres, der Rassist!«

Die Männer fingen an, auf Georg einzuschlagen und ihn zu treten. Georg provozierte seine temperamentvollen Angreifer weiter mit rassistischen Bemerkungen und verschlimmerte seine eigene Situation immer mehr. Dem war nicht zu helfen, beschloss Avery. Und offen gestanden wollte sie das auch gar nicht mehr. Sie entschied sich, lieber Reißaus zu nehmen, bevor sie auch noch mit reingezogen wurde. Sie rannte zurück zum Malakowturm, riss die Tür auf, kletterte in die Tiefe und stürmte zur Zeitmaschine. Dieses Mal würde sie sich keinen Fehler erlauben. Dieses Mal würde sie im Jahr 2110 landen ...

Kapitel 131 Avery

Was Avery nicht wissen konnte, war, dass die Zeitmaschine fehlerhaft war. Avery ahnte nicht, dass sie schon wieder im falschen Jahr gelandet war. Sie trat aus der Zeitmaschine, kletterte vom Bergwerk aus die Leiter zum Turm hoch und schaute sich um. Der Turm war leer. Lichtstrahlen fielen auf den staubigen Boden. Sie kamen von dem Licht, das durch die Löcher in den Eisengittern schien, mit denen die Fenster bedeckt waren. Avery fand sich in einem Raum voll von Kohlenstaub und Spuren vergangener Zeiten. Sie war überrascht. So hatte sie den Turm nicht erwartet. Sie wusste, dass sich im Turm in der Mitte des 21. Jahrhunderts ein Medienzentrum befunden hatte, von dem 2127 immer noch Reste zu sehen waren. Wie konnte es möglich sein, dass sie jetzt, im Jahr 2110 nichts davon sah?

Avery versuchte, das Eingangstor des Turms zu öffnen. Es war verschlossen. Im dämmrigen Licht erkannte sie nun eine lange Treppe ohne Geländer. Sie führte nach oben in die erste Etage. Avery lief die Treppe hoch.

Jetzt stand sie vor einer weiteren großen, alten Tür und versuchte, sie aufzumachen. Die Tür war sehr schwer. Avery drückte und drückte. Die Tür ging nicht auf. Avery versuchte es an weiteren Türen, aber sie waren alle fest verschlossen. Am Ende des Flurs entdeckte sie noch eine große Tür. Sie lief hin und schaffte es, sie aufzumachen. Vor ihr lag ein langer Gang. Der Gang in Richtung des Casino-Gebäudes. Aber am Ende des Ganges sah sie einen Mann.

»Was machst du hier?«, fragte er streng und kam auf sie zu.

»Könnte ich dich genauso fragen«, sagte Avery.

Der Mann schaute überrascht. »Ich bin Security. Aber du darfst hier nicht sein! Der Zutritt zum Malakowturm ist schon lange verboten. Aus Sicherheitsgründen.«

Avery nickte. Dann sagte sie: »Ich habe eine komische Frage. Aber ich meine sie wirklich ganz ernst. In welchem Jahr sind wir jetzt?«

Der Mann blickte sie erstaunt an. »Im Jahr 2017«, sagte er.

Jetzt war Avery überrascht. Und etwas erschrocken. Aber auch neugierig. Avery liebte das Erkunden. Ob sie das Gelände der Zeche überhaupt wiedererkennen würde?

»Bist du fertig mit deinen Fragen?«, wollte der Wachmann wissen. »Wenn ja, würde ich dich jetzt bitten, nach draußen zu gehen. Hier darfst du echt nicht bleiben.«

»Ich komme aber nicht raus«, sagte Avery.

»Warte, ich schließe dir das Tor zum Hof auf«, sagte der Mann.

Avery bedankte sich und lief nach draußen. Es waren viele Menschen auf dem Hof der Zeche. Und doch war Avery allein mit all den Fragen, um die ihre Gedanken kreisten. Warum bin ich hier? Wie konnte das passieren?

Avery lief um den Turm herum und sah ihn von allen Seiten an. Sie war schockiert. Alle Türen waren verriegelt. Und alle Fenster waren verschlossen. Bis auf die ganz oben an der Seite.

Wie kann ich da reinkommen, um wieder in der Zeit zu reisen, fragte sich Avery. Avery sah die vielen Menschen an, die hier unterwegs waren. Sie gingen auch in die Zeche rein! Sie schloss sich einer Mädchengruppe an, die auf das

Hauptgebäude zulief. Ehe sie in das Gebäude trat, schaute sie nach oben und las über der Tür: *Zeche Carl*.

Im Eingangsbereich standen mehrere Tische und Stühle. Und noch ein Stück weiter gab es ein Konzert von Kindern. Sie spielten auf der Gitarre. Es schien noch viel mehr Angebote für Kinder zu geben. Das weckte Averys Neugier. Sie wollte sehen, was da hinter der Bühne passierte, deshalb lief sie hin und warf einen Blick hinter die Kulissen. Sie sah ein junges, schönes Mädchen, das trainierte eine Kindergruppe für eine kurze Tanzshow. Ein paar Unruhestifter waren unter den Kindern. Die liefen herum und öffneten die Vorhänge. Avery lächelte. Sie erinnerten sie an sie selbst als Kind. Sie hatte auch immer zu den Unruhestiftern gehört.

Nach dem Konzert ging Avery nach draußen. Sie sah kleine Zelte. Da drin gab es Informationen und Material über verschiedene Kulturen der Welt.

Avery sah auch ein paar Mädchen, die Fotos von sich und den Luftballons machten. Und viele Menschen, die aßen und tranken. Da war auch ein Journalist, der eine Mädchengruppe fotografierte, die etwas auf Blätter schrieb und die Blätter dann an Luftballons band. Dann ließen sie die Luftballons los, und die Luftballons stiegen nach oben. Die Mädchen sahen sehr glücklich aus.

Die Kinder, die Gitarre gespielt hatten, waren jetzt auch draußen. Auch sie hatten jeder einen Luftballon in der Hand, und jeder schrieb etwas auf einen Zettel und band ihn an den Luftballon. Die Intensität, mit der sie das taten, weckte Averys Neugier.

Sie ging hin und fragte ein Kind, das gerade einen Luftballon steigen lassen wollte: »Was steht auf den Zetteln, die ihr an die Luftballons hängt?«

Das Kind sagte: »Das kann ich nicht verraten, denn es ist ein Wunsch.«

»Ach so«, sagte Avery. »Ihr schreibt eure Wünsche auf und schickt sie mit den Ballons auf den Weg. Ihr sollt mir natürlich nicht verraten, was ihr auf die Zettel geschrieben habt. Ich wollte nur wissen, was ihr macht! Es war sehr schön, wie ihr auf der Gitarre gespielt habt.«

»Danke!«, sagte das Kind und freute sich.

Avery setzte sich auf ein Geländer und guckte zu, wie die Kinder ihre Ballons steigen ließen. Dann setzte sie sich ins Gebäude an einen der Tische und fing wieder an nachzudenken. Was war nur passiert? Warum hatte die Zeitmaschine sie schon wieder in die falsche Zeit gebracht? Wie sollte sie jemals im Jahr 2110 ankommen? Und so weiter.

Plötzlich stand jemand vor ihr und fragte: »Was machst du denn hier noch so spät?«

Avery blickte auf. »Wer sind Sie?«

»Der Hausmeister«, sagte der Hausmeister. »Also, was machst du hier? Das Zechenfest ist doch vorbei.«

Avery schaute sich mich um. Außer ihr war keiner mehr da. »Ich bin Touristin«, erklärte sie. »Ich versuche, mehr über die Zeche Carl herauszufinden.

Wenn Sie der Hausmeister sind, haben Sie doch bestimmt viele Informationen über diesen Ort.«

»Ja, natürlich«, sagte der Hausmeister lächelnd.

»Warum ist der Turm zu?«, fragte Avery. »Alle Türen sind verschlossen, die Fenster vergittert.«

»Weil der Turm schon alt ist«, erklärte der Hausmeister. »Einsturzgefahr. Es ist nicht sicher im Turm.«

Avery nickte. »Haben Sie einen Schlüssel für die große Tür?«

»Ja, natürlich«, sagte der Hausmeister. »Ich bin doch der Hausmeister.«

»Und ... können Sie mir den Schlüssel mal zeigen?«, fragte Avery.

»Ja, aber warum?«, wunderte sich der Hausmeister.

»Ich würde mal gern sehen, wie groß ein Schlüssel ist, der so eine große Tür öffnet«, sagte Avery.

Der Hausmeister griff in seine Tasche. »Okay, dann hier, bitte.«

Er hielt ihr den Schlüssel hin. An einem ganzen Bund von Schlüsseln. Während Avery den Schlüsselbund in Händen hielt, fragte sie den Hausmeister dies und das über die Zeche Carl und seine Arbeit dort und lenkte ihn so ab, dass er gar nicht merkte, dass ein Schlüssel am Bund fehlte, als die ihn zurückgab.

»Und jetzt?«, wollte der Hausmeister wissen. »Bleibst du hier oder wie?«

»Nein, nein«, sagte Avery. »Ich gehe gleich. Aber warum fragen Sie? Darf ich nicht hierbleiben?«

Der Hausmeister schüttelte den Kopf. »Nicht am Abend. Ich muss gleich gehen und das Gebäude abschließen.«

»Gehen Sie auch noch zum Turm?«, erkundigte sich Avery.

»Nein«, sagte der Hausmeister. »Ich dreh nur hier noch eine Runde und schaue nach, ob auch niemand mehr im Haus ist.«

»Okay«, sagte Avery. »Dann geh ich jetzt mal. Tschüss.«

Sie verließ den Hausmeister und lief so schnell es ging zum großen Tor des Turms. Sie versuchte das Tor zu öffnen. Es klappte. Schnell betrat Avery den Turm, stieg nach unten in die Strecke, kletterte in die Zeitmaschine und reiste weiter.

Kapitel 132 Lara

Lara ist 17 Jahre alt. Sie geht mit ihren Freundinnen zur Zeche Carl. Der Ort ist schon sehr alt und lange keine Zeche mehr. Seit Ende der 70er-Jahre ist er ein soziokulturelles Zentrum. Das hat ihr Bernd Alles, der hier Projekte betreut, erzählt. Lara und ihre Freundinnen stehen jetzt vor dem Malakowturm der Zeche. Eine junge Frau kommt auf sie zu. Sie ist bestimmt nicht viel älter als Lara. Aber sie hat komische Klamotten an. Die Frau sieht verwirrt aus.

»Entschuldigung«, sagt sie. »Was ist das da oben?« Sie zeigt auf den dicken gelben Ballon, der über der Zeche schwebt.

»Der gelbe Ballon ist ein Schachtzeichen«, erklärt Lara. »Heute findest du im ganzen Ruhrgebiet solche gelben Ballons, die zeigen, wo früher Schächte waren.«

»Und warum?«, fragt die Frau.

»Wir feiern doch das Kulturhauptstadtjahr«, sagt Lara.

Die Frau guckt sie mit großen Augen an. »Dann ist also gerade das Jahr 2010?«

Lara will nachfragen, was mit der Frau ist, aber da ist sie schon in der Menge verschwunden. Lara und ihre Freundinnen machen viele Fotos von den Schachtzeichen. Sie unterhalten sich mit den Gästeführern. Die erzählen spannende Geschichten über die Zeche Carl. An die verwirrte Frau denkt Lara nicht mehr.

Kapitel 133 Ingrid

Bochum, 20. Juli 1907

Liebes Tagebuch,

ich hasse ihn! Ich kann es einfach nicht mit ansehen! Das hässliche Stahlwerk ist fertig. Ich kann mich noch erinnern, als ich meinen großen Streit deswegen mit Vater hatte. Mir wurden danach die Bücher weggenommen. Ich hatte Hausarrest. Und musste auch noch gezwungenermaßen den Bau dieses unnötigen Stahlwerks mitansehen. Mein Bruder Wilhelm war auch da. Aber freiwillig! Und das jeden Tag! Er ist genau wie Vater. »Deutschland soll es gut gehen, und Vater sorgt dafür.« Das sagte er immer, wenn er auf der Baustelle herumrannte. Und ich hoffte dann immer, ihm würde ein Stein auf den Kopf fallen. Dem war aber leider nicht so.

Zum Glück konnte ich Infinity am Marbach besuchen.

Ingrid

Essen, 13. Juli 1913

Ich glaube es nicht! Ohne über die Bedürfnisse seiner Tochter nachzudenken, stellt Vater das Funktionieren seiner wirtschaftlichen Verbindungen über mein Wohl! Wenn er stirbt, werde ich auf seinem Grab tanzen!

Eine Zwangsheirat hatte Vater sich in den Kopf gesetzt und sie auch durchgezogen. Und dann auch noch mit diesem Idioten Ullrich Malincrodt Junior. Der versteht mich noch weniger als Vater es tut. Und ist unfassbar dumm. Er macht alles, was sein Vater ihm sagt, und das dann auch noch falsch. Anstatt die Einnahmen aus der Zeche gut zu investieren, sitzt er jeden Abend mit seinen Freunden beim Pokern. Und mein Bruder versteht sich natürlich bestens mit Ullrich. Sie arbeiten zusammen in der Geschäftsführung der Zeche Carl. Ullrich

Junior hat sie als Hochzeitsgeschenk von seinem Vater bekommen. Ich muss dringend mit Infinity reden. Sie ist die Einzige, der ich mich anvertrauen kann, die Einzige, die mich versteht. Aber seit ich in Essen wohne, ist der Weg zum Marbach sehr weit ...
Ingrid

Essen, 11. August 1914

Er ist da. Der Krieg, der alle Kriege beenden soll. Malincrodt Senior freut sich, und ich freue mich mit ihm. Endlich geht Ullrich Junior weit weg. Er muss an die Front. Da sollen ihm Mut und Verantwortung beigebracht werden, die er mit der Leitung der Zeche Carl nicht gelernt hat. Es gab Streiks der Bergmänner auf Carl aufgrund von unregelmäßigen Lohnauszahlungen. Ihre Familien haben schlimmen Hunger gelitten. Aber Ullrich Junior interessierte das gar nicht. Er ging lieber zum Pokern. Auch Ullrich Gustav hat schließlich eingesehen, dass sein Sohn ein Taugenichts ist und hat ihn durch Onkel Friedrich an einen der ungastlichsten Orte abkommandieren lassen. Ich hoffe, dieser Ort verändert ihn zum Guten. Oder aber, dass Ullrich Junior nicht nach Hause zurückkehrt.

Ullrich wollte nicht an die Front. Anders als mein Bruder. Der ist ganz begeistert. Der Kaiser kann sich glücklich schätzen, solche treuen Untertanen zu haben. Treu und dumm. Nur den Krieg und Deutschland hat mein Bruder noch im Kopf. »Die Russen werden bezahlen, die Franzosen werden besiegt, und der King soll sterben«, hat er gesagt. Wieso prägen sich solche Sätze so wortwörtlich in meinem Kopf ein?

Soll Wilhelm doch als Stabsoffizier an der Front sterben. Soll er doch sein Leben für Kaiser und Vaterland lassen, wenn ihn das so glücklich macht!
Ingrid

4. April 1915

Ich weiß nicht, ob ich weinen oder lachen soll. Gleich zwei Briefe von der Front haben mein Leben auf den Kopf gestellt. Ullrich Junior ist tot. Nicht ehrenvoll oder mutig gestorben, nicht im Kampf, sondern dumm wie eh und je. Hat aus dem Schützengraben geguckt und wurde von einem Scharfschützen erschossen. So schreibt mir sein Kamerad, nicht ganz ohne Häme, wie mir scheint. Das ist der einzige Brief, den ich von Ullrich bekommen habe. Nein, nicht einmal von ihm, bloß über ihn! Sein Vater ist außer sich. Sieht seine Linie aussterben und gibt mir die Schuld dafür, weil ich ihm nicht rechtzeitig einen Enkel geschenkt habe.

Ich würde ihm so gern die Meinung sagen. Aber dann würde er mich verstoßen. Und wo sollte ich dann hin? Zu meinem Vater, der sagt, eine Frau hat zuzuhören und zu schweigen? Wieso kann nicht auch Vater an die Front!

Und mein Bruder? Von ihm kam der zweite Brief. Warum habe ich dich nicht vom Kriegsdienst abgehalten, Wilhelm? Wieso wünschte ich dir den Tod? Es tut mir so leid, Willi, es tut mir so leid.

Er dient nun an der Front, im Niemandsland. Er schreibt mir: »Ingrid, hilf mir! Ich halte es nicht mehr aus. Tag und Nacht Schreie, Schüsse, Bomben, überall und nirgendwo. Ich soll mich daran gewöhnen. Aber wie kann ich das? Wer sich an so etwas gewöhnt, der ist schon tot. Ich habe einen Kameraden erlebt, der einen Nervenzusammenbruch hatte. Er hat die ganze Truppe gefährdet und wurde vom Hauptmann erschossen. Ich will nicht so enden. Ich will nach Hause. Zu dir, meine Schwester. Es tut mir leid, dass ich dich nicht unterstützt habe, dass ich dir nicht geholfen habe gegen Vater. Dass ich so dumm war. Es tut mir leid. Das sollst du wissen, falls ich es nicht nach Hause zurück schaffe ...«

Wie furchtbar, Willi – so verzweif–

Das Telefon riss Ingrid aus ihren Gedanken. Sie legte den Stift beiseite.

»Frau Malincrodt«, sagte der Sekretär und reichte ihr den Hörer. »Da möchte Sie jemand sprechen.«

Verwundert nahm Ingrid das Gspräch an.

»Frau Malincrodt«, meldete sich ein Mann. »Entschuldigen Sie vielmals die Störung. Wir haben hier einen Mann im Bergwerk gefunden. Er hat eine Glatze. Er sieht nicht aus wie ein Bergmann. Er redet wirres Zeug. Da wollten wir lieber Sie rufen. Vielleicht könnten Sie kurz auf Carl vorbeikommen und sich selbst ein Bild machen?«

»Wer spricht denn da?«, fragte Ingrid.

»Herr Schmidt, der Steiger«, sagte der Mann. »Tut mir leid, dass ich mich nicht gleich vorgestellt hab, gnädige Frau.«

»Nicht schlimm«, erwiderte Ingrid. »Was sagt der Mann denn? Und wie heißt er?«

»Moment, gnädige Frau«, sagte Herr Schmidt.

Ingrid hörte ihn schreien: »Weiß jemand, wie der Kerl heißt?« Dann sprach er hastig wieder in den Hörer: »Es antwortet keiner. Können Sie vorbeikommen?«

»Kann denn Ullrich Gustav Malincrodt nicht kommen?«, fragte Ingrid zögernd.

»Den können wir nicht erreichen«, sagte Schmidt.

Der ist bestimmt beim Saufen eingeschlafen, dachte Ingrid. Denn wirklich, seit sein Sohn an der Front gestorben war, hatte der Alte zu saufen angefangen. Ingrid wollte nicht in die industriellen Interessen der Familie eingebunden werden, nicht in eine Welt, in der Profit so viel mehr galt als Menschlichkeit. Aber dann wiederum ... Der Steiger schien wirklich in Nöten. Konnte sie ihn im Stich lassen? Nein, er tat ihr leid.

»Nun gut«, sagte Ingrid. »Ich komme vorbei. Aber ich werde nicht ins Bergwerk einfahren. Ich werde den Mann über Tage treffen.«

So machte Ingrid sich also auf den Weg zum Malakowturm. Einem Turm, der alles hier zusammenhielt. Der stark genug war, um das Fördergerüst zu halten. Nie hatte Ingrid ihn betreten. Dabei könnte er so wunderbare Dinge beherbergen. Auch wenn er im Moment nicht mehr als einen Förderanlage beinhaltete. *Im Moment ...* Dieser Gedanke ließ Ingrid merkwürdigerweise nicht mehr los.

Ein Bergmann empfing Ingrid. Pechschwarz und verschwitzt. »Sie haben mich fast in der Dunkelheit übersehen, was, Frau Malincrodt?«, sagte er und lachte.

»Gehen Sie bitte wieder ins Warme, verehrter Herr«, sagte Ingrid. »Verschwitzt wie Sie sind, und so kalt, wie es hier draußen ist, holen Sie sich noch den Tod.«

So einfühlsam und gütig war Ingrid. Die Arbeiter wussten das. Sie wussten um Ingrids Leid. Und sie hatten gelogen. Sie hatten nicht einmal versucht, den alten Malincrodt zu benachrichtigen. Sie hatten sich entschieden, Ingrid sofort anzurufen, weil sie in dieser Situation sicherlich das Richtige zu tun wüsste. Schließlich war sie nicht nur einfühlsam, sondern auch außerordentlich klug.

Der Arbeiter führte Ingrid in den Turm. Dort erblickte sie fünf Männer, die versuchten, einen für Ingrid höchst interessant wirkenden Mann einzufangen, der ihnen offenbar entwischt war. Werden diese fünf Arbeiter doch tatsächlich nicht mit einem derart kleinen, zierlichen Mann fertig, dachte Ingrid schmunzelnd. In dem Moment kam die seltsame Person direkt vor Ingrids Füßen zu Fall.

»Wer sind Sie?«, fragte Ingrid erschrocken. »Was tun Sie hier?«

Der Mann gab keine Antwort. Er schien verängstigt und geschockt. Er schien mit der Situation nicht umgehen zu können. Sein Gesicht war schwarz vom Kohlenstaub.

»Stehen Sie auf und reden Sie mit mir«, sagte Ingrid. Direkt und klar war sie. Die Arbeiter blickten sie bewundernd an. Keiner von ihnen sagte ein Wort. Sie hatten alle keine Ahnung, was nun passieren würde. Aber eins wussten sie genau: Dass die Frau Malincrodt es schon schaffen würde, den seltsamen Mann zum Reden zu bringen.

»Ich ... ich«, stammelte der auffällige Mann.

»Gehen Sie«, sagte Ingrid in Richtung der Arbeiter. »Ihre Schicht ist doch sicher längst zu Ende.«

Die Arbeiter zögerten, ob sie Ingrid wirklich mit diesem Kerl allein lassen konnten. Aber sie wollten ihr auch nicht widersprechen. Also verschwanden sie, einer nach dem anderen, in Richtung der Schwarzkaue.

»Kommen Sie«, sagte Ingrid. »Folgen Sie mir bitte.« Ingrid spürte, wie verängstigt der Mann war. Nur wenn sie ihm glaubhaft machen könnte, dass er hier sicher war, würde er mit der Sprache rausrücken.

Ingrid nahm den Mann mit in ihr Haus. Sie ließ ihn Platz nehmen – dass der Salon voller Kohlenstaub sein würde, war ihr egal – und ließ Tee für ihn aufsetzen. »Also«, sagte sie dann. »Erzählen Sie mal. Wer sind Sie? Und wie heißen Sie?«

»Ich heiße Avery«, sagte der Mann schließlich mit einer ungewöhnlich weichen Stimme. Und plötzlich begriff Ingrid, dass es kein schmächtiger Mann, sondern eine junge Frau war, die vor ihr saß. »Ich heiße Avery Luck. Und Sie?«

»Ich heiße Ingrid«, stellte Ingrid sich vor. »Ingrid Maria Hilde Malincrodt oder von Plettenberg.«

»Hä, wie jetzt?« Verwundert starrte Avery Ingrid an. »Ingrid? Oder Maria? Oder Hilde? Oder sind das wirklich alles Ihre Namen?«

»Ja, so ist es«, sagte Ingrid irritiert. »Das ist doch ganz normal.«

»Nein, eben nicht«, widersprach Avery. »Das ist doch komplett unsinnig. Warum drei Vornamen, wenn man nur einen benutzt?«

Ingrid war sich nun sicher, dass die junge Dame mit dem seltsam kurzen Haar, den verschiedenfarbigen Augen und den komischen Bemalungen auf der Haut nicht von hier stammte.

»Könnten Sie mir vielleicht sagen ...«, fragte sie nun, »welches ... welches Jahr haben wir?«

Ingrid zog verwundert eine Augenbraue hoch. »Wir schreiben das Jahr 1915«, sagte sie dann.

Averys Gesicht wirkte mit einem Mal düster. Und das kam nicht nur vom Kohlenstaub.

»Das verwundert Sie jetzt aber hoffentlich nicht?«, fragte Ingrid.

»Nein, meine Dame«, sagte Avery hastig. »Es erfreut mich aber auch nicht. Ich muss wieder zurück zum Turm. Ich muss in eine andere Zeit.«

»Die Zeit, aus der Sie kommen?«, fragte Ingrid.

Avery schüttelte den Kopf. »In noch eine andere Zeit.«

»Erzählen Sie mir von Ihrer Zeit«, meinte Ingrid.

Eine Pause, eine lange Pause trat ein.

»Helfen Sie mir, zurück in die Strecke zu gelangen, und ich erzähle Ihnen etwas aus meiner Zeit«, sagte Avery schließlich.

»Jetzt?«, fragte Ingrid.

Der Raum war plötzlich voll Energie. Die beiden Frauen schauten sich an, und es war eine seltsame Verbindung zwischen ihnen.

»Ja, jetzt«, sagte Avery. »Ich habe schon zu viel Zeit verloren. Ich muss nach unten in die Strecke zurück. Von dort aus finde ich den Weg alleine.«

Kaum hatte Avery ihren Satz zu Ende gesprochen, rannte sie schon los. Aus der Tür, aus dem Haus und schnell zurück zum Malakowturm. Ingrid kam nur schwer hinterher.

»Warten Sie doch!«, rief Ingrid.

»Ich kann nicht«, sagte Avery gehetzt. »Jede Minute zählt. Meine Freundin hat mir immer wieder erzählt, wie gefährlich Reisen in die Vergangenheit sind. Dass ich die Vergangenheit verändern kann damit und diese Veränderungen natürlich auch Auswirkungen auf die Zukunft haben können. Ich will aber nicht die ganze Welt verändern. Nur das Leben eines einzigen Menschen.«

»Bitte, Avery«, sagte Ingrid außer Atem. »Erzählen Sie mir von der Zukunft. Wie ist sie? Wird es der Natur gut gehen? Den Menschen?«

»Bringen Sie mich erst in ins Bergwerk zurück«, sagte Avery.

Und so kam es, dass Ingrid zum ersten und einzigen Mal selbst in die Zeche einfuhr. Diese Erfahrung würde sie für immer prägen.

»Jetzt erzählen Sie mir, Avery«, bat Ingrid. »Erzählen Sie mir von der Zukunft.«

Aber Avery schüttelte den Kopf. »Nein, meine Dame, ich kann nicht. Tut mir leid! Alles hat seine Zeit. Sie werden es rechtzeitig erfahren. Lassen Sie mich gehen! Ich gebe Ihnen nur einen Rat für Ihr Leben: Seien Sie wie das Wasser, finden Sie Ihren eigenen Weg!«

Und ohne noch eine Antwort Ingrids abzuwarten, rannte die komische Frau einfach weg und verschwand für immer.

Kapitel 134 Avery und Savannah

»Ahhhhhhhhh ... Ich kann diese Schmerzen nicht mehr ertragen. Mir tut es überall weh. Mach irgendwas, bitte. Die Medikamente, die der Arzt mir gab, können mir nicht mehr helfen«, sagte Avery. Sie war 99 Jahre alt. Es war das Jahr 2207.

Savannah saß an ihrem Bett und hielt Averys Hand. »Warum bist du als Mensch geboren und nicht als Fee?«, fragte sie verzweifelt. »Dann könnten wir für immer zusammen sein, und du würdest mich nicht allein zurücklassen.«

»Es tut mir leid, Schatz, dass ich nicht länger bei dir bleiben kann, aber ich kann nichts dafür .... denn ... ich fühle, dass ich sterben werde«, sagte Avery. »Beruhige dich. Ich weiß, dass es nicht einfach für dich ist, aber du warst meine erste und einzige große Liebe.«

Savannah weinte. »Du wirst immer in meinem Herz und in meinen Gedanken sein.«

Avery schrie auf vor Schmerz. Dann flüsterte sie: »Ich werde bald tot sein. Doch unsere Liebe wird nie tot sein, weil unsere Liebe eine wahre Liebe ist. Ich bin so froh, dass du die Person bist, die ich in diesen letzten Momenten meines Lebens sehe. Das ist es, was ich mir zuletzt wünsche ...«

»Du wirst nicht sterben«, widersprach Savannah. »Unsere Liebe wird nicht sterben. Du wirst neu geboren werden.«

»Was meinst du jetzt damit?«, wollte Avery wissen. »Ich bin eine alte Frau, die gleich sterben wird. Du und ich wissen das ganz genau, mein Schatz ...«

»Nein, es gibt eine Möglichkeit, dich wieder auferstehen zu lassen«, schluchzte Savannah. »Ich erkläre dir das. Wir müssen das jetzt machen, bevor deine heilige Seele aus deinem Körper geht. Ich muss nur eben das Gerät anschließen.«

»Hä? Welches Gerät meinst du? Ich verstehe nichts von dem, was du da sagst«, sagte Avery.

»Keine Sorge. Ich komme sofort wieder. Bis gleich«, sagte Savannah.

Als Savannah wieder an Averys Bett stand, röchelte die nur noch. Savannah sah, dass Avery sterben würde. Sie würde ihr nicht mehr erklären können, was sie mit dem Gerät vorhatte. Dass sie ihr Blut abnehmen wollte, um daraus Stammzellen von Avery zu extrahieren. Denn dank der neusten Forschung war es möglich, aus Stammzellen einen Embryo des Stammzellenspenders zu klonen.

Savannah hatte keine Wahl. Sie musste das Blut ohne Averys Einverständnis entnehmen. Es blieb keine Zeit mehr, ihr alles zu erklären. Wenn sie es ihr erklärte, könnte es bereits zu spät sein. Das Blut musste abgenommen werden, ehe Avery starb. Savannah schloss das Gerät an. Avery schien es gar nicht zu merken. Savannah setzte sich neben Avery und hielt ihre Hand. »Ich liebe dich«, flüsterte sie, während sie beobachtete, wie Averys Blut in die Maschine lief.

Avery war jetzt ganz ruhig. Sie lächelte sogar. Die Schmerzen schienen aufgehört zu haben. Wenig später war Avery tot.

Neun Monate später hielt Savannah ihre kleine Tochter im Arm. Sie sah genauso aus wie Avery auf ihren Babyfotos, die sie Savannah gezeigt hatte. Savannah nannte das Kind Avery-Jane. Am Anfang war es etwas seltsam für sie, Avery zurückzuhaben, aber nun als kleines Mädchen. Aber Savannah lernte damit umzugehen und die kleine Avery-Jane wie eine Tochter statt wie die Frau an ihrer Seite zu lieben. Savannah entschied sich, Avery-Jane nicht die wahre Geschichte ihrer Geburt zu erzählen.

Im Jahr 2227 war die kleine Avery-Jane 19 Jahre alt und ein schönes Mädchen, das genau wie Avery aussah, als Savannah sie kennengelernt hatte. Das war nicht mehr schlimm für Savannah. Sie liebte Avery nun wie eine Tochter. Diese Liebe war eine andere als die, die sie für die alte Avery empfunden hatte. Sie war anders, aber genauso intensiv.

Avery-Janes Leben war sehr normal, wie das Leben aller anderen, die in Essen wohnten. Bis ein Tag kam, an dem alles durcheinandergeriet ...

Avery, gerade 19 Jahre, reiste mit der Zeitmaschine weiter. Hoffentlich würde sie nun endlich im Jahr 2110 ankommen. Darüber nachzudenken, wie sie mit dieser Maschine jemals ins Jahr 2127 zurückkehren sollte, wagte sie gar nicht erst. Sie hatte sich das so einfach vorgestellt, mal eben ein paar Jahre in die Vergangenheit zu reisen. Aber offenbar gab es ein technisches Problem an der Maschine. Ja, sie war mehrfach in verschiedenen Jahren der Vergangenheit gelandet. Dass sie nun auch noch in der Zukunft angekommen war, wusste Avery noch nicht, als sie aus der Maschine stieg. Sie kletterte die Leiter durch den Schacht hoch, trat aus dem Malakowturm, lief über den Hof der Zeche Carl und war ein bisschen verwirrt. Die Gebäude, Straßen, Leute, usw., die sie in Altenessen sah, wirkten alle so modern. Die sahen gar nicht aus wie im Jahr 2110. Avery merkte, dass schon wieder irgendwas völlig falsch lief.

Sie sprach Leute an, die auf der Straße unterwegs waren. »Entschuldigung. In welchem Jahr sind wir gerade?«

Die meisten liefen weiter und schüttelten nur die Köpfe.

Endlich sagte jemand: »Wir haben das Jahr 2227.«

Avery erschrak. Ach du Scheiße. Was habe ich gemacht? Warum bin ich in dieser Zeit gelandet? Am liebsten wäre sie gleich wieder in die Maschine gestiegen, um umzukehren. Aber zuerst musste der Akku der Maschine aufgeladen werden. Das würde sicher eine Stunde dauern. Aus Neugier entschied Avery sich, die Zeit zu nutzen, um ihr altes Haus zu besuchen, das ganz in der Nähe sein musste. Sie würde gern wissen, wie Savannahs Zukunft aussah. Sie selbst würde im Jahr 2227 sicher nicht mehr leben, dachte Avery traurig.

Das Haus zu finden war gar nicht einfach, weil sich in 100 Jahren alles verändert hatte um die Zeche Carl herum. Avery musste viele Leute auf der Straße nach der Adresse fragen. Dann endlich stand sie vor dem Haus. Sie trat an die Tür und las zu ihrer Überraschung ihren Namen auf dem Türschild. War es möglich, dass sie noch lebte? Dann musste sie doch jetzt uralt sein. Avery war nicht sicher, ob sie klingeln sollte. Sie hatte Angst. Aber sie war auch neugierig. Sie entschied sich endlich zu klingeln. Sie war stark, sie würde das auf jeden Fall schaffen. Die Tür öffnete sich und ... Avery war überrascht, eine Avery vor sich zu sehen, die genau in ihrem Alter sein musste. Jung und schön. Sie sah immer noch genauso aus wie im Jahr 2127!

Avery war sprachlos. Sie konnte es nicht glauben. War sie in einem Paralleluniversum gelandet, wo ganz Altenessen anders aussah? Hatte der Mann auf der Straße sie angelogen, als er sagte, dass es das Jahr 2227 war?

Auch die andere Avery schien verwirrt. Sehr verwirrt. Kein Wunder. Sie hatte sicher nichtsahnend die Tür geöffnet und stand nun ohne Vorwarnung ihrer Doppelgängerin gegenüber.

Avery fragte die andere Avery: »Welches Jahr haben wir?«

»2227«, sagte Avery.

»Wie kannst du dann noch so jung sein?«, wollte Avery wissen. »Und wo ist Savannah?«

Die andere Avery fragte: »Was bist du? Was willst du hier? Was willst du von meiner Mutter? Und warum siehst du genauso aus wie ich?«

»Ich will nichts von deiner Mutter«, sagte Avery. »Ich will Savannah sehen.«

»Aber Savannah ist meine Mutter!«, rief die andere Avery. »Sie ist gerade auf der Arbeit. Sie kommt gleich nach Hause.«

Avery war schockiert. Sie konnte das alles gar nicht begreifen. Wie konnte sie im Jahr 2227 plötzlich Savannahs Tochter sein? Das ergab doch alles keinen Sinn! Sie liebten einander doch!

»Hä, was laberst du?«, fuhr sie ihre Doppelgängerin an. »Wie könnte Savannah deine Mutter sein. Wie kann meine Freundin deine Mutter sein?«

Die andere Avery war sichtlich überfordert. »Entschuldigung«, sagte sie. »Könntest du bitte jetzt gehen? Du nervst mich! Savannah ist meine Mutter. Ich bin Ende 2207 geboren. In dem Jahr, in dem meine andere Mutter Avery starb. Von ihr habe ich meinen Namen. Avery-Jane.«

Avery fing an zu schwitzen. Sie begriff das alles nicht. Es war ein Alptraum.

Als Savannah nach Hause kam, war sie schockiert, zwei Averys auf einmal zu sehen. Zwei Averys, die genau gleich aussahen, wenn man von den Anziehsachen und dem Haarschnitt absah.

»Avery-Jane, was ist los hier?«, sagte Savannah.

»Keine Ahnung, Mum«, sagte Avery-Jane verzweifelt. »Ich kann das auch nicht verstehen. Das kann nicht sein. Sie sieht genauso aus wie ich. Habe ich eine Zwillingsschwester? ... Mum, antworte mir bitte. Wer ist sie?«

»Könntest du mir bitte erklären, was passiert ist?«, schrie die andere Avery Savannah an.

»Avery-Jane«, sagte Savannah sanft. »Bitte ... Ich erkläre dir alles später. Bleib zu Hause und warte auf mich. Und du«, sie wandte sich an Avery, »komm bitte mit.«

Savannah schloss die Haustür und zog Avery hinter sich her. Eine Weile liefen sie schweigend nebeneinander die Straße entlang. Schließlich sagt Savannah: »Was bist du? Und was willst du?«

»Ich bin doch deine Avery«, sagte Avery den Tränen nahe. »Du kennst mich doch.«

Savannah schüttelte den Kopf. »Meine Avery ist vor 19 Jahren als alte Frau gestorben. Aus ihren Stammzellen habe ich eine Tochter geklont. Avery-Jane, die du gerade gesehen hast. Avery-Jane weiß nix davon, dass sie ein Klon ist. Sie hat Avery nie kennengelernt. Als sie geboren wurde, war Avery schon tot. Sie kennt sie nur von Fotos. Fotos, auf denen Avery schon alt war.«

»Ohhhh Mann! Ich werde also 2207 sterben«, sagte Avery.

»Was?«, fragte Savannah. »Hey, warte, warte, was meinst du jetzt damit? Wie kannst du 2207 sterben? Das ist doch schon Vergangenheit ... Was verdammt noch mal bist du?«

»Ich bin die Avery aus dem Jahr 2127. Ich bin mit deiner Zeitmaschine in die Zukunft gereist. Deswegen bin ich jetzt hier bei dir«, erklärte Avery.

»Hey ... Warte! Du hast mich also angelogen, als du damals von deiner Zeitreise zurückgekommen bist? Du hast behauptet, du wärst in der Vergangenheit gewesen, nicht in der Zukunft!«, rief Savannah.

»Das ... das wollte ich auch«, sagte Avery. »Ich wollte ins Jahr 2110. Aber irgendwas ist mit deiner Maschine falsch gelaufen. Ich weiß nicht wie und warum. Ich kann nichts dafür ... Aber, wenn ich von meiner Zeitreise zurückgekehrt bin, um dir zu sagen, dass ich in der Vergangenheit war, dann ... dann bedeutet das doch, dass ich es schaffe, ins Jahr 2127 zurückzukehren«, ergänzte sie hoffnungsvoll. »Savannah ... weißt du vielleicht, in welchem Jahr ich damals gewesen bin?«

»Im Jahr 2110«, sagte Savannah. »Das hast du jedenfalls behauptet. Und dass du mit Salie Brown gesprochen hast ... Aber du hast auch gesagt, dass ...«

»Es tut mir leid, dass ich nicht länger bleiben kann«, unterbrach Avery sie. »Ich muss weiter.«

»Nein«, sagte Savannah. »Bitte geh nicht!«

»Ich muss«, sagte Avery. »Ich muss zu deinem früheren Ich zurück. Ich will mit dir alt werden, Savannah. Unsere Liebe wird nie sterben.« Und schon rannte sie davon. Schnell kaufte sie im Supermarkt noch eine Flasche Wodka. Den konnte sie jetzt gebrauchen. Dann kehrte sie zurück zur Zeitmaschine.

Um die Liebe zwischen Savannah und mir muss ich mir keine Sorgen mehr machen, dachte sie. Ich weiß jetzt, wie unser Schicksal aussieht. Und Hauptsache ich weiß, dass es Savannah auch in Zukunft gut geht. Das ist viel wichtiger als alles andere. »Ich liebe dich über alles, mein Schatz«, flüsterte Avery. »Bye, bye!«

Avery würde nun endlich ins Jahr 2110 fliegen. Und dann zurück nach Hause. Sie war sehr glücklich, weil sie jetzt wusste, wie ihre Zukunft aussehen würde.

Sie nahm einen kräftigen Schluck aus der Wodkaflasche. Der Akku der Maschine war noch nicht ganz zu Ende geladen. Sie würde sich die Zeit mit dem Wodka vertreiben. Nach der halben Flasche fing sie an zu singen, während sie die Zeitmaschine ein weiteres Mal auf das Jahr 2110 einstellte: »I believe, I can fly and see the sky. Ohhhhhhh, I believe, I believe, I am gonna die, but however, I won't cry. I'm so happy and I'm so happy. If you don't believe, that I don't care, because I'm so happy.«

Als Avery erwachte, hatte sie furchtbare Kopfschmerzen. Sie versuchte sich zu erinnern, was zuletzt geschehen war. Sie blickte verwirrt auf die leere Wodkaflasche. Sie war mit diesem Georg aus dem Jahr 1966 unterwegs gewesen, erinnerte sie sich. Offenbar hatte sie nach den Bieren, die sie mit ihm getrunken hatte, noch eine Flasche Wodka getrunken. Ob sie nun endlich im Jahr 2110 war?

In dem Moment öffnete sich die Tür der Zeitmaschine, und Avery blinzelte ins Licht.

Kapitel 135 Noris

Die haben uns ja ein schönes Schiff zur Verfügung gestellt, dachte ich. Ein Sterngleiter von Jupiter Arms. Zwar ein altes Modell, aber für den Auftrag allemal ausreichend. Jetzt fehlten nur noch meine Freunde Fabulus und Thermita, und die Mission konnte starten. Wo blieben sie bloß? Ich hoffte, es war ihnen nichts Schlimmes passiert. Wer weiß? Vielleicht hatten sie sich im Raumhafen verlaufen und irrten herum? Das würde bedeuten, dass wir unsere Mission verpassen würden. Mir schlotterten die Gelenke, wenn ich nur daran dachte. Ich musste meine Freunde sofort suchen gehen.

Ich legte meine Ausrüstung ins Schiff, schloss die Luke ab und rannte zum Raumdock. Fabulus diskutierte für sein Leben gern. Hoffentlich hatte er nicht angefangen, mit einer Wache über die Aufhebung der universumsweiten Grenzkontrollen zu diskutieren. Das konnte übel für uns enden. Ich suchte das Dock nach Fabulus ab. Das Problem war, dass es hier nur so von Cyborgs wie ihm wimmelte. Wie sollte ich ihn da finden? Eher würde er mich finden, denn von meinen Artgenossen liefen hier nur wenige herum. Dieses ganze Gewirr machte mich nervös. Ich dachte kurz darüber nach, zum Schiff zurückzugehen und die Mission einfach alleine durchzuziehen. Aber wenn meinen Freunden etwas zugestoßen war und ich nicht versucht hatte, ihnen zu helfen, würde ich mir ewig Vorwürfe machen. Also suchte ich weiter. Endlich entdeckte ich die beiden in der Foodmall. Thermita trug eine große Schüssel bei sich, aus der sie gierig trank.

»Wo habt ihr gesteckt?«, fragte ich erschöpft. »Ich hab mir Sorgen gemacht!«

»Verzeihung, werter Kollege. Aber unsere Risha-Kollegin hatte Hunger. Das Buffet im Hotel hat ihr nicht gereicht«, erklärte mir Fabulus. Dabei begann sein kybernetisches Auge zu blinken. »Wir müssen uns beeilen«, fügte er dann hinzu. »Wir sind schon fünf Erdenminuten in Verzug. In spätestens 30 Minuten wird es schwer werden, noch durch den Erdenschwarm zu kommen.«

»Das brauchst du mir nicht zu erzählen«, antwortete ich gereizt. »Jetzt kommt endlich!«

Thermita schmiss die leere Schüssel in hohem Bogen in eine Sammeltruhe. Perfekter Treffer, das musste man ihr lassen. »Dann lassen losziehen«, sagte sie. »Ich müssen noch mein Wappen auf das Schiff sprayen.«

»Was hab ich dir zu dem Thema gesagt?«, erwiderte Fabulus. »Es ist unklug, möglichen Kontrahenten so offensichtliche Hinweise auf unsere Identität zu geben.«

Doch Thermita schien von dieser Ermahnung völlig unbeeindruckt. »Woher sollen dann mögliche Kontrahenten wissen, wer sie haben abgeschossen?«, fragte sie.

»Dann sollen sie eben ...« Fabulus' Satz wurde durch ein grelles Licht unterbrochen. Es erfüllte einen Teil des Hangars. Die Quelle dieses Lichts konnte nicht weit von uns entfernt sein. Einige Wachleute vom Hangar stürmten schon in die Richtung.

Was war denn nun schon wieder los? Konnten wir nicht einmal einen Auftrag ausführen, ohne dass wir permanent aufgehalten wurden?

»Kommt, lasst uns gehen«, sagte Fabulus. »Das hier geht uns nichts an.«

»Fabulus, hast du denn jedes Fünkchen Neugier verloren?«, fragte ich empört. »Lass uns wenigstens noch einen schnellen Blick drauf werfen, was da los ist!«

Fabulus verdrehte sein kybernetisches Auge. »Erstens, ja, meine Neugier habe ich mir entfernen lassen, wie du weißt. Eine aus meiner Sicht überflüssige und risikoreiche Eigenschaft. Zweitens gehe ich jetzt los und mache das Schiff startklar.«

»Ich bleiben!«, brüllte Thermita entschlossen. Sie zeigte auf mich. »Ich nicht lassen Freund allein!«

Ach, jedes Mal wenn ich das Wort Freund aus Themitas großem Maul hörte, ging mir das Herz auf.

»Meinetwegen, ihr zwei«, knurrte Fabulus. »Aber vergesst nicht, wir haben einen Zeitplan einzuhalten!« Mit diesen Worten machte er sich auf den Weg in Richtung unseres Starthangars. Hoffentlich verirrte er sich nicht alleine ...

»Na, Freund, kommen. Wollen wir uns mal anschauen, was da sein«, sagte Themita und zog mich entschlossen hinter sich her. In die Richtung, aus der das Licht nun schwächer schien. Die Wachen standen im Kreis um den Zugang zu einem alten Schacht. Thermita drängelte sich durch, mich im Schlepptau. Dann beugten wir uns über den Schacht. Das Licht schien aus einer der Strecken zu kommen, die vom Schacht abgingen. Thermita und ich kletterten hinunter und entdeckten in einer Strecke ... einen Menschen, vermutlich weiblich, der in einer seltsamen Apparatur saß.

Ein paar Wachen, die wie wir in den Schacht hinuntergeklettert waren, hatten die Waffen auf die Frau gerichtet.

»Sie sein harmlos«, urteilte Thermita.

Da ließen die Wachen ihre Waffen langsam sinken.

»Diese dämliche Zeitmaschine«, sagte eine der Wachen. »Können wir die nicht endlich mal wegschaffen? Das ist schon der dritte Zeitreisende in diesem Jahr, der plötzlich auftaucht.«

Gelangweilt verstreuten sie sich wieder. Keiner von ihnen schien mehr Interesse an diesem Menschenweibchen zu haben. Dabei war sie wirklich verzweifelt. Ich konnte ihre Gefühle deutlich spüren. In ihrem Inneren tobte ein Kampf. Sie brauchte Hilfe. Ich musste versuchen, mit ihr zu reden. Ich näherte mich ihr langsam.

»Hallo«, sagte ich.

Sie starrte mich verschreckt an und krallte sich in ihren Sitz. Sie schien mich nicht zu verstehen. Vermutlich kam sie aus der Vergangenheit, so wie sie aussah. Vermutlich hatte sie jemanden wie mich noch nie gesehen. Mein Anblick konnte für Menschen recht ... wie sagte man noch so unschön ... abstoßend sein.

Sie stammelte etwas. Ich verstand ihre Worte nicht. Kein Wunder, sie trug kein BKG.

»Thermita!«, rief ich nach oben. »Hast du noch ein Ersatz-BKG in Menschengröße?«

»Nein«, kam es von oben zurück. »Nur noch meine Größe. Das Menschenweibchen sein so schmächtig, die können es sich als Gürtel um den Körper schnallen.« Themita lachte.

»Muss reichen«, rief ich. »Her damit!«

Themita reichte mir das BKG herunter, und ich gab es dem Menschenweibchen. Die blickte mich fragend an. Ich zeigte auf mein Armband und bedeutete ihr dann, sich ihr BKG als Gürtel umzuschnallen. Sie schien zu verstehen. Sie band es sich um den Bauch. Das BKG aktivierte sich.

»Was ist hier los?«, fragte das Menschenweibchen.

»Ah, das BKG funktioniert«, sagte ich.

»Du kannst mich ja verstehen«, sagte das Weibchen und dann überrascht: »Und ich verstehe dich plötzlich auch! Wie kann das sein? Und was bist du eigentlich?«

»Du kannst mich verstehen dank dieses kleinen ... nun ja ... in deinem Fall großen ... BKGs. BKG steht für barrierefreies Kommunikationsgerät. Und ich bin ein Kolaiquados. Meine Art kam bereits vor etwa 600 Jahren auf die Erde. Ich nehme also an, dass du aus einer noch weiter zurückliegenden Vergangenheit kommst.«

»600 Jahre? Welches Jahr haben wir denn?«, fragte sie, und ich konnte die Verzweiflung jetzt deutlich in ihrer Stimme hören.

»Wir schreiben das Jahr 4227«, sagte ich.

Bei meinen Worten versank das Weibchen noch tiefer im Sitz der Maschine. Ich spürte die Trauer, die Verzweiflung. Ich konnte sie nicht guten Gewissens einfach hier lassen. Nicht in diesem Zustand. Wenn wir ihr nicht halfen, würde es anscheinend keiner tun.

»Mach dir keine Sorgen«, sagte ich. »Wir können dir helfen.«

Das Weibchen nickte. Sie schien nur mühsam die Tränen zurückhalten zu können.

Ich half ihr, aus der Konstruktion zu klettern.

»Diese blöde Maschine«, sagte das Weibchen. »Sie ist kaputt. Weißt du, wie man so etwas repariert?«

»Leider nicht«, sagte ich. »Aber unser Freund könnte das hinkriegen. Er ist Quantenphysiker. Wir müssen jetzt allerdings leider starten.«

»Starten?«, fragte das Weibchen irritiert.

»Ja«, sagte ich. »Starten. Mit unserem Raumschiff. Wir haben einen Zeitplan einzuhalten.«

»Raumschiff?«, fragte das Weibchen. »Wo bin ich denn überhaupt?«

»Im Raumhafen Dreistrom 5«, erklärte ich.

»Aber ... Hier war doch die Zeche Carl ...«, flüsterte Avery.

»Haha ... Du kommst wirklich von weit her«, stellte ich fest. »Die Gebäude der Zeche stehen noch. Aber sie sind längst Teil des Raumhafens geworden.«

»Mein Gott«, gab Thermita von sich. »Wollen du ihr schnell mal eben die ganze Welt erklären? Wir müssen los!«

Das Weibchen und ich kletterten aus der Strecke. Thermita schnappte sich die Zeitmaschine des Menschenweibchens. Dann rannte sie los in Richtung unserer Landebucht.

»Aber ... die brauche ich doch, um zurückzukommen!«, schrie das Menschenweibchen.

»Ich weiß, ich weiß«, gab ich zurück. »Keine Sorge. Aber wenn wir dir helfen sollen, musst du jetzt mitkommen. Die Zeit läuft uns davon. Kommst du mit?«

Das Menschenweibchen nickte.

»Wie heißt du eigentlich?«, fragte ich neugierig.

»Avery. Und du, Fliegenkopp?«, fragte sie frech.

Ich lachte. »Noris«, sagte ich. »Nett, deine Bekanntschaft zu machen, Avery.«

Als wir am Raumschiff ankamen, stand Fabulus an der Luke. Er sah alles andere als glücklich aus. »Noris, ernsthaft?«, fragte er. Ohne eine Antwort abzuwarten, schüttelte er den Kopf. »Komm schon rein. Und du«, er deutete auf Avery, »komm rein und fass ja nichts an.«

»Wow! Ein echter Cyborg«, stellte Avery fest.

»Ja«, gab Fabulus trocken zurück. »Kommt schon. Der Schwarm wird sonst zu dicht sein.«

»Was für ein Schwarm, Noris?«, wandte Avery sich verwirrt an mich.

»Erkläre ich dir gleich«, antwortete ich.

Wir stiegen ins Raumschiff und folgten Fabulus ins Cockpit. Thermita befand sich vermutlich im Frachtraum. Fabulus leitete den Startvorgang ein und wartete auf die Freigabe vom Tower Carl.

»Grinder Emschergroppe«, ertönte es schließlich aus dem Bordfunk. »Sie haben Starterlaubnis.«

Fabulus startete in den Senkrechtflug. Das Hangartor über uns fuhr auf. Ich konnte den hellen Lichtschein vom Tower sehen.

»Ist das etwa der Malakowturm?«, fragte Avery überrascht.

»So nannte man ihn früher«, bestätigte Fabulus. »Aber längst ist er der wichtigste Tower des Dreistromhafens. Seine Energie bezieht er aus dem Erdkern. Und sendet Licht zum Schwarm.«

»Was ist denn nun dieser Schwarm?«, bohrte Avery nach.

»Du kannst ihn schon sehen«, sagte ich. »Da oben!«

Über der Erde kreisten unzählige Lichter, größere und kleinere.

»Das sind allesamt Raumschiffe«, fuhr ich fort. »Zusammen bilden sie den Schwarm. Eine fliegende Metropole unweit der Erdatmosphäre. Der Schwarm ist Teil des Dreistromlandes.«

Avery sah blass aus.

»Alles in Ordnung?«, fragte ich besorgt.

»Es geht schon«, murmelte sie.

Nichts ging bei ihr. Das war offensichtlich. Ich musste herausfinden, was sie bedrückte. »Fabulus«, sagte ich. »Thermita braucht im Frachtraum sicher deine Hilfe. Ich halte hier die Stellung.« Vielleicht redete Avery ja offener, wenn wir unter vier Augen waren, dachte ich. Das alles musste ziemlich beängstigend auf sie wirken.

Fabulus nickte bloß und verließ das Cockpit. Ihm schien es ganz recht, nicht allzu sehr in diese Geschichte verwickelt zu werden.

»Was bedrückt dich denn so, Avery?«, fragte ich schließlich. »Und sag nicht nichts. Du kennst meine Rasse nicht. Aber wir können Gefühle von anderen Lebewesen spüren und ... manchmal können wir sie sogar beeinflussen.«

»Willst du mich verscheißern?«, fauchte Avery.

Ich seufzte. »Eure Art hat sich ja noch nie besonders sittsam ausgedrückt, aber, nein, ich will dich nicht verscheißern. Ich kann es dir zeigen. Gib mir deine Hand.«

Avery zögerte. »Ach, was soll's«, sagte sie dann. »Schlimmer, als es ohnehin schon ist, kann es ja nicht mehr werden.«

Ich nahm die Hand, die sie mir entgegenstreckte und begann, meine heilende Gabe einzusetzen, um Avery zu beruhigen. Ich spürte, wie ihr Atem ruhiger wurde und ihre Gedanken begannen, sich zu ordnen.

»Geht es jetzt besser?«, fragte ich.

»Seltsamerweise tatsächlich«, gab Avery zu.

»Das ist gut«, stellte ich fest. »Ich hätte da nämlich mal eine Frage an dich, die du mir vorher vielleicht nicht beantwortet hättest.«

Sie nickte.

»Verzeih meine Neugier«, sagte ich. »Aber warum hast du so eine weite Reise in die Zukunft gemacht? Was wolltest du herausfinden?«

Ich spürte wieder Verzweiflung in Avery aufsteigen und griff erneut nach ihrer Hand.

»Ich wollte gar nicht in die Zukunft«, sagte Avery. »Ich wollte in eine ganz andere Zeit. Aber dieses verdammte Zeitdingsbums bringt mich jedes Mal woanders hin. Ich weiß nicht, wie ich es schaffen soll, in die Zeit zu reisen, in die ich will. Und wie ich dann in meine eigene Zeit zurückfinden soll.«

»Was gibt es denn so Dringendes in der Vergangenheit zu erledigen für dich, wenn ich fragen darf?«, wollte ich wissen.

Sie musterte mich misstrauisch.

»Keine Sorge«, erklärte ich. »Was kann ich schon mit dem Wissen anfangen? Es ist doch alles längst Vergangenheit.«

»Auch wieder wahr, Fliegenkopp.« Avery lachte.

Im Spitznamenfinden waren sie wirklich nicht schlecht, eine witzige Eigenart der Menschen.

»Ich wollte meine Welt vor einer schrecklichen Zukunft bewahren«, erklärte Avery.

»Was passiert denn Schreckliches?«, fragte ich.

»Der Essener Präsident wird uns den Krieg bringen, wenn ich ihn nicht aufhalte«, erklärte Avery.

»Das klingt wirklich schlimm«, sagte ich. »Und wie willst du ihn aufhalten?«

»Indem ich ihn davon überzeuge, gar nicht erst Präsident zu werden«, sagte Avery. Sie klang jetzt kämpferisch, zuversichtlich und fest entschlossen.

»Ein nobles Ziel«, sagte ich. »Aber ich würde dir gern noch etwas zeigen. Sieh mal nach draußen.« Ich wendete das Raumschiff, sodass wir nun auf die Erde blicken konnten. »Das da«, sagte ich, »hält die Zukunft für deine Welt bereit.«

Avery schien überwältigt von dem Anblick.

»Die Menschen«, begann ich zu erzählen, »haben vor über einem Jahrtausend angefangen, den Weltraum gründlich zu erforschen. Auf ihren Reisen trafen sie viele neue Spezies. Unter ihnen die meine. Die Menschen und wir, wir wurden schnell Freunde. Viele Menschen zogen auf unseren Planeten um und umgekehrt. Wir sind hoch angesehen bei den Menschen, weil wir diese seelenheilende Gabe haben.«

Avery schaute mich gebannt an.

Ich fuhr fort: »Es gab Zeiten, in denen die Menschheit ganze Weltraumkriege verhindert hat mit ihrem diplomatischen Geschick. Es hätte manch ein schreckliches Gemetzel gegeben, wenn es die Menschen nicht immer wieder geschafft hätten, friedliche Lösungen zu finden.«

»Das sein wahr!« Thermita stand plötzlich im Cockpit. »Auf meinem Heimatplaneten Risha haben sie auch verhindern können einen Krieg. Menschen sein zwar vom Körperbau her schwach und klein. Aber groß im Kopf! Haben uns beibringen viele Dinge. Sind geworden sehr gute Freunde.«

Avery, die zunächst erschrocken gewesen zu sein schien über das plötzliche Auftauchen von Thermita, lächelte jetzt.

»Du siehst«, sagte ich in die Stille. »Die Menschen erwartet eine gute Zukunft. Vielleicht nicht exakt die Zukunft, die du dir vorgestellt hast, aber gut nicht nur für sie, sondern für viele Lebewesen im Universum. Denk daran, wenn du in deine Zeit zurückkehrst.«

Ich spürte, dass Avery glücklich war. »Na gut, Noris, ich werde daran denken«, sagte sie. »Vielleicht wird es diese Zukunft aber nur geben, wenn ich Salie Brown davon abbringen kann, Präsident zu werden.«

Ich zuckte mit den Flügeln. Dann wandte ich mich an Thermita. »Was kann ich für dich tun, geschätzte Freundin?«

»Fabulus hat die Zeitmaschine repariert«, erklärte Thermita.

»Also, Avery«, sagte ich. »Bereit, in die Vergangenheit zurückzukehren?«

Avery nickte. »Ja, das bin ich. Danke für alles, Noris.«

»Kein Problem, Freundin«, entgegnete ich.

Sie verließen das Cockpit. Dann drehte Thermita sich noch einmal um. »Ach ja«, sagte sie. »Und Fabulus wollen auch gerne wissen, warum zum Henker du das Raumschiff in Richtung Erde gedrehen haben?«

»Wird sofort korrigiert«, grinste ich und machte das Schiff für ein Wendemanöver klar.

Nach einer Weile betrat Fabulus das Cockpit und setzte sich neben mich. »Eine lustige Freundin hast du dir da angelacht«, sagte er. »Blechschädel hat sie mich genannt.«

Ich kicherte ziemlich laut. Diese Spitznamen.

»Jetzt ist sie weg«, sagte Fabulus.

»Aus welcher Zeit kam sie denn eigentlich?«, wollte ich wissen.

Fabulus zuckte mit den Schultern. »Jedenfalls wollte sie ins Jahr 2110. Ist das Schiff wieder auf Kurs, Noris?«

»Natürlich«, sagte ich.

»Gut«, brummte Fabulus. »Du weißt, diese Mission ist sehr wichtig für unseren Auftraggeber. Die Container mit Emscherwasser, die wir als Fracht dabei haben, sind lebensnotwendig für ihn.«

Ich nickte. »Ich frage mich trotzdem, was uns erwarten wird. Ich habe das Gefühl, das könnte kein ganz einfacher Job werden.«

»Noris«, sagte Fabulus. »Was die Zukunft bringt, kann keiner wissen.«

»Bis auf unsere kleine Zeitreisende.« Ich lachte und gab Gas.

Kapitel 136 Avery

Avery trat aus dem Malakowturm. Sie war erschöpft. Aber erleichtert. Sie erkannte die Zeit. Endlich war sie im Jahr 2110 angekommen. In dieser Zeit war sie noch ein Kind gewesen. Ein Anfall von Nostalgie überkam Avery, und sie konnte nicht anders, als nachzuschauen, ob es ihre Lieblingsläden aus der Kindheit noch gab. Den Buchladen mit den Comics. Den Spielzeugladen. Und ... die Imbissbude! Avery bestellte sich dort eine doppelte Pommes mit Weintraubensoße und einen Becher Erdnusssaft. Ihr Lieblingsessen und Lieblingsgetränk damals als Kind. Sie stärkte sich damit für den vielleicht langen Weg, der nun vor ihr lag. »Kennen Sie zufällig einen Salie Brown?«, fragte sie den Imbissbudenverkäufer. Der schüttelte den Kopf.

Avery fragte auch etliche andere Menschen in Essen. Aber keiner schien Salie Brown zu kennen. Avery ärgerte sich über sich selbst. Sie hätte ein Foto aus jungen Tagen von Salie mitbringen und überhaupt erst einmal seine Vergangenheit recherchieren sollen. Hier funktionierte ihr Internet nicht. Klar, die Holofontechnik war seit ihrer Kindheit stark weiterentwickelt worden.

Aber sie wusste, wo sie recherchieren könnte: in der Bibliothek. Dort gab es schon in ihrer Kindheit Flexxibooks mit freiem Internetzugang. In der Bibliothek erstarrte sie kurz. Natürlich, Savannah hatte damals schon hier gearbeitet. Sie hatten sich nur noch nicht gekannt ... Schnell duckte Avery sich und lief weiter zu den Flexxibooks. Sie gab Salies Namen ein und wurde schon bald fündig. Er studierte an der Emscher-Universität in Castrop-Rauxel Biologie. Da konnte sie in Essen lange suchen ... Ehe sie nach Castrop-Rauxel aufbrach, kaufte sie in einem Modeladen einen Schal, Sonnenbrille und Hut. Und einen Pullover, der ihre Tätowierungen bedeckte. Auf keinen Fall konnte sie riskieren, dass Salie sie später wiedererkannte.

Auch auf dem Campus in Castrop fragte sie alle möglichen Leute. Die Angesprochenen blickten sie an, als ob sie sagen wollten: Wer ist diese seltsame Person? Und dann, endlich, fand Avery jemanden, der Salie Brown zu kennen schien.

»Ja, ich kenne ihn«, sagte eine Studentin.

»Kannst du mich zu ihm führen?«, fragte Avery fröhlich.

»Klar«, sagte die junge Frau. »Ich bin übrigens Michelle. Und du?«

»A... A... Annie«, sagte Avery, weil ihr so schnell nichts Besseres einfiel.

»Okay, Annie«, sagte Michelle. »Salie hält gerade ein Referat in einem Seminar. Über die Notwendigkeit, eine neue Emschergenossenschaft zu gründen, weil nur gemeinsam für unsere Flüsse gesorgt werden kann«, erklärte Michelle. »Aber er müsste jeden Moment fertig sein.«

Michelle brachte sie zu einem Seminarraum, aus dem tatsächlich wenig später der junge Salie Brown trat. Avery schoss gleich auf ihn zu und packte ihn am Arm. »Wir müssen reden!«

Salie blickte sie irritiert an. »Wer bist du überhaupt?«

»Das ist Annie«, sagte Michelle. »Sie wollte dich sprechen.«

»Genau«, sagte Avery. »Ich ... wollte dir sagen, dass du auf keinen Fall später Präsident werden darfst.«

Michelle und Salie wechselten irritierte Blicke.

»Okay ...«, sagte Salie.

»Ich mein es ernst«, beharrte Avery. »Du wirst dich und alle anderen ins Unglück stürzen, wenn du Präsident wirst.«

»Aha«, sagte Salie. »Wie schade, dabei wollte ich so gern Präsident werden.« Er prustete los.

»Das ist nicht zum Lachen«, sagte Avery. »Ich komme aus der Zukunft und ...«

»Und da bin ich Präsident?«, fragte Salie amüsiert.

Avery nickte.

»Cool«, sagte Salie.

Michelle glotzte Avery dumm an. »Salie«, sagte sie. »Wir sollten jetzt wirklich gehen.«

»Nein, wartet!«, rief Avery.

Aber Michelle zerrte Salie schon hinter sich her.

»Ich verspreche, ich werde auf keinen Fall Präsident«, rief Salie. »Politiker sind doch alle korrupte Idioten.«

Avery blieb unschlüssig stehen. Ihre Mission war beendet. Sie wollte zurück nach Essen. Und zurück ins Jahr 2127.

Zurück in der Zukunft ist Avery aufgeregt. Wie wird die Welt nun sein? Sie tritt aus der Zeitmaschine, steigt die Treppe hinauf. Tritt aus dem Turm und ... Die Zeche ist in demselben heruntergekommenen Zustand wie vor Averys Abreise. Aber das hat nichts zu bedeuten. Avery verlässt das Zechengelände. Auch hier hat sich nichts verändert. Seltsam. Verwirrt aktiviert Avery ihr Holofon, klickt sich durch die Nachrichten. Das kann nicht sein, denkt sie. Nichts hat sich verändert. Nichts. Salie ist Präsident geworden. Nur eine Nachricht lässt Hoffnung aufkommen: *IDEA-Chef mit Pfeil erschossen.*

Immerhin etwas, denkt Avery.

Kapitel 137 Reinhardt

Die Ereignisse der letzten Tage können ja kaum noch getoppt werden, dachte ich, als ich bei mir zu Hause am Holoboard hockte und die Nachrichten las. *Neuankömmlinge in der Arche* – so die Schlagzeile. Darunter ein Bild von der Riesenöffnung an der Kuppel, durch die die Castroper Brontosaurier schritten. Dieses Gelaber der Dinos, da schämte man sich zu Tode fremd. Oh, Mann! Es schien wirklich zu sein, wie Wissenschaftler immer behauptet hatten: Ihre Gehirne waren gerade mal groß genug für das Nötigste.

Ich ging weiter Artikel um Artikel durch. Las mir auch die über das Attentat auf diesen verdammten IDEA-Manager durch. Sie hatten offenbar keine Ahnung, wer es gewesen sein könnte. Und außer dem Pfeil selbst hatte ich ihnen ja auch quasi keine Anhaltspunkte geliefert. Ein Problem bei den Ermittlungen war sicher auch, dass Goldschmidt-Gayle ein großes Feld an Gegnern haben dürfte. So ein Arschloch, wie der war, dachte ich und lachte dann leise in mich hinein: Die Betonung liegt auf *war*. Die Artikel erwähnten das natürlich nicht. Die Journalisten schrieben nur, was Salie Brown gut in den Kram passte.

Ich lehnte mich zurück und schaute nach draußen. Es war schon ziemlich dunkel, aber ich konnte einfach nicht schlafen. Ich war noch so aufgeregt. Ich schlich zum Schlafzimmer und warf einen Blick durch die Tür. Amalia schlief. Ich machte mir Sorgen, was mit ihr werden sollte, wenn sie aufwachte. Hoffentlich konnte Lucy sich bald um sie kümmern.

Ich ging zurück ins Wohnzimmer und blickte durch die Flexxiglasfront auf das Feld. Die Dunkelheit draußen erzeugte eine gedrückte Stimmung in mir. Tatsächlich konnte ich auch die Gedanken an Amalia nicht abschalten. Dass sie nicht sie selbst war, war mir recht schnell klar gewesen. Aber was genau mit ihr los war ... Ob der Bauminister ihr das angetan hatte? Dieser Herr Unger? Ob er sie irgendwie unter Drogen gesetzt hatte? Das wäre einfach nur bestialisch, eine Art von Sklavenhaltung!

Ich versank in Gedanken. Ob es besser gewesen wäre, wenn die Menschen nie etwas von unserer Existenz erfahren hätten? Doch ich schlug mir die Frage schnell wieder aus dem Kopf. Es wäre ein ewiges Versteckspiel gewesen – und was wäre das dann für ein Leben gewesen? Kein schönes, dachte ich. Oh, verdammt, dachte ich dann. Ich hatte vergessen, Annie Bescheid zu sagen. Sie musste doch wissen, was mit ihrer Mutter passiert war. Sie hatte sich bestimmt Sorgen gemacht.

Ich setzte mich zurück ans Holoboard und schaute auf die Uhrzeit. Annie dürfte noch wach sein. Ich versuchte es einfach mal.

Annie erschien auf dem Holoboard. »Abend, Reinhardt. Warum rufst du denn so spät an? Von dir hab ich ja Ewigkeiten nichts gehört.«

»Hi, Annie, ich weiß, es ist spät, aber ich hätte nicht angerufen, wenn es nicht ernst wäre.«

»Okay, jetzt machst du mich aber neugierig. Was ist denn passiert?«

»Ich habe deine Mutter getroffen.«

Annie verdrehte die Augen. »Gib mir besser einen guten Grund, nicht sofort aufzulegen!«

Ich war verdutzt bis zum Geht-nicht-mehr. »Wie meinst du das? Amalia hat sich doch wahrscheinlich ewig nicht mehr bei dir gemeldet.«

»Und darüber bin ich verdammt froh!«

Die Ratlosigkeit war mir sicher ins Gesicht geschrieben. Annie sagte nämlich: »Sorry, Reinhardt, du weißt ja gar nicht, was passiert ist. Erinnerst du dich noch an Victor?«

Nun verdrehte ich die Augen. »Dein ehemaliger Verlobter? Ja, an den erinnere ich mich noch. Wie könnte ich ihn vergessen, nach allem, was er uns Feen und Elfen angetan hat?«

»Ich weiß, Reinhardt. Er hat unserem Volk damals schlimme Dinge unterstellt, hat uns die Schuld an den Flutkatastrophen in die Schuhe geschoben. Sein Hass auf uns war nur daraus entstanden, dass er glaubte, ich hätte unsere Liebe verraten. Dabei hat er mich selbst fortgetrieben mit seiner ewigen Eifersucht. Als ich dann mitbekam, welche Hetze er gegen Elfen und Feen anzettelte, war ich am Boden zerstört.«[30] Annie klang traurig. »Und weißt du, was meine tolle Mutter dazu sagte? *Ich habe es dir doch gesagt. Es war doch klar, dass der eines Tage nur Schaden anrichten wird.* Glaubst du wirklich, das habe ich gebraucht, Reinhardt? Nachdem ich mich ohnehin schon verantwortlich fühlte für das, was aus Victor geworden war? Eine Mutter, die nachtritt, wenn ich sowieso schon im Dreck liege? Nein, das habe ich nicht gebraucht.«

Ich saß nur da und lauschte den Worten, nahezu fassungslos. Amalia war schon immer sehr schroff gewesen. Ich konnte Annie verstehen. Auch wenn ich sicher war, dass Amalia das alles nicht so gemeint hatte. Wenn doch Jacob, Annies Vater, damals noch gelebt hätte. Er hätte ihr bestimmt helfen können. Eine Träne lief Annies Wange hinunter, trotz der vielen Jahre, die vergangen waren, nahm all das sie noch sehr stark mit.

»Danke, Reinhardt, für dein Mitgefühl«, sagte Annie. Ich hatte vergessen, dass Annie Gefühle anderer erspüren konnte.

»Annie«, sagte ich. »Ich verstehe, dass du wahrscheinlich nichts mehr von deiner Mutter wissen möchtest, aber es ist etwas passiert.«

Annie zog die Nase hoch und deutete mit einer Handbewegung an, dass ich ruhig weiterreden könnte, es ihr aber scheißegal war.

»Sie wurde versklavt«, sagte ich etwas lauter.

Annie schaute mich mit großen Augen an. »Was? Das kann doch nicht sein!«

»Was genau passiert ist, kann ich dir leider nicht sagen, aber sie scheint einer Gehirnwäsche unterzogen worden zu sein. In dem Zustand habe ich sie in Castrop-Rauxel gefunden.«

Annie schaute mich ungläubig an. »Wie geht's ihr denn jetzt?«, fragte sie besorgt.

»Sie schläft«, sagte ich. »Lucy kümmert sich hoffentlich bald um sie. Aber erst einmal passe ich hier auf sie auf.«

Annie wirkte sehr erleichtert.

»Ich glaube, es wird dann aber auch Zeit für eine Aussprache zwischen dir und deiner Mutter«, sagte ich. »Man muss keine Gefühle lesen können, um zu erkennen, dass ihr stärker verbunden seid, als ihr vielleicht zugeben wollt. Amalia hat Fehler gemacht, und ich bin ziemlich sicher, dass sie sich das eingestehen wird, wenn sie erst mal wieder die Alte ist.«

»Du hast recht«, sagte Annie. »Meinst du ... Soll ich sie besuchen?«

»Ich weiß nicht«, sagte ich. »Im Moment wäre es vielleicht zu schlimm für dich. Es kann sein, dass sie dich nicht erkennt. Lass uns warten, bis Lucy da war.«

»Danke, Reinhardt«, sagte Annie. »Auch für deine einfühlsamen Worte. Das hat mir sehr geholfen.«

»Therapeut Reinhardt, stets zu Diensten!«, scherzte ich zum Abschied.

---

30 Das alles kannst du nachlesen in »Uferlos. Ein Emscher-Endzeitroman« (Klartext Verlag 2017).

Annie schmunzelte. »Bis bald, Reinhardt.«
»Bis bald.«
Ihr Bild verschwand, und das Holoboard switchte wieder ins Hauptmenü. Ich würde Lucy anholofonieren. Es wurde Zeit, etwas zu tun. Ich schaute noch mal auf die Uhr. Aber erst morgen, dachte ich mir.

Dortmund
im Jahr 2127

Kapitel 138 Lucy

Interessant und erschreckend, was dieser Bodo uns von der Wissensmanipulation in Bochum erzählt hatte. Ich war mir sicher, dass an unseren Wölfen eine ähnliche Methode angewandt worden war, um sie zu so zahmen Kreaturen zu machen. Vielleicht kann ich die Wölfe ja heilen, dachte ich. Immerhin bin ich eine Heilerfee. Aber ich wollte ihnen nicht wehtun.

»Lucy, Raphael ist wieder zurück«, hörte ich jemanden zwitschern.

»Charlie! Wie hast du mich gefunden?«, fragte ich.

»Eine meiner leichtesten Übungen«, zwitscherte Charlie.

Ich hatte sie Raphael mit auf den Weg gegeben, damit sie aufpassen und mir Bescheid sagen konnte, falls ihm etwas zustieß. Raphael war nämlich mal wieder ohne mich unterwegs gewesen. Das war typisch. Immer machte er sich auf den Weg, um mal eben kurz die Welt zu retten. Und ich starb dann halb vor Sorge. Schließlich war ich auch nach Jahrzehnten immer noch so verliebt in meinen Emscherelf wie am ersten Tag.

»Du kommst genau zur richtigen Zeit«, sagte ich nun zu Charlie.

Sie konnte zwischen mir und den Wölfen vermitteln. Ich erinnerte mich noch gut an die Zeit, in der ich Charlie kennengelernt hatte. Eigentlich kannte ich sie schon von klein auf. Nannte man es dann überhaupt kennenlernen? Was für ein Tollpatsch von Vogel sie doch geworden war! Kein Wunder bei solchen Vorfahren – alles vererbt.

»Lucy? Ist alles okay bei dir?«, zwitscherte Charlie.

»Äh, wie? Ja, alles gut. Ich war nur in Gedanken«, antwortete ich. An die anderen Einhörner gewandt sagte ich: »Ich kann versuchen, die Wölfe zu heilen.«

André stellte fest: »Dann bleiben die Wölfe also nicht bei uns?«

Ich schüttelte den Kopf. Mir war schon aufgefallen, wie sehr André sich über die Gesellschaft der Wölfe freute. Ich hatte die Ahnung, dass er sie am liebsten behalten würde. Hoffentlich war er jetzt nicht traurig. Ich mochte es überhaupt nicht, wenn Menschen traurig waren.

»Brauchst du dabei irgendwie Hilfe?«, wollte Jamie wissen.

»Ich glaube nicht«, sagte ich. »Charlies Hilfe wird mir genug sein.«

»Wieso brauchst du Hilfe von Charlie? Wie soll ein Vogel beim Heilen helfen?«, fragte André.

»André, ich kann doch mit Vögeln sprechen, und Tiere können einander verstehen.« André wusste das eigentlich. Er schien wirklich etwas durcheinander zu sein.

»Kannst du so was überhaupt heilen, Lucy?«, fragte er jetzt.

»Ich denke schon, André. Ich bin eine Heilerfee. Schon vergessen?« Oh nein, das klang jetzt echt gemein, dachte ich. Das wollte ich nicht. Ich sollte mich entschuldigen. »André, tut mir leid, dass ich so zickig war, aber du darfst eine Emscherfee niemals unterschätzen.«

»Ist schon okay. Ich habe nur Angst, dass du den Wölfen wehtun könntest. Natürlich vertraue ich dir voll und ganz.«

»Danke, André«, antwortete ich. »Charlie, lass uns an die Arbeit gehen!«

Charlie sah nicht so glücklich aus.

»Charlie, ist alles okay bei dir?«, erkundigte ich mich.

Sie fing an, wie wild zu zwitschern: »Lucy, obwohl ich gerne dein Helfer-Vogel bin – glaub mir, ich liebe es, dein Helfer-Vogel zu sein – aber ... Ich mag es nicht mehr, hier unter Tage zu sein. Es ist immer so dunkel. Das Licht der Holofone ist zwar hell genug, um alles zu sehen, aber ich vermisse das Sonnenlicht. Es war so schön, mit Raphael ein paar Tage wieder ganz normal im Tageslicht unterwegs zu sein. Jetzt macht mir die Dunkelheit wieder umso mehr zu schaffen ...«

Ich hatte Charlie sehr genau zugehört und auch schon eine Idee, aber die erwähnte ich jetzt besser nicht. Sonst wäre sie mit ihren Gedanken nicht mehr bei der Sache. Deshalb sagte ich nur: »Ich bin dir sehr dankbar für alles, was du für mich oder, besser gesagt, für uns alle tust.«

Ich merkte, dass die anderen Charlie und mich anguckten.

»Worüber regt der Vogel sich denn so auf?«, fragte Alicia nun Jamie.

»Da bin ich überfragt, Alicia«, gab Jamie als Antwort. »Nicht jede Fee und nicht jeder Elf hat wie Lucy die Gabe, mit Vögeln zu sprechen.«

»Und was ist deine Elfengabe, Jamie?«, fragte Alicia frech. »Verschlafen?«

Jamie schnaubte verächtlich.

»Lucy, jetzt sag schon: Warum meckert der Vogel so?«, wollte jetzt auch André wissen.

Woher wissen die überhaupt, dass Charlie meckert, wunderte ich mich. Ich hatte jedenfalls echt keine Zeit mehr zu quatschen. Vor allem wollte ich den anderen nicht zeigen, dass ich eigentlich gar keine Ahnung hatte, ob ich so etwas wie die Hirnmanipulation der Wölfe heilen konnte. »Ich erzähle euch das später. Jetzt muss ich mich erst mal um die Wölfe kümmern«, sagte ich deshalb. »Charlie, sag den Wölfen, dass ich jetzt versuchen werde, sie zu heilen«, wandte ich mich wieder an den Vogel.

Hoffentlich konnte Charlie sich trotz ihres Kummers auf unsere Aufgabe konzentrieren. Ich wusste genau, wie sie sich fühlte. Auch ich litt jedes Mal, wenn ich wieder in die Dunkelheit musste. Auch ich hasste es, mich immer wieder unter Tage zu verstecken. Auch als Fee war so was echt schwer zu ertragen.

Charlie riss mich aus meinen Gedanken: »Lucy, den Wölfen ist es egal, ob du sie heilst oder nicht.«

»Okay ... Mehr sagen die nicht?«, fragte ich erstaunt.

»Nein, sie sind sowieso nicht gerade geschwätzig. Sie sind träge und in so einer Alles-egal-Stimmung. Ich werde dir Bescheid sagen, wenn sie sich beklagen – was eher unwahrscheinlich ist. Du schaffst das, Lucy, mach dir keine Sorgen!«

Charlie merkte offenbar, dass ich Angst hatte. Ich war gerührt davon, wie sie mich aufmuntern wollte. »Danke dir, Charlie.« Ich kniete mich vor den ersten Wolf und schmierte ihm eine Kräuter-Emscherwasser-Mischung auf die Schnauze. Keine Reaktion. Charlie hatte recht. Denen schien alles egal zu sein.

Ich wartete. Lange Zeit passierte nichts. Bis der Wolf auf einmal anfing zu jaulen.

»Lucy, jetzt tust du ihm weh. Pass auf!«, schrie Charlie mich an.

Oh, Mist! Der Brennnesselextrakt war wohl keine so gute Idee gewesen. Schnell wischte ich dem Wolf das Gemisch von der Schnauze. »Kannst du dem Wolf Entschuldigung von mir sagen?«, bat ich Charlie.

»Ja, mach ich, Lucy.«

»Danke.« Was würde ich jetzt nur ohne Charlie tun, fragte ich mich.

»Ich soll dir vom Wolf ausrichten, dass es okay ist und du schöne Flügel hast.«

Wollte Charlie mich gerade auf den Arm nehmen? »Charlie, bist du sicher, dass der Wolf Flügel gesagt hat? Frag bitte noch mal nach«, beauftragte ich sie.

»Tut mir leid, Lucy, Übersetzungsfehler. Der Wolf hat gesagt, dass du sehr nett bist. Aber ich finde schon, dass du sehr schöne Flügel hast. Auch wenn man sie unter deiner Kleidung gerade gar nicht sehen kann.«

Ich lächelte. Ach, du kleiner Tollpatsch, dachte ich. Charlie konnte echt verpeilt sein. »Charlie, du musst dich nicht entschuldigen. Ist schon gut. Wie geht es dem Wolf?«

»Alles gut«, zwitscherte Charlie. »Es ist übrigens eine Sie. Und sie heißt Fluffy.«

»Das hast du dir doch ausgedacht«, sagte ich.

Charlie schüttelte den Kopf. »Hab ich nicht. Sie heißt wirklich so.«

Ich mischte eine neue Paste zusammen. Dieses Mal ohne Brennnesseln. »Sag Fluffy bitte, dieses Mal brennt es nicht.«

Ich schmierte der Wölfin die neue Mischung auf die Schnauze und wartete. Wie lange mochte es wohl dauern, bis die Wirkung einsetzte? Ich war sonst nie so ungeduldig, aber ich hatte solche Angst, dass ich es nur schlimmer machte. Da bemerkte ich, dass die Augen der Wölfin größer wurden. Ihr Blick war plötzlich klarer. Aufmerksam reckte sie die Nase in die Luft, als würde sie etwas wittern.

»Lucy, du hast es geschafft!«, zwitscherte Charlie aufgeregt. »Wie es aussieht, hast du sie von der Manipulation erlöst! Ich soll mich bei dir von Fluffy bedanken. Sie meint, dass sie dich fressen wird.«

»Mich fressen? Wieso denn das?«, fragte ich schockiert. »Bist du sicher, dass sie das gesagt hat?«

Charlie sprach noch einmal mit der Wölfin. »Entschuldige, Lucy, das war dumm von mir. Übersetzungsfehler. Sie will dich nicht fressen. Sie bittet dich, ihr Rudel zu erlösen.«

Es wäre ja auch ziemlich doof von ihr gewesen, mich zu fressen, solange das Rudel noch nicht geheilt war. Ich fing also an, die anderen Wölfe zu behandeln. Nun, da ich genau wusste, wie es funktionierte, schien es auch gar nicht mehr so lange zu dauern.

Die anderen Einhörner hatten uns beobachtet. Sie freuten sich mit uns, als auch der letzte Wolf geheilt war.

Schließlich sagte Jamie: »Leute, ich glaub, die Wölfe müssen wieder ans Tageslicht.«

Ich blickte zu den Tieren hinüber, die unruhig hin und her liefen und zu knurren begannen.

»Charlie, ist mit den Wölfen alles okay?«, fragte ich.

»Ja«, zwitscherte sie, nachdem sie kurz Rücksprache gehalten hatte. »Alles soweit okay. Aber es sind halt wilde Tiere. Sie fühlen sich in eurer Gesellschaft nicht mehr wohl, sagen sie.«

Ich nickte. »Die Wölfe fühlen sich bei uns nicht mehr wohl«, übersetzte ich für die anderen Einhörner.

»Dann werde ich sie jetzt mal in den Wald zurückbringen«, sagte André traurig.

»Ich komme mit nach oben«, sagte ich. »Hier unten habe ich keinen Empfang. Ich muss dringend Derek anrufen. Wegen der Infos über den Staudamm.«

»Bist du sicher, dass du Derek einweihen willst?«, fragte Sophie.

Ich nickte. »Ich traue ihm.«

»Sollen wir nicht einfach selbst mit den Informationen, die wir dem Bauleiter entlocken konnten, an die Öffentlichkeit gehen?«, warf Marc ein.

»Marc«, sagte ich. »Wer wird uns wohl glauben? Einer Gruppe, die unter anderem dank deiner tollen Ideen in Verruf geraten ist?«

Marc wollte gerade etwas erwidern, da kam Jamie ihm zuvor. »Sie hat recht, Marc«, sagte er. »Überleg mal, wem die Öffentlichkeit eher glauben wird? Uns? Oder dem Pressesprecher von Goldschmidt, wenn der seinen eigenen Arbeitgeber anschwärzt?«

»Na gut«, knurrte Marc.

Also machten André und ich uns auf den Weg nach draußen.

Kapitel 139 André

Schweren Herzens hatte ich die Wölfe gehen lassen und machte mich nun auf den Weg zurück zu Lucy. Plötzlich bemerkte ich, wie etwas mich am Bein berührte. Ich schaute nach unten. Ein Wolf. Mit seinen Knopfaugen sah er mich ganz liebevoll an.

»Na, komm! Geh schon zu deinem Rudel«, sagte ich und lief weiter. Aber der Wolf lief unbeirrt neben mir her.

»Ach, lass doch! Jetzt geh, bitte«, sagte ich in strengem Ton.

Der Wolf drehte sich um und lief davon.

Na, geht doch, dachte ich und ging weiter. Ganz in Gedanken versunken. Ob Lucy Derek schon erreicht hatte, fragte ich mich. Und ob er uns wirklich helfen konnte? In jedem Fall war ich mit ihr einer Meinung, dass wir ihm absolut vertrauen konnten. In Eile lief ich schneller. Ich war fast bei Lucy angelangt, da riss mich ein Jaulen aus meinen Gedanken. Kurz darauf spürte ich etwas Feuchtes an meiner Hand. Da war der Wolf wieder. Mit seiner rosafarbenen Zunge leckte er über meine Hand.

Kapitel 140 Lucy

Ich sah Charlie an, wie glücklich es sie machte, wieder an der frischen Luft zu sein. Die Sonne war bereits aufgegangen und der kleine Vogel flatterte aufgeregt umher. Ja, ich wusste, was zu tun war.

»Charlie«, sagte ich. »Du musst mir einen Gefallen tun.«

»Was denn?«, zwitscherte Charlie.

»Flieg nach Bochum und spioniere die Regierung aus. Ich möchte, dass du mir alles erzählst, was da passiert. Vergiss auch nicht, mit Tieren dort zu sprechen.«

Charlie hockte sich vor mir auf den Boden. »Aber, Lucy, wieso willst du mich wegschicken? Ich möchte bei dir bleiben.«

Nein. So gern ich sie um mich hatte, Charlie musste fliegen. Sie musste im Tageslicht bleiben. Sonst würde sie verkümmern.

»Tu es für mich, mein Vögelchen«, sagte ich. »Und für die Bochumer. Sie brauchen Hilfe.«

»Was interessieren mich die Bochumer?«, piepste Charlie.

Wieso machte sie es mir nur so schwer?

»Deine Urgroßeltern kommen aus Bochum«, sagte ich.

»Du kanntest meine Urgroßeltern?«, fragte Charlie aufgeregt. »Das wusste ich nicht!«

»Jetzt weißt du es«, sagte ich. »Ja, ich kannte Maja und Tom. Die Tollpatschigkeit hast du übrigens von Maja geerbt.«[31]

Charlie lächelte. Na ja, so gut Vögel eben lächeln können. »Okay, Lucy, ich werde dir Bericht erstatten.«

Sie flog los. Wie schön es doch wäre, wenn ich mit ihr fliegen könnte.

---

31 Du möchtest Maja und Tom auch kennenlernen? Das kannst du im Band »Emschererwachen. Ein Urban-Fantasy-Roman« (Klartext Verlag 2015).

Ich rief ihr hinterher: »Danke, Charlie! Pass auf dich auf. Und komm bald wieder.«

Sie zwitscherte mir noch einmal zu und weg war sie.

Dann tippte ich auf meinem Holofon herum. Ich musste dringend mit Derek sprechen.

»Hallo, Derek«, sagte ich, kaum dass er sich gemeldet hatte. »Du musst eine Pressemitteilung rausschicken. Wir haben wichtige Infos, die wir der Öffentlichkeit nicht vorenthalten können. Über deinen Chef und sein Staudammprojekt. Ich denke, wir haben herausgefunden, welchen miesen Machenschaften Feli auf der Spur war. Vielleicht musste sie deshalb ...«

»Lucy«, unterbrach mich Derek. »Erstens stellt man sich zuerst vor, wenn man irgendwo anruft ...«

Er hatte recht. Das hatte ich in der Aufregung total vergessen. »Entschuldigung«, sagte ich.

»Zweitens habe ich vielleicht eine bessere Idee. Aber lass uns das alles persönlich besprechen, bitte. Ich bin gleich bei euch.«

»Gut«, sagte ich und deaktivierte das Holofon.

Kapitel 141 André

»Ähm, Lucy«, sagte ich, als Lucy ihr Holofonat mit Derek beendet hatte. »Sicher, dass das mit der Heilung der Wölfe geklappt hat? Mich verfolgt hier etwas. Beziehungsweise jemand.«

Der Wolf wich nicht von meiner Seite. Er hatte hellgraues Fell mit dunkelgrauen Flecken und war wunderschön.

»Dann scheuch ihn weg! Nicht, dass man uns noch mit ihm sieht. Sonst wird jeder wissen, dass wir hinter der Aktion stecken«, gab Lucy von sich. Sie schien in Gedanken verloren zu sein.

Ich schaute den Wolf traurig an. »Na los, geh schon! Du hast es doch gehört. Ich kann dich nicht behalten.« Doch anstatt zu gehen, legte sich der Wolf auf den Rücken und heulte einmal. Ich kniete mich hin und streichelte liebevoll seinen Bauch.

»Sie vertraut dir«, sagte Lucy. »Das hat nichts mit Hirnmanipulation zu tun.«

»Sie? Ja, stimmt ... Es ist eine Wölfin ...«, sagte ich. »Wie kommst du darauf, dass sie mir vertraut?«

»Der Bauch ist die empfindlichste Stelle bei einem Wolf. Sie zeigt dir damit ihre Zuneigung und dass du über ihr stehst.«

»Na, stimmt das, kleine Freundin?«, fragte ich.

Die Wölfin leckte mir mit der Zunge über die Hand.

»Scheint *ja* zu bedeuten«, bemerkte Lucy. »Du wirst sie wohl behalten müssen. Sie heißt übrigens Fluffy.«

»Fluffy?«, fragte ich. »Nicht dein Ernst.«
»Hat Charlie behauptet«, erklärte Lucy. »Aber unter uns: Charlie redet viel, wenn der Tag lang ist. Komm wir gehen zu den anderen zurück und warten auf Derek.«

Kapitel 142 Lucy

»Leute, ich hab nachgedacht«, sagte Alicia. »Was sie den Wölfen angetan haben ... Vielleicht haben sie das ja auch mit einigen Feen und Elfen gemacht.«
»Wie kommst du darauf?«, fragte Jamie.
»Na ja ... Wir haben heute eine ziemlich merkwürdige Fee getroffen. Melisa. Erinnerst du dich, Lucy?«, fragte Alicia.
Ich nickte. »Sie hat sich komisch verhalten«, bestätigte ich. »Aber nur, weil eine Fee seltsam ist, müssen wir nicht gleich auf Hirnmanipulation schließen. Ich meine ...«
Alicia unterbrach mich. »Es ist nicht bloß eine«, sagte sie. »Immer wieder verhalten sich in der letzten Zeit Feen und Elfen, als hätte man sie einer Gehirnwäsche unterzogen. Vor einiger Zeit hab ich einen Elf getroffen, den ich von früher kenne. Said. Er war immer nett drauf. Aber beim letzten Treffen ... Ich weiß nicht. Er war gar nicht er selbst. Und habt ihr nichts von dieser einen Fee mitbekommen, die jetzt andauernd bei irgendwelchen Talkshows auftritt?«
»Welche Fee meinst du, Alicia?«, fragte ich. Ich schaute keine Talkshows und wusste echt nicht, wen sie meinen könnte.
»Diese ehemalige Kämpferfee ... Amelia oder so.«
»Amelia?«, fragte ich. »Ich kenne keine Amelia.«
»Dann heißt sie so ähnlich. Du kennst sie auf jeden Fall«, beharrte Alicia.
»Meinst du vielleicht Amalia?«, fragte ich.
»Ja, genau! Amalia!«, bestätigte Alicia. »Sie setzt sich in der Öffentlichkeit total für den Staudammbau ein.«
»Amalia?«, frage ich ungläubig. »Für den Staudammbau? Bist du sicher?«
»Ganz sicher«, sagte Alicia. »Ich hab mich nämlich noch so gewundert, weil du doch mal erzählt hast, dass Amalia allen menschlichen Eingriffen in die Natur total feindlich gegenübersteht.«
Ich nickte. Und plötzlich begriff ich. Ja, das war es! Deshalb hatte Amalia sich so furchtbar verhalten auf der Pressekonferenz. Reinhardt hatte recht. Sie war nicht sie selbst. Ich musste ihr unbedingt helfen!
»Du hast recht, Alicia«, bestätigte ich. »Amalia ist auf jeden Fall hirnmanipuliert.«
»Du könntest sie heilen«, schlug Alicia vor. »Und diese Melisa auch.«
»Ja«, bestätigte ich. »Ich muss sie heilen! Ich muss alle hirnmanipulierten Feen und Elfen heilen!« Ich war plötzlich total aufgeregt und sauer. Wie konn-

ten Menschen es wagen, so gemein zu Tieren, Feen und Elfen zu sein? Und zu ihresgleichen, wie wir von den Bochumer Rebellen gehört hatten.

»Hey, Leute«, hörte ich Derek sagen. »Hier bin ich.«

Kapitel 143 Alessandro

»Sir, es ist Post gekommen«, sagte Melisa.

»Sende mir die Dateien auf mein Holofon weiter, Sklave«, befahl Alessandro Goldschmidt.

Melisa schüttelte den Kopf. »Keine Holopost, Sir.«

Alessandro hob erstaunt den Kopf. »Leg sie mir hierhin, Sklave.« Dabei zeigte er auf seinen Schreibtisch.

»Wie Sie wünschen, Sir.«

Alessandro wandte sich auf seinem Drehstuhl dem Eschenholz-Schreibtisch zu, dessen Schubladen mit goldenen Griffen verziert waren. Er öffnete den Briefumschlag mit einem Messer. Er hatte schon ewig keinen analogen Brief mehr bekommen. In diesem Umschlag schien sich neben dem Brief außerdem ein Geschenk zu befinden. Alessandro konnte einen Gegenstand fühlen. Den letzten Brief hatte ihm Bruno vor Jahren geschickt, erinnerte sich Alessandro und lächelte. Ob der Brief auch dieses Mal von seinem Freund war, der ihm auf diesem Wege mitteilte, dass er beschlossen hatte, ein paar Tage Urlaub zu machen? Er lächelte erneut, denn analoge Briefe bedeuteten immer etwas Gutes. Als er den Ring in der Hand hielt, der im Umschlag gesteckt hatte, und die Zeilen auf dem beigelegten Zettel überflog, verging Alessandro das Lächeln.

Er aktivierte sein Holofon.

»Hallo, hier Lilli«, meldete sich die Umweltministerin.

»Ich bin's, Alessandro«, sagte er.

»Ich hoffe, du rufst an, um mir zu sagen, dass du endlich die nächste Überweisung getätigt hast«, sagte Lilli. »Mein Konto sieht ganz schön traurig aus, und ... ihr wollt doch, dass der Bau des Staudamms heute anfängt und nicht etwa plötzlich ein Gutachten auftaucht, das euer schönes Projekt noch stoppen könnte?«

»Ähm, nein, Lilli ... aber ... Bruno ... Er wurde entführt. Seine Entführer verlangen, den Bau des Staudamms zu unterlassen. Als Beweis für die Entführung haben sie mir Brunos Ring geschickt.«

»Dann musst du dir eben einen neuen Bauleiter suchen«, sagte Lilli van Bergen.

Alessandro drehte den Ring in seinen Fingern. »Nein, das tue ich nicht. Ich bin mit Bruno zusammen aufgewachsen. Er ist für mich wie ein Bruder.«

»Oh, Schätzchen ... Von dem Geld, das unsere Königin dir für den Bau zahlt, kannst du dir einen neuen Bruder kaufen. Man kann jeden ersetzen. Und außerdem weißt du doch gar nicht, ob es wirklich Brunos Ring ist.«

Und ob Alessandro das wusste. Er erinnerte sich sogar an den Tag, als sie den Ring gekauft hatten. Es war der Tag, an dem Alessandro seine Baufirma gegründet hatte. Alessandro besaß denselben Ring. Er erinnerte sich auch, wie Bruno ihm gesagt hatte, es müsste ihm schon der Finger abgeschnitten werden, freiwillig würde er den Ring jedenfalls nicht mehr abziehen. Es lief Alessandro eiskalt den Rücken hinunter.

»Doch«, sagte Alessandro leise. »Es ist Brunos Ring. Und ich werde dafür sorgen, dass Bruno nicht ein Haar gekrümmt wird.«

»Alessandro«, widersprach Lilli. »Was wird die Königin sagen, wenn ...«

»Wir sehen uns auf der Pressekonferenz, Lilli.« Alessandro deaktivierte das Holofon. Die Pressekonferenz ... Er musste dringend darüber nachdenken, was Derek auf dieser Pressekonferenz über den verschwundenen Bruno sagen sollte.

Kapitel 144 Die Einhörner

Vor der Pressekonferenz, die höchst informativ für jedermanns Ohren werden würde, begannen die ersten Leute, ihre Plätze einzunehmen. Nach und nach wurden es immer mehr. Viele schauten auf ihre Uhren oder Holofone oder unterhielten sich mit anderen, die ebenfalls gespannt auf die neuesten Mitteilungen der Firma Goldschmidt waren. Wären nicht alle so in ihre Gespräche vertieft und mit ihren Holofonen beschäftigt gewesen, hätte vielleicht jemand bemerkt, dass auf dem Platz vor dem Hauptgebäude der Baufirma einige Personen herumlungerten, die sich anscheinend bemühten, nicht aufzufallen.

Es waren die Einhörner. Wenig später war ein Aufruf zu hören. »Einhörner! Versammelt euch!« Es war Lucy, die diesen Aufruf getätigt hatte.

Sofort kamen die anderen angelaufen und bildeten einen Kreis, ihre Hände auf den Schultern der jeweils rechts und links neben ihnen stehenden Personen.

»Also ... Ihr wisst, was zu tun ist?«, fragte Lucy schließlich in die Runde, nachdem sie flüsternd Informationen ausgetauscht hatten.

Der Rest der Gruppe nickte, und der Kreis löste sich auf. Von nun an kommunizierten die Einhörner nur noch im Flüsterton miteinander – und das nicht wenig. Es schien, als führten sie eine Diskussion untereinander. Etwas Großes schien im Gange zu sein.

Kapitel 145 Lucy

Ich betrat den großen Saal und ging an der Bühne vorbei, auf der Derek bereits hinter einem mit Mikrofonen bestückten Rednerpult bereitstand. Hinter ihm war eine riesige Leinwand aufgestellt, darauf war das Logo der Baufirma projiziert. Offenbar sollte es während der Live-Übertragung permanent zu sehen sein. Das Logo ... und der Slogan: *Goldschmidt vertraut – Auf Gold gebaut.* Was für eine dreiste Lüge, dachte ich.

Die meisten Stühle im Plenum waren bereits besetzt. Mit Journalisten und ein paar Vertretern der interessierten Öffentlichkeit. Ich suchte mir einen mittigen Platz. Während ich mich hinsetzte, sah ich, wie die Teams der verschiedenen Sender vorne ihre Kameras aufbauten. Sie alle konnten es wohl kaum erwarten, die Pressekonferenz in den Nachrichten zu übertragen. Als ob sie ahnten, dass sie heute etwas ganz Besonderes geboten bekommen würden. Ich musste an Raphael denken, den ich heute Morgen wenigstens kurz gesehen hatte. »Lucy«, hatte er gesagt, »heute schreibt ihr Stadtgeschichte.« Ich wünschte, er säße jetzt neben mir. Aber er war von der Reise noch zu erschöpft gewesen und hatte sich ein wenig hinlegen wollen.

Alessandro Goldschmidt saß schon auf der Bühne. Er hatte die Beine übereinandergeschlagen und strich sich ständig über die Schultern, als wollte er Schuppen entfernen. Er wirkte seltsam angespannt. Neben ihm die Dortmunder Umweltministerin. Lilli van Bergen sah seriös aus in ihrem Kostüm und schaute streng drein. Vor allem blickte sie immer wieder zu Goldschmidt. Der hielt den Blick gesenkt. Was war zwischen den beiden bloß vorgefallen?

Nach und nach wurde der Saal immer voller. Zusätzliche Stühle wurden herbeigeschafft. Die letzten Leute setzten sich. Schließlich wurden die Türen geschlossen. Derek stand hinter all den Mikrofonen und blickte nervös in die Menge. Er wirkte so aufgeregt, als wäre dies seine erste Pressekonferenz und er wüsste nicht, was er zu tun hatte. Allerdings wusste ich natürlich genau, dass er wegen der Nachricht, die er verbreiten wollte, so nervös war. Die Wahrheit. Die Konsequenzen waren ihm bewusst. Und Derek war bereit, für das Wohl aller anderen gefeuert zu werden.

Melisa stand aufrecht am Bühnenrand. Sie sah ernst aus und war wahrscheinlich bereit, alles für den Schutz ihres Chefs zu tun. Dass ich nicht vorher schon mitbekommen hatte, dass sie Goldschmidts Bodyguard war ... Erst durch unser Gespräch mit Derek hatten wir das herausgefunden. Das hatte mich umso mehr darin bestärkt, dass Melisa einer Hirnmanipulation unterzogen worden sein musste. Genau wie meine Freundin Amalia.

Der Beginn der Pressekonferenz zögerte sich etwas hinaus, weil Derek sich noch mit seinem Vorgesetzten unterhielt. Ich blickte mich um. Die Einhörner, meine Kameraden, fielen in der Menge von Reportern gar nicht weiter auf. Man hätte nie vermutet, dass sie zu einer Untergrundorganisation gehörten. Sie waren wie unsichtbar. Doch sobald die Wahrheit ausgesprochen wäre, würden wir unsere Masken überziehen und uns als Einhörner zu erkennen geben. Jeder würde es mitbekommen. Wir würden Goldschmidt einen Denkzettel verpassen und der Stadt die Augen öffnen.

Und genau deshalb war ich ebenso nervös wie Derek. Ich freute mich auf die Enthüllung, doch gleichzeitig hegte ich gewisse Zweifel. Die Menschen um mich herum ahnten gar nichts. Würden sie die Wahrheit glauben? Oder besser gesagt: Würden sie sie glauben wollen? Neben mir saß ein Mann, der an seiner Kamera herumspielte. Er trug einen seriösen Anzug und eine Brille. Seine Finger zitterten wie wild, und die Fingerspitzen waren etwas gelblich. In seiner Hemdtasche steckte eine Packung Zigaretten. Er schien mit sich zu ringen, ob er mitten im Saal einfach eine Zigarette anstecken und ein paar beruhigende Züge nehmen sollte. Als Fotograf konnte er es sich sicher nicht leisten, verwackelte Bilder zu machen.

Links von mir saß eine Frau. Sie tippte ständig auf ihrem Holofon und wechselte in einer App von Unterhaltung zu Unterhaltung. Überall schrieb sie etwas und konnte nicht damit aufhören. Sie sah nicht ein einziges Mal von ihrem Holofon auf. Sie trug ein seriöses Kostüm und sah beinahe aus wie die Umweltministerin.

Vor mir die Kamerateams, die ungeduldig auf den Beginn der Konferenz warteten. Wir würden live, vor aller Augen, die Wahrheit enthüllen. Dies ließ einen Funken Hoffnung in mir aufglimmen. Es war egal, ob die Journalisten uns glauben würden. Es zählte nur, dass sie unsere Botschaft sendeten. Wir würden die ganze Stadt erreichen. Dereks Idee, die Enthüllung während einer ohnehin anberaumten Pressekonferenz durchzuführen, war so einfach wie genial.

Meine nervöse Stimmung verflüchtigte sich langsam. Die ganzen Leute vor mir und um mich herum mit den Headsets und Holofonen, sie würden gleich auf Sendung gehen. Jegliche andere Übertragung würde unterbrochen werden für diese Pressekonferenz.

Endlich stellte sich Derek wieder hinter das Rednerpult. »Hallo und schönen guten Tag«, begrüßte er die Anwesenden. »Wir haben die heutige Pressekonferenz einberufen, um Ihnen mitzuteilen, dass der Bauleiter unseres Staudamm-Projekts, Herr Bruno Lindenberg, seit einigen Tagen ... in unserem Unternehmen fehlt.«

Zahlreiche Hände schossen in die Luft.

Derek erteilte einer ersten Reporterin das Wort.

»Was genau ist denn passiert, dass ihr Bauleiter es verantworten kann, gerade jetzt zu fehlen?«, fragte sie.

»Über die genauen Gründe können wir leider keine Auskunft geben«, erklärte Derek und biss sich auf die Unterlippe.

Auch ich wurde nervöser.

»Und was bedeutet das für den Bau des Staudamms, wenn der Bauleiter nicht da ist, um sich darum zu kümmern? Wer wird für ihn einspringen? Oder wird der Bau nun noch einmal verzögert?«, fragte ein Mann und zückte seinen Notizblock.

»Solange unser Bauleiter fehlt, müssen wir uns Alternativen überlegen. In jedem Fall wird sich der Baubeginn aber verzögern«, antwortete Derek, und Herr Goldschmidt nickte zustimmend.

»Steht das Verschwinden des Bauleiters in Verbindung zu dem Mord auf der Baustelle?«, fragte schon der nächste.

Derek zögerte einen Moment. »Nicht direkt«, sagte er.

Goldschmidt blickte erschrocken auf.

»Aber«, fuhr Derek fort, »es ist denkbar, dass Felicitas Hundertwasser ...« Er schluckte. »... dass Felicitas Hundertwasser sterben musste, weil sie eher als wir anderen verstanden hat, dass wir nicht verantworten können, diesen Staudamm überhaupt zu bauen.«

Ich starrte gebannt Goldschmidt an. Er war eindeutig verwirrt. Ganz offensichtlich hatte er noch nicht begriffen, was gerade auf der Bühne geschah und warum sein Pressesprecher so etwas sagte.

»Der Gemeinschaft wurden wichtige Informationen vorenthalten«, fuhr Derek fort. »Der Bau des Staudamms würde sich auf das Wohl der Menschen hier in Dortmund, aber auch in Castrop-Rauxel und im Rest des Emscherlandes verheerend auswirken.« Dereks Hände zitterten, und er schaute sich nervös um. Er erblickte mich, und ich nickte ihm aufmunternd zu.

Er wusste, dass sein Vorgesetzter gerade aufgeregt auf seinem Stuhl saß, sich umsah und kurz davor war, aufzuspringen und Derek daran zu hindern, auch nur ein weiteres Wort zu sagen. Doch Goldschmidt konnte nicht mehr aufhalten, was Derek losgetreten hatte. Es war zu spät, und Goldschmidt ahnte es vielleicht. Würde er jetzt losstürmen, würden die Leute erst recht alles hinterfragen.

Derek fuhr fort: »Denn nach Informationen aus einer sicheren Quelle soll der Staudamm auf Moor und Sand gebaut werden, was einen immensen Verstoß gegen die Sicherheitsvorschriften bedeutet. Ganz abgesehen von den Folgekosten, die wegen der dauernden Reparaturen auf die Dortmunder zukommen würden. Wir müssten ständig mit einem Dammbruch rechnen. Die Menschen in beinahe dem ganzen Dreistromland wären dadurch gefährdet.«

Die Leute um mich her schnappten nach Luft und notierten sich offenbar hektisch alle Einzelheiten. Goldschmidt und van Bergen standen auf. Wahrscheinlich wollten sie von der Bühne verschwinden. Aber Derek zeigte nun mit dem Finger auf die beiden. »Alessandro Goldschmidt, der Chef dieser Baufirma und mein Vorgesetzter, hat von dem ungeeigneten Boden gewusst und die offizielle Erlaubnis für den Bau des Staudamms für viel Geld bei unserer Umweltministerin Lilli van Bergen erkauft. Sein Motiv? Das viele Geld, das unsere Königin ihm für den Bau des Staudamms versprochen hat. Geld, das es unserer Königin wert war, weil sie wusste, durch das zukünftige Wassermonopol würde sie ein Vielfaches der Summe einnehmen«, erklärte Derek. »Nicht zu vergessen all das Geld, das Goldschmidt obendrein durch die zu erwartenden Reparaturen an dem Staudamm verdienen würde. Auf unser aller Kosten, meine Damen und Herren!«

Die Menge war geschockt und sprachlos, bewegte sich aber nicht von den Plätzen. Das Publikum wollte alles hören, was Derek zu sagen hatte. »So wollen die Firma Goldschmidt und die Regierung Dortmunds Profit aus dem Staudammbau schlagen, ohne sich um das Wohl der Gemeinschaft zu sorgen. Ohne sich darum zu kümmern, dass dieser Staudamm die permanente Gefahr erneuter Überschwemmungen mit sich bringen würde. Und Sie alle wissen sehr gut, wovon ich rede, wenn ich sage, dass unsere Städte schon einmal von Hochwasserkatastrophen fast völlig zerstört wurden. Stellen Sie sich die Wassermassen vor, die sich während der Regenzeit in einem solchen Stausee sammeln. Stellen Sie sich vor, was passiert, wenn der Damm bricht. Sie ahnen vielleicht, dass sich eine davon ausgelöste Flut noch verheerender auswirken könnte als die Flutkatastrophen vor fünfzig Jahren.«

Alessandro Goldschmidt schubste Derek schroff zur Seite und stellte sich hinter das Rednerpult. Er lachte kurz auf und strich sich wieder über die Schulter. »Das Verhalten meines Pressesprechers tut mir außerordentlich leid«, sagte er. »Er muss geistig verwirrt sein, nach den letzten Vorfällen, vor allem nach dem Mord auf der Baustelle, ... denn er ... er war mit der Journalistin liiert, die tot auf unserem Baugelände gefunden wurde ... Es ... es war ein schmerzlicher Verlust für Herrn Malakoff und ...« Goldschmidt kam ins Stocken und faltete die Hände. Er war mehr als nur nervös. Er hatte Angst.

Melisa stand stocksteif an seiner Seite.

»Wie wollen Sie erklären, dass Ihr Pressesprecher trotz seiner angeblichen geistigen Verwirrtheit diese Konferenz leiten durfte?«, rief die Frau neben mir.

»Und können Sie uns die Bodengutachten, die durchgeführt wurden, zur Verfügung stellen?«, fragte ein anderer Journalist.

Nun steckte Herr Goldschmidt in der Klemme.

»Ach, Quatsch! Sie, Alessandro Goldschmidt, wissen doch genau, dass alles wahr ist, was Ihr Pressesprecher gerade erklärt hat!«, schrie jemand aus der Menge. Er trug eine Einhornmaske, aber ich wusste, dass es Jamie war. Er zeigte auf Goldschmidt: »Sie sind ein Lügner!«

Überall im Saal erhoben sich nun Einhörner. Auch ich zog mir blitzschnell meine Maske über den Kopf und stand auf.

Die Kameras schwenkten ins Plenum.

»Alles ist wahr!«, schrie ich.

Die Menge fing an zu toben. Die Live-Übertragung ging weiter, und die Einhörner stürmten Richtung Bühne.

»Melisa!«, schrie Herr Goldschmidt.

Sie zuckte zusammen, bewegte sich aber trotzdem nicht von der Stelle, beinahe so, als könnte sie nichts ohne vorherigen Befehl erledigen. Wir erreichten die Bühne, holten Derek aus diesem Tumult heraus und nahmen auch Melisa mit. Sie wusste offenbar nicht, was sie zu tun hatte, schien verwirrt und ließ sich einfach mitziehen. Ich sah noch einmal zurück, doch ich konnte Alessandro Goldschmidt und Lilli van Bergen nicht mehr sehen.

Kapitel 146 Derek

Nachdem die Einhörner gut zwanzig Minuten durch einen stark bewucherten Abschnitt des Emscherufers gelaufen waren, blieben sie stehen, und Lucy öffnete eine Eisentür, die durch das ganze Moos und Unkraut hier in der Natur fast unsichtbar war. Es schien, als würden die Einhörner sich alle bestens auskennen. Derek hingegen hatte keinen blassen Schimmer, wohin dieser Eingang führen mochte. Er wusste zwar, dass die Einhörner in den verlassenen Streben der Zeche Erin lebten, doch das hier war nicht der Weg, den er benutzt hatte, um die Gruppe mit dem Mord an Felicitas zu konfrontieren. Die Zeche Erin war in Castrop-Rauxel. Jetzt waren sie aber auf Dortmunder Stadtgebiet. Auch diese Melisa schien keinen Schimmer zu haben, was vor sich ging. Vielmehr: Es schien ihr egal zu sein, denn in ihrem Gesicht war immer noch nicht die kleinste Regung zu sehen.

»Vielleicht ist das hier ein Eingang zu einem Ort, den die Menschheit noch nie zuvor gesehen hat. Was meinst du?«, flüsterte Derek Melisa zu.

Melisa gab keine Antwort.

Die Tür könnte ein wenig Öl echt gut vertragen, dachte Derek bei sich. Im Sonnenlicht konnte er erkennen, dass es sich um eine Art Höhleneingang handelte, der sich vor ihren Augen auftat. Allerdings war die Höhle selbst stockdunkel. Die Gruppe und ihre beiden »Gäste« betraten die Höhle. Sie war komplett aus Stein, und es war kalt, obwohl kein Wind durch den langen Höhlenflur pfiff. Lucy aktivierte ihr Holofon und leuchte ihnen den Weg. Sie liefen eine ganze Weile und kamen erst zum Stehen, als sie einen Raum erreichten, der ebenfalls komplett aus Stein war. Eines der Einhörner, André, zog ein Feuerzeug aus seiner Hosentasche und zündete eine Fackel an, die sich an der Wand befand. Die Fackel war anscheinend schon oft benutzt worden. Ihr Licht erleuchtete die Dunkelheit. Und plötzlich erkannte Derek den Raum. Hier hatte er mit Lucy und André gesessen und über Feli gesprochen. Unglaublich. Sie befanden sich in den Streben der Zeche Erin. Derek hatte gehört, dass die Städte im Dreistromland durch die alten Bergwerke unterirdisch verbunden sein sollten. Aber bis heute hatte er es für eine urbane Legende gehalten.

Kapitel 147 Lucy

Ich schaltete mein Holofon an, um uns den Weg zu leuchten, bis wir zu dem von Fackeln erleuchteten Teil kamen. Oft legten wir die Strecke im Dunkeln zurück. Aber an diesem Tag fehlte gerade noch, dass sich irgendjemand von uns hier aufs Maul legte. Safety first! Wir liefen durch die dunklen Gänge. Hin und wieder warf ich einen Blick auf Melisa. Wenn ich zum ersten Mal hier gewesen wäre, hätte ich das alles wahnsinnig faszinierend und verstörend zugleich gefunden. Aber auch so lief mir ein Schauer über den Rücken. Ich dachte an Charlie und daran, wie sehr sie unter der Dunkelheit hier unten litt. Ja, ich verstand sie nur zu gut. Trotzdem, ein besseres Versteck gab es einfach nicht. Wir kamen im Zentrum dieses Konstrukts unterirdischer Gänge an. Da, wo wir uns meistens aufhielten. André entzündete eine Fackel. Die Wölfin lief im schwanzwedelnd entgegen.

Dann betrat Raphael den Raum und lief gleich auf mich zu. »Lucy«, begrüßte er mich. »Hat alles geklappt?«

»Ich glaub schon«, sagte ich. »Wir sprechen später, ja?«

Ich wollte keine Sekunde verschwenden. Ich hatte keine Ahnung, wozu eine hirnmanipulierte Fee in der Lage war. Ich befürchtete, Melisas Schockstarre könnte nur ein Trick sein. Deshalb ging ich sofort zu ihr. Melisa schaute verwirrt in der Gegend herum. Ihr Blick strahlte pure Verunsicherung aus, die sie auch gar nicht erst zu verbergen versuchte.

»Setz dich im Schneidersitz auf den Boden«, sagte ich zu ihr und ging zu meinem Kräuterreservoir. Ich hatte immer ein paar Kräuter vorrätig, damit ich sowohl uns als auch verletzten Tieren im Notfall helfen konnte.

Mit den Kräutern in der Hand setzte ich mich vor Melisa und bereitete dieselbe Mischung vor, die auch bei den Wölfen geholfen hatte, brühte diese mit Emscherwasser auf und gab die Tasse Melisa in die Hand.

»Du trinkst das bitte. Schmeckt super!«, log ich sie an.

Als, wie erwartet, keine Reaktion kam, schloss ich die Augen, um fortzufahren. Ich machte kreisförmige Bewegungen in der Luft und wirbelte diese somit auf. In einer fließenden Bewegung legte ich meine Hand auf Melisas Kopf.

Obwohl ich die Augen geschlossen hatte, spürte ich die Blicke der anderen auf uns. Langsam öffnete ich die Augen wieder. Die Angst, dass es nicht geklappt haben könnte, war zu groß, als dass ich meine Augen in normalem Tempo hätte öffnen können. Melisa saß immer noch vor mir, nur dass schon ihre Aura und Ausstrahlung anders war. Sie setzte die Tasse an und trank.

Kapitel 148 Melisa

Es fühlte sich alles so komisch an. Mein Körper füllte sich schlagartig mit Wärme und kam mir leichter vor. Ich schaute mich um. Ich wusste nicht, wo ich war, aber ich wusste sofort, mit wem ich dort war. Ich schloss Lucy fest in die Arme und erdrückte sie fast. Langsam und behutsam lockerte ich meinen Griff. Dass sie so eine überschwängliche Reaktion nicht erwartet hatte, konnte ich an Lucys geschocktem Gesicht erkennen.

Dann kippte meine Stimmung. Ich konnte fühlen, wie mein Gesichtsausdruck emotionslos und kalt wurde. Ein Außenstehender hätte sicher meinen können, ich wäre wieder in meine manipulierte Hülle zurückgekehrt. Das war ich nicht. Aber die Erinnerungen ... All die schrecklichen Erinnerungen kamen abrupt zurück.

Ich erinnerte mich, wie ich Said und dann Marco die Genicke gebrochen hatte. Und ich erinnerte mich, dass ich noch davor ... Nein! Nein, das konnte nicht sein.

»Ich ... Ich habe schreckliche Dinge getan. Ich bin eine Mörderin!«, schrie ich und begann bitterlich zu weinen. Meine Tränen hätten bestimmt die Emscher einmal komplett füllen können. Diesmal nahm Lucy mich in den Arm. Ich lehnte mich an ihre Schulter und weinte weiter. Weinte lange weiter. Bis es irgendwann einfach nicht mehr ging. Ich hob den Kopf wieder, setzte mich gerade hin und wischte die letzte Träne aus meinem Gesicht.

Lucy und die anderen sahen mich erwartungsvoll an.

»Was ist passiert, Melisa?«, fragte Lucy.

»Fe... Felicitas. Ich war das ... Also, mein Körper war es. Mein Körper hat sie getötet. Ich würde so etwas nie machen! Das weißt du doch Lucy, oder?«

Lucy nickte nur und schaute mich mit großen Augen an.

»Goldschmidt war das! Also, er hat mir den Auftrag gegeben! Später war er wütend, als rauskam, dass ich Felicitas' Leiche in der verlassenen Siedlung in Mengede habe liegen lassen. Weil er meinte, der Verdacht würde jetzt sofort auf ihn fallen, und ...«

»Was hast du gemacht?«, fragte der Typ, den ich öfter im Gespräch mit Goldschmidt gesehen und der heute bei der Konferenz das Wort geführt hatte. Seine Stimme zitterte stark. Ich sah ihm an, dass er den Tränen nah war.

»Ich bin ihr bis zur Baustelle gefolgt«, sagte ich leise. »Sie wollte Nachforschungen anstellen. Ich griff sie am Handgelenk. Sie drehte sich um und schaute mich an. Ihre Augen waren voller Angst.« Ich musste kurz schlucken, und wieder sammelten sich Tränen in meinen Augen. Mir wurde klar, mit welcher Brutalität ich vorgegangen war. »Ich wollte es nicht. Aber ich handelte auf Goldschmidts Befehl und konnte mich nicht widersetzen. Mein Körper gehorchte nicht mir, sondern allein seinen Befehlen. Ich legte die Hände um Felicitas' Hals. Ich drückte einfach zu. Fester und fester. Bis sie sich nicht mehr regte. Da ließ ich Felicitas los und schubste sie einfach den Abhang runter ... Und später habe ich dann Said und Marco ...«

Ich konnte nicht mehr. Ich brach zusammen. Ich hatte andere Feen und Elfen umgebracht. Ausgelöscht. Vernichtet. Und sie würden nie mehr zurückkommen. Nie mehr.

Kapitel 149 Die Einhörner

Nachdem Melisa sich etwas beruhigt hatte, wandte Jamie sich ihr zu. »Komm mal her!«, sagte er auffordernd und winkte sie zu sich. »Melisa«, sagte er. »Ich habe mit Derek geredet, und er hat verstanden, dass du nicht wirklich die Mörderin von Feli bist. Du warst nur eine tödliche Waffe. Gelenkt durch Goldschmidt.«

Derek nickte.

Melisa konnte ihm nicht in die Augen sehen.

»Wir sind untröstlich, dass Felicitas tot ist, aber sie wäre stolz auf das, was wir heute alle gemeinsam zustande bekommen haben«, fuhr Jamie an Derek gewandt fort. »Wir können sie nicht wieder lebendig machen, aber wir konnten ihre Arbeit zu Ende führen.«

Derek nickte. »Was genau passiert jetzt?«, fragte er.

Jamie gab eine recht simple aber doch akkurate Antwort: »Wir müssen über das Schicksal des Bauleiters beraten. Ich persönlich habe nichts dagegen, ihn wieder freizulassen. Doch wir werden eine Besprechung über dieses Thema abhalten, um alle gemeinsam zu entscheiden. Zwei von uns sind gegen die Freilassung. Wir geben ihnen die Gelegenheit, ihre Meinung darzulegen und zu begründen.«

Alle traten näher an die Fackel heran. Nur ihre Gesichter waren im Licht erkennbar.

»Dann fange ich mal an!«, sagte eine weibliche Stimme. Es war Sophie. »Ich bin dagegen, dass wir Lindenberg laufen lassen. Durch ihn wurde schon so viel zerstört. Menschen mussten ihre Heimat verlassen. Das hat ihnen das Herz gebrochen! Ich bin dafür, dass wir uns dafür rächen!«, machte sie ihren Standpunkt klar.

»Aber nicht allein durch Lindenberg sind diese Dinge geschehen«, erwiderte Jamie. »Alle, die am Staudamm-Projekt gearbeitet haben, wären dann deiner Meinung nach schuld. Wir sollten Lindenberg freilassen. Er hat nur seinen Job gemacht. Die eigentlichen Drahtzieher sind doch Goldschmidt und van Bergen. Und die Königin.«

»Dann entführen wir die eben auch!«, mischte Marc sich ein.

»Das würde nichts bringen ...«, argumentierte Alicia. »Das Projekt hat außerdem gar keine Chance mehr auf Realisierung. Nicht nach den heutigen Enthüllungen.«

»Und von heute an würde der Verdacht sofort auf uns fallen, wenn Lilli van Bergen oder Alessandro Goldschmidt oder der Königin irgendetwas passiert«, gab André zu bedenken.

»Du hast recht ... Na gut ... Wir werden die anderen in Ruhe lassen. Zumal sie ihre gerechte Strafe hoffentlich noch kriegen werden. Aber: Der Bauleiter bleibt hier! Ich will ihn leiden sehen!«, sagte Marc selbstbewusst.

»Und wohin würde uns das führen? Damit würden wir Unrecht tun«, versuchte André die Stimmung zu stabilisieren.

»Aber sie haben doch zuerst Unrecht getan!« Marc wurde etwas lauter.

»Das würde gegen uns, unsere Gruppe, unsere Art zu handeln sprechen!«, widersprach Lucy. »Wir wollen die Guten sein! Wenn wir ihn nach Abbruch des Staudamm-Projekts weiter festhalten ... Was sollen die Leute dann bitte von uns denken? Viele haben doch jetzt schon ein schlechtes Bild von uns! Und wie sollen wir uns dann noch selbst im Spiegel anschauen können?«

»Halt dich da raus, Lucy! Du stehst doch immer nur auf der friedlichen Seite!« Marc wurde wütend. »Überleg doch nur mal! Es ist ja nicht nur der Staudamm. Lindenberg gehörte immerhin auch zu denen, die hirnmanipulierte Elfen wie Sklaven gehalten haben. Und die sie wie Gladiatoren gegeneinander haben antreten lassen. Melisa hat es uns doch erzählt!«

Innerhalb der Gruppe kam es zum Streit. Keiner schien mehr einen klaren Kopf zu behalten. Gegensätze trafen aufeinander, es wurde lautstark diskutiert. Während sich die Gruppe immer weniger einig war, standen Melisa und Derek abseits und schauten sich perplex an.

»Ich bin ja dafür, dass er freigelassen wird, doch wie soll ich das nur ausdrücken?«, flüsterte Derek.

»Ich auch ...«, antwortete Melisa. Sie wirkte gereizt. Nach einer Weile, in der sie und Derek sich den Streit weiter angeschaut hatten, konnte Melisa nicht mehr an sich halten und mischte sich lautstark ein. Sie war auf 180. »Leute! Hört auf!«

Alle waren mit einem Mal still und schauten Melisa an.

»Ich weiß, dass jeder eine andere Meinung zu diesem Thema hat. Derek und ich sind beide für die Freilassung. Aber ist das wirklich ein Grund, sich so zu streiten?«

Sie schauten Melisa fragend an.

»Ihr seid eine Gruppe«, fuhr Melisa fort. »Ihr macht so gut wie alles zusammen. Ihr wollt helfen. Solltet ihr eine solche Entscheidung dann nicht auch gesittet und gemeinsam treffen, anstatt euch an die Gurgel zu gehen?«

Nun schauten sich die Einhörner gegenseitig an.

»Und wenn Marc von hirnmanipulierten Feen und Elfen spricht«, gab Melisa zu bedenken, »vergesst nicht, dass ich eine davon war. Diese Mistkerle haben mir das Schlimmste angetan, was sie mir hätten antun können. Sie haben mich zu einer Killermaschine gemacht, die ihresgleichen mitleidlos umgebracht hat. Aber wisst ihr was? Das wird nicht besser davon, dass wir Lindenberg quälen. Es ist genug Leid angerichtet worden. Wenn das Schicksal es so will, wird Lindenberg schon seine gerechte Strafe bekommen.«

Sophie und Marc schauten einander an. Dann nickten sie. Melisa schien sie überzeugt zu haben.

»Also, lasst ihr ihn frei oder nicht?«, fragte Derek.

»Wir lassen ihn frei«, sagte Marc.

Sophie nickte.

Die Truppe machte sich auf zu dem Streb, in dem sie Bruno Lindenberg gefangen hielten. Jamie und Lucy liefen voran.

»Vielen Dank. Ich weiß nicht was passiert wäre, hättest du nichts gesagt«, bedankte sich Alicia bei Melisa.

»Ach, keine Ursache. Ich bin froh, geholf...«, setzte Melisa zu einer Antwort an, doch plötzlich war Geschrei zu hören.

»Er ist weg!«, riefen Jamie und Lucy fast synchron.

Sofort rannten die restlichen Einhörner zu ihnen. Lindenberg war tatsächlich nicht mehr da.

»Er hat sich wohl befreit und läuft jetzt sicherlich hier durch die Gänge!«, sagte Sophie aufgeregt.

»Aber das Untergrundsystem ist doch gigantisch«, erwiderte Alicia.

Sofort sprachen wieder alle durcheinander. Aber diesmal war es zum Glück kein Streit.

Während Melisa versuchte, die anderen zu beruhigen, schaute Derek den langen Gang entlang. Wo auch immer Lindenberg jetzt sein mag, dachte er, so schnell sehen wir ihn wohl nicht wieder ...

Die Einhörner und ihre Gäste versammelten sich wieder im Besprechungsraum. Sie saßen am Tisch und redeten noch eine Weile über die Erlebnisse der letzten Tage. Darüber, wie sich die Dinge verändern würden. Und darüber, was sich noch alles ändern musste.

Kapitel 150 André

Ich frage mich langsam, ob das gesund für die Kläfferin ist, so lange unter der Erde zu bleiben. Ich meine, normalerweise bleiben Wölfe ja nicht länger als eine Nacht in ihrer Höhle, aber jetzt bin ich schon so lange mit ihr unter Tage. Ihr scheint es jedoch noch ganz gut zu gehen, sie folgt mir weiter überallhin. Sie ist, würde ich sagen, schon fast zu verspielt, um je wieder ausgewildert zu werden. Auf jeden Fall liebt sie es, Ballfangen zu spielen. Ich habe ziemlich lange hier unten mit ihr gespielt, habe gehofft, dass mich das auf andere Gedanken bringt. Dabei habe ich glatt die Zeit vergessen. Die Kläfferin hat sich vor Erschöpfung schlafen gelegt, ist anscheinend ausgepowert. Wie ist sie nur so zutraulich geworden? Ob das noch eine Nachwirkung der Gehirnwäsche ist? Lucy hat mir doch versichert, dass das unmöglich ist. Es ist ziemlich seltsam, aber irgendwie auch ziemlich cool. Ich wollte schon immer ein Haustier haben. Nur halt nicht, wenn es dazu gezwungen wird, mein Haustier zu sein.

Ich habe ihr ja noch keinen Namen gegeben, fällt mir gerade ein. Durch die ganze Aufregung in den letzten Tagen habe ich das einfach vergessen. Fluffy, hat Lucy gesagt. Aber Fluffy ... Das ist doch kein Name für einen Wolf! Und Lucy hat selbst gesagt, dass auf Charlies Übersetzungen nicht viel Verlass ist.

»André!« Sophie kommt in den Raum gestürmt.

Ich fahre erschrocken hoch und bin versucht, sie ebenfalls anzuschreien, halte mich aber gerade noch zurück. »Was willst du denn?«, frage ich gereizt.

»Derek will mit uns reden. Er ist gerade angekommen.« Sie wendet sich ab und geht wieder raus.

Jemand stupst mich von hinten an.

»War ja klar, dass die große böse Sophie dich aufweckt«, sage ich und gehe in die Hocke, um die Kläfferin zu streicheln. Während ich sie streichle, denke ich weiter über einen Namen nach. Wie wäre es mit Kyra?
»Na, wäre Kyra okay für dich?«, frage ich sie.
Die Wölfin dreht sich auf den Rücken, um sich den Bauch kraulen zu lassen.
»Ich fasse das mal als Ja auf«, sage ich.
Dann stehe ich wieder auf und mache mich auf den Weg zu den anderen. Kyra bleibt mir dicht auf den Fersen.
Alle anderen sind schon im Versammlungsraum. Auch dieser Bodo aus Bochum ist hier. Wie es aussieht, haben wohl alle nur noch auf mich gewartet.
»Hast du es auch endlich mal geschafft?«, fährt Marc mich an.
»Tut mir leid, musste Kyra noch beruhigen. Sophie hat ein bisschen zu laut geschrien und sie dadurch geweckt.«
»Kyra?«, fragt Lucy.
»Ja, ich hab Fluffy so umbenannt. Schlimm?«, frage ich.
»Nee, nee, schöner Name«, sagt Lucy. »Also behältst du sie jetzt?«
»Ich denke mal schon. Sie macht zumindest keine Anstalten abzuhauen«, erkläre ich. »Solange sie bleiben will, behalte ich sie bei mir.«
»Darum geht es jetzt aber nicht«, unterbricht Jamie uns. »Derek hat uns was zu sagen.«
Ich setze mich neben Lucy. »Weißt du, warum Bodo hier ist?«, flüstere ich ihr zu.
Lucy nickt. »Wir wollen mit den Hütern des Lebens zusammenarbeiten. Nur zusammen schaffen wir es, langfristig wieder Frieden ins Dreistromland einkehren zu lassen. Hast ganz schön was verpasst, während du mit deiner Kyra beschäftigt warst. Aber jetzt will Derek uns erst mal was sagen.«
»Ich wollte euch mitteilen«, fängt Derek an zu erzählen, »dass die Firma Goldschmidt dichtmacht.«
Marc und Sophie applaudieren. Ihr Klatschen hallt im Streb wider.
»Gut so«, sagt Marc. »Goldschmidt hat nichts Besseres verdient. Genauso wie seine Komplizen. Am besten wäre es, wenn er mit Betonstiefeln in die Emscher springen würde und ...«
Lucy unterbricht Marc wütend: »Halt dein Maul, Marc! Es ist schön, sich darüber zu freuen, dass wir es geschafft haben, den Bau des Staudamms zu verhindern. Aber wir wünschen niemandem den Tod. Komm mal wieder runter! Derek, erzähl bitte weiter.«
»Ich habe direkt mein Kündigungsschreiben erhalten«, fährt Derek fort. »Wie so viele andere. Wir werden von Alessandro wahrscheinlich erst mal nichts mehr hören. Nicht, dass es nötig gewesen wäre, mir die Kündigung auszusprechen. Ich wäre ja sowieso gegangen, wie ihr wisst.«
Dass wir es soweit gebracht haben, ist schon echt krass, denke ich, während Derek weiterredet. Jetzt muss dieser Drecksack Goldschmidt seine Firma dichtmachen.

»Ich würde euch gerne noch was fragen«, sagt Derek dann. »Ich habe ja nicht nur meine Arbeit verloren. Sondern vor allem verlor ich Felicitas an diesen ganzen Scheiß, der hier im Dreistromland passiert. Ihr seid eine Gruppe, die sich gegen diese Sachen zur Wehr setzt. Ich möchte gerne bei euch mitmachen und helfen, wo ich nur kann, damit dieser ganze Albtraum eines Tages endet.«

Für einen kurzen Moment sagt niemand von uns etwas. Dann steht Lucy auf und geht zu Derek. »Willkommen.« Das ist alles, was sie sagt, und niemand von uns sagt etwas dagegen. Wir sind alle einverstanden, Derek bei uns aufzunehmen. Wahrscheinlich denken wir in diesem Moment alle dasselbe. Dass Felicitas genau das gewollt hätte.

»Aber wie machen wir jetzt weiter?«, fragt Jamie in die Runde.

Bodo steht auf und fängt an zu reden: »Ihr habt hier großartige Arbeit geleistet. Und ich möchte euch gerne mal etwas fragen. Erinnert ihr euch an die Zeit, als das Dreistromland die Vorzeigeregion in Sachen ökologischer Entwicklung war?«

Wir wechseln untereinander Blicke. Jeder von uns weiß genau, worüber Bodo redet. Die prachtvollen Landschaften, die drei wunderbaren Flüsse, die die Region kennzeichnen – Emscher, Lippe und Ruhr –, aber vor allem der Zusammenhalt der Region, der immer so gepriesen wurde ...

»Dies war alles nur möglich«, fährt Bodo fort, »da die Region vereint war und alle zusammengearbeitet haben. Diese Einigkeit, dieser Zusammenhalt, ist jedoch so gut wie nicht mehr vorhanden.«

Ich überlege kurz und sage dann: »Was schlägst du denn vor zu tun? Hast du einen Allheilplan für die Region?«

»Nein«, antwortet Bodo. »Aber zumindest einen Weg, den wir nehmen können. Wir müssen versuchen, das Dreistromland wieder zu vereinen. Denn alleine Dinge zu bekämpfen, die der Umwelt und den Bewohnern schaden, wird uns unsere schöne Heimat nicht wiedergeben. Wir müssen die Grundprobleme lösen. Ihr habt in Dortmund und Castrop-Rauxel ein Zeichen gesetzt. Jetzt müssen wir gemeinsam weitermachen. Solange, bis das Dreistromland wieder vereint ist und wir diesen ganzen Scheiß hinter uns lassen können.«

Applaus erfüllt den Streb.

Ich lehne mich zur Seite, muss erst mal sacken lassen, was ich gerade gehört habe. Dann blicke ich zu Kyra. Sie schaut mich mit großen Augen an. Er hat recht, sagt ihr Blick, wir haben noch einiges zu tun.

Kapitel 151 Bruno

Bruno war eine Zeit lang eingenickt. Als er seinen schweren, brummenden Kopf hob, stellte er fest, dass die Gruppe noch immer nicht zurückgekehrt zu sein schien. Die Dunkelheit trübte seine Orientierung. Als die Einhörner bei ihm gewesen waren, hatte er im Licht der Fackeln immer wieder Blicke auf die gewölbten Wände erhaschen können. Die felsigen Wände des schwarzen, leergeräumten Raums, in dem er sich mittlerweile seit Tagen zu befinden schien. Er lauschte eine ganze Weile der unheimlichen Stille, hörte nichts weiter als leises Rascheln und Knistern von umherhuschenden Ratten und Platschen von Wasser, das sich an der Decke sammelte, bis die Tropfen zu schwer und groß waren, um noch länger hängenzubleiben. Bruno fing an sich zu bewegen, weswegen der uralte Holzstuhl – wo immer sie den auch herbekommen haben mochten – zu knarren anfing. Seine Hände schmerzten. Die Hand mit dem abgetrennten Finger pochte. Schweißperlen bildeten sich auf seiner Stirn, nur von den kleinen Bewegungen, die er tätigte. Ihm war heiß, ihm tat alles weh, am liebsten wäre er wieder eingeschlafen. Ausgelaugt war er, seit Tagen hatte er nichts Vernünftiges zu sich genommen, und frische Luft gab es nicht. Und das alles taten die Einhörner ihm nur an, damit er etwas zum Staudamm sagte, damit er nützliche Informationen preisgab. Hatte er das denn nicht längst getan? War es nicht genug, dass er seinen Freund Alessandro verraten hatte? Bruno musste an den Ring denken. Und an das Versprechen, das er Alessandro einst gegeben hatte. Da muss man mir den Finger schon abhacken, damit ich den Ring absetze. Bruno lachte heiser auf. Nun war es anders gekommen. Zunächst hatten sie ihm den Ring, dann erst den Finger genommen. Und an allem war Alessandro schuld.

    Bruno schaffte es nicht, die Knoten zu lösen. Dafür taten seine Hände zu sehr weh. Es fühlte sich an, als würden Tausende von Nadeln in seine Hände stechen. Bruno wippte mit dem Stuhl vor und zurück, darauf bedacht, schließlich mit voller Wucht nach hinten, zu Boden zu fallen. Die Rechnung ging auf. Bruno verzog das Gesicht, als sein Körper schmerzvoll auf den Boden prallte. Der Stuhl war leider nur leicht beschädigt. Immerhin waren Brunos Füße jetzt frei. Schwer atmend richtete er sich mit dem Stuhl wieder auf. Seine Glieder schmerzten von den Bewegungen und dem Kraftaufwand. Sein Gehirn riet ihm, sich nicht noch einmal auf den Boden zu schmeißen. Er musste sich selbst zwingen, es erneut zu tun, indem er einen Schritt nach vorn ging, Schwung holte, zögerte ... und schließlich seine Lippen aufeinander presste und sich mit aller Kraft nach hinten warf. Er hörte sich selbst laut keuchen.

    Die Ratten schienen verschwunden zu sein, er war komplett mit sich alleine in der Dunkelheit. Und mit dem Schmerz. Ein erschöpftes, schwaches Lächeln huschte über seine Lippen, als er zerborstenes Holz ertastete. Die Fesseln waren nicht mehr fest, er konnte sie mit wenig Mühe entfernen und die Seile von seinen Knöcheln streifen. Seine Hände fingen an, wie ein wildes Herz zu pochen, als das Blut wieder wie gewöhnlich durch sie hindurch strömen konnte. Bruno richtete sich geschwind auf, voller Angst, gehört und bei dem ertappt zu werden, was er gerade tat. Er hob widerwillig seine pochenden, zitternden Hände. Nur so konnte er sichergehen, im Dunkeln vor keine Wand zu laufen. Er ging zögernd vorwärts, hörte Kiesel und loses Gestein unter seinen Fußsohlen knirschen. Er versuchte, so leise wie möglich zu sein, und starrte in die Dunkelheit vor sich in der Hoffnung, etwas zu erkennen. Und wenn es nur ein noch dunklerer Schatten wäre. Seine Hände trafen auf raues Gestein, sofort tastete Bruno sich weiter an der Wand entlang. Er trat dabei auf etwas Weiches. Es schmatzte kurz unter seiner Fußsohle.

Obwohl er nicht ausmachen konnte, was das war, widerte es ihn an, und seine Fantasie ging mit ihm durch. Was auch immer es war, worauf er da getreten war, es gab nach und drückte nicht in die Sohle, wie es ein Stein getan hätte. Vermutlich war es eine tote Ratte.

Bruno befeuchtete seine trockenen Lippen mit der Zunge und atmete einmal tief durch, bevor er sich von der Wand abwandte und erleichtert Eisenstäbe unter seinen Fingerspitzen fühlte. Bruno umfasste und zählte sie. Rost splitterte ab und blieb an seinen verschwitzten Händen kleben. Er war froh zu wissen, wo er sich befand. Die Gitter hatte er gesehen, als die Einhörner da waren. Es war der Eingang zum Raum. Wie der Eingang zu einer Gefängniszelle.

Es war die Paranoia, die ihn dazu zwang zu schleichen. Und es war die Angst, die ihn zum Schwitzen brachte. In den unterirdischen Gängen war die Luft drückend und warm. Bruno spürte es nicht nur, er roch es auch. Ein uraltes, abgestandenes Müffeln. So muss die Emscher vor hundert Jahren gerochen haben, als sie noch nicht renaturiert war, dachte Bruno und irrte, mit den Händen in der Luft tastend, weiter blind durch die Gänge. Natürlich ging das auf Dauer nicht gut.

Die komischen Fäden, die von den Decken hingen und ihn kitzelten, machten ihn irre. Er stellte sich vor, dass riesige Spinnen sich an ihnen abseilten, um ihn zu beißen. Er fühlte sich gefangen, als würden diese unsichtbaren Fäden, die er mit den Händen wegzuschlagen versuchte, ihn erneut fesseln wollen. Er verfluchte sein Leben, seinen Beruf dafür, dass er hier gelandet war. Kein Mensch hatte so etwas verdient, außer denen, die ihm so etwas angetan hatten.

Zähneknirschend plante er die Rache, die er vollführen würde, und stolperte über etwas. Seine Knie schlugen hart auf Stein, sie brannten wie die Hölle. Desorientiert blieb er eine Weile so liegen, zu sehr damit beschäftigt, in Selbstmitleid zu versinken, als dass er sich wieder hätte aufrappeln können. Ratten und vielleicht noch andere Viecher liefen an den Wänden entlang, verwirrt über die Anwesenheit eines Menschen. Bruno richtete sich hektisch auf und stolperte weiter. Er wusste nicht, wo er langgehen konnte, verdammt, er sah ja auch rein gar nichts! Er spähte verloren nach links und rechts, drehte sich und suchte nach irgendeinem Zeichen. Als er leise Schritte wahrnahm, geriet er in Panik. Sein Atem stockte. Es musste jemand von den Einhörnern sein.

Die erste Richtung, die er einschlug, war offensichtlich falsch. Seine malträtierten Hände stießen gegen Gestein. Er zog sie erschrocken zurück und schüttelte sie. »Ah, fuck!«, zischte er und krümmte sich vor Schmerz.

Entferntes Stimmengewirr erinnerte Bruno daran, dass er auf der Flucht war und schnell verschwinden musste, um auf Nummer sicher zu gehen, dass er nicht entdeckt und erneut gefangen wurde. Er drehte sich um und lief langsam weiter, darauf bedacht, möglichst kein Geräusch zu verursachen. Bis er wieder auf eine Wand traf. Er schlich daran entlang. Die Stimmen wurden leiser, und nach einer Weile konnte er sie gar nicht mehr hören.

Bruno hatte Zeit, sich etwas zu beruhigen. Er war sogar fast ausgeglichen, als einige Zeit verstrichen war, in der er nichts weiter tun musste, als dem Weg zu folgen. Für eine Weile dachte er an nichts. Alle Sorgen waren vergessen, das Laufen stellte ihn nach dem langen Sitzen und Warten zufrieden.

Gerade als er sich fragte, wie lang dieser Gang sein mochte und wie lange er wohl noch laufen musste, um einen Ausgang zu finden, nahm er ein leises Röcheln wahr. Er blieb stehen, damit seine Schritte nicht mehr zu hören waren, und hielt die Luft an. Er hörte das Blut in seinen Ohren rauschen und wagte kaum, wieder Luft zu holen. Hatte er sich das Röcheln nur eingebildet? Ja, offenbar. Bruno wollte schon weiterlaufen, als das Röcheln erneut erklang. Nein, er hatte es sich nicht nur eingebildet. Da war das Röcheln wieder. Er nahm es jetzt ganz deutlich wahr. Er ging zögernd weiter und versuchte herauszufinden, ob das Röcheln lauter oder leiser wurde, ob er ihm also näher kam, oder sich davon entfernte.

Er atmete nur dann, wenn er nicht mehr länger die Luft anhalten konnte. Er erinnerte sich an Geschichten, die er als Kind gehört hatte. Von Hochwassertoten, die in den unterirdischen Bergwerken mit Giftmüll in Berührung gekommen und zu einer Art Zombies mutiert waren. Es hieß, dass manche von ihnen noch immer in den alten Bergwerken umherirrten.[32] Dass sie halb verhungert und halb verwest waren. Er stellte sich ein Monstrum in Menschengestalt vor, wie er es aus Zombiefilmen kannte. Diese aggressiven Kreaturen, die nur schwer ohne Waffe zu überwältigen waren. Die einen durch Bisse infizierten oder, wenn man Glück hatte, gleich komplett auffraßen. Er glaubte nicht jedes Gerücht oder jede Gruselgeschichte, die ihm als Kind oder Teenager erzählt worden war. Doch das Röcheln war tatsächlich zu hören. Und diese mutierten Leichen hatte es damals in Castrop-Rauxel wirklich gegeben. Sie waren nicht nur einem Schauermärchen entsprungen. Es waren Tatsachen, die er nicht verleugnen konnte und die ihn fast zu Tode ängstigten. Das Röcheln erklang eindeutig hinter ihm. Verfolgte ihn dieses Wesen? Verdammt, er konnte das kehlige schwere Röcheln nun fast durchgehend hören. Manchmal wurde es lauter, als würde die Kreatur schwer nach Luft schnappen. Bruno pisste sich fast in die Hose, als er mit seiner Fußspitze gegen etwas stieß. Er hielt die Luft an und richtete sich kerzengerade auf. Das Röcheln stoppte abrupt, ja, für einen kurzen Augenblick war rein gar nichts im Gang zu hören.

Dann hörte er wieder etwas. Er konnte nicht ausmachen, ob das Geräusch von Stoff kam, der gegen Stoff rieb, oder ob es ein Körper war, der sich bewegte. Bruno schob seinen Kopf etwas weiter nach vorn, versuchte zu lauschen. Er

---

32 Falls du die Geschichten von diesen Wasserzombies nachlesen willst, kannst du es im Band »Uferlos. Ein Emscher-Endzeitroman« tun (Klartext Verlag 2017).

traute sich nicht, seinen Fuß zu rühren oder gar weiterzulaufen, ehe er ganz sicher war, wo die Kreatur sich befand. Hatte er sie mit dem Fuß nun getroffen oder nicht? War er nur gegen Müll getreten? Gegen einen Stein? Machte er sich gerade zum Affen, oder war es wirklich eine ernste Situation? Eine, in der sein Leben auf dem Spiel stand? Er verlor fast den Verstand.

Jetzt stell dich nicht so an, sagte er zu sich selbst. Wenn wirklich jemand oder etwas mich angreifen sollte, kann ich ja wegrennen. Im schlimmsten Falle mich verstecken. Es kann sicherlich genauso wenig sehen wie ich, ist genau so verloren wie ich. Der Gedanke beruhigte Bruno etwas. Er redete sich ein, dass alles schon irgendwie gut ausgehen würde. Er lauschte den Tropfen, die von der Decke fielen. Das Röcheln war seit einer ganzen Weile nicht mehr zu hören gewesen. Seit er mit dem Fuß gegen was auch immer getreten war, war es verstummt. Er schluckte schwer und ging vorsichtig einen Schritt zurück.

Dieser kleine Schritt veränderte alles. Bruno stieß mit dem Rücken gegen einen Widerstand. Modriger Atem streifte seinen Nacken und kurz darauf spürte Bruno eine kalte Hand, die sich fest um seinen Arm schloss. Bruno geriet in Panik, wusste nicht, was er tun sollte, und erstarrte für einen Augenblick. Das Röcheln erklang nun direkt an seinem Ohr. Bruno holte tief Luft, schrie, so laut er konnte, umfasste das dünne Handgelenk, das aus nichts weiter als aus Knochen bestand, und riss es von seinem Arm. Es kostete viel Kraft, den festen Griff der Kreatur zu lösen, obwohl das Handgelenk so mager war, nichts an ihm war.

Brunos Schrei hallte nach, das Echo wanderte wie ein starker, schneller Luftzug einmal den Gang entlang. Wenn die Kreatur noch Buddies hatte, dann hatten diese den Schrei hundertprozentig gehört. Bruno stolperte zunächst eher, als dass er rannte. Doch dann sprintete er immer gleichmäßiger durch den dunklen Gang.

Er rannte lange. Er sah nichts, hörte nichts weiter als seinen eigenen Atem und Herzschlag, seine lauten Schritte, die in den unterirdischen Gängen hallten. Adrenalin schoss durch seine Adern, ließ ihn Kilometer weit rennen. Er musste des Öfteren abbremsen, die Wände abtasten, aber sobald er merkte, dass es wieder geradeaus ging, setzte er das Rennen fort. Seine Hände spürte er gar nicht mehr, alles war zu diesem Zeitpunkt egal. Hauptsache, er brachte so schnell wie möglich einen großen Abstand zwischen sich und diese Kreatur. Wenn es denn überhaupt nur eine einzige Kreatur gewesen war, dachte Bruno.

Er war bereits eine Ewigkeit unterwegs, als das Universum es gut mit ihm meinte, und er an der Wand wieder auf kaltes Metall traf. Erst dachte er, es wären wieder Gitter, die zu einem Raum wie dem führten, in dem die Einhörner ihn festgehalten hatten. Aber nein, er fasste nicht ins Leere, als er am Gitter vorbei tastete. Bruno griff mitten in ein Spinnennetz. Er verzog sein Gesicht und wischte seine Hand schnell an der Hose ab. Egal. Bruno war sich ziemlich sicher, dass dieses Gitter eine Leiter sein musste. Nur das zählte. Er vergeudete keine weitere Sekunde und stieg die Leiter hinauf. Immer darauf bedacht, jede

Sprosse zunächst vorsichtig zu testen, ehe er sie mit seinem ganzen Gewicht belastete. Bald lichtete sich die Dunkelheit ein wenig, und Bruno staunte nicht schlecht. Das hier war eine Stadt. Ja, eine unterirdische Stadt! Aber alle Häuser sahen verlassen aus. Er lief eine Straße entlang. Da sah er plötzlich Licht durch einen Spalt in der Decke fallen, und ... Ja, da oben war tatsächlich eine Luke! Und an dem Baumstamm, der bis unter die Luke wuchs, waren Leitersprossen angebracht.

Als Bruno die Luke öffnete, blendete ihn das grelle Licht des Tages. Er hielt sich die Hand vor die Augen. Nach der Dunkelheit mussten sie sich erst wieder an das Licht gewöhnen. Sie tränten, so stechend war die Helligkeit. Trotzdem krabbelte er aus der Luke und richtete sich auf. Er war so sehr geblendet, dass er noch immer wie blind ins Nichts lief. Nun aber immerhin außerhalb der Bergwerke. Langsam gewöhnten sich seine Augen an die Helligkeit. Bruno stellte fest, dass er mitten auf einem Weg lief. Er konnte ein Lächeln nicht unterdrücken. Er war so erleichtert. Nun musste er nur noch herausfinden, wo er sich befand, um nach Hause zu kommen. Bruno überlegte, was er als Allererstes tun würde, wenn er endlich, nach Ewigkeiten, wieder in seinen eigenen vier Wänden wäre. Würde er sich erst waschen oder etwas essen? Er musste natürlich auch mit der Polizei reden, alles melden. Und ins Krankenhaus. Und sich informieren, was er alles verpasst hatte ...

Seine Überlegungen wurden nebensächlich, als er endlich auf Menschen traf. Es waren Polizisten in Uniform, die am Wegrand standen und sich unterhielten.

Bruno kam vor ihnen zum Stehen. »Hallo, ich muss etwas melden.«

Die Polizisten waren größer als er, darum musste er seinen Blick etwas heben, um Blickkontakt zu bekommen. Der, den er angesprochen hatte, war um die 40, etwas breiter gebaut und trug einen ungepflegten Schnäuzer. Er lehnte sich an sein Flexximobil und verschränkte die Arme vor der Brust.

»Ah, ja«, sagte er. »Was melden. Können Sie sich denn ausweisen?«

Die Frage brachte Bruno etwas aus der Fassung. Er hatte gerade gesagt, er müsse etwas melden. Eine Straftat anzeigen, um Hilfe bitten! Und das Erste, was er als Erwiderung zu hören bekam, war die Frage nach seinem Ausweis? Er trat einen Schritt zurück, war enttäuscht vom Staat, der ihn doch schützen sollte. »Wie bitte?«, fragte er. »Nein, ich kann mich nicht ausweisen. Aber ich muss etwas Dringendes melden. Ich wurde ...«

Bruno wurde erneut vom Polizisten unterbrochen, womit dieser nun auch die letzten Sympathiepunkte verspielte: »Sie kommen erst mal mit uns mit.«

Der andere Polizist hatte schon die Tür des Flexximobils geöffnet und legte nun eine Hand auf Brunos Schulter. Bruno blickte hilfesuchend zu dem ersten Polizisten, der aber keine Miene verzog. Die verhalten sich äußerst merkwürdig, dachte Bruno. Doch er ließ es zu und stieg hinten ins Polizeiauto. Immerhin bedeutete das doch wohl, dass die Polizisten ihn anhören würden.

Die Tür wurde zugeschlagen. Bruno sah zu, wie der Polizist, der ihn an der Schulter gepackt hatte, das Mobil auf die Wasserstraße schob. Der empathielose Honk lachte dabei wegen irgendetwas, was sein Partner gesagt hatte.

Dann stiegen die beiden ein. Gedankenverloren blickte Bruno auf seine dreckige Hose, die an den Knien zerrissen war. Seine Hände waren schwarz von Kohle, blau und wund von den Schlägen. Und der eine Finger fehlte. Bruno blieb die Spucke weg, als er den Handabdruck an seinem Arm entdeckte, dort, wo die Kreatur ihn gepackt hatte. Er öffnete gerade den Mund, um etwas zu sagen, als er einen der Polizisten zu seinem Partner sagen hörte: »Wir haben schon länger keinen Wissensverweigerer mehr abliefern müssen. Dadurch werden wir sicherlich positiv auffallen.«

Bruno schloss den Mund wieder. Was redete der Typ denn da? Es war schon lange keiner mehr auf dem Revier gewesen, oder was? Und was sollte ein Wissensverweigerer sein? Bruno wollte seinen Ohren nicht trauen, verfluchte sich selbst dafür, so dämlich gewesen zu sein, in dieses Polizei-Flexximobil einzusteigen, als der andere Polizist meinte: »Das Wissensanpassungszentrum gibt 'n Fick drauf, wer ihnen die Leute bringt, Paul. Und der Bochumer Regierung ist es auch völlig egal!«

Essen im Jahr 2127

Kapitel 152 Reinhardt

Es regnet. Endlich regnet es wieder. Es regnet sogar sehr stark. Es blitzt und donnert ohne Ende, und Reinhardt befürchtet, dass das Dach des Hauses gleich kaputtgehen könnte.

Plötzlich wird an der Tür geklingelt. Wer kann das bloß sein? Niemand läuft bei so einem Wetter draußen herum, wenn es sich vermeiden lässt. Es könnte gefährlich werden. Jetzt hämmert der da draußen sogar gegen die Tür. Sehr fest und immer wieder. Reinhardt bekommt Angst. Soll er öffnen oder nicht?

Vielleicht sind es Leute von IDEA oder der Regierung, die ihn umbringen wollen, weil er den IDEA-Manager erschossen hat. Ihm geht der Arsch auf Grundeis. Er schwitzt und schwitzt.

»Reinhardt«, hört er jemanden rufen. »Mach die Tür auf! Ich bin es, Lucy.«

»Lucy«, sagt Reinhardt erleichtert, als er die Tür öffnet. »Komm doch rein! Du hättest mir vorher Bescheid sagen können, dass du kommst.«

Lucy nickt. »Wie geht es Amalia?«, fragt sie.

»Unverändert«, erklärt Reinhardt.

»Ich weiß jetzt, was mit ihr los ist, Reinhardt«, sagt Lucy. »Sie wurde manipuliert. Genau wie viele andere Feen und Elfen.«

Reinhardt ist geschockt.

»Aber keine Sorge«, beruhigt ihn Lucy. »Wir kriegen das hin.«

»Was wirst du denn machen?«, fragt Reinhardt.

»Ich mach gleich mal 'ne Shisha an«, sagt Lucy.

»Was?!«, empört sich Reinhardt. »Bist du bescheuert? Wir haben hier gerade ein ernstes Problem, und du willst chillen? Mann! Seit wann rauchst du überhaupt Shisha? Du weißt doch, dass das nicht unbedingt gesund ist ...«

»Halt doch die Klappe, du Otto!«, lacht Lucy. »Ich mach die Shisha, um Amalia zu heilen. Ich packe Heilkräuter und Minze hinein. Und das Wasser für die Shisha ist aus der Emscher. Das alles zusammen wird Amalia heilen«, sagt Lucy.

Während sie die Shisha vorbereitet, fragt Reinhardt: »Und eure Aktion? Mit dem Staudamm?«

»War erfolgreich!«, berichtet Lucy. »Der Staudamm wird nicht gebaut! Jetzt müssen wir es noch schaffen, den Park Emscherland zu retten ... Seit sich der Tumult um die Dinos gelegt hat, geht die Abriss-Planung weiter.«

Amalia zeigt keine Reaktion, als sie Lucy sieht. Auch als Lucy ihr die Shisha hinstellt, verzieht sie nicht einmal das Gesicht.

»Los«, sagt Lucy. »Rauch das!«

Amalia nimmt einen tiefen Zug. Reinhardt hält sie fest. Wer weiß, was passiert, wenn sie wieder bei Sinnen ist? Er kann den Rauch sehen, der aus Amalias Mund kommt.

Amalia fängt an zu heulen und schreit: »Warum?! Warum, warum, warum habe ich das alles nur gemacht? Oh, Gott, hilf mir! Bitte ... verzeiht mir!«

Lucy hält Amalias Hände und sagt: »Sch-sch-sch ... Alles wird gut. Jetzt bist du wieder da. Willkommen zurück, Amalia. Wir freuen uns ... mit vielen Tränen auf den Wangen.«

»Oh, Gott!«, schreit Amalia wieder. »Was hab ich getan? Wir müssen ihn hindern! Wir müssen ihn hindern! Er will alles, wofür wir gekämpft haben, zerstören!« Sie heult und heult.

»Was? Wer? Wo? Wann?«, fragt Lucy verwirrt.

»Der Bauminister«, flüstert Amalia. »Er will im Park gar keine Fabrik bauen. Das ist eine Lüge. Eine Lüge! Er will das Parkgelände haben, damit dort Raketenabschussrampen gebaut werden können.«

Lucy und Reinhardt sehen sich schockiert an. »Erzähl weiter!«, fordert Lucy sie auf.

»Die Dortmunder Königin hat Nikolaus Unger beauftragt und gut dafür bezahlt, dass er all das in die Wege leitet. Damit die Königin von diesem strategisch günstigen Ort aus mit ihren Raketen Bochum und Essen bedrohen kann! Um mehr Wasser und dadurch mehr Macht zu bekommen. Bald ist Krieg! Es geschieht eine Katastrophe, wenn wir das nicht verhindern«, sagt Amalia.

Kapitel 153 Savannah

Savannah saß an ihrem Platz in der Bücherei und las. Sie las, um sich von der Sorge um Avery abzulenken, die mitten in der Nacht verschwunden und nicht wieder aufgetaucht war. Es war ein älteres Buch, die Buchstaben auf dem Buchdeckel waren so abgerieben, dass man nicht mehr viel erkennen konnte. Savannah war so von dem Buch fasziniert, dass sie nicht bemerkte, wie die Tür der Bibliothek sich öffnete und Reinhardt reinkam.

»Halloooo, Reinhardt an Savannah«, sagte er mit lustigem Ton und stellte sich direkt vor sie.

Savannah guckte ihn überrascht an. Dann holte sie aus ihrer Tasche ein schön eingewickeltes Päckchen. »Ich hoffe, der funktioniert noch. Hab ihn schon länger nicht mehr benutzt.« Savannah gab Reinhardt das Päckchen.

»Danke!« Reinhardt blickte sich um und sagte dann: »Sag mal, Savannah, hast du vielleicht irgendwann eine Raucher- oder Kaffeepause?«

»Ja, habe ich ... In 20 Minuten wird die Bibliothek für eine Stunde geschlossen. Kannst du so lange warten?«

Reinhardt nickte. »Ja, klar, ich guck mir so lange mal die Harry-Otter-Bücher an.«

»Die findest du in der Abteilung G14«, sagte Savannah.

Reinhardt lief los. Nach ein paar Schritten rief Savannah ihm nach: »Reinhardt, es heißt übrigens Harry Potter.« Als Reinhardt sich umdrehte, lächelte Savannah ihn an.

Nach fünfzehn Minuten kam die Durchsage. Dank Holotechnik konnte jeder Besucher sie in seiner eigenen Muttersprache hören: Arabisch, Tschechisch, Polnisch, Persisch, Spanisch, Japanisch ... *Liebe Besucher der Bücherei-KamiK, wir schließen in fünf Minuten für eine Stunde. Bitte begeben Sie sich zum Ausgang. Danke und auf Wiedersehen.*

Savannah wartete, bis alle die Bibliothek verlassen hatten. Sie checkte die Video-Überwachung, um auf Nummer Sicher zu gehen. Es war niemand mehr da. Niemand, außer Reinhardt. Er saß in der Abteilung G14 auf einem gelben Sitzsack.

Savannah schloss die Tür der Bibliothek mit einer geheimen PIN (30052013). Sie nahm die Wolkenrolle und befand sich wenige Sekunden später in der zweiten Etage. G10, G11, G12, G13, G14 ... Ah! Hier ist die Abteilung, dachte sich Savannah. Sie war nicht oft in der zweiten Etage, da die meisten Bücher in der ersten oder dritten aufbewahrt wurden.

»Und? Gefällt es dir?«, fragte Savannah und zeigte auf das Buch, das Reinhardt in der Hand hielt. Es war der erste Teil von *Harry Potter*.

»Ja ... sehr«, sagte Reinhardt und beachtete Savannah nicht weiter.

»Reinhardt, ... gibt es etwas, was du mir sagen wolltest?«, fragte Savannah. Sie hatte noch immer keine Ahnung, warum er nach der sogenannten *Raucherpause* gefragt hatte.

»Jaja. Ich bin nicht gekommen, um Bücher zu lesen. Es gibt etwas, was ich dir sagen muss ... Oder eher etwas, was ich dich fragen muss. Und es wäre super, wenn du ... wenn du ehrlich mit mir sein könntest«, sagte Reinhardt und legte das Buch auf einen kleinen grünen Tisch, der neben dem Sitzsack stand.

Savannah schluckte. »Ähm ... äh ... okay ...« Sie setzte sich auf einen anderen Sitzsack.

Reinhardt beugte sich weit vor. »Ich weiß, dass es hier Videoüberwachung gibt. Und ich weiß auch, dass die Regierung Zugang zu dieser Überwachung hat«, flüsterte Reinhardt.

Savannah nickte und zeigte mit dem Kopf Richtung Wolkenrolle. Beide standen gleichzeitig auf und liefen zur Wolkenrolle hinüber.

Savannah drückte auf der Wolkenrolle die Minus Zwei.

»Minus Zwei?«, wunderte sich Reinhardt. »Auf dieser Etage war ich noch nie.«

»Dort gibt es keine Überwachung«, flüsterte Savannah so leise, dass nur Reinhardt es hören konnte, der dicht neben ihr stand. Plötzlich sagte sie sehr laut: »Ja, weil der Zutritt für Kunden nicht gestattet ist. Da während der Pause dort die einzige aktivierte Toilette in dieser Bibliothek ist, mache ich für Sie eine Ausnahme.«

Reinhardt schien sofort zu kapieren, dass es sich hier um einen Trick handelte – für den Fall, dass jemand von der Regierung tatsächlich die Überwachungsvideos prüfen sollte. Er spielte gleich mit: »Oh, danke, sehr nett von Ihnen.«

In Etage -1 hörten die elektrischen Treppen auf. Stattdessen führte eine Holztreppe nach unten. Die Wände aus roten Ziegelsteinen waren nicht verputzt. Überall hingen fackelartige Lampen. Es war so, als hätte man das alles aus einem alten Film geschnitten.

»Ist es hier nicht schön?«, fragte Savannah und machte drei Lampen an. »Alles hier erzeugt so 'ne krasse Atmosphäre, finde ich.«

»In der Tat«, erwiderte Reinhardt.

Als sie die Treppen zu Etage -2 hinter sich gebracht hatten, standen sie in einem langen Flur. Ein langer Flur ohne irgendeine Tür. Reinhardt guckte Savannah verwundert an. Als sie seinen Blick bemerkte, lächelte sie.

»Geh mal bitte zwei Schritte nach hinten«, befahl Savannah.

Reinhardt gehorchte. Savannah zog den 28. Ziegel in der zweiten Reihe von links aus der Wand. Ein alter Ziegel fiel von der Decke herab und landete da, wo Reinhardt eben noch gestanden hatte.

»Also hatte ich es richtig in Erinnerung«, sagte Savannah zufrieden, und noch bevor Reinhardt nachfragen konnte, formte sich in der Wand eine Tür. »Komm mit.«

Kapitel 154 Reinhardt

Reinhardt lief Savannah hinterher in ein kleines Zimmer mit Bücherregalen und einer großen Pinnwand voller Fotos, die die ganze Wand einnahm. Ein Foto zog seine Aufmerksamkeit besonders auf sich: Savannah mit drei anderen Personen. Ihr Alter war schwer zu schätzen, da offensichtlich alle drei Elfen und Feen waren. Aber das Foto erzeugte eine Stimmung, die Reinhardt berührte. Eine Stimmung, die er nicht wirklich kannte. Er vermutete, dass es Liebe war. Liebe, von der er so viel gelesen hatte, von der er aber kaum sagen konnte, wann er sie zuletzt verspürt hatte. Es musste lange, lange her sein. Natürlich mochte er seine Tiere auf dem Hof und es war ihm wichtig, die Verantwortung für sie zu übernehmen. Aber was ihm vom Foto entgegenschlug, war ein anderes, ein tieferes Gefühl ...

Reinhardts Blick wanderte zu den anderen Fotos. Es waren hauptsächlich Bilder von Savannah und diesen drei anderen Personen. Vermutlich waren zwei davon ihre Eltern, dachte Reinhardt. Neben jedem Foto war eine kurze Notiz angebracht, die Reinhardt nicht verstand. *Patryk – 18 – Jamon Jamon.* Oder

O – Zofia – 390 – Arte. Und dann war da noch ein Foto von Savannah mit einer anderen Person. Savannah hatte einen Drink in der Hand, und das Mädchen neben ihr küsste sie auf die Wange. Das Mädchen kam Reinhardt bekannt vor, besonders ihre Tattoos.

»Halloooo, Savannah an Reinhardt«, sagte Savannah. »Karamel oder Türkischer Apfel?«

»Ähmm … Was?«, fragte Reinhardt verwundert.

»Ich mach Tee, und es sind nur zwei Geschmacksrichtungen übrig. Ich komme nicht so oft her. Wie man auch an den Spinnennetzen sehen kann«, sagte Savannah.

»Hm … Ich verlasse mich auf dich.« Reinhardt sah zu, wie Savannah Teebeutel in zwei Becher mit heißem Wasser warf. Sie brachte sie zu einem Tisch, der neben dem kleinen Regal mit Figuren aus Filmen und Comics stand. Reinhardt hätte sich die Figuren gern genauer angeschaut, aber dafür war jetzt keine Zeit.

Die beiden setzten sich an den Tisch, und Reinhardt legte seine Tasche ab, auf der ein Motiv von *Zurück in die Zukunft* zu sehen war. Die hatte er mal auf einem Flohmarkt von einem Vergangenheitsfanatiker gekauft.

»Also, Reinhardt. Ich habe nicht die Gabe, Gedanken zu lesen. Sagst du mir jetzt, was los ist? Ich gehe nicht davon aus, dass du gekommen bist, um mir zu beichten, dass du eine Leih-DVD kaputtgemacht hast«, sagte Savannah und hob ihren weißen Becher mit dem schwarzen Muster darauf.

»Ich weiß gar nicht, wie ich anfangen soll, Savannah. Ich kenne dich noch nicht lange, aber ich habe das Gefühl, wir sind Seelenverwandte«, sagte Reinhardt und machte eine Pause.

Oh, shit, was will er mir jetzt sagen, dachte Savannah.

»Wir beide mögen die Politik vom *lieben* Herrn Brown nicht«, fuhr Reinhardt fort. »Und ich weiß, wir sind nicht die Einzigen, die so denken.«

Nach den Worten fühlte Savannah sich gleich erleichtert.

»Ich glaube, du könntest mir helfen. Und nicht nur mir. Ich sehe das Armband mit diesem Fisch an deinem Handgelenk. Und so sehr ich versuche, mir zu sagen, dass es sicher keinen Zusammenhang gibt zwischen diesem Fisch und dem, der neuerdings auf Flugblättern und im Gesicht der Statue des Präsidenten höchstpersönlich auftaucht, kann ich es einfach nicht.« Reinhardt stand auf und redete weiter: »Ich weiß, es gibt eine Untergrundbewegung. Und bevor du etwas sagst … Es gibt solche Bewegungen auch in anderen Städten. Vielleicht hast du das schon gewusst. Sie möchten Kontakt aufnehmen zur Essener Untergrundbewegung. Hast du eine Idee, an wen sie sich wenden könnten?«

Savannah schluckte laut ihren Tee herunter. »Ähm … Reinhardt … Ich weiß gar nicht, was ich dir sagen soll …«

»Am besten die Wahrheit«, unterbrach Reinhardt sie. »Dann können die Bewegungen gemeinsam das Dreistromland wieder zu dem machen, was es früher war. Und gemeinsam verhindern, dass es Krieg gibt.«

Savannah fiel fast der Becher aus der Hand. »Reinhardt, du weißt gar nicht, wie viel ich geben würde, um alles wie früher werden zu lassen. Am liebsten würde ich mich selbst in die Vergangenheit teleportieren, aber wenn ich dir sage, was ich weiß, woher soll ich wissen, dass du nicht direkt zu Salie Brown gehst?«, fragte sie.

»Eine berechtigte Frage«, bestätigte Reinhardt. »Aber denkst du, jemand wie ich würde jemals diesen hinterhältigen Lügner unterstützen? Denk logisch, Savannah. Kennst du jemanden, der sich so freimütig über Salie Brown beschwert? Ich bin herkommen, um dich um Hilfe zu bitten. Bitte, Savannah, du könntest der Schlüssel sein.«

Savannah schwieg.

»Wenn du es mir nicht sagen willst oder kannst, dann ist es so«, sagte Reinhardt traurig. »Du musst die Bibliothek pünktlich öffnen.« Er stand auf und griff nach seiner Tasche. »Ich hätte dir sehr gern eine Person vorgestellt, die über eine Gruppe in Castrop-Rauxel und Dortmund hätte berichten können. Aber Lucy wird verstehen, dass du nicht so viel riskieren kannst.«

»Reinhardt, ich ... ich kann ein Treffen organisieren. Zwischen dieser Lucy und einer ... einer Person, die euch mehr erzählen kann.«

»Wann könnte Lucy diese Person treffen?«, fragte Reinhardt aufgeregt.

»Ich schreibe dir meine Adresse auf. Lucy kann nach der Arbeit zu mir kommen. Ich organisiere dann das Treffen«, sagte Savannah und schrieb etwas auf einen Zettel, den sie aus ihrer Hosentasche geholt hatte. Währenddessen erklärte sie: »Die Gruppe, die du meinst, nennt sich *Die Emschergroppen*.«

»Wie dieser Fisch, der in der Emscher lebt?«, fragte Reinhardt.

»Ganz genau. Alles andere erzählt meine Kontaktperson deiner Freundin«, sagte Savannah.

»Es ist nicht meine Freundin, sondern eine Freundin«, sagte Reinhardt und wurde rot.

Savannah nickte.

»Danke, Savannah«, sagte Reinhardt. »Danke, dass du mir Vertrauen schenkst.«

»Wir Nostalgiker müssen doch zusammenhalten.« Savannah lachte.

»Eine Frage noch«, sagte Reinhardt. »Wenn es nicht zu persönlich ist ... Wer sind die Personen an deiner Pinnwand?«

»Es ist nicht zu persönlich. Es ... es fällt mir nur schwer, darüber zu reden, denn ich hab sie schon seit 20 Jahren nicht gesehen. Es sind meine Großeltern und mein Zwillingsbruder ... Ich vermisse sie so sehr. Sie sind in Bochum geblieben, als ich von dort geflohen bin. Ich hatte gedacht, ich könnte sie nachholen, aber ... Bochum ist ja isoliert vom Rest der Welt. Ich weiß nicht, was mit ihnen ist ... Ob sie überhaupt noch leben. Ich würde es so gerne erfahren«, sagte Savannah und fing an zu schluchzen.

Reinhardt legte einen Arm um ihre Schultern. »Auch da kann Lucy dir vielleicht helfen. Soweit ich weiß, haben die Einhörner – so heißt ihre Gruppe – Kontakte nach Bochum.«

»Wirklich?« Savannah wischte sich ein paar Tränen weg.

Reinhardt lächelte. »Ganz bestimmt.«

Kapitel 155 Savannah

Auf dem Weg nach Hause drehte sich alles in meinem Kopf. Gleich würde diese Freundin von Reinhardt vor der Tür stehen. Wie hieß sie noch mal? Locy, Lili, Nancy? Ahh ... Ich wusste es nicht mehr. Aber es war mir auch viel wichtiger zu erfahren, was sie von mir wissen wollte. Und was sie mir vielleicht über Bochum berichten konnte. Ich näherte mich der Haustür und tippte die PIN ein. Die Tür öffnete sich. Wo Avery nur abblieb, schoss es mir durch den Kopf. Ich mochte nicht darüber nachdenken, dass sie mich vielleicht wirklich verlassen hatte. Ich liebte sie viel zu sehr. Aber ich musste mich jetzt um andere Sachen kümmern. Meine persönlichen Probleme mussten hinter denen des Dreistromlandes zurückstehen. Ich war allein im Haus. Nur der Wind, der durch das geöffnete Flexxiglasfenster reinkam, war mein Geselle. Und wo war der verdammte Lichtschalter? Ich hätte automatisches Licht installieren sollen, wie Avery es gewollt hatte. Aber Lichtschalter erinnerten mich einfach an die gute alte Zeit ... Meine Hand tastete die Wand sanft ab und ich fand den Schalter. In einer kleinen Vertiefung in der Wand. Ich drückte darauf, und der Schalter fing an zu vibrieren. Ich zählte bis drei, und das Licht ging an.

Ich legte meine Tasche auf das kleine Regal, das neben der Tür stand. Es war nicht besonders schön, aber eine der wenigen Sachen, die ich damals im Flexximobil von Bochum mitgebracht hatte. Hätte ich doch auch Personen mitbringen können. Aber meine Familie war damals wie alle anderen Bochumer vor dem angeblichen Hochwasser evakuiert worden. Nur das Bauteam war geblieben.

Aus der Tasche holte ich meinen Notizblock, auf dem ich meine Gedichte notierte. Bisher kein produktiver Tag für meine Poesie. Na ja, nicht so schlimm. Es war 19 Uhr. Ich wusste nicht genau, wann Reinhardts Freundin auftauchen würde. Vielleicht schaffte ich vorher noch ein paar Zeilen. Ich streckte meine Arme nach oben, mein Mund öffnete sich zu einem Gähnen. Schreiben? Oder lieber doch eine klitzekleines Nickerchen? Ich begab mich ins Wohnzimmer, das gleichzeitig unsere Küche war. In der Mitte stand ein knallrotes Sofa mit zwei gelben Kissen und einer lilafarbenen Decke, die gefaltet in der Ecke lag. Nur zehn Minuten Nickerchen, dachte ich, und keine Minute länger. Oder, nein! Ich setzte mich an mein Holoboard, um ein bisschen über die Einhörner zu recherchieren.

Als ich *Einhörner* tippte, erschienen nur Bilder von Pferden mit Hörnern. Hm ... Es musste wohl doch ein bisschen genauer sein. Die Kombination *Einhörner, Castrop-Rauxel, Bewegung* half mir schon mehr. Wie es aussah, meinten die es ganz schön ernst. Warum eigentlich Einhörner?, fragte ich mich. Ich musste auf meine Antwort nicht lange warten. *Die Verbrecher tragen bei ihren Aktionen Einhornmasken*, las ich. Das erklärte einiges. Nicht alles, aber manches. Wahrscheinlich hatte das Einhorn eine tiefere Bedeutung für sie. Wie für uns die Emschergroppe. Vermutlich hatte Reinhardt recht, und wir waren uns gar nicht so unähnlich. Auch wir Groppen trugen schließlich Masken, um unerkannt zu bleiben und zugleich ein Zeichen zu setzen.

Es gab noch mehr Artikel. Aber fast alle klangen gleich oder so unglaubwürdig, dass ich sie nicht mal anklickte. Auch in Castrop-Rauxel und Dortmund schien die Presse eine klare Meinung zu Rebellen zu haben. Nur von einer Journalistin gefielen mir die Artikel, weil sie sehr differenziert berichtete: Ihr Name war Felicitas Hundertwasser. Ich hörte, dass jemand an die Tür klopfte. Das musste die Freundin von Reinhardt sein.

Ich öffnete die Tür langsam und erblickte eine Person, die wesentlich kleiner war als ich und eine Kapuze tief ins Gesicht gezogen hatte.

»Ich hoffe, ich störe dich nicht«, sagte die Frau.

»Nein ... Ähm ... Wer bist du?«, fragte ich, obwohl ich ziemlich sicher war, dass es die Lacy, Lonie oder Acy sein musste.

»Oh, entschuldige meine schlechten Manieren. Ich bin Lucy«, sagte die Frau.

»Dann mal herein, Lucy!« Ich öffnete die Tür so weit, dass Lucy eintreten konnte. »Du bist also die Einhornrebellin, die Reinhardt angekündigt hat«, stellte ich überflüssigerweise fest.

Die Frau nickte und zog die Kapuze vom Kopf. Ihre braunen, fast schwarzen Haare, die grünen Augen ... ihr Amulett, das unverwechselbar war ...

»Ah! *Die* Lucy bist du«, sagte ich und versuchte, nicht auszuflippen. Da stand also Lucy in meinem Haus. Die Lucy, von deren Büchern über Heiltechniken meine Oma so oft geschwärmt hatte. Die Lucy! Ich war sprachlos und zeigte ohne ein Wort mit ausgestrecktem Arm auf mein rotes Sofa, um Lucy zu bedeuten, dass sie sich hinsetzen könne.

Sie nickte, zog ihre schwarze Regenjacke aus und hängte sie an meinen braunen Garderobenständer. Dann nahm sie auf dem Sofa Platz.

»Tee?«, fragte ich.

Lucy schüttelte den Kopf.

Ich setzte mich zu ihr. Eine kurze Weile saßen wir so schweigend. Dann sagte ich: »Lucy, warum hat Reinhardt sich an mich gewandt? Er kennt mich kaum. Es hätte doch sein können, dass ich sofort zum Präsidenten laufe und ihn anschwärze.«

Lucy schüttelte den Kopf. »Nein, Savannah«, sagte sie.

Kurz fragte ich mich, woher Lucy meinen Namen kannte, obwohl ich mich doch noch gar nicht vorgestellt hatte. Dann musste ich innerlich über mich lachen. Es war ja nun mehr als offensichtlich. Natürlich hatte Reinhardt ihr erzählt, wie ich hieß.

»Reinhardt vertraut dir«, sagte Lucy. »Er hat eine sehr gute Intuition und hätte niemals jemanden angesprochen, der nicht vertrauenswürdig ist. Und du? Gibt es wirklich eine andere Person, mit der ich heute sprechen soll, oder wolltest du dir nur eine Hintertür offenhalten, falls doch plötzlich der Geheimdienst bei dir vor der Tür steht, weil Reinhardt nur ein Spitzel der Regierung ist?« Sie guckte mir genau in die Augen.

Ich spürte, wie ich rot wurde. »Nun ja«, stammelte ich.

Lucy lächelte. »Schon in Ordnung. Also, ich würde dir gerne ein paar Fragen stellen.«

Ich nickte stumm.

»Ihr nennt euch Emschergroppen, richtig?«

»Ja«, antwortete ich schnell.

»Was sind eure Ziele?«, wollte Lucy wissen.

»Hauptsächlich wollen wir Präsident Salie Brown entmachten. Dahinter steht aber auch, dass wir das Dreistromland wiedervereinen wollen. Gegründet wurden die Emschergroppen von Tate Pottgießer und seiner Frau Annie ...«

»Tate und Annie?«, unterbrach Lucy mich. »Meine Güte, ich weiß nicht, wann ich die beiden das letzte Mal gesehen habe. Ich war nicht einmal bei Ringos Beerdigung ... Und erst recht nicht bei der von Tate.«

Ich war überrascht. Ich hatte keine Ahnung gehabt, dass Lucy die beiden kannte. »Tate lebt noch, Lucy«, sagte ich.

Sie starrte mich an. »Er ... lebt noch? Wirklich? Tate lebt noch?«

Ich nickte. »Er lebt in unserem Unterschlupf.«

Lucy griff nach meiner Hand. »Ist das wahr?«

»Ja, nach Ringos Tod begann er, offen den Präsidenten zu kritisieren. Er war sicher, dass Salie Brown in Komplizenschaft mit dem IDEA-Konzern seinen Sohn in den Tod getrieben hatte. Schließlich war Tates Leben in Gefahr, und er entschied sich, in den Untergrund zu gehen.«

»Und Annie geht es gut?«, fragte Lucy.

Ich nickte.

»Sie ist sozusagen meine Patentochter«, sagte Lucy.

»Warum weißt du dann nicht, dass Tate noch lebt?«, fragte ich misstrauisch. »Und warum bist du dann nicht zu Annie gekommen statt zu mir?«

»Savannah, als ich nach Castrop-Rauxel gezogen bin, hatte ich nur noch wenig Kontakt mit Annie. Ich hatte so viel, worum ich mich kümmern musste, die Einhörner brauchten mich sehr«, erklärte Lucy. »Und ... Ihre Mutter Amalia hat ihr viele Jahre verschwiegen, wer Annies Vater und dass er ein Mensch war. Ich als eine von Annies engsten Vertrauten habe es gewusst und ebenfalls geschwiegen. Ich glaube, so ganz hat sie uns das nie verziehen. Ich hab mir immer vorgenommen, mich zu melden, aber die Zeit vergeht so schnell«, sagte sie und rieb sich den Kopf. »Irgendwann haben die Einhörner einfach die einzig wichtige Rolle in meinem Leben gespielt. Selbst jetzt habe ich die Maske dabei.«

»Lucy, dürfte ich die mal sehen?«, fragte ich.

Sie zog einen Einhornkopf aus der Tasche und reichte ihn mir. Ich berührte die Maske, und meine Augen drehten sich, sodass die Pupillen verschwanden. Ich hatte eine Vision, wie immer, wenn ich in die Vergangenheit der Dinge schaute. Ich konnte eine Pressekonferenz sehen, auf der eine korrupte Politikerin entlarvt wurde. Und die Befreiung von Wölfen. Alles Aktionen, bei denen Lucy geholfen hatte. Die Erinnerung verschwand langsam und wurde durch eine andere ersetzt. Ich sah Lucy und ein paar andere, die Masken trugen, in einem alten Bergwerk verschwinden. Jetzt hatte sie vollends mein Vertrauen gewonnen. Jetzt wusste ich sicher, dass sie mich nicht angelogen hatte. Ich ließ meine Hände von der Maske. Meine Pupillen drehten sich wieder an ihren Platz zurück.

»Lucy, ich hab die Entlarvung der Politikerin und die Befreiung der Wölfe gesehen. Ich weiß, dass du die Wahrheit sagst. Aber ich hab immer noch nicht ganz verstanden, wie genau ich dir helfen kann.«

Lucy guckte mich verwundert an. »Ähm ... Was?«

»Ich hab eine Gabe. Oder auch einen Fluch, wenn du so willst. Ich kann in die Vergangenheit der Dinge sehen. Ich kann es kontrollieren, damit ich nicht permanent die Vergangenheit sehe«, erklärte ich, als wäre es nichts Besonderes. War es ja auch nicht. Nicht für mich.

Lucy guckte mich ein Weilchen verträumt an. »Du bist etwas Besonderes«, sagte sie, als hätte sie meine Gedanken gelesen. »Du bist die Verbindung zu den Emschergroppen. Und zu meiner Patentochter, die ich viel zu lange nicht gesehen habe. Ich brauche dich, Savannah. Die Einhörner brauchen dich. Das ganze Dreistromland braucht dich. Du, ich, die Einhörner, die Emschergroppen, die Bochumer Rebellen – wir alle wollen die Probleme im Dreistromland endlich beenden. Savannah, du musst mir helfen. Wir müssen uns gegenseitig helfen.« Lucy drückte meine Hand noch fester.

»Ich versuche es, aber du musst mir sagen, was ich tun soll«, sagte ich. »Und ... hast du von Bochumer Rebellen gesprochen, Lucy?«

Lucy nickte. »Was verbindet dich mit Bochum?«, fragte sie neugierig.

»Ich war Ingenieurin. Ich sollte mithelfen, das neue Bochum zu bauen. Um damit, wie sich herausstellte, alles Wissen und alle Kultur in der Stadt zu zerstören. Ich sollte mithelfen, die Bibliotheken und Schulen und alles, was mit Bildung zu tun hatte, zu überbauen. Ich hab das nicht sofort durchschaut. Als ich begriff, dass in den neuen Plänen keine Bildungsinstitutionen mehr vorgesehen waren, fragte ich mich, was das bedeuten sollte. Angeblich sollte die Stadt für den Hochwasserschutz umgebaut werden. Ich ahnte aber, dass der Umbau eigentlich nur dazu diente, eine Wissensdiktatur aufzubauen. Deshalb bin ich abgehauen. Ich wollte später zurückkommen, um meine Großeltern und meinen Bruder da rauszuholen ... Aber es war nicht mehr möglich«, sagte ich, und meine Hände fingen an zu zittern. »Ich weiß nicht mal, ob sie noch leben. Kannst du mir versprechen, dass, wenn ich dir helfe, du mir hilfst, meine Familie zu finden?«

Lucy nickte. »Mein Ehemann Raphael«, sagte sie, »er spioniert in Bochum gerade aus, wie wir den dortigen Präsidenten entmachten können.«

Raphael, dachte ich, der Name kam mir auch bekannt vor.

»Wir stehen in enger Verbindung zu einer Bochumer Rebellengruppe«, fuhr Lucy fort. »Den Hütern des Lebens. Wenn alles klappt, wie die Hüter und wir planen, werden wir Bochum befreien. Und dann finden wir ganz bestimmt auch deine Familie. Wo sind denn eigentlich deine Eltern?«, fragte Lucy.

»Die beiden waren Turanwissenschaftler und total auf diesen Planeten fixiert. 2089 sind sie nach Turan geflogen. Da haben wir den Kontakt verloren. Aber Turan war sowieso immer viel mehr Kind für sie, als Patryk und ich es je hätten sein können ...«, sagte ich und gab ihr ein deutliches Zeichen, dass ich nicht weiter darüber reden wollte.

Lucy nickte. »Oh ja, so etwas kenne ich. Raphael war der erste Erdbewohner auf Turan und lange dort.«

»Na klar.« Ich lachte. »Daher kam mir der Name so bekannt vor.« Dann fiel mir noch etwas ein. »Lucy«, sagte ich. »Ich bin ja Ingenieurin. Ich habe, als ich abgehauen bin, Baupläne vom neuen Bochum mitgenommen. Und auch Pläne vom alten Bochum, das überbaut wurde. Vielleicht hilft uns das.«

Lucy guckte mich an. »Warum kannte ich dich bloß nicht schon früher? Dich und deine Gaben und Fähigkeiten. Du bist der wahre Schatz für unsere Gruppen«, sagte sie. »Ich nehme dich bald mit nach Bochum, wenn du magst. Ich muss nur vorher mit den Bochumer Rebellen sprechen.«

»Ich ... ich muss es mir noch überlegen, Lucy. Jetzt, wo es konkret wird, habe ich Angst, herauszufinden, dass Patryk und meine Großeltern ... Ich gebe dir Bescheid, wenn ich mich entschieden habe, aber ich glaube, die Antwort lautet *ja*«, sagte ich.

Lucy gab mir eine Karte mit ihrer Holofonnummer. Sie stand auf und zog ihre Jacke an. »Dann breche ich mal auf. Hoffentlich sehen wir uns bald wieder.«

»Ähm ... Lucy, der eigentliche Grund deines Besuchs ist doch die Vereinigung der Rebellengruppen, um gemeinsam das Dreistromland wieder zu vereinen, nicht wahr?«

Lucy nickte. »Raphael und ich haben die Idee, dass die Einhörner mit euch Emschergroppen, mit den Hütern des Lebens, mit Verbündeten aus Gelsenkirchen und so weiter wieder eine Emschergenossenschaft gründen«, sagte sie zu mir.

»Was spricht dann dagegen, dass wir jetzt schon für ein bisschen Wiedervereinigung sorgen? Ich kann dich gleich jetzt in unseren Unterschlupf bringen. Zu Tate.«

Kapitel 156 Annie

Annie recherchiert im Internet über Hope Brown und versucht, etwas über ihren Hintergrund herauszubekommen. Jeff hat sie gebeten, es sich noch mal zu überlegen. Er hat ihr Holofon-Mitschnitte seines Gesprächs mit Hope vorgespielt.

Erst war Annie sauer, dass er sich ohne ihre Erlaubnis mit Hope getroffen hat. Aber dann dachte sie, dass Jeff vielleicht recht hat. Es tut ihr gut, sich den Kopf über Hope zu zerbrechen. Dann vergisst sie wenigstens eine Weile all die anderen verwirrenden Dinge. Paul hat ihr von Ringos Erinnerungen erzählt. Dass Ringo sich nicht selbst das Leben genommen hat. Und die Polizei Mustafa versprochen hat, nach dem Mann mit dem Flexxiarm zu fahnden. Sie muss an ihren Besuch bei Lilith und Mustafa denken. Sie war dort. Und hat gespürt, wie schlecht es Lilith geht. Sie hätte sich viel eher um ihre Schwiegertochter und um den Enkel Mustafa kümmern müssen. Jetzt wird sie versuchen, Lilith zu einer Therapie zu überreden. Annie muss auch an ihre Mutter denken. Amalia. Reinhardt hat ihr gesagt, dass sie geheilt ist. Lucy hat sie geheilt. Lucy, die Annie auch seit Ewigkeiten nicht gesehen hat. Wie konnte das passieren, dass sie sich alle gegenseitig aus den Augen verloren haben? Dass die Probleme im Dreistromland so überhand genommen haben, dass sie alle den Blick für die eigenen Freunde und die eigene Familie verloren haben? Auch um Amalia wird Annie sich kümmern. Aber nicht jetzt. Jetzt muss sie erst einmal entscheiden, ob sie Hope treffen wird.

Annie muss vorsichtig sein. Sie muss genau wissen, mit wem sie zusammenarbeitet. Annie hat Angst, dass es ein Fehler ist, Hope zu kontaktieren. Aber gleichzeitig muss sie es machen. Hope könnte wirklich eine einmalige Chance sein für die Emschergroppen und für die Stadt Essen und das restliche Dreistromland. Am Ende nimmt Annie all ihren Mut zusammen und entscheidet sich, dahin zu gehen, wo die Fotojournalistin wohnt.

Unterwegs kommen ihr wieder Zweifel. Es wird wahrscheinlich schwirig sein, Hope zu überzeugen, wirklich gegen ihren Bruder vorzugehen. Und wenn Annie Hope nicht überzeugen kann, wird sie die Emschergroppen sicher an die Regierung verraten. Dann wird alles, was sie erreicht haben, in nur einem Augenblick verschwinden.

Annie ist endlich da und klopft leise an die Tür.

Hope macht auf. »Wer sind Sie?«, fragt sie. »Sind wir verabredet? Ich habe leider keine Zeit. Ich kenne Sie auch gar nicht.«

Annie sagt: »Ja, du hast recht. Du kennst mich nicht. Wieso solltest du dich mit mir abgeben? Ich kenn dich aber schon. Ich weiß, dass du Salies Schwester bist und als Fotojournalistin arbeitest. Ich muss dringend mit dir sprechen ... hinsichtlich deines Bruders. Ich weiß, dass du deinen Bruder aufhalten möchtest und dass du seine Ziele nicht unterstützt. Wir sitzen im selben Boot, Hope. Wir haben die gleichen Ziele. Wir wollen beide Frieden.«

»Komm doch rein«, sagt Hope verwirrt. »Wir reden drinnen darüber.«

»Nein«, sagt Annie. »Das geht nicht. Wir müssen woanders hingehen. Deines Bruders Augen und Ohren sind überall. Hier über dieses Thema zu sprechen, wäre sehr gefährlich.«

Hope folgt Annie verwirrt Richtung Zeche Carl. Sie fragt: »Wohin gehen wir denn?«

Annie antwortet: »Unter die Erde.«

»Was?«, sagt Hope. »Was machen wir dort?«

»Warte doch kurz. Hab noch einen Moment Geduld«, sagt Annie und öffnet eine Tür im Boden. Sie sieht wie ein Zugang zu einem Keller aus.

»Wohin bringst du mich? Was willst du von mir?«, fragt Hope.

»Du willst doch das Ruhrgebiet retten, oder?«, fragt Annie. »Du willst doch Frieden haben, richtig? Also, dann komm mit und halt die Klappe.«

»Entschuldigung«, sagt Hope und folgt Annie in die Dunkelheit.

Sie kommen in einen Raum. An den Wänden hängen Bilder von der Emschergenossenschaft. Aus dem Jahr 2067.

»Wow«, sagt Hope begeistert. »Tolle Fotos. Eine Schande, dass es die Emschergenossenschaft nicht mehr gibt.«

Tate und Paul betreten den Raum.

»Du bringst die Schwester des Präsidenten hierher?«, fragt Tate erschrocken.

»Vertrau mir, Tate«, sagt Annie. »Hope, ich stelle dir meinen Mann Tate und meinen Enkel Paul vor.«

»Paul? Bist du das wirklich?«, fragt Hope.

Paul lächelt. »Ja, Hope, ich bin es.«

»Und Sie, Tate, Sie leben noch? Ich dachte, Sie wären tot«, sagt sie.

»Sehe ich tot aus?«, fragt Tate grinsend. »Herzlich willkommen bei den Emschergroppen.«

»Emschergroppen?«, fragt Hope. »Wirklich?«

»Du hast mich gefragt, warum du hier bist und was ich von dir will, Hope«, sagt Annie. »Jetzt werde ich dir auf alles antworten. Wie du vielleicht weißt, will dein Bruder Salie Brown, der Präsident von Essen, Krieg führen gegen Dortmund. Erst will er einen kalten Krieg erzwingen, und dann wird er Gründe finden, den Krieg ausbrechen zu lassen. Alles, was wir und unsere Vorfahren geschaffen haben, wird er mit dem Krieg kaputtmachen, nur um seine Machtposition zu sichern.«

»Was sagst du da?«, fragt Hope feindselig. »Du redest über meinen Bruder.«

»Hope«, sagt Annie. »Wir wollen Salie nicht schaden oder etwas Schlimmes mit ihm machen, sondern wollen ihn nur hindern, eine Katastrophe herbeizuführen. Wir brauchen dich an unserer Seite. Und wir brauchen die Waffenbilder, die du gemacht hast.«

»Was?«, sagt Hope. »Woher wisst ihr von den Bildern? Oh ... ich weiß es schon! Es war Jeff, nicht wahr, Paul? Dein bester Freund. Hab ich nicht recht? Dabei müsstet ihr doch am besten wissen, wie Salie wirklich ist – Jeff und du!

Ihr wisst doch, wie er sich eingesetzt hat für die Umwelt. Nur deswegen ist er Präsident von Essen. Und bevor er hier seine Partei gegründet hat, hat Salie als Rebell in Castrop-Rauxel und Dortmund gekämpft, um die Natur zu schützen und zu retten.«

»Ich glaube, du weißt sehr wohl, dass wir recht haben«, sagt Paul. »Du selbst hast Jeff gesagt, dass Salie nicht mehr der ist, der er war! Und du weißt auch, dass Salie schon immer dazu neigte, seine Meinung sehr plötzlich zu ändern und das Gegenteil von dem zu vertreten, was er vorher noch mit allen Mitteln verteidigt hatte.«

»Ich will nichts mehr davon hören«, schreit Hope. »Ich weiß gar nicht, warum ich überhaupt mitgekommen bin. Ihr habt doch meine Zeit verschwendet. Ihr quatscht nur Müll. Ich muss jetzt los. Servus!«

»Stopp!«, sagt jemand, der gerade erst den Raum betreten hat und eine Einhornmaske trägt. »Du gehst nirgendwohin. Du bleibst hier, bis ich mit allem, was ich dir sagen will, fertig bin. Dein Bruder ist ein Frevler. Leute wie dein Bruder müssen ins Gefängnis, nicht an die Macht. In einem hast du recht. Er war ein Rebell. Er hat für die Umwelt gekämpft. Er hat viele positive Dinge gemacht. Aber das war damals. Damals, Hope, jetzt ist es nicht mehr so. Jetzt ist er nur ein machtgieriger Verbrecher.«

Hope schweigt, aber sie sieht immer noch wütend aus.

Plötzlich zieht die Person ihre Einhornmaske ab. Hope starrt ihr fassungslos in die Augen. »Lucy?«

In dem Moment fängt Annie zu heulen an. »Lucy!«, ruft sie und rennt schnell hin, um ihre Patentante zu umarmen. »Ich habe dich so vermisst.« Sie weint immer lauter. »Warum hast du mich allein gelassen?!«

Lucy ist sichtbar aus der Fassung gebracht. »Annie«, sagt sie. »Ich wohne schon seit einer ziemlich langen Zeit in Castrop-Rauxel. Raphael und ich kämpfen dort und in Dortmund schon lange im Untergrund. Als Gruppe *Die Einhörner*. Und lange Zeit hat Salie uns dort unterstützt. Es … Ich hätte mich melden sollen, Annie, es tut mir leid.«

»Eine Rebellengruppe in Castrop-Rauxel und Dortmund?«, fragt Annie verwundert.

»Nicht nur in Essen gibt es Rebellen. Es gibt überall Menschen, Feen und Elfen, die für das Gute kämpfen«, sagt Lucy. »Auch in Bochum.«

»Und überall gibt es machthungrige Herrscher wie deinen Bruder Salie«, sagt Savannah, die nun ebenfalls in den Raum gekommen ist. »In Bochum gibt es einen irren Diktator.«

»Aber wir werden unsere Mittel und Wege finden, sie alle zu stoppen«, sagt Lucy.

»Weiß Salie, dass ihr noch aktiv bei den Einhörnern seid?«, will Hope wissen.

Lucy zuckt mit den Schultern. »Wie du weißt, hat er uns verlassen, als ihr damals von Castrop-Rauxel weggegangen seid. Wir hatten seitdem keinen Kontakt mehr. Er ahnt sicher nicht, dass wir den Emschergruppen zu Hilfe kommen, um ihn aufzuhalten. Genauso, wie wir den Bochumer Diktator stürzen werden. Und die Dortmunder Königin.«

»Die Königin?«, fragt Hope. »Die gegen Salie Krieg führen will?«

Lucy nickt. »Du hast recht. Salie ist nicht der einzige, der Krieg führen will. Die Dortmunder Königin ist genauso schlimm wie er. Vielleicht sogar schlimmer. Aber wir werden sie hindern. Sie hat die Dortmunder lange getäuscht, weil sie nach außen immer friedlich tat. Die Bevölkerung glaubt an sie, weil sie sehr viel Charisma hat. Von unserer Freundin Amalia haben wir erfahren, dass die Königin bereits plant, Raketen zu stationieren. Doch wir werden es schaffen, ihre Pläne aufzudecken.«

»Aber mein Bruder will dann trotzdem Krieg«, flüstert Hope.

Lucy nickt. »Deswegen musst du uns helfen. Wir brauchen dich, Hope. Das Dreistromland braucht dich. Ohne dich können wir den Krieg nicht verhindern. Wir müssen zusammenhalten. Also ... bist du dabei?«

Hope lächelt und sagt: »Ja, bin ich. Ich gehe mit euch durch dick und dünn. Vorausgesetzt, ihr tut meinem Bruder nichts Böses. Im Grunde seines Herzens ist er ein guter Mensch. Wie fangen wir an?«

»Lass uns erst mal hinsetzen«, sagt Tate.

Sie gehen hinüber in einen großen Saal mit einem großen Tisch, an dem alle Platz nehmen.

»Also, noch mal ... Wie fangen wir an?«, fragt Hope. »Ich bin sehr gespannt.«

»Wir brauchen deine Bilder«, sagt Annie. »Die Raketenbilder, die du Jeff gezeigt hast. Hast du die dabei?«

Hope schüttelt den Kopf. »Aber ich kann sie holen. Wo ist Jeff überhaupt? Gehört er nicht zu euch?«

»Doch«, sagt Tate. »Reine Vorsichtsmaßnahme. Dein Bruder scheint etwas zu ahnen. Jeff soll sich und uns nicht unnötig in Gefahr bringen.«

Hope nickt. »Und wie wollt ihr die Bilder gegen Salie einsetzen? Wenn wir sie im Internet veröffentlichen, kann die Regierung das zurückverfolgen und wir sind am Arsch«, sagt Hope. »Mich als seine Schwester lässt Salie wahrscheinlich gehen, aber ihr ... Ihr werdet direkt als abtrünnig umgebracht!«

»Wir werden sie nicht im Internet veröffentlichen, sondern Flugblätter verteilen«, erklärt Tate.

»Was?!«, fragt Hope.

»Wir werden deine Bilder mit einem kurzen Text verteilen und so den Essenern die Augen öffnen«, sagt Tate.

»Ja, mir ist schon klar, was Flugblätter sind«, sagt Hope. »Aber wir können doch nicht einfach so zwischen den Leuten herumlaufen und Flugblätter verteilen. Die Regierung nimmt uns doch sofort fest.«

»Natürlich machen wir es nicht so«, sagt Savannah. »Wir lassen sie fliegen. Deswegen heißen sie ja Flugblätter.«

»Fliegen lassen?«, fragt Hope immer noch verwirrt.

»Die Strauße können uns helfen«, erklärt Lucy. »Die Strauße können die Flugblätter im Flug fallen lassen.«

»Hä? Was? Aber Strauße können doch nicht fliegen!«, sagt Hope.

Lucy lächelt: »Ich habe es ihnen beigebracht. Morgen holen wir die Bilder und bereiten die Flugblätter vor. Und übermorgen wird sich alles ändern.«

»Und wenn sich nichts ändert?«, fragt Hope ängstlich. »Was wird dann mit mir? Salie weiß, dass die Fotos von mir sind.«

»Dann kommst du mit uns in den Untergrund, bis wir einen anderen Weg gefunden haben«, sagt Tate.

»Ich muss jetzt los«, sagt Lucy.

»Wo willst du hin?«, fragt Annie. »Wir hatten doch noch gar keine Zeit in Ruhe zu sprechen.«

»Wir werden später Zeit haben«, sagt Lucy. »Jetzt muss ich erst einmal nach Bochum und den Rebellen dort alles erzählen.«

Kapitel 157 Avery

Avery ahnt, dass sie mehr als nur eine Nacht weg war. Weil Savannah weder zu Hause noch in der Bibliothek ist, macht sie sich auf den Weg in den Untergrund. Sie muss der Freundin alles erzählen. Und tatsächlich, Savannah sitzt mit Tate und den anderen zusammen und diskutiert.

»Wo warst du?«, fragt Savannah. »Ich dachte, dir ist was passiert.«

»Ist mir auch. Gewissermaßen. Ich ... also ... ich bin mit deiner Zeitmaschine unterwegs gewesen«, erklärt Avery voller Scham.

»Wieso das?«, fragt Savannah überrascht.

»Ich wollte Salie davon überzeugen, nicht Präsident zu werden«, sagt Avery kleinlaut. »Aber offenbar hat es nicht funktioniert.«

»Du warst in der Vergangenheit?«, fragt Hope.

»Ja«, sagt Avery. »Savannah, was macht die Schwester des Präsidenten hier?«

»Sie ist jetzt eine von uns«, erklärt Savannah.

Avery blickt Hope misstrauisch an.

»Oh, mein Gott«, sagt Hope plötzlich. »Du bist die Frau aus der Zukunft. Ich erinnere mich. Salie hat von dir geredet. Die Irre, die ihn auf dem Campus vollgequatscht hat.«

»Möglicherweise«, sagt Avery verlegen. »Was hat er denn erzählt?«

»Dass du ihm gesagt hast, dass er eines Tages Präsident sein wird«, erklärt Hope. »Du hast ihn da auf eine Idee gebracht. *Stell dir vor, Hope*, hat er immer wieder gesagt. *Stell dir vor, was ich alles ändern könnte, wenn ich Präsident wäre. Ich könnte viel mehr für unsere Sache erreichen als jetzt.* Wenig später war er mit der Uni fertig. Wir sind nach Essen gezogen. Und Salie hat seine Partei gegründet.«

Avery starrt Hope an. »Das heißt ja ...«, sagt sie. »Das heißt, ich habe ihn nicht gehindert, sondern ihn sogar noch angestachelt ... Ohne mich wäre er vielleicht nie auf den Gedanken gekommen ...«

»Was?«, schreit Tate. »Unsere Zeit ist also deinetwegen so furchtbar?«

»Es tut mir leid«, flüstert Avery.

»Wieso benutzt du überhaupt einfach Savannahs Zeitmaschine?«, fragt Tate. »Keine Alleingänge, haben wir doch gesagt.«

»Ich ... ich wollte doch nur zurückreisen, um unsere Zeit besser zu machen. Salie ist kein schlechter Mensch ... Er ... er hat nur falsche Entscheidungen getroffen ...«, stottert Avery.

Tate lächelt. »Eigentlich müsste ich dir böse sein«, sagt er. »Aber jetzt verstehe ich, dass du das alles nur aus guten Absichten getan hast.«

»Aber ich habe diese Zeit doch ruiniert«, flüstert Avery.

»Vielleicht«, sagt Tate. »Vielleicht wäre es aber ohnehin so gekommen. Und du hast nur das Beste gewollt für Essen.«

Savannah greift nach Averys Hand. »Es ist auch meine Schuld, Avery«, sagt sie. »Ich war es schließlich, die diese Zeitmaschine repariert hat.«

»Ist doch egal, wer was gemacht hat«, sagt Hope. »Lasst uns lieber nach vorn schauen. Wir haben immer noch die Chance, Essen zu retten.«

Bochum in drei Schichten
(Illustration: Svea Krumhus, Veda Weser)

Bochum
im Jahr 2127

Kapitel 158 Lucy

Endlich war ich durch die Zeche Carolinenglück im alten Bochum angekommen, da huschte schon etwas an meinem Bein vorbei. Eine HZweiO! Ich versuchte, so schnell ich konnte, sie zu packen, aber sie entwischte mir. Da ich in der Dunkelheit nichts sehen konnte, dauerte es eine Weile, bis ich eine fangen konnte. Es ist sehr schwer, eine von ihnen zu fangen, da sie bis zu 500 Meter weit springen können. Mit den Jahren sind sie immer mehr nach hier unten gezogen, da sie in Seen und Teichen sehr schnell gefressen werden. Sie sind sowieso nachtaktiv, deshalb fühlen sie sich im alten Bochum wohl.

Vorsichtig schlug ich ihr auf den Kopf. Ihre Augen leuchteten wie Taschenlampen auf. Endlich sah ich wieder etwas. Doch plötzlich flackerte ihr Augenlicht. »Mist, Mist, Mist!«, rief ich. »Wackelkontakt!«

Hastig schlug ich wieder auf den krötenähnlichen Kopf der HZweiO. »Manno!«, rief ich erneut in die Dunkelheit. »Endlich!«, sagte ich freudig. Sie ging wieder! Ich lief eine Weile durch das alte Bochum, bis ich an der Gethsemane-Kirche ankam, wo die Hüter des Lebens sich trafen. Ich war heute als Verbündete im Auftrag der Einhörner geladen. Ich hoffte, ich war nicht zu spät! Leise öffnete ich die große Holztür zum Eingang der Kirche.

```
Die HZweiO (Illustration: Malte Kiel)
```

Kapitel 159 HZweiO

Die HzweiO kann laufen. Besonders schnell. Sie hat zwei Beine. Sie kann sehr gut unterirdisch laufen. Sie wohnt im alten Bochum in einem alten Haus mit Schornstein. In dem Haus hat mal ein Tjeh gewohnt.

Die HZweiO hat Scheinwerferaugen. Mit denen kann sie im Dunkeln leuchten. Sie kann springen. 500 Meter weit mit einem einzigen Sprung. Sie isst mausartige Tiere. Zum Beispiel Ratten. Ihre besondere Technik ist, dass sie finstere Gänge ohne die Lampen durchlaufen kann. Sie kann auch im Dunkeln sehen. Wie ein Fuchs. Die HZweiO ist nachtaktiv. Sie mag kein Licht von oben. Sie hat Angst davor.

Kapitel 160 Lucy

»Lucy!«, begrüßte mich Ricarda. »Da bist du ja endlich! Jetzt können wir mit unserer Sitzung anfangen.«

Ups. Doch zu spät. Ich setzte mich erst mal auf eines der orangefarbenen Sitzpolster der alten hölzernen Bänke. Ein Holzgeruch stieg mir in die Nase. Während der Begrüßung sah ich mich um. Der Boden, die Wände und die Decke waren aus Holz. Auf dem Boden zwischen den Bänken lag ein alter roter Teppich ausgebreitet. Seine Farbe war verblasst. Dennoch erzählte er von all den Leuten, die einst über ihn geschritten waren. Er führte drei Stufen hinauf, die sich im hinteren Bereich befanden. Dort war außerdem ein großer steinerner Tisch, auf dem eine dicke Bibel lag. Dahinter stand ein riesiges hölzernes Kreuz. Das goldgelbe Licht stammte von Lampen, die an der Decke hingen, sowie von einem weiteren hölzernen Kreuz, das weiter oben hing. Dort war auch eine Orgel. Ich erschrak, als alle anfingen zu klatschen. Eifrig klatschte ich mit. Aus der zweiten Reihe stand jemand auf und stieg die Treppen hinauf, um zu reden. Es war Bodo!

Er fing an, über die Regierung zu reden: »Hallo, alle zusammen. Ich habe einige Sachen über unsere Regierung durch einen Komplizen, der dort arbeitet, erfahren.«

Ein Raunen, aber auch Kichern ging durch die Kirche, als Bodo über den Sekretär Glubscheis und den Minister Wursthund redete.

Einer der Hüter des Lebens rief von seinem Platz aus: »Du willst uns doch nicht weismachen, dass uns ein Eis mit riesigen Augen und ein Hund aus Wurst regieren, oder?«

Bodo seufzte und sagte: »Stimmt, das hört sich ziemlich albern an. Aber genau deswegen zeigen sie sich nie. Ganz im Ernst, Leute ... Wundert euch noch irgendetwas, nachdem unser Präsident ein halbes Einhorn ist?«

Gelächter und Getuschel brach aus.

Schließlich meldete ich mich zu Wort: »Also, das könnte stimmen. Immerhin lebe ich hier schon ziemlich lange als Fee auf diesem Planeten. Im Mittelalter zum Beispiel gab es Einhörner überall. Du konntest an jeder Ecke welche finden, wenn du zielstrebig danach gesucht hast. Pane, Drachen, Feen ... Da ist es durchaus möglich, solch eine verrückte Re...« Mir stockte der Atem.

»Lucy? Alles okay?«, fragte mich jemand von weiter vorne, weshalb ich ihn nicht sehen konnte.

»Mir fällt gerade etwas ein. Wie ihr wisst, tragen wir Einhörner bei unseren Aktionen Einhornmasken. Und das schon seit langer, langer Zeit. Es gab da einen unter uns, ich weiß nicht mehr, wie er hieß ... Einer von uns Einhörnern hat ihm aus Spaß so einen Schleim in die Maske geschmiert! Er hat die Maske aber nicht mehr abbekommen, weil irgendwas mit diesem Schleim nicht stimmte ... Wir haben ihn damals nie wieder gesehen. Könnte es vielleicht möglich sein, dass er K. Einhirn ist?«, fragte ich aufgeregt.

»Möglich wäre es schon ...«, antwortete Bodo. »Wir müssen auf jeden Fall versuchen, ihn und überhaupt die böse Regierung zu stoppen!«

»Ja!«, antwortete ich. »Hm ... Ich will auf jeden Fall helfen. Ich glaube, ich könnte die Menschen von dieser Wissensanpassung heilen, sodass sie vielleicht ihr altes Wissen zurückbekommen. Aber ich habe euch noch andere wichtige Dinge zu verkünden. Mein Freund Raphael hat in Gelsenkirchen und anderen Städten Verbündete gewinnen können. Und ich habe gerade den Kontakt zu den Essener Rebellen, den Emschergroppen aufgebaut. Sie sind kurz davor, den Essener Präsidenten zu stürzen. Und wir in Dortmund werden das gleiche mit unserer Königin tun!«

Ein Klatschen erfüllte die Kirche.

Kapitel 161 Staatssekretär Glubschieis und Minister Wursthund

Staatssekretär Glubschieis ist 20 Eisjahre alt. Das entspricht 27 Menschenjahren. Es ist Staatssekretär der Regierung vom neuen Bochum. Es sieht aus wie ein Eis am Stiel. Das »Glubschi« in seinem Namen kommt von seinen Augen. Es hat nämlich Glubschaugen. Es ist pink, und als Bein hat es einen Stiel. Laufen kann es damit nicht, sondern nur hüpfen. Es ist ungefähr 50 Zentimeter groß. Glubschieis sieht unscheinbar aus, hat es aber faustdick hinter den nicht vorhandenen Ohren. Es ist berechnend, manipulativ und hinterhältig. Zu seinen Vorlieben gehört es, die Menschen zu kontrollieren und zu regieren. Daraus kann man folgern, dass Glubschieis es hasst, wenn Menschen selber denken. Zu seiner Vergangenheit weiß man nicht viel. Das Einzige, was man weiß, ist, dass es einen Bruder hatte, der bei einem tragischen Grillunfall ums Leben gekommen ist. Sein Name war Dr. Tofu Hähnchenflügel.

Er ist bei einem Grillunfall ums Leben gekommen. Ja, richtig. Er wurde tragischerweise gegrillt, denn K. Einhirn hatte ihn – als er noch gar nicht K.

Staatssekretär Glubschieis und sein Bruder
Dr. Tofu Hähnchenflügel (Illustrationen:
Lucas Basil Schmidt, Veda Weser, Luca Lodewijks)

Entstehung Glubschieis (Comic: Ari Richter)

Einhirn war, sondern sich noch bei der Umweltschutzorganisation Die Einhörner engagierte – mit einer Tofuwurst verwechselt und ihn deswegen auf den Grill gelegt.

Glubschieis schwor Rache zu nehmen und verriet der Gruppe, der K. Einhirn angehörte, wie sie K. Einhirn einen Streich spielen könnten. Glubschieis gab ihnen Schleim und sagte ihnen, sie sollten den in die Maske von K. Einhirn machen. Denn Glubschieis wusste, die Maske würde mit K. Einhirns Gesicht verschmelzen, und er würde sie nie mehr loswerden. So war es auch. Der Plan von Glubschieis ist aufgegangen. Das Gesicht von K. Einhirn verschmolz mit der Maske. Glubschieis selbst ist schon viel früher auch durch den Kontakt mit dem Schleim lebendig geworden. Bevor es lebendig geworden war, wurde es von einem Kind gehalten und von jetzt auf gleich fallen gelassen. Es landete im Schleim. Bei dem Kontakt mit dem Schleim ist es gewachsen auf seine 50 Zentimeter. Jahre später und nach zahlreichen misslungenen Therapien fasste Glubschieis einen Entschluss: Es musste etwas entwickeln, um über den tragischen Tod seines Bruders hinwegzukommen. So experimentierte es herum. Tage, Wochen, ja ganze Monate bis es endlich ein Mittel erschaffen hatte, mit dessen Hilfe es sich selber einredete, dass der Tod seines Bruders gar nicht so schlimm sei. Das glaubte es letztendlich tatsächlich.

Und es gab einen Minister namens Wursthund. Es ist 20 Würstchenjahre alt, das entspricht 27 Menschenjahren. Wursthund ist Minister der Regierung vom neuen Bochum. Es ist 65 Zentimeter groß und sieht aus wie ein Hund, allerdings in Form von Würstchen. Daher kommt auch der Name Wursthund. Wursthund kann weder sprechen noch irgendwelche Laute von sich geben. Es kommuniziert per Gestaltwandeln und Gesten. Laufen kann Wursthund leider nicht, es bewegt sich durch Hüpfen fort. Wursthund darf keine Milchprodukte essen, denn es ist laktoseintolerant. Außerdem wächst es um eine Wurst jedes Jahr. Man sollte es nicht unterschätzen, denn sein Charakter ist hässlich: Es ist berechnend, manipulativ und hinterhältig. Es liebt es, wie alle aus der Regierung, die Menschen zu regieren, und hasst es, wenn Menschen selber denken. Ein Geschlecht hat es nicht, genauso wie es keine Kinder hat oder einen Partner. Die anderen aus der Regierung sind die Freunde von Wursthund. Zu den Eltern hat es keinen Kontakt, denn sie haben es immer verspottet, weil es klein war und in den Augen der Eltern nicht gut genug.

Eigentlich war Wursthund mal ein ganz normaler kleiner Hund. Eines Tages ist Wursthund von zu Hause abgehauen, weil es den Spott der Eltern nicht mehr ertragen hatte. Als es so durch die Straßen gehüpft ist, ist es in eine Lache des giftigen Schleims gehüpft, und da es gerade eine Wurst gegessen hatte, ist es mutiert und wurde zum Hund aus Wurst. Wursthund schwor sich, Rache an seinen Eltern zu nehmen und versuchte alles, um seine Vergangenheit zu vergessen.

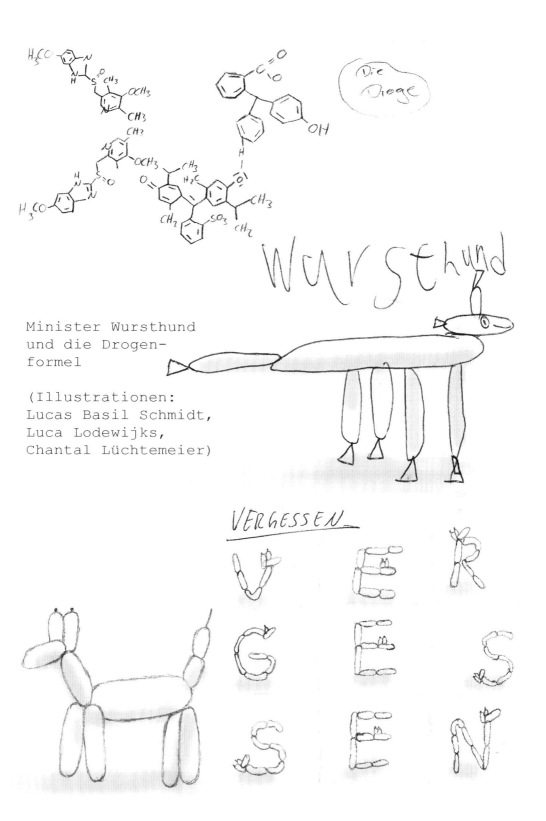

Minister Wursthund und die Drogenformel

(Illustrationen: Lucas Basil Schmidt, Luca Lodewijks, Chantal Lüchtemeier)

Als Glubschieis auf Wursthund traf, verstanden die beiden sich auf Anhieb, denn beide hatten eine schlimme Vergangenheit. Wursthund erzählte Glubschieis seine tragische Geschichte und bot ihm das Mittel an, mit dessen Hilfe ihm seine Vergangenheit gleichgültig geworden war. Es half. Nach kurzer Zeit merkte Wursthund, dass das Erinnern nicht mehr so schmerzhaft war. Glubschieis versicherte Wursthund, dass es ihm in ein paar Tagen komplett gleichgültig sein würde, was in seiner Vergangenheit passiert war. Wursthund vergaß Teile seiner Vergangenheit. Es tat gar nicht mehr weh.

Irgendwann dann hatten Glubschieis und Wursthund die geniale Idee, die von Glubschieis entwickelte Droge den Menschen in Bochum ins Trinkwasser zu geben, damit die gar nicht mehr darüber nachdachten, ob sie ins Wissensanpassungszentrum gehen sollten oder nicht.

Kapitel 162 Soraya

Ich überlegte, wer mir wohl helfen könnte. Da fiel es mir ein: dieses Wesen aus dem Aquarium. Infinity! Ich ging in das Büro meines Vaters.
 Doch das seltsame Wesen war nicht zu sehen. Dann kam mir die Idee: Beim letzten Mal war Infinity doch aufgetaucht, als ich weinte. Vielleicht klappte das ja wieder! Ich dachte an meine Mutter und daran, wie sehr ich sie vermisste. Da saß ich nun und weinte.
 »Infinity«, rief eine Stimme hinter mir. Ich drehte mich um und sah das Wesen. Es sagte: »Infinity, ich bin Infinity.«
 Ich stotterte: »I... i... ich weiß ... I... i... ich bi... bin So... Soraya!«
 Meine Augen wurden sehr groß. Ich hatte jetzt endlich die Chance, etwas über meine Mutter zu erfahren.
 »Kannst du mir etwas über meine Mutter verraten?«, fragte ich.
 Infinity legte einen wässrigen Finger an die Lippen. »Psssst«, sagte sie. »Nicht hier ... Hier sind überall Augen und Ohren ...«
 Okay, dachte ich. Dann muss ich Infinity hier eben rausholen.

Comic: Mia-Marie Michel, Cora Knüppel

Nein ... so klappte es einfach nicht ...

Dann sah ich ein Bild, auf dem mein Vater eine Kiste auf seinem Rücken trug. Mir kam die Idee, dass ich das Aquarium auf meinem Rücken in meine Villa tragen konnte. Ich warf noch ein Tuch über das Aquarium und schleppte es dann nach Hause. In meinem Zimmer stellte ich das Aquarium auf mein Bett.

Ich sagte: »Infinity, du kannst doch in die Vergangenheit gucken. Dann zeig mir bitte die Vergangenheit meiner Mutter!«

Infinity zeigte mir eine Blase. Ich sah darin, wie mein Vater mit meiner Mutter redete. Mein Vater schien wütend zu sein, aber er legte trotzdem seine Hand auf ihre Schulter. Plötzlich packte er ihre Hände auf ihren Rücken und legte meine Mutter in Handschellen. Ich sah, wie er dabei weinte. Meine Mutter fragte: »Brutus, warum tust du so etwas? Ich ...« Mein Vater klebte ihr ein Stück Klebeband auf den Mund.

Dann kam ein überdimensionaler Oreo-Keks rein und zerrte meine Mutter aus dem Raum. Ich wusste nicht so genau, ob ich lachen oder weinen sollte. Schließlich weinte ich dann doch. Ich verstand nicht, warum mein Vater das getan hatte. Es sah doch so aus, als ob er das gar nicht wollte. Über dem Grübeln vergaß ich die Zeit.

Plötzlich klopfte es an der Tür. Alfredo war es.

Er sagte: »Miss Soraya, Fredi ist abgehauen. Könnten Sie mir helfen, ihn zu finden?« Darauf hatte ich nun gar keine Lust, aber ich öffnete die Tür und half ihm trotzdem. Nach einer Viertelstunde Suchen ging ich zurück in mein Zimmer. Da sah ich Fredi auf meinem Bett schlafen. Ich brachte ihn zurück zu Alfredo. Der schimpfte mit ihm. Das wollte ich mir ersparen und ging wieder in mein Zimmer. Ich dachte darüber nach, was die Blase von Infinity bedeuten konnte. Ich wusste plötzlich, wen ich fragen konnte: Alfredo!

»Alfredo! Kannst du dir einmal fünf Minuten Zeit für mich nehmen?«, fragte ich.

Alfredo kam direkt in mein Zimmer gelaufen und sagte: »Okay, also was ... aaah ... Sie haben ja noch Schuhe an! Jeden Tag putze ich Ihr Zimmer. Sie wissen doch, wie sehr ich Dreck hasse.«

»Ähm, sorry, aber ich wusste es nicht.«

»Dafür wissen Sie es jetzt. Also, was ist? Geht es wieder um Fredi? Hat er schon wieder auf Ihr Bett gepinkelt?«

Ich antwortete: »Nein, ich wollte noch ... also ... War das wirklich alles, was du über meine Mutter weißt? Denn ich ...« Ich erzählte ihm, was Infinity mir gezeigt hatte.

Er hörte geduldig zu und sagte dann: »Ich weiß nur noch, dass Ihr Vater Ihre Mutter sehr liebte. Und ich denke die ganze Zeit darüber nach, warum er so etwas Furchtbares getan haben könnte. Aber wenn Sie mehr darüber wissen wollen, dann fragen Sie doch am besten Ihren Vater.«

Ich antwortete schüchtern: »Ich habe aber Angst davor. Könntest du mitkommen?«

Er nickte bloß und wir gingen.

Wir kamen am Marbach vorbei. Da lief wieder dieses Müllmonster herum. Alfredo rief: »Aaah! Müllllllllllll!«

Er rannte weg, aber zum Glück in die richtige Richtung. So waren wir schon nach fünf Minuten im Büro meines Vaters.

Er stand mitten im Raum und starrte auf das Loch in der Wand, wo zuvor das Aquarium gestanden hatte. Ich würde ihm das später erklären.

Verlegen sagte ich zu ihm: »Ähm, Papa, also ... wir müssen reden. Über meine Mutter.«

Wie Infinity zuvor legte nun mein Vater seinen Finger an die Lippen. Auch er hatte offenbar Angst, dass hier jemand unser Gespräch belauschen konnte. Ich sagte also: »Wollen wir nicht ein wenig spazieren gehen?«

Kaum waren wir auf der Straße, sagte ich: »Ich hab das Aquarium geklaut, Papa. Ich bin dahintergekommen, was es damit auf sich hat.« Dann erzählte ich ihm alles. Ich fragte ihn: »Warum tust du so was? Und wo ist Mama jetzt? Und ...«

»Stopp!«, unterbrach mich mein Vater. »Also, Soraya, die Regierung hat mich vor die Wahl gestellt. Sie sagten: deine Tochter oder deine Frau. Die Regierung wollte uns zerstören. Sonja hat mir gesagt: Es ist doch klar! Dann sollen sie mich mitnehmen! Also kam die Regierung und nahm Sonja mit. Die Regierung sagte zu mir: Leg sie in Handschellen, sonst nehmen wir Soraya mit! Dann tat ich das. Also, ich habe dir ja gesagt, dass Sonja auf Turan ist, aber sie ist jetzt im Gefängnis. Weil die Regierung ein Druckmittel brauchte, um meine Loyalität zu sichern.«

Das berührte mich sehr. Ich fragte: »Und wie fühlst du dich?«

Er sagte: »Jetzt, wo du es weißt, schon etwas besser. Aber seit deine Mutter weg ist, fühle ich mich jeden Tag schlecht. Ich denke immer, es wäre meine Schuld. Ich schlafe die meiste Zeit nicht. Ich ... ich fühle mich schlecht.«

Wir sahen uns noch einmal an, dann sagte Alfredo: »Miss Soraya, wir müssen jetzt gehen. Abendbrot! Ich habe Fredi gesagt, er soll Ihr Lieblingsessen machen.«

Dann gingen wir.

Und tatsächlich: Als wir reinkamen, war der Tisch gedeckt und auf meinem Teller waren zwei Spiegeleier. Ich sagte: »Ja, wirklich mein Lieblingsessen!«

Kapitel 163 Im Gefängnis

Oreon ist Gefängniswärter. Er läuft jeden Tag um den Gefängnisplatz. Günter Lauch ist sein Spitzel. Er guckt, was los ist, und sagt es Oreon. Dann erzählt Oreon es der Regierung. So lobt K. Einhirn ihn immer. Dazu kommt, dass Oreon immer weiter befördert wird.

Illustrationen: Mia-Marie Michel

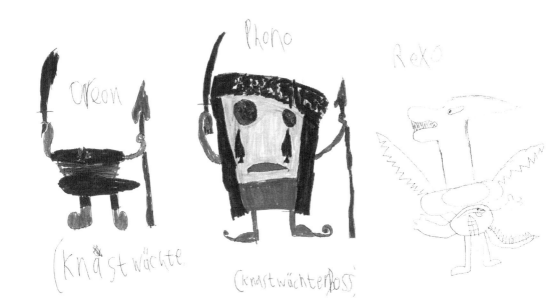

Im Gefängnis (Illustrationen: Svea Krumhus, Luca Lodewijks)

Phono ist der Kollege von Oreon. Er leitet die Aufträge und erhält dafür auch Ruhm. Er ist aus Sicht der Gefängnisinsassen der meist gehasste Bewohner Bochums nach der Regierung und Günter Lauch.

Comissioner Wolke ist der Polizeichef. Mit Vornamen heißt er Franz, also Franz Wolke. Er schreibt die Einsatzberichte und erklärt die Fälle. Dann schickt er Phono und Oreon los. Günter Lauch spioniert sie dann aus, mit Speckschwarte. Er ist ein Wolkonier aus Wolkental. Er trägt einen Zylinder und einen Schnurrbart.

Die USD-Armee ist eine Gruppe von USD-Karten. Sie beschützen die Regierung und nehmen die fest, die ihr Wissensupdate nicht holen.

Joki ist der hinterlistige Clownprinz des Verbrechens. Ist das nicht genug? NEIN! Seine Helfer, die Jokilinge, sind genauso verrückt wie er selbst.

Rexo ist ein Rexopotania vom Planeten Rexopo. Er wird von der Regierung gejagt, weil er der letzte seiner Art ist, und die Regierung alle Mitglieder seines Stammes als Zirkustiere benutzt. Rexo versucht, die Regierung zu besiegen, doch es klappt nicht. Dabei hat er in der Regierung sogar Spitzel, über die er die Hüter des Lebens mit Infos versorgt. Die Spitzel sind die Mitglieder der USD-Armee, die ihm Tipps geben. Zum Beispiel, wo die Schwachstellen der Wächter sind. Von Rexo hat auch Bodo mehr über die Regierung erfahren.

Kapitel 164 Sonja und Olaf

Sonja, die Mutter von Soraya, sitzt in der Zelle gegenüber von Wurmohr (mehr zu dem später). Sie bekommt immer eine ausgiebige Gefängnismahlzeit. Sie weint, weil sie hofft, dass sie ihre Tochter und ihren Mann eines Tages wiedersehen kann. Olaf, ihr Vater, versucht verzweifelt, sie zu befreien.

Olaf ist ein Rebell der ersten Generation. Er trägt die Rüstung vom General, um sich zu tarnen, seit er aus dem Gefängnis ausgebrochen ist. Olaf ist 102 Jahre alt. Damit er nicht stirbt, nimmt er Stroba. Das ist ein Kräutergemisch. Darin sind Petersilie, Minze, Schnittlauch und ein Pulver, von dem man nicht weiß, was es ist. Olaf ist der Opa von Soraya und der Vater von Sonja.

Und so kam es dazu, dass Olaf aus dem Gefängnis ausgebrochen ist:

»Düdli, düdli, düdli, du, düdli, düdli, du, mein Vater war ein Käseschuh, die Mutter war ein Suppenhuhn, düdli, düdli, düdli, du, düdli, düdli, düdli, duuuuuuu, yeah, good night«, sang Olaf.

Plötzlich flog ein Stein vor seinen Kopf.

»Autschi«, rief Olaf. Dann ging er zum Fenster. Azoks, sein bester Freund gab ihm Keti, die lebende Rakete, damit er sich raussprengen konnte, was er auch tat. Dann entkam er mit einem Grinseboard.

Im Gefängnis (Illustrationen:
Luca Lodewijks, Alma Kokollari, Bogdan Panchenko)

Kapitel 165 Keti, Asoks, Malesoks

Der **Keti** ist eine Rakete. Der Keti kann besonders gut Feuer machen. Damit kann er auch Häuser zerstören, die nicht mehr gebraucht werden. Dann schleppt er sie weg und schmeißt sie auf den Schrotthaufen, denn er ist sehr stark. Er ist aber kaputtgegangen, als er Olaf geholfen hat, aus dem Gefängnis auszubrechen. Dann hat er eine Superkraft gekriegt und ist jetzt blitzschnell.

Der **Aosk** mag gerne Aas. Er ist der Diener von dem Malesoks. Er frisst die Reste auf, die der Malesoks übrig lässt.

Der **Malesoks** kann schwimmen. Er ist nämlich ein Lebewesen. Ein Hai. Er frisst gerne Fische. Und Enten. Und Schnabeltiere. Er hat auch die Mama von Buffalo gegessen. Sie hat ihm sehr gut geschmeckt. Das war's. Ciao.

(Illustrationen: Malte Kiel)

Kapitel 166 Cynthia

»Du siehst traurig aus«, blubberte Krucksko zu Cynthia, die auf einem Stein hockte, den Kopf hängen ließ und kleine Kieselsteine durch die Gegend schmiss.

»Meine ganze Welt steht auf dem Kopf«, murmelte sie gedankenverloren. »Bochum ist nicht die Stadt, für die ich sie hielt. Die Regierung, mein eigener Arbeitgeber, ist nicht das, für was ich sie hielt.«

Krucksko unterbrach Cynthia mit einem Blubbern, das Cynthia so interpretierte: »Du weißt, wer deine Freunde sind, das ist doch das Wichtigste. Und in meinem Fall kannst du sogar mein Inneres sehen.«

Cynthia und Krucksko
(Illustration: Bogdan Panchenko)

Cynthia lachte kurz auf und blickte nun Krucksko an. »Weißt du, ich weiß nicht, ob ich mit all dem klarkomme. In meinem Kopf dreht sich alles.«

»Hör mal, du bist ein sehr starker Mensch, vielleicht der stärkste, den ich kenne, und du hast so schnell lesen und schreiben gelernt wie sonst keiner. Wenn jemand mit der Situation klarkommt und das Beste daraus machen kann, dann du.« Das Müllmonster brauchte immer ein bisschen Zeit, um einen Satz zu beenden. Kein Wunder, es hatte ja gerade erst das Sprechen gelernt, und das muss erst mal geübt werden. Es war erstaunlich, wie schnell es dank Cynthia reden gelernt hatte.

»Ich würde mich wirklich sehr geschmeichelt fühlen, wenn ich nicht wüsste, dass ich der erste Mensch bin, dem du das beigebracht hast«, sagte Cynthia stirnrunzelnd. Eine kurze Stille trat ein, dann fuhr Cynthia fort. »Mal ehrlich: Es ist ja nicht nur das. Ich meine, es besteht die Gefahr, dass ich wieder alles vergessen könnte. Wahrscheinlich bin ich der einzige Mensch, der das alles weiß. Wie soll ich allein gegen die Regierung ankommen?«

Cynthia stand vom Stein auf und begann gedankenverloren in kleinen Schritten durch die Gegend zu wandern. Hin und wieder blickte sie rüber zu Krucksko. »Und ich wüsste auch gar nicht, wo ich anfangen oder was ich machen soll. Wenn ich genau darüber nachdenke, dann weiß ich eigentlich kaum was. Ich möchte einfach nur die Wahrheit wissen, egal wie sie aussieht, und dieser ganzen Manipulation ein Ende be...« Cynthia stockte. Etwas fiel ihr am Rücken von Krucksko auf. Um genau zu sein, war es ein Stück Papier, das aus ihm hervorragte. Zwei Worte, die Cynthia gerade selbst erst in den Mund genommen hatte, stachen daraus hervor: Wahrheit und Manipulation. Gleichzeitig sah das Blatt Papier noch recht frisch aus. Es konnte unmöglich allzu alt sein.

»Was ist?«, fragte Krucksko.

»Warte mal kurz, du hast da was, was mich interessiert«, murmelte Cynthia, während sie ohne zu zögern ihren Ärmel hochschob und ihren Arm im Rücken des Müllmonsters versenkte.

Das Müllmonster lächelte wohlig. »Oh, das ist gut! Ein bisschen weiter oben rechts, bitte!« Doch bevor das Müllmonster seine Massage wirklich genießen konnte, zog Cynthia schon den Flyer heraus.

»Interessant, der ist höchstens ein paar Monate alt. Warum druckt man in einem Zeitalter, wo keiner mehr lesen und schreiben kann, Flyer? Das bedeutet doch, dass nicht jeder wissen soll, was drauf steht, und ...«

»... dass es noch andere gibt, die lesen und schreiben können und vielleicht genauso viel wissen wie du«, ergänzte Krucksko freudig im Blubberkonzert.

Cynthia begann, konzentriert den Flyer zu lesen. »Interessant, es handelt sich um eine Gruppierung namens Hüter des Lebens. Hier wird verkündet, dass man sich jetzt wieder regelmäßig treffen wird, nachdem man die letzten Wochen untertauchen musste.« Cynthias Augen wurden größer, je mehr sie las. »Sie reden über Themen, die sich auf das alte Bochum und die Manipulation der Regierung beziehen.« Das klang genau nach dem, was Cynthia gesucht hat. »Sie treffen sich in der Gethsemane-Kirche im alten Bochum-Hamme.«

»Und?«, fragte Kruckso. »Willst du dir das mal angucken?«

Cynthia schmunzelte. »An sich klingt das zwar gut, aber weißt du, wenn mehr als vier Leute in einem Raum sind, schalte ich in der Regel ab, was Gespräche angeht. Ich hänge lieber alleine oder nur in kleinen Gruppen rum.«

»Ich sehe da noch ein ganz anderes Problem«, ergänzte Kruckso. »Wie würde wohl eine Organisation reagieren, die komplett gegen alles ist, was die Regierung tut, wenn plötzlich eine Wasserwächterin in ihr Treffen platzt?«

Cynthia nickte zustimmend. »Angucken möchte ich mir das alles trotzdem mal. Wenn es mir gefällt, kann ich mit den Hütern Kontakt aufnehmen, und wenn nicht, dann hau ich schnell wieder ab, bevor jemand etwas mitbekommt.«

Cynthia las den Flyer bis zum Ende durch. »Die Hüter haben anscheinend mehrere Eingänge in den Untergrund. Hier wird auf irgendeinen Wegweiser hingedeutet, aber die Ecke des Flyers ist leider abgerissen ...« Sie fixierte Kruckso erneut. »Tut mir leid, aber ich muss da noch mal ran. Der Wegweiser ist bestimmt noch in dir drin.« Ohne auf eine Antwort von Kruckso zu warten, grub Cynthia zum zweiten Mal ihre Hand in das Müllmonster. Kichernd blubberte Kruckso: »Such mal ein bisschen weiter oben rechts.«

Cynthia verengte die Augen. »Sorry, Massagen sind für heute ausverkauft.« Danach suchte sie weiter. Sie war fast erschrocken, was alles in Kruckso drinnen war. Viele der Zettel waren Jahrzehnte alt. Darunter ein Ausdruck eines Online-Artikels von einer Journalistin, die über Wasser-Zombies schrieb, ein Laborbericht über irgendein komisches Medikament, irgendwas mit Vitam am Anfang ... und sehr viel zur alten Stadtbücherei Bochum.

»Sag mal, findest du das nicht eklig?«, fragte Kruckso verunsichert.

»Kumpel, du willst nicht wissen, wo ich mir alles schon mein Abendessen rausgefischt habe in meiner Kindheit«, kommentierte Cynthia unbekümmert und fing über den erschrockenen Blick des Müllmonsters an zu grinsen.

Die Suche setzte sich fort. Schon fast hatte Cynthia die Hoffnung aufgegeben, doch dann kramte sie endlich die abgerissene Ecke des Flyers hervor. Mit einer Karte, die eine Gegend zeigte, die ganz stark wie Hamme aussah. Manche Stellen auf der Karte waren mit roten Kreuzen markiert und hatten kleine Nummern über den Kreuzen stehen. Unten standen Erläuterungen zu den einzelnen Nummern. Bei sehr vielen Nummern stand: Zu viel los!

Zu Cynthias Überraschung war ein Kreuz auf der Amtsstraße, dort wo der Kiosk stand, an dem sie so oft während ihrer Schichten Kaffee kaufte und manchmal Brötchen für die Hammer Kinder. Das Kreuz war mit der Nummer 7 markiert. Zu Nummer 7 stand folgende Notiz: *Passwort: Kommse rein, könnse rausgucken (Im Ruhrpott-Dialekt)! Frag nach Siggi.*

Cynthia hatte keine Ahnung, wer oder was ein Ruhrpott war, und eigentlich gefiel ihr der Gedanke überhaupt nicht, dass sie sich auf jemand anderen verlassen musste, aber dieser Geheimgang war am nächsten an der Kirche dran,

weswegen er wohl die beste Chance bot. Es war Zeit für Cynthia aufzubrechen.
»Danke für alles Krucksko, pass auf dich auf!«
»Ich habe zu danken. Pass du auf dich auf und mach diese Dreckskerle von der Regierung fertig!«
Lachend gingen sie auseinander, und Cynthia machte sich auf den Weg zum Kiosk.

Irgendwie fühlte sie sich verfolgt, fast als würde jemand wissen, was sie vorhatte. Dies schien allerdings nur ein leichter Anflug von Paranoia zu sein, denn sie erreichte den Kiosk ohne Probleme. Sie stellte sich vor die Flexxiglas-Scheibe, auf deren anderer Seite ein Mann saß, der mit einer Art Jojo spielte.
»Ich möchte gerne Siggi sprechen«, sagte Cynthia.
»Anwesend«, antwortete der Kioskbesitzer kurz angebunden, ohne Cynthia auch nur anzugucken.
»Kommen Sie rein, dann können Sie rausgucken«, antwortete Cynthia.
Siggi runzelte die Stirn. »Hier drinnen ist es schön genug, danke!«
Cynthia stützte ihre Hände auf dem Tresen ab und neigte den Kopf weiter zur Flexxiglasscheibe. »Wie wäre es mit einer dicken Lippe?«, fauchte sie ungeduldig.
Siggi lachte kurz auf. »Sind ausverkauft, sorry.«
Wut stieg in Cynthia auf. »Hören Sie mal, Ihre kleinen, illegalen Bingo-Spiele im Hinterzimmer interessieren mich einen feuchten Dreck. Ich will einfach nur ...« Cynthia blickte sich um und begann nun zu flüstern, »... ins alte Bochum.«
Zum ersten Mal blickte Siggi seine Gesprächspartnerin an. »Hmm, den mangelnden Dialekt könntest du mit ein bisschen Ausgleichskapital wieder wettmachen.«
Mit einem aufgesetzten Lächeln kramte die Wasserwächterin ihren Laser aus der Tasche und legte ihn auf den Tresen. »Was hältst du davon, wenn ich dich ins nächste Krankenhaus befördere, deinen Laden kurz und klein haue und hinterher trotzdem in den Untergrund gehe?«
Siggi schien diese Drohung nicht besonders zu stören. »Das wäre nicht sehr klug, wenn du nicht möchtest, dass die Regierung hiervon Wind kriegt. Denn das werden sie, wenn du den Laden zerstörst. Aber ich bin ein fairer Mann: 50 Bochum-Taler und du darfst passieren. Ein Freundschaftspreis, weil du eine der wenigen bist, die freiwillig meinen Kaffee trinkt.«
Widerwillig kramte Cynthia das Geld zusammen. Eigentlich war es ihr gar nicht recht nachzugeben, aber im Endeffekt musste sie das tun, was Siggi wollte, um hier weiterzukommen. Der Kioskbesitzer öffnete Cynthia die Seitentür und ließ sie ein. Er führte sie in ein kleines, schmuddeliges Lager, das mit Kisten vollgestellt war. Siggi schob eine recht alte, unauffällige Kiste zur Seite und beugte sich über den Boden. Dann begann er, nach und nach die Steine aus dem Boden zu heben, bis nur noch eine leere Platte zu sehen war, die er mit einem

Stock heben konnte. Unter der Platte befand sich ein düsteres Loch, an dessen Seite eine kleine Leiter befestigt war. »Viel Glück da unten«, murmelte Siggi.

Einen langen Moment blickte Cynthia in die Dunkelheit. Dann stieg sie langsam die Leiter runter. Bereit für einen Besuch in der Unterwelt, bereit für einen Besuch im alten Bochum.

Der Weg durch den Untergrund war nicht einfach. Oft verlor Cynthia die Orientierung oder dachte, dass sie im Kreis laufen würde. Wie sollte man da eine Kirche finden? Mehrfach geriet sie in leichte Panik und musste tief durchatmen. Dann fand sie ein Gebäude, das von der Beschreibung her tatsächlich der Gethsemane-Kirche ähnelte. Cynthia öffnete vorsichtig die unverschlossene Eingangstür und befand sich in einem engen, heruntergekommenen Korridor. Links von ihr befand sich eine schwarze, verschlossene Doppeltür. Rechts war eine Treppe in die höheren Stockwerke, die durch ein weißes Gitter versperrt war. Cynthia rüttelte an der schwarzen Tür. Sie war zwar nicht verschlossen, aber irgendwas hinderte die Tür daran, sich zu öffnen. Cynthia ging ein paar Schritte zurück und trat in die Mitte der Tür. (Das war Cynthias Rambo-Moment) Mit lautem Krachen sprang die Tür auf. Vor Cynthia lag ein großer, dunkler Saal. Die linke Seite war mit fünf Tischreihen gefüllt, die horizontal im Raum standen. An den Wänden befanden sich Schränke und Kommoden. Der ganze Saal war menschenleer, und es wirkte nicht so, als wäre in der letzten Zeit jemand hier gewesen. War es vielleicht doch die falsche Kirche? Cynthia war noch nicht bereit aufzugeben und beschloss, den Saal genauer zu untersuchen. Wenn die Hüter hier gewesen waren, dann hatten sie keine Spuren hinterlassen. Plötzlich erfüllte ein lautes Krachen den Saal, gefolgt von mehreren Schritten und Geflüster. Cynthia wurde panisch. Ob das die Hüter waren? Wer weiß, was die mit ihr anstellen würden? Instinktiv überprüfte sie alle Versteckmöglichkeiten. Unter dem hintersten Tisch? Hinter dem Schrank? Oder doch in der Kommode? Am Ende des Saals bemerkte Cynthia die Umrisse mehrerer Gestalten. Mit rasendem Herzen pirschte sie in die Ecke des Raumes hinter einen Schrank und entkam nur knapp dem Lichtkegel einer Taschenlampe, die den Raum durchleuchtete. Das Geräusch von Schritten hallte durch den Raum.

»Vielleicht ist die Person schon weg?«, flüsterte eine männliche Stimme.

»Wohl kaum«, antwortete eine Frau. »Die Spuren an der Tür wirken frisch. Außerdem habe ich durch das Fenster jemanden gesehen.«

Plötzlich wurde die Ecke, in der Cynthia sich versteckt hielt, beleuchtet. Cynthia schlug die Hand vor den Mund. Ihr Herz raste, und tausend Gedanken schossen durch ihren Kopf. Entsetzt schloss sie die Augen und wünschte sich, unsichtbar zu sein.

»Höö? Ist da was?«, fragte eine Stimme direkt neben ihr.

Cynthia riss die Augen auf. Instinktiv packte sie den Mann an der Hand, in der dieser einen Laser hielt, während sie gleichzeitig ihren rechten Ellenbogen in sein Gesicht rammte. Schreiend taumelte der Mann benommen zur Seite.

Cynthia riss ihm blitzschnell den Laser aus der Hand, zog ihn an der Schulter an sich ran, platzierte eine Hand um seinen Hals und drückte mit der anderen Hand den Laser an seinen Kopf. Sofort richteten die anderen Gestalten ihre Laser auf Cynthia.

»Mädchen, du hast keine Ahnung, mit wem du es zu tun hast«, murmelte Cynthias Geisel.

»Halt die Fresse, bevor du mich richtig wütend machst«, zischte Cynthia.

Langsam formierten sich die Hüter – denn Cynthia war sicher, dass es sich um die Hüter handelte – im Raum um Cynthia herum, wohl in der Hoffnung, eine gute Schussposition zu finden. Cynthia blickte sich um und versuchte, einen kühlen Kopf zu bewahren. Ihr Blick fiel auf die Doppeltür links, die offen zu stehen schien. Wenn sie es lebend zu der Tür schaffen würde, könnte sie durch den Ausgang fliehen. Mit ihrem menschlichen Schild im Schwitzkasten lief Cynthia langsam Richtung Tür. Sie durfte keinen Fehler oder eine hektische Bewegung machen, ansonsten könnte dies das Letzte sein, was sie tat.

»Glaubst du ernsthaft, dass diese Kamikaze-Aktion was bringt?«, fragte einer der Hüter.

»Knall mich ab, und wir beide werden es herausfinden.«

Der Hüter zögerte, während Cynthia der Tür immer näher kam. Noch ein paar Schritte, dann hätte sie es geschafft. Endlich erreichte sie die Tür. Da hörte sie plötzlich ein Klicken und fühlte etwas Hartes an ihrer Schläfe. Es war ein Laser.

»Ein kleiner Tipp für dich«, flüsterte die Frau, die den Laser in der Hand hielt. »Wende deinen Rücken nie zum Ausgang. Man kann nie wissen, wer sich dort versteckt.«

Cynthia biss sich auf die Unterlippe. So sehr es ihrem Ego wehtat, sie musste sich eingestehen, dass sie den Kürzeren gezogen hatte.

»Komm, lass ihn los«, forderte die Frau sie auf.

»Und was, wenn nicht?«

»Dann wird dein Gehirn geröstet.«

»Machen wir zwei Portionen draus«, kommentierte Cynthia und drückte ihren Laser gegen den Kopf ihrer Geisel.

»So ein großes Mundwerk und doch so wenig Intelligenz.« Die Frau lachte.

»Können ja nicht alle so schlau sein wie ihr Hüter«, zischte Cynthia.

»Du ... weißt, wer wir sind?«, flüsterte ein Mann erschrocken.

Cynthia nutzte den Moment der allgemeinen Überraschung und trat der Frau, die ihr den Laser an die Schläfe drückte, in die Kniekehle. Der Stoß riss die Frau zu Boden. Blitzschnell drehte sich Cynthia um und versuchte, dem Mann neben ihr einen Faustschlag zu geben. Dieser duckte sich und schlug Cynthia im Bruchteil von Sekunden den Laser aus der Hand.

Es war aus für Cynthia. Nun gab es keinen Ausweg mehr.

Jemand richtete die Taschenlampe auf Cynthias Gesicht. »Ach, die Wasserwächtertussi. So sieht man sich wieder.«

Cynthia war verunsichert. Die Stimme kam ihr bekannt vor, aber sie konnte sie nicht zuordnen.

»Jetzt bist du nicht mehr tough, was Schwarzgürtel-Barbie?«, sagte die Frau, die Cynthia den Laser an den Kopf gehalten hatte, und stand auf. Sie griff sich ihren Laser wieder und richtete ihn auf Cynthia.

»Tu ihr noch nichts!«, sagte der Typ mit der Taschenlampe. »Ich möchte erst mal mit ihr reden. Durchsucht sie!«, befahl er. Er schien so etwas wie ein Anführer zu sein.

Jemand zündete eine Fackel an, die den Raum nun besser beleuchtete.

Zwei Mitglieder begannen, Cynthia abzutasten, fingen sich allerdings einen mörderischen Blick von ihr ein, als sie an den Gesäßtaschen angekommen waren. Sie legten alle ihre Sachen auf den Tisch. Der Anführer beäugte die Sachen: sehr viel Ausrüstung, ein Messer, Werkzeuge und ein Schlüssel, der mit einem Wellensymbol geschmückt war.

Der Anführer starrte den Schlüssel an. »Woher hast du den?«, fragte er.

Cynthia wusste es nicht. Der Schlüssel war einfach da.

»Dieses Symbol steht für die Rebellion. Nur unsere Mitglieder haben solche Schlüssel«, sagte der Anführer.

»Vielleicht stand sie in der Vergangenheit mal in Kontakt mit unserer Rebellion und hat es vergessen«, warf ein anderer Hüter ein. Er musterte Cynthia. »Downloadest du Updates?«

Cynthia nickte.

»Also bist du genauso ahnungslos wie der Rest dort draußen. Macht es dir keine Angst, dass dein ganzes Wissen auf solchen Updates beruht, die von wildfremden Menschen vorgegeben sind? Findest du diese Abhängigkeit und Fremdbestimmung gut?«, fragte der Anführer.

Cynthia schwieg.

»An dem Tag damals, an dem wir dich am Marbach getroffen haben. Du dachtest wir wollten bloß klauen. Die Regierung versucht euch einzutrichtern, dass wir den armen Bürgern das Wasser stehlen. Das Gegenteil ist der Fall. Unsere Rebellion wollte euch vor der Droge schützen.«

Cynthias Augen weiteten sich. So war das also. »Ich habe von dieser Droge bereits gehört und auch mitgekriegt, dass die Regierung viel verschweigt. Deswegen bin ich hierher gekommen«, flüsterte Cynthia. »Wenn ich früher gewusst hätte, wie nützlich lesen und schreiben sind, dann hätte ich ...«

Der Anführer unterbrach sie. »Du kannst lesen und schreiben?!« Er legte ein altes Kinderbuch auf den Tisch. »Beweis es mir!«

Etwa stockend las Cynthia aus dem Buch vor, was die Hüter offenbar schwer beeindruckte.

»Was weißt du sonst über die Regierung und uns?«, fragte der Anführer.

»Ich weiß, dass sehr viel Wissen überschrieben wird. Ich habe einen eurer Flyer gefunden und gehofft, dass ich Verbündete finde.«

Der Anführer wirkte irritiert. »Du weißt das alles über die Regierung und trotzdem arbeitest du für die?«

»Na ja, ist halt blöd, aber die Regierung sorgt ja auch für uns«, versuchte Cynthia sich zu rechtfertigen.

Die Kinnlande des Mannes klappte runter. »Du hast keine Ahnung, was hier vor sich geht. Null.« Mit diesen Worten wurde eine Karte auf dem Tisch ausgebreitet, welche für Cynthia bloß aus grünen und blauen Flecken bestand. »Wo liegt Europa?«

»Wer oder was ist ein Europa?«, fragte Cynthia verwirrt.

»Was glaubst du, ist dieses blaue Gebiet hier?«

»Der Marbach?«, fragte Cynthia.

Die Hüter verzogen ihre Gesichter. »Nein, ähm, wir nennen das den Atlantik. Die Welt außerhalb von Bochum existiert noch, Cynthia.«

Als nächstes gab ihr ein Hüter einen Stift und ein Blatt Papier. »Wir wollen, dass du uns das Alphabet aufschreibst. Groß- und Kleinbuchstaben.«

Kapitel 167 Bodo

Die Zeit, die die Wasserwächterin brauchte, um das Alphabet aufzuschreiben, nutzten die Hüter zur Beratung.

»Was sagst du, Bodo?«, fragte Ricarda. »Sie kann zu gut lesen und schreiben für eine Spionin. Vielleicht weiß sie schon mehr, als sie uns sagen möchte. Außerdem redet sie sehr ehrlich über die Regierung, das wäre untypisch für einen Spion.«

Julian unterbrach sie: »Aber sie ist eine Wächterin des Wassers und außerdem: Woher willst du wissen, dass sie ehrlich war?«

»Diese Wasserwächter sind nichts anderes als Marionetten der Regierung«, sagte Ricarda. »Vermutlich hat sie nie ein Mitglied der Regierung persönlich getroffen. Und woher ich weiß, dass sie ehrlich ist? Ich habe einen guten Bullshit-Detektor. Deswegen kann mich auch keiner von euch Versagern im Poker abziehen. Wir warten ab, wie sie reagiert, wenn wir ihren Chip lahmlegen wollen. Das wird kein Spion zulassen. Dann können wir es mit ihr probieren.«

Die Hüter nickten.

»Und der Schlüssel«, sagte Bodo. »Denkt dran, dass sie den Schlüssel hat. Vielleicht kannte sie jemanden, der in der ersten Generation gegen die Regierung rebelliert hat.«

Dann trat er wieder an den Tisch und wandte sich der Wasserwächterin zu. »Worum geht es dir wirklich?«

»Ich will die Wahrheit herausfinden«, sagte die Wächterin.

Bodo nickte. »Klingt gut. Ich hoffe nur, du bist bereit, die Wahrheit zu erfahren. Wie heißt du eigentlich?«

»Mein Name ist Cynthia.«

»Freut mich, dich kennenzulernen, Cynthia. Mein Name ist Bodo. Als erstes solltest du das hier lesen«, sagte Bodo und reichte Cynthia die Kopie eines Zettels.

Interessiert begann Cynthia zu lesen.

Kapitel 168 Das Manifest

Das Manifest der Rebellen

Vorwort

Dies hier wurde verfasst und erdacht von Bibliothekar Wurmohr – ehemals Leiter der Stadtbücherei Bochum, dann Rebell –, um die Ziele und Werte unserer Rebellen-Vereinigung festzuhalten.

Mögen sich alle an diese Niederschrift halten, auf dass unsere Vereinigung goldene Zeiten erreicht und dieses Werk ganze Landzüge prägt.

Manifest

Es huscht ein Schatten über Bochum, über Hamme.

Es ist der Schatten der Rebellion, welcher wir uns tapfer verschrieben haben, für die wir unser Leben hergeben würden.

Die Rebellion zeichnet sich durch Nachhaltigkeit und Mitspracherecht aus.

Wir kämpfen für Freiheit. Wir kämpfen für Klarheit, für unser aller Überleben.

Wir setzen uns ein. Wir versprechen, im Schatten zu gehen, bis sich eine genügend große Masse gebildet hat, dass wir es wagen können, uns zu zeigen.

Wir versprechen, unser Leben der Aufgabe zu widmen, die Bevölkerung von morgen zu formen und zu bilden.

Auf dass es in der Zukunft keine Wissensdiktatur mehr gibt und Generationen nach uns in einer Welt des Wissens leben können.

Diese Organisation soll festgeschriebene Werte haben, von denen ein jeder, der sich der Rebellion verschreibt, nicht abzuweichen hat.

Zum Ersten hat die Beteiligung der Bürger oberste Priorität.

Sollte es zu einer Revolution zu Gunsten der Rebellion kommen und diese Vereinigung das Privileg bekommen, eine Verfassung zu erstellen, so wird Bürgerbeteiligung ein Grundrecht für alle.

Bürgerbeteiligung ist definiert als Möglichkeit der Mitsprache in politischen Fragen sowie der Stadtgestaltung und der Initiative. Ein jeder Bürger in unserem Einflussgebiet soll die Möglichkeit haben, sich in das Geschehen einzubringen, und ein jeder sollte danach verlangen.

Auch fordert unsere Vereinigung den Erhalt des historischen Wissens und der Wahrzeichen von Kultur vergangener Zeiten. Keinem Bürger sollte das Wissen über die Vergangenheit verwehrt bleiben, der er seine Existenz zu verdanken hat.

Zusätzlich zu diesem Punkt steht unsere Gruppe für vollkommene Teilhabe an jeder Art von Wissen. Jede Art der Manipulation der Neuigkeiten und Informationen durch die sogenannten Wissensanpassungszentren ist Zensur, welche die Rebellion strikt ablehnt. Wir stehen für freien Informationsfluss und freie Medien.

Wir setzen uns ein für eine kritische Bevölkerung, welche nicht ahnungslos für die Regierung arbeitet, sondern Machenschaften aufdeckt, für Transparenz sorgt, die Aktionen der Regierung kritisch hinterfragt und Entscheidungen nicht blind hinnimmt.

Die Natur soll erhalten bleiben, so wollen wir es, und dafür soll alles in unserer Macht stehende getan werden. Wasser soll gereinigt werden, und mehr Pflanzen mögen wachsen. Wir verschreiben uns einer umweltbewussten Ernährung und erneuerbaren Energien, denn wir benötigen unsere Erde noch weitere Jahrtausende.

All dies versprechen wir einzuhalten und zu verbreiten, all dies wollen wir zu unserer Lebenseinstellung machen.
Auf dass die Rebellion unser Leben zum Positiven ändert!

Autor: Wurmohr

Kapitel 169 Cynthia/Bodo

Cynthia ließ das Blatt sinken. »Wer ist dieser Wurmohr? Einer von euch?«

»Nein«, Bodo schüttelte den Kopf. »Er war ein Rebell der ersten Generation. Die Regierung hat ihre Revolution niedergeschlagen, viele Rebellen getötet, andere ins Gefängnis gesteckt.«

»Warum kommt es mir vor, als ob ich das schon einmal gehört hätte?«, fragte Cynthia verwirrt.

»Nun«, sagte Julian. »Wir könnten es rausfinden, wenn es uns gelingt, das überschriebene Wissen auf deinem Chip wiederherzustellen.«

»Aron, geh vom Fenster weg!«, rief Bodo einem der Hüter zu, der misstrauisch aus dem Fenster gestarrt hatte.

»Sorry, Bodo«, rechtfertigte sich der. »Ich dachte, ich hätte jemanden da draußen gesehen.«

Nach einer kurzen Überprüfung der Lage wandten sich die Hüter wieder Cynthia zu.

»Du hast gerade von einem Chip gesprochen«, sagte Cynthia.

Julian nickte. Wenn du nicht willst, dass die Regierung jeden Tag dein Wissen überschreibt, müssen wir den Chip in deinem Kopf lahmlegen. Ansonsten hast du später wieder alles vergessen und keine Ahnung mehr, wer wir sind und was du alles erfahren und erlebt hast.«

Cynthia runzelte die Stirn. »Lahmlegen wäre gut. Im Moment kann ich mich nur mithilfe dieses Stifts an alles erinnern, was ich lerne ...«

Bodo trat überrascht einen Schritt näher. »Woher hast du den?«

»Das ... das darf ich dir nicht sagen«, gab Cynthia zurück. »Ich habe es ihnen versprochen ...«

»Wem versprochen?«, wollte Ricarda wissen.

»Den Priestern«, flüsterte Bodo.

Cynthia erschrak. »Woher ...?«

»Weil ich selbst mit so einem Stift das Lesen und Schreiben gelernt habe«, sagte Bodo. »Aber jetzt zu deinem Chip.«

»Genau«, sagte Cynthia. »Wie wollt ihr das mit dem Lahmlegen bitteschön anstellen, wenn der Chip in meinem verdammten Kopf drinsteckt? Klingt nicht gerade danach, als würde ich ein paar Pillen schlucken und gut ist.«

Bodo fing an zu grinsen. Diese Reaktion hatte wirklich jeder der Hüter gezeigt, und Bodo war sich sicher, dass auch die folgende Reaktion von Cynthia identisch mit der der anderen Hüter sein würde.

»Oh, glaub mir, ich kann dir jetzt schon sagen, dass es dir nicht gefallen wird, was ich dir sagen werde«, meinte Bodo. »Wenigstens bist du schon am Kopf rasiert, das erleichtert unser Vorhaben.«

Cynthias Gesichtsausdruck verwandelte sich in Entsetzen, was Bodo und die restlichen Hüter sehr zu belustigen schien.

Cynthia schluckte. »Was habt ihr vor?«

Bodo versuchte ein ernstes Gesicht aufzusetzen. »Cynthia, vertraust du uns?«

Cynthia blickte Bodo in die Augen. Was war denn das für eine bescheuerte Frage?, dachte sie. Natürlich vertraue ich dir, Person, die ich gerade mal seit einer Stunde kenne. Aber es lag nicht mal so sehr an Bodo oder den Hütern selbst, dass es ihr widerstrebte, ihnen zu vertrauen. Die Liste der Personen, denen Cynthia vertraute, war einfach verdammt kurz. Und es stand bisher noch niemand drauf, der ihr einen Laser an den Kopf gehalten hatte. Nicht unbedingt die besten Voraussetzungen. Doch was für eine Wahl hatte sie? Wenn sie wirklich gegen die Regierung vorgehen wollte, dann konnte sie das nicht alleine schaffen. Sie brauchte Hilfe. Vielleicht noch schlimmer: Sie brauchte Freunde, auf die sie sich verlassen konnte. Und dafür musste sie Kontakt zu Menschen aufbauen. Chestnut, Buffalo und Krucksko wären sicher keine große Hilfe, wenn Cynthia mal von der Regierung gejagt werden würde. Cynthia musste jetzt ihren Stolz und ihre Zweifel runterschlucken, sonst würde sie sich selber im Wege stehen.

Bodo blickte Cynthia fragend an.

Cynthia nickte.

Bodo lächelte. »Dann tu bitte, was ich dir sage.«

Erst jetzt bemerkte Cynthia, dass zwei Hüter eine riesige Apparatur in den Raum gebracht hatten. Sie musterte den schwarzen Bildschirm und die große, klobige Tastatur. Das Gerät passte nicht in diese Zeit. Es wirkte eher so, als hätte man sich die nächstbesten Teile vom Schrottplatz geklaut und zusammengeflickt. An dem Gerät war eine lange, dünne Spitze befestigt. Alles in allem machte das Gerät einen ziemlich lächerlichen Eindruck auf Cynthia.

»Ist alles richtig eingestellt?«, fragte Bodo, woraufhin Julian, der vor dem Apparat saß, den Daumen nach oben richtete.

»Das System ist bereit zur Überspielung, der Virus ist geladen«, sagte Julian.

Cynthia fiel aus allen Wolken. »Was denn, bitteschön, für ein Virus?!«

Julian räusperte sich. »Der Chip in deinem Kopf ist so programmiert, dass deine Erinnerungen kategorisiert werden. Die Erinnerungen, die nicht in die Kategorien passen und die du generell nicht haben solltest, werden beim nächsten Update aus deinem Kopf gelöscht. Damit das nicht mehr passiert, haben wir einen Virus erschaffen. Dieser Virus manipuliert den Chip so, dass die Erinnerungen, die eigentlich nicht kategorisiert werden sollten, getarnt und einer Kategorie zugeordnet werden.«

Bodo grinste stolz und klopfte seinem Kumpel freundschaftlich auf die Schulter. »Ohne diesen Virus wüssten wir auf Dauer gar nicht mehr, dass die Rebellion existiert.«

Julian blickte Cynthia an. »Die gute Nachricht ist, dass du mit dem Virus keine Sachen mehr vergessen wirst. Die schlechte ist ...« Julian pausierte und setzte eine sorgenvolle Miene auf. »... damit wir auf den Chip zugreifen können, müssen wir die Spitze in deinen Kopf einführen und mit dem Chip in Verbindung bringen. Die Aufgabe erfordert sehr viel Fingerspitzengefühl.«

Cynthia schluckte, ließ sich aber ihre Skepsis nicht anmerken. Sie hätte mit so einigem gerechnet, aber nicht damit, dass ihr jemand eine Spitze in den Kopf bohren würde. »Ist das gefährlich?«, fragte sie.

Julian und Bodo tauschten Blicke aus. »In 9 von 10 Fällen ist die Übertragung des Virus gelungen und in ... einigen ... ohne größere Schäden am Kopf.«

»Was ist mit denen passiert, bei denen es nicht geklappt hat?«, fragte Cynthia entsetzt.

Bodo ließ seinen Blick durch den Raum schweifen und starrte dann wieder Cynthia an. »Dazu kommen wir, wenn es so weit ist.«

Cynthia verdrehte die Augen.

Bodo fuhr fort: »Deswegen ist es auch sehr praktisch, dass du bereits eine Glatze hast. So können wir besser die Nadel einführen, ansonsten hätten wir dich jetzt noch rasieren müssen. Warum trägst du als Frau eigentlich eine Glatze?«

Cynthia fühlte sich beleidigt. Nicht so sehr durch die Frage an sich, sondern eher dadurch, wie sie formuliert war. »Steht irgendwo geschrieben, dass eine Frau keine Glatze haben darf? Darf es nur geschminkte, aufgestylte Tussis geben?«

Bodo wirkte verunsichert, versuchte das allerdings mit einem Lachen zu überspielen. »Hey, ganz ruhig, Lara Croft, war ja nur eine Frage.«

Cynthia versuchte ihre coole Fassade zu bewahren. »Frau, Mann, was heißt das schon? Ich finde es Bullshit, wenn man die Menschen nur in diese beiden Kategorien einteilen möchte. Das hat schon im Heim angefangen ... *Cynthia, wenn du mal eine Lady werden möchtest, musst du lernen, dein Bett ordentlich zu machen. Cynthia, kannst du helfen für die Jungs Essen zu machen? Nein, Cynthia, lass das, Nils repariert die Lampe. Cynthia, wir haben tolle Nachrichten: Die Jungs dürfen im Sportunterricht Fußball spielen, und die Mädchen dürfen tanzen!* War noch nie mein Ding. Und je älter ich wurde, desto mehr habe ich gemerkt, wie egal mir die Meinungen der anderen sind. Und gleichzeitig, wie man in unserer Gesellschaft als Freak bezeichnet wird, wenn man mal ein bisschen anders ist. Irgendwann hatte ich keinen Bock mehr drauf, den anderen zu gefallen und habe das getan, was ich wollte, ohne in irgendeine Rolle gezwungen zu werden. Ich bin nicht Frau oder Mann. Ich bin einfach nur Cynthia.«

Bodo schien beeindruckt von dieser Ansprache. »Hast ja recht«, sagte er. »Ich kann es auch nicht ab, wenn mich Menschen in eine Schublade stecken wollen. Dieser ganze Gender-Kram hat mich zwar nie besonders interessiert. Aber sich nicht in seiner eigenen Haut wohlzufühlen und nur auf Oberflächlichkeiten reduziert zu werden ... Das sollte keiner durchmachen müssen.«

»Ist ja auch egal«, lenkte Cynthia schnell ab. »Wie genau funktioniert das jetzt mit dieser Maschine?«

Julian erklärte: »Du legst dich mit dem Bauch nach unten auf diese Liege und versuchst möglich ruhig liegen zu bleiben. Wir werden dir dann die Nadel einführen.«

Worauf hab ich mich da eingelassen, dachte Cynthia, während sie sich flach auf die Liege legte. Ihr Blick nahm nichts anderes auf als das braune Leder der Liege. Eine Zeit lang passierte nichts. Vorsichtig führten die Hüter dann die Nadel ins Cynthias Nacken ein, was einen stechenden Schmerz verursachte. Es fühlte sich an, als würde sich irgendein Wesen durch ihren Kopf fressen. Langsam drangen die Hüter mit der Spitze vor.

»Das machst du sehr gut, Cynthia«, sagte Bodo.

»Da ist der Chip, bereit zum Virusüberspielen«, kommentierte Julian und tippte auf der Tastatur rum.

Cynthia stöhnte auf, sie wurde plötzlich von üblen Kopfschmerzen geplagt. Am liebsten hätte sie losgeschrien, doch die ehemalige Wasserwächterin riss sich zusammen. Ihre Fingernägel gruben sich in das Leder der Liege. Es kam Cynthia so vor, als würde ihr Kopf gleich platzen. Wenn sie es nicht besser gewusst hätte, hätte sie gedacht, dass gerade irgendwas ihr Gehirn fraß. Cynthia betete, dass der Schmerz endlich aufhörte. Dann verschwand der Schmerz plötzlich und ein lautes BLING ertönte vom Computer.

»Transfer geglückt. Du hast es geschafft, Cynthia«, sagte Bodo. »Wir werden die Spitze jetzt wieder rausziehen, und dann hast du es überstanden.«

»Wie geht es dir?«, fragte Ricarda, als die Spitze Cynthias Kopf endlich verlassen hatte.

»Ich fühle mich wie ein zerquetschter Käfer«, antwortete Cynthia erschöpft. Bodo reichte ihr die Hand. »Willkommen in der Realität.«

Cynthia griff nach Bodos Hand und ließ sich auf die Beine helfen. Sie fühlte sich immer noch nicht gut. Ihr Nacken tat weh. »Wenn ich genau drüber nachdenke, wurde dieser Käfer außerdem noch gefressen und wieder ausgekotzt. So fühle ich mich zumindest.«

»Das ist das süße Gefühl der Freiheit«, erklärte Bodo lächelnd. »Es ist scheiße, aber du wirst es lieben!«

»Jetzt hast du endgültig unser Vertrauen gewonnen!«, sagte Ricarda. »Du bist jetzt eine von uns. Diesem lebensgefährlichen Eingriff hätte nicht jeder zugestimmt, schon gar kein Spion der Regierung.«

»Und was wäre also mit mir passiert, wenn es schiefgegangen wäre?«, fragte Cynthia.

Julian lachte. »Noch nie passiert«, sagte er.

Kapitel 170 Lucy

Es ist schön, wieder an der Luft zu sein. Die letzten Tage war ich nicht so oft draußen, aus Angst entdeckt zu werden. Seit wir bei der Pressekonferenz an die Öffentlichkeit getreten sind, können wir nicht vorsichtig genug sein. Wo steckt Raphael bloß? Der wollte doch eigentlich mitkommen.

»Raphael! Wo bleibst du?«, rufe ich. Immer muss ich auf ihn warten.

»Entschuldige, Lucy. Ich habe mich noch mit Marc unterhalten.«

Ich verstehe überhaupt nicht, wie er sich mit Marc unterhalten kann. Raphael ist so lieb und Marc das komplette Gegenteil. In letzter Zeit jedenfalls werden Marcs Ansichten immer rabiater.

»Willst du wirklich nach Hause gehen?«, reißt Raphael mich aus meinen Gedanken. »Ja, wir waren schon viel zu lange unter Tage. Die meisten anderen Einhörner schlafen doch auch zu Hause«, entgegne ich. Wieso kann er mich nicht verstehen? Will er die Sonne nicht wiedersehen oder mit mir alleine sein? Das waren wir auch schon lange nicht mehr. Zumal er die letzten Wochen dauernd unterwegs war, um Verbündete im ganzen Dreistromland zu finden. Traurig sage ich: »Dann bleib du halt hier. Du kannst gern weiterhin auf dem Boden schlafen, während ich im weichen gemütlichen Bett liege und dabei durch das Dachfenster die Sterne und den Mond beobachten werde.« Hoffentlich merkt er nicht, dass ich traurig bin.

»Nee, nee, Lucy, so geht das nicht. Ich möchte auch zu Hause schlafen. Ist alles okay bei dir? Du wirkst ein bisschen bedrückt.«

Er hat es doch gemerkt.

»Ach, Raphael. Es ist alles gut. Ich vermisse nur unser Zuhause.« Reicht ihm diese Antwort? Es ist ja nicht ganz gelogen. Ich kann Raphael nicht die Wahrheit sagen. Er macht sich sonst Sorgen und würde sich allein die Schuld geben. Er war schon immer so.

»Schatz, wir gehen ja jetzt nach Hause.«

»Okay. Wollen wir denn hinlaufen oder einfach blitzschnell den Ort wechseln?«, frage ich.

»Lieber blitzschneller Ortswechsel. Dann sieht keiner, woher wir wirklich kommen und damit sind wir auch schneller zu Hause.«

Ich bin enttäuscht. Ich hatte gedacht, dass wir ein bisschen spazieren gehen, aber wenn er nicht will, dann nicht. Dann unterhalte ich mich halt mit mir selber. Seit wann sind Raphael und ich so unterschiedlich? Raphael hat sich verändert, seit wir bei den Einhörnern sind. Früher hat er sich nicht mit Menschen wie Marc unterhalten.

»Worüber hast du dich mit Marc eigentlich unterhalten?«, frage ich Raphael.

»Ach, über dies und das. Er hat mich was über meine Vergangenheit gefragt und nach meinem Alter. Du hättest sein Gesicht sehen sollen, als ich gesagt habe, dass ich keine Ahnung habe, wie alt ich bin. Aber wieso interessiert dich das, Lucy?«, fragt Raphael lachend.

Ich antworte genervt: »Wollte nur wissen, warum du deine Freundin sitzen lässt.«

»Lucy, ich habe dich nicht sitzen gelassen. Ich kam nur ein bisschen später. Sei doch nicht mehr sauer, mein Feensternchen. Komm, lass uns den schnellen Ortswechsel machen.«

Wie süß Raphael das gesagt hat, denke ich, als wir in unserem Zuhause ankommen. Ich sollte nicht länger über Marc nachdenken, sondern lieber darüber, wie ich den Leuten in Bochum helfen kann. Ich könnte sie wieder »normal« machen. Doch leider habe ich nur eine kleine Zeitspanne, denn sobald der erste Mensch wieder klar denken kann, fällt es sofort auf. Menschen können nicht so tun, als ob sie nicht neugierig sind. Und alles würde spätestens auffliegen, wenn die ersten wieder ihren Pflichttermin im Wissensanpassungszentrum haben. Innerhalb eines Tages schaffe ich es unmöglich, alle zu heilen.

»Lucy, worüber denkst du nach?« Schon wieder reißt Raphael mich aus meinen Gedanken.

»Ach, über gar nichts«, sage ich ihm.

»Hör auf mich anzulügen. Ich sehe es dir doch an. Außerdem habe ich gerade mit dir geredet, und du hast nicht reagiert. Also, was ist los?«, fragt Raphael.

Oh, er hat mit mir geredet. »Tut mir leid, dass ich dir nicht zugehört habe. Es ist nur so, ich denke viel darüber nach, wie wir den Bochumern helfen sollen. Ich meine, ich weiß, dass ich sie heilen kann, aber so viel Zeit habe ich nicht für alle, ohne selbst erwischt zu werden, und alle gleichzeitig heilen funktioniert nicht. Ich kann mich nicht teilen.«

Raphael fängt an zu grinsen.

»Warum grinst du so blöd?«, frage ich ihn. »Das ist überhaupt nicht witzig.«

»Bist du dir sicher, dass du dich nicht teilen kannst?«, fragt Raphael immer noch grinsend. Was meint er damit? Er weiß doch, dass ich das nicht kann.

»Wie meinst du das?«, frage ich.

»Na ja, schließlich kannst du lieb und zickig zugleich sein.«

Das meint der doch jetzt nicht ernst!? »Raphael, willst du mich ärgern? Jetzt ist nicht der richtige Zeitpunkt für solche Witze! Wenn es wenigstens witzig gewesen wäre«, keife ich Raphael an.

Er grinst immer noch. »Also, ich fand es schon ziemlich witzig. Sei doch nicht so. Lach mal ein bisschen.«

Klar. Lachen. Als ob ich jetzt lachen kann. Ich sage: »Mir ist nicht nach Lachen zumute! Ich mache mir echt Sorgen um die Bochumer. Wir müssen doch irgendwie helfen können.«

Ich sehe, das Raphael jetzt ein wenig bedrückt guckt. Er nimmt mich in den Arm. »Lucy, du musst ein bisschen lockerer werden. Uns wird schon was einfallen. Ich lasse dich nicht damit alleine. Versprochen! Wir haben schon so viel durchgemacht – das ist ein Klacks für uns.«

Er hat recht. Es gibt nichts, was wir nicht geschafft haben.

»Danke, die Worte habe ich gerade gebraucht«, bedanke ich mich bei Raphael.

Einige Zeit stehen wir noch Arm in Arm da, bis ich meinen Namen höre. Wer ruft mich da? Oder bilde ich mir das bloß ein?

»Raphael, hörst du das?«

»Nee, was soll ich hören? Ist alles okay?«

Wie kann das sein, dass Raphael nichts hört? »Da ruft doch jemand meinen Namen! Hallo? Wer ist da?« Ich bin doch nicht verrückt.

»Lucy, bleib ruhig! Hier ruft niemand deinen Namen. Der Einzige, der hier ruft, ist dieser dämliche Vogel an unserem Fenster.«

Hat er gerade Vogel gesagt? Kein Wunder, dass er nichts verstanden hat. Er und Vogelsprache? Nein, das wäre mir neu. Neugierig gehe ich zum Fenster und öffne es. Sofort kommt der Vogel reingestürmt, voller Freude mich zu sehen.

»Lucy, Lucy! Kannst du dich nicht mal beeilen? Ich rufe schon so lange«, zwitschert Charlie. »Ich habe dich den ganzen Tag gesucht.«

Raphael ist nun nicht mehr im Wohnzimmer. Wahrscheinlich ist er im Trainings-Fliegeraum.

»Wie konntest du mich so lange überhören?«, meckert Charlie nun.

»Charlie, hör mir bitte zu. Ich hatte einen kleinen Streit mit Raphael. Deshalb habe ich dich nicht sofort gehört.«

Nun fragt Charlie: »Warum habt ihr euch wieder gestritten? Das passiert in letzter Zeit häufiger.«

Sogar Charlie ist das aufgefallen. »Mach dir keine Sorgen, es geht nur um eine Kleinigkeit.« Es ist schon echt spät, ich will Charlie nicht lange aufhalten. »Soll ich dich nach Hause bringen?«, frage ich sie.

Charlie schüttelt den Kopf. »Du solltest dich lieber mit Raphael vertragen.«

»Ich habe mich doch schon längst wieder mit ihm vertragen. Ist kein Problem für mich, dich zu begleiten«, meine ich jetzt. »Aber sag mal, warum hast du mich eigentlich so dringend gesucht?«

»Ich habe etwas entdeckt, Lucy«, sagt Charlie. »In Bochum. Dort gibt es Käfige, in denen Menschen und andere Wesen sitzen. Sie sehen sehr unglücklich aus.«

»Ein Gefängnis?«, frage ich.

Charlie zuckt mit den Flügeln. »Ich kann dir den Weg dorthin zeigen«, sagt sie. »Aber sei mir nicht böse, ich muss wirklich los. Morgen ist Singschule. Da muss ich fit sein. Ich muss doch wieder strahlen.«

Stimmt ja, Charlie geht noch zur Singschule, wo sie im Chor üben, die Töne zu treffen und dann noch Einzelunterricht bekommen. Soll ich sie jetzt begleiten? Ich denke nicht, sonst quatschen wir und kommen erst spät an.

»Dann wünsche ich dir einen guten Flug nach Hause und eine gute Nacht. Dieses Mal darfst du die Tür benutzen.« Ich schmunzle und Charlie auch.

»Ach, wie nett von dir. Ich dachte schon, ich muss wieder durchs Fenster«, macht sie nun Witze. Wir lachen beide.

Was ist eigentlich mit Raphael? Ist er schon schlafen gegangen? Ich habe den total vergessen, hoffentlich ist er mir nicht böse?

»Lucy! Hallo? Vogel an Lucy!«

»Hä, was ist?«, frage ich Charlie.

»Ich habe dich gefragt, ob du mich zur Tür bringst! Ich habe keine Hände, um die Tür aufzumachen. Wo bist du schon wieder mit deinen Gedanken?«

»Ich habe an gar nichts gedacht. Bin einfach nur müde. Komm, wir gehen.«

Ich gehe zur Tür und Charlie, die Tollpatschigkeit in Vogelform, fliegt gegen eine Vase, die im Flur steht. Die Blumen habe ich von Raphael geschenkt bekommen. Sie sehen schon ein bisschen vertrocknet aus.

»Es tut mir so leid. Das wollte ich nicht«, entschuldigt sich Charlie.

Da der Vogel kaum was wiegt, ist die Vase noch nicht mal umgefallen.
»Charlie, alles gut. Sie ist doch noch heil. Ist alles okay bei dir?«, versuche ich Charlie zu beruhigen.
»Ja, es ist alles gut. Tat gar nicht weh.«
»Das glaube ich dir mal«, sage ich mit einem Grinsen zu Charlie. Ich mache ihr die Tür auf und verabschiede mich. Eine Weile bleibe ich noch vor der Tür stehen und blicke von hier unten hoch zu unserem Baumhaus. Mir fällt auf, dass unsere Treppe ruhig mal wieder erneuert werden könnte. Ich frage mich immer wieder, wie, wer auch immer es gebaut hat, es geschafft hat, so viele Räume und Möbel in ein von außen so klein aussehendes Baumhaus zu packen. Ich meine, wir haben allein drei »Freizeiträume«, fünf Badezimmer, eine riesige Bücherei und Unmengen an Schlafzimmern. Na ja, ein magisches Feenbaumhaus wahrscheinlich. Es existiert schon seit ewigen Zeiten. In dem Baumhaus können nur magische Wesen leben. Wahrscheinlich irgendein Zauber.

Ich sollte wieder reingehen und Raphael suchen. Ich fange im Trainings-Fliegeraum an zu suchen. Es gibt einen Vorraum, wo man sich umziehen kann, bevor man trainieren geht. Als ich den Raum betrete, sehe ich, dass das Laufgerät unten auf dem Boden liegt. Normalerweise schwebt hier alles. Deshalb ja Trainings-Fliegeraum. Ich steige die Leiter hoch, um mir eine bessere Übersicht zu verschaffen.

Doch Raphael ist nicht hier, oder ich habe Tomaten auf den Augen. Aber da bin ich mir sicher, dass ich keine Tomaten auf den Augen habe. Was ich mir gut vorstellen kann, ist, dass Raphael schon ins Bett gegangen ist. Schließlich ist es fast schon Mitternacht. Das wäre nicht untypisch für ihn, dass er sich vor unserem Gespräch drückt und ins Bett geht. Ich gehe in unser Schlafzimmer und tatsächlich, er liegt im Bett und schläft. Sollte ich mich zu Raphael legen? Es ist schon echt spät.

Kapitel 171 Chicken Bug-Po, Tante Tortie und all die anderen Müllmonster

Chicken Bug-Po

Spitzname: *Partykönig; Raufboldzwerg*
Spezies: *Fast-Food-Mensch*
Geschlecht: *kann sich nicht entscheiden*
Aussehen: *Vampir + Burgerkopf, Pommes-Körper, Chickenhände & -füße*
Berufung: *Idiot(in), der/die gerne Party macht; Klugscheißer(in)*
Vorlieben: *Partys, Sachen umwerfen, sich mit Pom treffen, Fast Food*

Abneigungen: *Regeln, kein Spaß, Polizei*
Wohnort: *Burgerhaus auf der Müllkippe im Hammer Park im Untergrund*
Familie: *großer Bruder Chicken Big-Mac; Eltern wurden von Regierung aufgegessen*
Verliebte: *Quicken Elisabeth – die 3001ste*

Party beginnt um 19 Uhr. Alle bitte kommen. Und zwar pünktlich.
Partykönig

Tante Tortie stupste ihren schlafenden Mann an. Er öffnete zaghaft seine Augen. Als er sah, dass seine Frau vor ihm stand, warf er ihr schnell die Decke über den Kopf und rief: »Verschwinde, lass meine Wenigkeit in Ruhe!«

Sie stemmte zwei Hände in die Hüfte, während sie sich mit den anderen Händen die Decke vom Kopf zog: »Komm jetzt, unser Neffe hat Geburtstag!«

»Nee, ich will aber nicht. Darf ich dich sprengen? Dann habe ich wenigstens keine nervige Frau«, jammerte Onkel Rocket.

Onkel Rocket

Aussehen: *Wie ein Feuerwerksböller oder eine Rakete*
Herkunft: *auf der Müllkippe im alten Bochum durch magischen Schleim belebt. Genau wie sein Neffe Bug-Bo, seine Frau Tante Tortie und eigentlich alle Müllmonster im Bochumer Untergrund*
Beruf: *Abriss-Arbeiter*

Tante Tortie packte ihn genervt, stopfte ihn in einen seiner besten Anzüge und schleppte ihn danach zur Party. Mann, wie der Mann nervt, dachte sie. Aber wenn man ehrlich war, hatte sie ihn nur geheiratet, weil er sie beschützen kann. Denn wie soll eine Torte sich denn selbst beschützen? Sie hat einfach zu kurze Arme. Aber sie hat Feuer.

Tante Tortie

Spitzname: *Feierqueen, Schreckschraube*
Aussehen: *riesige Torte mit Armen und Beinen; Polizeiweste; Sahnehäubchenhelm*
Geschlecht: *Mannsweib*
Beruf: *Polizistin, kann niemanden erschießen bzw. will es nicht*
Vorlieben: *(eigene) Kerzen ausblasen, tanzen*

Abneigungen: *Kerzen (dauernd Angst, sich selbst abzufackeln), Verbrecher, Stinktiere, Onkel Rocket*
Wohnort: *Müllkippe im Untergrund; wurde weggeworfen, weil keiner sie kaufen wollte.*
Familie: *Mann Onkel Rocket – sie mag ihn nicht; Neffen Chicken Bug-Po und Chicken Big-Mac; Eltern wurden verkauft – waren zu schön*

Auf der Party war ganz schön viel los. Alle lachten und hüpften herum. So sehr betrunken. Von der grünen Bowle, die so lecker war.

Tante Tortie und Onkel Rocket kamen an und erblickten ihren Neffen, der mit einer Bambuskrücke herumlief.

Tante Tortie fragte nur: »Was ist passiert?«

Die Antwort von Chicken Bug-Po kam wie aus der Pistole geschossen: »Beim Schwimmen habe ich mein Bein verloren. Aber warum kommt ihr erst jetzt? Ich habe gesagt 19 Uhr und nicht 20 Uhr.«

Rocket sagte: »Die da ist schuld. Sie hat mich genervt.«

Dabei zeigte er auf Tortie. Die grummelte und stöckelte mit ihren Schuhen davon. Sie klapperten. Tortie wollte ihren anderen Neffen finden, was sie dann auch tat.

Chicken Bug-Po gab seinem Onkel einen Becher mit dieser leckeren grünen Bowle. Sie sah aus wie Giftschleim. Wie der Giftschleim, aus dem sie alle entstanden waren. Rocket nahm den Becher dankend entgegen und ging weg.

Chicken Bug-Po erkannte, dass sein armer Bruder von Tante Tortie über Häkelsachen aufgeklärt wurde. Er ging seinen Bruder retten.

Nachdem alle Gäste eingetroffen waren, schaltete Bug-Po mit seinen kurzen Ärmchen das Discolicht ein. Alles wurde in orangefarbenes Licht getaucht. Es sah wunderschön aus. Alle tanzten wie verrückte Hühner. Danach wurde das Essen gebracht. Mehrere kleine Servierer brachten es auf gläsernen Tellern. Das Essen war hübsch zubereitet. Es bestand aus dem grünen Schleim. Es sah aus wie Wackelpudding. Aber so eine große Portion konnte doch niemand essen! Na ja, fast niemand. Onkel Rocket schon. Er war gerade dabei, sich sein sechstes Schleimbier zu nehmen. Dabei gab es doch nur wenig Bier auf der Party. Einen Moment später konnte man beobachten, wie Tortie auf ihren Mann zuging, um ihm das Bier aus der Hand zu klauen. Er wiederum blies alle ihre Kerzen aus. Sie fühlten sich plötzlich wie mitten in der Nacht. Ist aber auch verständlich, oder? Die beiden alten Eheleute stritten mal wieder. Das ging allen Partygästen auf die Nerven. Aber die beiden hörten einfach nicht auf. Sie brauchten echt mal eine Pause voneinander.

Chicken Bug-Po kletterte auf das Podium. Er schnappte sich Mister Mikrofon, der sich grade noch mit Miss Lautsprecher beim Tanzen amüsiert hatte. »Zwei Eheleute – ich sage jetzt mal nicht welche – werden ganz höflich gebeten, auseinander zu gehen, um diese wunderschöne Party nicht zu stören.« Mister Mikrofon zitterte, als er diese Worte laut raus schrie.

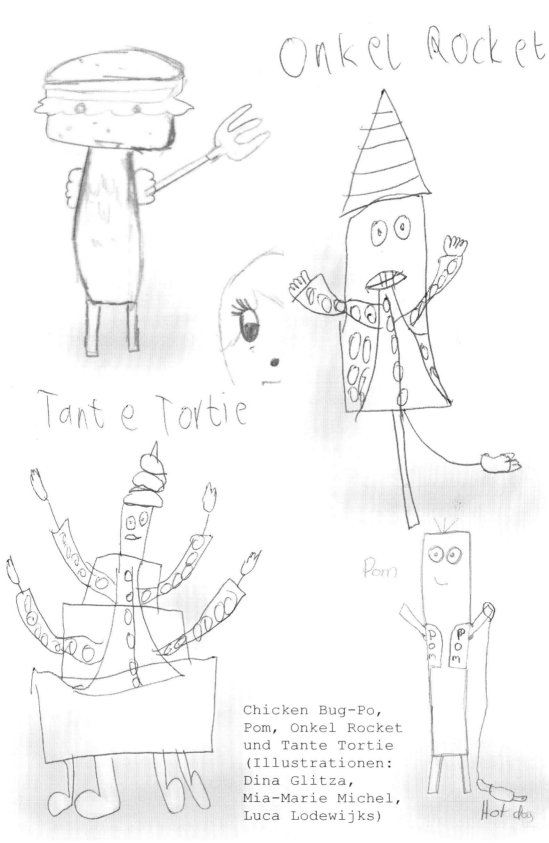

Chicken Bug-Po, Pom, Onkel Rocket und Tante Tortie (Illustrationen: Dina Glitza, Mia-Marie Michel, Luca Lodewijks)

Alle erschraken, fühlten sich angesprochen und rannten auseinander. Nur die beiden, die eigentlich gemeint waren, natürlich nicht. Tante Tortie steckte einen Zünder in Onkel Rocket und dann schoss er abrupt ... in den Himmel. Man sah ihn nur noch als Sterne vom Himmel regnen, der streng genommen ja gar kein Himmel war, sondern bloß die Decke vom alten Bochum, über der das neue Bochum lag.

Und Piiiing. Rocket verschwand zwischen den Baumwipfeln. Dann machte es wusch, und er kam wieder. Er landete mit seinen kleinen Beinchen auf dem Boden.

Tante Tortie war zwischen den Bäumen verschwunden. In den großen dunklen Pappbecherwald. Cola. Wenn man sich anstrengte, konnte man sich immer noch an den Geschmack erinnern. Dort hatte sich einer der Freunde versteckt, weil es ihm gar nicht gefiel, dass ihn immer alle essen wollten. Nämlich Mister Colafritze.

Die Party strebte ihrem Höhepunkt zu. Die Karaoke. Der Gastgeber dieser Party musste anfangen. Chicken Bug-Po kletterte auf das Podium. Miss Lautsprecher spielte das Lied »Mamma Mia« ab. Bug-Po verhaute alle Töne, und das arme Mikrofon heulte. Dicke, silberne Tränen flossen auf den Boden. In nur einer Sekunde war der ganze Boden mit einem silbernen See voll. Miss Lautsprecher wurde ohnmächtig. Es gab einen dumpfen Aufprall. Alle erschraken, und sogar die beiden alten Eheleute, die mittlerweile wieder zurückgekommen waren, hörten auf zu streiten. Das war mal echt ein Wunder, denn das passierte nur etwa dreimal pro Jahr. Wenn nicht seltener. Warum die beiden nur geheiratet hatten, wusste niemand. Nicht mal die Eltern. Okay, also, die Eltern von Tortie hatten gar nicht erst von der Heirat erfahren, weil sie vorher verkauft worden waren. Leider.

Und dann tauchte das riesige Müllmonster auf. Mit einem Geräusch, das wie krucksko klang, kroch es auf die Partygäste zu. Die rannten schreiend in alle Richtungen.

Kapitel 172 Krucksko

Ich sinke leise (oder auch laut, ich höre mich selbst ja nicht so richtig) wimmernd auf den Boden. Schon wieder. Schon wieder sind Wesen vor mir weggerannt. Das ist doch voll blöd. Alle verlassen mich, dabei bin ich überhaupt nicht böse. Nur weil ich vollkommen aus Müll bestehe. Und wenn man eins bedenkt: Diese Wesen hier auf der Müllkippe sind eigentlich auch alle aus Müll. Und sie sind doch nur meinetwegen überhaupt entstanden. Aus meinem Schleim. Wenn man es recht bedenkt, sind sie doch alle meine kleinen Kinder. Ist doch so. Und was kann ich dafür, wenn ich den Müll nun mal so liebe? Ist halt bei

Illustrationen: Alma Kokollari, Mia-Marie Michel, Luca Lodewijks, Cora Knüppel

Illustrationen: Alma Kokollari, Mia-Marie Michel, Luca Lodewijks

mir so angeboren. Wie bei anderen vielleicht eine Nase angeboren ist. Ich bin trotzdem stolz auf mich.

Dann stehen sie auf einmal alle wieder um mich herum. Diese kleinen Männchen aus Essen und Müll. Sie starren mich voll verschreckt an. Die Armen. Dann zücken alle ihre Schwerter. Also ihre Pommesgabeln und was sie sonst noch so gefunden haben. Ich erschrecke und springe zurück.

Dann sagen alle im Chor: »Hey, du kannst doch einfach bei uns mitmachen.«

So feiere ich glücklich mit. Und trinke leckere, grüne Bowle. Endlich habe ich Freunde gefunden. Endlich habe ich eine Familie. Ich bin sooo glücklich. Ich könnte heulen vor Glück.

Kapitel 173 Lucy

Als ich wach werde, steht Frühstück am Bett.

Raphael lächelt mich an. »Guten Morgen, mein Morgenmuffel«, sagt er. Ich sehe die Sonne scheinen. In jedem Schlafzimmer kann man das Dach aufmachen und den Himmel sehen. Aber ich bin kein Morgenmuffel!

»Ich bin kein Morgenmuffel!«, sage ich nun Raphael. »Womit verdiene ich die Ehre, dass du mir Frühstück ans Bett bringst? Was hast du angestellt?« Er ist immer süß, wenn er Kacke gebaut hat.

»Lucy, was denkst du denn von mir? Ich habe gar nichts angestellt. Ich wollte dir nur was Gutes tun. Du sollst dich heute mal entspannen.«

Merkwürdig, irgendwas führt er doch im Schilde.

»Okay, danke ...«

»Ich habe eine Lösung für unser Problem«, fährt er fort.

Welche Lösung und für welches Problem? Doch bevor ich fragen kann, redet er weiter: »Den Einhörnern musst du dann davon berichten, damit sie sich keine Sorgen machen und mich suchen. Sonst machen die noch einen Aufstand ...«

»Stopp!«, unterbreche ich Raphael. Was redet er da? Wieso keine Sorgen machen? Was haben die Einhörner jetzt damit zu tun? »Raphael, wovon redest du überhaupt? Kannst du mich mal aufklären? Was hast du jetzt schon wieder vor? Habe ich deshalb Frühstück ans Bett bekommen, damit du wieder was planen kannst?«

»Beruhige dich, Lucy, du hast Frühstück ans Bett bekommen wegen gestern. Es soll eine Entschuldigung sein.«

Oh Mann, eine Entschuldigung, und ich blöde Fee mache ihn blöd an.

»Oh danke. Tut mir leid, dass ich schon am Morgen nur am Meckern bin. Es ist noch ein bisschen wegen gestern ...«

Doch er unterbricht mich. »Das mit gestern ist schon längst vergessen. Zumindest jetzt.« Er grinst mich an. Er hat recht. Er ist ja nicht mit Absicht eingeschlafen, und er wollte mich ja wirklich nur aufmuntern.

Trotzdem bin ich bockig, aber das muss er ja nicht wissen. Ich sollte Raphael zustimmen oder wenigstens was sagen. Er guckt mich so an, als ob er auf eine Antwort wartet.

»Ja du hast recht, ist vergessen. Ich werde jetzt ins Bad gehen und ein bisschen baden.«

»Und was ist mit deinem Frühstück?«, fragt er mich.

»Das nehme ich natürlich mit.« Ich lache.

Als ich aus dem Bad komme, ist Raphael nicht mehr im Schlafzimmer. Vielleicht ist er im – Moment, was ist das? Ein Brief von Raphael ... Lag der gerade auch schon da? Okay, mal sehen.

Liebe Lucy, das Frühstück war wirklich als Entschuldigung gedacht, aber nicht für gestern ...

Kapitel 174 Raphael

Es ist mir gelungen, über die Bergwerke nach Bochum zu kommen. Jetzt stehe ich unweit des Regierungssitzes in der Amtsstraße. Es wird für mich kein Problem sein, unbemerkt ins Gebäude zu kommen. Mein Problem ist vielmehr, dass ich keine Ahnung habe, wo ich die Unterlagen für die Zusammensetzung der Droge finden kann. Wenn wir die haben, können wir auch eine Strategie aushecken, wie wir die Regierung unschädlich machen. Mein größtes Problem ist allerdings, dass, falls ich das hier überleben sollte, spätestens Lucy mich umbringt. Sie wäre strikt dagegen, dass ich spioniere. Viel zu gefährlich. Ich weiß nicht, ob sie mir je verzeihen wird, dass ich einfach auf eigene Faust los bin. Ich wollte es ihr ja sagen, aber sie war heute Morgen beim Frühstück so glücklich. Sie ist überzeugt, dass wir es gemeinsam mit Rebellen und Helfern aus den anderen Städten schon schaffen werden, das Dreistromland wiederzuvereinigen. Da habe ich es nicht übers Herz gebracht, ihr die Laune zu vermiesen. Vielleicht bin ich ja früh genug wieder zurück, sodass Lucy gar nicht auf die Idee kommt, dass ich nach Bochum aufgebrochen sein könnte. Und wenn sie es doch merkt? Ob sie mir dann folgen wird? Ich hoffe nicht. Sonst kommt sie noch in Gefahr wegen mir. Das könnte ich auf keinen Fall ertragen.

Ich sollte jetzt aber lieber mal mein Glück versuchen und ins Gebäude reingehen. Es bringt ja nichts, weiter hier vor dem Regierungssitz zu warten. Denn die Unterlagen kann ich so auf keinen Fall finden. Ich öffne vorsichtig die Tür und ... bin drin. Wo soll ich nur anfangen zu suchen? Vielleicht im Keller? Weil die Unterlagen doch schon sehr alt sind? Oder doch lieber oben in den Räumen? Weil die Unterlagen wichtig sind? Ich sollte hier nicht so lange blöd herumstehen. Sonst erwischen mich die Kameras. Ich entscheide mich, zunächst oben in den Räumen zu gucken.

Plötzlich höre ich zwei Stimmen. Beide kommen mir irgendwie bekannt vor ... Egal, nicht stehen bleiben, einfach das Gespräch ignorieren. Ich habe schließlich eine wichtige Mission.

»Ich weiß nicht mehr, was ich machen soll. In Essen bildet sich langsam ein Aufstand gegen mich. Ich habe Sorge, dass ich die Meute nicht mehr lange unter Kontrolle halten kann. Und das Schlimmste ist, dass meine Schwester herausgefunden hat, dass ich mir Raketen liefern lasse. Wenn wir jetzt Krieg mit Dortmund anzetteln, wird sie sofort damit an die Öffentlichkeit gehen. So wird das nie was mit unseren Plänen, die Herrschaft über das ganze Ruhrgebiet zu bekommen«, höre ich da jemanden sagen.

Moment ... Ruhrgebiet? Herrschaft? Was haben die Typen vor?! Ich sollte lieber weiter lauschen. Die Unterlagen kann ich auch später suchen.

Als ich durch den Schlitz zwischen Türrahmen und Tür gucke, sehe ich einen Typen mit Einhornkopf. Das ist sicherlich keiner von uns, auch wenn wir bei unseren Aktionen meist Einhornmasken tragen. Nein, das muss K. Einhirn persönlich sein. Der Präsident des neuen Bochum, der nichts anderes als ein übler Diktator ist ... Und der andere ... Das ist doch Salie Brown. Der Essener Präsident. Salie, der früher mal mit uns Einhörnern Seite an Seite gekämpft hat. Die beiden arbeiten zusammen? Oh Gott ... Ich ahne Böses!

»Nun, Salie«, sagt K. Einhirn, und es macht mich ganz verrückt, dass mir nicht einfällt, woher ich seine Stimme kenne, »ich kann dir einen guten Rat geben. Bei uns in Bochum ist jeder Bewohner unter Drogen gesetzt, die Neugierde und Eigeninitiative unterdrücken. Außerdem steuern wir das Wissen der Bewohner durch tägliche Updates im Wissensanpassungszentrum. Ich kann dir gerne Einblick in unsere Verfahren geben, dann kannst du sie auch in Essen anwenden. Und was den Krieg mit Dortmund betrifft ... Das kriegen wir schon hin.«

Ich bin fassungslos. Ich glaube einfach nicht, was ich da höre. Das ist schlimmer als alles, was ich mir vorstellen konnte. Und wenn K. Einhirn und Salie Brown auf die irre Dortmunder Königin treffen, dann Gnade uns Gott!

Plötzlich spüre ich einen dumpfen Schmerz am Hinterkopf und ...

Kapitel 175 Günter Lauch

»Herr Lauch, bringen Sie den Elf bitte ins Gefängnis. Und das unauffällig«, höre ich K. Einhirn rufen.

Auch das noch. Können die Herren Präsidenten das nicht selber machen? Reicht es nicht, dass ich den Elf k.o. geschlagen habe? Ich möchte überhaupt niemanden mehr ins Gefängnis stecken. Keinen Menschen und keinen Elf. Beziehungsweise ... Ich wollte das noch nie. Ich muss es machen. Dabei habe ich wirklich keinen Spaß daran, andere zu quälen.

»Wird es bald, Lauch?«, kommandiert K. Einhirn.

»Jawohl«, sage ich und packe den Elf vorsichtig in die Gefangenentransporttasche. Diese Scheißflügel passen da nicht rein. Mist! Warum auch ausgerechnet ein Elf. Kann das nicht einfach ein Mensch sein?! Während ich den Elf einpacke, höre ich, wie die beiden Präsidenten sich unterhalten.

»Du weißt, wer das ist, Salie, nicht wahr?«, fragt K. Einhirn.

»Natürlich.« Salie nickt. »Raphael. Unser alter Freund. Was waren das noch Zeiten, als wir alle gemeinsam für den Schutz der Natur gekämpft haben ...«

»Dass er hier ist, kann nichts Gutes bedeuten.« K. Einhirn hört sich besorgt an. »Dann sind die anderen Einhörner auch nicht weit weg. Das könnte zum Problem werden.«

Einhörner?, denke ich. Das sind echt komische Typen, die zwei. Wissen die nicht, dass es keine Einhörner gibt? Na ja, bis auf K. Einhirn. Aber der hat ja bloß einen Einhornkopf ... Das hier ist jedenfalls kein Einhorn, sondern eindeutig ein Emscherelf! Ich nehme die Tasche und trage sie ins Gefängnis. Ich schmeiße den Elf in die nächstbeste freie Zelle.

»Lass uns hier raus«, höre ich ein paar der Gefangen rufen. Aber ich ignoriere es. Wie so oft schon. Ich verlasse das Gefängnis und gehe wieder zurück zum Regierungssitz.

Kapitel 176 Raphael

Aua ... Mann, tut das weh ... Mein Kopf ... das ging alles so schnell. Habe ich da einen Schlag gegen bekommen? Wer war das? Wer hat mich verletzt? Wo bin ich? Aua ... So viele Fragen ... Denken tut gar nicht gut ... zumindest jetzt gerade nicht. Soll das hier ein Gefängnis sein?

»Hilfe«, rufe ich verzweifelt. »Kann mich hier jemand rauslassen? Was habe ich getan? Wer seid ihr?«

Schon wieder so viele Fragen ... Och, Mann, diese Schmerzen hält man ja nicht aus.

»Kann ich wenigstens eine Kopfschmerztablette bekommen, von irgendjemandem? Bitte?«, rufe ich genervt und immer noch voller Schmerzen.

Ach nein, warum auch ...

Boah, ist mir langweilig in diesem verdammten Gefängnis. Kann es hier nicht wenigstens Bücher geben oder irgendwas anderes Interessantes? Ach nein, warum auch. Es ist ja ein blödes Gefängnis. In Bochum, wo es sowieso keine Bücher mehr gibt. In so einem Gefängnis muss es wahrscheinlich langweilig sein. Man soll ja keinen Spaß haben. Aber irgendwas muss ich doch machen. Ich könnte Sport machen. Aber neeeee ... Dazu bin ich gerade zu faul. Ich genieße einfach mal die Ruhe. Immerhin kann ich so endlich mal entspannen. Na ja ... entspannen kann man das nicht gerade nennen, wenn hier so ein dämlicher Vogel die ganze Zeit piept.

Zu Hause piept auch dauernd ein Vogel bei uns. Der hört sich genauso an. Moment ... Vogel? Der piept? Warte mal ... Ist das möglich? Kann das Charlie sein? Da oben ist ein Fenster, ich muss da dran kommen.

»Piep. Piep.«

Oh, ist das laut. »Vogel kannst du nicht mal leiser zwitschern? Mein Kopf dröhnt. Oh, warte du bist wirklich Charlie. Lucy hat dich darauf angesetzt, mich zu verfolgen, stimmt's?«

»Piep Piep Piep.«

»Ähm, okay, ich nehme das jetzt mal als ja. Was machst du hier? Und wie hast du mich gefunden?«, frage ich.

»Piep Piep Piep Piep Piep.«

»Ach so, klar, ich habe zwar nichts verstanden, aber danke, dass du hier bist. Kannst du mir Hilfe holen? Kannst du Lucy Bescheid sagen?«

Essen
im Jahr 2127

Kapitel 177 Avery

Am Abend arbeitete Avery in der Bar. Plötzlich ging die Tür auf, und Salie Brown kam herein. Er setzte sich wieder an die Theke und unterhielt sich ein bisschen über dies und das mit Avery.

»Ich habe so ein vertrautes Gefühl, wenn ich mit dir rede«, sagte Salie.

»Ach«, sagte Avery. »Das kommt daher, dass du schon neulich so lange hier warst.«

»Nein«, widersprach Salie. »Das meine ich nicht. Es kommt mir vor, als würde ich dich schon von früher kennen.«

Was soll ich dazu sagen, dachte sich Avery. Sie schaute auf die Uhr »Oh, meine Schicht ist gleich zu Ende ... Sag mal ... Warum bist du Präsident geworden?«

»Ich ... ich musste mitansehen, wie dieses Dreistromland immer mehr zerfiel. Ich wollte es wiedervereinigen.«

Immerhin, dachte Avery. Vielleicht wird es ihm ein Trost sein, dass wir ihn für eine Sache opfern, die er auch gewollt hat, ehe der Hunger nach Macht, ehe die Gier ihn auf den falschen Weg gebracht hat.

Dann sah sie, wie Salie auf den Flexxiscreen über der Bar starrte. »Kannst du das lauter machen?«, fragte Salie.

> *»... wurde Adam N. heute festgenommen. Er wird des Mordes an Ringo Pottgießer beschuldigt. Identifiziert werden konnte er aufgrund seines Flexxiarms. Die Ermittlungen zu den Hintergründen der Tat sind noch nicht abgeschlossen. Laut ersten Aussagen von Adam N. könnte es sich aber um einen Auftragsmord gehandelt haben ...«*

»Ich muss los«, sagte Salie, der plötzlich sehr blass geworden war, und legte Avery einen Geldschein auf die Theke.

Kapitel 178 Jasmin

Jasmin ging sofort zu ihrem Flexximobil, kaum dass Salie angerufen hatte. Sie machte sich schnell auf den Weg nach Hause. Sie war auf Wolke sieben. Sie hatte so auf einen Abend gewartet, an dem sie und Salie endlich wieder alleine waren. Was sie nicht wusste, war, dass ihr Treffen nicht enden würde, wie sie es sich vorgestellt hatte.

Salie klingelte pünktlich bei Jasmin.

Jasmins Herz klopfte wie verrückt.

Sie schaute sich noch einmal im Spiegel an und machte dann erst die Tür auf.

»Hi«, sagte sie schüchtern.

»Hi«, antwortete Salie. »Darf ich reinkommen?«

»Ja, klar«, antwortete sie.

Sie setzten sich auf die Couch. Jasmin konnte sich gar nicht konzentrieren. Sie schaute nur in seine braunen Augen und starrte seine Lippen an.

»Jasmin ... Ich muss dir da was sagen, das habe ich bisher keinem gesagt, weil ... weil ich mich innerlich so scheiße fühle.«

Jasmin wunderte sich. Sie hatte null Ahnung, wovon Salie da sprach.

»Ich hab jemanden dafür engagiert, einen Mann umzubringen ...«, sagte er.

»Wie bitte? Du hast was?«, fragte Jasmin.

»Ich ... Also, ich habe ihn nicht direkt dazu beauftragt, aber er sollte dafür sorgen, dass IDEA eine kleine Firma aufkauft. Ich hatte gesagt: *mit allen Mitteln*. Und dazu gehörte offenbar auch Mord ...«

Jasmin sagte nichts. Denn sie war ohnmächtig geworden.

Als sie wieder zu sich kam, hatte Salie sie in eine waagerechte Position gebracht und ihr ein Tuch auf die Stirn gelegt, das er mit kaltem Wasser getränkt hatte. Jasmin wollte aufstehen. Doch Salie sagte: »Nein, bleib besser noch liegen.«

Sie fühlte sich sicher bei ihm, und sie hatte das Gefühl, dass auch er sich bei ihr wohlfühlte.

»Wieso hast du das getan?«, fragte sie ihn.

»Weil ich die Firma haben wollte ... Ich bin gerade überfordert. Ich weiß nicht, was ich machen soll. Seitdem ich Präsident bin, habe ich alles gemacht, ohne ein zweites Mal darüber nachzudenken. Ich dachte immer, alles was ich mache, ist richtig ... Aber das ist es nicht! Ich habe noch viel mehr Dinge getan, die ich bereue. Ich habe so viel falsch gemacht ... Ich möchte, dass du mir hilfst, Jasmin ... bitte.«

Jasmin war natürlich bereit, alles für ihn zu tun. »Ich helfe dir, wo ich kann ...«

»Ich wusste, dass ich auf dich zählen kann«, sagte Salie. »Ich möchte, dass du morgen ein Live-Interview veröffentlichst. In dem ich allen die Wahrheit erzähle. Ich möchte nicht mehr mit meinen Schuldgefühlen leben.«

Sie sah ihn erschrocken an. »Bist du sicher, Salie?«

Er nickte. »Lieber mein restliches Leben im Knast verbringen, als mit diesen Gefühlen zu leben und noch mehr Menschen ins Unglück zu reißen«, sagte er.

Sie hatte Tränen in den Augen. Salie wischte sie weg und schaute Jasmin an.

Jasmin sagte: »Ich liebe dich.«

Salie erwiderte: »Ich dich auch.«

Sie küssten sich.

»Ich werde alles versuchen, um das Interview machen zu dürfen«, sagte sie. »Aber ich kann mir nicht vorstellen, dass der Chef ein Exklusivinterview mit dem Präsidenten ablehnen wird. Wir werden alles zusammen schaffen, ich verspreche es dir.«

Sie lehnte ihren Kopf an seine Schulter, und er küsste ihre Stirn.

Kapitel 179 Savannah

»Also«, erklärte Savannah Avery, nachdem diese aus der Bar nach Hause gekommen war. »Wir haben da für morgen diese Aktion geplant.«

»Eine Aktion?«, fragte Avery.

Savannah nickte. »Ich erzähle dir schnell alles. Wir wollen eine Flugblattaktion durchführen. Ich weiß, was du jetzt denkst ... Wieder nur Worte statt Taten.«

Avery schüttelte lächelnd den Kopf. »Meine Strategie ist ordentlich schiefgegangen, ich höre mir jetzt erst mal eure an.«

»Gut«, sagte Savannah. »Wir haben diese Fotos, die Hope gemacht hat. Fotos von Raketen, die IDEA gekauft hat. Und da Salie Brown ja der größte Anteilseigner ist ...«

»... hat er seine Finger auch bei den Raketen im Spiel«, ergänzte Avery. »Aber was, wenn man uns erwischt?«

»Darum musst du dir keine Sorgen machen, wir werden sie nicht selbst verteilen«, sagte Savannah und holte einen großen Karton mit Flugblättern. »Wir haben jemanden, der es für uns macht. Strauße.«

»Strauße?«, fragte Avery. »Sind das irgendwelche neuen Drohnen?«

Savannah lachte. »Nicht ganz. Es sind echte Strauße, denen Lucy das Fliegen beigebracht hat.«

Kapitel 180 Jasmin

Am nächsten Morgen erwachte Jasmin von einem Kuss auf die Stirn. Salie hatte Frühstück gemacht.

»Frühstück im Bett mit meinem Traummann, wie herrlich«, sagte sie.

»Gewöhn dich lieber nicht dran«, sagte Salie. »Wenn wir das mit dem Interview machen, wirst du eine Weile ohne mich auskommen müssen, fürchte ich.«

Sie aßen und redeten über alles Mögliche. Nach dem Frühstück machte sich Jasmin auf den Weg zur Arbeit. Sie musste erst mal ihren Chef fragen. Es tat ihr weh, auch nur daran zu denken, welche Folgen das Interview für Salie haben würde. Und Hope ... Was würde sie sagen? Nun, Jasmin würde ihr alles später erklären. Hope war ohnehin nicht da, obwohl Jasmin viel später zur Arbeit gekommen war als sonst.

Jasmin ging also zum Chef und erzählte ihm, dass Salie etwas Wichtiges zu verkünden hätte. Ein Exklusivinterview. Mehr hätte er Jasmin auch nicht verraten.

Natürlich sagte der Chef nicht nein. »Wir können es gleich heute bringen«, sagte er.

»Ja«, antwortete Jasmin mit dünner Stimme. »Das ist gut.«

Wie viel Zeit würde ihnen nach dem Interview wohl bleiben, bis Salie in Haft wäre? Und für wie lange würde er in Haft bleiben müssen? In jedem Fall würde er Jasmin an seiner Seite haben. Sie würde ihn natürlich jeden Tag besuchen gehen. Hauptsache, sie hatten sich gefunden. Und Hope? Würde sie Verständnis für ihren Bruder haben? Nun, man würde sehen.

Kapitel 181 Savannah

»Lucy, was soll ich jetzt tun?«, fragte Savannah aufgeregt.

»Du bringst den Straußen die Flugblätter. Hope wird dir helfen. Und ich gebe den Vögeln die letzten Anweisungen.«

Savannah packte einen Stapel Flugblätter und öffnete das Fenster des Zimmers, in dem sich die Emschergroppen befanden.

»Was für ein Ort ist das eigentlich?«, fragte Savannah.

»Ach, das ist die alte Bude von meiner Freundin. Sie hat hier früher gewohnt. Als sie Chefin der Abteilung G34 bei IDEA wurde, verließ sie die Wohnung und tauchte hier nie mehr auf. Es war ihr zu dunkel. Und zu weit von der Stadt entfernt. Verkaufen wollte sie die Wohnung aber auch nicht«, sagte Hope.

»Kommt, ihr Frauen, wir haben später mehr Zeit zum Plaudern. Jetzt starten unsere Strauße«, sagte Lucy.

Sie standen am Fenster und sahen, wie die großen Vögel davonflogen.

»Ah, wir werden alles verändern, sagt mir mein Bauchgefühl«, meinte Hope.

Die Strauße kamen nach zwanzig Minuten zurück. Avery und Jeff, die in der Stadt gewartet hatten, schickten Aufnahmen über ihre Holofone, auf denen zu sehen war, wie die Strauße die Flugblätter mitten in Essen abgeworfen hatten.

»Wir müssen von hier verschwinden«, sagte Savannah.

»Wieso?«, fragte Hope.

»Avery warnt uns, dass die Sicherheitskräfte Drohnen eingesetzt haben. Lass die Strauße fliegen. Und dann schnell weg von hier.«

So schnell sie konnten, machten sie sich auf den Weg zur Zeche Carl, zurück zu Tate und Paul.

»Tate, wir haben gute Neuigkeiten. Die Welt hat soeben die Wahrheit über Salie erfahren. Dieses Mal müssen sie uns doch glauben«, sagte Savannah.

»Das wird die Welt verändern«, sagte Lucy.

»Die Welt hat sich schon verändert«, sagte Tate.

»Was?«, fragte Savannah. »So schnell?«

»Na ja, es wurde eben im Fernsehen gezeigt«, sagte Tate.
»Wirklich?«, fragte Hope. »Wir haben es mit der Aktion ins Fernsehen geschafft?«
»Dann lief es noch besser, als ich gehofft hatte«, sagte Lucy.
Die drei freuten sich.
»Nein, nein.« Tate lachte. »Ihr habt mich falsch verstanden. Die Flugblätter brauchten wir gar nicht mehr. Salie hat im Fernsehen alles selbst zugegeben.«
»Was?«, fragten Lucy, Savannah und Hope gleichzeitig.
»Eure Flugblattaktion war toll«, sagte Paul. »Nur leider etwas zu spät.«
Er aktivierte den Flexxiscreen. »Das Interview läuft noch immer auf allen Kanälen in Dauerschleife«, sagte er.
»Huch«, sagte Hope plötzlich. »Wie kommt der Vogel hier rein?«
»Charlie«, sagte Lucy erfreut. »Das ist Charlie.«
Der kleine Vogel zwitscherte aufgeregt. Lucy wurde blass. »Sie haben Raphael«, sagte sie. »Die Bochumer Regierung hat Raphael festgenommen. Ich muss sofort zu den Einhörnern.«

Kapitel 182 Lucy

»Lucy, Lucy«, hörte ich jemanden panisch rufen. »Ich habe Raphael gefunden, aber es wird dir nicht gefallen.«
Charlie war schon wieder da. Oh nein, wenn sie das schon so sagte. Das hatte nichts Gutes zu bedeuten.
»Beruhig dich erst mal und atme mal ganz ruhig«, versuchte ich Charlie zu beruhigen. Doch sie hörte mir gar nicht zu und redete weiter: »Lucy, trommle die ganzen Einhörner zusammen! Wir müssen Raphael schnell befreien, bevor ihm was passiert.«
Befreien? Was hatte der schon wieder gemacht?!
»Charlie, wo ist Raphael?«, fragte ich nun sehr ängstlich.
»Er wurde beim Spionieren erwischt und sitzt jetzt in Bochum im Käfig! Ich habe es mit eigenen Augen gesehen«, piepste sie aufgeregt.
Das konnte nicht sein! Im Gefängnis? Musste er sich immer in Gefahr bringen?! Wenn das so war, mussten wir wirklich schnell handeln!
»Gehen wir zu den anderen Einhörnern und stürmen wir das Gefängnis!«, brüllte ich die arme Charlie schon fast an.
»Sie haben Raphael«, sagte ich zu den anderen. »Die Bochumer Regierung hat Raphael festgenommen. Ich muss sofort zu den Einhörnern.«
Ohne noch irgendwas zu sagen, rannte ich mit Blitzgeschwindigkeit nach Castrop-Rauxel zu unserem Hauptversteck.

Kapitel 183 Jasmin und Salie

Jasmin: Sehr geehrte Damen und Herren, wir sind hier heute wieder live dabei mit einem ganz besonderen Gast, Herrn Salie Brown, dem Präsidenten von Essen.

Salie: Danke, Jasmin. Heute wird es auch ganz besonders. Heute werde ich nicht über die Umwelt reden oder darüber, was ich alles toll gemacht habe. Heute sage ich der Bevölkerung von Essen die Wahrheit. Heute werden alle wissen, wer Salie Brown wirklich ist und was er gemacht hat.

Pause.

Sie werden erfahren, wie Salie seine Macht als Präsident ausgenutzt hat. Denn seit ich regiere, habe ich mich verändert. Zuerst wollte ich mehr Macht. Und dafür brauchte ich mehr Profit. In meinem Auftrag hat der IDEA-Konzern Menschen erpresst, um an weitere Firmen und Patente zu kommen.

Jasmin: Das ist furchtbar, Herr Brown. Wie weit sind diese Erpressungen gegangen?

Salie: Es wurden Leute bedroht und sogar umgebracht. Gestern ging die Meldung durch die Presse, dass der Mörder von Ringo Pottgießer gefasst wurde. Aber glauben Sie mir, er war nicht der wahre Mörder. Ich habe IDEA damit beauftragt, habe gesagt, jedes Mittel sei recht, damit ich an die Firma von Pottgießer komme. Und IDEA hat den Mann erpresst, damit er Ringo Pottgießer tötet ... Der wahre Mörder ... bin ich.

Jasmin: Herr Brown, können Sie uns sagen, warum Sie das alles gemacht haben? Die Essener haben Ihnen vollkommen vertraut. Sie mochten Sie. Sie waren sehr froh, dass Sie der Präsident sind. Warum haben Sie uns betrogen?

Salie: Macht. Und Profit. Aber das ist ja noch nicht alles.

Jasmin: Bitte erzählen Sie. Nahezu alle Essener sehen gerade dieses Interview und wollen die Wahrheit wissen.

Salie: Ich habe Steuergelder ausgegeben, die für den Umweltschutz gedacht waren, um viele Waffen zu kaufen und zu produzieren.

Jasmin: Aber mit den Waffen wollten Sie doch sicher das Land schützen. Haben Sie nicht deswegen die Waffen besorgt?

Salie: Schützen? Vor wem denn?

Jasmin: Dortmund. Vor der Königin dort.

Salie: Ja, es stimmt. Zunächst wollte ich das Land schützen. Viele Länder haben jetzt Waffen. Ich habe anfangs wirklich gedacht, dass der Krieg bald ausbricht. Und dass wir vielleicht von Dortmund angegriffen werden. Dortmund plant, Raketenabschussrampen zu bauen. In Castrop-Rauxel. Und in Dortmund

	sollte ein Staudamm gebaut werden, der dafür gesorgt hätte, dass wir von der Emscher nicht mehr viel Wasser bekommen. Ich musste also mehr und mehr Waffen besorgen, um Essen zu beschützen.
Jasmin:	Dann haben Sie das doch richtig gemacht. Warum aber im Geheimen? Warum haben Sie die Bevölkerung nicht eingeweiht? Wir hätten Sie unterstützen können.
Salie:	Ja, Sie haben recht. Ich habe aber auch weiter Waffen gekauft, als mir klar war, dass es so schnell keinen Krieg geben würde. Ich habe versucht, die Dortmunder Königin zu provozieren. Ich habe mich mit dem Bochumer Präsidenten verbündet, um einen Krieg anzuzetteln. Ich habe ... ich habe sogar mit dem Gedanken gespielt, die Wissensanpassung zu übernehmen, die in Bochum betrieben wird, um meine Widersacher mundtot zu machen. Ich war so dumm ... Ich hatte Macht, Geld und war beliebt. Ich hätte so viel Gutes erreichen können ... Aber ich wollte immer mehr Macht haben. Ich wollte auch Macht über Dortmund haben. Über das ganze Emscherland, am liebsten sogar über das gesamte Dreistromland. Und dafür brauchte ich einen Krieg. Ich war egoistisch. Ich habe große Gewissensbisse. Ich kann nicht mehr damit leben. Ich habe euch im Stich gelassen. Ich bitte euch, mir zu verzeihen. Ich bin nicht perfekt. Bitte verzeiht mir eines Tages. Ich werde die Verantwortung für alles übernehmen, was ich getan habe. Ich hasse mich jetzt selber und schäme mich. Meine Gerissenheit tut mir inzwischen weh. Ich will nicht mehr Präsident sein. Ich trete hiermit zurück. Vergesst mich. Salie Brown ist nicht mehr da.

Plötzlich bricht Salie zusammen.

Jasmin fängt an zu schreien: »Rettungsdienst, Rettungsdienst, Rettungsdienst. Schnell, schnell.«

Salie fällt vom Stuhl auf den Boden. Vielleicht wird er sterben, aber zumindest hat er den Essenern vorher alles gesagt. Jasmin schreit und schreit, aber Salie wacht nicht auf. Der Rettungsdienst ist endlich da, und Salie wird ins Krankenhaus gebracht.

Kapitel 184 Annie

Ich sitze schon den ganzen Tag in meinem Dachgarten, habe mich gerade darum gekümmert, dass die Wasserfilter für das Beet richtig eingestellt sind. Bei dem schönen Wetter heute bleibe ich aber gerne noch etwas draußen sitzen. Es ist immer so still hier oben, und die Luft fühlt sich so viel angenehmer an als unten.

Es ist schon ziemlich schade, dass die meisten Bewohner der Flexxiglaswohnungen ihre Gärten hier oben nur benutzen, um schöne Blumen zu pflanzen, und blind diese Tabletten von IDEA als Nahrung nehmen, statt zumindest ein wenig selber anzubauen. Doch als ich in die anderen kleinen Gärten schaue, keiner größer als fünf mal fünf Meter, sehe ich die schönen Blumen. Im Nachbargarten diese blutroten Orchideen. Früher habe ich mir so eine Blume immer ins Haar gesteckt, wenn Tate und ich picknicken waren. Doch nachdem wir kaum noch an frische Lebensmittel kommen konnten, haben wir uns entschieden, den Dachgarten für Obst und Gemüse zu verwenden. Deswegen habe ich die Orchideen unseren Nachbarn geschenkt, damit ich sie mir wenigstens noch ansehen kann. Sie würden mir welche geben, wenn ich fragen würde, aber ohne Tate ist es nicht mehr dasselbe. Ich wünschte, er käme wieder nach Hause und alles könnte wieder so wie früher sein.

Auf einmal wird es ganz schön windig hier oben. Ich sollte wohl besser wieder rein. Ich betrete die Wolkenrolle und drücke 78 – die höchste Etage. Tate mag den Weitblick auf Essen. Kein Wunder, dass er eine der obersten Wohnungen haben wollte. Die neuen Häuser wurden generell in die Höhe gebaut. Hatte optisch was, aber vor allem war so am Boden genug Platz für Grünanlagen, die das Klima in der Stadt halbwegs stabil halten.

Die Wolkenrolle hält. In der obersten Etage gibt es fünf Wohnungen. Es waren die teuersten, aber auch die mit dem schönsten Ausblick. Und Geld hat bei Tate nach der Erfindung der Flexxibeine keine Rolle mehr gespielt. Wenn doch unser Ringo zu uns gekommen wäre mit seinen Geldproblemen damals, habe ich immer gedacht. Wenn er doch nicht so stolz gewesen wäre. Jetzt wissen wir aber, warum Ringo wirklich gestorben ist. Das versetzt mich in ein großes emotionales Chaos. Ich bin erleichtert, dass er sich nicht umgebracht hat, dass er nicht mit dem Gefühl gestorben ist, dass wir alle ihn im Stich gelassen haben. Gleichzeitig erscheint mir der Tod meines Sohnes nun noch so viel sinnloser.

Ich trete an die Wohnungstür, lasse meine Augen scannen, und die Tür öffnet sich. Auch deswegen kann Tate seine eigene Wohnung nicht mehr betreten. Er würde sofort vom Überwachungsapparat der Regierung erfasst werden.

Für einen allein ist die Wohnung viel zu groß. Der Gang hinter der Tür führt in das Wohnzimmer, wo eine riesige Flexxiglasfront den Blick auf das gesamte Gebiet freigibt. Moment mal, sind das da am Horizont Strauße? Ich sollte die Nachrichten einschalten, um zu sehen, ob die Flugblattaktion Wirkung gezeigt hat. Aber mir ist nicht danach. Ich habe Angst, dass wir wieder nur mit Aufwand eine Aktion geplant haben, die dann doch nichts verändert. Deshalb switche ich die großen Fenster, die gleichzeitig als Multimediageräte dienen, nicht in den Fernsehmodus um, sondern mache mich auf den Weg in die Küche.

Als ich das Wohnzimmer verlasse und die Küche betrete, geht das Licht im Wohnzimmer aus und das in der Küche an. Die Wohnung ist darauf ausgerichtet, so wenig Energie wie möglich zu verbrauchen und das Leben dabei trotzdem so angenehm wie möglich zu gestalten.

Während ich Essen für mich zubereite, höre ich, wie es draußen anfängt zu regnen. Es hat zu selten geregnet in letzter Zeit, doch zum Glück halten die unterirdischen Wassertanks die Grünflächen gleichbleibend feucht. Ich schaue nach draußen. Es sieht so schön aus, wenn die Gebäude ihre Regenblütenblätter öffnen und dann so aussehen wie riesige Blumen. Durch diese Technik wird das Regenwasser effektiv aufgefangen, um Hochwasser zu vermeiden. In Wasseraufbereitungsanlagen wird es zu Trinkwasser. Jetzt beginnt die Regenzeit. Da wird es nötig sein, viel Wasser aufzufangen und für die Trockenzeiten bereitzuhalten.

Oh, Mist! Ich bemerke, dass mir das Essen gleich anbrennt, und renne zurück zum Herd. Die können die Wohnung noch so modern machen, doch dafür sorgen, dass sich der Herd rechtzeitig ausschaltet, das können sie nicht ... Der Herd deaktiviert sich nämlich erst, wenn der Rauchmelder anspringt. Immerhin schon mal was.

Während ich am Küchentisch esse, aktiviere ich mein Holofon.

Eine Nachricht von Pauls Holofon: *Morgen komme ich nach Hause. Tate*

Ich schreibe: *Tate, bist du verrückt geworden? Der Präsident wird dich umbringen lassen.*

Die Antwort: *Oma, wir haben keinen Präsidenten mehr. Hast du die Nachrichten nicht gesehen? Paul.*

Ich laufe zurück ins Wohnzimmer. Das Licht deaktiviert sich in der Küche – wie immer.

Bochum
im Jahr 2127

Kapitel 185 Patryk

»Bist du noch da, Patryk?«, fragte mich meine Oma.
    Ich öffnete die Augen. Das half aber nicht viel, da es in der Zelle dunkel war.
»Ja, bin ich, Omi, seid ihr schon wach?«, fragte ich.
    »Ja«, sagte mein Opa. Ich hatte gehofft, seine Stimme zu hören. Denn es ging ihm schließlich schlecht. Auch jetzt musste er husten. Ich hörte ihn schwer und laut atmen. Ich wusste, dass auch meine Oma nur zu gut hören konnte, wie schwer Opa das Atmen fiel.
    »Na, Opa geht es dir gut?«, fragte ich betont fröhlich, obwohl ich die Antwort kannte.
    »Nein, Schatz, deinem Opa geht es ziemlich schlecht«, antwortete Oma an Opas Stelle. »Er braucht dringend Medikamente und Wasser.«
    Ich hörte, wie Opas Bett quietschte, als er sich wieder hinlegte.
    Die Betten waren schon alt und quietschten bei jeder kleinsten Bewegung.
    »Zofia, Schatz, waren die Wachen schon bei uns?«, fragte Opa und atmete wieder sehr laut.
    »Nein, Vieslav, waren sie nicht«, log meine Oma. Sie und ich wussten genau, dass die Wachen schon da gewesen waren. Aber ich wusste auch, dass Oma Opa nur anlog, um ihm ein bisschen Hoffnung auf Wasser und Medikamente zu geben.
    Sie waren bei uns gewesen, hatten aber die Sachen, um die wir gebeten hatten, nicht mitgebracht. Schon wieder nicht. Aber Opa musste das nicht wissen. Schon allein deshalb, weil er schnell die Kontrolle über sich verlor. Aufregung war nicht gut für ihn in diesem Zustand, aber wie sollte man einen fast zwei Meter großen und breitschultrigen Elf so einfach beruhigen?
    In dem Moment öffnete sich die Zellentür und Licht von Taschenlampen fiel in die Zelle. War es möglich, dass sie uns doch noch brachten, worum wir gebeten hatten?
    Günter Lauch und sein Kumpel Teris Tomate, der heute noch viel knalliger rot leuchtete als sonst, kamen in die Zelle. Ich stellte mich vor Oma und Opa, um die beiden zu schützen.
    »Leg dich wieder hin, du Stück Dreck«, sagte Teris und blendete meine Augen mit seiner Taschenlampe. »Wir haben einen Gast für euch.«
    Einen Gast, dachte ich. Savannah, oh Gott, lass es bitte nicht Savannah sein, dachte ich. Sag bitte, dass sie Savannah nicht geschnappt oder ihr sonst was angetan haben. Sonst mache ich aus diesem Teris Tomatensuppe. Es war so viele Jahre her, dass wir Savannah das letzte Mal gesehen hatten. Ich hoffte so

sehr, dass sie in Sicherheit war. Ich schirmte meine Augen ab und konnte eine große Gestalt erkennen.

»Einer von eurer Sorte«, sagte Teris, spuckte auf den Boden und gab dem Gefangenen einen solchen Schubs, dass der auf dem Boden landete. Im Licht der Taschenlampen erkannte ich ihn sofort.

»Ihr bekommt eine Fastfood-Tablette für jeden von euch und vier Flaschen Wasser für vier Tage«, sagte Lauch und stellte eine Tüte auf den Tisch.

Es wunderte mich, dass Lauch so nett zu uns war. Offenbar hatte er gute Laune. Ich biss mir auf die Zunge, um keinen blöden Spruch rauszuhauen. Ich wollte ihm seine gute Laune nicht vermiesen. Sonst würde er die Tüte vielleicht wieder mitnehmen. Oder Oma und Opa etwas antun.

Lauch und Teris verließen die Zelle. Als sie die Tür schlossen, verschwanden sie aus meinem Blickfeld.

»Na, wie hältst du dich?«, fragte ich den Elf, den sie gebracht hatten.

»Ganz gut ... Wenn man das gut nennen kann.« Der Elf lachte bitter. »Ich heiße ...«

»Raphael«, unterbrach mein Opa ihn. »Das wissen wir. Mein Sohn und seine Frau haben dich sehr bewundert. Sie sind nach Turan ausgewandert.«

»Vielleicht ein Segen für die beiden«, sagte Raphael. »Und wer seid ihr?«

»Ich bin Vieslav Knipps. Das hier sind meine Ehefrau Zofia und mein Enkel Patryk. Meine Enkelin Savannah gehörte zu den Ingenieuren, die die Stadt überbauen sollten. Aber sie ist geflohen, hat man uns gesagt. Wir waren zu der Zeit evakuiert. Als wir zurückkamen, war die Stadt schon umgebaut. Das Wissen wurde kontrolliert. Aber mit einigen anderen schafften wir es, uns gegen das Wissensdiktat zu schützen und als Rebellen im Untergrund zu kämpfen. Olaf hieß unser Anführer. Dann hat man uns erwischt und eingesperrt. Das ist jetzt ewig her. Ich habe aufgegeben, die Jahre zu zählen ...«

Meine Oma unterbrach ihn: »Raphael, wie geht es Lucy? Schreibt sie noch?«

»Ihr geht's einigermaßen gut, danke«, sagte Raphael. »Aber zum Schreiben hat sie keine Zeit mehr. Sie kämpft zusammen mit mir im Widerstand in Dortmund und Castrop. Ich habe eine Frage«, fuhr er fort. »Wenn ihr im Widerstand gekämpft habt, warum haben sie euch dann eingesperrt. Wäre es nicht einfacher gewesen, euch einfach zu töten?«

»Ja«, sagte Opa. »Aber sie haben wohl ein gewisses ... Forschungsinteresse an unserer Familie. Unsere Enkelkinder haben verschiedene Gaben. Unsere Enkelin kann die Vergangenheit eines Gegenstandes sehen. Und Patryk kann Menschen falsche Zukunftsträume in den Kopf setzen. Wir haben keine solchen Fähigkeiten. Ich weiß nicht, woher die Kinder sie haben. Es ist einfach so. Die Regierung hofft wohl herauszufinden, wie Patryks Gabe funktioniert, um ihre Wissensmanipulation zu perfektionieren.«

»Interessant«, sagte Raphael.

»Und warum bist du hier?«, fragte ich ihn.

»Ich wurde erwischt, als ich hier im Regierungssitz spioniert habe ... Äh ... Nicht wirklich professionell«, sagte Raphael und lachte.

Opa lachte auch, musste aber sofort husten.

»Vieslav, du solltest etwas trinken«, sagte Raphael und reichte ihm eine Flasche Wasser.

»Danke, du aber auch, du schlechter Spion«, sagte Opa und lachte wieder hustend. Wir alle lachten. Es war einer der wenigen Momente, in denen uns nach Lachen zumute war. Und das erste Mal seit Monaten, dass ich Opa lachen sah.

»Ich war zuerst in einer Einzelzelle untergebracht«, sagte Raphael. »Offenbar brauchten sie die für andere Zwecke.«

»Patryk«, sagte Oma plötzlich erschrocken zu mir. »Es ist schon spät. Sie werden dich gleich zu den Untersuchungen abholen. Wir sollten lieber noch schnell etwas essen.«

Oma nahm eine der kleinen Tabletten und spuckte darauf. Aus der Tablette wurde Brot, das Oma unter uns aufteilte.

Es wurde langsam hell. Licht fiel durch das Kerkerfenster. Raphael blickte zu Boden. »Lucy wird vielleicht bald kommen, um uns zu retten«, flüsterte Raphael uns zu. »Ich habe eine Nachricht an sie geschickt. Ich hoffe, Lucy bekommt sie ...«

Und zum ersten Mal nach Jahren sah ich so etwas wie Hoffnung auf Opas Gesicht.

Kapitel 186 Soraya

Soraya machte sich auf den Weg zu Cynthias Baumhaus, weil sie wusste, dass das ein Ort war, wo sie Cynthia auf jeden Fall antreffen würde, früher oder später. So war es auch. Cynthia saß unweit ihres Baumhauses am Bach.

»Cynthia, Cynthia, ich bin's, Soraya. Erinnerst du dich noch an mich?«, fragte Soraya.

»Ja, was gibt es denn?«, fragte Cynthia.

»Ich muss dir was erzählen, es ist wichtig«, sagte Soraya. »Lass uns an einen ungestörten Ort gehen.«

»Ja, okay, ich komm ja schon, worum geht's denn überhaupt?«, fragte Cynthia verwirrt.

»Cynthia, ich muss dir von meiner Mutter erzählen. Sie hat im Widerstand gegen die Regierung gekämpft, und mein Vater wurde deswegen von der Regierung gezwungen, sie ins Gefängnis zu werfen«, sagte Soraya.

Cynthia sagte: »Was habe ich mit deiner Mutter zu tun? Aber warte, Widerstand, sagst du? Soraya, woher weißt du das alles?«

»Das weiß ich alles – nun ja – von Infinity«, sagte Soraya.

»Infinity? Was ist ein Infinity?«, fragte Cynthia.

»Infinity ist ein Wassergeist, der in die Vergangenheit schauen kann«, erklärte Soraya.

»Ein Wassergeist, der in die Vergangenheit schauen kann?«, fragte Cynthia.

»Ja, komm mit, ich zeig sie dir einfach. Sie ist mittlerweile bei mir zu Hause«, sagte Soraya und forderte Cynthia mit einer Handbewegung auf, ihr zu folgen.

In der Villa am Marsee angekommen, gingen die beiden in Sorayas Zimmer.

»Schau hier, das ist Infinity.« Soraya zeigte auf das Aquarium.

»Das soll Infinity sein? Das ist doch nur ein Aquarium mit Wasser.« Cynthia schaute mit fragendem Blick in das Aquarium.

»Ja, da ist das Problem. Infinity kommt nur, wenn jemand weint«, erklärte Soraya.

Beide schauten sich an und wussten nicht, wie sie jetzt jemanden zum Weinen bringen sollten.

In dem Moment kam Fredi rein, schaute sich das Aquarium an und fing an zu quengeln: »Warum haben diese Augen so ein großes Aquarium und ich nur so ein kleines, das ist unfair!«

Soraya kam der Gedanke, dass Cynthia und sie Fredi ärgern könnten, damit er anfängt zu weinen.

Cynthia hatte offenbar die gleiche Idee, denn sie sagte: »Tja, die Augen sind nun mal wichtiger als du.«

»Ja, und alle wichtigen Dinge brauchen große Gefäße«, erklärte Soraya.

»Aber, aber ...«, stotterte Fredi.

»Du bist einfach nicht wichtig genug«, sagte Cynthia.

Da fing Fredi an zu weinen. »Ihr seid so gemein«, sagte er und watschelte traurig raus. In dem Moment aber, in dem Fredi zu weinen begonnen hatte, regte sich Infinity in ihrem Aquarium.

»Juhu, unser Plan ist aufgegangen«, freute sich Soraya.

»Ist das, was da aus dem Aquarium ragt, Infinity?«, wollte Cynthia wissen.

»Ja, ich bin Infinity, und wir kennen uns auch eigentlich schon, Cynthia«, sagte Infinity.

»Das weiß Cynthia nicht mehr, weil alles Wissen der Vergangenheit bei ihr im Wissensanpassungszentrum überspielt wurde«, erklärte Soraya.

»Ich weiß. Deshalb hast du auch keine Ahnung mehr, dass deine Eltern damals im Widerstand gekämpft haben, nicht wahr, Cynthia?«, fragte Infinity.

»Meine Eltern? Du weißt was über meine Eltern?«, fragte Cynthia.

»Ja, ich weiß alles über deine Eltern«, sagte Infinity.

»Erzählst du mir von ihnen?«, fragte Cynthia.

»Gerne. Also, deine Eltern haben damals genau wie Sorayas Mutter im Widerstand dagegen gekämpft, dass die Regierung das Wissen der Menschen kontrolliert. Sie haben sich dafür eingesetzt, dass Bücher erhalten bleiben und die Wissensanpassungszentren abgeschafft werden. Unter einem Zentrum liegt die alte Bücherei sogar noch, und du warst schon mal da, um etwas über deine Eltern herauszufinden«, erzählte Infinity.

»Und was ist mit meinen Eltern und Sorayas Mutter passiert?«, fragte Cynthia.

»Nun, Sorayas Mutter wurde von ihrem eigenen Mann – Sorayas Vater – ins Gefängnis gesteckt, weil die Regierung in ihr eine Bedrohung gesehen und Sorayas Vater dazu gezwungen hat, und …«

»Aber das heißt ja, dass meine Eltern auch noch am Leben sind und in diesem Gefängnis sitzen«, unterbrach Cynthia Infinitys Erzählung hoffnungsvoll. »Da müssen wir hin und sie befreien!«

Sie war schon fast aus Sorayas Zimmer verschwunden und rief im Gehen: »Komm Soraya!«

»Cynthia, warte!« Infinity versuchte, Cynthia aufzuhalten, aber die war nicht von ihrem Plan abzubringen. So lief Soraya hinter Cynthia her und beide machten sich auf den Weg.

»Aber Cynthia«, sagte Soraya, »wie sollen wir sie allein aus dem Gefängnis befreien?«

»Nicht allein.« Cynthia schüttelte den Kopf. »Wir bitten die Hüter des Lebens um Hilfe.«

Soraya und Cynthia (Illustrationen: Cora Knüppel, Alma Kokollari)

Dreistromland
im Jahr 2127

Kapitel 187 Lucy

Aufgeregt kam ich in der Zeche Erin an.

»Ey, Leute, macht euch bereit! Schnell! Wir stürmen das Gefängnis in Bochum! Sie haben Raphael gefangen genommen!«, schrie ich.

Die anderen Einhörner guckten mich geschockt an.

»Lucy, das muss alles geplant werden. Wir können nicht einfach so ins Gefängnis einmarschieren«, sagte Marc.

André fügte hinzu: »Lucy, versteh das nicht falsch, aber wie sollen wir das anstellen? Denkst du, wir gehen hin, klingeln an und fragen, ob die so nett sein könnten und Raphael rauslassen?«

Was war nur los mit denen? Wollten die mir gerade sagen, dass die ein Einhorn einfach im Stich lassen wollen? »Es geht nun mal nicht anders. Sie werden sonst schlimme Dinge mit Raphael tun. Ihn einer Hirnmanipulation unterziehen. Oder Schlimmeres. Wir sind doch genug. Wir fragen die Bochumer Rebellen, ob sie uns helfen. Die haben da bestimmt nichts gegen. Vielleicht sitzen im Gefängnis auch Leute, die sie befreien wollen. Wir können Raphael nicht einfach im Stich lassen.« Ich versuchte, meine Tränen zu unterdrücken. Tränen der Enttäuschung und Wut.

»Lucy, ich kann doch nicht so schnell fliegen, hättest du nicht was sagen oder mich vorwarnen können?«, sagte Charlie, die mir in erstaunlicher Geschwindigkeit nach Castrop-Rauxel und bis ins Bergwerk gefolgt war, sehr erschöpft. Oh nein, ich hatte sie echt komplett vergessen, aber Raphael brauchte eben meine Hilfe.

»Charlie, es tut mir leid, aber wird dürfen keine Zeit verlieren. Wir müssen die Bochumer Rebellen zusammentrommeln.«

Dann wandte ich mich wieder an meine Gefährten. »Einhörner, sitzt nicht so rum, sondern helft mir. Wir müssen schnell handeln und versuchen, einen Plan aufzustellen. Jetzt!«, brüllte ich sie an.

Es schien, als ob das Anbrüllen wirklich was bewirkt hatte.

»Ich gebe den Bochumer Rebellen Bescheid, ich werde mich beeilen«, sagte Melisa, die mittlerweile eine von uns geworden war, und machte sich auf den Weg.

Plötzlich fingen alle an wie wild durcheinander zu reden, da jeder was zum Plan beitragen wollte.

»Woher weißt du überhaupt, dass Raphael da im Gefängnis sitzt?«, fragte mich plötzlich Marc. War ja klar, dass er mir nicht vertraut.

»Er hat mir einen Brief hinterlassen, aus dem hervorging, dass er etwas Gefährliches vorhat. Als ich das gelesen habe, habe ich Charlie nach Bochum geschickt. Da ein Vogel wahrscheinlich weniger auffällt als eine Fee. Sie hat mir gesagt, dass sie Raphael gesehen hat, und dass er im Gefängnis sitzt! Entweder du vertraust mir oder du lässt es sein! Wenn ihr mir nicht helfen wollt, dann befreie ich ihn halt alleine!«, schnauzte ich die ganze Truppe an. Ich brauchte deren Hilfe nicht.

»Lucy, beruhig dich. Natürlich glauben wir dir«, sagte André.

Ich schaute Marc mit einem bösen Blick an und wollte auch schon wieder anfangen mich aufzuregen, da kam schon Melisa mit den Bochumer Rebellen zurück.

»Wir haben gehört, dass ihr unsere Hilfe braucht«, sagte Bodo.

»Wir müssen Raphael aus dem Gefängnis befreien«, rief ich.

Bodo nickte. »Tatsächlich haben wir unverhofft Verstärkung von zwei neuen Mitgliedern bekommen, die ebenfalls ein gewisses Interesse haben, ins Gefängnis einzubrechen.« Er zeigte auf eine kahlgeschorene Frau in Kampfmontur und auf ein Mädchen mit langen Haaren. »Das sind Cynthia und Soraya.«

Ich nickte. »Dann lasst uns die Bochumer Regierung stürzen!«, schrie ich.

»Sachte, Lucy«, versuchte Bodo mich zu zügeln. »Für den Sturz der Regierung ist die Zeit noch nicht reif. Wir müssen uns erst einmal auf einen gezielten Einbruch ins Gefängnis beschränken. Das Problem ist bloß ... Wir wissen nicht einmal, wo es ist.«

»Charlie weiß es!«, sagte ich aufgeregt. »Und ich kenne außerdem eine Fee, die Baupläne des alten und des neuen Bochum hat.«

»Na dann«, sagte Bodo. »Lasst uns einen Plan schmieden.«

Kapitel 188 Savannah

»Sind wir auch wirklich zur richtigen Zeit da?«, fragte Savannah ihre Freundin.

»Ja, beruhige dich, ich hab alles mehrfach kontrolliert. Lucy hat gesagt, sie kommen um 15 Uhr an ... Ich hab alles im Griff. Keine Sorge«, sagte Avery.

»Wo bleiben sie denn nur?«, fragte Savannah aufgeregt und schaute sich an der Haltestelle um, an der ihre Familie ankommen sollte. »Und was, wenn sie mich nicht mehr mögen? Was mach ich dann?«

»Dann kannst du nichts tun, aber sie haben keinen Grund, dich nicht zu mögen. Du bist wunderbar. Du musst mehr an dich glauben. Ich bin ja an deiner Seite.« Avery griff nach Savannahs Hand.

»Ich weiß. Es ist nur ... Die kennen mich doch gar nicht mehr. Und dich kennen sie auch noch nicht. Und sie waren so lange eingesperrt, wer weiß, wie es ihnen geht? Ich mache mir halt Sorgen. Mein Bruder und ich haben immer eine so enge Verbindung gehabt. Wenn das jetzt alles nicht mehr da ist ...«, sagte Savannah nervös.

»Oh, die wird schon noch da sein. Du musst dir keinen Kopf darum machen. Du weißt doch, wenn etwas passieren soll, dann wird es auch passieren. Und jetzt, wo es nicht passiert, sollten wir uns nicht drum kümmern.«

»Ja, stimmt. Das hast du schön gesagt.«

»Danke, ist von Hagrid«, sagte Avery.

»Ah, du hast es doch gelesen«, sagte Savannah und umarmte Avery.

»Ja, hab ich. Es war dir ja wichtig, dass ich *Harry Potter* lese, also habe ich es auch getan«, sagte Avery und kuschelte sich in Savannahs Arm. »Hey, da kommen sie«, sagte sie und wischte Savannahs Wangen ab. »Alles wird gut.«

Savannah winkte ihrer Familie, ihr Bruder rannte auf sie zu, und die beiden umarmten sich lange.

Avery guckte die beiden verwundert an. »Hätte ich nicht gewusst, dass ihr Geschwister seid, hätte ich glatt gedacht, ihr wärt ein Pärchen, das sich seit Jahren nicht gesehen hat«, bemerkte sie, und zwei scheinbar identische Augenpaare blickten sie an.

»Ach, das eine stimmt ja«, sagte Patryk. »Wir haben uns seit Jahren nicht gesehen. Hi, ich bin übrigens Patryk, der Bruder von Savannah, aber das weißt du ja offenbar schon.«

»Hi, ich bin Avery. Keine Fee. Und die Freundin von Savannah«, sagte Avery und schüttelte Patryk die Hand, die er ihr reichte.

»Schön dich kennenzulernen, Avery«, sagte Patryk und nahm die Tasche, die vorher Avery getragen hatte.

Die Großeltern waren jetzt auch bei den dreien angekommen.

»Hallo«, sagte Savannahs Opa, und Savannah fiel erst ihm, dann ihrer Oma um den Hals und fing an zu weinen.

»Wein nicht, wnusia[33], es gibt keinen Grund dafür«, sagte die Omi.

»Ja, wir leben noch. Und jetzt sind wir alle wieder zusammen«, sagte Vieslav.

»Ihr habt ja recht, es sind nur die ganzen Emotionen.« Savannah schluchzte noch ein wenig. »So lange hab ich gedacht, ich sehe euch nie mehr wieder. Und jetzt seid ihr endlich da.«

»Und wer ist die junge Dame?«, fragte Zofia lächelnd.

Savannah setzte an: »Das ist Avery, meine ...«

Aber Avery unterbrach sie: »Ich bin die Verlobte von Savannah. Hoffe ich jedenfalls.« Schon kniete sie vor Savannah. »Willst du, Savannah, mich bis zum Ende meines Lebens begleiten?«, fragte sie und holte einen schmalen Ring mit einem kleinen blauen Diamanten aus ihrer Tasche.

»Ja, will ich«, sagte Savannah und fing schon wieder an zu weinen vor Freunde.

»Da haben wir ja mehr als nur einen Grund zu feiern«, sagte Zofia.

---

33 Polnisch für »Enkelin«.

Kapitel 189 Lilith

Heute wird Adam Naimov seine Strafe bekommen. Adam Naimov, der meinen Mann umgebracht hat. Ich hasse sogar seinen Namen. Immer wenn ich seinen Namen höre, denke ich daran, wie Ringo sterben musste. Hatte dieser Adam Naimov kein Mitleid, als er ihn tötete? Ringo hat nie etwas Schlimmes getan. Es ist nicht gerecht, dass er für immer von uns gehen, dass er sein Leben lassen musste.

Jetzt, hier im Gerichtssaal, sehe ich den Mörder mit eigenen Augen. Aber ich kann nichts tun. Wieso lassen meine Gedanken mich nicht in Ruhe? Meine Gedanken sagen mir, dass ich diesen Kerl umbringen sollte, noch bevor der Richter entscheidet.

Er muss sterben wie Ringo. Damit es wenigstens ein bisschen Gerechtigkeit gibt. Naimov hat es nicht verdient weiterzuleben. Es ist mir egal, was danach mit mir passiert, Hauptsache, ich nehme diesem Mörder sein Leben.

Alle stehen auf, als der Richter reinkommt. Unsere Familie sitzt zusammen. Links von mir Tate und Annie, rechts von mir Paul und Mustafa.

Hier habe ich sicher nicht die Chance, Adam anzugreifen. Ich bin voller Wut und grüble darüber, wie ich diesen Adam umlegen kann. Aber Annie, Annie, die die Gefühle anderer lesen kann, merkt natürlich alles. Sie weiß, wie wütend ich bin. Sie drückt meine Hände und sagt, dass alles gut wird, dass Adam die gerechte Strafe bekommen wird für das, was er getan hat.

Paul und Mustafa blicken ernst und gefasst und schweigen. Auch Tate und Annie wirken so ruhig, als hätten sie nicht ihren Sohn verloren, als hätte Adam nicht die schlimmste Bestrafung verdient. Ich sehe keinen Hass in ihren Augen. Ich fühle mich, als ob ich die einzige wäre, die sich Sorgen macht, welches Urteil der Richter sprechen wird.

Fast könnte man denken, dass Annie und Tate Mitleid mit dem Mörder haben. Aber das alles ist mir in diesem Moment egal. Jetzt ist mir nur wichtig, dass Adam Naimov bestraft wird.

Er steht vor dem Richter und schaut immer wieder in unsere Richtung. Ich blicke ihm ohne Mitleid und voller Feindseligkeit in die Augen. Etwas irritiert mich. Er sieht nicht aus, wie ich mir einen kaltblütigen Mörder vorgestellt habe. In seinen Augen sehe ich keine Kälte, keine Mordlust. Ich sehe in ihnen Angst und Befangenheit. Ist das sein Plan? Will er dem Richter etwas vormachen? Ihn überzeugen, dass er unschuldig ist? Adam steht vor dem Richter und schwört, dass er die Wahrheit sagt und nichts als die Wahrheit. Jetzt werde ich sehen, ob er auch wirklich die Wahrheit sagt oder den Richter mit seinen traurigen Augen verarschen will. Mit seinen traurigen Augen, die voller Angst sind. Nein, ich werde diesen Augen nie vertrauen. Es war Absicht. Adam Naimov hat Ringo umgebracht. Und das sagt er auch. Er gibt es zu. Alle wissen, dass er der Mörder ist. Ich werde ihm nie vergeben. Bis zu meinem Tod werde ich ihm nicht vergeben.

Naimov gibt alles zu. Er arbeitete für IDEA. Für den Manager Goldschmidt-Gayle, der uns Ringos Firma weggenommen hat.

Adam sagt: »Ich habe das nicht gewollt. Ich wollte Ringo Pottgießer nicht töten. Ich habe getan, was Goldschmidt-Gayle mir aufgetragen hat. Ich wollte mich weigern, aber er hat mich erpresst und bedroht. Ich hätte sonst keine Medikamente mehr gegen die Blaue Pest bekommen. Medikamente, die ich brauche, um zu leben. Die mein Sohn Tim braucht, um zu überleben. Ich habe Ringo Pottgießer umgebracht, damit Tim weiterleben kann. Ich hatte keine Wahl. Ich musste es tun. Sonst wäre mein Sohn gestorben. Aber ich nehme die volle Schuld auf mich.«

Keine Wahl, denke ich? Man hat immer eine Wahl. Nur Ringo konnte nicht wählen, ob er sterben wollte oder nicht.

Die Verteidigung bringt Beweise vor, die zeigen sollen, dass Adam Naimov unter Zwang gehandelt hat. Auch das Geständnis von Salie Brown wird als Beweis vorgebracht.

Dann ist es so weit. Der Richter will das Urteil verkünden. Alle sind still. Alle wollen die Entscheidung des Richters hören.

Der Richter spricht Adam Naimov schuldig. Aber er lässt als mildernde Umstände gelten, dass Naimov unter Zwang gehandelt hat. Ich kann nicht glauben, was ich da höre. Naimov bekommt nur eine Bewährungsstrafe.

»Lassen Sie sich das eine Warnung sein«, sagt der Richter. »Wenn Sie sich in Zukunft etwas zuschulden kommen lassen, wandern Sie ein.«

Naimov schaut uns an. Als wollte er uns etwas sagen. Vielleicht will er sich entschuldigen. Aber er hat keinen Mut, sich bei uns zu entschuldigen und verlässt sofort den Gerichtssaal. Auch Tate, Annie und meine Söhne wollen gehen. Keiner sagt etwas dazu, wie es sein kann, dass der Mörder noch frei herumläuft.

Sie diskutieren nur darüber, was wir machen, wenn wir Ringos Firma zurückbekommen sollten – eine Entscheidung, die vertagt wurde.

Tate sagt: »Ich finde, du solltest die Firma dann führen, Paul. Du bist genauso erfinderisch wie dein Vater es war. Lilith und Mustafa werden dich unterstützen. Nicht wahr, Lilith?«

Er schaut mich erwartungsvoll an. Ich sage nichts.

Annie sagt mir: »Ich weiß, dass du noch voller Wut bist, Lilith. Du willst, dass Adam eine härtere Strafe kriegt, willst ihm deine Meinung sagen. Aber das brauchen wir nicht mehr. Ich war auch wütend. Ich wollte auch, dass er bestraft wird. Aber seine Lebenssituation ist schlimm genug. Wenn ich an seiner Stelle gewesen wäre, ich hätte das Gleiche getan, um das Leben meines Sohnes zu retten ...«

»Aber er hat das Leben deines Sohnes genommen!«, sage ich.

Annie schüttelt den Kopf. »Adam hat getan, was man ihm befahl. Goldschmidt-Gayle und Salie Brown haben das Leben meines Sohnes genommen. Salie Brown ist im Gefängnis, Goldschmidt-Gayle ist tot – sie haben bekommen, was sie verdienten.«

»Richtig«, sage ich. »Goldschmidt-Gayle ist tot. Er kann nicht bezeugen, dass das, was Naimov sagt, stimmt. Wer sagt mir, ob Goldschmidt-Gayle ihm das wirklich befohlen hat? Kann doch auch sein, dass Adam Naimov Freude daran hatte, Ringo zu töten. Oder dass er nur auf das Geld aus war, das er dafür bekam.«

Annie sagt noch etwas, aber ich höre ihre Worte nicht. Mein Körper ist zwar bei Annie, Tate und meinen Söhnen, aber meine Gedanken sind bei Adam Naimov. Bei Adam Naimov, der noch immer frei herumläuft, während Ringo nie wieder irgendwohin laufen wird. Wie konnte der Richter Naimov nach dem, was er meinem Mann angetan hat, einfach freilassen und ihm nur eine Bewährungsstrafe geben? Er ist ein Mörder! Wie kann ich akzeptieren, dass ich mit eigenen Augen mitansehen muss, wie der Täter nach Hause geht und sein Leben genießt?

Nein, ich werde es nicht akzeptieren. Ich werde Naimovs Leben zu einer Nacht ohne Licht machen, zu einem Himmel ohne Sterne. Ich werde sein Leben zu einem Buch ohne Wörter machen. So wertlos, dass er wünscht, er wäre tot. Er soll niemals vergessen, was er Ringo angetan hat. Und damit auch mir und unseren Söhnen.

Er hätte wissen müssen, was er uns damit antut. Er ist doch auch Vater und Ehemann. Er hat doch auch Familie, ein Kind und eine Frau, die ihn vermissen würden, genau wie meine Familie Ringo vermisst.

Die anderen reden miteinander über dies und das. Meine Wut wird immer größer, ich kann es nicht mehr aushalten. Ich werde tun, was ich tun muss. Was jeder an meiner Stelle tun sollte. Ich verabschiede mich von meiner Familie mit der Begründung, ich müsse noch etwas erledigen.

»Tu nichts, was du bereuen könntest«, sagt Annie und wirft mir einen besorgten Blick zu.

Ich schüttle nur den Kopf und laufe in die Richtung, in die Naimov verschwunden ist. Als ich ihn vor mir die Straße entlanggehen sehe, verlangsame ich meinen Schritt. Ich werde ihn nicht hier auf dem Weg umbringen, sondern bei ihm zu Hause, wo sein Kind und seine Frau es auch sehen und davon lernen, wie sich der Schmerz anfühlt, den Mann, den Vater zu verlieren. Wie die Schmerzen im Herzen bleiben und nie wieder verschwinden.

Ich werde in seine Wohnung eindringen, mir ein Messer schnappen und ihn einfach umbringen. Ich verfolge ihn bis zu dem Haus, in dem er zu wohnen scheint. Er hat sich nicht einmal umgeguckt. Ist langsam die Straße entlang gelaufen, so seelenruhig, als ob er nichts getan hätte.

Ich kann durch ein Fenster im Erdgeschoss bis in seine Wohnung sehen. Sein kleiner Sohn rennt zu ihm und umarmt ihn. Ich schleiche mich heran. Durch ein weiteres Fenster kann ich in die Küche sehen. Dort steht er jetzt. Mit seiner Frau und seinem Sohn. Das Haus ist noch ein altes Modell. Sie haben fast nichts in der Wohnung. Alles sieht alt und schmutzig aus. Warum wohnen sie nicht in einer modernen Wohnung, wenn er doch für IDEA arbeitet?

Die Küche sieht kahl aus. Ich sehe, wie sie den Tisch zu decken beginnen. Adam Naimov scheint Schwierigkeiten mit seiner Hand zu haben. Seine Frau nimmt ihm die Teller ab und deckt den Tisch allein. Er hat den Arm durch die Blaue Pest verloren, hat Naimov vor Gericht erzählt.

Ich beobachte den Jungen. Er ist noch sehr klein. Ob er weiß, dass er die Krankheit seines Vaters geerbt hat? Ich stelle mir den Kleinen ohne Arm vor. Diese Krankheit könnte ihm das Leben nehmen.

Ich erinnere mich an Mustafa und Paul, als sie klein waren. Und plötzlich, in diesem Moment, verstehe ich, warum Adam Naimov getan hat, was er tat. Plötzlich weiß ich, wie schwer sein Leben ist. Es ist unmöglich für mich, das nicht mehr zu sehen. Und ich verstehe auch, was Annie mir sagen wollte.

Ich gehe vom Fenster weg, ehe sie mich entdecken können. Ich schaue ins letzte Zimmer. Ein Schlafzimmer, von dem offenbar ein kleines Bad abgeht. Mehr Raum ist in der Wohnung nicht. Im Schlafzimmer stehen ein altes Bett und ein Schrank. In der Ecke ist ein Kinderbett. Ich kann nicht mehr bleiben. Ich muss hier weg. Es stimmt, denke ich. Was Annie gesagt hat und was Adam Naimov vor Gericht ausgesagt hat, stimmt. Dass er keine andere Wahl hatte. Sie hat versucht, mir das alles zu erklären. Aber ich habe sie nicht ausreden lasse. Naimov ist schon gestraft genug. Sogar seine Familie ist gestraft. Auf einmal habe ich Mitleid mit ihm.

Kapitel 190 Lucy

Ich bin immer noch sauer auf Raphael, und das zeige ich ihm auch. Zwar würde ich ihn am liebsten erdrücken vor Freude, dass ich ihn gesund wieder hab, aber das soll er nicht wissen! Er soll fühlen, dass ich richtig sauer auf ihn bin, vielleicht denkt er dann nächstes Mal zuerst darüber nach, wie es mir mit seinen waghalsigen Aktionen geht und was für Sorgen ich mir mache!

»Mein Feensternchen, jetzt komm doch mal her«, bittet Raphael mich, als wir wieder zu Hause sind.

Das kann er vergessen, ich werde stur bleiben! »Scheiß auf dein Feensternchen. Ich werde nicht zu dir kommen! Was hast du dir eigentlich dabei gedacht? Dass ich mir keine Sorgen mache, wenn ich den Brief finde?«, schnauze ich ihn an. »Außerdem hast du eine Umarmung und einen Kuss von mir bekommen, als wir dich aus diesem Scheißgefängnis befreit haben!«, füge ich noch schnell hinzu. Ich darf nicht nachgeben. Ich kann ihm das nicht einfach so verzeihen. Wenn ihm was passiert wäre … Ich darf gar nicht daran denken … Trotzdem bin ich so sauer auf ihn!

»Ach Lucy, komm schon. Ich lebe doch! Und es ist ja nichts Schlimmes passiert.«

»Nichts Schlimmes? Wenn ich Charlie nicht losgeschickt hätte, wärst du jetzt vielleicht ein hirnmanipulierter Zombie! Noch lebst du, aber das kann ich ändern! Was hast du dir eigentlich dabei gedacht?«, keife ich Raphael weiter an.

Ich kann mich jetzt aber nicht länger zurückhalten und fange an zu weinen. »Ich habe mir solche Sorgen um dich gemacht! Hast du mal daran gedacht, wie ich mich gefühlt habe, als Charlie mir Bescheid gesagt hat? Ich hatte noch nie solch eine Riesenangst, dich zu verlieren!«

Raphael guckt mich erschrocken an. »Lucy, du hast recht. Ich habe nicht daran gedacht, in was für eine Situation ich dich gebracht habe. Du bist doch mein Feensternchen. Verzeih mir. Bitte. Ich verspreche dir, dass ich nie wieder abhaue, ohne vorher mit dir geredet zu haben. Oder ich lasse mich nächstes Mal einfach nicht erwischen«, sagt er lachend.

Ich werfe ihm einen bösen Blick zu. »Versprich nichts, was du nicht halten kannst«, sage ich traurig.

»Großes Elfenehrenwort!«, sagt er.

Mit bleibt nichts anderes übrig, als ihm zu glauben, auch wenn mir irgendwas sagt, dass er sowieso abhauen wird.

»Ist gut«, brumme ich.

»Jetzt hör auf zu weinen, meine Kleine.« Raphael nimmt mich in den Arm. Ich höre noch Charlie leise vor dem Fenster zwitschern, bis Raphael und ich Arm in Arm einschlafen. So haben wir schon lange nicht mehr geschlafen. Gute Na...

Kapitel 191 Tobias

Tobias schloss die Tür auf. Die Holztreppe, die sich auf der linken Seite nach oben erstreckte, das Fenster mit dem schiefen Griff und die kaputte Fliese hinten in der Ecke – alles war noch genau so wie an dem Tag, als sie die Kisten aus dem Haus getragen hatten. Manche Kleinigkeiten wären anderen vielleicht gar nicht aufgefallen, aber er verband sie sofort mit Erinnerungen. Er lief die Treppe hoch, wobei sein Blick aus dem Fenster glitt. Dort sah Tobias die fröhlich lachenden Nachbarskinder im Garten spielen. Unweigerlich musste er bei diesem Anblick lächeln. Als er oben angekommen war, ging er zielstrebig auf die Schlafzimmertür zu. Ihm kam die altbekannte Wärme entgegen, die sich hier unterm Dach immer ansammelte. Tobias drehte sich um. Hinter ihm stand seine Frau Magda, die ihn anlächelte.

Der Kies knirschte unter ihren Füßen. Die kleine Familie ging glücklich durch die Siedlung am Emscherufer. Endlich war alles hier wieder belebt. Ein Jogger hätte sie fast umgerannt, eine Familie picknickte auf dem saftig grünen Rasen, und ein paar Jugendliche lieferten sich ein Rennen mit ihren Flexxibikes. Gemütlich dackelten die Alten mit ihren Rollatoren durch die Gegend. Magda,

Sarah und Tobias hatten kein Ziel, aber irgendwann kamen sie an einer ganz speziellen Stelle an. Es war die Stelle, wo Sarah die tote Felicitas Hundertwasser gefunden hatte. Weder Sarah noch Tobias würden dieses Ereignis wohl jemals aus dem Kopf bekommen. Automatisch nahm Tobias die Hand seiner Tochter und drückte sie sanft. Sie standen noch eine Weile schweigend dort, bis sie weitergingen. Tobias aber dachte trotzdem noch ein wenig nach. War Felicitas' Tod nötig gewesen? Oder wäre auch so alles aufgeflogen und gut gegangen?

Kapitel 192 Klett

Das erste, was ich sah, als ich meine Augen öffnete, war das grelle Licht, das mich blendete. Sofort kniff ich die Augen wieder zu.

Wo bin ich?, fragte ich mich selbst.

Mit der Hand beschirmte ich mein Gesicht ein wenig und öffnete noch mal die Augen. Es dauerte eine Weile, bis ich mich an das Licht gewöhnt hatte. Ich schaute mich um, überall waren Schläuche. Den ersten bemerkte ich an meiner Nase. Ich riss ihn von mir weg. Was war das? Ich schaute ihn mir genauer an und begriff, dass es eine Nasensonde war. Noch mehr auf den Sack ging mir aber das andere Teil, das die ganze Zeit piepte. Es zeigte meinen Herzschlag an, vermutete ich, als ich die Kabel bis hin zu den Aufklebern auf meiner Brust verfolgt hatte. In meinem linken Handrücken steckte eine Nadel – wofür auch immer ich die brauchte. In meinem Bauch steckte noch eine andere Nadel, an der hing ein Schlauch, durch den eine durchsichtige Flüssigkeit lief. Verfolgte ich den Schlauch weiter, führte er meinen Blick zu einer Flasche, auf der *NaCl* stand. Was auch immer das zu bedeuten hatte. Außerdem war mein Bein eingegipst. Ich erinnerte mich plötzlich wieder daran, was geschehen war. Bei dem Gedanken zuckte ich zusammen.

Abgesehen von der Nasensonde ließ ich alles so, wie es war. Bestimmt hatte ich das hier alles nötig. Diese Gegenstände zeigten mir, dass ich wohl in einem Krankenhaus lag, und ich erinnerte mich verdammt gut, warum ich hier war. Ja, ich wusste es genau. Es war ja auch nicht so, als würde jeden Tag jemand von einem Dino fast totgetrampelt. Viel wichtiger als mein Zustand war nun allerdings, dass ich meinem Chef Bescheid geben musste, wer diese Dinosaurier freigelassen hatte.

Es klopfte.

»Herein!«, rief ich.

Da wurde die Tür aufgestoßen, knallte gegen die Wand, und ich sah nur noch, wie plötzlich Tessa vor mir stand.

»Klett, du bist wach?«, schrie sie.

»Äh ... ja, sieht so aus, ne?« Verwirrt schaute ich sie an.

Was hatte sie denn? Sie kam auf mich zugerannt, zerquetschte mich erst mit ihrer Umarmung, und dann küsste sie mich. Das alles ging so schnell, dass ich weder die Umarmung noch den Kuss erwidern konnte. Mein Herzfrequenzmessgerät piepte deutlich schneller.

Tessa löste sich von mir, und ich sah, dass sie weinte.

»Was ist los, Tessa? Warum weinst du?«

Sie trat einen Schritt zurück. »Wie? Weißt du eigentlich, wie lange ich darauf gewartet habe, dass du aufwachst? Ich dachte, du stirbst oder liegst für immer im Koma. Jeden Tag habe ich dich besucht und an deinem Bett darauf gewartet, dass du endlich die Augen öffnest. Aber nein, du lagst nur da mit den ganzen Schläuchen an dir dran und hast keinen Mucks gesagt. Und dann komme ich heute wieder und du liegst hier, als wäre nichts gewesen.«

Ich starrte sie nur an. Ich war auch zu nichts anderem mehr fähig. »Äh ... wie ...«, stotterte ich schließlich. »Was für ein Koma, Tessa?«

»Ist das dein Ernst?«, fragte Tessa. »Kannst du dich nicht daran erinnern, dass du von einem Dinosaurier plattgetrampelt wurdest?«

»Doch, natürlich kann ich mich daran erinnern. Das war gestern ...«

»Was heißt hier gestern, Klett?«, unterbrach sie mich. »Das ist Wochen her! Du hast die ganze Zeit im Koma gelegen!«

Ich starrte sie abermals an.

»Klett«, sagte sie nach einer Weile. »Du hast so einiges verpasst.«

»Was?«, fragte ich. Mehr brachte ich nicht heraus.

Sie setzte sich zu mir aufs Bett, sorgfältig darauf bedacht, keinen Schlauch abzureißen oder gegen mein Bein zu stoßen. Dann nahm sie meine Hand. »Boah, wo soll ich anfangen? Also, die Dinosaurier, die dich verletzt haben, wurden freigelassen, um so zu verhindern, dass der Park Emscherland abgerissen wird.«

»Ich weiß«, entgegnete ich. »Das waren die Einhörner. Mein Chef muss dringend Bescheid wissen, Tessa! Kann ich dein Holofon benutzen?«

»Was? Warte!«, widersprach sie. »Es hat sich einiges geändert. Deine Chefs sind jetzt ... die Einhörner. Klett, ... deinen Chef anzurufen, würde dir nicht viel bringen.«

»WAS sind die?!«, schrie ich Tessa an.

»Sie ... sind die gewählte Partei«, erklärte Tessa. »Es gab Neuwahlen. Und die Einhörner haben gewonnen und die neue Regierung gebildet.«

»Die?!«, empörte ich mich.

»Jetzt hör mir doch mal zu!«, sagte Tessa unwirsch. »Unsere Castroper Regierung musste zurücktreten, weil sie mit der Dortmunder Königin gemeinsame Sache gemacht hat. Es kam heraus, dass die Königin unserer Regierung Geld gezahlt hat, um auf dem Gelände des Parks Emscherland Raketenabschussrampen zu bauen. Um für einen Krieg gegen Bochum und Essen gerüstet zu sein.« Tessas Stimme überschlug sich fast, als sie weiter erzählte. »Stell dir vor, Klett: Die Einhörner haben das herausgefunden, und sie haben es auch geschafft, dass der Park wieder aufgebaut wird, weil sie ... Ja, genau, ... weil sie auch den Staudammbau verhindert haben, denn ... denn sie haben gemeinsam mit meinem Kollegen Derek ... Du erinnerst dich doch an Derek? ... Derek Malakoff ... Jedenfalls, Derek und die Einhörner haben herausgefunden, dass der Staudamm auf Sand und Moor gebaut werden sollte. Eine Riesensauerei! Mein Chef und der Bauleiter des Staudammprojekts – der übrigens verschwunden ist! – und die Dortmunder Bauministerin wollten das vertuschen.« Sie holte kurz Luft. Mir schwirrte langsam der Kopf von all diesen Neuigkeiten. »Also, jedenfalls wurde der Staudamm nicht gebaut, und der Park Emscherland konnte erhalten bleiben«, setzte Tessa ihren Bericht fort. »Das war genau das, was die Menschen wollten. Und deshalb sind die Einhörner natürlich sehr beliebt bei der Bevölkerung und wurden bei der kurzfristig angesetzten Neuwahl auch gewählt. Und so bilden sie jetzt die Regierung.« Tessa schaute mich erwartungsvoll an, streichelte meine Hand, die sie immer noch festhielt, und verschränkte dann meine Finger mit ihren.

Wenn ich in ihre lieblich braunen Augen sah, wurde ich ganz ruhig. Ihre Aura entspannte mich. Ich atmete einmal tief durch.

»Also, im Grunde genommen sind die Leute, die ich verfolgt und ausspioniert habe, jetzt meine Vorgesetzten?«

Tessa nickte nur.

Eine Weile herrschte Schweigen. Tessa ließ mir Zeit, das alles zu verarbeiten. Es war wirklich eine Menge passiert. Schon komisch, dass sich die Welt einfach so weitergedreht hatte, auch ohne mich. Jeder hatte sein Leben weitergelebt. Jeder ... außer Tessa. Sie war jeden Tag zu mir gekommen.

»Und wie war für dich die Zeit, als ich hier lag?«, fragte ich und brach so das Schweigen.

Sie schaute mich an und berührte meine Wange. Ich sah eine Träne ihr Gesicht herablaufen. Ich wischte sie weg. Das war für mich Antwort genug. Ich musste mir ja nur vorstellen, wie *ich* mich fühlen würde, wenn *sie* im Koma läge.

»Ich arbeite übrigens nicht mehr bei Goldschmidt«, sagte Tessa. Wahrscheinlich, um das Thema zu wechseln. Ich ließ sie gewähren. »Es gibt mehrere Gründe. Der Hauptgrund ist aber, dass ich entsetzt über die miesen Machenschaften meines Chefs war. Weil er von der Dortmunder Königin Geld bekommen hat, war er bereit, den Staudamm trotz aller Gefahren, die er verursachen würde, zu bauen. Dafür hat er sogar die Dortmunder Umweltministerin geschmiert. Und dass der Staudammbau für alle flussabwärts liegenden Städte verheerend gewesen wäre, war ihm auch egal. Ich wollte kündigen, aber das hat sich erledigt. Denn die Firma Goldschmidt gibt es ohnehin nicht mehr. Mein ehemaliger Chef muss sich jetzt für alles verantworten, was er getan hat. Dazu gehört sogar Anstiftung zum Mord an einer Journalistin.«

Ich ließ das einen Moment sacken. Dann fragte ich: »Und was machst du jetzt?«

Ein kleines Lächeln huschte über ihr Gesicht. »Ich arbeite als Pressesprecherin des Parks Emscherland, der schon bald wiedereröffnet wird.«

»Das ist schön, Tessa! Bist du denn glücklich dort?«, fragte ich.

Sie nickte. »Aber am glücklichsten bin ich darüber, dass du wieder aufgewacht bist ... Offensichtlich ohne Folgeschäden. Dass ich dich jetzt wiederhabe!«, sagte sie und schaute mich mit so viel Liebe an, dass ich gar nicht anders konnte, als sie zu küssen. Sie erwiderte den Kuss sofort. Und ich wusste, egal, was passieren würde, egal was die Zukunft bringen mochte, Tessa würde für immer an meiner Seite bleiben.

Kapitel 193 Amalia

Heute ist es endlich soweit, heute werden die Dinosaurier nach Castrop-Rauxel zurückgebracht. Reinhardt hat die letzten Tage von nichts anderem geredet, aber dass ihm Tiere wichtig sind, wusste ich ja schon immer. Man kann über ihn sagen, was man will. Der Schutz aller Wehrlosen war stets sein oberstes Ziel. Es ist so schön, ihn nah bei mir zu haben. Wie lange ich Reinhardt schon kenne ... Schon seit den Tagen des Widerstands im 19. Jahrhundert. Damals hätte ich nicht gedacht, dass er und ich mal ein Paar werden würden. Er hatte einfach ein viel zu weiches Herz. Doch er hat bewiesen, dass mehr in ihm steckt. Ich meine damit nicht unbedingt, wie er diesen Boss von IDEA aus den Latschen geballert hat, sondern vielmehr, wie er mit Verstand und Einsatzbereitschaft geholfen und auf diese Weise auch mich gerettet hat.

Jetzt sollte ich mich aber beeilen. Der Dino-Transport geht gleich los, und ich muss noch auf die andere Seite der Biokuppel *Arche Noah*. Dort sollen die Dinos rausgelassen werden, um von Essen nach Castrop-Rauxel überführt zu werden. Mein einziges Problem ist jetzt, dass diese verdammte Kuppel von allen Seiten fast identisch aussieht. Wo ist denn da die Rückseite?

Meine Gedanken werden unterbrochen, als auf einmal eine Sirene ertönt und mehrere Flexxi-Hubschrauber auf die Kuppel zusteuern.

Was ist denn nur los? Ist jetzt doch Krieg ausgebrochen oder was?! Werden wir angegriffen? Dann sehe ich das Logo auf den Hubschraubern: *Mercier Logistics*. Und ich sehe, wie das Flexxiglas der Kuppel sich zur Seite schiebt, und eine riesige, torähnliche Öffnung sich auftut. Ich schaue ungläubig auf. Das muss ich mir näher ansehen. Vielleicht finde ich ja nebenbei Reinhardt.

Als ich am Rand dieses riesigen Tores ankomme, bebt auf einmal die Erde unter mir. Als ich einen Blick in die Kuppel werfe, erkenne ich auch den Grund: sechs riesige Brontosaurier. Und ein Junges. Vor ihnen mehrere Fahrzeuge, auf denen Menschen mit waffenähnlichen Gegenständen sitzen. Die wollen doch nicht etwa ...? Ich will schon losstürmen und diese Leute zurechtstutzen, da legt jemand die Hand auf meine Schulter. »Sei bitte nicht wütend«, sagt die mir nur zu vertraute Stimme, »du weißt doch, wie Menschen sind: immerzu misstrauisch.«

»Du hast ja so recht, Reinhardt«, sage ich und fasse nach seiner Hand.

Kapitel 194 Reinhardt

Amalia hatte schon wieder diesen fiesen Blick drauf gehabt, doch zum Glück konnte ich sie beruhigen. Ich selbst war natürlich auch nicht gerade froh darüber, dass die hier 'ne halbe Armee auf die Beine stellten, um die Dinos zum Rhein-Herne-Kanal zu begleiten. Aber so waren Menschen nun mal.

Der Konvoi setzte sich nun in Bewegung. Es ging jedoch nur langsam voran. Dinos sind halt keine D-Züge. Amalia und ich konnten ihnen ohne Probleme im Spaziertempo hinterherlaufen. Endlich erreichten wir den Kanal und die Dinos wurden auf die Frachter verladen. Die Wagen fuhren schon zurück, doch die Flexxi-Hubschrauber würden sie vermutlich noch bis Castrop begleiten.

Die Frachter lösten sich von der Anlegestelle und fuhren los. Ich saß mit Amalia am Ufer. Vor wenigen Wochen wäre das noch nicht möglich gewesen.

Illustration: Jana Schumann

»Yallah, Brudah, auf nach Hause!«, brüllte einer der Brontos mir zu.
Und ich fremdschämte mich mal wieder fast zu Tode.
»Was ist los, Reini? Was hat der Große denn gesagt?«, fragte Amalia.
»Ach … er meinte: *Home, sweet home*«, antwortete ich lachend.
Wir schauten den Schiffen hinterher, bis sie außer Sichtweite waren.
»Du, die feiern heute noch ein großes Eröffnungsfest im Park Emscherland«, sagte ich schließlich zu Amalia. »Sollen wir hin?«
Sie schmunzelte und sagte: »Warum nicht?«

Kapitel 195 Sophie

Ein wahres Wunder!
Park Emscherland wiedereröffnet!
Welterbe gerettet!

Die Nachrichten waren voll davon. Hunderte von Menschen gingen, nein, sie rannten beinahe zu dem großen Park, der nun wiedereröffnet wurde. Kinder liefen durch das blühende Labyrinth, und Menschentrauben versammelten sich am Eventplatz und unter den Baumhäusern. Picknickkörbe wurden herumgereicht und Rucksäcke ausgepackt. Auf dem Tennisplatz wurden Freundschaftsspiele ausgetragen. Jede Menge Leute spazierten hin und her, redeten mit Freunden, Verwandten und Bekannten – freuten sich, dass dieser Park, der schon seit einem Jahrhundert existierte, wiedereröffnet wurde und seinen alten Glanz zurückgewann.

Die Sonne brannte, doch das machte den Leuten nichts aus. Wieso auch? Dem Park konnte die Sonne nicht schaden, da das Bewässerungssystem geschickt ausgeklügelt war und aus Regenwasserrückhaltebecken gespeist wurde. Die Castroper hatten ein Stück ihrer Heimat zurück, für das sie sich so sehr eingesetzt hatten. All ihre Mühe hatte sich schließlich bezahlt gemacht. Sie waren glücklich. In den nördlich liegenden Obstgärten ergötzten sich ein paar ältere Castroper an den Bäumen, die gerade zu blühen anfingen. Bald würden sie wieder süße Früchte tragen. Eine Frau weinte sogar beim Anblick der Blüten.

Auch Sophie war im Park und lief ein wenig herum. Sie musste vielen fröhlichen Kindern ausweichen, die nur so vor Energie strotzten. Die Fröhlichkeit der Kinder war so ansteckend, dass sie bei jeder Begegnung mit ihnen einfach lächeln musste.

»Es ist so toll, dass der Park wieder geöffnet ist«, hörte sie einen Mann sagen.

»Nicht wahr, Philipp? Ich hatte so viele Fotos davon auf dem Dachboden. Da war es selbstverständlich für mich, bei der Bürgerinitiative mitzumachen«, sagte sein Freund, der neben ihm stand. »Du und Valentina, ihr habt euch ja auch so für den Park eingesetzt.«

Sophie freute dieses Gespräch. Sie hörte noch viele ähnliche.

»Mama und Oma hatten recht! Hier ist es voll cool!«, schrie ein kleines Kind und rannte mit einem Holzschwert in der Hand und seinen Freunden im Schlepptau zum Labyrinth.

Sophie schlenderte langsam zu den Wildpferden. Als eines davon sich ihr näherte, streichelte sie ihm sanft die Schnauze.

»Interessierst du dich fürs Reiten?«, fragte ein kleines Mädchen neben ihr.

»Eigentlich nicht so sehr. Aber vielleicht könntest du mir ja etwas darüber erzählen und mich dafür begeistern.« Sie lächelte warm, hörte dem Mädchen aber nur mit einem Ohr zu, als es nun wie ein Wasserfall losbrabbelte und Sophie alles Mögliche erzählte – vom Zaumzeug bis zum Striegeln.

Währenddessen dachte Sophie nach. Es war nun einige Wochen her, dass Irelia gestorben war, aber Sophie konnte einfach nicht aufhören, an sie zu denken. Sie hatte einen besonderen Platz in ihrem Herzen eingenommen. Hin und wieder war im Park ein Geisterpferd gesichtet worden, und Sophie stellte sich gerne vor, das sei der Geist Irelias, der nun frei und glücklich durch den Park streunte.

Noch am späten Abend waren überall Menschen und saßen auf den Wiesen und bei ihren Zelten. Die meisten schienen auf dem Eventplatz übernachten zu wollen, um die schöne Atmosphäre noch länger zu genießen. Während die einen noch die frische Abendluft bei einem Spaziergang genossen, grillten die anderen schon, und jeder bekam etwas zu essen. Ja. Die Leute waren glücklich.

Später knallte es plötzlich am Himmel. Sophie sah erschrocken nach oben.

»Ein Feuerwerk«, sagte das kleine Mädchen zu ihr, das bei den Pferden auf sie eingeredet hatte. Sophie hob das kleine Mädchen hoch, das gleich wieder zu quatschen begann.

Das Feuerwerk tauchte den Park in funkelndes Licht. Alles erstrahlte in bunten Farben. Pink, blau, gelb ... Jeder Besucher schien seine eigene Farbe zu haben. Als Sophie an sich heruntersah, funkelte sie in einem hellen Gelb. Das Mädchen lachte, als pinkfarbene Strahlen auf seinem Shirt zu sehen waren, und Sophie lächelte.

Doch dann stockte sie. Für einen kurzen Moment, für den Bruchteil einer Sekunde dachte Sophie, sie hätte einen pommesgelben Haarschopf gesehen.

»Alles in Ordnung?«, riss die piepsende Stimme des Mädchens sie aus ihren Gedanken. Das Mädchen legte eine Hand auf Sophies Wange und grinste. »Du musst lächeln! Unser Zuhause ist wieder da«, sagte es fröhlich, und Sophie sah hinauf zum Himmel. Er erstrahlte immer noch in den schönsten Farben.

Sophie lächelte und nickte. »Du hast recht. Hier ist unsere Heimat.«

Kapitel 196 Spirit

Wo bin ich? Ich habe doch nur eine Weile geschlafen. Es fühlt sich hier so schön an, so ruhig.

»Herzlich willkommen, Spirit.«

»Wer spricht da?« Irgendwie ist alles so komisch hier.

»Ich. Ich habe keinen Namen, aber ich werde dir erklären, was du zu tun hast.«

Wieso hat jemand keinen Namen? Das verstehe ich nicht. »Okay, ich hätte eine Frage. Wo bin ich?«

»Spirit, du bist im Jenseits. Aber ehe wir dich ganz hineinlassen, musst du noch ein paar Dinge wissen.«

Jenseits? Das ist komisch. Ich verstehe gar nichts. »Was muss ich denn wissen? Und wie bin ich hier überhaupt hergekommen?«

»Das erste, was ich dir zeigen werde, ist, *warum* du hier bist. Guck bitte auf diesen Bildschirm.«

Okay, was genau soll ich denn da ... Der Park ist gerettet! Ich sehe, wie alle sich freuen, und die Dinos ... die sind nur am Essen! Ich hätte auch nichts anderes von denen erwartet! Wenn man genau hinguckt, sieht man sogar, wie doof sie gucken. Ich verstehe jetzt, warum ich hier bin. Ich bin erlöst. »Der Park wurde gerettet, und deswegen bin ich also hier ... Was muss ich noch wissen?«, frage ich die Stimme.

»Eigentlich nur, dass du gleich da vorne durch die Tür gehen musst. Ich wünsche dir einen schönen Aufenthalt.«

Tür? Was für eine Tür? Ah! Da öffnet sich eine Art Tür in der Wand! Ich gehe hindurch. Es fühlt sich an, als würde ich schweben.

Auch der Hund, der mir entgegenkommt, schwebt. »Brutus mein Name. Bitte Ihre Papiere!«, sagt er.

Der Hund heißt also Brutus. Interessant. Aber ich habe keine Ahnung, welche Papiere er meint. »Sir, ich habe keine ...«

»Machen Sie sich keine Sorgen! Nur ein kleiner Scherz. Es reicht, wenn Sie mir Ihren Namen verraten, bitte. Übrigens dürfen Sie mich gern duzen, auch wenn mir die Anrede ›Sir‹ durchaus geschmeichelt hat.«

Ich bin erleichtert. »Mein Name ist Spirit, und ich möchte gerne zu meiner Herde zurück.«

Hoffentlich war das jetzt nicht unverschämt, gleich mit einem Sonderwunsch um die Ecke zu kommen.

»Spirit«, sagt Brutus, »du wirst schon von deiner Herde erwartet! Du bist cool. Hier entlang.«

Ich freu mich so sehr. Endlich werden wir wieder vereint sein! Es fühlt sich an, als würde ich endlich nach Hause kommen ...

Kapitel 197 Adam

Zwei Wochen später sitzt Adam mit seiner Familie beim Abendessen. Katharina und er sprechen über seine Arbeit.

Katharina:	Es ist so gut, dass du einen neuen Job gefunden hast.
Adam:	Ja, natürlich. Ich habe einen großartigen Job. Ich bin froh und erleichtert. Es gibt viel zu tun für mich ...
Katharina:	Großartig. Also kannst du dir die Behandlung für Tim und dich wieder ohne Probleme leisten?
Adam:	Das könnte ich mittlerweile ja auch so. Die Medikamente sind viel günstiger geworden. Vieles hat sich mit dem neuen

	IDEA-Manager geändert. Ich werde mir keine Sorgen mehr über die Behandlung machen müssen.
Katharina:	Oh, wie schön!
Adam:	*(lächelnd)* Wo ist Tim?
Katharina:	In seinem Zimmer. Er hat vorhin schon gegessen.
Adam:	Holst du ihn her? Ich möchte gern ein bisschen mit dem Kleinen spielen.

Es stimmt, Adams schlechtes Gewissen lässt ihn sich manchmal unwohl fühlen. Aber er hat sein Leben neu begonnen. Er hat eine wunderbare, liebevolle Familie. Und das allein reicht, um Adam wirklich glücklich zu machen.

Kapitel 198 Reinhardt

Ich liege einfach nur da und denke mir nichts Böses. Die Wolken ziehen am Himmel vorbei, und die Sonne lacht mir ins Gesicht. Doch dann höre ich es. Das bedrohliche Dröhnen, die Sirenen!

Das ist der Moment, in dem ich aufwache. Ich bin schweißgebadet und starre einfach nur in die Dunkelheit. Dieser Traum, ich träumte ihn die letzten Tage zu häufig. Ich habe schon Amalia und Lucy davon erzählt, aber sie sagen, ich solle mir nicht so viele Sorgen machen. Die Ermittlungen zum Mord an Goldschmidt-Gayle sind eingestellt, aber …! Ach, kann ich sie nicht einfach vergessen, diese Reue. Sie frisst mich geradezu auf.

Ich stehe vom Bett auf und ziehe mich an. Weiterschlafen geht jetzt sowieso nicht mehr. Die Angst vor dem Schlafen und dem Traum ist noch zu groß. Als ich durch das Haus schreite und nach draußen blicke, sehe ich in den Sternenhimmel. Hier auf dem Land ist der Himmel sehr klar, aber durch die Beschränkung der Nachtlichter ist das Bild in der Stadt heutzutage auch nicht sonderlich anders.

Ich trete auf die Terrasse, setze mich hin und schaue in den Himmel. So langsam frage ich mich, ob ich mich nicht stellen sollte. Ich meine, was gibt mir das Recht, frei zu sein, im Gegensatz zu anderen, die Ähnliches getan haben? Prinzipiell nichts. Und dass sie mich nicht finden, ist kein hinreichender Grund, das Leben eines Unschuldigen zu führen. Meine Gedanken werden durch eine Sternschnuppe unterbrochen, die den Himmel streift. Eine so schöne und große Sternschnuppe habe ich bisher nur einmal gesehen. Da war ich noch ein kleiner Junge, doch ich erinnere mich, als wäre es gestern gewesen. Dieser Tag, an dem ich den Ritus vollzog. Den Ritus des Waldes …

Der Ritus des Waldes

Die kulturellen Traditionen unseres Volkes sind irgendwann in Vergessenheit geraten. Dass wir sogar den »Ritus des Waldes«, einen unserer ältesten und heiligsten Bräuche, vergessen würden, das hätte ich nie gedacht, doch es ist passiert. Ich gehörte zu der letzten Generation, die den Ritus noch in Gänze erleben durfte.

Aber ihr versteht wahrscheinlich gerade eh nur Bahnhof und fragt euch, was der Verrückte hier eigentlich sagen möchte. Ich werde euch erzählen, was der Ritus des Waldes ist und warum er für uns Elfen und Feen eine so starke symbolische Bedeutung hat. Tief im Wald in einer Höhle liegt eine kleine Quelle, die das Leben eines Baumes gewährleistet. Dieser Baum wird, wenn es Zeit für den Ritus ist, zum Glimmerbaum. Er leuchtet in weißem Licht und füllt die Höhle mit engelsgleichem Schein. Die Älteren, die also, die den Ritus schon vollzogen hatten, spürten früher, wie der Baum leuchtete. Es fühlte sich an, als würde ein heftiger Kampf zwischen Licht und Dunkelheit in ihrem Inneren toben. Die Jüngsten mussten nun in den Wald ziehen und alleine diesen Ort suchen. Und obwohl der Baum hell leuchtete, war er wirklich schwer zu finden.

Sobald die Jüngsten ihn gefunden hatten, hängte jeder von ihnen ein Band, auf dem sein Name stand, an den Glimmerbaum. Der Baum erkannte die Bänder und ließ für jedes eine Eichel an seinen Ästen wachsen, die ebenso lichtdurchflutet war wie der Rest des Baums. Diese Eichel brachte das Kind zurück nach Hause und pflanzte sie dort ein. Aus den Eicheln wuchsen zwar keine so stattlichen Glimmerbäume, dass sie Eicheln hervorbrachten, doch jeder Baum wuchs zusammen mit den Kindern auf und symbolisierte das Erwachsenwerden des Kindes, das ihn mitgebracht hatte. Der Baum war außerdem Schutzpatron vor der Dunkelheit.

Daher spürte, wer den Ritus schon vollzogen hatte, wenn der Glimmerbaum leuchtete, einen inneren Kampf, in dem der eigene Glimmerbaum den Weg aus der Dunkelheit wies. Doch irgendwann wurde der Kampf anscheinend endgültig entschieden. Wir spüren den Glimmerbaum schon seit vielen Jahrzehnten nicht mehr. Sein Licht scheint erloschen.

Viele von uns gaben damals den Menschen die Schuld am Untergang des Ritus, weil die Industrialisierung fortschritt und uns alle schwächte. Doch ich bin mir nicht sicher, ob es nicht vielleicht unsere eigene Schuld war, ob die Angst und das Misstrauen und die Schatten, die sich auf unsere Herzen gelegt haben, das Licht schwächten. Ich würde alles dafür geben, dass der Glimmerbaum uns wieder mit seinem Licht den Pfad durch die Dunkelheit erhellt.

Den Glimmerbaum wiederfinden, um den Ritus wieder aufleben zu lassen? Vielleicht sollte ich das tun. Ja ... Ich werde versuchen, diesen uralten Ritus wieder durchzuführen – den Ritus des Waldes.

Noch im Morgengrauen mache ich mich auf den Weg in den Emscherbruch nach Herne. Auf die Suche nach dem alten Baum. Unser Volk hat sich nie gemerkt, wo genau der Baum steht, weil wir auf das Gefühl in unseren Herzen vertrauten. Alles, was ich noch weiß, ist, dass er in einer Höhle nahe der Emscher stehen muss. Mit diesem Hinweis alleine werde ich Ewigkeiten brauchen, um die Höhle zu finden.

Es wird schon dunkel. Ich laufe seit mehreren Stunden durch den Emscherbruch, finde jedoch nichts. Was habe ich mir auch gedacht? Ich laufe einfach mal los und hoffe auf mein Glück? So funktioniert das leider nicht. Traurig sinke ich zu Boden. Angst und Reue steigen in mir auf. Eine Träne läuft meine Wange herunter und tropft auf den Waldboden. Wie soll es weitergehen, frage ich mich. Ich sitze mit geschlossenen Augen zusammengesackt auf dem Boden, als ich plötzlich ein Leuchten wahrnehme. Ich öffne die Augen wieder und sehe ... einen Glimmerbusch! Er ist klein, aber er leuchtet in nahezu reinem Sternenlicht.

Natürlich! So habe ich auch damals beim ersten Mal den Glimmerbaum gefunden. Die Nachkommen des Baumes fingen damals zu leuchten an und wiesen mir den Weg. Warum erinnere ich mich erst jetzt daran? Egal. Das ist meine Chance. Ich folge der Spur der leuchtenden Büsche und finde nach einiger Zeit wirklich den Eingang zu einer Höhle. Ich zögere kurz. Ob ich sie einfach so betreten darf? Ohne dass der Baum mich gerufen hat? Na ja, ich werde es herausfinden.

Ich betrete die Höhle. Was mir sofort auffällt, ist das leise Plätschern eines Bachlaufs. Es hört sich sehr entspannend an. Die Höhle an sich ist aber nichts Besonderes. Der Eingang liegt zwischen zwei Steinen, der Pfad dazwischen führt in eine mittelgroße runde Kammer. In deren Mitte steht er ... der große Glimmerbaum. Er sieht immer noch so aus wie damals. Aber warum haben wir ihn nicht mehr wiedergefunden, wenn ich ihn doch jetzt vergleichsweise schnell finden konnte? Bevor ich den Gedanken weiter denken kann, leuchtet der Baum heller und heller. So hell, dass ich mir die Augen zuhalten muss. Als das Licht wieder schwächer wird und ich die Augen öffne, bin ich nicht mehr in der Höhle. Ich sehe mich um. Eine weiße Fläche. Um mich herum nichts als weiße Wolken und ein weißer Untergrund. Als ich mich jedoch umdrehe, ist dort der Baum – komplett in Sternenlicht getaucht.

»Dich bedrückt etwas, oder?«, spricht eine tiefe Stimme.

»Ich ... ich ...« Ich bin einfach sprachlos.

»Ich spüre eine sehr große Unsicherheit in dir, aber was genau dich bedrückt, kann ich nicht sagen«, fährt die Stimme fort. »Ich bin neugierig. Warum suchst du mich auf, und wie heißt du? Ich habe seit Ewigkeiten keinen von euch mehr gerufen.«

»Ich ... ich heiße Reinhardt.«

»Es gab schon viele Reinhardts, die den Ritus durchgeführt haben, aber sag mir nun, warum suchst du mich auf?«

»Ich ... bin hergekommen, weil ich etwas Furchtbares getan habe. Du bist eines der größten Heiligtümer unseres Volkes, und ich möchte von dir erfahren, ob und wie ich meine gerechte Strafe empfangen soll.«

Der Baum regt sich nicht, aber es kommt mir fast so vor, als würde er nachdenken. »Reinhardt«, ertönt schließlich wieder die Stimme. »Lege deine Hand an meinen Stamm und ich werde sehen, was du getan hast. Wenn es dein Wunsch ist, werde ich dann über dich urteilen.«

Ich zögere keine Sekunde, gehe zum Baum und lege meine Hand an den Stamm. Nach wenigen Sekunden beginnt er wieder zu reden: »Ich verstehe, Reinhardt. Du hast etwas Schlimmes getan, aber deine Reue und deine Angst vor dem, was kommen mag, sind groß.«

Ich trete wieder einen Schritt zurück und bin bereit, mein Urteil zu empfangen – ganz egal, wie es ausfallen mag.

»Du hast einem Menschen das Leben genommen aus Angst vor dem, was er dir antun wollte. Doch du hast auch gehandelt, um das Leben anderer zu schützen. Und ich sah in deiner Vergangenheit, dass du oft die Sicherheit anderer über deine eigene gestellt hast«, sagt der Baum. »Schon alleine, dass du mich aufgrund deiner Reue aufsuchst, ist ein Zeichen wahrer Größe. Du bist ein gutes Beispiel für dein Volk. Ich, ein Wahrzeichen eures Glaubens und eurer Verbundenheit zur Natur, verzeihe dir und hoffe, dass du selbst dir verzeihen kannst. Denn meine Vergebung alleine reicht nicht, um Ruhe zu finden.«

Ich bin noch vollkommen berührt von seinen Worten und merke erst spät, dass aus einem seiner leuchtenden Äste eine Eichel gewachsen ist, von Sternenlicht durchflossen. Ich pflücke sie vorsichtig.

»Du hast den Ritus zwar schon einmal vollzogen, aber ich möchte, dass du dies als Zeichen meiner Vergebung nimmst. Lebe wohl, Reinhardt, und viel Glück für die Zukunft.«

Ich wache auf. Ich liege in der Höhle vor dem Baum, aber er leuchtet nicht mehr. Ich konnte ihn nicht einmal fragen, warum wir ihn so lange nicht haben finden können. Aber vielleicht ist die Antwort einfach. Vielleicht kann man den Baum nur noch in Zeiten größter Not finden. Könnte man jedenfalls so interpretieren.

Ich rapple mich auf und merke, wie etwas aus meiner Hand fällt. Die Eichel! Ich hebe sie auf und schaue noch einmal zum Baum, dann wende ich mich ab. Ich weiß genau, wo ich die Eichel einpflanzen werde.

Kapitel 199 Lilith

Lilith überlegt, ob sie noch einmal die glücklichen Erinnerungen von Ringo anschauen soll. Aber dann entscheidet sie sich, sie lieber sofort zu löschen. Sie weiß jetzt, dass es schlecht ist für sie, sich in den Erinnerungen zu verlieren. Sie weiß, dass es schlecht ist für ihre Kinder. Diese Entscheidung ist sehr wichtig für ihr Leben. Sie will schnell zu Mustafa und ihm alles erzählen. Aber er ist in seinem Zimmer und hört laut Musik. Die Beatles, die Lieblingsband seines Vaters. Lilith möchte Mustafa nicht stören. Stattdessen aktiviert Lilith ihr Holofon und ruft Paul an.

»Hallo, Paul«, sagt sie. »Kannst du herkommen? Ich möchte dir etwas Wichtiges erzählen.«

»Jetzt sofort?«, fragt Paul.

»Ja«, sagt Lilith. »Das wäre schön. Ich habe eine wichtige Entscheidung getroffen und möchte sie dir von Angesicht zu Angesicht mitteilen. Komm einfach her, dann sage ich es dir.«

»Okay«, sagt Paul. »Ich bin so schnell es geht bei dir.«

Geduldig wartet Lilith. Dann ist Paul endlich da.

Sie erzählt ihm, dass sie die Erinnerungen gelöscht hat und wieder nach vorn blicken möchte, statt immer nur zurück.

Paul ist glücklich. »Ich habe auch eine Entscheidung getroffen«, sagt er. »Ich möchte wieder zurück nach Hause kommen und mit euch zusammenleben.«

»Paul«, sagt Lilith. »Du machst mich so glücklich. Ich brauch euch hier bei mir. Auch deshalb, weil ich mit euch Ringos Firma wieder aufbauen will. Das Gericht hat entschieden, dass IDEA die schlaue Kleidung nicht mehr produzieren darf und die Rechte an uns zurückgehen.«

Paul sagt: »Das sind wunderbare Neuigkeiten, Mama! Hast du das schon Mustafa erzählt?«

»Nein«, sagt Lilith. »Ich wollte ihn nicht stören.«

»Komm, Mama«, sagt Paul. »Dann sagen wir es Mustafa jetzt zusammen.«

Lilith und Paul klopfen bei Mustafa an. Mustafa macht auf. Lilith und Paul erzählen ihm von all den wichtigen Entscheidungen, die sie getroffen haben.

Mustafa ist überrascht, aber auch glücklich. Er küsst Lilith und umarmt Paul. Ja, er ist wirklich sehr, sehr glücklich.

Mustafa sagt: »Paul, dann kannst du uns ja jetzt dein Lieblingsessen machen. Ich mag dein Lieblingsessen so gern. Und ich werde nie wieder dieses Tablettenessen essen.«

»Klar«, sagt Paul. »Lass uns gleich dafür einkaufen gehen, Brüderchen.«

»Und Mama«, sagt Mustafa, »du gehst zum Friseur und lässt dich mal wieder richtig verwöhnen. Und danach feiern wir, dass wir wieder eine Familie sind.«

Kapitel 200 Annie

Ein unglaublicher Tag. Lange hatte ich mir gar nicht vorstellen können, dass ein Tag kommen würde, an dem Tate und ich wieder zusammenleben könnten. Er hatte so viele Monate im Untergrund gelebt. Weit weg von mir. Weit weg von allen. Wir mussten uns immer im Geheimen treffen.

Jetzt konnte er sich frei bewegen und endlich durften wir wieder eine glückliche Familie sein. Nur Ringo fehlte. Ob Tate wohl dasselbe dachte? Seine Augen waren voller Tränen. Aber ich sah, dass er sich bemühte, sie zu unterdrücken. Vielleicht lag ein Geheimnis in seinen Tränen, über das er mir nichts erzählen wollte. Ich mochte ihn nicht fragen, was ihn so bewegte. Er sollte mir sagen, was er sagen wollte. Wenn er seine Gedanken lieber für sich behielt, war das auch in Ordnung.

Ich hatte ihn immer geliebt und würde ihn auch für immer lieben. Er war immer da. Wie mein Schatten. Er war für mich da gewesen, egal wie traurig ich war. Er ist mit mir zur Aufmunterung Eis essen gegangen oder hat mir Geschichten erzählt. Zuletzt, als er sich verstecken musste, blieben uns nur noch die Geschichten. Er hatte mir manchmal, wenn ich ihn im Untergrund traf und nicht wusste, woher ich Hoffnung nehmen sollte, vom Dreistromland erzählt. Wie es gewesen war. Und wie es eines Tages wieder sein würde. Wenn er bei mir war, fühlte es sich an, als wäre die ganze Welt bei mir.

Und jetzt hatten die Essener ihn zum neuen Präsidenten gewählt. Er hatte sich zur Wahl gestellt, obwohl es eigentlich nie sein Wunsch gewesen war, in die Politik zu gehen. Aber er wollte für seine Stadt und die Menschen hier da sein. Vielleicht war es sein Schicksal gewesen, eines Tages Präsident zu werden. Denn immer schon hatte er anderen Menschen geholfen. Immer war es das gewesen, was er wollte. Gleich würde er vor die Essener treten und seine Amtsantrittsrede halten. Wir warteten hinter der Bühne darauf, dass Jeff kam und Tate auf die Bühne mitnahm. Jeff war, wie alle Emschergroppen, Mitglied unserer neuen Partei geworden. Genau wie Reinhardt.

Tate und ich blickten durch die Flexxiglasscheibe auf die Ruhr, wo wir früher oft hingegangen waren. Der Fluss war immer noch derselbe, aber die Aussicht war eine ganz andere. Jetzt waren wir hier, in der Villa Hügel, wo alle Präsidenten gelebt hatten, und von wo man alles wie ein Traumland sehen konnte. Hier hatte auch Salie oft gestanden. Am Anfang noch mit guten Plänen für Essen. Hier hatte er gestanden und hatte sich von der Gier nach Macht verführen lassen, hatte alle seine Ziele verraten.

Tate und ich waren alleine in diesem Raum, der so kunstvoll gebaut war und in dem viele Kunstwerke zu bewundern waren. Ich hörte, wie Jeff auf der Bühne im großen Saal zu sprechen begann, und den Applaus der Leute, die zahlreich gekommen waren, um den neuen Präsidenten reden zu hören.

Tate wirkte sehr nervös. Seine Hände zitterten, was mich wunderte. Ich hatte ihn noch nie so nervös gesehen. Er hatte so viel erlebt. Mehr als viele andere

Menschen auf der Erde. Der frühe Tod seiner Eltern, die Jahre im Rollstuhl, sein Beinahtod durch dieses verhängnisvolle Medikament Vitam Aeternam, die Erfindung der Flexxibeine, durch die er wieder laufen konnte, der Tod unseres Sohnes Ringo ...

Wir standen nebeneinander. Ich wollte ihn aus seinen sorgenvollen Gedanken herausholen und fragte: »Und was ist dein größter Wunsch als Präsident?«

Tate atmete noch einmal tief durch und sagte: »Ganz vieles, was ich schon so lange wollte, aber zuletzt nicht einmal frei aussprechen durfte. Jetzt ist die Zeit gekommen, in der ich endlich mein Schweigen brechen darf. Und jetzt weiß ich nicht, wo ich anfangen soll.«

Tate war nicht traurig, begriff ich jetzt. Er war nicht sorgenvoll. Er war sehr froh und glücklich, deshalb die Tränen in seinen Augen. Ich war sehr stolz auf ihn und bin es auch immer schon gewesen.

Ich sagte: »Sie werden alle stolz auf dich sein. Du hast nicht zugelassen, dass der Präsident unserer Stadt schadet. Du hast dagegen gekämpft. Und du hattest Erfolg.«

Tate verlor sich kurz in Gedanken, dann sagte er mir: »Ich werde auch weiter alles tun, was in meiner Macht steht, damit unsere Stadt so schön und froh bleiben kann, wie sie jetzt ist.«

Ich erinnerte mich, dass Tate nie aufgegeben hatte, ehe er bekam, was er erreichen wollte. Auf seine unvergleichlich geduldige Art hatte er gewartet, bis ich ihm meine Liebe gestand, bis er wieder laufen konnte, bis Essen von seinem Despoten befreit war. Tate hatte nie etwas Schlimmes für andere gewünscht, selbst dann, wenn jemand ihm Schlimmes angetan hatte, hatte er Nachsicht und Verständnis gehabt. Er war immer eine Person gewesen, deren Herz voll von Geduld und Liebe war, deren Herz keinen Hass kannte. Ein Mann mit einem reinen Herzen.

Er schwieg, nahm meine Hände und schluckte kurz. Er schien mir etwas sagen zu wollen, und doch kamen die Wörter nicht über seine Lippen. Er griff in seine Tasche und holte eine rote Orchidee hervor. Eine Orchidee, wie die, die ich früher so oft in den Haaren getragen hatte. Sacht steckte er mir die Blume ins Haar.

Mit sehr leiser und bewegter Stimme sagte er schließlich: »Annie, du weißt, dass ich dich über alles liebe und bis zu meinem letzten Atemzug bei dir sein werde. Ich werde deine Hand nie loslassen, egal was auch passiert. Du hast mir mein Leben zurückgegeben, als ich damals im Krankenhaus lag und nichts tun konnte. Du bist immer für mich dagewesen. Durch alle Schwierigkeiten hindurch bist du bei mir gewesen. Ich weiß nicht, wie ich mich bei dir bedanken soll. Ich weiß, dass, egal wie sehr ich mich bei dir bedanke, es nicht reichen wird für alles, was du für mich getan hast. Ich kann dir nur sagen, dass ich für dich alles tun würde, egal ob ich dafür eines Tages mein Leben riskieren müsste.«

Ich unterbrach ihn: »Nein! Sag so etwas nicht. Du bedeutest mir mehr als mein eigenes Leben.«

Er umarmte mich.

»Tate«, sagte Jeff leise. »Ich will euch nicht stören, aber alle warten darauf, dass du auf der Bühne erscheinst.« Er lächelte und sagte: »Komm, Tate, ihr könnt noch euer ganzes Leben lang miteinander sprechen.«

Tate schaute mir tief die Augen, als ob er gar nicht von mir gehen wollte. Ich ließ seine Hände los, klopfte ihm auf die Schulter und sagte: »Jeff hat recht, die warten alle, du machst das schon!«

Tate gab mir einen Kuss und ging auf die Bühne. Jeff und ich folgten ihm.

»Meine Damen und Herren«, sagte Tate, »liebe Essener. Um es gleich zu sagen: Eines meiner wichtigsten Ziele ist die Wiedervereinigung aller Städte im Dreistromland.«

Tosender Applaus ertönte.

Kapitel 201 Reinhardt

Ich bin auf dem Weg zur Ratshalle von Gelsenkirchen-Buer. Dort wird heute über vieles gesprochen, was unsere Zukunft betrifft. Hat eine ganz schön bewegte Geschichte, das Gebäude. Markus hat mir erzählt, dass im alten Rathaus, das hier früher stand, zur Zeit der großen Hochwasserkatastrophen die Neuordnung von Gelsenkirchen besprochen wurde, und auch ... was Amalia hier veranstaltet hat.[34]

Seit damals hat sich viel verändert. Viele von uns haben ihren Horizont erweitert. Wir haben aber auch ein viel größeres Anliegen dieses Mal. Heute ist das Ziel nicht, die Ordnung in Gelsenkirchen wiederherzustellen. Sondern die Grundsteinlegung für die Wiedervereinigung unserer Heimat – des Dreistromlandes.

Ich schaue auf die Uhrzeitanzeige meines Holofons. 08:44 Uhr. Markus wollte sich mit mir um 09:00 Uhr vor dem Gebäude treffen. Er braucht noch Hilfe bei den Vorbereitungen. Aber es ist auch eine gute Gelegenheit für mich, mit ihm zu reden.

Während ich durch die Straßen laufe, fallen mir die glücklichen Gesichter der Menschen auf. Es herrscht eine so ruhige und fröhliche Stimmung hier. Wenn ich daran denke, wie es noch vor Kurzem in Essen aussah. Die meisten Bewohner waren stark in sich gekehrt und zeigten kaum Emotionen. Es war wie eine Stadt voller Statuen. Sie waren zwar da, aber ihre Menschlichkeit hat gefehlt. Das fiel selbst mir auf, obwohl ich selten in die Stadt kam. Es ist wieder viel besser geworden in Essen. Aber bis die Menschen dort wieder ganz unbeschwert ihren Geschäften nachgehen, sich auf den Terrassen von Cafés

---

34 Das willst du auch wissen? Dann lies es nach in »Uferlos. Ein Emscher-Endzeitroman« (Klartext Verlag 2017).

wieder ohne Angst unterhalten, wie sie es hier in Gelsenkirchen tun ... Wie lange das wohl noch dauern wird?

Nun ja, über die Zukunft Essens kann ich auch später noch nachdenken. Erst einmal geht es um das Hier und Jetzt. Ich blicke auf das Holofon. Schon 09:12 Uhr! Wie sehr war ich denn gerade weggetreten? Ich sollte mich beeilen. Ich biege in die Straße ein, in der die Ratshalle stehen muss, und sehe ein Konferenzgebäude. Heiliger Bimbam, das ist ja riesig! Als ich mich dem Gebäude nähere, sehe ich den Schriftzug über der Tür: *Dieses Gebäude sei für ewig ein Zeuge für die Wiedervereinigung Gelsenkirchens im Jahr 2085.* An dem Tag, an dem die Sitzung stattfand, war ich selbst zwar nicht dabei, aber der Satz hat trotzdem etwas Bewegendes für mich.

Markus ist anscheinend noch nicht hier. Wo bleibt er denn? Es ist 09:18 Uhr. Na ja. Kann ich ihm wenigstens unter die Nase reiben, dass ich pünktlich war ... Auch wenn es nicht stimmt. Knapp fünf Minuten später kommt der alte Markus an.

»Ich dachte, Pünktlichkeit sei eine Tugend«, begrüße ich ihn lachend.

»Tut mir leid, Reinhardt. Hab ein wenig verschlafen.«

»Wie kann man denn mit einem Holofon am Handgelenk verschlafen?«, frage ich verwundert. »Das Ding jagt dir doch fast 'nen Stromschlag durch den Körper, wenn du nicht gleich aufwachst.«

»Es war halt sehr sanft eingestellt. Und erzähl du mir doch nichts von verschlafen, Dornröschen.« Er lacht.

Da werde ich ganz schön rot vor Scham. Habe den Film Dornröschen erst vor Kurzem gesehen und weiß daher genau, was Markus meint. Immerhin war ich etwa hundert Jahre ein Stein und habe alles, was auf der Welt passiert ist, quasi verschlafen. »Für Steine gibt es halt keine Wecker«, versuche ich mich rauszureden.

»Ja ... Klar.« Markus grinst. »Ist jetzt aber auch egal. Komm, gehen wir rein. Wir müssen noch ein bisschen was vorbereiten.«

Ich nicke und wir betreten das Gebäude. Von innen sieht es sogar noch gigantischer aus. Schon allein der Vorsaal ist riesig. Ein großer Brunnen befindet sich in seiner Mitte, rechts davon sind einige Beete. Eine riesige Flexxiglas-Leuchtröhre, die an der Decke hängt, taucht den ganzen Raum in ein glänzendes Licht.

»Heb dir die runtergeklappte Kinnlade für den Konferenzsaal auf«, bricht Markus die Stille. »Verglichen damit ist dieser hier die Abstellkammer.«

Ich bringe kein Wort raus und möchte unbedingt sofort diesen Saal sehen. Markus und ich gehen die Treppe zum Vorsaal hoch und stehen dann vor einer großen Doppeltür.

»Staunen in 3 ... 2 ... 1 ...«, sagt Markus, »Zündung!«

Die Tür geht auf und ... Warum falle ich nicht um? Aus dem Alter bin ich wohl raus. Dieser Raum – es ist ein riesiger runder Saal, der so groß ist, dass über 5000 Leute reinpassen würden, schätze ich mal.

»7381 Personen«, sagt Markus, als ob er meine Gedanken gelesen hätte. »Das Wichtigste ist aber da oben.« Er deutet auf die Decke, und als ich hinschaue, aktiviert er etwas an seinem Holofon. Eine riesige schwarze Kugel fährt von der Decke aus nach unten und bleibt auf halber Höhe stehen, aber ... die Kugel ist nicht befestigt! Sie wird von keinem Band gehalten!

Markus merkt wohl, dass ich etwas erschrocken dastehe. »Ganz ruhig, Reini, das Teil wird durch die neuste Gravitationstechnik in der Luft gehalten. Wie du siehst, sind sowohl die Kugel als auch die Wände und der runde Kuppelbau des Saals aus Flexxiglas. Sie können beliebig verwendet werden, um Bilder, Filme und Präsentationen zu übertragen. Für die Sitzung heute werden wir das brauchen. Wird eine ganz schöne Show werden.«

Mir scheint, es wäre jetzt der richtige Moment. »Markus, können wir uns kurz unterhalten?«

»Ein bisschen Zeit haben wir noch, dann komm, setz dich.«

Wir setzen uns in eine Reihe des Saals.

»Geht es um das, was Lucy mir über deine Aktion nach deiner Schussverletzung erzählt hat? Und darum, dass du ein engstirniger Vollidiot sein kannst?«

»Ach ... Ja, genau das. Du ... du hast doch auch schon mal jemanden ... Wie schaffst du es, damit zu leben? Wirst du nicht von deiner eigenen Tat verfolgt?«

Markus seufzt. »Tag und Nacht, Reinhardt. Von dem Gedanken daran, dass ich einem Mädchen die Eltern nahm.[35] Und dass es zwischen Ruinen aufwachsen musste ... Das nagt noch heute an mir, doch ich habe mit Zoe Frieden geschlossen. Danach konnte ich wieder schlafen. Aber das alleine ist nicht der Grund, warum ich heute noch hier sitze, warum ich nicht wahnsinnig geworden bin. Der wichtigste Grund dafür, dass ich wieder angefangen habe, nach vorne zu schauen, statt nur zurück, war Esra. Meine Liebe zu ihr und ihre Liebe zu mir – das war das Schönste, was mir das Leben je bieten konnte. Was ich dir damit sagen möchte, ist, dass dich deine Schuldgefühle vielleicht nie verlassen werden, aber du kannst lernen, damit zu leben. Und es gibt immer einen Lichtblick. Meiner ist Esra. Welcher ist deiner?«

Ich überlege kurz, obwohl ich die richtige Antwort längst kenne. »Tja, ich schätze mal, mein Lichtblick ist Amalia. Wir sind zwar erst kurz zusammen, doch da wir uns schon Ewigkeiten kennen, fühlt es sich an, als wären wir schon ewig ein Paar.«

Markus nickt und sagt dann: »Es ist schön, wenn man die Richtige gefunden hat. Sie kommt doch heute auch, oder?«

»Ja, hat sie vor.«

»Solange sie nicht so austickt wie damals, habe ich nichts dagegen.«

»Irgendwie halte ich den Tiger schon im Zaum«, sage ich und lache.

»Gut, Reini, jetzt aber los. Wir haben was zu tun.«

---

35 Diese Geschichte kannst du nachlesen in »Uferlos. Ein Emscher-Endzeitroman« (Klartext Verlag 2017).

»Gut, dann los.«

Die Gelsenkirchener sind – surprise, surprise – als Erste da: Esra, Eda, Lia, Bella und Emma, außerdem aus Gladbeck eine Fee namens Chiara mit ihrem Sohn Nombert.[36] Die Leute aus Bochum kommen als Nächstes an, die sogenannten Hüter des Lebens. Junge Leute, die sich als Bodo, Boss, Cynthia, Soraya und Ricarda vorstellen. Auch eine Frau im mittleren Alter, die sich als Sonja, Sorayas Mutter, vorstellt, ist dabei. Sie erklärt mir, dass sie eine der Bochumer Rebellen der ersten Generation ist. Die nächsten, die eintrudeln, sind die aus Castrop-Rauxel und Dortmund. Ich freue mich, Lucy und Raphael zu sehen. Er scheint sich gut vom Schrecken der Gefangenschaft in Bochum erholt zu haben. Mit Lucy und Raphael kommen sechs weitere Abgeordnete. Alles Einhörner, wie Lucy mir erklärt. Sophie, Marc, Derek, Jamie, Alicia und André. André gefällt mir besonders. Töfter Kerl. Mit einer Wölfin namens Kyra im Schlepptau. Sie ist sehr gerne bei ihm, bestätigt sie mir glücklich.

Es treffen immer weitere Abgeordnete aus den anderen Städten ein. Schließlich auch meine Freunde aus Essen, die ich herzlich begrüße: Annie, Tate, Paul, Jeff, Savannah, Avery, Hope und endlich Amalia.

Es ist schön, sie alle hier zu sehen. Bekannte Gesichter nach dieser *Namensbombardierung*. Wir nehmen nach Städten sortiert im Konferenzsaal Platz. Amalia sitzt neben Annie, die neben Tate sitzt, und ich sitze neben Amalia und neben sonst ... ähm ... niemandem.

Ziemlich großer Saal für vergleichsweise wenig Leute. Nachdem wir alle unsere Plätze eingenommen haben, gehen Eda, Markus und Esra zum Rednerpult in der Mitte des Saals. Sie beginnen zunächst mit dem Verlesen der Anwesenheitsliste. Glücklicherweise nur die Vornamen – Nachnamen waren die dümmste Erfindung der Menschheit.

»Wir sind froh, dass ihr es so zahlreich hierher geschafft habt«, sagt Eda. »Willkommen zu unserer ersten gemeinsamen Sitzung. Ihr alle seid Vertreter aus Städten, die jeweils ihre ganz eigenen Probleme haben. Manche größer – manche kleiner. Wir sind heute hier, um für die Lösung dieser Probleme die wichtigste Grundlage zu schaffen und wieder ein Bindeglied zwischen unseren Städten herzustellen: die neue Emschergenossenschaft!«

Nach diesem Satz aktivieren sich die Flexxiglasbildschirme. Sie zeigen Bilder der Emscher und ein Logo der neuen Genossenschaft. Erst als die Bilder durchgelaufen sind, fängt Eda wieder an zu reden: »Wir wollen heute bestimmen, wer Leiter oder Leiterin der neuen Emschergenossenschaft wird.«

»Eda ist voll in ihrem Element«, sagt Amalia leise zu mir. »Sie nimmt durch ihre Worte alle hier mit und findet einen guten Mittelweg zwischen Reden und

---

36 Du möchtest diese Personen alle ein bisschen besser kennenlernen? Das kannst du in den Bänden »Uferlos. Ein Emscher-Endzeitroman« und »Raumschiff Emscherprise. Ein Green-Capital-Roman« (beide Klartext Verlag 2017).

Zeigen. Aber ich glaube nicht, dass sie die Richtige für die neue Genossenschaft sein kann, wo sie doch gleichzeitig Präsidentin von Gelsenkirchen ist.«

»Könnte zu viel für sie sein, meinst du?«, frage ich.

Amalia nickt. »Sie sollte sich auf eine Sache fokussieren, aber ich bin mir sicher, dass die Richtige für den Job auch hier sitzt.«

»Woher dieser Optimismus?«, frage ich grinsend.

»Na ja, zumindest wünsche ich es mir«, sagt Amalia entschlossen. »Da es schlimmer wird, je länger die Städte nicht zusammenarbeiten. Die neue Emschergenossenschaft ist meiner Meinung nach der richtige Weg.«

Dass sie die Sichtweise der anderen hier zu teilen scheint, wundert mich. Sie war immer eine Person, die gegen den Strom schwamm, doch heute scheint sie ruhig und bedacht zu sein.

»Die Abstimmung wird nun beginnen«, sagt Eda. »Ihr könnt jetzt eure Stimmen abgeben. Es stehen zur Wahl: Esra, Savannah und Jamie.«

Es erstaunt mich ehrlich gesagt ein wenig, dass Raphael sich nicht zur Wahl hat aufstellen lassen. Er war Vorsitzender der Genossenschaft, als sie auseinandergebrochen ist. Er hat allerdings nicht verhindern können, dass sie gegen die Wand fuhr. Vielleicht war er auch zu sehr mit anderen Dingen beschäftigt – mit seinen Hilfsarbeiten zum Wiederaufbau von Turan. Mit seinen eigenen familiären Problemen ... Es ist richtig, dass er sich nicht wieder hat aufstellen lassen, denke ich. Er hatte seine Sache damals gut gemacht, keine Frage, aber jetzt ist es Zeit für frischen Wind. Wem ich meine Stimme gebe, steht ziemlich schnell fest. Nach meinen Erfahrungen aus Gelsenkirchen vertraue ich Esra und bin sicher, dass sie diesen Job zuverlässig ausführen kann. Obwohl Savannah sicherlich auch keine schlechte Option für den Job wäre. Ich finde aber, sie sollte sich erst einmal die Zeit nehmen, mit ihrer Familie zusammen zu sein. Und dieser Jamie macht zwar einen kompetenten Eindruck, aber ich kenne ihn zu wenig.

Per Hologramm, das aus dem Tischchen an meinem Sitz aufsteigt, stimme ich ab. Ich werfe einen Blick zu Amalia und sehe auf ihrem Hologramm, dass sie ebenfalls für Esra stimmt.

»Hat Esra dich dafür bezahlt oder was?«, frage ich lächelnd.

»Schön wär's. Nein. Sie wird ihren Job vernünftig machen und sich mit dem gleichen Eifer wie damals in Gelsenkirchen für die Lösung der Krise einsetzen. Da bin ich mir sicher. Wir brauchen eine Person wie sie an der Spitze der neuen Emschergenossenschaft.«

»Da sind wir einer Meinung«, stimmt Annie, die dem Gespräch offenbar zugehört hat, ihrer Mutter zu. Selbst die beiden sind sich mal einig.

»Die Abstimmung ist abgeschlossen. Das Ergebnis wird geprüft. Wir teilen es euch am Ende der Sitzung mit«, sagt Eda. »Bis dahin kümmern wir uns nun schon einmal darum, Lösungen für die Probleme der Städte zu diskutieren. Deswegen bitte ich jetzt Lucy als Vertreterin der Einhörner und damit stellvertretend für die Städte Castrop-Rauxel und Dortmund nach vorne, um die Probleme aus diesen Städten zu schildern.«

Lucy tritt an das Rednerpult. »In Castrop-Rauxel und Dortmund sind wir Einhörner schon lange aktiv. Zuletzt auch mit großem Erfolg. Wir kämpften dort in den letzten Jahren gegen korrupte Politiker und Wirtschaftsunternehmen, die an nichts anderem interessiert waren, als ihre eigenen schmutzigen Geschäfte voranzutreiben. Dabei nahmen sie keinerlei Rücksicht auf andere Städte. In Dortmund wollten sie zum Beispiel einen Staudamm bauen, was große Auswirkungen auf die anderen Städte gehabt hätte. Aber auch Gehirnwäsche und Manipulation waren zwischenzeitlich ein Thema.«

»Allerdings!«, sagt Amalia zähneknirschend. Oh, Gott. Gleich ist der Hund von der Leine.

»Um dieses Problem lösen zu können«, fährt Lucy fort, »mussten der Bevölkerung die Augen geöffnet werden. Wir mussten ihnen zeigen, dass die Regierungen ganz schmutzige Geschäfte betreiben, dabei aber verhindern, dass alles in einer gewaltsamen Revolution endet. Wir haben es geschafft, den Verantwortlichen das Handwerk zu legen. Die korrupten Politiker mussten, genau wie die Dortmunder Königin, zurücktreten. Eine Baufirma, die mit ihnen gemeinsame Sache machte, musste schließen. Dann standen Neuwahlen in beiden Städten an. Und in beiden Städten wurden wir Einhörner als neugegründete Partei mit großer Mehrheit gewählt. Ja, so weit sind wir zum Glück schon. Jetzt haben wir viel zu tun mit der Neustrukturierung in unseren Städten, aber wir stehen auch gern euch anderen mit Rat und Tat zur Seite.«

»Dann schicken wir ein paar gute Leute, die helfen können«, sagt Eda. »Vielleicht haben ja welche von hier Lust, dabei mitzuhelfen? Dann meldet euch doch bitte im Anschluss an die Sitzung bei Lucy.«

Lucy bedankt sich und verlässt das Rednerpult.

»Entschuldigung, dürfen wir jetzt unser Problem vorstellen?«, fragt einer von den Bochumern.

Eda nickt und der Bochumer tritt ans Rednerpult. »Bodo mein Name. Wir in Bochum haben ein sehr großes Problem. Wir haben einen skrupellosen Diktator an der Macht. Präsident K. Einhirn.«

Ein Einhorngesicht erscheint auf den Bildschirmen.

»Reinhardt, jetzt reiß dich doch mal zusammen!«, fährt Amalia mich an.

Ich habe gar nicht gemerkt, dass ich laut rausgelacht habe. Aber aus meiner Sicht ist es schon lächerlich genug, wenn Lucy wieder mal ihre Maske aufsetzt. Und dieser K. Einhirn kann die Maske nicht einmal ausziehen. Boah, die arme Sau. Da wäre ich aber auch wütend.

»Dieser Diktator sorgt dafür, dass die Bochumer nicht viel mehr als willenlose Zombies sind«, erklärt Bodo. »Sie können nicht eigenständig denken und bekommen all ihr Wissen im Wissensanpassungszentrum in ihre Köpfe gesetzt. Immerhin konnten wir mittlerweile die Rebellen der ersten Generation und viele andere politische Gefangene aus dem Bochumer Gefängnis befreien. Einer unserer größten Erfolge. Nun müssen wir die Regierung stürzen. Das wird aber nur klappen, wenn wir die Menschen von ihrer Hirnmanipulation heilen.«

»Ich könnte die Menschen heilen«, rief dann Lucy, »aber selbst wenn ich auch Reinhardt beibringen würde, wie man die Gehirnwäsche unwirksam macht ... Es würde ewig dauern.«

Ich würde gerne widersprechen, aber sie hat sicher recht. Eine ganze Stadt so zu heilen dauert zu lange.

Dann meldet sich Markus zu Wort: »Ihr Elfen glaubt, ihr seid uns Menschen immer einen Schritt voraus, aber heute haben ausnahmsweise wir vielleicht mal eine Lösung für das Problem.« Er zieht einen Chip hervor und steckt ihn in den Boden. Daraufhin leuchtet die ganze Kugel in einem blauen Schein. »Ein KI-Kontrollkern«, erklärt Markus. »Die Technologie ist experimentell, bewährte sich jedoch schon ziemlich gut in den Eignungstests. Wenn alle Menschen in Bochum einen Chip tragen, kann die KI diese hacken und sie zerstören, sodass kein Wissen mehr manipuliert werden kann. Wir bräuchten nur so etwas wie einen Sender in Bochum.«

»Dafür wäre der Sendungsmast der Regierung perfekt«, schlägt Bodo vor. »Aber wir müssen uns auch um die Fabrik kümmern, die als Klärwerk getarnt Drogen ins Trinkwasser pumpt.«

»Wie wäre es, wenn wir die einfach zerstören?«, fragt Amalia.

Musste ja so kommen, dass sie so einen Vorschlag bringt. Doch die anderen reagieren gelassen.

»Nun ja«, antwortet Bodo. »Da die Fabrik nur dafür da ist, diese Droge herzustellen und ins Wasser zu pumpen, und dort aus Sicherheitsgründen nur Roboter zur Arbeit eingesetzt sind, wäre dein Vorschlag vielleicht nicht der schlechteste. Warum also nicht?«

»Dann sollten wir auch für Bochum eine Taskforce bilden«, sagt Eda. »Wer sich mit IT und mit Sprengungen auskennt, meldet sich nach der Sitzung bei Bodo.«

»Leider ist in dieser Sitzung nicht genug Zeit, alle Probleme im Detail im Plenum zu diskutieren. Wir werden im Anschluss an die Sitzung Arbeitsgruppen für jede Stadt bilden. Morgen werden wir uns dann wieder im Plenum treffen, um erste Lösungsideen vorzustellen. Jetzt möchte ich aber bekannt geben, wer die neu gegründete Emschergenossenschaft als Zusammenschluss all unserer Rebellengruppen leiten wird«, sagt Eda. »Die Vorsitzende unserer neu gegründeten Emschergenossenschaft ist ... Esra.«

Lautstarker Applaus folgt, und alle scheinen zufrieden. Sogar die, die nicht gewählt wurden, applaudieren Esra. Die strahlt vor Glück. Auch Amalia applaudiert. Hoffentlich werden wir für alle Städte gute Lösungen finden.

Als ich am Abend wieder vor dem Gebäude stehe, steht die Sonne schon tief. Auf dem Platz verabschieden sich gerade Annie und Amalia. Es ist schön, die beiden Streithähne so friedlich zu sehen.

Danach kommt Amalia zu mir. »Na, wie schaut's aus? Wollen wir gehen?«
Ich nicke. Es war ein langer Tag. Aber der Grundstein für ein vereintes Dreistromland ist gelegt.

Kapitel 202 Savannah

Noch müde und mit schweren Augen streckte ich mich aus und sagte: »Guten Morgen, Frau Knipps.«
Ich erwartete eine Antwort von Avery, die genau neben mir liegen sollte. Es kam keine. Nach ein paar Sekunden war ich wirklich wach, na ja, so ganz wach immer noch nicht, aber wach genug, um zu merken, dass meine Frau nicht da lag.
»Avery«, rief ich. »Avery«, rief ich noch einmal. Aber ich bekam keine Antwort. Es war doch wohl nichts passiert? Es wäre nicht gerade günstig, wenn wir den Rest unserer Flitterwochen im Krankenhaus oder im Gefängnis verbringen müssten. Ich legte meinen Kopf auf das Kissen zurück und hoffte, wenn ich wieder aufwachte, wäre Avery wieder im Haus. Und zwar ohne die Begleitung des Ordnungsamtes. Ich legte meinen Kopf auf das Kissen und kuschelte mich in die warme, gemütliche Decke. Sie gab Wärme an mich ab. Das war schön in diesem Dezember, der in diesem Jahr besonders kalt war – eine Tatsache, die mich beruhigte, aber mich nicht unbedingt dazu bewegte, vor die Tür zu gehen.
Wenn ich könnte, würde ich gar nicht mehr das Bett verlassen. Ich fühlte meine Augenlider schon wieder so schwer werden. Das Bett und ich schienen eins zu werden. Und ein bisschen fühlte ich mich wie die Füllung einer riesigen Frühlingsrolle. Aber selbst das war mir egal. Meine Lider wurden immer schwerer.

Ich befand mich mit Avery mitten in einem Rosengarten. Wir tranken Wein und aßen gemeinsam. Dann wurde mir plötzlich eiskalt. Als ob sich kalte Hände auf mein Gesicht legten und ... Willkommen in der Realität. Und bei meiner Frau.
»Guten Morgen!«, schrie Avery sehr nah an meinem Ohr und schmatzte mir einen Kuss auf die Wange.
»Morgen. Wo warst du?«, fragte ich schlaftrunken. Dann setzte ich mich auf.
»Ich habe uns Frühstück besorgt«, verkündete Avery.
Hmm, vielleicht war es ja doch wahr, dass man sich nach der Hochzeit veränderte. Drei Jahre kannte ich Avery nun, und es war das erste Mal, dass sie für uns Frühstück besorgt hatte. Vielleicht lag das auch daran, dass sie als Barkeeperin arbeitete, und man sie normalerweise vor acht Uhr nicht aus dem Bett bekam.
»Ah, und außerdem habe ich noch Weihnachtsschmuck gekauft«, sagte Avery.

»Ähm, der alte war aber auch noch gut«, sagte ich. Es waren schließlich Sachen, die ich von zu Hause mitgebracht hatte.

»Ja, der alte ist ein guter Begriff, um den Schmuck zu beschreiben«, sagte Avery grinsend. »Die meisten Sachen waren älter als ich und ein Großteil so kaputt, dass wir ihn eher als Halloween-Deko benutzen könnten.«

»Wie zum Beispiel?«, wollte ich wissen.

»Ähm, der Weihnachtsmann und seine Elfen, die eigentlich fröhliche Geräusche von sich geben sollten ... Grusel, Trauer und Kindergeschrei ...«, sagte Avery.

Na ja, so ganz unrecht hatte sie ja nicht, der Weihnachtsmann hatte seinen Schwung schon vor langer Zeit verloren, und sein fröhliches Hohoho hatte schon im letzten Jahr eher so geklungen, als würde er ersticken. Aber immerhin war er für mich mit großen Emotionen verbunden und erweckte meine nostalgische Seite. Ich merkte, dass ich in meinen Gedanken verschwunden war, während Avery auf eine Antwort zu warten schien.

»Ähm, ja«, sagte ich, in der Hoffnung, dass Avery das als Antwort reichen würde, und Avery nicht merken würde, dass ich zum Schluss gar nicht mehr zugehört hatte.

»Gut, dann seh ich dich in zehn Minuten. Dein Frühstück wartet schon unten«, sagte Avery und sprang vom Bett. Als ich sah, dass sie noch ihre Doc Martens anhatte, rief ich: »Du wirst alles, was von deinen Schuhen runterfällt, mit deiner Zahnbürste saubermachen!« Ich lachte.

»Ich liebe dich mehr!«, rief sie und schloss, ohne sich noch einmal nach mir umzudrehen, die Tür hinter sich. Ich streckte mich noch ein paar Mal. Es wurde Zeit, das warme Bett zu verlassen. Ich stand auf und nahm mir aus dem Schrank Averys schwarzen Pulli und eine Jeans. In unserem kleinen Badezimmer machte ich mich fertig und band zum Schluss meine Haare zu einem Dutt. Ich machte das Bett und ging nach unten. Einiges von der neuen Deko, die Avery gekauft hatte, hing schon im Flur über der Treppe.

Kitschig. Es war einfach nur kitschig. Na ja, vielleicht nicht alles. Aber der Weihnachtsmann, der auf einem Motorrad statt auf einem Schlitten fuhr ... Was hatte ich von Avery denn auch erwartet? Ich verdrehte die Augen. Als ich in die Küche kam, sah ich, wie Avery einen Picknickkorb packte.

»Willst du um diese Jahreszeit picknicken?«, fragte ich scherzhaft.

»Es ist ein Teil der Überraschung«, sagte Avery und stellte einen Teller mit einer Spinatbrezel, ein gekochtes Ei und ein Glas frischgepressten Orangensaft vor mich hin. Und einen duftenden Milchkaffee.

»Hast du das alles selbst gemacht?«, fragte ich und leckte mir die Lippen.

»Nein, leider nicht«, sagte Avery. »Hab ich von Derry geholt.«

»Derry?«, fragte ich verwundert.

»Ja, die neue Kneipe um die Ecke. Bis 9 Uhr verkaufen sie Frühstück, das luftdicht verpackt wird und so ganz frisch bleibt«, sagte sie und bastelte weiter an dem Korb.

Ich setzte mich an den Tisch und genoss das Frühstück. Ah, Brezeln mit Spinat hatte ich eine Ewigkeit oder länger nicht mehr gegessen.

»Bist du dann mal fertig?«, fragte mich Avery und holte zwei Helme.

»Nein!«, sagte ich und schenkte ihr einen bösen Blick. »Und es ist mir egal, wie weit wir fahren. Ich steige nicht noch einmal auf dieses Ding!«

»Es war doch aber nur einmal«, sagte Avery.

»Ja«, sagte ich, »es war nur einmal, direkt nach der Trauung, dass wir in eine Pfütze gefahren sind, und ich meinem weißen Brautkleid auf Wiedersehen sagen musste.«

»Ach, raste jetzt nicht aus. Wir können auch zu Fuß gehen«, beschwichtigte Avery mich.

»Gut«, sagte ich und beruhigte mich wieder. »Wo soll es denn hingehen?«

»Zur Zeche Carl«, sagte Avery und grinste.

Ich verkniff es mir zu sagen, dass mich das nicht gerade glücklich machte. Nach der ganzen Zeit, die ich dort mit den Emschergroppen und der Zeitmaschine verbracht hatte, musste ich nicht auch noch meine Flitterwochen dort verbringen.

»Zieh dir was Warmes an, der Pulli ist nicht dick genug«, sagte Avery und reichte mir meine Jacke.

»Soll ich dir mit dem Korb helfen?«, fragte ich.

»Nein, nein, ist ja nichts Großes. Nur die notwendigsten Sachen«, sagte sie.

Oh ja. Notwendig. Das letzte Mal, dass sie nur das Notwendigste mitgenommen hatte, hatte ich zwei Paar Ersatzhosen und ein Paar Schlittschuhe, obwohl wir nur für einen Tag in den Skiurlaub gefahren waren.

Wir brauchten nicht lange zur Zeche Carl. Wenig später schon standen wir vor dem Malakowturm. Ich nannte ihn Annies Turm. Weil vor Kurzem Annie und Tate hier eingezogen waren. Ihre tolle Wohnung auf dem Dach hatten sie Lilith, Mustafa und Paul überlassen. Natürlich hätten sie in die Villa Hügel ziehen können, aber das hatte Tate dankend abgelehnt. Ich glaubte, er wollte sich mit der Nähe zum Untergrund absichern, dass ihm niemals das gleiche wie Salie passierte, dass er nie seine wahren Ziele aus den Augen verlor.

»Was wollen wir vor Annies und Tates Haus?«, fragte ich.

»Nun ja«, sagte Avery. »Du weißt sehr gut, dass das nicht immer Annies und Tates Haus war.« Und dann erzählte Avery mir, was hier in welchem Jahr stattgefunden hatte. Ich kam mir wie im Geschichtsunterricht vor. »In den 2060er-Jahren hatten hier die Sicher-Psychers ihre Räumlichkeiten«, sagte sie gerade.

»Diese Sekte?«, fragte ich.

Avery nickte. »Und weißt du, wer Begründer der Sekte war?«, fragte Avery.

Mein Schweigen war offenbar eine ausreichende Antwort, denn Avery sagte: »Weißt du natürlich nicht. Meine Eltern. Und es gibt etwas, was ich dir zeigen will.«

Jetzt hatte ich verstanden, warum wir hier waren.

»Na, rein mit dir«, sagte Avery und öffnete das Tor. Die Treppe hinauf ging es zu Tate und Annie. Und die Leiter hinunter in den Schacht. Ich wusste genau, wo ich lang musste. Schließlich hatte ich hier viele Tage und Nächte verbracht. Als wir die Strecke betraten, in der die Zeitmaschine stand, sagte ich: »Ave, aber du weißt, wie man die bedient, oder?«

»Ja, klar«, sagte Avery. »Ich bin damit schließlich ein paar ... ein ... einmal gereist. Und so schwer ist es wirklich nicht.«

Ich musste ihr wohl oder übel vertrauen. Avery stellte das Datum ein: 12. September 2068. Ein paar Sekunden und einen Lichtblitz später standen wir noch immer an der gleichen Stelle.

»Komm mit«, sagte Avery und nahm meine Hand. Wenig später standen wir wieder vor dem Malakowturm. Es war ein sonniger Herbsttag, und ich spürte die Schweißtropfen über mein Gesicht laufen. Ich zog die Jacke aus und guckte Avery verwundert an. »Warum ausgerechnet dieses Datum?«

»Es ist das einzige Datum aus dem Jahr, das mir eingefallen ist. Meine Großeltern haben es oft erwähnt. Es ist das Verlobungsdatum meiner Eltern. Gesehen habe ich meine Eltern seit ich drei Jahre alt war, nicht mehr.«

Ich umarmte Avery. »Nicht weinen«, sagte ich. »Was hältst du davon, wenn wir uns die Verlobung ansehen?«, schlug ich vor, um Avery aufzumuntern.

Wir liefen die Treppe im Turm hinauf und suchten nach dem richtigen Raum, als plötzlich eine bekannte Stimme aus dem Raum tönte, in dem Tate und Annie im Jahr 2127 ihr Wohnzimmer hatten.

»Nein, Victor, wir werden nicht schon wieder ins Museum gehen«, sagte eine Frauenstimme. »Dreimal im Monat reicht mir voll und ganz. Besonders, wenn ich die Ausstellung schon auswendig kenne.« Ein junger Mann und eine ziemlich wütende Frau kamen aus dem Raum gestürmt.

Schnell zog ich Avery hinter einen Garderobenständer, der im Gang stand.

»Annie«, flüsterte Avery mir zu.

Ja, es war Annie. Nur jünger. Ich hatte keine Ahnung gehabt, dass sie hier schon einmal früher gewohnt hatte.

Als wir weitergingen, entdeckten wir eine Tür mit vielen LED-Leuchten, die das Wort »Sicher-Psycher« formten. Wir öffneten die Tür. Im Raum standen viele Menschen in weißen Klamotten. Sie bemerkten uns gar nicht. Dann hörten wir, wie jemand um Aufmerksamkeit bat. Avery schob mich ein Stückchen näher, damit wir einen besseren Überblick hatten, was da geschah.

Ein ziemlich großer Mann kniete vor einer Frau, die etwa so klein und zierlich wie Avery war. Und ihr überhaupt erstaunlich ähnlich sah. Der große Mann sagte: »Willst du, Jane Bins, mich, den Theodatheus Luck heiraten und mich so zum glücklichsten Menschen der Welt machen?«

Wir bekamen die Antwort nicht mehr mit, weil ein paar der Weißgekleideten auf uns aufmerksam geworden waren, und einer zischte: »Was wollt ihr hier?«

Aber an der Reaktion der Umstehenden konnten wir ablesen, dass die Antwort »Ja« gewesen sein musste.

»Savannah, komm«, sagte Avery, und dann nahmen wir die Beine in die Hand und rannten, so schnell wir konnten. Wir blieben erst stehen, als wir an einer Wiese ankamen.

»Warum hast du mir nie was von deinen Eltern erzählt?«, fragte ich.

»Es tat mir nach dem Tod meiner Großeltern weh, über irgendeinen Teil meiner Familie zu sprechen. Zumal ich meiner Mutter total ähnlich sehe.«

Da hatte sie recht. Hätte ihre Mutter Tattoos und kurze Haare, es wäre schwierig, die beiden zu unterscheiden.

»Bis auf die verschiedenfarbigen Augen«, sagte Avery. »Die habe ich offenbar von meinem Vater. Jane ...«, sagte sie dann. »Ich hab mal darauf gehofft, eines Tages eine Tochter haben zu können, die ich Jane nenne.«

Sie drückte mir eine Decke in die Hand und begann, den Picknickkorb auszupacken. »Da wir in unseren Flitterwochen sind, dachte ich, wir könnten auch noch was Nettes hier im Emscherland erleben, ehe wir nach Norwegen reisen«, sagte sie. Mit dem Arm machte sie eine Geste, die alles um uns herum einschloss. »Ist es nicht wunderschön hier, in der guten alten Zeit, Savannah?«

Kapitel 203 Cynthia

Liebes Tagebuch,
ich habe mich entschieden – jetzt wo ich lesen und schreiben gelernt habe, und sich hier alles bessert – ein Tagebuch anzufangen. Wie Ingrid.

Es gibt eine Menge zu erzählen. Zum Beispiel, dass die Befreiungsaktion geschafft ist, und alle Rebellen aus dem Gefängnis raus sind. Diese fürchterliche Regierung ist gestürzt und die schreckliche Wissensdiktatur abgeschafft worden!

Es gibt noch mehr tolle Sachen zu erzählen: Die Hüter des Lebens sind als Partei gewählt worden. Bochum ist wieder offen und zugänglich für alle. Endlich ist Bochum mit dem Rest des Dreistromlandes vereint. Es wurden Bücher und Kultur angeschafft, oh, und freies Denken ist wieder erlaubt – allerdings ist das bis jetzt nicht immer so leicht, da alle

Melissa
(Illustration: Svea Krumhus)

erst mal das Lesen und Schreiben lernen müssen und man sich auf Sachen einigen muss. Ja, manchmal finden es einige sogar zu anstrengend, selbst zu denken und Eigeninitiative zu zeigen.

Ich lebe weiter in meinem Baumhaus am Bach. Leider habe ich meine Eltern nicht gefunden. Trotzdem habe ich ihnen und auch den Rebellen die Freiheit des Denkens und Wissens zu verdanken. Übrigens lebe ich nicht mehr nur alleine mit Chestnut, sondern auch mit einem kleinen Mädchen, das den Namen Melissa trägt. Ich habe sie adoptiert, nachdem ich sie im Gefängnis gefunden habe.

Außerdem habe ich ein Bachmuseum eröffnet, das die Geschichte des Bachs erzählt und für alle in Erinnerung behält.

Soraya hat endlich ihre Mutter wieder und ihrem Vater verziehen.

Der Rest der Regierung ist, glaube ich, im Gefängnis. Das sagen auf jeden Fall die Gerüchte. Die Gerüchte sagen auch, dass jemand aus dem Gefängnis ausgebrochen ist und im Turmschloss ein Stück eines seltsamen Horns gefunden wurde.

Aber Gerüchte sind nun mal Gerüchte, oder?

Kapitel 204 Im Bachmuseum

Melissa, die Adoptivtochter von Cynthia, ist mit ihrer Grundschulklasse – ja, es gibt wieder Schulen in Bochum – im Bachmuseum zu Besuch. Cynthia führt die Kinder durch das Museum. Damit sie lernen, wie schlecht es früher um den Fluss bestellt war. Damit sie niemals vergessen, wie froh sie sein können, dass sie sauberes Wasser haben. Damit sie niemals vergessen.

Weiß jemand, was der blaue Strich hier ist?
– Die Emscher.
Genau. Und was sind die kleinen blauen Linien an der Emscher?
– Die Flüsse, die in die Emscher fließen.
Ja. Kennt jemand einen Bach, der in die Emscher fließt?
– Der Marbach. Über den Hüller Bach. Und der Hofsteder Bach auch.
Und wo fließt die Emscher her?
– Durch das ganze Emscherland.
Wie sah die Emscher denn früher aus?
– Wie ein Kackabach.
Und warum sah sie so aus?
– Weil sie dreckig war.
– Pipi! Aa! Scheiße! Kacke! Kotze!
– Boah, spuck mir nicht in die Haare!
– Ich geh nie wieder auf die Toilette ...

Und was war an den Seiten und auf dem Boden von der Emscher, damit die Kacke nicht überall hin kann?
— Stein! Beton! Jede Menge Scheiße!
Ja, die war ja da drin, die Scheiße. Aber wo ist die Scheiße jetzt?
— Im Kanal! Im Abwasserrohr!
Und wo ist das Abwasserrohr?
— In der Emscher.
Nee.
— Unterirdisch!
Und wenn unter der Erde jetzt das dreckige Wasser ist, was ist dann oben?
— Das saubere Wasser.
Und wie sieht es jetzt aus?
— Schön! Sauber!
Aber was ist an den Seiten von dem Bach?
— Die Betonplatten wurden weggenommen.
Was konnte den Bach zurückerobern?
— Die Natur.
Wieso gibt es denn Pumpen im Emscherland?
— Damit man Wasser kriegt. Weil die Erde abgesackt ist.
Genau, die ganze Landschaft ist so zehn, fünfzehn Meter runtergesackt. Und warum ist die abgesackt?
— Weil die Kohle abgebaut wurde.
— Ich weiß, wie viel. Zweitausend Tonnen.
Ja, Millionen Tonnen eher.
— Zehn Dutzend! 30 Tonnen! Eine Milliarden Tonnen?
— Boah, spuck mich nicht an!

Kapitel 205 Salie

Heute ist es soweit. Ich werde aus dem Gefängnis entlassen. Fünf Jahre lang war ich der Freiheit beraubt, doch Hope und Jasmin haben mich stets auf dem Laufenden gehalten, was im Dreistromland so passierte. Es ist wiedervereint und arbeitet an neuen Projekten, um dem weiteren Klimawandel gemeinsam entgegenzuwirken. Es war schön, diese Nachrichten zu hören. Doch es tat auch weh. Ich war so ein Vollidiot gewesen. Einst hatte ich selbst auf diese Wiedervereinigung hingewirkt — hätte ich dieses Ziel nicht aus den Augen verloren, hätte ich zu denen gehören können, die die Vereinigung bewerkstelligten.

Die Jahre im Gefängnis habe ich wirklich mehr als verdient. Sie haben mir die Zeit gegeben, über meine Taten nachzudenken und Entscheidungen für mein künftiges Leben zu treffen.

»Insasse 27338«, dröhnt es jetzt aus dem Lautsprecher in meiner Zelle, »begeben Sie sich zur Einweisung.«

Ja, es ist so weit. Ich stehe von meiner Liege auf und mache mich auf den Weg zum Einweisungsgebäude. Ein hoffentlich letztes Mal werde ich durch diese Gänge gehen. Ich denke auf diesem Weg an das, was ich tun werde, wenn ich das Gefängnis verlassen habe. Ich möchte gern wegziehen aus Essen. Ich meine, in dieser Stadt bin ich bekannt als der Präsident, der die Stadt fast in den Untergang getrieben hätte. Was soll ich hier also noch? Wie soll ich hier einen Neuanfang machen?

Am Ende des Ganges scannt eine Drohne mein Gesicht und leuchtet dann grün auf. »Insasse 27338 erkannt, Gang zum Einweisungsgebäude wird geöffnet«, ertönt eine elektronische Stimme. Diese Drohnen sind im ganzen Gefängnis unterwegs und scannen uns jedes Mal, wenn wir einen neuen Bereich betreten wollen. Wir werden immer überwacht und sind stets nur Nummern, die anderen Häftlinge und ich. Doch was erwarte ich. So eine Behandlung habe ich verdient. Die Tür vor mir öffnet sich. Ich betrete den Einweisungstrakt. Nachdem eine Wache mir meine Entlassungspapiere gegeben hat, öffnet sich die Tür nach draußen.

»Bleiben Sie jetzt sauber, Herr Brown«, ermahnt der Mann mich noch.

Ich nicke ihm zu. Die Tür schließt sich hinter mir. Draußen auf dem Parkplatz sehe ich Hope stehen. Wie schön, dass sie mir verziehen hat und mich tatsächlich abholen kommt. Ich laufe zu Hope und wir umarmen uns.

»Schön, dass du wieder da bist, Salie«, sagt sie, und es klingt aufrichtig.

»Schön, dich wiederzusehen, wie geht's dir?«, antworte ich erleichtert. »Hat Jasmin dich geschickt, weil sie selbst nicht kann?«

»Wie man es nimmt«, sagt Hope. »Dreh dich mal um.«

Ich drehe mich um und sehe in die wunderschönen Augen von Jasmin. Sie fällt mir um den Hals, und ich umarme sie. Wir verweilen eine gefühlte Ewigkeit, bis wir schließlich doch unsere Umarmung lösen und uns tief in die Augen blicken.

»Tja, Salie, und was jetzt?«, fragt Jasmin mich auf dem Weg zu Hopes Wohnung.

»Ich möchte Essen verlassen«, sage ich. »Es gibt so vieles hier, wofür ich mich schäme. Vielleicht könnte ich nach Castrop-Rauxel ziehen. Als ich dort lebte, war ich noch ein anderer. Ich würde gern wieder diese Person sein.«

Jasmin nickt. »Solange ich bei dir sein kann, bin ich glücklich«, sagt sie dann.

»Du kommst also mit?«

Wieder nickt sie.

Ich schaue Hope an. »Wäre das auch für dich in Ordnung, Hope? Ich würde gerne alles hier hinter mir lassen.«

»Klingt nach einem guten Plan, Salie«, sagt sie. »Vielleicht komme ich mit euch. Aber lasst uns erst mal in Ruhe essen, ehe du schon große Pläne schmiedest, wie es weitergehen soll.« Sie lacht.

»Du hast recht«, entgegne ich. »Danke, Hope. Danke für alles.«

Ich bin so froh, noch einmal neu anfangen zu können.

Am Marbach in Bochum

Auf dem Bauernhof am Marbach wohnt der Bauer. Der züchtet Melonen. Es regnet am Bach. Überall sind Pfützen. Der Bach ist hinter Gras versteckt. Er ist hier dreckig, weil die Hühner reinkacken. Sie legen Eier.
(Bild/Text: Lionel M.)

Bild: Mikail Sari

Tornadogirl lebt am Marbach. Sie isst einen Zauberkürbis, weil er ein lilafarbenes Blatt hat. Tornadogirl kriegt davon Pflanzen, die bis zur Sonne führen.
(Bild/Text: Laila El-Mammery)

Bild: Elanur Kara

Es gab auch einen goldenen Ninja. Und ein böses Monster. Das Monster wollte die Stadt mit giftigen Tornados zerstören. Die Stacheln vom Monster waren giftig und taten Tornadogirl und dem Ninja weh. Da kam noch ein Ninja. Der konnte mit seinem Feuer die Bösen besiegen.

(Bild/Text: Lionel M.)

Bild: Luna Wrobel

Am Ende vom Regenbogen ist ein Topf voller Gold. Ein Kobold behütet das Gold. Ein anderer Kobold angelt. Ein Zwerg ist auch da. Der Fisch hat den Wurm schon aufgefressen. Danach sitzen die Kobolde am Marbach und grillen den Fisch. Wenn ein Mensch einen Kobold findet, kriegt er von dem Gold was ab. Aber die Kobolde mögen nicht, wenn Menschen das Gold klauen. Das gibt dann Ärger.
(Bild/Text: Asli Sucu)

Bild: Asli Sucu

Die Kobolde Rebekka, Petra und Tobias saßen auf einem Baum am Marbach und warteten auf Menschen, damit sie die Handys klauen und sie fressen konnten. Auf einmal kamen zwei Menschen. Die Kobolde kamen vom Baum und umzingelten die Menschen. Petra kam von vorn, Tobias von hinten und Rebekka von der Seite. Dann ging es ganz schnell. Petra schnappte sich die Handys. Dann versteckten sie sich wieder im Baum und fraßen die Handys auf. „Lecker", sagten Rebekka, Petra und Tobias.
(Bild/Text: Justus Rötger)

Bild: Rebecca Berning

Der Kackabach

Der Marbach war mal ein Kackafluss. Da drin war jede Menge Kacka. Und auch Blut vom Schlachthof. Und ein Skelettfisch. Weil Fische in dem Fluss nicht leben konnten.
Es gab auch einen Hai. Der hatte sich in den Kackafluss verirrt. Er wollte wieder in einen sauberen Fluss, aber das hat er nicht geschafft. Da wurde er ein Haiskelett. Am Ufer stand Bernd. Der fand den Kackabach nicht gut. Dem ist total schlecht geworden.

(Bild links/Text: Laila El-Mammery)

Damals wohnte unter der Brücke ein Kackasammler. Der sammelte die Kacka, um den Fluss wieder sauber zu machen. Dann kam ein Mann mit dem Müllwagen und holte die Kacka ab. Der Kackasammler verdiente damit ein bisschen Geld.

(Bild/Text: Güven Gülhan)

Der Tom lebte am Bach. Da waren ganz viele Tiere. Er beschützte die Tiere. Auf einmal kam ein böser Kobold. Er wollte alle Tiere einsammeln und töten. Tom ließ das nicht zu und verfolgte den Kobold durch den ganzen Wald. Der Kobold ging zu einem Portal. Er sprang hinein. Tom sagte: „Wird schon schiefgehen."
War leider das falsche Portal. Die Tiere konnten entkommen. Tom und der Kobold sind umsonst gestorben. Dööm! Dööm! Dööm!

(Bild: Esmanur Kara; Text: Mikail Sari)

Bild: Mia W.

Bild: Miriam Jestel

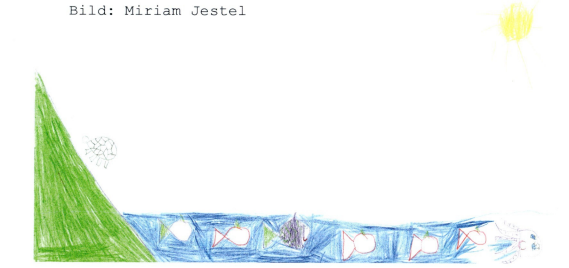

Der Fußballer am Marbach schießt Tore. Dann kommt ein Tornado. Daraus kommen Feuerbälle. Der Fußballer kann die Feuerbälle wegschießen. In dem Feuerball ist eine Fesselpflanze. Wenn man die antippt, hat sie Feuerstacheln.

(Bild/Text: Mohamad Fares)

Bild: Kayra A.

Bild: Mohamad Fares

Mr. Pinguin ist sehr höflich und mag kaltes Wasser. Im Sommer wohnt er im Kühlschrank. Immer wenn Besuch kommt und Essen aus dem Kühlschrank nehmen will, macht Mr. Pinguin den Kühlschrank wieder zu, damit ihn keiner stört.

(Bild/Text o.A.)

Bild: Esmanur Kara

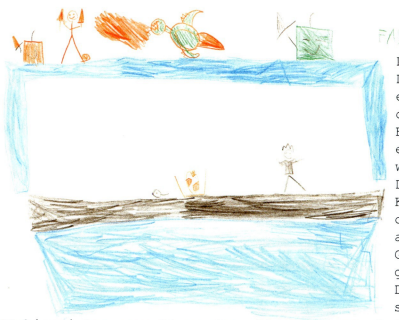

Da war auch ein Drachenei. Und ein Gangster, der wollte das Ei klauen. Und eine Maus ist weggerannt. Dann haben die Kürbisarmee und die Melonenarmee den Gangster angegriffen. Die Kürbisse sind vom Kürbismeister erweckt worden. Die Kürbisse sind böse. Die vergiften Personen.
(Bild/Text: Fabian Giurca)

Bild: Güven Gülhan

Bild: Koray Bicar

Am Marbach gibt es auch eine Pflanze, die Menschen frisst.
Und eine Brücke, wo Totenköpfe und Boxhandschuhe rauskommen.
Und einen Baum, der die bösen Tiere auffrisst. Tiere wie das
Gruseleichhörnchen. Wenn man das ärgert, beißt es.
(Bild/Text: Samantha Xenia Strosik)

Bild: Orhan-Tügra Kurtuluş

Die Elefantenmama geht zum Doktor und bekommt ein Baby. Das Baby rennt zur Toilette, da macht es Plitschplatsch. Dann gehen Mama und Babyelefant zum Grillen. Da gibt es Wiesenpistolen. Das Baby nimmt die Pistole und macht überall Wiese. Dann dreht, dreht, dreht sich die Erde. Das Baby springt dann auf dem Trampolin. Dann fällt es kopfüber in den Grill. Dann kommt der Doktor und schneidet den Kopf ab. Der Kopf wächst aber nach. Das Baby isst alles zu Hause. Auch Bonbons. Eines Tages ist es groß und frisst das ganze Haus.

(Text: Orhan-Tügra Kurtuluş)

Bild: Sarah Fares

Das pupsende Eichhörnchen. Es war Sommer, und das Eichhörnchen hatte Langweile. Dann ist es spazieren gegangen und hat einen Flohmarkt gesehen. Als es Cupcakes und Muffins roch, ist es dem Geruch nachgegangen. Die ganzen Cupcakes und Muffins und Kuchen hat es gesehen, ist einfach draufgesprungen und hat alles gefressen, und dann hat der Bäcker es verscheucht. Dann hat es auf einmal richtig dolle Bauchschmerzen gekriegt und hat ein gemütliches Plätzchen gesucht, wo es sich hinsetzen konnte. Es hat gepupst. Da tat ihm der Bauch nicht mehr weh. Dann hat es ein anderes Eichhörnchen gesehen und gesagt: „Das ist aber schick." Dann haben sie sich verliebt und gaben sich einen Kuss und wackelten mit dem Popo. Und dann gab es noch einen Pups.

(Text: Asli Sucu)

Der alte Koch vom Blumenrestaurant sollte alles aus dem Garten ins Restaurant bringen. Aber er hatte so Hunger, dass er alles selber essen wollte und sich an der Peperoni verbrannt hat. Dann wollte er noch ein Gänseblümchen essen, einen Löwenzahn, einen Kürbis, einen Apfel

und eine Birne. Apfel und Birne wachsen im Garten vom Blumenrestaurant zusammen am Apfel-Birnen-Baum. Als Ausrede dafür, dass er nichts ins Restaurant mitbrachte, sagte der Koch:
„Leider nichts gewachsen. Sorry."

(Bild oben/Text: Justus Rötger; Bild unten: o.A.)

Ab jetzt wird das
Restaurant mit Wolken
versorgt, aus denen ein
Blumenregen kommt.
(Bild/Text: Mikail Sari)

Bild: Koray Bicar

Was gibt es zu essen?
Salat, Obstteller und Apfelteller.
Gänseblümchensalat, Blumenbrei, Möhrenwasser, Gurkeneis, Paprikakuchen, Rübenmuffin, Blaubeer-/Himbeershake.

(Bild/Text: Asli Sucu)

Der Igel überlegt sich gerade:

Bild: Koray Bicar

GÜVEN

Hier essen zwei Menschen
Blumenbrot. Zum Entspannen
gibt es eine Band: ein Marienkäfer, der was singt,
eine Biene, die trommelt,
ein Schmetterling,
der trommelt, und
die Sonne, die
Gitarre spielt.
(Bild/Text:
Güven Gülhan)

MIKAIL

Bild links:
Mikail Kaan Y.

Im Restaurant
ist auch ein
Marienkäfer,
der essen will.
Er sieht eine
Blume und beißt
rein, aber es
war nur eine
Kerze.
(Bild rechts/-
Text:
Mohamad Fares)

Bilder: Esmanur Kara, Yilmaz Gülhan

Marbachnacht

Es ist Nacht am Marbach. Da kommt ein Dieb mit einer Bombe. Er will einen Stachel klauen. Vom Igel. Der Dieb baut ein Haus. Dafür braucht er nur noch einen einzigen Nagel. Den will er aus dem Stachel bauen. Der Igel stirbt aber nicht, weil es nur eine Betäubungsbombe ist.
(Bild/Text: Asil Y.)

Die Ente war böse auf die Fische, weil die Fische sie in letzter Zeit geärgert hatten.
Da hat sie gesagt: „Hier ist keine Brücke. Hier könnt ihr doch eine Brücke machen."
Da haben die Fische das gemacht.
Da hat die Ente gestaunt.
Und der Mond kam richtig raus und hat auch gestaunt.
(Bild/Text: Rebecca Berning)

Hier ist ein Geist auf dem Mond gelandet. Er traf einen Alien. Da hat der Geist gesagt: „Freunde?" Und der Alien hat gesagt: „Freunde." Dann kam ein anderer Geist, der hat gefragt: „Wollen wir alle drei befreundet sein?"
Sie wollten einen bunten Club machen. Dann kam noch ein Raumschiff. Mit einem Geisterclown. Der wollte auch mitmachen. Aber die anderen haben gesagt: „Es sind schon zu viele."
Da wurde der Geisterclown böse und flog zum Marbach. Dort hat er Petra gesehen. Petra hatte sich verirrt, weil sie ihre Karte verloren hatte. Deshalb hatte sie ihr wasserdichtes Zelt mitten auf dem Bach aufgebaut. Sie schlief nun in dem Zelt und sah so schön aus, da wollte der Geisterclown sie mitnehmen. Aber sie hat ein Kraftfeld. Durch die Brücke kam gar nichts an. Dann kam ein Dieb, der wollte sich dem Geisterclown anschließen und Petras Geld stehlen. Aber die Tiere haben auf das Geld aufgepasst. Eins der Tiere war eine leuchtende Eule, halb Eule und halb Fledermaus. Ein anderes war halb Katze und halb Fuchs.
Dann ist Petra aufgewacht. Der Geisterclown hat es fast geschafft, sie mitzunehmen. Aber da hat der bunte Club schnell das Raumschiff fertiggemacht und ist zurück zur Erde zu Petra geflogen. Sie haben aufgepasst, dass der Geisterclown Petra nicht mitnimmt.
Dann haben sie zu dem Geisterclown gesagt: „Du darfst doch mitmachen." Da hat er sich gefreut.

(Bild/Text: Sarah Fares)

In der Nacht leuchteten die Sterne und der Mond. Im Bach schliefen die Fische und der Aal. Und eine Krake. Der Schmetterling und der Geist schliefen nicht. Sie konnten sehen, wie der Dieb am Ende des Regenbogens auf einer Insel im Marbach Geld fand und mitnahm.

(Bild/Text: Luna Wrobel)

Nachts kommen die Geister aus ihrer tiefen Höhle. Der Mond guckt zu. Und die Menschen warten, dass die Geister aus ihren geheimen Höhlen kommen, weil sie sie beobachten wollen.
(Bild/Text: Mikail Kaan Y.)

Der Vampir möchte in den Mond beißen, aber dann hat er sich die Zähne daran ausgebissen.
(Bild/Text: Miriam Jestel)

Die Schildkröte kletterte das Ufer rauf, weil sie die Fledermaus töten wollte. Weil die Fledermaus das Gold klauen wollte. Die Schildkröte hat die Fledermaus erwischt und ins Wasser geschmissen. Dann starb die Fledermaus. Und das wars.
(Bild/Text: Elanur Kara)

Im Marbachtunnel

Der Delfin sieht den Tunnel und fragt: „Was ist das?"
Gary hat gesagt: „Wir gehen einfach rein. Wir wollen doch mal gucken, was da drinne ist."
Buffalo hat gesagt: „Oh weh, oh weh, was machen die da?"

(Bild/Text: Rebecca Berning)

Um in den Tunnel zu kommen, muss man rausfinden, wie man das Tor aufmacht. Erst irgendwo drücken und dann den Code eingeben. Gary geht als erster in den Tunnel, weil er als erstes angekommen ist. Die anderen sind noch am Schwimmen. Der Tunnel ist ganz bunt.

(Bild/Text: Luna Wrobel)

Im Tunnel fanden sie viele Meeresbewohner. Das glaubt man nicht. Da sagte Buffalo: „Muscheln, Muscheln, lecker, lecker!"
Sie blieben dort den ganzen Tag. Bis die Sonne unterging.

(Bild/Text: Rebecca Berning)

Die schönen kleinen Fische wollen hier am Regenbogen hochgehen. Das ist nämlich der Tunnel, in dem Buffalo mit Gary und dem Delfin verschwunden ist.

(Bild/Text: Miriam Jestel)

Gary und Buffalo schwammen in eine Höhle. Dort haben Fische gesungen. Gangnam Style. Dann kam plötzlich wieder ein Hai. Er hatte Hunger und war sehr böse, weil er als Kind gegen einen Stein geschwommen war, und alle anderen Bachbewohner ihn ausgelacht hatten.
Und die Fische so: „Ähähähähä."
Und der Hai: „Was bedeutet denn Ähähähähä?"
Dann sind die Fische schnell weggeschwommen. Vorher haben sie sich noch auf die Regenbogenbrücke gelegt und Buchstaben gebildet, um Gary und Buffalo eine Nachricht da zu lassen. Sie schlugen vor, dass Buffalo sich als Köder für den Hai auf die magische Regenbogenbrücke stellen sollte.
„Und wenn der Hai mich frisst?", wollte Buffalo wissen.
„Dann schlage ich ihn und sage: Spuck ihn aus, spuck ihn aus!", sagte Gary. „Aber vielleicht muss ich das ja gar nicht."
Buffalo stellte sich cool auf die Regenbogenbrücke. Mit den Händen in den Taschen. Obwohl er eigentlich total ängstlich war. Er sprang schnell weg, als der Hai kam. Der Hai war in der magischen Regenbogenbrücke gefangen. Die Regenbogenbrücke vergammelt schnell, fällt dann runter und wächst wieder nach.

(Bild/Text: Yilmaz Gülhan)

Gary, Buffalo und der Delfin sind jetzt im Unterwassertunnel.
Der Tunnel ist unter Wasser. Gary ist im Tunnel gut getarnt. Der Delfin frisst die Fische im Tunnel auf. Es war auch ein Hai dort. Aber der ist jetzt zum Glück tot. Der Delfin hat ihn mit dem Schnabel aufgepickt. Jetzt ist der Hai im Himmel. Er sitzt auf der Wolke in einem Engelskostüm und wirft die ganze Zeit Sternenstaub runter.
Wenn man durch den Tunnel durch ist, sind da eine Pyramide und ganz viele Fallen. Auch Lavafallen. Da wird man geröstet, wenn man nicht aufpasst.

(Bild/Text: Laila El-Mammery)

Buffalo wollte dann wieder raus aus dem Tunnel. Aber Gary wollte noch bleiben und ist allein weiter in den nächsten Tunnel geschwommen. Dort war ein Koch. Und ein Elfenschmetterling, der im Wasser lebte. Und eine Meerjungfrau und ihr kleiner Diener. Die Meerjungfrau und der Schmetterling waren Schwestern. Die Meerjungfrau hatte magische Haare. Wenn sie sang, wurde sie jünger. Sie konnte Mensch oder Meerjungfrau sein. Sie wollte nicht, dass jemand rausfindet, dass sie dort in der Höhle wohnen. Sie hatte auch Angst, dass sonst die Diebe kommen und ihr Geld klauen. Gary war sehr erstaunt, weil er so was noch nie in seinem Leben gesehen hatte. Er wusste auch nicht, dass die Meerjungfrau und der Schmetterling seine Schwestern waren.
Er sah eine Schatztruhe voller Gold und fragte, ob er was abhaben kann.
Da sagte die Meerjungfrau: „Du kriegst die ganze Schatztruhe. Weil wir einen Berg von Geld haben."
Der Elfenschmetterling konnte zaubern und das ganze Geld verkleinern, damit es ganz leicht war. Gary konnte es in seinen Hut tun und dann vergrößern, wenn er es brauchte.
Gary sagte: „Ich habe Hunger."
Da sagte die Meerjungfrau: „Du kriegst was zu essen." Sie holte den Koch. Dann haben sie alle zusammen gegessen. Gary ist noch bis mittags geblieben und hat die ganze Zeit gegessen. Dann war er pappsatt. Der Diener hat danach alles gespült.

(Bild/Text: Sarah Fares)

Gary ist dann weitergeschwommen. Er hat eine Fledermaus in einer Höhle getroffen. Die Fledermaus hat „Hallo" gesagt, das Schnabeltier hat gewinkt, und da sind die beiden Freunde geworden. Und dann sind sie in die nächste Höhle gegangen. Da haben sie noch einen Freund gefunden. Der heißt lilaner Fisch.

(Bilder/Text: Esmanur Kara)

Die Leiche vom Mühlenbach

Gladbeck im Jahr 2025

Kapitel 1 Doktor Robbert

Emscherpost vom 12.1.2006
Seltsames Skelett bei Mühlenbach-Umbau gefunden

Gladbeck. Bei Arbeiten im Zuge des Emscherumbaus fanden Arbeiter ein seltsames Skelett im Bett des Wittringer Mühlenbachs. Von einem menschlichen Skelett unterscheidet es sich durch eigenartige Flügel an den Schulterblättern. Bisher konnte nicht geklärt werden, um was für eine Kreatur es sich handeln könnte. Die Gerichtsmediziner nahmen die Knochen mit, um sie zu untersuchen.

Die Bauarbeiter waren überrascht von dem Fund. Anwohner zeigten sich weniger überrascht und berichteten, dass am Bach mehrfach seltsame Kreaturen aufgetaucht seien. Die Umbauten des Mühlenbachs finden bereits seit 2003 statt. Prof. Dr. Martina Oldengott von der Emschergenossenschaft erklärte zum Thema Emscherumbau, dass das Abwasser künftig in unterirdischen Rohren abgeleitet wird, da die Emschergenossenschaft den Anwohnern ihre sauberen Bäche zurückgeben will.

Emscherpost vom 13.1.2006
Skelett mit Flügeln geklaut

Gladbeck. Bereits einen Tag nach dem Fund des Flügelskeletts am Mühlenbach sind die Knochen aus der Gerichtsmedizin entwendet worden. Nach bisheriger Ermittlung drangen die Diebe mit der Behauptung, das Skelett sei eine Fälschung, in die Gerichtsmedizin ein und betäubten den diensthabenden Beamten. Die Täter hinterließen keine Spuren und versuchten, den Einbruch durch das Zurücklassen eines Pappmaché-Skeletts zu vertuschen. Falls Sie Hinweise auf den Verbleib der Knochen haben, melden Sie sich bei der Gladbecker Polizei.

Ich las die Zeitungsartikel durch. Wer hatte dieses Skelett geklaut? Waren es die gleichen Leute, die jetzt, 19 Jahre später, die Leiche bei mir aus der Gerichtsmedizin entwendet hatten? Die menschliche Leiche mit Flügeln, die ich noch genauer hatte untersuchen wollen? Ich brauchte Beweise, dass es diese Flügelwesen gab. Ich wollte herausfinden, woher sie kamen und was sie waren. Vielleicht waren es Aliens? Oder Illuminaten? »Ich muss die Leiche wiederfinden«, sagte ich laut mit einer gruseligen Stimme und schüttelte dann über mich selbst den Kopf.

Aber was sollte ich machen? Ich hatte gehofft, Hinweise in den Zeitungsartikeln zu finden. Ich konnte die Artikel zum Teil schon auswendig. Ich hätte ausrasten können. Ich dachte, dass ich, selbst wenn ich die Artikel noch hundertmal durchging, nix finden würde, das mir weiterhalf. Irgendjemand hatte die Leiche, die ich untersuchte, nachts aus der Gerichtmedizin gestohlen und keine Spuren hinterlassen. Wie konnte das sein?[37] Wie ging das? Ich verstand die Welt nicht mehr. Ich schlürfte an meinem Kaffee und dachte nach. Ich brauchte Hilfe.

Immerhin wusste ich jetzt, dass schon mal so eine Leiche gefunden worden war, oder zumindest ein Skelett. Ich hatte es doch gewusst! Ich war doch nicht bekloppt, wie es andere behauptet hatten, denen ich meine Entdeckung anvertraut hatte. Ha! Ich hatte mit diesen Artikeln wenigstens den Beweis, dass ich nicht gestört war.

Aber dass auch diese Knochen verschwunden waren ... Was konnte das bedeuten? Wer hatte Interesse daran, immer wieder Leichen von Flügelwesen verschwinden zu lassen? Da musste es doch einen Zusammenhang geben! Ich sollte langsam nach Hause gehen. Ich wollte nicht wieder zum Abendessen zu spät kommen. Miriam wartete bestimmt schon.

Kapitel 2 Miriam

Es wird Abend und Miriam macht das Essen. Mal wieder. Als ihr Vater, Doktor Robbert, von der Arbeit kommt, hat Miriam schon eine große Pizza fertig.

Miriam wundert sich beim Essen: »Papa, wieso redest du nicht so viel wie sonst?«

Doktor Robbert erklärt: »Miriam, ich hatte da doch diese Leiche in der Gerichtsmedizin, die auf einmal verschwunden ist.«

»Der Tote vom Hahnenbach?«, fragt Miriam.

Doktor Robbert nickt. »Die Leiche, die eure Schulklasse gefunden hat. Es lässt mich nicht los, dass sie verschwunden ist. Denn, Miriam, die Leiche hatte ... Sie hatte so etwas wie Flügel am Rücken.«

Miriam guckt ihren Vater ungläubig an. »Papa, denkst du etwa in echt, dass der Typ Flügel hatte?«

---

37 Wenn du mehr über die Leiche wissen willst, die man Dr. Robbert aus der Gerichtsmedizin gestohlen hat, lies es nach in »Gwendolyns Vermächtnis«, der Bonuserzählung aus dem Band »Raumschiff Emscherprise. Ein Green-Capital-Roman« (Klartext Verlag 2017).

»Miriam, ich bin mir ganz sicher«, sagt Doktor Robbert. »Ich hab es doch gesehen. Aber die Leiche ist verschwunden. Keine Spur von den Dieben. Und nun habe ich herausgefunden, dass 2006 schon einmal ein solches Flügelwesen gefunden wurde. Zumindest ein Skelett. Und ... auch das Skelett wurde gestohlen!«

Miriam kaut nachdenklich auf einem Stück Pizza herum. »Papa«, sagt sie schließlich. »Wenn du alleine nicht weiterkommst und es dir wirklich so wichtig ist, dann beauftrag einen Detektiv.«

»Denkst du denn, dass einer so einen verrückten Fall annehmen würde?«, zweifelt Doktor Robbert.

»Wenn du es nicht versuchst, wirst du es nicht rausfinden. Ich kenne eine Detektivin namens Marie Malakoff. Die Schwester von Luke aus meiner Klasse. Sie hat geholfen, den Fall um den Toten im Hahnenbach aufzuklären. Sie sagt bestimmt ja. Ich hab noch ihre Karte.«

»Dann ruf sie gleich an«, sagt Doktor Robbert. »Aber erst essen wir zu Ende. Übrigens schmeckt die Pizza sehr gut. Ich nehme mir gleich noch ein Stück.«

Später rufen Miriam und ihr Vater Marie Malakoff an. Die verspricht, gleich am nächsten Morgen um 7:00 Uhr vorbeizukommen, bevor Doktor Robbert zur Arbeit in die Gerichtsmedizin muss.

Kapitel 3 Marie

Marie lief den matschigen Waldweg entlang, die Hände in den Hosentaschen vergraben. Eine Genehmigung für Videomaterial aus der Gerichtsmedizin, so ein Schwachsinn, dachte sie. Auch wenn die Polizei auf den Videos nichts gesehen hat, ich will es mir trotzdem noch mal angucken.

Ihre roten Schuhe versanken in einer Pfütze. Hoffentlich bekomm ich bei diesem Treffen etwas Anständiges heraus. Wenn ich den Fall nun nicht löse ... Nein, nicht negativ denken, redete Marie sich ein.

Sie blickte auf und sah einen Mann, der auf einer Bank am Wegrand saß. Das musste der Mann von der Emschergenossenschaft sein.

»Sie müssen Herr Weingärtner sein«, begrüßte Marie ihn mit Handschlag.

»Der bin ich«, antwortete er. »Aber nennen Sie mich ruhig Matthias.«

»Okay«, antwortete Marie. »Ich bin Marie. Sie wissen, dass ich wegen des Flügelskeletts hier bin, das 2006 gefunden wurde? Können Sie mir da weiterhelfen?«

Der Mann bejahte. »Ich war damals selbst bei den Umbauarbeiten des Mühlenbachs dabei. Und meine Kollegen haben mir noch etwas mehr zu dem Skelett erzählt.«

»Können Sie mir zeigen, wo es gefunden wurde?«, fragte Marie.

»Freilich«, antwortete Matthias und geleitete sie in einen Seitenweg. »Aber«, sagte er, »hier werden Sie nichts mehr finden.«

»Weil der Fund so lange her ist?«, erkundigte sich Marie.

»Auch«, bestätigte Matthias. »Vor allem haben wir damals aber alles hier komplett umgegraben. Sie müssen sich vorstellen, dass der Wittringer Mühlenbach wie die Emscher früher in Betonsohlschalen steckte. Nachdem wir das Abwasser, das früher den Bach verschmutzte, unterirdisch über Rohre ableiten konnten, haben wir die Sohlschalen entfernt und das Ufer naturnah umgebaut. Genau bei diesen Arbeiten haben wir ja auch das Skelett gefunden. Seitdem hat sich die Natur hier alles zurückerobert.«

Sie mussten sich durch Gestrüpp und Dornen kämpfen. Marie flitschte ein Ast fast ins Auge. Wo er sie getroffen hatte, bildete sich ein roter Striemen.

»Alles okay?«, fragte Matthias.

Marie nickte. Die beiden standen nun vor einem kleinen Bächlein. Marie kniete sich hin und untersuchte den Waldboden. »Wie mag das Skelett hierhergekommen sein?«, fragte sie. »Und wie starb dieses ... Wesen?«

»Die Polizei vermutete, dass die Leiche angeschwemmt wurde. Vor 1900 gab es noch keine Betonsohlschalen, und die Emscher und ihre Nebenläufe traten bei Regen schnell mal über die Ufer.«

»Also ist die Person ertrunken?«, fragte Marie. Sie musste daran denken, wie Miro, ihr Jugendfreund, tot aus der Emscher geborgen worden war.[38] Der Gedanke versetzte Marie einen Stich. Die Toten in den Emschergewässern schienen sie zu verfolgen. Erst Miro, neulich der Tote im Hahnenbach, zu dessen Tod sie ermittelt hatte, um die Unschuld ihres jüngeren Bruders Luke zu beweisen.[39] Und jetzt dieses Gerippe.

Matthias schüttelte den Kopf. »Die Knochen weisen wohl auf eine tödliche Schusswunde hin«, sagte er. »Vielleicht ist die Person auch gar nicht hier gestorben, sondern hat sich mit letzter Kraft hierhergeschleppt, warum auch immer. Hier waren früher ja nur Wälder. Die Polizei vermutet, dass es einen Jagdunfall gegeben haben könnte. Früher wurde in den Wäldern viel gejagt. Und das Wasserschloss Wittringen ist ja nicht weit.«

»Danke«, sagte Marie. »Die Information könnte wertvoll sein. Gab es sonst irgendetwas Auffälliges an dem Skelett?«

Matthias dachte kurz nach und sagte dann: »Es trug ein goldenes Armband am rechten Handgelenk.«

Marie horchte auf. »Ein Armband? Konnte die Polizei bestimmen, welches Geschlecht die Leiche hatte?«

---

38 Diese Geschichte kannst du nachlesen im Band »Endstation Emscher. Zwei Hellweg-Krimis« (Klartext Verlag 2015).

39 Lies es nach in »Gwendolyns Vermächtnis«, der Bonuserzählung aus dem Band »Raumschiff Emscherprise. Ein Green-Capital-Roman« (Klartext Verlag 2017).

»Ja«, sagte Matthias. »Zumindest vermuteten sie anhand der Knochenstatur, dass es eine Frau gewesen sein muss.«
Marie notierte sich das in ihrem Notizblock.
»Wurde das Skelett bei den Bauarbeiten beschädigt?«, fragte sie.
»Nein«, antwortete Matthias. »Nicht, dass ich wüsste.«
»Um 1900 war der Bach noch nicht umgebaut, sagten Sie vorhin«, stellte Marie fest. »Ist das Skelett denn schon so alt?«
»Die Polizei vermutete«, erklärte Matthias, »dass es bereits über 100 Jahre alt sein dürfte.
»Danke«, sagte Marie.
Sie machte noch schnell ein Foto vom Bach, steckte ihr Handy wieder ein, verabschiedete sich von Matthias und wandte sich zum Gehen.
Sie überlegte. Viel hatte sie wirklich nicht herausbekommen. Es wird nicht leicht, diesen Fall zu lösen, dachte sie. Wenn ich nun versa– Nein, Marie, nur nicht schon wieder dran denken. Du machst dich doch selbst verrückt. Was hatte Matthias gesagt? Das Wittringer Wasserschloss war nicht weit von hier. Wenn ich schon mal hier bin, dachte Marie, kann ich gleich auch noch einen Blick auf das Wasserschloss werfen. Vielleicht komme ich so an Material für meinen Fall. Schließlich lebten früher Adlige dort. Wenn es auf Wittringen mal einen tödlichen Jagdunfall gegeben hatte, müsste sich das doch ermitteln lassen.

Kapitel 4 Marie

Nach dem Gespräch mit Matthias machte ich mich also auf den Weg zum Schloss Wittringen. Es war ziemlich kalt und matschig. Laub lag schon auf dem Boden, und die Bäume hatten kaum noch Blätter. War ja schließlich Herbst. Während ich noch über das Wetter nachdachte, lief mir mein Bruder über den Weg.
»Hi, Luke«, sprach ich ihn an.
»Ah, hi, Marie. Was machst du denn hier?«, fragte er.
Ich antwortete ihm: »Ich habe mich mit einem Mitarbeiter der Emschergenossenschaft getroffen. Doktor Robbert, ein Gerichtsmediziner, hat mich beauftragt. Ich soll die Leiche vom Hahnenbach finden. Die ist ja aus der Gerichtsmedizin verschwunden. Die hatte Flügelansätze oder so was am Rücken, behauptet Doktor Robbert. Deshalb will er sie untersuchen.«
»Oh, ach die. Der Typ, den ich auf dem Gewissen habe«, sagte Luke traurig.
Der Tote im Hahnenbach war bei einer Mutprobe, die Luke bestehen musste, ums Leben gekommen. Luke bereute es total.
»Och, Luke«, versuchte ich ihn aufzumuntern. »Das war nur ein blöder Unfall. Er ist halt unglücklich gestürzt. Wir haben da doch schon so oft drüber gesprochen. Jetzt muss ich weiter zum Schloss.«

»Wieso gehst du zum Schloss?«, hakte Luke nach.

»Na ja, es wurde schon mal so eine komische Leiche gefunden, vor einigen Jahren. Und die ist auch verschwunden. Sie hatte eine Schussverletzung. Und da Adlige in diesen Wäldern ja früher jagen waren, gehe ich zum Schloss Wittringen. Vielleicht finde ich da Hinweise auf einen Jagdunfall, der hier früher mal stattgefunden hat«, erklärte ich ihm. »Und wohin willst du überhaupt?«

»Zu den Wildpferden«, antwortete er.

»Oh, Luke, stehst du jetzt auf Pferde?«, zog ich ihn auf.

Er sah mich beleidigt an: »Nicht witzig, Marie, nicht witzig! Ich beobachte sie halt gerne. Also, ich muss dann auch los. Tschüss!«

»Tschüss, Luke!«, rief ich ihm hinterher. »Grüß Mama von mir, ja?«

Er verschwand im Wald.

Kapitel 5 Luke

Ich war auf dem Weg zu den Wildpferden. Nach dem Gespräch mit meiner Schwester fing ich an nachzudenken. Ich vermied es sonst, zu viel über Probleme nachzudenken. Nachdenken macht es meistens nur schlimmer. Aber jetzt musste es einfach mal sein. Ich blickte in den Wald hinein. Fast schon wie in einem Horrorfilm ragten die großen Baumkronen bedrohlich in den Himmel. Aber ich hatte keine Angst. Ich mochte den Wald und die Stille und natürlich die Wildpferde. Zu denen ich ja gerade gehen wollte. Also setzte ich mich wieder in Bewegung. Ich war immer noch gefrustet wegen Miriam. Weil sie ein wirklich großes Arschloch war.[40] Das war ja nix Neues, aber durch das Gespräch mit Marie über den Toten im Hahnenbach musste ich wieder an sie denken.

Es macht mich immer noch wütend, in was Miriam mich da reingeritten hat. Der Mann, der gestorben ist wegen mir ... Ich hätte es verhindern könn– Nein, ich hätte es verhindern müssen. Doch ich war zu blöd, um zu verstehen, dass Miriam so ein blödes Miststück ist. SCHEISSE. Warum? Warum war ich denn so blöd? Ich hätte es wissen müssen. Ich war einfach blind. Aber warum war ich blind? Aus Liebe? Haha, dass ich nicht lache ... Dieses Klischee kannste dir sonstwo hinstecken. Nein, es war Verzweiflung, purer Frust. Ich wollte ja so unbedingt dazugehören.

Wütender denn je trat ich gegen einen Baum.

Prompt fiel mir ein morscher Ast auf den Kopf. Ich rief: »Aber ich lasse mir mein Leben nicht kaputtmachen!«

Jetzt fing ich an zu weinen, weil ich begriff, wie hilflos ich war. Hilflos und alleine, alleine und kaputt. Niemand da, der mich repariert. Niemand da, der

---

40 Warum Luke so wütend auf Miriam ist, verstehst du, wenn du »Gwendolyns Vermächtnis« liest, die Bonuserzählung aus dem Band »Raumschiff Emscherprise. Ein Green-Capital-Roman« (Klartext Verlag 2017).

die Schuld von mir nehmen konnte. Auch Miriam war ja nicht Schuld am Tod des Mannes.

»Scheiße«, hallte es durch den Wald. Ich musste schlucken. »Nein, i... ich ... hä...tte ihn ... retten«, wieder musste ich schlucken ... »... ihn retten ... können.«

Wieso ich? Wieso ... Nein, egal wie ich es drehte und wendete, ich war schuld an seinem Tod. Ich fing an, noch heftiger zu weinen. Nein, nein, NEIN! Und jetzt schrie ich es auch: »NEIN!«

Warum ist das alles so scheiße? Kacke! Mist! Was auch immer ... Ich war schon fast an der Stelle, die ich neu entdeckt hatte im Wald. Einer Stelle, an der die Pferde, gut versteckt, am Mühlenbach tranken. Ich beeilte mich jetzt ein wenig.

Meine Gedanken beruhigten sich wieder, ich wollte nicht weiter darüber nachdenken, dass es mir schlecht ging, also schnappte ich mir einen Stock und schlug gegen einen Baum. Der Stock zerbrach.

Eigentlich wusste ich, dass ich mit jemandem darüber reden müsste, wie es mir ging. Aber ich hatte Angst davor. Angst, dass es davon nur schlimmer werden würde. Von hier aus konnte ich die Wildpferde schon sehen, also rannte ich los, musste dann aber wieder langsamer werden. Ich wollte sie ja nicht verscheuchen. Ganz langsam und leise näherte ich mich einem Pferd und streichelte es. Ich fütterte es mit einem Apfel, den ich mitgenommen hatte. Langsam aber sicher beruhigte ich mich und wischte die letzte Träne aus meinem Gesicht. Ich grinste. Jetzt war es wieder gut. Zeitweise ...

Kapitel 6 Marie

Ich laufe also Richtung Schloss, um dort weiter zu ermitteln. Ich komme am Mühlenbach vorbei und bewundere ihn. Dass die Emschergenossenschaft ihn so schön und sauber gemacht hat. Ups, aua, ich sollte lieber auf den Weg schauen, sonst laufe ich noch mal gegen einen Stein. Ich laufe weiter und schaue wieder auf den Bach. Ich grüble darüber nach, was ich im Schloss wohl so finden werde. Ohne die Überwachungsvideos ist es mein einziger Anhaltspunkt.

Beim Schloss angekommen laufe ich gleich zum Museum. Wenn ich etwas über die Adligen, die hier lebten, herausbekommen kann, dann doch wohl dort.

Ich trete ein und werde von einem netten Mann begrüßt: »Guten Tag.«

Ich antworte: »Guten Tag.«

Der Mann sagt: »Kann ich Ihnen irgendwie helfen? Wenn Sie Fragen haben, stehe ich Ihnen gern zur Verfügung.«

»Ja«, sage ich. »Ich hätte in der Tat eine Frage. Und zwar, wer hier vor rund 100 Jahren lebte.«

»Die Familie van Windenberg«, antwortet der Mann.

»Ist die Familie gerne jagen gegangen?«, erkundige ich mich hoffnungsvoll.

»Ja, wie damals alle Adelsfamilien«, bestätigt der Mann. »Und zwar im Wald hier direkt am Schloss, im Emscherbruch.«

Ich bin begeistert und hake nach: »Wissen Sie etwas über einen Jagdunfall, bei dem vielleicht sogar mal jemand ums Leben kam?«

»Nein, darüber weiß ich nichts«, bedauert der Mann. »Aber vielleicht steht ja etwas darüber in der Familienchronik.«

Ich horche auf. »Ach, die Familie hat eine Chronik?«

»Ja.« Der Mann nickt. »Sie gehört sogar zu den Ausstellungsstücken in unserem Museum.«

»Dürfte ich einen Blick hineinwerfen?«, frage ich.

»Nun ja«, sagt der Mann. »Eigentlich darf man darin nicht einfach so lesen ...«

»Ich bin Privatdetektivin«, erkläre ich. »Ich bräuchte die Informationen, weil ... ich in einem historischen Kriminalfall ermittle.«

Der Mann schaut mich beeindruckt an und sagt: »Folgen Sie mir.«

Wir laufen die Treppe hoch zum Museum und weiter in die Bibliothek.

»Hier wird die Familienchronik aufbewahrt«, erklärt der Mann und schließt eine Vitrine auf. Er legt das Buch aus der Vitrine vor mir auf den Tisch. »Sagen Sie Bescheid, wenn Sie fertig sind.«

Der Mann verlässt die Bibliothek und lässt mich alleine. Ich blättere in dem alten Buch herum, und plötzlich springt das Fenster der Bibliothek auf. »Uuhhaaaaaaaaaaaaaaaaaaa«, schreie ich voller Schreck.

Ein Windzug fährt durch den Raum, und ich schließe das Fenster schnell wieder. Als ich wieder zurück zur Chronik komme, stelle ich fest, dass die Seiten verblättert sind. Ich ärgere mich. Aber dann fällt mein Blick auf das Wort *Flügelwesen*. Ich reibe mir die Augen und schaue genauer hin. Was ist das eigentlich für ein Schriftstück? Offenbar ein Brief. Ich fange an zu lesen.

Verehrte Schwiegereltern,
dies ist mein Abschiedsbrief. Ich werde nie mehr wiederkommen. Als ich in dieser grausamen Gewitternacht im Burghof stand, habe ich den wirklichen Mörder von Elisabeth getötet. Deshalb trug ich die Armbrust in der Hand. Das, was ich dort getötet habe, war kein Mensch. Dieses Wesen hatte Flügel. Ich weiß, das klingt unglaubwürdig, aber ich schwöre, es war so.

Aufgeregt hole ich mein Smartphone aus der Tasche und fotografiere den Brief.

Gladbeck
im Jahr 1875

Kapitel 7 Johannes

Mein Herz raste, und mein Verstand setzte aus. Wie konnte man nur so aufgeregt sein? Ich spornte mein Pferd zu höherem Tempo an, da ich dem Druck, der auf meinen Schultern lag, nicht mehr viel länger standhalten konnte. Heute war mein erstes Treffen mit der Familie van Windenberg. Sie waren dafür bekannt, arrogant und besonders geldgierig zu sein, obwohl sie bereits viel Geld durch Kohle gemacht hatten. Sie waren adelig und recht angesehen, allerdings keineswegs aufgrund guten Verhaltens, sondern allein wegen des Geldes.

Alles andere war ihnen egal, und so sah die Gegend auch aus. Die Flüsse stanken, das Gras war dreckig und braun, und die Häuser waren in grotesken Formationen erbaut, um Platz zu sparen. Die Tochter der Familie, Elisabeth van Windenberg, sollte das genaue Gegenteil ihrer Eltern sein. Hübsch, intelligent und freundlich. Aber Gerüchte waren Gerüchte und meistens stimmten sie ja ohnehin nicht ...

Das heute sollte ein ganz normales Handelsgespräch zwischen mir als einem Vertreter der Familie de Witt und der Familie van Windenberg werden, aber einfach würde es nicht werden. Meine Familie wollte sich Geld leihen und dafür in die Dienste der van Windenbergs treten.

Endlich kam ich an dem Pavillon an, wo das Gespräch stattfinden sollte. Ich stieg ab und band mein Pferd an. Es war ein alter und klappriger Gaul, aber wenn wir uns noch nicht mal gutes Essen leisten konnten, war erst recht an kein neues Transportmittel zu denken. In Gedanken versunken ging ich zum Pavillon. »GU... TEN ...« Mir blieb das höfliche »Guten Tag« im Hals stecken. Da. Stand. Ein. Echter. Wahrhafter. Engel.

Die junge und wunderschöne Frau lächelte mich an und ging auf mich zu. »Ich denke, es ist ein guter Tag. Den wünsche ich Euch ebenfalls. Mein Name ist Elisabeth van Windenberg. Meine Eltern sind aufgehalten worden und haben mich geschickt, Euch zu begrüßen. Schön, dass Ihr gekommen seid!«

»Ähmmmm, ich ... denke ... äh, danke Euch auch ...«, stammelte ich.

»Wieso seid Ihr so aufgeregt?«, fragte sie und blickte besorgt. »Na ja ... Ich kann es ein bisschen verstehen, da Ihr Euch Geld leihen wollt.«

Ich beruhigte mich wieder. »Mein Name ist Johannes de Witt, wie Ihr vermutlich schon wisst. Ich bin ... nein ... war ein bisschen überwältigt. Also ... Ich entschuldige mich für mein Verhalten. Ich fand Euch einfach überwältigend«, entschuldigte ich mich. Moment. Hatte ich das Letzte gerade auch laut gesagt?

Elisabeth errötete. »Ihr seid aber sehr ... waghalsig. Das bei so einem Anlass zu sagen, ist wirklich mutig«, murmelte sie.

Ich erschrak. Ich hatte es laut gesagt. Aber warum wurde sie rot? Mochte sie mich etwa? Nein, Hannes, beruhige dich bitte, sagte ich mir. Sie ist eine gutaussehende, hübsche, intelligente und aus einer reichen Familie stammende junge Frau. Du bist genau das Gegenteil! Sie wird dich sicherlich nicht mögen! Aber Gegensätze ziehen sich an! Hör auf, dir was einzubilden, Johannes! Reiß dich zusammen! Du bist nicht hier, um dich zu verlieben, sondern um die Existenz deiner Familie zu sichern. Sie brauchen das Geld! Aber, setzte ich meinen Gedanken fort, ich habe mich nun mal verliebt. Ich hatte nicht gewusst, dass das so schnell gehen konnte. Es fühlte sich schön an.

»Halloooo!«, schrie Elisabeth mich an und riss mich so aus meinen Gedanken. »Ihr saht aus, als würdet Ihr jede Sekunde anfangen zu sabbern!«, sagte sie und lachte.

Ich musste mitlachen. Es war so peinlich, aber wenn sie es mir nicht übel nahm, dann war ja eigentlich alles gut. Wir lachten so lange, bis Elisabeth anfing zu weinen. Ich lachte weiter, bis ich merkte, dass es keineswegs Lachtränen waren.

»Ähhm ... Elisabeth?«, fragte ich vorsichtig.

»Es ist nichts«, schluchzte sie. »Es ist nur so, dass meine Familie ... Ja, meine Eltern wollen, dass ich genauso werde wie sie. Sie wollen, dass ich keine Emotionen zeige. Ihr seid so anders als die jungen Männer, die Mutter und Vater mir vorführen, damit ich einen von ihnen heirate! Ihr seid so ... frei!«, sagte sie und zog die Nase hoch.

Ich musste lachen. Sie war nicht nur hübsch und nett, sondern auch ganz normal und natürlich. Kein bisschen aufgesetzt.

»Hier, ein Taschentuch«, sagte ich.

»Danke! Bitte erzählt niemanden davon. Ich sollte nicht so die Fassung verlieren, aber ich fühle ich mich so ... eingeengt. Versteht Ihr, was ich meine?«, fragte sie und nahm das Taschentuch an.

»Ja, ich verstehe es. Aber ... warum traut Ihr Euch in meiner Gegenwart zu weinen, wenn Ihr doch solche Angst habt, dass Eure Eltern das mitkriegen könnten?«, fragte ich direkt heraus. Das hatte ich mich schon die ganze Zeit gefragt.

»Irgendwie vertraue ich Euch. Ihr erzählt es ihnen doch nicht, oder?«, fragte sie verängstigt.

»Nein, ich würde nie jemanden wie Euch verraten. Ich fühle mich eher geehrt«, gab ich zu.

»Das ist süß«, murmelte sie und sah sich um.

WAS? Hatte sie das etwa gerade laut ...

»Hab ich das etwa gerade laut gesagt?«, fragte sie im selben Moment.

»HAHA, wisst Ihr was? Ich hatte gerade das gleiche gedacht«, lachte ich laut.

Sie wurde rot, stimmte dann aber in mein Lachen ein. Plötzlich stoppte sie. »Ihr solltet gehen. Ich sehe meine Eltern nahen. Sie sollten uns nicht glücklich zusammen sehen«, murmelte sie.

»Aaaber ... Ich ... Ähh ... das Geld!«, stotterte ich.
»Ach ja, stimmt«, Elisabeth guckte mich traurig an. »Dann müsst Ihr warten. Also auf meine Eltern. Aber ich mache mich auf den Weg.«

Die Verhandlung verlief zu meinen Gunsten. Die van Windenbergs liehen uns Geld. Damit würden wir uns eine neue Existenz aufbauen können. Nachdem ich mich von Lydia und Richard van Windenberg verabschiedet hatte, sprintete ich zum Pferd und saß auf.
Wenn ich doch nur Elisabeth noch einmal sehen könnte, dachte ich. Und tatsächlich, das Glück war mir an diesem Tag wirklich hold. Nahe beim Schloss ritt ich ihr über den Weg. »Ich ... ähh ... möchte Euch wiedersehen. Lässt sich das ...?«, setzte ich an, doch sie unterbrach mich.
»Reitet jetzt los! Ich möchte Euch auch wiedersehen. Wir treffen uns in genau einem Monat wieder genau hier, einverstanden?«, flüsterte sie.
Ich nickte und spornte den alten Gaul zu Höchstleistungen an. Sonst war ihm das egal. Doch vielleicht merkte er heute selbst, wie eilig es war, und lief deswegen so schnell. Elisabeth wollte mich wiedersehen, realisierte ich in diesem Moment. Sie war wirklich ein wunderbarer Mensch. Das Pferd wurde schneller, und ich drehte den Kopf. Ich sah Elisabeth noch als kleinen Punkt, der mir zuwinkte. Oder hatte ich mir das nur eingebildet? Ich konnte nicht über dieses Ereignis nachdenken, denn mein Pferd schnellte mit einem Mal vor und sprang vom Boden ab. Ich wäre fast aus dem Sattel gefallen, konnte mich aber gerade noch festhalten. Der alte Gaul hatte wirklich noch etwas drauf, denn das verschmutzte, stinkende Gewässer, über das wir sprangen, war nicht gerade schmal. Wir schafften es gerade so eben auf die andere Seite. Der Gaul galoppierte weiter, bis wir zu Hause ankamen. Ich stellte das Pferd in den Stall und ging, um meinen Eltern die freudige Nachricht zu verkünden. Vom Geld würde ich ihnen natürlich auch erzählen.

Mein Herz pochte so laut und heftig, dass es gefühlt den ganzen Raum zum Beben brachte. Ich hatte zwar die erste Hälfte geschafft, aber die andere lag noch vor mir. Nach etlichen Treffen hatte ich es nicht mehr ausgehalten. Ich hatte Elisabeth gefragt, ob sie meine Frau werden wolle, und sie hatte glücklich zugestimmt. Sie hatte sogar angefangen zu weinen. Wir hatten überlegt, ob wir nicht abhauen und erst gar nicht ihre Eltern um Erlaubnis fragen sollten. Nach langen friedlichen Diskussionen hatten wir aber beschlossen, es wenigstens zu versuchen. Jetzt also lastete nicht nur die Verantwortung für meine Zukunft, sondern auch für die meiner Freundin auf meinen Schultern. Ich wusste, wenn ihre Eltern es nicht erlaubten, würde sie mit mir weglaufen. Wenn nötig bis zum anderen Ende der Welt. Sie war so loyal und verliebt in MICH, dass es mir manchmal wie ein Traum erschien.
Doch jetzt gerade erschien es mir eher wie ein Albtraum, denn ich wartete auf den einen Satz. »Die Familie van Windenberg ist jetzt bereit, Sie zu emp-

fangen.« Hm? War es schon so weit? Der Diener guckte mich an und sagte freundlich: »Sie sind also der Glückliche, der Elisabeth heiraten soll? Seien Sie nicht so aufgeregt, Elisabeth liebt Sie und wird Sie verteidigen. Kommen Sie, ich führe Sie zu den van Windenbergs.«

Ich bemerkte, dass der Diener recht jung war, ungefähr in meinem Alter. Um ehrlich zu sein, war ich ihm ziemlich dankbar. Er hatte meine Angst ein bisschen verringert.

»Ich danke dir. Du hast mir meine Angst ein bisschen genommen«, wiederholte ich meine Gedanken laut. »Da du meinen Namen wahrscheinlich kennst, bitte ich dich, mir deinen zu sagen.« Ich versuchte möglichst adelig zu klingen.

Der Diener schmunzelte. »Mein Name ist Manfred. Ich –«, sagte er, musste dann aber laut husten. »Tut mir leid. Ich bringe Sie jetzt zu dem Raum, in dem die Familie Sie erwartet.« Manfred ging los.

Jetzt war es also so weit. Oh Gott, stehe mir bei!, betete ich still und folgte Manfred.

»Hier ist die Tür. Bitte treten Sie ein«, sagte Manfred, und ich tat, was er sagte.

Jetzt bloß nicht stottern. »GU... GU...TEN ...« Na toll. Typisch Johannes, dachte ich. Wenn es drauf ankommt, versagt er.

»Hallo Hannes!«, rief Elisabeth und versuchte, meine peinliche Begrüßung zu überspielen. Dafür würde ich ihr später danken. »Vater, Mutter das ist mein Ver...«, sie fing sich wieder, »... mein verlegener Freund Johannes de Witt. Ihr kennt ihn bereits.«

Peinliches Schweigen folgte. Elisabeth stieß mir in die Seite, um mir einen kleinen Schubs zu geben.

»Guten Tag«, sagte ich ohne zu stottern. Unglaublich. Ich war sehr stolz auf mich.

»Guten Tag, setzt Euch doch«, sagte Richard van Windenberg.

Ich wollte mich neben Elisabeth setzten, aber Lydia van Windenberg stand auf und wies mir den Stuhl ganz am Ende des Tisches zu. Ich saß gefühlte Meilen entfernt. Warum machte sie das? Das ... das war nicht besonders freundlich ...

Auch Elisabeth war anscheinend dieser Meinung, denn sie sagte: »Äh, Mutter, sollte Johannes nicht vielleicht ein bisschen näher bei uns sitzen?«

»Was meinst du, Richard?«, wandte Lydia sich an ihren Mann. »Ich finde, er sitzt ganz gut da.«

»Das finde ich NICHT!«, erwiderte Elisabeth angewidert. »Ihr benehmt euch nicht freundlich! Er ist mein Freund, und ihr könnt das nicht ...«

In dem Moment ging die Tür auf. Ein junger und vornehm gekleideter Mann trat ins Zimmer. »Einen schönen Morgen wünsche ich Ihnen. Ah, guten Morgen, Elisabeth. Sie sehen heute wieder bezaubernd aus.« Er zwinkerte ihr zu. Was bildete er sich ein? Wieso machte er Elisabeth vor meiner Nase schöne Augen? Ich räusperte mich.

»Ah, Leonard von Freienstein! Willkommen!«, rief Lydia und umarmte ihn.

Jetzt räusperte sich Elisabeth. »Mutter. Johannes wollte dich gerade etwas fragen. Er wollte euch etwas fragen«, sagte sie betont und laut.

»Das passt ja ganz gut. Leonard wollte dich gerade auch etwas fragen«, erwiderte Lydia und wandte sich wieder Leonard zu.

»Genau. Danke für die Ankündigung, Lydia. Elisabeth, sei bitte nicht überwältigt von meiner Frage. Ich bin sicher, dass du glücklich darüber sein wirst, denn es ist eine Frage, die jede Frau von mir hören möchte.«

Das war genug. Ich war mir vorher nicht ganz sicher gewesen, was hier vor sich ging, aber nun war es klar. Er wollte MEINER zukünftigen Frau einen Heiratsantrag machen. Das ging zu weit. Ich musste ihn aufhalten! Wenn ich jetzt versagte, konnte ich mein ganzes Leben in die Köttelbecke werfen.

»Frau Lydia van Windenberg und Herr Richard van Windenberg. Ich möchte um die Hand Ihrer wunderbaren Tochter anhalten«, sagte ich und ging auf die Knie.

Elisabeth war gerührt und erleichtert, was ich daran merkte, dass sie schluchzte. Sonst herrschte Stille. Stille war eigentlich schön, doch diese Stille schien mich zu erdrücken, sich langsam in mich hineinzubohren und meine Gedärme einmal im Kreis zu wirbeln. Es blieb still. Ich fing an, mir Sorgen zu machen. Alle im Raum sahen wie versteinert aus. Selbst Elisabeth bewegte sich nicht. Richard starrte Lydia an, die Leonard anstarrte, der wiederum mich anstarrte. Selbst die Gardinen bewegten sich nicht.

Endlich rührte sich Leonard. Er warf mir einen Todesblick zu und ging. Die Tür schlug zu. Wieder Stille. Ich musste sie durchbrechen! Erst bewegte ich unauffällig einen Zeh, um ihn aus der Erstarrung zu lösen. Dann einen Fuß, ein Bein und nach langem Ringen mit mir gewann ich den Kampf gegen die tödliche Stille und stand auf. Richard starrte seine Frau an. Wir warteten offenbar alle darauf, dass Lydia die Stille brechen würde.

»Das war ... unmöglich! Haben Sie nicht gemerkt, dass Leonard gerade genau das gleiche sagen wollte?«, sagte sie endlich und wurde Wort für Wort lauter.

JA, deswegen hab ich ..., wollte ich gerade ansetzen, aber Elisabeth stieß mir in die Seite.

»Leonard war so kühn, mich zu fragen, aber ... Ich kenne ihn doch kaum!«, rief Elisabeth.

»Den da kennst du auch nicht!«, schrie Lydia sie an. Sie hatte anscheinend vollkommen die Fassung verloren, da sie knallrot wurde und jetzt, mit Schaum vor dem Mund, auch Richard anschrie: »SIE IST ZU GUT FÜR IHN!«

Ich hatte noch nie jemanden so ausrasten sehen.

»Er hat sich Geld von uns geliehen!«, schrie sie noch lauter. »Er hat sie nicht verdient!« Sie wiederholte es wie eine Beschwörung.

Ich war wie vor den Kopf geschlagen. So unerwünscht war ich also?! Lass es dir bloß nicht anmerken, sagte ich mir. Aber wer achtete schon auf mich? Richard hatte mit Lydia genug zu tun.

»Bitte, Lydia! Er hat sich Geld geliehen, aber er ist kein Verbrecher!«, schaltete sich Richard ein.

Ich war nie gut darin gewesen, meinen Körper zu kontrollieren. Nun stand ich kurz vorm nervlichen Zusammenbruch. Doch jemand zog mich an der Hand hinter sich her aus dem Raum. In diesem Moment war ich so zerstört und verstört, dass ich einfach folgte. Erst später realisierte ich, dass es Elisabeth war, die mich hinter sich hergezogen hatte.

Ding Dong, Ding Dong. Die Glocken, die schnell aber regelmäßig läuteten, gaben den Takt meiner Schritte vor. Meine Mutter stand vorne in erster Reihe und weinte, mein Vater tröstete sie, sah aber extrem stolz aus. Sonst war niemand aus der Familie de Witt in der Kirche. Der Rest war leider an der Cholera gestorben. Ich ging nach vorne und stellte mich neben ein Podest. Die Glocken schlugen nun langsamer, und ich versuchte, meinen Herzschlag daran anzupassen. *Ding Dong, Ding* – und dann war es still. Alle erhoben sich, und ich tat es ihnen gleich. Ich ließ meinen Blick durch die Menschenmenge schweifen und erkannte vertraute Gesichter wie Leonard von Freienstein oder Manfred, der inzwischen ein heimlicher Freund geworden war. Vor Lydia und Richard hielt ich das lieber geheim. Das war zwar anstrengend, aber Manfred wollte seine Stellung nicht verlieren. Und wenn Elisabeths Eltern schließlich auch der Hochzeit zugestimmt hatten, blieben sie dennoch unberechenbar für mich. Ihnen wäre alles zuzutrauen.

Aus Manfreds Familie war er der einzige, der noch arbeiten ging. Nun nickte er mir aufmunternd zu, als wollte er sagen: Du schaffst das. Genau, dachte ich, ich schaffe das. Ich muss nur einen Satz sagen, ohne zu stottern. So viel war das ja nicht!

»Elisabeth Isabelle Erika van Windenberg«, sagte der Pastor, und meine Braut trat ein. Sie war wunderschön. Ihr Kleid war schlicht geschnitten und unten sehr ausladend. Sie trug einen Schleier vor dem Gesicht. Nun war sie vorne angekommen.

»Du bist wunderschön«, flüsterte ich.

Ich sah, wie ihr Schleier bebte, und ich vermutete, dass sie weinte.

»Sehr geehrte Gemeinde«, sagte der Pastor, »heute heiße ich Sie zur Hochzeit des Paares Elisabeth Isabelle Erika van Windenberg und Johannes Alexander de Witt willkommen.«

Stille.

»Bitte schlagen Sie das Lied 318 im Gesangbuch auf.«

Wir sangen ein paar Lieder und beteten ein paar Verse. Generell flog die Hochzeit an mir vorbei, bis zu diesem einen Punkt.

»Elisabeth Isabelle Erika van Windenberg. Möchten Sie den hier anwesenden Johannes Alexander de Witt heiraten, ihn lieben und ehren, bis dass der Tod euch scheidet, so antworten Sie: Ja, ich will.«

Sie steckte mir den Ehering an. »Ja, ich will.«

»Johannes Alexander de Witt. Möchten Sie die hier anwesende Elisabeth Isabelle Erika van Windenberg heiraten, sie lieben und ehren, bis dass der Tod euch scheidet, so antworten Sie: Ja, ich will.«

Ich steckte ihr den Ehering an. »Ja, ich will.«

»Somit sind Sie Mann und Frau. Sie dürfen die Braut jetzt küssen.«

Ich hob den Schleier an. Unter ihm erschien Elisabeth, glücklich und strahlend wie eine Sonne. Ich beugte mich runter und küsste sie sanft auf die Lippen. Sie erwiderte den Kuss. Stille. Dann brach tosender Applaus aus. Elisabeth und ich gingen Hand in Hand zwischen den Bänken her und nahmen Glückwünsche von rechts und links an. »Herzlichen Glückwunsch, Hannes!«, hörte ich Manfreds Stimme. Jetzt wusste ich, warum Paare den Hochzeitstag den schönsten Tag in ihrem Leben nannten. Es war einfach der schönste Tag!

»Wie gefiel dir die Hochzeit?«, fragte ich Elisabeth.

»Es war so bezaubernd. Das Essen war lecker. Alle hatten Spaß, und ich habe mich wie eine Prinzessin gefühlt!«, sagte sie.

Wir hatten ausgelassen gefeiert, und die Feier hatte bis eben gedauert. Dann waren wir beide schnell in das Zimmer geflüchtet, das ihre Eltern uns für diese besondere Nacht überlassen hatten. Ihr eigenes Schlafzimmer. Elisabeth hatte sich sofort aus dem Kleid herausgequält und saß nun im Morgenmantel auf dem Bett. Ich umarmte sie und guckte meine Frau dann lange an. Ihre Schönheit war umwerfend. Ich erinnerte mich wieder an unsere erste Begegnung. Elisabeths Schönheit und die Aura, die von ihr ausging, waren damals schon so umwerfend, dass ich mich in den ersten Minuten, als ich sie gesehen hatte, nicht hatte bewegen können und nur Laute wie »Ähmm ... Ja ... GU... GU...TEN...« herausbekam. Das mit den Sprachfehlern und der Starre hatte sich über die Monate, die ich mit ihr verbracht hatte, gebessert, aber von der Schönheit war ich immer noch bezaubert.

»Ich liebe dich, Elisabeth, und bin so froh, dass Gott mir so eine wunderschöne und intelligente Frau gegeben hat!«, murmelte ich und strich mit der Hand durch ihr Haar. Es roch immer noch nach Lavendel wie an dem Tag, als ich sie kennengelernt hatte.

»Johannes? Ich bin so froh, dass wir nicht davongelaufen sind. Jetzt muss ich nicht zwischen dir und meiner Familie entscheiden! Aber du weißt, dass ich dich genommen hätte, oder?«, fragte sie.

Ich blickte mich um. Im Zimmer standen ein großes Bett, ein riesiger Schrank und eine Kommode. Am Schrank hing Elisabeths Hochzeitskleid zum Auslüften. Daneben an der Wand hing die Armbrust, mit der ihr Vater manchmal auf die Jagd ging. Eine weitere Tür führte in das Badezimmer, das allein schon geräumiger war als mein altes Schlafzimmer im Haus meiner Familie.

»Ja, das weiß ich. Und ich freue mich auch, dass wir hiergeblieben sind«, sagte ich und musste lachen. In manchen Momenten blickte sie mich an wie ein treuer Hund. Ein süßer treuer Hund.

Der Wind heulte ums Schloss und drückte ein Fenster auf. Ich löste mich aus der Umarmung und ging zum Fenster. Der Himmel war grau, und es sah nach Gewitter oder heftigem Regen aus. Vielleicht auch Hagel, überlegte ich.

»Wird es stürmen?«, fragte Elisabeth besorgt.

»Mach dir doch nicht über alles Sorgen!«, versuchte ich sie zu beruhigen.

»Aber die Fenster sind nicht die neuesten«, gab sie zu bedenken. »Was, wenn sie –«

»Alles wird gut, Elisabeth. Ich sagte doch gerade, du sollst dir keine Sorgen machen.«

Sie erwiderte nichts und ging ins Badezimmer. Ich legte meine Sachen ab.

Da erscholl Elisabeths Ruf. »Hannes. Komm bitte mal!«, rief sie, und etwas an ihrer Stimme war besonders.

Ich rannte ins Bad und stieß die Tür auf. Da saß Elisabeth auf dem Boden und weinte. Ich blieb perplex stehen. Was war passiert? Fast wollte ich nicht fragen, weil ich Angst hatte, was kommen würde. Dann fragte ich doch: »Elisabeth? Was ist?« Ich beugte mich zu ihr.

»Ich bin einfach so froh, dass meine Eltern die Hochzeit erlaubt haben! Ich kann einfach mit dir glücklich werden!«, schluchzte sie. »Ich hatte Angst, dass sie sich heute unmöglich verhalten würden.« Sie schnaufte und zog wieder die Nase hoch. Ich musste lachen. Immer wenn sie ihre Nase hochzog, musste ich an unser erstes Treffen denken.

»Ich bin auch froh. Lass uns jetzt schlafen!« Ich zog sie hoch. »Komm!« Ich öffnete ihr die Tür. Ich wusch mir noch das Gesicht, ehe ich Elisabeth folgte.

Sie stand am offenen Fenster. »Hat dir das Hähnchen auf der Feier geschmeckt? Ich fand es köstlich!«, sagte sie leise in die Nacht.

Die Bäume rauschten und die Äste knackten.

»Du erkältest dich noch!«, sagte ich. Dann passierte alles auf einmal. Ein Blitz zuckte über den Himmel. Elisabeth schrie. Mit einem dumpfen Schlag landete Elisabeth auf dem Boden. Ein Bolzen steckte in ihrem Brustkorb, knapp unter ihrem Herzen. Wie konnte das ...?

»Elisabeth«, flüsterte ich. Meine Stimme versagte, mein ganzer Körper zitterte, und ich stürzte zu Boden. Ich kroch zu meiner Frau, die im Sterben lag. Das spürte ich. Aber das konnte nicht sein! Nein, nein, nein, nein ... »Elisaaaa–« Ich brach ab. Tränen tropften auf Elisabeths schweißbedecktes Gesicht. Meine Tränen. Sie hob ihre Hand und streichelte meine Wange. »Ich liebe dich, Hannes. Bitte ... räche mich!«

Kapitel 8 Johannes

Johannes drehte sich zum offenen Fenster. Die Furcht und der Schock standen ihm ins Gesicht geschrieben. Er war hin- und hergerissen zwischen dem Gedanken, bei Elisabeth zu bleiben, und dem, sie zu rächen. Der Schweiß lief

Johannes die Stirn hinunter. Er schnellte zur Wand und riss die dort hängende Armbrust und den Köcher mit den Bolzen herunter. Er hechtete zum Fenster und blickte hinaus. Der kalte Wind peitschte ihm ins Gesicht. Johannes' Blick suchte den Hof ab und blieb an einem Baum am Ufer hängen. Dort hockte auf einem der Äste eine Gestalt und hielt eine Armbrust fest.

Aber ... was war das da an ihrem Rücken? Etwas Silbriges rankte sich in verschiedenen faserigen Mustern an ihren Schultern hoch. Waren das etwa Flügel? Johannes legte den Bolzen ein und zielte. Wilde Gedanken blitzten ihm durch den Kopf. Warum hatte die Gestalt auf Elisabeth geschossen? Ausgerechnet auf Elisabeth, die doch selbst keiner Fliege etwas zuleide tun konnte?

Er legte den Finger auf den Abzug. Er musste schnell handeln. Die Gestalt kletterte schon den Baum hinab. Mit einer Hand hielt sie sich an einem der unteren Äste fest.

»Räche mich«, hallte die Stimme seiner frisch angetrauten Frau in Johannes' Kopf wider. Er drückte ab, der Bolzen sauste durch die Luft und riss die Gestalt, die gerade im Begriff war, ins taunasse Gras zu springen, vom Ast. Ein Blitz zuckte über den Himmel und erhellte für einige Augenblicke das Anwesen.

Das Wesen krümmte sich, rollte die Böschung hinunter und landete mit einem leisen »Platsch« in der Gräfte.

Johannes ließ die Armbrust sinken, rannte zur Tür, riss sie auf und stürmte die Treppen hinunter. Im Rennen griff er eine brennende Fackel von der Wand. Als er auf den Hof hinausstolperte, hatte es zu nieseln begonnen, und die Fackel zischte und dampfte. Johannes rannte mit großen Schritten zur Gräfte und warf sich auf den Boden, um ins Wasser blicken zu können. Aber er sah nur sein eigenes verzerrtes Spiegelbild, das ihn aus dem schwarzen Wasser heraus anblickte.

Er richtete sich auf und blieb einige Augenblicke unschlüssig stehen. Dann musste er wieder an seine Frau denken. Beim Gedanken an Elisabeth rannen ihm heiße Tränen die Wangen herunter. Er fing an zu rennen, und der Kies knirschte unter seinen Füßen. Auf dem Weg die Treppe hinauf dachte Johannes an Elisabeths Augen, die immer geleuchtet hatten, wenn sie ihn anschaute. Und er dachte daran, wie dieses Leuchten vielleicht für immer verlöschen würde.

Kapitel 9 Lydia

Ich hatte schon immer so eine böse Vorahnung gehabt. Ich sah Johannes an, unseren Schwiegersohn, der gerade unser Geld und meinen Schmuck aus unserem Schrank nahm. Ich hatte ihn noch nie wirklich leiden können. Hätten wir diese Hochzeit doch nie gestattet. Ich hätte mich wirklich nicht überreden lassen sollen. Er war nicht gut genug für Elisabeth. Johannes hatte mich entdeckt! Er holte zum Schlag aus, ich schrie ...

Ich schlug meine Augen auf und sah in die besorgten und verschlafenen Augen meines Mannes.

Ich wollte Richard beruhigen: »Es war nur ein Albtraum, mir geht es gut!«

»Ich dachte ...« Richard zögerte. »Ist schon gut.«

Ich wollte mich umdrehen und weiterschlafen, doch da ertönte ein lauter Schrei aus dem Nebenzimmer. Meine Tochter?! Ich musste Richard aufwecken ... Aber, nein! Er war ja schon wach und saß aufrecht neben mir im Bett.

»Lydia? Hast du das gehört? War das unsere Elisabeth?«, fragte er besorgt.

Aber ich war schon aufgesprungen und schnappte mir meinen weißen Morgenmantel. Wo waren denn meine Schuhe?! Das Zimmer wurde durch einen hellen Blitz erleuchtet. Da standen sie ja, neben dem Schrank ... Ich lief hin und zog sie an. Richard war auch schon aufgesprungen, hatte sich seinen Morgenmantel übergeworfen und seine Schuhe angezogen. Wir eilten so schnell wir konnten durch den Korridor ins Nebenzimmer. In unser Schlafzimmer, das wir Elisabeth und ihrem Bräutigam für die Hochzeitsnacht überlassen hatten. Dort stand die Tür offen ...

Ein kühler Windzug fegte an mir vorbei, und ich erschauderte.

Als ich ins Zimmer schaute, sah ich überall Blut auf dem Boden. Hinter dem Bett lugten zierliche Füße in Hausschuhen hervor, von denen ich mir sicher war, dass es Elisabeths waren. Ich ging weiter ins Zimmer hinein und sah dort Elisabeth liegen ... Meine Tochter ... Sie lag dort in dem ganzen Blut. Ich ging näher heran und schnappte nach Luft, mein Hals war wie zugeschnürt und mir wurde schwindelig!

Ich spürte so viele Emotionen in mir aufsteigen: Angst, dass sie tot war. Wut, dass ich ihr nicht hatte helfen können. Und Wut auf den, der ihr das angetan hatte. Wie konnte man nur so etwas tun? Trauer, Schmerz und Verzweiflung. Sie überwältigten mich, sodass ich ein paar Schritte zurücktaumelte und mich an Richard abstützen musste, der hinter mir stand. Dann fiel ich neben Elisabeth auf die Knie. Richard kniete sich neben mich und tastete nach ihrem Puls.

»Ist sie ...« Ich wollte diesen Gedanken nicht zu Ende denken oder sprechen.

»Nein!«, sagte Richard. »Das ist sie nicht, aber ihr Puls ist sehr schwach, und sie ist eiskalt.«

Ich schaute an Elisabeth herunter. Unter ihrer Brust steckte der Bolzen einer Armbrust. Aus der Wunde quoll weiter Blut. Ich zitterte.

»Ich hole Doktor Hoffmann aus dem Westflügel!«, rief Richard.

Mir stiegen die Tränen in die Augen. Das war alles nur ein Traum, oder? Es musste ein Traum sein! Richard stand auf und wollte aus dem Zimmer laufen, als er mit einem Mal ruckartig vor dem Fenster stehenblieb.

»Hol jetzt endlich den Arzt, sonst stirbt sie!«, rief ich verzweifelt und wütend mit Tränen in den Augen. Ich verstand nicht, warum er dort stehenblieb. Er sah doch, wie viel Blut sie verloren hatte. »Warum bleibst du stehen? Los, geh jetzt endlich Doktor Hoffmann holen«, schluchzte ich.

»Dort unten ... da steht jemand«, flüsterte Richard. Wieder zuckte ein Blitz und erhellte die Dunkelheit. »Es ist Johannes ...« Nochmals zuckte ein Blitz ins Dunkle. »Und er hat eine Armbrust in der Hand!«

Ich wollte Richard gerade fragen, ob er sich ganz sicher war, da lief er endlich los, um unseren Doktor zu holen. Ich guckte an mir hinunter, mein Morgenmantel war getränkt von dem Blut meiner eigenen Tochter. Es wirkte noch röter und frischer auf meinem Morgenmantel. Ein furchtbarer Anblick. Aber das kümmerte mich gerade wenig. Elisabeth stöhnte vor Schmerzen auf. Ich sah sie erschrocken an. War das wirklich meine Tochter? Ich erkannte sie gar nicht wieder, sie war so bleich und leblos.

»Was ist geschehen? Wieso? Wer hat dir das angetan?«, fragte ich sie verzweifelt. Ich fühlte mich so hilflos.

Elisabeth versuchte etwas zu sagen, aber spuckte stattdessen nur Blut. Ich wischte es mit meinem Ärmel weg. In dem Moment kam mein Mann hereingerannt, gefolgt von Doktor Hoffmann.

»Gehen Sie da besser weg!«, rief der Doktor, als er sich zu mir kniete.

»Nein! Ich bleibe bei ihr bis zum Schluss!« rief ich.

Die Tür fiel durch einen Windzug ins Schloss. Richard kniete sich zu uns, und ich nahm seine Hand. Auch ihm standen Tränen in den Augen. Doktor Hoffmann schien etwas sagen zu wollen, doch mein Mann schlug ihm auf den Arm.

»Sie will etwas sagen«, flüsterte er.

»J... J...«, begann Elisabeth, brach aber wieder ab und spuckte und gurgelte Blut. Sie atmete noch einmal ein – ihr letzter Atemzug, ich spürte es, ich konnte meine Tränen nicht mehr zurückhalten, ich fühlte Richard zittern.

»Jo...hannes«, flüsterte Elisabeth.

Ich spürte, wie Richards Körper neben mir sich versteifte.

Der Arzt stand auf. »Es tut mir wirklich leid, es ist zu spät«, flüsterte er und sah uns mitfühlend an.

Richard und ich griffen jeder nach einer Hand unserer Tochter. Ihre Hand war wirklich so kalt wie Eis. Wir weinten immer noch, stärker als gerade und stärker als jemals zuvor. Meine Tochter war tot. Der Schmerz, den ich spürte, war unendlich tief und er zerriss mich innerlich. Richard schluchzte, und ich fiel ihm in die Arme. Er fing mich auf. Ich weinte, wir weinten zusammen um unsere Tochter.

Ich schreckte hoch, als die Tür aufging. Da stand Johannes. Ich erinnerte mich an die letzten Worte von Elisabeth. Nachdem ich sie gefragt hatte, wer ihr das angetan hatte. Mir lief es kalt den Rücken hinunter. Ich blickte Richard an. Seine Augen verdunkelten sich und er schaute den Mörder unserer Tochter hasserfüllt an. Johannes, dieses Drecksschwein, hatte Elisabeth kaltblütig umgebracht. Ich begriff nicht, wie er das hatte tun können. Richard stand auf, und ich hielt den Atem an.

Richard ging langsam auf Johannes zu. »Du ...«

Kapitel 10 Johannes

Ich kam ins Zimmer. Meine Schwiegereltern schauten mich böse und verzweifelt an. Neben ihnen stand der Doktor.

Ich fragte: »Wie geht es Elisabeth?«

Mein Schwiegervater guckte mich hasserfüllt an – man hörte, wie der Regen gegen das Fenster prasselte – und sagte zornig mit lauter Stimme: »Wie es ihr geht? Wie es ihr geht? Ist das dein Ernst? Du fragst, wie es ihr geht?! Das ist doch dein Werk! Guck, was du getan hast!«

Der Arzt stand auf und sagte: »Ich hab alles getan, was ich tun konnte. Es tut mir leid. Sie ist tot.«

»Was?! Nein, das ... das ... das geht nicht.« Ich brach in Tränen aus und kniete mich neben Elisabeth. Ich streichelte ihr sanft über das Gesicht.

Richard sagte: »Gib zu, dass du es warst! Wir haben gesehen, wie du mit der Armbrust in den Händen herumgelaufen bist.«

Ich sah ihn verwirrt an und stand auf. Ich sagte: »Ich war es nicht ... Ich ...«

»Wenn du es nicht warst, warum hattest du eine Armbrust in deinen Händen?«, fragte Richard.

»Weil ich den wahren Täter getötet habe«, erklärte ich. »Er hatte Flügel.«

»Du bist verrückt! Ein Wesen mit Flügeln, ich glaub, ich spinne!«, schrie Richard mich an.

Ich konnte nicht fassen, was sie mir unterstellten. Ich begriff, dass sie mir nicht glauben würden, und rannte weg.

Ich hörte meinen Schwiegervater noch schreien: »Bleib hier! Du kannst doch nicht einfach wegrennen.«

Ich rannte weinend die Treppen hinunter in den Sturm. Es blitzte und donnerte. Eine stürmische Nacht mit einem großen, runden Vollmond. Ich rannte, so schnell wie ich konnte.

Kapitel 11 Manfred

Lydia van Windenberg befahl mir heute: »Manfred, verbrenne die Sachen von Johannes de Witt.«

Nach dem Warum zu fragen, ist streng verboten. Die Herrschaften mögen es nicht, wenn jemand von der Dienerschaft Fragen stellt. Außerdem kann ich mir die Antwort auch selbst zusammenreimen. Die Herrschaften glauben, dass de Witt es war, der Elisabeth in ihrer Hochzeitsnacht erschossen hat. Ich kann mir das nicht vorstellen. Zu mir war der junge Herr immer gütig. Genau wie Elisabeth selbst. Aber da die gnädigen Herrschaften mir den Auftrag gegeben haben, sammele ich die Sachen zusammen und trage sie in den Burghof, um ein Feuer zu machen, in dem ich alles, was an Johannes erinnert, verbrenne.

Ein paar Sachen aber habe ich heimlich beiseite gelegt. Ein Hemd, eine warme Anzugjacke und die passende Hose, die guten Schuhe ... Weil es zu schade ist, sie zu verbrennen. Sie sind noch wie neu. Die gnädigen Herrschaften haben nicht einmal darüber nachgedacht, dass es Menschen gibt, die nichts haben. Menschen, die sich über diese Dinge freuen. Wie meine Familie.

Mir ist so kalt. Sicher kommt das von der Krankheit. Wie so viele Menschen in Gladbeck habe ich Typhus bekommen. Durch das von der Industrie verschmutzte Wasser. Die Herrschaften dürfen auf keinen Fall merken, dass ich krank bin. Sonst verliere ich sicher meine Stellung. Aber ich bin der einzige in meiner Familie, der noch arbeiten kann, die anderen sind alle zu krank.

Ich werfe Kleidung und Papiere von Johannes ins Feuer. Und die aussortierten Papiere der Herrschaften dazu. Da finde ich plötzlich einen Brief zwischen den Papieren. Ungelesen. Ich breche das Siegel, öffne den Brief und lese die ersten Zeilen:

Verehrte Schwiegereltern,
dies ist mein Abschiedsbrief. Ich werde nie mehr wiederkommen.

Mehr wage ich nicht zu lesen. Der Brief ist nicht an mich gerichtet. Es gilt das Briefgeheimnis. Ich wärme meine Hände am Feuer. Soll ich den Brief verbrennen? Nein, so etwas wirft man doch nicht weg. Sicher war es nur ein Versehen, dass der Brief hier gelandet ist. Ich gehe zurück ins Schloss und lege den Brief in die Familienchronik. Jetzt muss ich sehen, dass ich die Sachen von Johannes, die ich zur Seite geschafft habe, aus dem Haus schmuggle. Denn heute besuche ich meine Familie. Einmal die Woche bekomme ich für drei Stunden frei, dann kann ich sie sehen.

Ich laufe durch den Emscherbruch, den Mühlenbach entlang, der furchtbar stinkt. Ich bekomme eine Wut auf die Industriellen, denen es egal ist, dass sie das Wasser verschmutzen. Sie werden reich, während meine Familie eine Missernte nach der anderen einfahren muss. Mir wird schlecht, wenn ich den ganzen Unrat sehe, der im Bach schwimmt.

Ich bin angekommen. Ich klopfe, und meine Mutter macht auf. Ich erschrecke. Nur eine Woche ist es her, seit ich sie zuletzt gesehen habe, aber sie sieht noch ausgehungerter aus.

»Mutter«, sage ich. »Wie geht es euch?«

Sie antwortet: »Uns geht es mies, mein lieber Manfred. Wir haben kein Geld mehr. Ich weiß nicht, wie ich die Familie sattkriegen soll. Und deiner Schwester Maja geht es immer schlechter. Ihr Fieber steigt.«

»Ich versuche, Geld zusammenzubekommen, Mutter«, verspreche ich. »Damit ihr einen Arzt bezahlen könnt. Ich habe gute Kleidung mitgebracht. Vielleicht könnt ihr sie gegen Lebensmittel eintauschen.«

Ich schaue mich in der kleinen Stube um. Sehe meinen Vater und die Geschwister geschwächt im Bett liegen. Und die Armut, in der sie leben. Es ist so ungerecht, in welchem Reichtum die van Windenbergs leben, denke ich nicht zum ersten Mal.

Kapitel 12 Richard

Liebes Tagebuch,
seitdem meine liebe Tochter Elisabeth starb, ist alles so anders in unserer Familie. Meine Frau geht nur noch ungern aus dem Zimmer. Sie isst meistens sogar im Schlafzimmer in ihrem Bett. Ich glaube, Elisabeths Tod war ein zu großer Schock für sie. Lydia tut mir sehr leid. Wir waren schon beim Arzt, nur will sie die Medikamente nicht nehmen, so wird es immer schlimmer. Sie flucht ständig über Johannes. Das tue ich zwar auch, aber bei ihr klingt es so verbittert, so resigniert. Lydia schläft unruhig, schreit oft im Schlaf: »Elisabeth, Elisabeth! NEIN!« Sie tut mir so leid. Aber auch ich habe meine Probleme. Ich fühle mich oft einsam und leer. Ohne meine Tochter hab ich nichts mehr zu lachen. Und nichts mehr, worauf ich mich freue. Lydia und ich haben gelernt, dass Geld nicht das Wichtigste im Leben ist. Dass es uns unsere Tochter nicht zurückbringt. Aber diese Erkenntnis bringt uns nichts.

Gladbeck
im Jahr 2025

Kapitel 13 Manfred

Wie fast jeden Tag streifte ich durch die Gänge des Schlosses. Auch als Geist war ich immer im Schloss, an meinem alten Arbeitsplatz. Plötzlich sah ich eine Frau, die in der Familienchronik der van Windenbergs blätterte. Ich wurde ganz aufgeregt. Ich wollte unbedingt, dass endlich jemand den Brief las. Ich hätte mir ja gerne einen guten Plan ausgedacht, aber ich wusste nicht, wie viel Zeit ich hatte. Also stieß ich einfach schnell das Fenster auf. Die Frau schrie, und ich erschrak von ihrem Schrei ebenfalls. Sie lief zum Fenster, um es zu schließen. So hatte ich mir das gedacht. Schnell flog ich zur Chronik und blätterte die Seiten um. Wo war der Brief? Ah, dort. Die Frau kam zurück und lief einfach durch mich hindurch. Unverschämtes Weib!

Ihr Gesichtsausdruck wirkte verärgert. Wohl weil die Seiten verblättert waren. Doch dann starrte die Dame auf den Brief und begann zu lesen. Sie schien wie gebannt. Dann holte sie ein leuchtendes Fenster-Dings raus. Das hatten heute fast alle Besucher des Schlosses. Egal, was sie mit diesem Ding vorhatte, Hauptsache sie hatte den Brief gelesen.

Sie ging.

Und ich sah ein Licht. Es war heller als alles, was ich je gesehen hatte. War es das Tor zum Jenseits?

Kapitel 14 Miriam

Es schellt zur großen Pause. Endlich ist dieser blöde Unterricht zu Ende. Frau Lämbäcker kann einen so aufregen. Die sagt zu allem, was ich sage, »Falsch!« Ach, was soll's ...

Ich hab sowieso die ganze Zeit nicht zugehört heute, sondern nur drüber nachgedacht, dass ich mich endlich bei Luke entschuldigen muss. Das war wirklich alles scheiße von mir. Ich hätte ihn nicht verraten dürfen. Oder gleich die ganze Wahrheit erzählen. Schließlich hab ich ihn zu der Mutprobe angestiftet. Was habe ich mir eigentlich dabei gedacht?

Er hätte eine sehr harte Strafe bekommen können, wenn Jonas nicht das Video bei der Polizei vorgezeigt hätte, das zeigt, dass es nur ein Unfall war. Und wieso hab ich Luke nicht einfach so in unsere Clique gelassen? Die ganze Idee mit der Mutprobe war bescheuert. Eigentlich will ich gar nicht so doof und gemein sein. Aber in meinem Leben läuft manchmal alles so scheiße. Ich hab mich gerade letztens erst wieder mit meiner Mutter gestritten. Am Telefon natürlich. Und mit Papa hatte ich auch Streit. Wegen meiner schlechten Noten und meinem Verhalten in der Schule. Und nur wegen mir gab es dann auch Zoff zwischen meinen Eltern, denn meine Mutter meinte zu meinem Vater, dass er sich mehr um mich kümmern sollte und mehr mit mir reden. Eigentlich finde ich, *sie* sollte sich mehr um mich kümmern. Denn *sie* ist ja nie zu Hause.

Den ganzen Ärger lasse ich dann an anderen ab. Und so gemein zu sein, sorgt auch nur für Schlechtes. Jonas hat wegen der Sache mit der Mutprobe zum Beispiel die Clique verlassen, und ich hab nur noch drei Freunde. Lina, Hektor und Peter. Mit nur drei Freunden kann man nicht so vieles machen. Zum Beispiel kein Fußball oder Basketball spielen. Und so richtige Freunde sind das ja auch nicht. Wir hängen bloß zusammen rum. Ich würde denen nie erzählen, wie es mir wirklich geht. Ich hätte gerne richtige Freunde. Aber das geht nur, wenn ich mein Verhalten ändere.

Ich fasse einen Entschluss. Ich mache mich auf die Suche nach Luke. Ich gehe da einfach hin und rede mit ihm. Aber dann sehe ich, dass er da mit Nombert steht. Na ja, egal, ich rede dann einfach später mit Luke. Da packt er Nombert aufgeregt am Arm. Ich bemerke gleich, dass die beiden eine ernste Sache besprechen. Ich schleiche mich an und verstecke mich hinter dem Kastanienbaum.

»Nombert«, sagt Luke, »meine Schwester hat mir erzählt, dass sie einen Auftrag von einem Gerichtsmediziner bekommen hat. Sie soll alles über irgendwelche Flügelwesen herausfinden. Ich wollte dir das nur sagen, damit du Bescheid weißt, dass ihr aufpassen müsst.«

Nombert erwidert: »Du hast deiner Schwester doch nichts erzählt, oder?«

»Nein, aber du weißt ja, dass sie Privatdetektivin ist. Sie findet es vielleicht selbst raus.«

Der Gerichtsmediziner ist natürlich mein Vater. Er hat ja Lukes Schwester beauftragt, etwas über diese angeblichen Flügelwesen zu recherchieren. Aber was hat das denn mit Nombert zu tun? Wieso hat Luke gesagt, sie sollen aufpassen? Wer soll aufpassen? Komisch.

Das Gespräch von Luke und Nombert geht mir auch nach der Schule nicht aus dem Kopf. Es muss sehr wichtig sein. Ob ich meinem Vater davon erzählen soll? Ich weiß nicht. Ich will erst mal nur ganz allein sein. Bin ich zwar zu Hause sowieso dauernd, aber da ist mir so langweilig. Deshalb mache ich mich jetzt wieder mal auf den Weg zu den Wildpferden. Bei denen bin ich einfach nur ich. Ich kann den Pferden all meine Sorgen und Probleme erzählen, ohne dass die sagen, dass das alles voll bescheuert ist, was ich sage. Die hören mir jedes Mal zu. Und das tut mir sehr gut, denn ich brauche öfter jemanden, der mir zuhört. Zu Hause habe ich ja meistens niemanden. Ach, wenn ich so weitergrüble, werde ich wieder traurig.

Jetzt bin ich gleich an meiner Lieblingsstelle im Wald. Sie liegt verborgen, deshalb ist dort nie jemand außer mir, aber ... heute steht dort jemand ... Es kennt also noch jemand diese Stelle am Bach, wo die Wildpferde trinken? Ich gehe langsam näher an die Person heran. Nee! Nein! Hä ... wie? Das kann doch nicht sein! Ist das wirklich »L... L... Lu... Lu... Luke«, stottere ich leise. Er hat die Stelle entdeckt. Wieso hat er mir nie was davon erzählt, dass er Wildpferde mag, frage ich mich, bis ich mir selbst die Frage beantwortete: Wieso sollte er?

Na ja, ich werde einfach zu ihm gehen. Eigentlich ist doch jetzt der richtige Zeitpunkt, das zu tun, was ich in der Schule nicht tun konnte. Und zwar mich bei Luke wegen des Mobbings und der Polizeisache zu entschuldigen. Ich gehe also langsam zu ihm hin.

»Was machst du denn hier?«, fragt er erschrocken, als er mich entdeckt.

Ich will gerade meinen Mund aufmachen, als er anfängt, mich anzubrüllen: »Kannst gleich deinen Mund wieder schließen! Da kommen doch sowieso nur Gemeines, Doofes und Lügengeschichten raus!«

Das reicht mir. Ich werde wieder stinksauer. »Hey, brüll mich doch nicht an!«, schreie ich los. »Pass lieber auf, was du sagst! Ich weiß über Nombert Bescheid!«

»Was meinst du?«, fragt Luke.

»Du weißt genau, was ich meine!«, sage ich frech. »Der Gerichtsmediziner, der deiner Schwester den Auftrag gegeben hat, ist mein Vater. Und über die Flügelwesen weiß ich auch Bescheid. Und was Nombert damit zu tun hat! Und wenn du dich weiter mir gegenüber so benimmst, erzähle ich alles, was ich weiß. Jedem, der es hören will!«

»Wie hast du ... Nein, das kann nicht sein ... Du ... wie?«, stottert er erschrocken.

»Das sage ich dir nicht!!«, erwidere ich selbstbewusst und laufe weg. Richtig erschrocken sah er aus. Komisch. Dann muss es wirklich sehr wichtig sein ... Egal, das hat er jetzt davon. Werde ich mich eben nicht bei ihm entschuldigen! Ich bin so wütend ...

Kapitel 15 Miriam

Ich lief weg, rannte förmlich. Doch plötzlich blieb ich stehen. Ich wusste nicht, warum ich das gemacht hatte. Ich dachte nach. Ich war wütend auf meine Mutter. Ständig war sie weg. Vater wusch kaum auch mal die Wäsche und er war ein grausiger Koch. Ja, ich war wütend. Aber was ich zu Luke gesagt hatte, war nicht okay, nein, ganz und gar nicht, und das wusste ich schon, bevor ich es ausgesprochen hatte. Trotzdem hatte ich es ihm direkt ins Gesicht gesagt.

Ich hatte das nicht sagen wollen, aber ich hatte nix dagegen tun können. Es kam einfach so aus mir raus. Wie so oft. Meine Sinne fokussierten sich wieder. Ich sah wieder klar. Der Waldweg, auf dem ich stand, war von Laub bedeckt. Meine Füße wurden langsam nass, also lief ich weiter, dachte aber immer noch nach über das, was ich falsch gemacht hatte. Ich wollte doch eigentlich nicht gemein sein, aber es kam halt einfach hoch. So wie grade eben. Die Wut kontrollierte mich, das hatte sie immer schon. Schon in der Minigruppe war ich das Arschloch gewesen. Doch damals hatte meine Mutter mich unter Kontrolle gehabt. Wenn ich heute etwas wollte, konnte mein Vater nix dagegen tun. Zumal er auch meistens auf der Arbeit war und nur zum Abendessen nach Hause kam. Ich war nach der Schule immer alleine zu Hause. Das verlockte. Ich konnte machen, was ich wollte. Manche würden an meiner Stelle rauchen, Drogen nehmen oder Alkohol trinken, aber ich nicht, nein, ich hatte schon genug Probleme.

Ich weinte oft, wenn ich nach Hause kam. Auch jetzt floss die erste Träne, dann die zweite, dann die dritte. Ich konnte es nicht aufhalten. Ich hasste es, wenn ich meine Emotionen nicht kontrollieren konnte. Das machte mich schwach, es machte mich kaputt, das war einfach nur scheiße. Ich musste mich bei Luke entschuldigen. Und bei den anderen auch … Ach, keine Ahnung, wie oft ich mir das schon vorgenommen hatte, aber ich wusste, dass es nie funktioniert hatte. KLATSCH. Ast im Gesicht. »SCHEISSE«, rief ich und holte aus, um gegen den dazugehörigen Baum zu schlagen. Das ist falsch, das darf ich nicht tun. Ich brach den Schlag ab. Stoppte wenige Zentimeter vor dem Baumstamm. Und konzentrierte mich darauf, nicht zu weinen. Klappte nicht. Ich heulte los. Ich heulte oft, aber nur wenn ich alleine war. Bloß nicht weiter nachdenken, sagte ich mir. Bloß nicht daran denken, dass alles schlimmer werden konnte. Nein. Neeeein. Ich wollte nicht so weiterleben, aber die Frage war: Wollte ich überhaupt noch leben? Ich tat doch nur allen weh. Luke, meinem Vater, den anderen aus meiner Klasse. Das konnte doch nicht so weitergehen. Wieder wurde ich wütend, wollte schreien, versuchte es mit aller Kraft zu unterdrücken, und zu meiner Überraschung klappte es. Kein Ton. Puh, zum Glück, das erste Mal, dachte ich, es gibt Hoffnung. Ich fühlte mich gut. Jetzt wusste ich, es gibt eine Chance für mich. Doch ich musste mich erst noch bei Luke und den anderen entschuldigen. Das würde schwer werden. Ich wusste nicht, ob ich das schaffte.

Kapitel 16 Marie

Marie stand auf den Treppenstufen vor einer großen, schwarzen Tür. Die Tür wirkte fast schon einschüchternd. Marie suchte nach einem Klingelknopf und fand ihn rechts von der Tür, neben einem weißen Namensschild mit der Aufschrift: *Robbert*.

Sie drückte auf den Knopf und ein schriller Klingelton erklang. Kurz darauf ging die Tür auf, und Doktor Robbert stand vor Marie.

Sie begrüßten sich, und Doktor Robbert sagte: »Kommen Sie herein.« Er geleitete sie an einen großen runden Holztisch, der mit teurem Geschirr gedeckt war.

»Setzen Sie sich doch«, sagte er, und Marie setzte sich.

»Ich habe bei meinen Ermittlungen ein paar spannende Fakten ausgegraben«, sagte sie und klappte ihren Laptop auf, während Doktor Robbert servierte. Spargel mit Kartoffeln und Sauce Hollandaise. Er hatte gar nicht gefragt, ob sie etwas essen wollte, aber das Essen sah wirklich köstlich aus, da wollte Marie nicht nein sagen.

»Miriam hat gekocht«, erklärte Doktor Robbert.

In dem Moment betrat Miriam auch schon das Esszimmer. Sie schenkte Marie ein nettes Lächeln, das diese erwiderte, und setzte sich an den Tisch.

Marie begann zu berichten. »Ich habe mich mit einem Mitarbeiter der Emschergenossenschaft getroffen, der bei den Bauarbeiten 2006 dabei war. Er erzählte mir, dass Absplitterungen an den Knochen auf eine tödliche Schussverletzung hinwiesen. Und dass die Polizei vermutete, dass das Skelett über 100 Jahre alt war.« Doktor Robbert sagte nichts, deshalb sprach Marie weiter, während sie das Foto zeigte, das sie am Mühlenbach aufgenommen hatte. »Und hier wurden die Knochen gefunden. Der Mitarbeiter der Emschergenossenschaft äußerte die Vermutung, es könne sich um einen Jagdunfall handeln.«

»Okay«, sagte Doktor Robbert nur.

»Ich habe mich dann auch im Wasserschloss umgesehen und bin dort auf die Familienchronik der van Windenbergs gestoßen. Ich fand darin einen Brief von Johannes de Witt, dessen Braut Elisabeth van Windenberg in der Hochzeitsnacht von dem Bolzen einer Armbrust tödlich verwundet worden war. Der Bräutigam schreibt darin, dass er den Mörder gesehen habe, ehe er ihn erschoss. Eine Gestalt mit Flügeln, die danach nicht mehr auffindbar war. Ich bin sicher, dass es sich hierbei um das Wesen handelt, dessen Knochen unweit vom Schloss am Mühlenbach gefunden wurden. Vielleicht wurde die Leiche dort hingespült, denn in der Hochzeitnacht regnete es stark. Oder sie schleppte sich noch mit letzter Kraft zum Mühlenbach und starb dort. Bei dem Skelett handelt es sich übrigens vermutlich um ein weibliches Exemplar.« Marie holte tief Luft.

Doktor Robbert sah nachdenklich aus und starrte Marie an. »Der Mörder«, setzte er an, »hatte also Flügel?«

»Angeblich schon«, bestätigte Marie.

»Und das Skelett stammt von diesem Mörder ... oder der Mörderin ... von Elisabeth van Windenberg?«

Marie nickte. »Ich vermute es.«

»Und wer genau war diese Elisabeth van Windenberg?«, fragte Doktor Robbert.

»Die Tochter der Adelsfamilie, die damals hier das Schloss bewohnte«, erklärte Marie.

»Das hört sich ja an, als hätten wir es mit Killerwesen zu tun«, stellte Doktor Robbert fest und schob sich ein Stück Spargel in den Mund.

Miriam, die still zugehört hatte, nippte an ihrem Apfelsaft und zog die Augenbrauen hoch.

»Ich stimme Ihnen zu«, sagte Marie, »dass es, wie Sie vermuteten, einen Zusammenhang zwischen dem Toten im Hahnenbach und dem Flügelskelett am Mühlenbach geben dürfte. Beide wurden in einem Bachlauf gefunden. Und beide wurden gestohlen, ehe man sie genauer untersuchen konnte.«

»Sag ich ja«, sagte Doktor Robbert.

»Das klingt, als ob irgendwer unbedingt verhindern will, dass jemand hinter das Geheimnis dieser Flügelwesen kommt«, stellte Marie fest.

Miriam hustete.

Doktor Robbert und Marie schauten sie fragend an.

»Am Apfelsaft verschluckt«, erklärte Miriam.

»Und wer hat meine Leiche geklaut?«, wollte Doktor Robbert wissen.

»Nun«, sagte Marie, »ich habe ja das Videomaterial aus der Gerichtsmedizin beantragt, aber ich habe es immer noch nicht zugeschickt bekommen.«

Doktor Robbert verzog den Mund, dann sagte er: »Ich möchte, dass Sie weiter ermitteln, Frau Malakoff. Bitte teilen Sie mir alles mit, was Sie über diese Flügelwesen in Erfahrung bringen können.«

Auf dem Weg zum Auto ging Marie noch einmal das ganze Gespräch durch den Kopf. Ihr Handy vibrierte. Marie zog es aus der Tasche und las auf dem Display den Namen ihres Freundes.

»Hallo Leon«, meldete sich Marie.

»Hi Marie«, sagte er.

Marie wusste, dass Leon sicher schon mit dem Essen auf sie wartete, deshalb sagte sie schnell: »Ich stehe gleich vor der Tür. Was gibt es denn zu essen?«

»Pizza«, sagte Leon, während Marie schon das Auto startete.

»Lecker!«, sagte Marie. »Du, ich komm sofort. Bis gleich!« Sie legte auf und trat aufs Gaspedal. Eigentlich konnte sie stolz auf sich sein. Sie hatte doch immerhin schon ganz schön viel erreicht in diesem Fall.

Kapitel 17 Luke

»Nombert, Nombert!«, rief ich. Ich musste ihm unbedingt erzählen, dass Miriam mir gedroht hatte, sein Geheimnis zu verraten. Deshalb hatte ich mich mit ihm im Wald verabredet.

Nombert drehte sich nun zu mir um und antwortete: »Warte, warte! Was soll die Aufregung?«

Ich sagte: »Wenn du wüsstest ... Miriam hat unser Gespräch belauscht.«

»Wie, wo, was? Welches Gespräch?«, fragte er verwirrt.

»Weißt du nicht mehr, wie wir in der Schule darüber geredet haben, dass meine Schwester versucht, für einen Gerichtsmediziner etwas über Flügelwesen herauszufinden? Und dass ihr aufpassen müsst?«

»Doch, natürlich.«

»Miriam hat uns belauscht. Der Gerichtsmediziner ist ihr Vater.«

Nombert zuckte erschrocken zusammen.

»Und sie hat gedroht zu verraten, dass du etwas mit den Flügelwesen zu tun hast«, fuhr ich aufgeregt fort.

»Typisch Miriam ... Muss jeden verpetzen!« Nombert war so wütend, dass er gegen einen großen Stein trat. »MIST!«, schrie er vor Schmerz. »Das ist ja wohl der schönste Tag meines Lebens!«

»Jetzt ist kein guter Moment, um sarkastisch zu werden«, sagte ich und klopfte ihm auf die Schulter. »Komm, wir gehen erst mal zu den Wildpferden, vielleicht können sie dich ein wenig aufmuntern. Und dann überlegen wir, was wir deinen Leuten sagen, um sie zu warnen.«

Kapitel 18 Miriam

Mit einem mulmigen Gefühl im Bauch huschte ich aus dem Haus. Mein Vater war schon wieder voll und ganz auf seine Arbeit konzentriert. Wenn er nicht in der Gerichtsmedizin war, saß er zu Hause am Computer und forschte zu diesen komischen Wesen mit Flügeln auf dem Rücken, die mir nicht ganz geheuer waren. Die Privatdetektivin Marie Malakoff half ihm bei seinem Projekt. Außerdem waren ihr Bruder Luke und sein Freund Nombert offenbar voll und ganz in diese Sache verstrickt. Das war mir mittlerweile klar geworden.

Und wo wir gerade beim Thema Luke waren ... Ich wollte mich immer noch bei ihm entschuldigen. Das letzte Mal, dass ich es versucht hatte, war ich gar nicht zu Wort gekommen, war stattdessen von Luke hart abgewiesen worden und hatte wieder mal einen Wutanfall bekommen.

Deshalb hatte ich jetzt vor, es noch einmal zu versuchen. Ich vermutete, dass Luke sich am Mühlenbach im Wald aufhielt, an der Stelle, wo die Wildpferde tranken. Meine Beine bewegten sich fast von allein dorthin. Und tatsächlich, ich hörte Luke schon von Weitem lachen. Komisch. Führte er neuerdings Selbstgespräche? Oder hatten die Wildpferde ihm einen Witz erzählt? Wohl kaum. Als ich um eine kleine Baumgruppe bog, sah ich den Grund für Lukes Freude: Da stand Nombert und lachte ebenfalls. Okay, Miriam, jetzt nicht kneifen. Du schaffst das!, sagte ich mir.

Zögerlichen Schrittes ging ich auf die beiden zu und sagte: »Hi.«

Toll. Was für ein schöner Anfang. Die beiden glotzten mich schon so komisch an. War ich etwa ein Blumentopf?! Ich schaffte es gerade noch, mich zu beherrschen, und sprach: »Luke, es tut mir furchtbar leid. Alles, was ich zu dir gesagt habe, alles was ich dir angetan habe. Ich weiß nicht, was in mich gefahren war. Ich konnte mich einfach nicht kontrollieren ... Kannst du mir verzeihen?«

Luke blickte mich mit einem unfassbar perplexen Blick an. Dann fasste er sich wieder und sagte herablassend: »Warum solltest du das ernst meinen? Du heckst doch nur wieder was Gemeines aus!«

Ich war ehrlich überrascht über diese Antwort. Ich hatte mit allem gerechnet, aber nicht damit. Wut brodelte wieder in mir auf, und ich konnte mich nicht mehr zügeln: »Wie kannst du nur? Ich komme hierher, um mich bei dir zu entschuldigen, und du nimmst mich nicht ernst?! Ich sage dir mal was, Freundchen! Mein Vater und ich, wir sind diesen Tyrannen von Flügelwesen auf der Spur! Und deine Schwester hilft uns dabei! Ich weiß viel mehr über euch, als du vielleicht glaubst, du ... du Wichtigtuer!«

Wutschnaubend wollte ich mich umdrehen, als Nombert mich fest am Arm packte.

Er sagte mit einer mir unheimlichen Ruhe in der Stimme: »Miriam, wag es ...« Er verstummte.

Noch verwirrter als zuvor blickte ich ihn an. Er starrte zum Ufer des kleinen Baches. Ich folgte seinem Blick und geriet fast ins Wanken. Dort stand ein wunderschönes Wildpferd am Fluss und trank. Aber nicht nur das. Es hatte ein Horn. Etwas sagte mir, dass das da eine wunderschöne Einhorn-Stute war. Fasziniert von dieser Schönheit stiegen mir Tränen in die Augen.

Nombert hingegen fasste sich offenbar recht schnell wieder. Er brabbelte vor sich hin: »So etwas habe ich noch nie gesehen ... Chiara hatte recht, als sie mir von Einhörnern, getarnt als Wildpferde, erzählte ... Jetzt bin ich echt erstaunt darüber, dass ausgerechnet Miriam ... Moment, habe ich gerade laut gedacht?!«

Ich ignorierte sein Gebrabbel einfach, da ich immer noch von der Schönheit dieses Geschöpfes geblendet war. Deshalb merkte ich auch zuerst nicht, wie ich mich in einer Art Trance auf das Einhorn zu bewegte. Ganz langsam streckte ich meine Hand aus. Das Einhorn ließ es geschehen. In dem Moment, als ich es berührte, strömte eine Vollkommenheit, eine Wärme, das Wissen vieler Jahre auf mich ein, was mich bezauberte. Das Fell der Einhorn-Stute war seidig weich.

Eine Stimme, so lieblich wie rauschendes Wasser und doch so mächtig wie ein Orkan, klang in meinem Ohr: »Hallo. Ich habe lange auf dich gewartet, meine Kori. Kori, das ist das Wort in meiner Sprache für einen ganz besonderen Menschen, dem ein Einhorn zugeordnet wurde. Es gibt nicht viele Kori, aber du bist eine.«

Wie aus weit entfernter Ferne hörte ich, dass Luke und Nombert sich flüsternd unterhielten: » ... vielleicht einweihen ... werden bereuen ... reines Herz ... Chronik ... Einhorn vorher nie gesehen ...«

Ich konzentrierte mich wieder voll auf das Einhorn, das sanft sprach, aber mich trotzdem zum Erschaudern brachte: »Ich werde dich morgen hier an

dieser Stelle noch einmal treffen. Dann erkläre ich dir viele weitere wichtige Dinge. Aber jetzt muss ich gehen. Bis morgen!« Mit diesen Worten lief es davon.
Luke rief: »Oh nein, geh noch nicht!«
Doch das Einhorn war bereits fort.
Luke sah ehrlich enttäuscht aus. Nombert dagegen war begeistert und rief: »Erstaunlich!« Und dann, mehr wie zu sich selbst: »Das muss ich unbedingt in die Chronik eintragen ...«
Ich blickte ihn wütend an. Er fing schon wieder mir dieser Geheimniskrämerei an! Nombert nickte Luke zu, und die beiden zischten ab. Ich stand fassungslos dort. Jetzt bemerkte ich, dass mir der Magen knurrte. Ich machte mich auf den Weg nach Hause.

Kapitel 19 Nombert

Nombert lief den kleinen Waldweg am Hahnenbach entlang. Er dachte nach. Wie sollte er den Ältestenrat überzeugen? Nombert lauschte dem Plätschern des Baches. Es war ein sonniger Herbsttag und immer noch sehr mild. Ach, redete Nombert sich ein. Ich schaff das schon.

Er lief an einer Gruppe Jugendlicher vorbei, die auf den Abhängcliquen, also den Steinen, die die Emschergenossenschaft und die Stadt dort auf besonderen Wunsch der Jugendlichen hingebaut hatten, saßen. Er verspürte den schmerzlichen Wunsch, auch zu so einer Clique zu gehören. Er konnte verstehen, dass Luke sich auf diese Mutprobe eingelassen hatte. Luke ... Nombert war froh, dass er ihn hatte. Luke war Nomberts bester, sein einziger Freund. Das verdankte er der Tatsache, dass er ihn nach der Sache mit der Mutprobe in sein Geheimnis hatte einweihen müssen. Und nun also als nächstes Miriam?

Er lief weiter am Hahnenbach entlang. Fuhr sich mit den Fingern über die juckende Stelle am Rücken und bemerkte erstaunt, dass seine Flügelansätze schon ein ganzes Stück gewachsen waren. Dinge wie diese wachsenden Flügel waren der Grund dafür, dass er so wenige Freunde und so viele Probleme hatte. Denn je mehr Menschen ihm nahe standen, desto größer war die Gefahr, dass sein Geheimnis aufgedeckt würde. Und damit auch das Geheimnis seiner Art. Er war gern Elf ... manchmal!

Nombert stand nun am Zitateplatz. Er ging zu dem großen Steinblock, der den Zugang markierte. Nun war es also so weit. Er würde mit dem Rat der Feen und Elfen sprechen und sie bitten müssen, Miriam einweihen zu dürfen.

Nombert tippte auf dem Stein herum. Dann tat sich eine Öffnung auf. Mit pochendem Herzen verschwand Nombert in der Dunkelheit.

Kapitel 20 Miriam

Als wären die Ereignisse am Nachmittag nicht schon seltsam genug, bekam ich am frühen Abend eine Nachricht von Luke. Er und Nombert wollten mich beim blauen Klassenzimmer am Hahnenbach treffen. Auf dem Weg dahin dachte ich an die Ereignisse vor ein paar Wochen, als unsere Klasse hier die Leiche gefunden hatte, von dem Typen, den Luke ermor–, nein, der durch Luke verunglückt war. Nachdem ich seiner Schwester, die in dem Fall ermittelte, einen Hinweis auf Luke gegeben hatte, gab es diesen Riesenstreit zwischen mir und Luke. Ich hoffte aber noch immer, dass er mir verzeihen konnte. Das blaue Klassenzimmer war ein Halbkreis aus Steinen direkt am Ufer des Hahnenbachs, wo Schulklassen hingingen, um das Wasser zu untersuchen. Zumindest hatten wir das an diesem Tag vor ein paar Wochen gemacht und dabei die Leiche gefunden. Ob Luke und Nombert mit mir noch mal über diese ganze Sache mit dem Toten reden wollten? Was konnten sie überhaupt wollen? Rache? Ich meine, Luke war ganz eindeutig noch sauer. Nicht nur wegen der Leiche. Ich war vorher und nachher auch nicht grade nett zu ihm, obwohl ich mir so oft vorgenommen hatte netter zu sein. Aber das heute musste doch irgendwas verändert haben! Ich meine, ein verschissenes Einhorn! Das letzte Wort schrie ich unabsichtlich. Schon wieder diese Wut. Okay, Miriam, sagte ich mir, du musst dich beruhigen.

Okay, ich musste jetzt wissen, was die von mir wollten. Nombert war ja sowieso komisch. Der hatte da doch was am Rücken, das hatte ich mal im Schwimmunterricht letzten Sommer gesehen. Dass mir das jetzt erst wieder einfiel! Ob es Ansätze von Flügeln sind, wie bei den Wesen, die Papa ... NEIN.

Na ja, also, was konnten die beiden von mir wollen? Was war so wichtig, dass sie nicht bis morgen warten konnten damit? Mich ins Wasser schmeißen? Ich würde es ihnen glatt zutrauen. Aber ich hoffte noch immer, sie hätten mir verziehen, was ich gemacht hatte. Was soll's, dachte ich, ist doch eh egal. Das Schlimmste, was passieren kann, ist, dass sie mich attackieren. Aber ich würde mich wehren und ich wäre stärker. Ich machte ja nicht umsonst Kampfsport. Wenn es nur die beiden wären, wäre das okay. Gegen mehr als zwei würde ich allerdings nicht ankommen können. Egal, ich hoffte, dass es nicht zum Schlimmsten kommen würde, sondern dass sie etwas Positives für mich hätten.

»Hey«, riss mich eine Stimme aus meinen Gedanken. Oh, Luke und Nombert waren schon da. Ich grüßte zurück und betrat den Halbkreis aus Steinen.

Luke kam direkt auf mich zu. »Komm mit.« Seine Worte waren klar und deutlich. Mit Nachdruck. Es war keine Bitte mitzukommen, nein, es war ein Befehl. Und ich folgte ihnen. Natürlich hätte ich mich wehren können, aber ich war zu neugierig, um nein zu sagen. Wir liefen den Bach entlang bis zu dem Zitateplatz, wo lauter Steinblöcke mit Sprüchen zum Thema Wasser in den Boden eingelassen waren.

Nombert sprach jetzt zum ersten Mal zu mir: »Was du jetzt erfährst, darf niemand wissen. Verstanden?«

Ich nickte nur, war fast eingeschüchtert von seiner plötzlichen Dominanz.

Nombert fummelte an einem der Steine rum, und im Boden öffnete sich ein Gang mit einer Treppe nach unten. Nombert guckte mich auffordernd an. Ich verstand und ging vor. Unten angekommen war ein weiterer kleiner Gang. Ich ging voraus. Als der Gang sich gabelte, sagte Nombert: »Links.« Ich gehorchte und bekam Angst. Es war hier noch kälter als an der Oberfläche. Obwohl alle paar Meter eine Öllampe an den Wänden hing. Altmodisch, einfach altmodisch.

Und dann standen wir auf einmal in einem großen Saal mit altmodisch gekleideten Menschen. Drei davon saßen ganz vorne, fünf weiter hinten. Luke und Nombert stellten sich rechts und links neben mich.

Der Typ in der Mitte sagte: »Da seid ihr ja. Und ihr haltet es immer noch für eine gute Idee?«

»Ja«, antwortete Nombert. »Das Einhorn war ein Zeichen für die Reinheit ihres Herzens, und das wisst ihr.«

Kurzes Schweigen.

Dann stand der in der Mitte auf. Die anderen taten es ihm gleich. Er ließ seinen grünen Mantel fallen. Ganz schön abgedreht, dachte ich, aber ... holy shit, das sind doch nicht etwa Flügel? Und doch war ein einfaches »WOW« das einzige, was ich rausbrachte.

Nombert trat vor mich. »Leg deine linke Hand aufs Herz und sprich mir nach: Ich schwöre, niemandem jemals das Geheimnis der Elfen und Feen zu verraten.«

Ich war so verdutzt, dass ich nur sagte: »Ach, so heißt ihr.«

Die sofortigen bösen Blicke der Umstehenden verrieten mir, dass es falsch gewesen war, das zu sagen, also beeilte ich mich, Nomberts Satz nachzusprechen. Es folgten drei weitere Sätze, die ich mit Bravour nachsprach.

Der Elf, der den grünen Umhang getragen hatte, sagte: »So, jetzt geht in die Chronik-Grotte. Da werden deine Fragen beantwortet. Moritz geht mit euch.«

Bei den Worten sprang ein Elf, der wohl Moritz sein musste, von der Tribüne runter. Er ging voraus in eine Art Hinterzimmer. Nombert, Luke und ich folgten ihm. Dieser Moritz war sicher nicht älter als 25. So sahen alle von denen aus.

Als wir in dem kleinen Raum standen, sprach Moritz zu mir: »Das ist die Chronik-Grotte. Hier liegt die Geschichte der Emscherelfen und Emscherfeen. Jetzt darfst du alle deine Fragen stellen.«

Haha, als ob das so einfach wäre. Ich wusste nicht einmal, mit welcher Frage ich anfangen sollte. Schließlich begann ich mit: »Warum seid ihr alle nicht älter als 30?«

Moritz antwortete: »Ich bin 260 Jahre alt.«

Da klappte mir die Kinnlade runter.

Nombert nuschelte irgendwas davon, dass Moritz jetzt ruhig gehen könne. Er selbst würde mir schon alle weiteren Fragen beantworten. Vielleicht merkte er, dass mir langsam aber sicher mulmig wurde. Tatsächlich verließ Moritz nun die Kammer.

Nombert sah mich an. Er wartete offensichtlich auf meine nächste Frage.

Ich fragte: »Du auch?«

Er nickte.

Ich zeigte auf Luke, und dieser sagte: »Nein.«

»Okay, also ... Elf«, ich zeigte auf Nombert, »kein Elf«, ich zeigte auf Luke. »Richtig?«

Beide nickten.

»Okay, nächste Frage. Ähm ... Warum wurde ich eingeweiht?«

»EINHORN«, platzte es aus Nombert heraus.

Ein stumpfes »Was?« kam von mir und Luke zurück.

Alle drei fingen wir an zu lachen. Dann wurde Nombert wieder ernst.

»Also, ein Mensch, der ein Einhorn sieht, ist reinen Herzens und vertrauenswürdig. Und weil du ohnehin schon zu viel wusstest, haben wir es als unsere Pflicht angesehen, dich einzuweihen.« Kleinlaut fügte Nombert dann hinzu: »Na ja, *die meisten* von uns haben das als unsere Pflicht angesehen. *Nicht alle* waren einverstanden.«

Ich grinste, und er tat es mir gleich.

»Gibt es denn mehr von euch als die, die ich eben gesehen habe?«, wollte ich wissen.

Nombert nickte. »Viel mehr.«

Erst jetzt merkte ich wieder, wie kalt es hier unter der Erde war.

»Und dieser Typ, der am Hahnenbach gestorben ist«, fiel es mir plötzlich ein, »der war einer von euch?«

Nombert nickte.

»Also habt ihr meinem Vater die Leiche aus der Gerichtsmedizin gestohlen?«, schrie ich schon fast und schämte mich im gleichen Augenblick.

Luke und Nombert sahen mich fragend an. Noch ehe einer von ihnen die Frage laut aussprechen konnte, beantwortete ich sie ihnen: »Mein Vater ... Er ist besessen davon, herauszufinden, was es mit euch Flügelwesen auf sich hat.« Luke sah aus, als wollte er mir ins Wort fallen, aber ich war schneller: »Schon gut, keine Angst, als ich geschworen habe, niemandem jemals etwas von euch zu verraten, war mir schon klar, dass sich das auch auf meinen Vater bezieht. Also alles gut, ich sag nix.«

Erleichterte Blicke trafen mich.

Als nächstes wollte ich Nombert fragen, wie alt er wirklich war, wenn der andere Elf 260 Jahre alt war, doch Nombert rutschte bei dem Versuch einen Schritt nach vorn zu dem dicken alten Buch zu gehen, das in der Mitte der Grotte auf einem Stein lag, aus und fiel auf den Hintern.

Nachdem Luke und ich ihn eine Runde ausgelacht hatten, half ich Nombert hoch. Er grinste. »Gut, dass ich nicht auf den Kopf gefallen bin. Ich wäre nicht der erste, den die Chronik der Feen und Elfen das Leben kostet.«

Luke erklärte: »Das Buch, das dort liegt, war der Gegenstand, den ich Theodor gestohlen habe. Du weißt schon, die Mutprobe, zu der du mich aufgefordert hast.«

»Es enthält das gesammelte Wissen der Feen und Elfen«, erklärte Nombert.

Ich nickte beeindruckt und stellte endlich meine Frage: »Wie alt bist du wirklich, Nombert?«

Er antwortete belustigt: »14. Elfen und Feen altern zuerst ganz normal. Bis sie Anfang 20 sind, dann hört der Alterungsprozess auf.«

Kinnlade, die Zweite. Wieder meine, versteht sich. Ich musste ziemlich dämlich geguckt haben. Nombert und Luke lachten.

Luke sagte beruhigend: »Ging mir ähnlich, als Nombert mich eingeweiht hat. Übrigens wurde ich nur eingeweiht, weil ich die Chronik hatte, die die Feen und Elfen unbedingt wiederhaben wollten. Ich hatte nämlich kein Einhorn, das für mich gebürgt hat.«

Und wieder lachten wir. Wir lachten, bis Nomberts Mutter die Grotte betrat – erst jetzt wurde mir klar, dass sie auch eine der Feen und Elfen gewesen war, vor denen ich den Schwur geleistet hatte – und fragte, ob alles okay sei.

Nombert antwortete immer noch lachend: »Ja, alles okay.«

Ebenfalls lachend ging sie wieder.

»Leute«, sagte Nombert. »Ich weiß nicht, wie es euch geht. Aber mir ist kalt. Ich würde sagen, wir können jetzt auch wieder ans Tageslicht. Ich glaube nicht, dass du Fragen haben wirst, die ich nicht auch ohne die Chronik beantworten kann, Miriam.«

Luke und ich waren einverstanden. Auf dem Weg nach draußen leuchteten uns immer noch die Öllampen. Warm war es trotzdem immer noch nicht geworden. Draußen war es allerdings noch kälter. Und mittlerweile war es schon ziemlich dunkel. Ich fror, weil ich nur meinen schwarzen BBS-Merch-Pulli anhatte und keine Jacke. Ich überlegte kurz, ob ich mich beschweren wollte. Aber da grinste mich schon Luke an und fragte spöttisch: »Kalt?«

»Natürlich nicht«, gab ich ironisch zurück. Ich wollte dringend irgendwohin, wo es warm war.

Als hätte Luke meine Gedanken gelesen, sagte er zu Nombert: »Komm, nehmen wir diese Frostbeule mit ins Café.«

Wir rannten los. Nombert war der Schnellste. Aber Luke und ich lieferten uns ein Kopf-an-Kopf-Rennen. Es war nicht weit zum Café. Als Luke und ich außer Atem dort ankamen, wartete Nombert bereits am Tisch auf uns und fragte: »Wollt ihr irgendwas bestellen? Ich nehm eine heiße Schokolade.«

»Ich auch«, sagte Luke.

Nombert fragte mich: »Und du?«

Ich schüttelte den Kopf und sagte: »Sorry, Jungs, hab kein Geld bei.«

»Kein Problem«, kam von beiden gleichzeitig zurück.

Wieder brachen wir in Gelächter aus. Zwischen zwei Lachern sagte Luke: »Geht auf mich.«

Na gut, dachte ich, wenn es sein muss. »Wow, ein Gentleman«, sagte ich. »Okay, dann einen Pfefferminztee, bitte.«

Luke und Nombert lachten noch heftiger.

Ich sagte nur trocken: »Soll das jetzt ein Kompliment sein, oder habt ihr 'nen Knall?«

»Knall«, sagten beide im Chor.

Okay, das war eindeutig. Plötzlich wurde mir klar, dass wir drauf und dran waren, Freunde zu werden. Oder waren wir das schon? Wäre ja toll, aber ich glaubte es nicht.

Jetzt kam Luke zu Wort: »Okay, sonst noch was?«

»Ja, da kommt die Bedienung«, antwortete Nombert.

Wir bestellten die beiden heißen Schokoladen und meinen Tee.

Plötzlich fiel mir etwas ein. »Marie, also deine Schwester, hat da einen Brief gefunden. In dem steht etwas von einem Flügelwesen, das jemanden ermordet hat«, sagte ich spontan, ohne drüber nachzudenken. »Meint ihr, das war auch eine Fee oder ein Elf?«

Nombert antwortete: »Ja, ich habe darüber etwas in der Chronik gelesen. Ob Mord das richtige Mittel war, ist die Frage. Aber zumindest hatte Zora einen guten Grund.«

»Zora?«, fragte ich neugierig.

In diesem Moment kam die Bedienung und brachte unsere Getränke.

»Aua, heiß!«, schrie Luke, der gleich an seinem Becher nippte.

»Ja, heiße Schokolade«, gaben Nombert und ich im Einklang zurück.

Wir lachten noch eine ganze Weile. Irgendwann musste ich aber los, mein Vater würde sich vielleicht doch schon Sorgen machen. Ich ließ die beiden Jungs alleine. Es war immer noch kalt. Zum Glück war es nicht weit nach Hause. Die Gedanken, die mir durch den Kopf gingen, waren fast nur positiv. Aus gutem Grund.

Dass ich jetzt wusste, dass es Elfen und Feen gab, war toll. Dass morgen ein Einhorn auf mich wartete, war noch toller. Aber noch mehr freute ich mich darüber, dass Luke und Nombert so nett zu mir gewesen waren. Und ich zu ihnen. Das machte mich einfach froh. So froh, dass es mir egal war, warum diese Fee namens Zora vor ewigen Zeiten mal einen Menschen erschossen hatte.

Gladbeck
im Jahr 1875

Kapitel 21 Zora

Chronik, 1875

Mein Attentat
Ich werde ein glorreiches Attentat durchführen. Noch heute Nacht. Ich werde es dieser Industriellenfamilie van Windenberg zeigen. Wegen denen sind die Emscher und ihre Nebenläufe dreckig. Mit ihren Stahlwerken und Zechen vergiften sie das Wasser. Die Gräfin von Wittringen, Lydia van Windenberg, ist die treibende Kraft dabei. Auf sie habe ich es abgesehen. Sie bringt ihren Mann Richard dazu, immer mehr Zechen und Stahlwerke zu bauen. Viele Menschen sind hergezogen, um Arbeit dort zu finden. Auch dadurch gibt es Verschmutzungen. Weil all der Unrat in die Flüsse geleitet wird. Eine Möglichkeit, den Schmutz unter der Erde abzuleiten, gibt es nicht. Zu sehr untergraben die Menschen mit ihren Bergwerken alles immer weiter. Die Rohre würden die dauernden Bergsenkungen nicht aushalten. Wir Elfen und Feen brauchen aber das saubere Wasser der Emscher. Manche von uns haben wegen der Verschmutzung schon ihre Flügel verloren. Um zu verhindern, dass es noch schlimmer wird, werde ich Lydia töten. Ich werde den Auftrag übernehmen, weil ich die beste Scharfschützin weit und breit bin. Auch wenn manche von uns dagegen sind. Sie wollen weiterhin in Frieden mit den Menschen leben. Aber sehen sie denn nicht, dass die Verschmutzung der Flüsse auch für die Menschen selbst nicht gut ist? Sie werden von Krankheiten heimgesucht. Und auch für die Tiere ist es ein Problem. Gerade erst hat sich ein Eichhörnchen beschwert, dass sein Baum, also sein Zuhause, abgeholzt wurde.
    All dem werde ich ein Ende setzen. Noch heute Nacht.
    Zora

Kapitel 22 Das Eichhörnchen

»Ich muss jetzt also ein neues Haus finden, wegen der doofen Menschen. Sie haben meinen Baum abgeholzt und mich verjagt. Jetzt gehe ich aber zu meiner Schwester. Frage, ob ich bei ihr wohnen darf – am anderen Ende des Waldes«, beschloss das Eichhörnchen, sprang von Ast zu Ast, bis es zu dem Flecken im Wald kam, wo nun kein Baum mehr war, nur noch krankes ödes Land.
    Oh, oh, da war das Stahlwerk. Es stank eklig. Aber um zu seiner Schwester zu gelangen, musste das Eichhörnchen durch diese Hölle. Sonst würde es viel

länger brauchen. Das Eichhörnchen kletterte durch ein stinkiges, öliges Rohr in die Fabrik. Hust, hust! Das Eichhörnchen hörte einen Menschen husten. Es guckte durch ein Loch in der Wand und erblickte einen Arbeiter, der müde und krank aussah. Gern hätte das Eichhörnchen ihm ein paar Nüsschen gebracht, aber es hatte ja selbst keine Wintervorräte mehr, weil sein Zuhause zerstört worden war. Also eilte es weiter. Das Eichhörnchen verließ das Stahlwerk und kam endlich wieder in den Wald. Es hüpfte zu einer Regenpfütze, die viel sauberer war als der Bach in der Nähe, und wusch sich gründlich. Es sprang wieder von Ast zu Ast und fand schließlich das Zuhause seiner Schwester.

»Darf ich bei dir wohnen?«, fragte das Eichhörnchen.

Die Schwester sagte: »Es tut mir so leid, wir haben selbst keinen Platz mehr für uns und die vielen Jungen.«

»Aber ... aber ... aber ...«, stotterte das Eichhörnchen. Es war traurig. Aber dann baute es sich ein Nest in der Nähe seiner Eltern.

Kapitel 23 Zora

Zora läuft am Mühlebach entlang Richtung Schloss. Es stinkt hier so, denkt sie. Alles die Schuld der Familie van Windenberg! Zora ist sehr wütend und rennt weiter durch den Wald bis zum Wasserschloss Wittringen.

»Ich komme«, sagt Zora leise und drohend.

Sie sieht zwei Wachen. Eine auf der Vorinsel und eine weiter hinten, direkt an der Brücke, die über die Gräfte führt.

»Eichhörnchen, lenk die eine Wache ab. Dafür wäre ich sehr dankbar!«, ruft sie einem Eichhörnchen zu. Es guckt sie süß an und springt dann, um seine Freunde zu holen. Was für ein Glück, dass Zora mit Tieren sprechen kann.

Kapitel 24 Die Eichhörnchen

Das Eichhörnchen rief seine Freunde. Zusammen riefen sie die Vögel. Die Vögel kackten auf die Wache, die auf der Vorinsel ihre Runden drehte. Die Eichhörnchen warfen Eicheln.

»Ihh, Vogelkacke!«, rief der Wachmann und sprang ins Wasser, wo die Enten ihn pickten. Kaum kletterte er wieder an Land, da zerkratzen ihm Eichhörnchen das Gesicht. Dann kam eine Reihe von 20 Vögeln und 10 Eichhörnchen und 10 Fröschen auf die Wache zu. Die Eichhörnchen ritten auf den Fröschen.

»Kavallerie, los!«

Die Frösche sprangen, und die Eichhörnchen warfen Nüsse. Die Vögel warfen Steine. »Hilfe!«, rief der Wachmann und rannte bis zu sich nach Hause. Zwei Eichhörnchen rannten hinterher. Sie hockten an seinem Fenster und machten ihm ein Wir-beobachten-dich-Zeichen mit den Pfoten.

Der Mann sagte: »Ich werde euch jeden Tag Nüsse bringen, ich verspreche es, aber bitte tut mir nichts.«

Kapitel 25 Zora

Zora schleicht sich an den zweiten Wachmann heran. Von hinten hält sie ihm ein Tuch mit betäubenden Kräutern unter die Nase. Der Wachmann wird ohnmächtig. Zora zieht ihn ins Gebüsch und schwimmt durch das eiskalte Wasser der Gräfte bis zum anderen Ufer. Sie klettert aus dem Wasser und schaut sich nach einem idealen Platz zum Schießen um. Der Baum da, denkt sie, von dem aus kann ich genau in das Schlafzimmer von Lydia und Richard zielen. Ich muss nur warten, bis Lydia ans Fenster tritt. Zora klettert auf den Baum und schnappt sich ihre Armbrust. Lydia steht tatsächlich am Fenster! Das muss Lydia sein. Es ist schließlich ihr Schlafzimmer. Zora legt ihre Armbrust an und zögert kurz. Soll sie wirklich? Ja, denkt Zora. Wegen der ist die Umwelt geschädigt. Wegen der ist der Mühlenbach kaputt. Alles ihre Schuld. Vorher war alles so toll. Keine dreckigen Flüsse oder Seen. Wir brauchen sauberes Wasser. Ich hasse die Gräfin und werde sie töten.

Zora zielt genau aufs Herz. Sie drückt ab. In dem Moment dreht die Frau am Fenster den Kopf. Mist! Das ist nicht Lydia! Aber es ist doch ihr Zimmer! Der Bolzen der Armbrust trifft die Frau. Zora sitzt wie erstarrt. Sie hat die Falsche getroffen. Wie soll sie das den anderen Elfen und Feen erklären? Viel zu spät setzt Zora sich in Bewegung, um vom Baum zu klettern. Vom letzten Ast aus blickt sie noch einmal zum Fenster des Zimmers, in dem sie eine Unschuldige tötete. Sie sieht jemanden im Fenster. Mit einer Armbrust! Es blitzt. Ein Bolzen bohrt sich in Zoras Herz. Sie fällt zu Boden und rollt in das eiskalte Wasser der Gräfte.

Kapitel 26 Chiara

Chronik, 1875

Zora kam nicht zurück. Und sie hat die Falsche getötet. Wir haben nach Zora gesucht, aber sie nicht gefunden. Nicht einmal eine Spur, weil der starke Regen alles fortgespült hat. Vielleicht ist Zora untergetaucht, weil sie Angst hat, was die von uns, die gegen das Attentat waren, sagen werden. Ich hoffe, sie ist untergetaucht. Ich hoffe, sie kommt heil wieder zurück. Das Schlimmste ist, dass ich befürchte, dass sie selbst ums Leben gekommen sein könnte ...

Chiara

Gladbeck
im Jahr 2006

Kapitel 27 Chiara

Chronik, 2006

Die Menschen haben ein Skelett mit Flügeln gefunden. Die Leute von der Emschergenossenschaft gruben es aus bei ihren Arbeiten, mit denen sie den Mühlenbach wieder schön machen wollen. Wir haben es in der Zeitung gelesen. Ich hoffe, sie verstehen nicht, dass das Skelett von einem Elf oder einer Fee stammt. Wir haben Angst, dass sie es herausfinden. Wir sind alle in Gefahr. Die Menschen dürfen nicht herausfinden, dass es uns gibt. Deshalb wollen wir das Skelett noch heute stehlen. Ich werde es gemeinsam mit Melisa tun.

Chiara

Kapitel 28 Melisa und Chiara

»Melisa!«, sagt Chiara.

»Psst, sei leise, Chiara«, flüstert Melisa.

Die beiden laufen durch die Nacht zur Gerichtsmedizin.

»Hallo, was wollen Sie beide melden?«, fragt der Nachtwächter.

Melisa sagt: »Die Knochen vom Mühlenbach sind eine Fälschung.«

»Nein, sie sind echt«, widerspricht der Mann.

»Wir sind Experten«, erklärt Melisa. »Wir sollen die Echtheit überprüfen.«

»Um diese Zeit?«, wundert sich der Nachtwächter. »Zeigen Sie mir bitte Ihre Ausweise.«

»Hier«, sagt Chiara und hält dem Mann einen Ausweis unter die Nase, der mit betäubenden Kräutern eingerieben ist.

Der Nachtwächter fällt in Ohnmacht. Melisa und Chiara rennen schnell in die Leichenhalle. Sobald er aufwacht, wird er Alarm schlagen.

»Da!«, ruft Melisa. »Auf dem Tisch!«

Sie schnappen sich die Knochen und packen sie in einen Sack. Dann nehmen sie ein Pappmaché-Skelett aus der Tasche.

»Schnell, leg es dahin«, flüstert Melisa.

Chiara legt das falsche Skelett auf den Tisch. Da entdeckt sie ein Armband in einer Plastiktüte, das neben dem Feenskelett gelegen hat. Ihr Herz schlägt schneller, sie steckt das Armband ein.

»Nimm auch einen Arztkittel, okay?«, sagt Melisa, die sich schon umgezogen hat.

Chiara schlüpft in einen weißen Kittel. »Komm, wir gehen«, sagt sie.

Melisa sagt: »Das Gebäude ist umzingelt von Polizisten. Was jetzt? Rennen und alles riskieren?«

Chiara schüttelt den Kopf. Sie pfeift und ein Polizeihund kommt.

»Wie heißt du?«, fragt Chiara ihn.

»Sunny«, bellt der Hund.

»Sunny, bring diesen Sack zum Zitateplatz am Hahnenbach, bitte.« Sie streichelt den Hund.

Dann treten Melisa und Chiara nach draußen mit ihren Kitteln.

»Was ist da drinnen los, Frau Doktor?«, fragt ein Oberkommissar.

»War wohl ein Fehler in der Technik«, sagt Melisa. »Fehlalarm.«

Hinter dem Kommissar schleicht Sunny mit dem Sack Knochen in der Schnauze vorbei.

Kapitel 29 Sunny

Sunny rennt und rennt. Er denkt, dass er es ganz leicht schaffen wird. Doch dann sind auf seinem Weg ein paar Straßenkatzen, die ihn provozieren.

»Du fetter Flohsack«, ruft die eine.

»Du bist ein alter Opa«, ruft die andere. »Du nutzloser Polizeihund!«

Wütend rennt Sunny den Katzen hinterher bis in eine Gasse, in der Hundefänger warten. Die Katzen haben ihm eine Falle gestellt! Sunny kann sich gerade noch über den Zaun retten. Aber dann kann er nicht rechtzeitig bremsen und landet in einem Pool auf der anderen Seite des Zauns. Sunny klettert aus dem Wasser und schüttelt sich. Wo ist der Sack mit den Knochen? Zum Glück noch da!

Sunny rennt weiter. Endlich ist er am Hahnenbach. Er sprintet durchs blaue Klassenzimmer. Um Fußgängern auszuweichen, will er über die Furt auf die andere Seite. Da fällt ihm ein Knochen aus dem Sack und rollt die Böschung hinab. Sunny rennt und hält den Knochen noch knapp vor dem Hahnenbach auf. Sunnys Magen knurrt. Soll er den Knochen fressen? Er ist doch ein Hund. Nein, Sunny schüttelt den Kopf. Er rennt den Bach entlang, über die Brücke zurück auf die andere Seite. Und endlich kommt er zum Zitateplatz.

Der Hund ist am Treffpunkt und überlegt wieder, die Knochen zu essen, weil er Hunger hat. Doch dann kommen die Feen zum Treffpunkt.

Kapitel 30 Chiara

»Melisa, da ist der Süße!«, ruft Chiara.
»Wer?«, fragt Melisa.
»Der Hund von grade eben!« Chiara rennt zum Hund und streichelt ihn.
»Gib die Knochen, du Hund!«, sagt Melisa mürrisch.
»Sei mal nicht so mürrisch«, sagt Chiara. »Sunny hat uns schließlich geholfen. Sie gibt dem Hund eine Handvoll Hundefutter.
Der Hund lässt den Sack vor Chiaras Füße plumpsen.

Kapitel 31 Chiara

Chronik, 2006

Wir haben Zoras Knochen gerettet. Melisa und ich. Es war so toll! Wie gern würde ich die Blicke der Polizisten sehen, wenn sie merken, dass die Knochen dort in der Gerichtsmedizin nur aus Pappmaché sind.

Jetzt kann ich mich endlich von Zora verabschieden. Endlich weiß ich mit Sicherheit, dass meine Freundin es nicht geschafft hat, damals. Ich habe sie an dem Freundschaftsarmband erkannt, das nur sie und ich hatten. Wir werden ihr ein würdiges Begräbnis bereiten.

Chiara

Gladbeck
im Jahr 2025

Kapitel 32 Miriam

Gleich war es soweit. Ich würde mich mit Nombert, Luke und meinem Einhorn treffen. Ich war schon total aufgeregt und rannte den ganzen Weg. Die Straße flog unter mir hinweg, und schon bald musste sie kleinen Kieselsteinen und einem Waldboden Platz machen. Ich war unterwegs zum Mühlenbach, wo Nombert und Luke schon warteten. Der gestrige Tag steckte mir noch in den Knochen. Ich hatte erfahren, dass ich die Kori von einem Einhorn war. Und dass es Emscherfeen und Emscherelfen in Gladbeck gab.

Gestern Abend im Bett waren mir noch viele Fragen eingefallen. An das Einhorn, aber auch an Nombert. Nombert hatte ich noch ein paar der Fragen per WhatsApp geschrieben, weil ich sonst nicht hätte schlafen können. Ich wusste nun, dass es wirklich die Elfen und Feen waren, die meinem Vater den Toten vom Hahnenbach aus der Gerichtsmedizin geklaut hatten. Aus dem gleichen Grund, aus dem sie 2006 das am Mühlenbach gefundene Flügelskelett hatten verschwinden lassen: aus Angst, man könnte sie entdecken.

Meine Fragen an das Einhorn hingegen waren alle noch immer offen. Aber dass das Einhorn ein Handy, geschweige denn WhatsApp hatte, bezweifelte ich.

Ich war jetzt da – Luke und Nombert warteten schon. Sie schienen genauso aufgeregt zu sein wie ich. Luke fummelte an dem Reißverschluss seiner Jacke herum und Nombert wippte vor und zurück. Als er mich entdeckte, huschte ein Grinsen über sein Gesicht.

Er und Luke kamen mir entgegen. »Hi, Miriam«, begrüßten sie mich.

Ich antwortete: »Hi. War das Einhorn schon da?«

Luke schüttelte den Kopf, und Nombert sagte: »Nein.«

Ich war ein bisschen enttäuscht, dass es noch nicht da war, ließ es mir aber nicht anmerken.

»Okay, sorry, Nombert, dass ich dir gestern noch so viele Fragen geschickt habe, aber es hat mir einfach keine Ruhe gelassen. Trotzdem habe ich noch ein paar: Esst ihr eigentlich irgendwelche spezielle Nahrung? Warum hatten gestern ein paar von euch Flügel und die anderen nicht? Teilt ihr euch in zwei Spezies auf? Und –«

Nombert unterbrach mich mit einem Lach-Flash.

»Miriam, du – *hust, hust* – bist – *hust* – lustig!« Mitten im Satz verschluckte er sich und fing an zu husten. »Ich glaube nicht, dass wir irgendwelche Spezial-Nahrung essen. Und soweit ich weiß, liegt das mit den verlorenen Flügeln an der Verschmutzung der Gewässer. Jetzt, da sie wieder gesäubert werden, bekommen wir langsam unsere Flügel wieder. Aber keine Sorge, ich nehme es dir nicht übel, dass du mich mit Fragen zuspamst. Würde mir an deiner Stelle wahrscheinlich genauso gehen.«

Jetzt schaltete sich Luke ein. »Er hat recht. Am Anfang habe ich ihn auch mit Fragen bombardiert. Das war eine schlimme Zeit für Nombert!«

Der letzte Satz triefte so vor Sarkasmus, dass ich auch wieder anfangen musste zu lachen. Die Atmosphäre war jetzt sehr entspannt, und ich genoss die Gesellschaft der beiden richtig. Doch bevor ich meine poetischen Gedankengänge zu Ende bringen konnte, raschelte es im Gebüsch hinter mir. Heraus kam ... ein Hase. Ich schaute zu Nombert und Luke, und wir prusteten wieder los. Wegen eines Hasen, den wir für ein Einhorn gehalten hatten. Sehr dämlich. Aber na ja. Kaum, dass wir uns wieder beruhigt hatten, hörten wir in der Ferne ein Wiehern.

Dann tauchte das Einhorn auf. Es war wunderschön, kam mir sogar noch schöner vor als bei unserer letzten Begegnung. Fasziniert von dieser Schönheit und der Anmut, mit der das Geschöpf sich bewegte, starrten wir es gebannt an. Sekunden später, die sich anfühlten, als sei die Zeit stehengeblieben, fiel mir auf, dass die Stute einen dickeren Bauch hatte. Oder bildete ich mir das nur ein? Ja, wahrscheinlich. Ich verbannte diesen Gedanken gleich wieder. Das Einhorn kam jetzt im Schritt auf mich zu. Ich blendete alles andere aus. Jetzt gab es nur noch mich und ... Ich wusste ja nicht einmal den Namen des Einhorns! Das musste ich unbedingt klären. Das Einhorn blieb unmittelbar vor mir stehen. Ich berührte sein Fell. Seidig weich, wie beim letzten Mal. Ich sprach leise, um die Stute nicht zu verschrecken: »Wie heißt du?«

Die Stimme des Einhorns hallte in meinem Kopf: »Ich bin Crisinda. Ich lebe hier in diesem Wald auf einer geheimen Wiese mit meiner Herde. Du kannst sie jetzt kennenlernen, wenn du willst.«

»Au ja, gerne! Dürfen Nombert und Luke mitkommen? Die beiden sind wirklich sehr vertrauenswürdig und werden dieses Geheimnis nicht verraten, nicht wahr?«

Nombert nickte, und Luke fügte hinzu: »Wir wären sehr geehrt, wenn wir mitkommen dürften.«

Schleimer, dachte ich im Geheimen.

Das Einhorn stimmte mir zu: »Du hast recht. Aber sie dürfen trotzdem mitkommen.«

Als Crisinda meinen verwirrten Blick sah, erklärte sie mir: »Ich kann eure Gedanken lesen. Es ist interessant zu erfahren, was in euren Köpfen gerade vorgeht.« Sie stieß ein belustigtes Wiehern aus.

Dann lief sie los, wir drei folgten ihr. Wir liefen schon ziemlich lange, als Crisinda durch eine Wand aus Flechten trat und dahinter verschwand. Ich blickte Nombert und Luke an. Die beiden nickten mir zu, und ich folgte ihr. Als die Flechten meine Haut streiften, lief mir ein Schauer über den Rücken. In der von außen gut getarnten Wand befand sich die Öffnung zu einem langen Tunnel. Nombert, Luke und ich liefen hinter Crisinda her. Unsere Schritte hallten von den Wänden wider. Die Decke war ungefähr zwei Meter vom Boden entfernt, sodass wir aufrecht gehen konnten. Die Wände waren kahl, und man hörte nur unsere Schritte und Crisindas Hufe. Am Ende des Tunnels war ein Licht. Nach der langen Dunkelheit war es ein echter Trost. Wir traten auf eine wunderschöne Wiese, auf der viele Wildpferde grasten.

Kapitel 33 Marie

Ich betrat den Aufzug, der mich nach unten zu Doktor Robbert in die Gerichtsmedizin bringen sollte. Die Türen schlossen sich, und ich atmete tief ein und wieder aus. Ich hatte mir das Überwachungsvideo mindestens zwanzigmal ganz genau angeschaut, bis ich endlich einen kleinen Hinweis gefunden hatte. Ich war so stolz auf meinen Fund, denn die Polizisten hatten damals nichts auf den Bändern gesehen. Endlich hatte ich eine Spur, die uns helfen konnte.

Ich umklammerte meine schwarze Laptoptasche fest mit den Fingern. Die Aufzugtür ging auf, und ich wurde von einer kühlen Brise aus der Klimaanlage überrascht. Ich knöpfte meine dünne Strickjacke zu und ging den Gang entlang, bis zu der Tür, auf der *Gerichtsmedizin* stand. Ich musste schlucken.

»Jetzt reiß dich zusammen, Marie«, murmelte ich vor mich hin.

Es war ja nur ein Raum, in dem Tote aufgeschnitten und ihre Organe entfernt wurden. Okay, vielleicht übertrieb ich ein bisschen, aber trotzdem war es mir hier nicht geheuer. Die Tür der Gerichtsmedizin ging mit einem lauten Wusch auf. Mich empfing der Geruch von Desinfektionsmittel und Toten. Mir wurde ein bisschen schlecht.

Da tauchte auch schon Doktor Robbert mit einem lauten »Hallo, Frau Malakoff!« auf.

Ich erschrak und zuckte leicht zusammen. Ich musste mich echt mal zusammenreißen. Ich sagte ebenfalls: »Hallo.«

Doktor Robbert deutete mit einer Geste an, dass ich ihm folgen sollte. Wir gingen in einen kleinen Nebenraum, vorbei an einer Leiche. Mir wurde schon wieder ein bisschen übel. In dem Raum stand ein Tisch mit zwei Stühlen. Wir setzten uns hin.

Doktor Robbert schaute mich an und fragte: »Geht es Ihnen gut? Sie sehen so blass aus, möchten Sie vielleicht etwas zu trinken haben?«

»Ja bitte, wenn es keine Umstände macht«, antwortete ich dankbar.

»Was möchten Sie denn zu trinken haben?«, fragte er mich.

»Ein Wasser wäre gut.«

Doktor Robbert ging aus dem Raum. Ich schaute mich um. Der Raum war weiß gestrichen.

Doktor Robbert kam wieder und stellte eine Karaffe Wasser und ein leeres Glas auf den Tisch. »Sagen Sie Bescheid, wenn Sie noch etwas brauchen.«

Ich bedankte mich und schenkte mir ein. »Also, ich habe mir, wie gesagt, das Überwachungsvideo angeschaut und etwas Verdächtiges entdeckt«, sagte ich, holte meinen Laptop heraus und stellte ihn auf den Tisch. »Ich habe das Video in Zeitlupe abgespielt, so langsam wie es ging. Immer wieder. Und schließlich habe ich etwas entdeckt. Zwar nur für eine Millisekunde, aber es ist trotzdem da. Ich weiß, man sieht es nur kurz, aber es ist trotzdem ein wichtiger Hinweis!«, sagte ich stolz.

»Jetzt reden Sie nicht um den heißen Brei herum, sondern zeigen Sie mir, was sie gefunden haben«, sagte Doktor Robbert trocken.

Ich klappte meinen Laptop auf und öffnete die Datei mit dem Video der Überwachungskamera. »Warten Sie, ich spiele die Szene jetzt in Zeitlupe ab.« Ich startete das Video und schaute ihn gespannt an. »Und, sehen Sie es?«, fragte ich ihn.

»Spielen Sie das bitte noch mal ab?«

Ich spielte das Video von vorne ab, aber dieses Mal hielt ich es an der Stelle an, wo man den Schatten sehen konnte. »Und?« Ich sah Doktor Robbert gespannt an.

»Ich sehe nichts, außer einem dunklen Flecken«, antwortete er.

Ich sah ihn ungläubig an. »Sehen Sie denn diese Gestalten nicht? Das sind die Diebe! Ich bin mir hundertprozentig sicher! Das ist die Spur, die wir gesucht haben!«, rief ich.

Er sah mich zweifelnd an. »Nehmen wir an, es wären wirklich die Täter, wie Sie meinen. Wie können die so schnell sein?«, fragte er mich.

Das war genau das Problem. Ich konnte es mir ja selbst nicht erklären. Ich hatte mir darüber schon den Kopf zerbrochen. »Das kann ich Ihnen leider nicht so genau sagen, aber ich ...«

»Es tut mir wirklich leid, aber ich kann es mir nicht leisten, jemanden zu bezahlen, der mir keine ausreichenden Antworten liefern kann. Ich bedaure sehr, das sagen zu müssen: Ich möchte Ihre Dienste nicht weiter in Anspruch nehmen.«

Ich konnte es nicht glauben. War das sein Ernst?! Hatte er mich gerade wirklich gefeuert?

»Ich werde Sie zur Tür bringen«, fügte Doktor Robbert hinzu.

Ich folgte ihm, noch immer geschockt. »Aber Sie wollten doch wissen, wer die Leiche gestohlen hat, und ich habe jemanden auf dem Video entdeckt!«

»Dieser schwarze Fleck beweist leider gar nichts«, sagte Doktor Robbert. »Es wird eine technische Störung sein. Ihre bisherigen Stunden stellen Sie mir bitte in Rechnung.«

Ich schwieg.

Als wir an der Tür ankamen, sagte Doktor Robbert: »Ich wünsche Ihnen noch einen schönen Tag. Ich hoffe, Sie haben bei Ihrem nächsten Auftrag mehr Glück als bei diesem. Ich bedanke mich für Ihre Arbeit, aber ich kann meine

Zeit und mein Geld nicht in solche kleinen Hinweise investieren! Sie sind trotzdem eine gute Detektivin!«

Ich guckte ihn betrübt an, verabschiedete mich und ging enttäuscht den Gang entlang und durch die Tür zum Fahrstuhl. Ich drückte den Knopf und fuhr nach oben, wenig später ging die Tür auch schon wieder auf, und ich stieg aus. Ich holte mein Handy aus der Tasche. Es gab gerade nur eine einzige Person, mit der ich sprechen wollte. Ich wählte die Nummer von Leon.

Beim zweiten Versuch ging er endlich ans Handy. »Marie?«, fragte er.

»Leon, ich hab dir ja von meinem neuen Fall erzählt ...«

»Ja ... Was hat dein Auftraggeber zu deinem Fund gesagt?«

»Er hat mir den Auftrag entzogen!«

Eine kurze Pause. Dann sagte Leon: »Wie bitte?«

»Er hat mich gefeuert!«, wiederholte ich.

»Warum das denn?!«, fragte Leon überrascht.

»Doktor Robbert denkt, es wäre nur eine technische Störung oder so was ... Vielleicht hat er recht«, antwortete ich kleinlaut.

Ich hörte Leon am anderen Ende der Leitung seufzen. »Aber du hast so hart gearbeitet und dich so darüber gefreut, dass du einen Hinweis gefunden hast.«

»Aber man kann diese Gestalten nur für einen kurzen Augenblick sehen ...«

Um ehrlich zu sein, war ich immer noch überzeugt, dass es keine technische Störung war, ich wollte mir das nur selber einreden, um nicht so wütend und enttäuscht zu sein.

»Aber du warst dir so sicher«, widersprach Leon.

Ich schwieg.

»Das wird schon, wir können ja was Schönes unternehmen. Zum Beispiel ins Kino gehen«, schlug Leon vor.

»Heute nicht«, sagte ich. »Ich bin doch gleich mit Luke und Onkel Roman verabredet«, fiel mir ein.

»Dann morgen?«, fragte Leon.

»Ja, das wäre schön.« Ich lächelte.

Kapitel 34 Die Malakoffs

Nach dem Gespräch mit Leon stieg Marie in ihren roten Jazz, um Luke abzuholen. Die beiden waren zum Pizzaessen in der Pizzeria Topolino mit ihrem Onkel Roman Malakoff verabredet. Dort gab es die beste Pizza in Gladbeck. Meinten zumindest Marie und Luke. In der Familie Malakoff war es große Tradition, gern und viel zu essen. Vor allem für Roman. Er aß alles. Am liebsten aber Süßes oder Kohlrouladen. Roman würde wohl noch nicht da sein. Schließlich kam er aus Dortmund und würde an einem Freitagnachmittag sicher im Stau stehen.

Als Marie an einer roten Ampel an der Kreuzung Hegestraße-Josefstraße stehenblieb, sah sie kurz auf ihr Handy. Eine Nachricht von Leon:

Hi Marie, ich habe vergessen dir zu sagen, dass ich dich liebe und an dich glaube! Viel Spaß beim Pizzaessen und grüß deine Familie von mir <3 Leon

Marie lächelte. Sie fuhr weiter, als die Ampel grün wurde. Als sie in die Martin-Luther-Straße einbog, standen dort schon Luke und Maries Mutter.
»Hi Luke. Hi Mama«, sagte Marie.
»Hi Marie«, erwiderte ihre Mutter.
Luke stieg gleich freudestrahlend ein. »Pizza!«, rief er.
Seine Mutter erklärte zum sicherlich dritten Mal: »Spätestens um 22.30 Uhr bist du zu Hause, Luke. Passt auf, dass Roman nicht zu viel bestellt. Und keinen Alkohol! Nicht nur für Luke, auch für dich, Marie! Du sitzt schließlich am Steuer.«
»Mama!«, unterbrach Marie ihre Mutter. »Wir sind nicht mehr drei Jahre alt!«
»Du hast recht, Marie«, räumte ihre Mutter ein. »Ihr seid alt genug, um auf euch selbst aufzupassen. Aber ich werde eben nie alt genug sein, um mir keine Sorgen mehr um euch zu machen.« Sie lachte.

Marie fand keinen Parkplatz an der Pizzeria, deshalb fuhr sie auf den Friedhofsparkplatz.
»Friedhof?! Bist du irre, Marie?!«, fragte Luke ängstlich.
»Luke, du hast wirklich zu viele Horrorfilme geschaut!«, erwiderte Marie.
Sie zog den Schlüssel ab und stieg aus dem Auto. Luke folgte ihr. Als sie in der Pizzeria ankamen, saß bereits ein etwas pummeliger, etwa 50 Jahre alter Mann an dem Tisch, der am nächsten zur Küche stand. Das hätte Marie sich eigentlich auch denken können. Kein Stau der Welt konnte Roman vom Essen abhalten.
»Onkel Roman!«, riefen Marie und Luke im Chor.
»Marie und Luke!«, sagte Roman glücklich. »Wie geht es euch?«
»Super!«, sagte Luke sofort.
»Na ja«, meinte Marie.
»Was ist denn, Marie?«, fragte ihr Onkel.
Sie setzten sich hin.
Marie schluchzte: »Na ja, ich sollte eine verschwundene Leiche finden, die aus der Gerichtsmedizin gestohlen wurde.«
»Und?«, hakte Roman nach.
»Und ich habe einfach nichts gefunden. Nichts. Nothing. Nada. Niente«, erklärte Marie.

»Ach, Marie. Das ist überhaupt nicht schlimm. So was passiert eben im Detektivbusiness. Ich habe auch ziemlich viele Fälle nicht gelöst. Und die Welt ist davon nicht untergegangen«, tröstete Roman sie.

Die Kellnerin kam an den Tisch, um die Bestellung aufzunehmen.

»Und meinen Appetit hab ich mir davon auch nie verderben lassen«, fügte Roman schnell hinzu.

»Was darf's denn sein?«, fragte die Kellnerin, eine junge Frau, vielleicht so alt wie Marie, die ihre langen dunklen Haaren zu einem Pferdeschwanz gebunden trug.

»Also, ich nehme eine Große Hegestraße und als Vorspeise panierte Tintenfischringe. Und zu trinken hätte ich gerne ein Bier«, bestellte Roman freundlich.

Nun war Luke dran. »Ich nehme eine kleine Tomate-Mozzarella-Pizza und eine Cola.«

Marie nahm eine Thunfischpizza, einen kleinen Gurkensalat, ebenfalls Tintenfischringe und eine Cola.

Die Kellnerin schrieb die Bestellungen auf ihren Block, lächelte und ging in die Küche.

»Sag mal, Marie«, fragte Roman. »Isst du eigentlich immer so viel? Das ist eigentlich eine doofe Frage, aber wie kannst du trotzdem so in Form sein?«

Marie lachte: »Das Geheimnis dahinter wird eigentlich nur ausgewählten Personen erzählt. Das ist ein ganz altes mystisches Ritual. Man nennt es Sport.«

Luke schmunzelte. »Aber, Roman, nicht traurig sein. Denn theoretisch ist rund auch eine Form«, witzelte er.

»Hahaha!«, meinte Roman etwas beleidigt.

Sie unterhielten sich noch ein bisschen weiter, dann kamen auch schon die Vorspeisen und wenig später die Pizzen.

»Die Pizza ist superlecker!«, sagte Luke.

»Und, Luke?«, fragte Roman. »Wie geht es dir hier? Hast du dich nach dem Umzug von Dortmund gut in Gladbeck eingelebt?«

Luke überlegte kurz. »Ich finde es hier toll. Ich habe auch zwei neue Freunde: Miriam und Nombert.«

Als Marie, Roman und Luke mit dem Pizzaessen fertig waren, kam die Kellnerin an ihren Tisch. »Wollen Sie vielleicht eine Gratis-Kostprobe von unserem hausgemachten Tiramisu?«

»Gratis? Tiramisu?«, überlegte Roman kurz. »Klar, gerne!«

Die Kellnerin brachte auf einem Tablett drei kleine Schüsseln mit Tiramisu. Sie stellte die Schüsseln auf den Tisch.

»Ich habe eigentlich keinen Hunger mehr«, sagte Luke.

»Nicht schlimm, Luke. Ich esse es für dich«, strahlte Roman.

Typisch, dachte Marie und meinte: »Yummy!«

»Also ich nehme noch mal zwei Portionen«, sagte Roman kurze Zeit später.[41]

Kapitel 35 Miriam

Mein Vater hat mir versprochen, dass wir heute Abend zusammen essen. Ich habe mich riesig gefreut. Bis er gesagt hat, dass er kocht. Ich hätte meinen Kopf gegen die violette Wand in meinem Zimmer hauen können, als er das gesagt hat. Aber egal. Ich habe stattdessen noch ein bisschen mit Nombert gechattet, bis mein Vater rief, dass das Essen fertig sei.

Ich rief: »Ich komme sofort«, klappte meinen Laptop zu und ging ins Esszimmer.

Der Tisch war wirklich toll gedeckt, das hätte ich meinem Vater gar nicht zugetraut! Ich setzte mich.

BIEB, BIEB, BIEB, ertönte ein Geräusch.

»Oh, NEIN!«, schrie mein Vater und rannte in die Küche. Er kam mit einem Topf wieder zurück. Den stellte er auf ein Holzbrett und holte noch eine Kelle, um mir Suppe in meinen Teller zu schöpfen.

»Der Rauchmelder ist angegangen«, sagte mein Vater.

»Was ist das für eine Suppe?«, fragte ich.

Er antwortete: »Kürbiscremesuppe.«

Ich war zwar begeistert, dass er eins meiner Lieblingsgerichte gekocht hatte, doch probieren wollte ich die Suppe nicht wirklich.

Papa nahm einen Löffel. »Mhm«, sagte er begeistert.

Auch ich nahm meinen Löffel in die Hand, füllte ihn zur Hälfte mit Suppe und schob ihn in den Mund. OMG, dachte ich, das ist das Widerlichste, was ich je gegessen habe. Es schmeckte bitter, ungesalzen, verbrannt ... einfach igitt!

»Und wie schmeckt's?«, fragte mein Vater.

»Ähm, ja ... toll«, sagte ich freundlich.

»Och, das ist schön«, sagte er fröhlich.

Ich nickte. »Und wie läuft's bei der Arbeit?«, fragte ich, um das Thema zu wechseln.

»Na ja«, sagte er. »Marie Malakoff konnte den Fall nicht lösen. Wir wissen also immer noch nicht, was das für Flügelwesen sind«, sagte er traurig.

Er tat mir irgendwie leid. Ich wollte ihm sehr gerne erzählen, dass diese Flügelwesen Elfen und Feen waren. Und dass es Einhörner gab. Aber ich hatte Luke und Nombert versprochen, niemandem etwas zu verraten. Und ich würde Wort halten.

---

41 Du kannst nicht genug kriegen von Roman Malakoff? In folgenden Bänden kannst du den Detektiv bei seiner Arbeit begleiten: »Stromabwärts. Ein Emscher-Roadmovie« (Klartext Verlag 2013), »Grenzgänger. Ein Ruhrpott-Roadmovie« (Klartext Verlag 2014), »Endstation Emscher. Zwei Hellweg-Krimis« (Klartext Verlag 2015).

Ich hörte ein Schlüsselgeräusch an der Tür. »Papa, hörst du das?«
»Ja!«, antwortete er fröhlich.
Wir standen beide gleichzeitig auf. Die Tür wurde geöffnet.
»Sabrina!«, freute sich mein Vater.
»Mama?«, fragte ich. »Mama!«, schrie ich dann, rannte zu ihr und fiel ihr in die Arme.
»Ach, Miriam«, sagte sie liebevoll.
Mein Vater kam auf uns zu und umarmte uns beide. Das war ein sehr schöner Moment. Es fühlte sich einfach gut an in den Armen meiner Eltern.
»Ich hab Pommes mitgebracht«, sagte meine Mutter schließlich.
Ich war erleichtert. Endlich was Richtiges zu essen.
Mein Vater meinte: »Aber ich hab Suppe gemacht. Und Spaghetti.«
Meine Mutter guckte erschrocken. Ich musste kichern. Meine Mutter kicherte mit.
Nachdem Mama die Suppe probiert hatte, fragte mein Vater: »Und?«
»Na ja, es geht«, sagte meine Mutter und grinste mich an. »Aber die Pommes werden kalt. Dein Essen können wir auch morgen noch in der Mikrowelle wärmen.«
Ich dachte nur: Nein! Und dann dachte ich: Egal, bis morgen finde ich schon eine Lösung.
Wir aßen die Pommes. Und schließlich bemerkte mein Vater: »Die schmecken ehrlich gesagt schon besser als mein Essen.«
Da fingen wir alle an loszukichern. Das war ein lustiger Abend.

Die Autoren

Dreistromland
Essen im Jahr 2127

Prolog	Leon Schuster	Kapitel 13	Risper Okello, Fixrihje Budokova
Kapitel 1	Lina Haj Omar, Zineb Alawad, Nour Jabra, Sham Jabra, Aya Alothman, Oliver Mohammad, Abdullah Lazkani	Kapitel 14	Risper Okello, Fixrihje Budokova
		Kapitel 15	Sami Rezali
		Kapitel 16	Lina Haj Omar, Nour Jabra, Sham Jabra, Aya Alothman, Oliver Mohammad, Abdullah Lazkani
Kapitel 2	Sami Rezali		
Kapitel 3	Julia Kaczor		
Kapitel 4	Risper Okello, Fixrihje Budokova	Kapitel 17	Oliver Mohammad
Kapitel 5	Risper Okello, Fixrihje Budokova	Kapitel 18	Eranda Maxhuni
		Kapitel 19	Helen Pourmardani
Kapitel 6	Julia Kaczor	Kapitel 20	Eranda Maxhuni
Kapitel 7	Julia Kaczor	Kapitel 21	Helen Pourmardani
Kapitel 8	Julia Kaczor	Kapitel 22	Eranda Maxhuni
Kapitel 9	Zalmai Ahmadzai	Kapitel 23	Nour Jabra
Kapitel 10	Julia Kaczor	Kapitel 24	Eranda Maxhuni
Kapitel 11	Leon Schuster	Kapitel 25	Eranda Maxhuni
Kapitel 12	Eranda Maxhuni	Kapitel 26	Leon Schuster

Castrop-Rauxel im Jahr 2127

Kapitel 27	Moutasm Alyounes	Kapitel 40	Jennifer Hamann
Kapitel 28	Jennifer Hamann	Kapitel 41	Annika Richter
Kapitel 29	Dustin Heye	Kapitel 42	Dustin Heye
Kapitel 30	Lea-Marie Eggert	Kapitel 43	Lea-Marie Eggert
Kapitel 31	Dustin Heye	Kapitel 44	Annika Lennartz
Kapitel 32	Anna Abramenko	Kapitel 45	Lea-Marie Eggert
Kapitel 33	Dustin Heye	Kapitel 46	Annika Lennartz
Kapitel 34	Anna Abramenko	Kapitel 47	Jana Schumann
Kapitel 35	Dustin Heye	Kapitel 48	Annika Lennartz
Kapitel 36	Dustin Heye	Kapitel 49	Jana Schumann
Kapitel 37	Dustin Heye	Kapitel 50	Lea-Marie Eggert
Kapitel 38	Dustin Heye	Kapitel 51	Dustin Heye
Kapitel 39	Dustin Heye	Kapitel 52	Niklas Muus

Essen im Jahr 2127

Kapitel 53	Leroy aus der Wiesche	Kapitel 56	Eranda Maxhuni
Kapitel 54	Eranda Maxhuni	Kapitel 57	Julia Radacz
Kapitel 55	Lina Haj Omar,	Kapitel 58	Julia Kaczor
	Nour Jabra,	Kapitel 59	Danyar Kartal
	Sham Jabra,	Kapitel 60	Danyar Kartal
	Aya Alothman,	Kapitel 61	Julia Radacz
	Oliver Mohammad,		
	Abdullah Lazkani		

Bochum im Jahr 2127

Kapitel 62 Anna Abramenko,
Marie Brodowski,
Svenja Buttler,
Michelle Goldner,
Julia Häfner,
Leandra Hasenbalg,
Dustin Heye,
Konstantin Hummel,
Anas Karoun,
Svea Krumhus,
German Kustov,
Chantal Lüchtemeier,
Mona Mummenhoff,
Melina Pfister,
Melissa Radosavljevic,
Lucas Basil Schmidt,
Anna-Lena Siedenkamp,
Leon Wettlaufer,
Philippe Worgul

Essen im Jahr 2127

Kapitel 63	Helen Pourmardani	Kapitel 69	Leon Schuster
Kapitel 64	Leon Schuster	Kapitel 70	Leon Schuster
Kapitel 65	Helen Pourmardani	Kapitel 71	Leon Schuster
Kapitel 66	Zineb Alawad	Kapitel 72	Leon Schuster
Kapitel 67	Moutasm Alyounes	Kapitel 73	Leon Schuster
Kapitel 68	Zineb Alawad	Kapitel 74	Moutasm Alyounes

Dortmund im Jahr 2127

Kapitel 75	Ilian Kresse	Kapitel 83	Dustin Heye
Kapitel 76	Ilian Kresse	Kapitel 84	Dustin Heye
Kapitel 77	Jana Schumann	Kapitel 85	Anna Franziska Splieth
Kapitel 78	Moutasm Alyounes	Kapitel 86	Lea-Marie Eggert
Kapitel 79	Judith Klein	Kapitel 87	Jana Schumann
Kapitel 80	Julia Radacz	Kapitel 88	Lea-Marie Eggert
Kapitel 81	Annika Richter	Kapitel 89	Jana Schumann
Kapitel 82	Sarah Klein	Kapitel 90	Jana Schumann

Kapitel 91   Leon Wettlaufer

Bochum im Jahr 2127

Kapitel 92	Leon Wettlaufer	Kapitel 105	Alma Kokollari
Kapitel 93	Dustin Heye	Kapitel 106	Bogdan Panchenko
Kapitel 94	Malte Kiel, Luca Lodewijks	Kapitel 107	Lena Kiel
		Kapitel 108	Kayra A., Rebecca Berning, Koray Bicar, Laila El-Mammery, Sarah Fares, Mohamad Fares, Fabian Giurca, Yilmaz Gülhan, Güven Gülhan, Miriam Jestel, Elanur Kara, Esmanur Kara, Orhan-Tügra Kurtuluş, Lionel M., Justus Rötger, Mikail Sari, Samantha Xenia Strosik, Asli Sucu, Mia W., Luna Wrobel, Asil Y., Mikail Kaan Y.
Kapitel 95	Dustin Heye		
Kapitel 96	Kayra A., Rebecca Berning, Koray Bicar, Laila El-Mammery, Sarah Fares, Mohamad Fares, Fabian Giurca, Yilmaz Gülhan, Güven Gülhan, Miriam Jestel, Elanur Kara, Esmanur Kara, Orhan-Tügra Kurtuluş, Lionel M., Justus Rötger, Mikail Sari, Samantha Xenia Strosik, Asli Sucu, Mia W., Luna Wrobel, Asil Y., Mikail Kaan Y.		
		Kapitel 109	Dina Glitza
		Kapitel 110	Ari Richter
Kapitel 97	Jana Knüppel	Kapitel 111	Alma Kokollari
Kapitel 98	Mia-Marie Michel	Kapitel 112	Chantal Lüchtemeier
Kapitel 99	Svea Krumhus, Veda Weser	Kapitel 113	Lena Kiel
		Kapitel 114	Malte Kiel
Kapitel 100	Luca Lodewijks	Kapitel 115	Lena Kiel
Kapitel 101	Chantal Lüchtemeier	Kapitel 116	Saskia Böhlmann
Kapitel 102	Luca Lodewijks	Kapitel 117	Cora Knüppel
Kapitel 103	Lucas Basil Schmidt	Kapitel 118	Malte Kiel
Kapitel 104	Malte Kiel, Luca Lodewijks	Kapitel 119	Cora Knüppel

Essen im Jahr 2127

Kapitel 120	Lina Haj Omar, Zineb Alawad, Nour Jabra, Sham Jabra, Aya Alothman, Oliver Mohammad, Abdullah Lazkani
Kapitel 121	Leroy aus der Wiesche
Kapitel 122	Leroy aus der Wiesche
Kapitel 123	Lina Haj Omar, Nour Jabra, Sham Jabra, Aya Alothman, Oliver Mohammad, Abdullah Lazkani
Kapitel 124	Helen Pourmardani
Kapitel 125	Wiktoria Niedzwiecka
Kapitel 126	Wiktoria Niedzwiecka
Kapitel 127	Leroy aus der Wiesche
Kapitel 128	Asel Pilgeci, Carla Gläßer
Kapitel 129	Asel Pilgeci, Carla Gläßer
Kapitel 130	Asel Pilgeci, Carla Gläßer
Kapitel 131	Lina Haj Omar, Nour Jabra
Kapitel 132	Sham Jabra
Kapitel 133	German Kustov, Konstantin Hummel
Kapitel 134	Moutasm Alyounes, Mohamad Chikh Ali
Kapitel 135	Leon Schuster
Kapitel 136	Leroy aus der Wiesche
Kapitel 137	Leon Schuster

Dortmund im Jahr 2127

Kapitel 138	Anna Abramenko, Ralf Lange
Kapitel 139	Lea-Marie Eggert
Kapitel 140	Anna Abramenko, Ralf Lange
Kapitel 141	Lea-Marie Eggert
Kapitel 142	Anna Abramenko, Ralf Lange
Kapitel 143	Julia Radacz
Kapitel 144	Julie Schröder
Kapitel 145	Justine Groß
Kapitel 146	Julie Schröder
Kapitel 147	Niklas Muus
Kapitel 148	Niklas Muus
Kapitel 149	Julie Schröder
Kapitel 150	Leon Schuster
Kapitel 151	Jennifer Hamann

Essen im Jahr 2127

Kapitel 152	Moutasm Alyounes
Kapitel 153	Julia Radacz
Kapitel 154	Julia Radacz
Kapitel 155	Julia Radacz
Kapitel 156	Moutasm Alyounes
Kapitel 157	Leroy aus der Wiesche

Bochum im Jahr 2127

Kapitel 158	Svea Krumhus, Veda Weser	Kapitel 168	Ari Richter
Kapitel 159	Malte Kiel, Luca Lodewijks	Kapitel 169	Dustin Heye
		Kapitel 170	Anna Abramenko, Ralf Lange
Kapitel 160	Svea Krumhus, Veda Weser	Kapitel 171	Dina Glitza
		Kapitel 172	Dina Glitza
Kapitel 161	Lucas Basil Schmidt	Kapitel 173	Anna Abramenko, Ralf Lange
Kapitel 162	Mia-Marie Michel		
Kapitel 163	Luca Lodewijks	Kapitel 174	Anna Abramenko, Ralf Lange
Kapitel 164	Luca Lodewijks		
Kapitel 165	Malte Kiel, Luca Lodewijks	Kapitel 175	Anna Abramenko, Ralf Lange
Kapitel 166	Dustin Heye	Kapitel 176	Anna Abramenko, Ralf Lange
Kapitel 167	Dustin Heye		

Essen im Jahr 2127

Kapitel 177	Leroy aus der Wiesche	Kapitel 181	Julia Radacz
Kapitel 178	Risper Okello	Kapitel 182	Anna Abramenko
Kapitel 179	Julia Radacz	Kapitel 183	Moutasm Alyounes
Kapitel 180	Risper Okello	Kapitel 184	Leon Schuster

Bochum im Jahr 2127

Kapitel 185	Julia Radacz	Kapitel 186	Lucas Basil Schmidt

Dreistromland im Jahr 2127

Kapitel 187	Anna Abramenko, Ralf Lange	Kapitel 198	Leon Schuster
		Kapitel 199	Lina Haj Omar, Nour Jabra, Sham Jabra, Aya Alothman, Oliver Mohammad, Abdullah Lazkani
Kapitel 188	Julia Radacz		
Kapitel 189	Zalmai Ahmadzai		
Kapitel 190	Anna Abramenko		
Kapitel 191	Sarah Klein und Judith Klein		
Kapitel 192	Vivian Kellermann	Kapitel 200	Zalmai Ahmadzai
Kapitel 193	Leon Schuster	Kapitel 201	Leon Schuster
Kapitel 194	Leon Schuster	Kapitel 202	Julia Radacz
Kapitel 195	Justine Groß	Kapitel 203	Svea Krumhus
Kapitel 196	Anna Abramenko	Kapitel 204	Kayra A., Rebecca Berning,
Kapitel 197	Zineb Alawad		

Koray Bicar,
Laila El-Mammery,
Sarah Fares,
Mohamad Fares,
Fabian Giurca,
Yilmaz Gülhan,
Güven Gülhan,
Miriam Jestel,
Elanur Kara,
Esmanur Kara,
Orhan-Tügra Kurtuluş,

Lionel M.,
Justus Rötger,
Mikail Sari,
Samantha Xenia Strosik,
Asli Sucu,
Mia W.,
Luna Wrobel,
Asil Y.,
Mikail Kaan Y.

Kapitel 205 Leon Schuster

Bonus: Der Marbach in Bochum

Kayra A.,
Rebecca Berning,
Koray Bicar,
Laila El-Mammery,
Sarah Fares,
Mohamad Fares,
Fabian Giurca,
Yilmaz Gülhan,
Güven Gülhan,
Miriam Jestel,
Elanur Kara,
Esmanur Kara,

Orhan-Tügra Kurtuluş,
Lionel M.,
Justus Rötger,
Mikail Sari,
Samantha Xenia Strosik,
Asli Sucu,
Mia W.,
Luna Wrobel,
Asil Y.,
Mikail Kaan Y.

Die Leiche vom Mühlenbach

Kapitel 1	Lukas Peters	Kapitel 13	Naomi Möller, Lennard Kleimann
Kapitel 2	Mina Tuana Yigit		
Kapitel 3	Lina Busse	Kapitel 14	Hümeyra Betül Candan
Kapitel 4	Naomi Möller	Kapitel 15	Torgen Bukowski
Kapitel 5	Torgen Bukowski	Kapitel 16	Lina Busse
Kapitel 6	Lennard Kleimann	Kapitel 17	Mina Tuana Yigit
Kapitel 7	Frida Bollwinkel	Kapitel 18	Laura Lusewicz
Kapitel 8	Lina Busse	Kapitel 19	Lina Busse
Kapitel 9	Sivanah Limary, Leonie Stutzinger	Kapitel 20	Torgen Bukowski
		Kapitel 21	Melih Tuna Yigit
Kapitel 10	Lukas Peters	Kapitel 22	Melih Tuna Yigit
Kapitel 11	Lennard Kleimann	Kapitel 23	Melih Tuna Yigit
Kapitel 12	Hümeyra Betül Candan	Kapitel 24	Melih Tuna Yigit
		Kapitel 25	Melih Tuna Yigit

Die Werkstattleiter

Anja Kiel, Jahrgang 1973, studierte Kunstgeschichte, Philosophie und Angewandte Kulturwissenschaften. Sie arbeitete als freie Journalistin und Gästeführerin – u. a. für die Zeche Zollverein in Essen. 2010 erschien ihr Debüt »Die Hüter des Schwarzen Goldes« (zusammen mit Inge Meyer-Dietrich) im Verlag Henselowsky Boschmann. Als freie Autorin veröffentlichte Anja Kiel mehrere Kinderbücher im Ravensburger Buchverlag und leitet Schreibwerkstätten für Kinder und Jugendliche. www.anjakiel.de

Sarah Meyer-Dietrich, Jahrgang 1980, lebt und arbeitet im Ruhrgebiet. Seit 2016 ist sie freie Autorin und Dozentin für kreatives Schreiben. Für ihre Erzählungen gewann sie u. a. den Förderpreis des Literaturpreises Ruhr 2014. 2016 erschien ihr Roman »Immer muss man mit Stellwerksbränden, Streiks und Tagebrüchen rechnen«, 2017 der zweite Roman »Ruhrpottkind« (beide Verlag Henselowsky Boschmann). Seit 2013 leitet sie die Projektfamilie »FlussLandStadt. Eure Heimat – euer Roman«. www.sarahmeyerdietrich.de

Sascha Pranschke, Jahrgang 1974, Dipl.-Kulturwissenschaftler, arbeitete als Journalist und Texter, leitete das Junge Literaturhaus Köln und lebt heute als Schriftsteller und Dozent für Kreatives Schreiben in Dortmund. Bisher erschienen von ihm die Romane »Veits Tanz« (2007), »Den Regen lieben« (2009) und »Kölner Kulissen« (2013). 2017 wurde er mit dem Förderpreis des Literaturpreises Ruhr ausgezeichnet. www.pranschke-schreibt.com

Tobias Steinfeld, Jahrgang 1983, lebt in Düsseldorf. Er studierte Germanistik und Kommunikationswissenschaften. Heute leitet er Schreibwerkstätten für Jugendliche. Seine Geschichten und Theaterstücke wurden mehrfach ausgezeichnet, u. a. mit dem Osnabrücker Dramatikerpreis und dem Mannheimer Feuergriffelstipendium. Im Februar 2018 erschien sein Roman »Scheiße bauen: sehr gut« (Stuttgart, Thienemann).

Die Werkstätten

Kernidee der Werkstätten der Projektfamilie **FlussLandStadt – eure Heimat, euer Roman** ist es, dass sich Kinder und Jugendliche schreibend mit der eigenen Stadt oder Region, mit einem besonderen Augenmerk auf wasserwirtschaftlichen Themen wie dem Emscherumbau, der Bedeutung von Wasser in der Stadt und Hochwassermanagement, beschäftigen. Gemeinsam und mit Unterstützung der Workshopleiter planen sie, inspiriert durch Vorträge und

Kapitel 26   Melih Tuna Yigit
Kapitel 27   Melih Tuna Yigit
Kapitel 28   Melih Tuna Yigit
Kapitel 29   Melih Tuna Yigit
Kapitel 30   Melih Tuna Yigit
Kapitel 31   Melih Tuna Yigit

Kapitel 32   Laura Lusewicz
Kapitel 33   Sivanah Limary,
             Leonie Stutzinger
Kapitel 34   Naomi Möller
Kapitel 35   Hümeyra Betül Candan

Exkursionen, den Plot für ihr Werk, schreiben dann allein oder zu mehreren einzelne Kapitel und diskutieren die Texte in der Gruppe.

Die blaue Stadt: In diesem Projekt schrieb eine Gruppe Jugendlicher 2017 den Essener Strang des Romans »Dreistromland«. Unterstützt wurden sie von den Workshopleitern Sascha Pranschke und Sarah Meyer-Dietrich, der pädagogischen Fachkraft Lina Brünig und dem ehrenamtlichen Projektmitarbeiter Dennis Kazakis.

Inspiriert wurden sie von einem Vortrag von Ulrike Raasch zu den Aufgaben der Emschergenossenschaft und durch ein Gespräch mit Bernd Alles von der Zeche Carl zu Vergangenheit, Gegenwart und Zukunft des Zechengeländes.

Home, sweet home: In diesem Projekt schrieben zwei Gruppen Jugendlicher in zwei Teilprojekten 2017 den Dortmunder und Castrop-Rauxeler Strang des Romans »Dreistromland«. Unterstützt wurden sie von den Workshopleitern Sascha Pranschke und Sarah Meyer-Dietrich, sowie den ehrenamtlichen Projektmitarbeitern Rebekka Tempel, Amal Moussa und Dennis Kazakis. Inspiriert wurden sie von einem Vortrag von Lisa Hilleke (Help! Hilfe zur Selbsthilfe e. V.) zur Bedeutung von Wasser im sogenannten Zweistromland.

HZweiO – Hamme im Fluss: In diesem Projekt schrieben Kinder und Jugendliche 2017 den Bochumer Strang des Romans »Dreistromland«. Neben einem mehrwöchigen, kontinuierlichen Workshop mit Jugendlichen wurde auch ein Ferienprojekt mit Grundschulkindern durchgeführt.

Unterstützt wurden die Kinder und Jugendlichen insbesondere durch die Workshopleiter Anja Kiel, Tobias Steinfeld und Sarah Meyer-Dietrich, durch die pädagogische Fachkraft Lina Brünig und die ehrenamtliche Projektmitarbeiterin Rebekka Tempel. Weitere Unterstützung erfolgte punktuell durch verschiedene Fachkräfte und Partner:

Workshop »Wie entsteht die Stadt?« & »Bedeutung von Wasser in der Stadt«: Prof. Dr. Martina Oldengott (Emschergenossenschaft);

Spaziergang und Vortrag Marbach/Hofsteder Bach und Emscherumbau: Moritz Herbst (Emschergenossenschaft);

Workshop »Nachhaltige Ideen fürs Stadtquartier«: Alexandra Jaik (Ruhr-Universität Bochum);
Stadtteilspaziergang: Daria Stolfik (HaRiRo – die Stadtteilpartner);
Unterstützung Zeichnen: Benjamin Bäder;
Workshop »Legotopia«: Elisabeth Hofmann und Heiner Remmert.

Hundertundelf – Zeitreise Bochum: Inspiriert durch Exkursionen an den Marbach und fachliche Diskussionen zur Vergangenheit und Zukunft der Stadtbücherei Bochum planten, schrieben und produzierten neunzehn Jugendliche das Hörspiel »Wie das Wasser« mit drei zeitlichen Stationen: 1905, 2016, 2127. Unterstützt wurden sie durch Künstler und pädagogische Fachkräfte.
Schreibworkshopleiter: Sarah Meyer-Dietrich, Sascha Pranschke, Tobias Steinfeld;
Workshopleiter Radio: Svenja Wahle, Julian Troost;
Ehrenamtliche Projektmitarbeiter: Dennis Kazakis, Pia Löber, Nico Kummer;
Fachliche/wissenschaftliche Beratung: Prof. Dr. Martina Oldengott, Waltraud Richartz-Malmede, Andrea Donat, Marita Dubke, Maryna Humailo.

Mord im Wasserschloss: Jugendliche aus Gladbeck schrieben im Herbst 2017 die Bonus-Erzählung »Die Leiche vom Mühlenbach«. Unterstützt wurden sie von den Workshopleitern Sascha Pranschke und Sarah Meyer-Dietrich. Als Inspirationsquelle dienten ein Vortrag zur historischen und gegenwärtigen Bedeutung von Wasser in der Stadt durch Prof. Dr. Martina Oldengott (Emschergenossenschaft), das Wasserschloss Wittringen und der Wittringer Mühlenbach in Gladbeck, ein bereits naturnah umgebauter Nebenfluss der Emscher, den die Jugendlichen unter Leitung von Sebastian Ortmann (Emschergenossenschaft) besuchten.

Dank

Dieses Buch wäre nicht zustande gekommen, wenn wir nicht jede Menge Hilfe und Unterstützung gehabt hätten.

Unser ganz besonderer Dank geht an: Prof. Dr. Martina Oldengott, die nicht nur jede Menge Fachwissen beigesteuert hat, sondern auch dafür gesorgt hat, dass dieses Buch überhaupt gedruckt werden konnte.

Unser Dank gilt weiterhin:
Bernd Alles, Sibylle Assmann, Benjamin Bäder, Silke Bauroth, Alexander Brauer, Andrea Donat, Marita Dubke, Susanne Gregor-Bähr, Moritz Herbst, Lisa Hilleke, Elisa Hofmann, Maryna Humailo, Alexandra Jaik, Jürgen Jankofsky, Dennis Kazakis, Ralph Köhnen, Nico Kummer, Pia Löber, Fabian May, Inge Meyer-Dietrich, Amal Moussa, Sebastian Ortmann, Ulrike Raasch, Heiner Remmert, Lisa Reul, Waltraud Richartz-Malmede, Beatrice Röglin, Danni Rösner, Kathrin Schimpke, Dr. Karsten Steinmetz, Daria Stolfik, Rebekka Tempel, Frank Vinken, Andrea Weitkamp, Tonja Wiebracht

Dank gilt auch unseren Partnerschulen, die uns tatkräftig darin unterstützt haben, interessierte Teilnehmer anzusprechen:
- UNESCO Schule Essen (besonders Sarah Kölbel)
- Das gesamte OGS-Team der Emil-von-Behring-Schule; Standort: Rastenburger Straße (besonders Martina Debski, Petra Heise, Bernd Stratmann, Kemal Yildirim)
- Fridtjof-Nansen-Realschule (besonders Karin Winkler)

Gemeinsam ...

... diskutieren und schreiben die Teilnehmer (Fotos: Frank Vinken).

Workshopleiter Sarah Meyer-Dietrich und Sascha Pranschke und Referentin Lisa Hilleke.

Gruppendiskussion im Agora Kulturzentrum (Fotos: Frank Vinken).

Inspiration gewinnen die Teilnehmer auch aus den anderen Bänden ...

... und planen darauf basiert den Plot (Fotos: Frank Vinken).

Gemeinsames Schreiben und Zeichnen.

Leiterinnen Lina Brünig, Sarah Meyer-Dietrich und Anja Kiel (Fotos: Frank Vinken).

Prof. Dr. Martina Oldengott diskutiert mit den Teilnehmern.

Heiner Remmert inspiriert zum Bau; rechts: Workshopleiter Tobias Steinfeld (Fotos: Frank Vinken).

Der Marbach und das Emschersystem als Inspirationsquellen.

Texte einsprechen mit Svenja Wahle und Julian Troost (Fotos: Frank Vinken).

Am Wasserschloss Wittringen ...

... und schreibend im Schloss (Fotos: Frank Vinken).

Mehr Lesefutter gefällig?
Hier findest du Infos über die ersten neun Bände der Reihe!

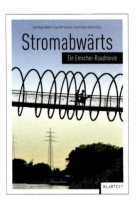

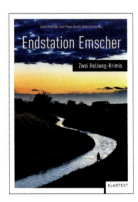

Band 1   Flucht entlang der Emscher

Inge Meyer-Dietrich, Sascha Pranschke, Sarah Meyer-Dietrich (Hg.)

Stromabwärts
Ein Emscher-Roadmovie

160 Seiten, farb. Abb., Broschur, 9,95 €
ISBN 978-3-8375-1049-2, ISBN ePUB 978-3-8375-1599-2

Nicht auszuhalten, dass seine Eltern dauernd streiten, findet Felix und haut kurzerhand ab. Aber kann er seine beste Freundin Ella zurücklassen? Und den Goldfisch Henry, der bei den streitenden Eltern sicherlich verhungert? Henry wird kurzerhand in die Freiheit entlassen: Felix wirft ihn an seinem Lieblingsplatz in Dortmund in die Emscher. Ella lässt sich nicht so schnell abschütteln. Dickköpfig beharrt sie darauf, Felix auf seiner Flucht zu begleiten. So brechen die beiden zu zweit auf – entlang der Emscher, von Dortmund bis Duisburg. Roman Malakoff, Privatdetektiv, ist ihnen dicht auf den Fersen. Und dann ist da noch die geheimnisvolle Lucy. Welches Geheimnis verbirgt sie?

Band 2   Odyssee durchs Ruhrgebiet

Sarah Meyer-Dietrich, Sascha Pranschke, Inge Meyer-Dietrich (Hg.)

Grenzgänger
Ein Ruhrpott-Roadmovie

204 Seiten, farb. Abb., Broschur, 9,95 €
ISBN 978-3-8375-1207-6, ISBN ePUB 978-3-8375-1600-5

Eigentlich will Max nur ihren Kumpel Recep in Witten besuchen. Aber da trifft sie Michael, der nicht nur unverschämt gut aussieht, sondern auch Geister beschwören kann. Und der schließlich die Schuld daran trägt, dass Max sich auf die Suche nach ihrem leiblichen Vater und damit auf eine Reise quer durch den Ruhrpott macht. Getrieben wird Max aber auch von ihrer Angst vor einem bedrohlichen Fremden. Verfolgt er Max? Und ausgerechnet jetzt muss auch noch ihr Liebesleben verrückt spielen. Unterwegs sind auch die Frösche Ozzy und Steve – auf der Suche nach einem Meer mitten im Ruhrgebiet. Der Roman verspricht ein Wiedersehen mit alten Bekannten – nicht zuletzt mit der Emscher. Obendrauf gibt's als »Bonus-Track« die Erzählung »Picknick im Park« – rund um das Welterbe Zollverein in Essen.

Band 3
Tod in der Emscher

Sascha Pranschke, Sarah Meyer-Dietrich, Kathrin Oerters (Hg.)

Endstation Emscher
Zwei Hellweg-Krimis

176 Seiten, farb. Abb., Broschur, 9,95 €
ISBN 978-3-8375-1425-4
ISBN ePUB: 978-3-8375-1602-9

Privatdetektiv Roman Malakoff ist tief erschüttert. Nach einem Unwetter wird die Leiche des siebzehnjährigen Miroslav in der Emscher gefunden. Der Fall geht Malakoff ganz persönlich an. Denn Miro war der Freund seiner Nichte Marie. War es ein Unfall? Oder Mord? Malakoffs Ermittlungen zwischen Dortmund, Unna und Holzwickede, zwischen Sprayerszene und Mutproben-Gruppe, scheinen alle im Nichts zu verlaufen.

Und weil ein Hellweg-Krimi selten allein kommt, geht es in Castrop-Rauxel weiter: Ella hat die Nase voll. Ihre Eltern wollen zurück nach Russland und sie soll mit. Von wegen! Schließlich ist sie in Deutschland zu Hause, hier, wo ihr Freund Felix wohnt, und die Emscher fließt. Wütend zieht sie bei ihrer Oma auf dem Dachboden ein. Dort stößt sie auf einen Koffer mit seltsamem Inhalt, durch den sich ein Briefwechsel mit Ilja entspinnt, der in Russland wohnt. Jugendliche aus Deutschland und Russland haben dieses zweisprachige Theaterstück über die Ländergrenzen hinweg geschrieben.

Band 4
Abenteuer an der Lippe

Sascha Pranschke, Sarah Meyer-Dietrich (Hg.)
Neben der Spur
Ein Dülmen-Thriller

108 Seiten, farb. Abb., Broschur, 9,95 €
ISBN 978-3-8375-1423-0
ISBN ePUB 978-3-8375-1604-3

Der erste Tag an der neuen Schule beginnt für Brian vielversprechend: Er lernt Lena, eine hübsche Mitschülerin, kennen, und Dülmen scheint mehr zu bieten, als der Siebzehnjährige geahnt hätte. Immerhin ist Brian in New York aufgewachsen und gerade erst von Essen in die münsterländische Kleinstadt gezogen. Aber schon bald ahnt Brian, dass die Idylle trügt: Zuerst wird Lena von einem Kaninchen brutal attackiert. Dann rastet ihr Ex-Freund Frederico nach einem Basketballspiel grundlos aus. Brians Mitschüler Ben verrät ihm, dass sich schon seit einiger Zeit Menschen und Tiere in Dülmen ungewöhnlich aggressiv verhalten. Mitten in dieses Chaos platzt Brians beste Freundin Tara und ist gar nicht begeistert über seinen Flirt mit Lena …

Warum sind die Dülmener bloß so neben der Spur? Mit dieser Frage geht es schließlich um Leben und Tod.

Band 5
Zornige Emscherfeen

Sarah Meyer-Dietrich, Sascha Pranschke (Hg.)
Emschererwachen
Ein Urban-Fantasy-Roman

198 Seiten, farb. Abb., Broschur, 9,95 €
ISBN 978-3-8375-1424-7
ISBN ePUB 978-3-8375-1605-0

Nach einer durchfeierten Nacht traut Lukas seinen Augen nicht. Aus einem Nebenfluss der Emscher steigt ein junger Mann, der sein Zwillingsbruder sein könnte. Was Lukas nicht weiß: Der Doppelgänger ist sein 1835 verstorbener Vorfahre Emil, der sich im Ruhrgebiet des Jahres 2015 nicht mehr zurechtfindet. Und dann lauert Lukas noch die schießwütige Fee Amalia mit Armbrust bewaffnet auf. Auch sie ist aus den Emschergewässern auferstanden. Und voller Zorn, weil die Menschen im Zuge der Industrialisierung ihren geliebten Fluss zerstört haben. Eine Verfolgungsjagd von Essen über Gelsenkirchen und Bochum mündet in Dortmund schließlich in einen Showdown der Emscherfeen, Menschen und Geister ...

Band 6
Emscher oder Wolga?!

Sarah Meyer-Dietrich, Kathrin Oerters, Andrea Weitkamp (Hg.)

Ey, Emscher! Wow, Wolga!
Ein russisch-deutscher Underground-Comic

136 Seiten, farb. Abb., Broschur, 9,95 €
ISBN 978-3-8375-1552-7

Als Ella Ilja in Russland besucht, ahnt sie nicht, dass Exfreund Felix und Cousine Katja ihr folgen. Als sie das feststellt, ist sie wenig begeistert. In den Geheimgängen unterm Kreml in Astrachan erleben die vier ziemlich Abgedrehtes. Und schließlich muss Ella eine wichtige Entscheidung treffen. Ilja oder Felix? Wolga oder Emscher? Der Comic ist die Fortsetzung des Theaterstücks aus »Endstation Emscher«. Die Autoren: 24 deutsche und russische Jugendliche, die den Plot des Comics im Rahmen einer Jugendbegegnung in Astrachan gemeinsam entwickelten.

Band 7
Chaos im Emscherland

Sarah Meyer-Dietrich, Sascha Pranschke, Ipek Abali (Hg.)
Willkommen@ Emscherland
Eine Cross-Culture-Trilogie

168 Seiten, farb. Abb., Broschur, 9,95 €
ISBN 978-3-8375-1671-5

Elias klaut die Urne mit der Asche seines griechischen Opas, um dessen letzten Wunsch zu erfüllen. Katja wohnt bei ihrer russischen Oma auf dem Dachboden, weil die Eltern stressen. Senem hat Heimweh nach Istanbul. Leon kriegt die Krise, weil er für ein paar Tage aus dem coolen Berlin in die alte Heimat Castrop-Rauxel muss. Emre ertrinkt fast in der Emscher, weil er den Helden spielen will. Ali sucht verzweifelt seine Schwester, mit der zusammen er aus Syrien nach Deutschland gekommen ist. Und mitten im Park Emscherland wird die Leiche eines Immobilien-Hais gefunden. Wer den wohl umgebracht hat?

Band 8
Europas grüne Hauptstadt

Sarah Meyer-Dietrich, Sascha Pranschke (Hg.)

Raumschiff Emscherprise

Ein Green-Capital-Roman

308 Seiten, farb. Abb., Broschur, 9,95 €
ISBN 978-3-8375-1747-7
ISBN ePUB 978-3-8375-1748-4

2067: Essen und das Ruhrgebiet sind in Sachen Umweltschutz Vorbild für die ganze Welt. Das Emschersystem besteht wieder aus sauberen Flüssen und Bächen, und sogar Außerirdische besuchen den Kongress »50 Jahre Green Capital«, um den Bewohnern des Reviers zu lernen, wie sie ihren Planeten retten können. Doch der Schein trügt: Hinter den Kulissen des Kongresses arbeitet Dr. Jacob Bräuer an seiner Anerkennung als Wissenschaftler. Um ein von ihm entwickeltes Medikament auf den Markt zu bringen, riskiert er das Leben eines verzweifelten Jugendlichen. Nicht einmal die Emscherfeen scheinen dem Todgeweihten helfen zu können.

Mit Bonus-Erzählung: Im Hahnenbach in Gladbeck wird die Leiche eines Mannes gefunden. Wieso hat er Flügelansätze am Rücken? Und wer ist der Mörder? Privatdetektivin Marie Malakoff will beweisen, dass ihr Bruder Luke unschuldig ist. Doch der hat noch ganz andere Probleme. Emscherfeen und Ghule beginnen, sich für ihn zu interessieren.

Band 9
Land unter im Emscherland

Sarah Meyer-Dietrich, Sascha Pranschke (Hg.)
Uferlos

Ein Emscher-Endzeitroman

376 Seiten, farb. Abb., Broschur, 9,95 €
ISBN 978-3-8375-1791-0
ISBN ePUB 978-3-8375-1792-7

Das Ruhrgebiet am Ende des 21. Jahrhunderts: Der Klimawandel stellt die Bewohner vor immense Herausforderungen. Ständiger Starkregen wird zur Belastungsprobe für den Hochwasserschutz. Als die ersten Deiche brechen und Pumpen versagen, verlieren Menschen ihre Heimat. Familien werden auseinandergerissen. Soziale Spannungen verstärken sich. Weite Teile des Emscherlandes stehen immer wieder unter Wasser. Besonders schlimm hat es Gelsenkirchen getroffen. So schlimm, dass sich der höher gelegene Stadtteil Buer durch eine Mauer von den benachteiligten, überschwemmten Vierteln abschottet. Draußen, vor der Mauer, sind verwaiste Jugendliche gezwungen, sich zu Banden zusammenzuschließen, um zu überleben. Nahrung und sauberes Trinkwasser sind knapp, Krankheiten wie Typhus brechen aus, Medikamente gibt es nur in Buer. Aber die Bewacher von Buer schrecken nicht vor dem Einsatz von Waffengewalt zurück, um die Mauer zu verteidigen.